U0458691

赵国栋◎著

大宋王朝

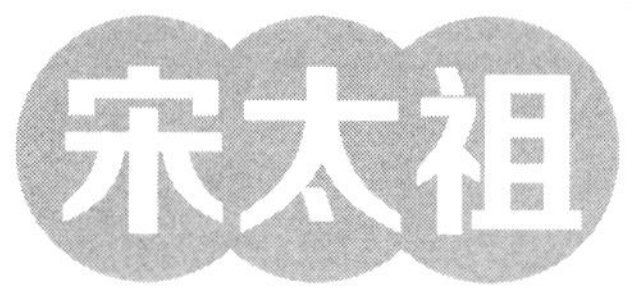

河南文艺出版社
·郑州·

目 录

引　　子

稍微有些文化的人,都知道一个成语叫“蜗角之争”。这个成语出自于《庄子》。庄子他老人家装成个大忽悠的样子,其实一点儿也不忽悠,说的都是实话,只是我们听不懂而已。他老人家说,在蜗牛的左角上有个国家,叫触氏;在蜗牛的右角上有个国家,叫蛮氏。两个国家,为了争夺土地,展开了大战。弄得流血千里,伏尸百万。很多人都以为他老人家在说鬼话,实际上,我们只要稍微具有一些天文常识,看看银河系的全图,就知道他老人家绝对不是在胡说。银河系的全图,是个螺旋星云,看起来还真的像一个蜗牛。别说我们的地球,就是我们的太阳系,也占据不了一个蜗角。地球是太阳系里的一个小小的行星,那么太阳呢,在银河系里很牛吗?也只不过沧海一粟罢了。人类的历史在整个宇宙中,更是算不了什么。

追根溯源,人是从动物中分化出来的,所以在人身上,有人性,更有兽性。人类的历史,是分久必合,合久必分,这是《三国演义》的观点。从人性来说,人类的历史是兽性和人性的不断搏斗,此消彼长。当兽性占上风的时候,人类的生活就不幸福,就陷入黑暗,就处于野蛮状态;当人性占据主导地位的时候,人类的生活就幸福,就处于文明状态,就会形成大一统的局面。

事情远没有二分法这么简单。在文明占据主导地位的时候,也有个别人具有很强的兽性;而在兽性占据主导地位的时候,也有很多文明的种子在悄悄地生长。

在中国,我们的文明种子就是以孔孟和老庄哲学为代表的先祖的智慧。老子和庄子叫人不执着,而孔孟教人怎样生活。

在中国历史上,唐朝是一个强盛的国家,文化发达,幅员辽阔,但在其统治的末期,却被宦官干政。再加上藩镇割据,整个王朝倒行逆施,兽性大发,弄得民怨沸腾,终于逼得老百姓起来造反。在这乱世里,一些具有兽性的人,却如鱼得水,占了上风。

朱温是后梁的开国之君,史称后梁太祖。唐宣宗大中六年(852)十月二十一日晚,他出生于宋州砀山(安徽省砀山县)午沟里。据说他出生时,他家上空一片红光。很多人以为朱家着火了,都提着水来朱家救火,结果到朱家门口一看,一丝火苗也没有。这当然是后人在朱温当皇帝后的溢美之词。据说后来赵匡胤出生时也是赤光满室,香味绕梁。

朱温有两个哥哥,他排行第三,所以他有个小名叫阿三。他爹又给他起了个大名叫朱温。任何人一听,都知道朱温他爹没有仔细动脑子,好好的一个人,叫什么不好,非得叫朱温。叫起来不好听,谐起音来更糟糕。当时要有防疫站,都不会让他进门。

朱温没有什么过人之处,倒是身体好,胆子大,爱使枪弄棒和人打架。别小看这项本领,身体好、胆子大的人,往往能干成大事。俗话说得好:撑死胆大的,饿死胆小的。这句话在乱世之中,往往是个真理。

半大小子吃穷爹。朱温的爹一下子养了三个男孩子,不是被吃穷,而是被吃死了。丈夫死后,朱温的娘为了生计,带着三个吃货儿子,到萧县刘崇家里当保姆。三个儿子当然也得干活。虽然没有什么薪金,但总算饿不死了。

朱温在刘家,除了干农活,就是上山放牛。对于这样的生活方式,他肯定觉得这样出臭汗的生活没什么鸟意思,倒不如出外偷个鸡,摸个狗,偷偷给自己打个牙祭。

朱温非常喜欢打猎。打猎不仅能带来杀戮的快感,还能让自己吃上美味。这一天,朱温和二哥朱存在宋州(今河南商丘)郊外打兔子,碰巧遇到了到龙元寺进香还愿的白富美张惠。张惠的爹是宋州刺史张蕤,属于官二代。朱温见了张氏,发誓这辈子就是上刀山下火海,也要娶她。张惠却没有把路边这个流着口水的傻大黑

粗的猎户放在心上。

朱温不想再过这种温吞水的生活。正巧,黄巢在曹州起义兵反唐。不安分的朱温,双眼开始发亮,他可不想老死田间。与其半死不活地活,不如轰轰烈烈地死。他二哥朱存和他一样,也是个不安分的人,两个人热血沸腾,一拍即合。好在朱温还有个本分的大哥,可以照顾母亲。弟兄两个下定决心,走上了索求功名富贵的漫漫征程。

黄巢出身盐商家庭,早年想通过科举,谋个一官半职,谁知屡考屡败。一怒之下,他就参加了王仙芝的起义军。黄巢起义军在宋州把唐军打得丢盔卸甲,就在这时,朱温兄弟两个加入了进来。朱温会打仗,肯拼命,官升得很快。起义军从河南到江浙、福建,再占领广州。之后又回头北上,竟然先破东都洛阳,后破唐都长安。黄巢在长安做了皇帝,国号“大齐”。这时的朱温先是担任东南面行营都虞候,后又任同州(今陕西大荔)防御使。

就在这时,朱温碰到了一件大喜事。他日思夜想的白富美张惠,因为战乱,已经成为一无所有的难民,并且碰巧被朱温的部下掳获。因为她长得好,部下不敢独享,就把她送给了朱温。朱温一看,哎呀,我的天呀,我的地呀,是谁把这位妹妹送到了这里呀。朱温虽然是个粗人,却真的从骨子里喜欢张惠,不但举办了非常高大上的婚礼,还从此对张惠的话也能听上几分。这对于刚愎自用的朱温来说,真的很不容易了。

和朱温隔河对峙的唐朝河中节度使王重荣骁勇善战,屡战屡胜的朱温这次算是遇到了强劲的对手。交了几次手,朱温都吃了亏。再加上朱温的兵少,于是就向黄巢求救,想让他拨些兵马过来。黄巢不知是没有收到朱温的求救信,还是另有想法,总而言之,对朱温置之不理。照此下去,朱温肯定会被唐军包成饺子。朱温是谁?他出来打仗,是为了功名富贵,可不是为了吊死在哪棵树上。命如果没了,还有什么意思?光棍不吃眼前亏,朱温一不做二不休,投降了唐军。朱温投降唐军,当然也可能有张惠的劝说在起作用。要知道,张惠的爹可是唐朝的高官。再深一步想,朱温和张惠的巧遇,是不是唐朝使的美人计?要不,就那么巧?

唐僖宗听到朱温归降朝廷，非常高兴。毕竟，朱温是黄巢部下的主要将领。唐僖宗立即下旨，将朱温任命为左金吾卫大将军、河中行营副招讨使，还给朱温改了一个名字，叫朱全忠。如果看看朱温以后的表现，你就知道这名字有多幽默。

朱温不知是真的感激唐廷的赏识，还是他的美女妻子给他鼓劲儿，总而言之，在和昔日的老东家黄巢作战时格外勇敢。俗话说，不怕狼一样的对手，就怕猪一样的队友。现在我要说，不怕猪一样的队友，就怕狼一样的叛徒。叛徒最知道自己老东家的弱点。在朱温等人的进攻下，黄巢的起义军是节节败退。

朱温打黄巢打得格外顺手，最后打到了汴州。朱温因为打老东家有功，被加封为检校司徒、同中书门下平章事，又被封为沛郡侯，后又改封为吴兴郡王。从一个吃不饱的放牛娃混到这个地步，朱温真的是一个牛人。

河东节度使李克用也是打黄巢的英雄，按说，和朱温算是一个战壕的战友，两个人应该手挽手唱友谊之歌。可是，大概两个人都是武人，互相不服气。有一次在一起喝酒，傲气冲天的李克用喝高了，说了一些朱温听起来不太好听的话。朱温生性凶残，心里就动了杀机。到了夜晚，朱温竟然命人放火去烧李克用住的驿馆。事也凑巧，老天偏偏在这时下起了暴雨，李克用大难不死，逃走了。从此，李克用算是和朱温结下了死仇。

朱温后来又灭掉了一些很有实力的军阀，成了唐朝权倾朝野的人物。唐僖宗死后，他的弟弟李晔做了皇帝。朱温因为灭了秦宗权，被封为检校太尉兼中书令。

光化三年(900)十一月，宦官刘季述等发动政变，幽禁了唐昭宗，立太子李裕为皇帝。次年初，宰相崔胤与护驾都头孙德昭等杀了宦官刘季述，昭宗得以复位，并改年号为天复，朱温被封为东平王。在此之后，朱温凭借自己的实力，控制了昭宗，并且杀了多名宦官。朱温由于替唐廷解决了宦官干政的问题，被任命为守太尉，兼中书令、宣武等军节度使、诸道兵马副元帅，并进爵为梁王，还获得了“回天再造竭忠守正功臣”的称号。自此，朱温的地位基本上和汉末的曹操差不多了。

朱温这个人，可以成为恐怖分子的祖宗。他把昭宗左右的小黄门、内园小儿等二百余人，偷偷都杀死。这个还不算恐怖。最令人恐怖的是，他从他的亲信中，选

了很多跟原来的人形貌相同的人来侍奉昭宗。昭宗再傻，也能看得出来。在这种情况下，昭宗已成了一个不折不扣的傀儡。

朱温强迫昭宗将都城迁到洛阳后，先命人杀了唐昭宗，然后立了十三岁的李柷为皇帝，这就是唐哀帝。朱温这人心狠手辣，但是也很会演戏。他先是在昭宗灵前痛哭，而后又杀了那些杀昭宗的凶手。

天祐四年（907）四月，在唐宰相张文蔚率百官反复劝进后，朱温终于如愿以偿做了皇帝。当了皇帝，朱温改名为朱晃，改年号为开平，国号为梁，升汴州为开封府，建为东都。由于朱温以开封为都城，此后的后晋、后汉、后周、宋、金等皆以开封为都城。当然，开封成为都城，也有它的优势，它和长安、洛阳相比，更靠近富庶的东南一带，有利于从运河调运粮食。

朱温这个人，非常变态，他很爱杀人。他曾经因为别人向他拍马屁，一怒之下，杀了好几个人。他的另一个特点是荒淫无耻。他老婆活着的时候，他还好一些；老婆死后，他就搞得非常不像话。他的儿子们常常征战在外，他就把儿媳们召进宫去，搞一些不该搞的娱乐活动，搞得儿子们敢怒不敢言。

乾化二年（912），朱温病重。他的儿子朱友珪夜里斩关入宫，友珪的马夫冯廷谔用刀杀死了朱温。朱温死时61岁。

朱温当然也做过一些好事，比如奖励农耕，让带兵的军官受地方官的节制等。但是，作为一个人，朱温真的很变态。

第一章

一、惊动了皇上的新生儿

后梁后来被后唐代替了。后唐天成二年,住在洛阳甲马营的后唐禁军将领赵弘殷生了一个儿子。赵弘殷已经三十七岁了,虽然以前也生了一个儿子,但没能长大成人。现在,赵府别提多热闹了。大门口,搭上了彩欢门楼,就是用青翠的树枝、鲜花,搭成一个拱门的样子。

赵弘殷激动之余,遍撒请帖。朝中官员来得可真不少,用络绎不绝来形容,一点儿也不过分。花花轿子人抬人,同朝为官,互相捧捧场,总是应该的。

赵府的房屋本来已经不算少,但因为人太多,一些级别低些的官员,只好坐在院子里。好在是春季,天气不算太凉。大家兴致高昂,说些逸闻趣事,不时有笑声传出。

大家正在热闹,猛见管家从门口急匆匆地走入上房。而后,管家又引着赵弘殷一帮人急匆匆地往门口赶。大家顿时静了下来,大家都知道,准是什么重要人物来了。

果然,赵弘殷一帮人簇拥着一位长相颇为富态的人走了进来。那人个头不高,器宇轩昂,一进院,不停地向大家行着叉手礼。大家恍然大悟,原来是朝廷新任命的宰相冯道来了。

冯道饱读诗书，对儒释道皆有极精深的研究，所以为人极为善良谦和。别人有了困难，他不声不响地把自己的钱送过去；别人的地无人耕种，他在夜晚偷偷地去替别人耕种。朝廷送给他美女，他不为心动，如数退还。所以，他接到赵弘殷的请帖后，也前来赵府祝贺。

赵弘殷引冯道到正房坐定，丫鬟献上茶来。

“丞相亲临寒舍，末将感激不尽。”赵弘殷道。

“将军与我同朝为官，此等天大的喜事，理应来贺。”冯道微笑着。

“丞相日理万机，还记挂着末将的这些小事。”

“客套的话不要说了。如方便，快把小公子抱出来看看，让老夫为他观观面相。”冯道道。

赵弘殷一招手，丫鬟们从后堂将新生儿抱了出来。冯道一看，只见襁褓之中，露出一个粉嘟嘟的小脸，两个小脸蛋鼓鼓的，十分可爱。

“此子面相不俗，应该是个有福之人。将来秉承家学，定能成为一代名将。”

“谢丞相吉言。”赵弘殷深深行了一个叉手礼。

“只是恕老夫直言，光练武艺，是不行的，还要饱读圣贤之书。如此，才能为国为民，做出大事业。”

“日后还望丞相多多指教。”

“好说好说。”冯道将手一摆，“公务繁忙，告辞。”

“此子取名了吗?”

“回丞相，犬子名匡胤。”

“老夫还有一句话，要单独对赵将军说。”冯道道。

赵弘殷一摆手，其他人都退去了。

半日，冯道才从赵府走出。至于说的什么，谁也不知道。

第二日，太监来传圣旨，宣赵弘殷夫妇抱新生之子进宫，面见皇上。众人一头雾水，不知这个新生儿怎么惊动了皇上。问赵弘殷和杜夫人，两个人什么也不说，众人自然也不敢再问。

赵弘殷的多多指教，只不过是一句客气话。谁知丞相冯道倒很认真。赵匡胤两岁开始在父亲指导下习武，也许是家学渊源，也许是遗传因素，在武艺方面，悟性甚高。冯道也时不时把他叫到丞相府，给他讲一些为国为民、仁慈待人、忠孝节义的大道理。赵匡胤虽然不大喜欢读书，但对这些道理，倒是记得很牢。

后晋代替了后唐，将京城从洛阳又搬回了开封。冯道和赵弘殷他们，也随着朝廷来到了东京开封。冯道住在了皇宫以东的珠玑巷，赵弘殷则住在了珠玑巷东面的鸡儿巷。两家住得不远，来往也十分方便。

鸡儿巷因赵匡胤、赵匡义兄弟两个在此居住过，被后人改名为双龙巷。此巷至今仍在。

二、狼头金牌

后晋的第一个皇帝叫石敬瑭。为了取得契丹的支持，他竟然对契丹自称儿皇帝，为后人所不齿。

石敬瑭憋憋屈屈当了几年儿皇帝，于公元942年死掉了。他的养子石重贵做了皇帝，这就是后晋出帝，大将刘知远也升为检校太师，进位中书令。

石敬瑭对契丹毕恭毕敬，他的养子重贵却不服气契丹。于是，契丹在公元944年，在契丹主耶律德光的率领下，直赴澶州。契丹将领伟王领兵进入雁门关南犯。刘知远身为幽州道行营招讨使，在忻口大破伟王率领的契丹军，因此升为太原王兼任北面行营都统，北平郡王、太尉。之后，刘知远又大破吐谷浑，再胜契丹军。这段经历，的确是刘知远难得的一段辉煌经历，比石敬瑭光彩多了。

公元947年，正月初一，契丹军直逼京师开封，俘虏了后晋出帝石重贵，后晋王朝算是不复存在。二月初一，契丹主耶律德光穿着汉族的礼服，在开封的崇元殿接受大臣朝拜，并下诏改晋国为大辽国，年号为大同。

此时冯道已经被排挤出京,住在邓州。契丹人并没有占据邓州,冯道却主动来到了开封,面见契丹皇帝耶律德光。因为契丹人闻说过冯道的名声,曾经想把他掠到契丹,所以,对于冯道,契丹人还是很客气的。

此时的东京开封,契丹兵大肆抢掠。冯道见耶律德光,就是为了制止掠夺。

一见冯道,耶律德光就摆出一副胜利者盛气凌人的姿态,责怪冯道辅助无状,以致后晋一团糟。对此,冯道并不为自己辩解,因为后晋出帝并不听他的话。

任凭耶律德光怎样指责,冯道就是不发脾气。耶律德光没有办法了,就问:“你这个老头,朕素闻你有美名,谁知见了面,却是这个样子。你到底是个什么样的老头呀?”

“回陛下,我就是个又痴又傻又笨的老头。”

“好了好了。”耶律德光哈哈大笑,“依你这老头说,目今朕当务之急该做何事?”

“拯救百姓。”

“何出此言?”

“目今东京城大乱,乱兵四处抢掠,民不安生,势必要与朝廷对抗。”冯道道。

“如何拯救?”

“目今佛祖救不得,只有陛下能救得。”

耶律德光想了一下:“他们掠得也够了,看你老糊涂的面子,朕就下令制止吧。朕现在就下令,所有军士,各归兵营,不得掳掠。”

“恐怕会有兵士不听。”

“朕赐你一面狼头金牌。任何契丹兵士,见了这金牌,都会听你的。”

“谢陛下。”冯道拿了金牌,从皇宫开始回家。

耶律德光命令一下,大部分契丹兵回了兵营,但还有一些契丹兵不听管束,骚扰百姓。

冯道回到自己家,见几个契丹兵在砸大门。冯道掏出金牌,那几个契丹兵看了看,悻悻地走了。

对面又跑来几个契丹兵,叽叽咕咕地不知说了些什么,所有的契丹兵都急匆匆往东跑了。冯道一看，心中一咯噔，赶紧往鸡儿巷走。

鸡儿巷中的赵家，此时搏斗正酣。赵弘殷虽已经年逾五旬，但老当益壮。赵匡胤二十岁，正是年富力强。匡兰刚刚十岁，匡义刚刚八岁，依偎在杜夫人身边，站在房门里面。当时匡美还未出生。赵弘殷本来不想惹事，但契丹兵对自家无端骚扰，无论如何他是不会坐视不管的。

一般的契丹兵虽然凶神恶煞，但武艺并不高强，刹那间，契丹兵躺了一地。赵弘殷、赵匡胤父子也被溅得满身是血。契丹兵闻讯而来，越聚越多，赵弘殷、赵匡胤知道讨不了好去，说不定今日要遭受灭顶之灾。但事已至此，也只好拖得一刻是一刻。

猛听得一个尖厉的嗓子道："快放下刀，不听话，我把这个女人杀了。"原来，契丹人经常和中原人做生意、作战，很多契丹人会说些汉话。虽说得怪腔怪调，但毕竟能听懂。

赵弘殷扭头一看，只见两个契丹兵抓住了杜夫人，将剑架在她的脖子上。

杜夫人见状，急忙喊："老爷，你和匡胤快走，快走！他们不会难为我们妇人幼儿。"

那契丹兵一用劲，杜夫人脖子上就渗出了鲜血。那契丹兵喊道："再不放兵刃，我真动手了。"另外一个契丹兵，随手一剑，把赵府一个小丫鬟给刺死了。

赵弘殷长叹一声，抛下了手中之刀。赵匡胤见状，也把手中的盘龙棍撇在了地上。

契丹兵蜂拥而上，对赵匡胤父子就要乱刃分尸。

"且慢，我有狼头金牌在此！"冯道见事情危急，高擎狼头金牌，越众而出。

契丹人都知道狼头金牌，霎时，都住了手。

"契丹大皇帝有令，不得骚扰百姓，违令者，斩！"冯道高喊。

"你是谁？"有个头目模样的契丹兵问。

"老夫是晋国丞相冯道，奉契丹大皇帝令，禁止掠夺！"

契丹人多闻冯道之名，又见他手举狼头金牌，不由得不信。

“那好吧。我们先走。”那小头目一招手，契丹人都悻悻地离赵府而去。

见契丹兵走了，众人都松了一口气。赵弘殷、赵匡胤不住感谢。冯道道：“快快坐了车子，出城去吧。”

赵弘殷道：“他们不是走了吗？”

“他们还会回来的，快些出城，什么东西都不要带。”冯道催促。赵弘殷阖家赶紧坐了车，冯道也随车送至城门口。由于有狼头金牌，赵弘殷一家顺利出城。在乡下安顿好家人后，赵弘殷让赵匡胤在家保护母亲弟妹，自己则找到昔日残部，开始袭击契丹兵营，弄得契丹人坐卧不宁。

赵弘殷一家走后不久，契丹兵又返了回来，见赵府无人，就一把火把赵府烧成了平地。契丹人走后，赵弘殷回来，只得重建。

耶律德光见东京开封市井繁华，就喜欢上了这个地方，准备在此立都。谁承想晚上正在房中踱步，一支袖箭贴着他的耳朵，嗖的一声钉在了墙上。箭上还穿有一张字条。耶律德光吓了一跳，命卫士彻查，结果查了半夜，啥也没有查出。

耶律德光命人拿过那字条，只见上面写着：“此地非汝所有，速回契丹。不然，明日再送字条，后日取你性命。”

第二天晚上，耶律德光命加倍小心，卫士们个个箭上弓，刀出鞘，但仍然没能挡住袖箭飞来。耶律德光大怒，杀了两个领头侍卫。

耶律德光越想越怕。因为这次字条上写着：“汝回契丹，仍为皇帝。若在此，性命不保，江山将为他人所有。吾之袖箭，独不能取汝性命乎？手下留情，望汝知之。”

耶律德光吓了一身冷汗，于是决心撤兵回契丹。不料一帮契丹将领，还觉得在此没有掠夺过瘾，不主张撤兵。耶律德光无法，只好说：“行燔柴礼，听上天旨意吧。”

于是，皇宫中央的空地上，燃起了一大堆柴火，契丹众将领跪在火旁，祷告上天。祭师摇铃舞蹈，装神弄鬼，最后从火堆中拿出着火的木柴，乱舞乱扔。

有几个木柴，大概组成了一个契丹字：家。于是，全体契丹人决定，返回契丹。

契丹人走后，众人拥立刘知远当了皇帝。刘知远当了一年皇帝就死了，他的儿子刘承祐继了位，这人就是有名的后汉隐帝。

三、小乞丐

赵匡胤已经二十多岁了，很想出去投军，但一说投军，杜夫人就死活不让，说，你父亲在外打打杀杀的，就够我悬心了，我无论如何不能再让我的儿子去冒险。她表示，如果赵匡胤敢去投军，她就一头撞死。赵匡胤是个孝子，只好在家里练练武，读读书。冯道师父职务高，政务繁忙，赵匡胤也不好常常找他。有时无聊了，就找几个朋友出去玩一玩，散散心。

赵匡胤的好朋友很多，最要好的有两个，也都是将门之子，一个叫韩令坤，一个叫慕容延钊。

这天三个人在一起吃饭。吃完饭，赵匡胤就拿出银子付账。见赵匡胤拿出了银子，小二哥满脸堆笑，一边喊着“多谢，多谢”，一边往桌边跑着，要去拿银子。没承想，不知何时跑来一个小乞丐，一只小脏手闪电一般，把银子抓走了。小乞丐转身出了门，一眨眼就跑了好远。

这还了得，简直是太岁头上动土。赵匡胤和韩令坤、慕容延钊，风一般地追了出去。

转眼间，那小乞丐就出了东京城的北门，进入了一座林子。赵匡胤他们也不肯罢休，一直追了上来。那小乞丐虽然跑得快，但毕竟身单力薄，不一会儿，就让赵匡胤给追上了。赵匡胤伸手一抓，那小乞丐泥鳅一样滑开了。赵匡胤咦了一声，左足急跨，随即身子一转，已经抓住了小乞丐的衣襟。小乞丐不躲反迎，哧地一下从赵匡胤的胯下钻了过去。钻过去后，还不忘在赵匡胤的腿上踹了一脚。赵匡胤原来有些轻敌，至此才知道，这小乞丐不但有武功，而且武功路数还颇为古怪。所以，赵匡胤收起轻敌之心，打起精神，使出平生绝学，趁小乞丐得意之际，一个跟斗翻了过

去,正落在小乞丐面前。小乞丐猝不及防,只好乖乖就擒。

“大哥,大哥,快放了我,你的手,把我的手抓疼了。”那小乞丐不怯不战,一副嬉皮笑脸的样子。

“为何要抢我们的银子?”

“还不是为了吃饭。大哥,你不愿意让抢,还给你就是。”

这时,韩令坤和慕容延钊盔歪甲斜地赶了上来,指手画脚地要打那小乞丐,被赵匡胤喝止住了。

“放你倒不难,银子你也可以拿走。但是,你必须告诉我,你的武功,是在哪里学的,向何人学的。”赵匡胤道。

“武功?”那小乞丐眼睛转了转,“我就是个讨饭的,有什么武功? 大哥,你莫寻开心,快放了我吧。”

“你不说出你的师承,我是不会放你的。”

“那好吧,我和你说。”小乞丐一扭头,忽然大喊起来,“师父,师父,快来呀,有人欺负我。”赵匡胤扭头一看,手上的劲头不知不觉松了一点儿,小乞丐趁机挣脱,一溜烟跑入了林子深处。赵匡胤他们赶紧又追。结果,累得气喘吁吁,也没有追上。

又一日天气晴好,三人步行出城,边走边玩耍。看那郊外景色,虽无城内繁华,却别有一番悠闲的情趣。匡胤道:“咱家每看见这绿油油的庄稼,清凌凌的流水,就欢喜得紧。怕咱家上辈儿是个做田的。”韩令坤道:“郊外玩一玩则可,若要我住在此处,我可不干。此处吃也吃不好,穿也穿不好。粗茶淡饭,怎比得上东京城内的肉香? 城内勾栏内的妮子,个个脸白白儿的,眼水水的,可比这乡下粗黑的农妇强十倍!”慕容延钊道:“令坤兄弟,你与大哥说的全不是一回事。大哥说的是看,你却说的是做。”

“怎么不一回事? 大哥说的是美色,我说的也是美色。慕容兄休得胡乱打岔。不然,下次去勾栏,我再也不喊你!”韩令坤抗议道。

三人走来走去的,不知不觉有些乏累,又有些口渴。见路边有片树林,匡胤道:“我们且进去歇一歇,弄口水喝。”二人正不想走路,自然没有异议,紧随而来。

走入林中，只见林内有一大片空地，种有三五种蔬菜，菜地旁边，却有一口水井，水井旁，又有一座茅屋，连个人影儿也没有。三人喊了几声，见没有主人答应，连喊“晦气”。幸好井旁有打水用的瓦罐，三人也就不客气，每人打了罐水，咕咕咚咚地喝了个饱。匡胤道：“他娘老子的，怎么这生水喝起来像蜜水一样？”韩令坤道：“就是，比东角子上王婆茶楼的茶好喝。”慕容延钊道：“此水虽好，可比得上勾栏内妮子们的情意水吗？”匡胤道：“兄弟，什么唤作情意水，我怎么不知？”慕容延钊道：“你休问我，可问令坤兄弟。”韩令坤红了脸，支吾了半天，没有说出个所以然。原来韩令坤与慕容延钊逛勾栏时，碰上个江南来的妮子，韩令坤一见，就像被勾了魂，喜欢上了她。但那妮子是头牌名角儿，见一次要耗费不少银子，韩令坤虽常想见，却无法常去。那妮子为了勾引客人上门，见了哪个客人都眼泪汪汪的，又是撒娇，又是噘嘴，怪他不常来。韩令坤心软，有时攒了一年半载的钱，与那妮子相会一面。见那妮子流泪，韩令坤也止不住心酸，陪着垂泪不止。慕容延钊骂他没出息，说女人多的是，何必如此，男儿当有泪不轻弹。韩令坤道，你懂什么，我们这不是泪水，而是情意水。所以慕容延钊就记下了，时常拿这话儿和韩令坤开开玩笑。

三人歇息够了，就手痒起来，说闲来无事，玩一玩“六博”之戏吧。三人都是此中高手，一拥而入土室中，吆五喝六，顿时玩将起来。开始还记得谁输谁赢，后来就记不得了，只知道赢了又输，输了复赢。三人顿时进入了亢奋状态，真可称得上是全神贯注，心无他顾。

蓦然间，只听得门外一阵鸟雀乱叫。叽叽喳喳的，教人不得安宁。韩令坤道：“不管它，我们且玩我们的。”谁知鸟雀越来越多，叫得也越来越响。赵匡胤道：“我们先出去看一看，把它们赶走了，再继续玩。”三人站起身来，揉揉眼，伸伸腰，至此才觉得腰酸腿痛，头昏脑涨。

三人走出土屋，果见树上有许多鸟雀，乱叫乱跳。原来是夕阳西下，鸟儿归巢，故此乱叫。三个人腰里，带的都有弹弓，装上石子，朝树上一阵乱打，打得鸟羽散乱。虽没打下一个，却把鸟儿都“扑扑棱棱”地打飞了。

“娘老子的，连打弹都不准了，玩得眼花了。”匡胤说。

“我这弹弓不好了，有些旧，要是换把新的，我准能一弹一个，拿回家去，做个雀儿汤。”

三人回土屋继续玩“六博”。正玩得好，忽然仿佛听得有人喊叫：“快出来，土屋要塌了！”三个人慌忙出来，脚跟尚未站稳，就听得“轰隆”一声，那土屋竟坍成了一堆。三人都吓呆了，伸舌头暗自庆幸。慕容延钊道：“好险好险！”匡胤道：“若非这群雀儿聒噪，我们都非死即伤！”韩令坤道：“雀儿救了我们的命，我们却还要打它们，真是不该。我们且拜一拜雀儿吧。”三人恭恭敬敬，朝雀儿飞去的方向，鞠了几个躬。

匡胤忽然道：“不对呀，方才我怎么好像听到有人喊叫，我们才出来的？”韩令坤也挠了挠头：“娘娘的，玩‘六博’，把脑子玩糊涂了。真的有人喊吗？”

“好像是有人喊。我也听见来着。”慕容延钊道。

此时，因土屋倒塌而形成的烟尘已经散尽。匡胤一抬头，见对面不远，有一个人影，好像就是前几天抢自己银子的小乞丐。匡胤知道小乞丐比较会逃跑，就让韩令坤和慕容延钊从两边偷偷迂回包抄，截断小乞丐的后路，自己则等韩令坤和慕容延钊绕到小乞丐身后时，猛然发力，朝小乞丐追去。

小乞丐与赵匡胤还有一段距离，所以，胸有成竹，不慌不忙，带着赵匡胤在树林间兜圈子。不承想，韩令坤伸出一只脚，把小乞丐一下子绊倒了。慕容延钊上前，一下子就把小乞丐抓在了手里。

“三个大男人，欺负一个孩子，算什么本事！”

“我们不是要欺负你，是要和你算一算前几天的旧账。你以为，你得罪了我赵大郎，就可以无事人一样吗？”赵匡胤道。

“不就是一点儿银子吗？小气鬼。”

“银子的事不说了。你给我说说，你这古怪武功，是何人传授的。”

“我干吗要和你说？”

“不说，今天就不放你走了。”

“呸，你们恩将仇报，我救了你们的命，你们反而抓我。”

“这么说，方才是你喊的‘土屋要塌了’?”韩令坤问。

“不是我，还是你呀?”

“大哥，若如此，他还真的是我们的救命恩人。”韩令坤说。

“你有如此好心?”赵匡胤思考了一会儿，“好端端的，你怎么会来到这里? 又怎么知道土屋会塌，你是神仙吗?”

“我的事，要你管吗? 反正，我救了你们三个人的命。”

“只怕是，想要害我们吧。”赵匡胤冷笑一声，“前天我抓了你，你不服气，就偷偷跟着我们，伺机报复。见我们到了土屋，你就在屋外，把土屋的墙挖坏。可你还有些良心，结果在土屋快要塌时，就喊了一声，是也不是?”

“你爱怎么想，就怎么想。反正是我救了你们。”

“可你害我们在先!”慕容延钊大怒，一掌拍在小乞丐的肩膀上。由于愤怒至极，慕容延钊没有掌握好分寸，小乞丐哇地吐出一口血，登时昏了过去。

匡胤略通医术，见小乞丐受了重伤，赶紧上前掐人中。小乞丐虽然过一会儿醒了，但又吐了一口血。韩令坤吓得脸色发白，慕容延钊也吓得不知所措。匡胤无法，只得建议，先将小乞丐带到自己家里去。自己家中有祖传的治疗跌打损伤的灵药，说不定一吃就好了。况且，自己的父母平日也乐善好施，见自己带回家一个受伤的小乞丐，也不会怪罪的。慕容延钊再三请求，不要说这个小乞丐是自己打伤的，赵匡胤自然应允。

三个人像霜打的茄子，带了小乞丐，赶紧往东京城内赶。半路上，碰到了一辆骡车，三人二话不说，背了小乞丐，就爬了上去。车主蓦然间见上来三个汉子，还背着一个人，又是晚间，唬得不敢作声。三人叫他休怕，各自通报了姓名。听到此三人皆当朝贵人之子，车主满脸的笑容，还拿出带的食物，给他们吃。匡胤道：“休多话，快快赶路，否则进不了城，麻烦就大了。”车主道：“客官放心，我这骡子，跑起来一阵风似的。”说着一甩长鞭，骡子飞奔起来。骡车就像害了冷病，在道上颠簸起来。三人屁股颠得火辣辣的疼，却也不敢作声。等赶到城门时，城门已关了半扇。

赵匡胤回到家中,赶紧把事情给母亲杜夫人禀报了。杜夫人赶紧为小乞丐医治,又是灌药,又是请郎中针灸。第二天中午,小乞丐才悠悠醒转。杜夫人问他姓名,才知道她是一个女孩儿,叫青玉。自幼父母在战乱中不知去向。杜夫人唏嘘感叹了半天,问青玉愿不愿意在赵家做丫鬟,青玉在外无衣无食,现在能到赵家,自然乐意。杜夫人为青玉洗了澡,换上了干净衣服,青玉果然像换了一个人,清清秀秀的,谈不上大家闺秀,却也像小家碧玉。青玉和匡义年龄相仿,都是十一二岁,两个人倒是越来越投机,没过几天,就成了无话不谈的好朋友。你戳我一下,我打你一下。有时,也闹些小别扭,可没过一个时辰,又和好了。匡美才三岁多,想和他们两个玩,两个人还不耐烦他。匡兰已经十五岁了,颇为懂事,见匡美哭了,就把他抱走,百般哄他玩耍。匡胤有时问青玉,她的武功是从哪里学的,青玉告诉他,是自己的父母教的。匡胤虽然心中疑惑,但人家已经回答了你,你还想怎么样?问她老家在哪里?答曰不记得了。问她姓什么?答曰好像是姓萧,母亲好像姓韩。

四、勇制烈马

赵匡胤玩疯了,天天夜不归家。有时夜深了,不敢敲院门,就从后院墙上逾墙而入。墙边正好有一棵楝树,他顺树就溜了下来。看看四周无人,静悄悄地往自己卧房走,想悄悄地睡下,混过这一关。谁知一推房门,却见他父亲赵弘殷正坐在椅子上,用很奇怪的眼神看着他。匡胤心想,这下可完了,又要许多天不能出门。赵弘殷果然对他说,十天不准出门,背熟三篇文章。否则就要挨一顿揍。赵匡胤道,练武行不行?他父亲吼道,不行,练武不行。我知你喜武不喜文,所以才让你背文章。以后长大了,只会打仗,能成什么气候,能有什么出息?你看看现在举国上下,武人还少吗?几十年干戈不息,生灵涂炭,都是因为武人太多的缘故。我宁可让你成为一个书呆子,也不想让你成为大字不识的武夫。当然啰,你就是累死,也成不了书呆子的。

第二天一起来,赵匡胤就在后花园捧个书本,愁眉苦脸地,一句一句地念。念了又忘,忘了又念。开始怎么着也静不下心,念到第三天,方觉得有点意思;念到第七天,才觉出了文章的好处。心想,原来文章和说话一样,就是说说人的想法。可惜以前不大学,空背了许多,却没有怎么弄懂。这样一想,以前所学的,似乎都贯通了起来。三篇文章,背起来也就格外流畅。韩令坤和慕容延钊,归家一人挨了一顿揍,事后,仍然忍不住跑出来胡混。几天不见赵匡胤,二人急得像热锅上的蚂蚁,在赵匡胤家门前走来走去,可就是不敢敲门。后来二人转到院子后边,趴在院墙上探头探脑地往里看,见匡胤手拿书本,口中念念有词,像得了失心疯,二人心中窃笑。拿小石子投匡胤,匡胤却浑然不觉,不理不睬。二人又不敢大声喊,以为匡胤圈在家里,得了什么呆病。又在街上转了半日,觉得一点儿意思也没有,就狠狠心,跑到勾栏里,花掉了所有的银子,一人找了一个妮子,取乐去了。

到了十天头上,赵匡胤在父亲面前,把三篇文章哗哗地一背,中间毫无停顿。赵弘殷叹口气道:“儿呀,你本来并不算笨,只是不爱做正事。若能收一下心,怕不做成了一番大事业?只望你以后洗心革面,文武双修,才不辜负我一番期望!你也老大不小了,眼看就要成亲。再混下去,一辈子也就完了。常言道,人过留名,雁过留声,男子汉大丈夫,当真一生要默默无闻,一事无成吗?”赵弘殷一番话,说得匡胤非常羞愧,低头不语。

过了几天,慕容延钊、韩令坤在勾栏内玩腻了,又来寻匡胤。偏巧赵弘殷当值未回,匡胤就随二人出来散一散心。他母亲杜夫人叮嘱道:“看你老闷在家里,怕闷出病来。可让你出去,又怕你惹事儿。你们三个听了,好生玩,好生看,少招惹是非,少管闲事。目今人心不古,什么样的歹人都有。你们要惹了什么麻烦,以后再也不许你们一块儿玩。”慕容延钊道:“老夫人请放心,我们弟兄三个都已是堂堂男子汉了,不须吩咐,我们自有分寸。”出得门来,韩令坤道:“我娘也一样的啰唆,我都不敢和她说话,一说话,半天打不住。”慕容延钊道:“爷娘不知哪里来的那么多车轱辘话,说了一遍又一遍,也不嫌烦。”

匡胤的两个弟弟匡义、匡美正由奶娘引着,在院里玩,看见哥哥出去,两个人就跟屁虫似的，跟在后边，意思也要一起出去玩。匡胤拧眉道："回去！"匡义恼得怒目圆睁，气呼呼地道："不让去就不去，稀罕出去吗？我正想在家玩哪！"匡美却哭了，哭得声震屋瓦，哭得像个野猫，鼻涕眼泪一齐流。奶娘忙抱起来，"啊啊"地哄他。

三人信脚走着，不知不觉又出了城门。刚走不远，只见一个打谷场上，围了一圈人，吆吆喝喝的，不知干什么，连场边碌碡上，也站了几个半大的孩子。韩令坤动了好奇心，问："要不，咱们去看一看？"正说话间，只见一人骑了一匹马，从人群中窜出，越过小桥，直往田野里奔。众人都呵呵地胡乱喝彩。那人紧贴在马身上，双腿紧贴马肚，看来骑术不凡。谁知到了水边，那马正奔跑间，猛一低头，马上人猝不及防，掉下了马背。马又一摆头，那人就"扑通"一声，掉入了小河里。众人"啊"的一声。那马浑身黑毛，油光发亮，只左眼周围，有一圈白毛。原来这是匹烈马，已甩下好几个骑手，无人能将它驯服。

黑马甩下了骑者，扬蹄"咴咴"乱叫，在田野里慢步小跑，间或啃啃青苗，甩甩尾巴，似是在说："瞧，谁能把我怎样？"

人群中有一瘦老者，是马的主人，叹了口气道："罢了罢了，买时只看它毛色好，价钱低，却不承想是匹烈马。请了许多人，都驯不服。我也花了不少冤枉钱。算了，我也不要了。诸位谁能驯服，就算我白送了。"说着，朝众人一抱拳。

韩令坤是个好事儿的人，他见别人都不行，就摩拳擦掌，跃跃欲试，直跑下田，向那马冲去。赵匡胤叫道："兄弟小心！"言还未完，韩令坤已抓住了马尾。那马见有人揪它，大怒，奋起双蹄，朝韩令坤肚子上，"梆梆"就是两蹄。韩令坤只觉得肚子上像被人捣了两棍，躺在田里直翻滚儿。

慕容延钊、赵匡胤双双上前。匡胤扶起韩令坤，架起他往路上走。韩令坤兀自愁眉苦脸，一边用双手捧着肚子，一边嘴里不停地骂："遭千杀的瘟马，看我不宰了它，做锅香马肉吃！"匡胤又好气又好笑，劝他："兄弟，以后休如此冒冒失失，看，吃亏了不是？万一踢断了肠子，可不是要着玩的！"赵匡胤这么一说，韩令坤又"哎哎哟哟"地叫起痛来。

慕容延钊一方面要与兄弟报仇，一方面又要在众人面前露脸，所以不管三七二十一,一纵身,就跳到了马身上。那马倒也乖巧,载着延钊狂奔起来,众人见延钊稳稳地坐在马上,正欲喝彩,只见那马猛地一跃,将慕容延钊险些掀下马来,延钊紧紧揪住马鬃。那马咆哮一声,就地一倒,延钊猝不及防,就倒在了地上。那马咆哮着,似乎又胜了一场。

赵匡胤本不愿参与此事,可见两位兄弟都丢了丑,心里实在气愤不过,就箭一般冲过去,追赶那马。那马全然不惧,似是专门让人随意骑坐,然后再故意让人丢丑。匡胤一跃上了马背,那马一开始似乎还老实,慢步小跑,跑了一阵,却突然发力,驮了匡胤,往城门奔去。原来那城门不高,偏那马又十分高大。马直冲向城门,众人都齐声惊呼,为匡胤捏了一把汗。因为如若撞上,匡胤的脑袋非撞碎不可。马又跑得十分迅疾,匡胤已无法下马。路上行人见一疯马奔驰而来,尖叫着纷纷躲避。眼看脑袋要撞上城门上方的横木,匡胤伸出双手一推横木,自己借力一个倒滚翻,翻在了地上。在地上滚了几滚,便不动了。那马见人掉了下来,直冲入城中去了。

众人都吓了一跳,以为赵匡胤不死即伤。谁知匡胤站起身,拍拍尘土,对众人说:“好厉害,此马果非凡品,聪明异常,极难驯服。但若能驯服,必是一匹百里挑一的良驹。”众人见匡胤头上,连个红包也无,不禁佩服得五体投地:“壮士好身手！我们比不上你。此马看来只有壮士能用!”匡胤拱手道:“多谢诸位夸奖,赵某受之有愧。像此等马匹,我也不敢受用。”

匡胤回到家里,见父母正在灯下商议事情。匡胤自到厨下,命青玉做饭给自己吃。匡胤吃着饭,却见青玉对着自己偷偷地笑。匡胤道:“你这妮子,可又作怪,怎么老是对我发笑,是何道理？难道是我脸上有泥巴牛屎?”青玉道:“大郎说哪里话嘞。大郎快要有天大喜事了,故此发笑。”经青玉一说,匡胤才恍然大悟,原来父亲早就为自己聘了贺景思之女。现在自己已二十多岁,怕是要为自己完婚了。岳父贺景思与父亲是同僚,二人颇有交谊。听说新娘子虽无沉鱼落雁之貌,但端庄贤淑。匡胤也不放在心上。反正妻子就是妻子,高兴了,多陪陪她;不高兴了,再找妮子玩。

等再盛下一碗饭时,青玉还在抿嘴儿乐。匡胤道:“你这小婢子,我看你身上发痒了,再笑,我晚上好好收拾收拾你。”青玉道:“大郎小声些,让人听见了多不好。”匡胤道:“有何不好？我以后就收你做妾,又如何?”青玉道:“只怕有了夫人,大郎就不理我了。”匡胤见她娇媚可爱,就一把揽过,亲热了一番,一边嘴里说:“以后还少不得麻烦你。”青玉挣扎了几下,理了理头发,说:“大郎休闹,我还要刷洗锅碗呢。”匡胤方才罢了。

匡胤虽然和青玉胡闹,但总觉得这小妮子身上,有一层谜一样的东西。是的,自从来到赵家后,青玉很勤快,做事待人,也很像一个丫鬟的样子;但在她身上,总有一些不像丫鬟,也不像乞丐的东西。比如,她的武功,似乎很胡闹,好像是一种机灵,实际上,说是武功高强,也并不夸张。因为,赵匡胤和很多武功高手过过招,青玉的招数,就让他感到难以捉摸。而且武功的路数,全然不合理路,似乎像是任何门派,又似乎什么门派也不像。在平日,青玉也很随和,甚至能够面对匡胤的故意骚扰,说一些似乎很亲热的话。但在这种随和的背后,似乎又有一种冷淡,一种拒人于千里之外的架势,或者夸张一点儿说,在她身上,有一种高贵,这种高贵,甚至超过了一般的达官贵人。匡胤事情很多,也没有过多的时间来探讨青玉的身世,何况就是探讨,也一无所获。所以,匡胤只好作罢。但看到她和匡义、匡美无忧无虑玩耍的时候,匡胤有时候甚至怀疑自己,疑心病是不是太重了。

日子一天一天地过,赵匡胤过得也很郁闷,没办法,又出去找慕容延钊和韩令坤厮混。三个人在一起,能有什么好事？东京城被他们逛遍了,所有的勾栏瓦肆,混得比家里还熟,所有的勾栏妮子,混得比自家的丫头还熟。银子花完了,三个人就到郊外的地里,偷个萝卜拧把菜,捉个知了拿个瓜。郊外农人,看见这三个人的影子就怕。

慕容延钊是个聪明人,发明了一个新玩法,在地上挖了一个土灶,上面放上荷叶,装满水,再拾上一些柴火,点了火,咕咕嘟嘟地就煮上了。水里面是有什么放什么,几条鱼,几把毛豆,总而言之,几个人吃得那叫一个香。觉得人在天地间,此时最惬意。吃饱了,找个干净树荫,放翻了身体,美美睡上一觉,想睡到何时就睡到何

时,管他东西南北,脏唐臭汉。

韩令坤是个包打听,东京城的什么事情,瞒不过他的耳朵。他对赵匡胤说:“大哥,你知不道,咱这东京城里,最近有件新鲜事。”韩令坤总是把“不知道”说成“知不道”,似乎这样才够范,够时髦。

“什么鸟事,值得大惊小怪,嘴脸!”赵匡胤说。

“大哥,皇上在后宫又建了个御花园。里面奇花异木,鸟语花香。”韩令坤无比羡慕。

“我教你咬我鸟,眼皮子浅嘛,老子什么事没见过,稀罕它!”赵匡胤吱的一声,往地上吐了一口口水。这口口水吐得太帅了,把韩令坤羡慕得两眼发直,自卑得心中空虚,本来想说的话,一句也说不出来了。

慕容延钊说:“大哥,真的很不错。不但花鸟好,听说南唐国主送来了一帮会吹拉弹唱的女乐,个个如花似玉。皇上建这个园子,就是为她们建的。”

“这些妮子,可不像咱们在勾栏里见的,简直就是美若天仙。”韩令坤咽了一口唾沫。

“哦,既是这样,我等就去看上一看?”赵匡胤说。

“看看,看看。”两个兄弟在这种事情上,总是听大哥的。

第二章

一、御花园

后汉的皇宫，就在东京城的中心。宫门口，士兵林立，刀枪剑戟一片雪亮，三个人看了一会儿，终无胆量进去，只好悻悻地离开。

“呸，稀罕它！”慕容延钊说。

“呸，请也不去，老子什么世面没见过。”韩令坤说。

“前面进不去，咱到宫后面看一看。”赵匡胤说。

三个人转了半天，转到后门，一看，还是没戏。皇宫后门，仍然把守得如同铁桶似的。

“真想飞过去看看。”慕容延钊说。

“可惜哦，老子没长翅膀。”韩令坤说。

“飞是飞不过去。可是要真想进去，也不是没有办法。”赵匡胤说。

“哥哦，啥子办法哟？”韩令坤赶紧问。

“爬过去，这宫墙又不算高。”赵匡胤指着宫墙说。

原来，当时的宫墙，还是土筑的。直到宋真宗时，才改成了砖墙。既然是土筑的，就难免有一些坡度，就难免在上面长了一些乱七八糟的小树。虽然由于法度森严，无人敢攀爬，但真要攀爬起来，倒也不是很难。等爬到墙顶，三个人胳膊上、脸

上,都被树枝划伤了好几道。

站在宫墙上往下望去,果见御花园内五彩缤纷,红花绿叶,互相映衬。树木蓊郁,亭台楼阁,不时点缀于其间。外面戒备森严,里面倒是十分安静,除了蝉鸣声,就是一两声清脆的鸟鸣。站在宫墙上看去,就像在看一幅画。如果再配上一些云雾,简直使人如入仙境,又仿佛是做了一个迷离恍惚的美梦。

“大哥,咱们回去吧。”韩令坤说。

“既然到此,没有回去的道理。大哥,咱们下去。”慕容延钊说。

“下。”赵匡胤下了决心。

攀着宫墙内的树木,三人慢慢地下到了地面。在花丛中逶迤潜行。赵匡胤正想开口说话,一抬头,吓了一跳,在他们面前,竟然站立着一位十多岁的小女孩。小女孩一身绿衣,满脸稚气,却能看出,其长相清秀可人,长大了,一定是一位美人。三个人都愣住了。站在那里,不知该怎么办。小女孩倒很镇定,问:“你们几个是干什么的?怎么到御花园来了?”韩令坤反应倒快,说:“你是干什么的?”

小女孩说:“我叫宋娇娇。这花园就是我舅舅的。怎么,我不能和丫头来玩吗?”

韩令坤说:“什么,皇上是你舅舅?”

慕容延钊说:“这么说,你母亲是公主?”

宋娇娇说:“如假包换。”

赵匡胤说:“原来如此,那么,你的丫鬟呢?”

宋娇娇说:“她们太笨了,被我在花丛中甩掉了。”

赵匡胤说:“小姑娘,你不要对人说看到了我们,我们走了,你只管玩耍。”

“你们是刺客吗?”宋娇娇问。

“什么刺客,我们就是来逛逛。”

“既然不是刺客,赶紧出去吧,在这里闲逛,是要杀头的。”宋娇娇一脸担忧。

赵匡胤道:“小姑娘,请不要暴露我们的行踪,我们来玩一玩,就走。”

“别看现在这会儿安静,等一会儿皇上和女乐们过来了,会有很多拿枪拿刀的

兵士,他们会抓你们的。”宋娇娇依然苦口相劝。

“那你给我们说一说,女乐们都在哪里?”韩令坤问。

“就在前面那座高楼内。”宋娇娇用手往前一指。

“大哥,咱们快去看看,然后就走吧,此地不可久留,万一惹出事来,不是要处。”慕容延钊说。

“好吧,快去快回。兄弟们,走。”赵匡胤领着两个兄弟,在花丛中左晃右晃,往赏心楼而去。宋娇娇摇了摇头,一脸的不解:这些人,也忒大胆了。这可是要命的事情,他们却浑不在乎。

赵匡胤三人,顺着花丛,潜到了赏心楼下面。只见好一座高楼,巍峨雄壮。从下往上看去,更是气势非凡。每层的屋檐下,还都有一个大匾额。上面的字看不清楚,只有最底下的一个匾额,上面写的是“赏心楼”三字。这只是赵匡胤和慕容延钊能看出,韩令坤只能认出一两个字。

通向楼内,却有很高的台阶。三个人见无人把守,正想上去。猛听得楼内大鼓咚咚咚响了三声,大锣也当当当地响了三声,接着,就是一片悠扬的丝竹之声,再加上清脆的磬声。只听到一个公鸭嗓子喊道:“皇上驾到!”只见从楼后转出一群人来,走在中间的,是一个消瘦的年轻人,走起路来一步三摇,好像来一阵风都要吹倒。两个太监在左右走着,想搀扶,又不敢。

女乐们打扮得花枝招展,从楼内一拥而出,个个莺声滴沥:“参见皇上!”

汉隐帝将手一摆:“莫多礼,快进楼吧!”

听到这一声,女乐们也是娇惯惯了的,一拥而上,围住了汉隐帝,叽叽喳喳地,说个没完。什么皇上,我可想死你了;什么皇上你不来,我们都睡不着觉;等等,不但肉,而且麻。

看到这等情景,伏在花丛中的韩令坤再也忍不住,哈的一声笑出了声。这下可不得了了,卫士们迅速拿着刀枪,往赵匡胤他们所在的地方包抄而来。

赵匡胤一看,两拳难敌四手,就说了声:“走!”拔脚就向围墙飞奔,慕容延钊和韩令坤也不敢怠慢,迅速抽身就走。

卫士们见三条黑影，迅速从花丛中逃脱，不知谁喊了声："放箭！"一声未了，只见箭如飞蝗，直向三人奔来。

赵匡胤跑在最前边，本来可以先上宫墙。但看见方才遇到的小姑娘宋娇娇面对箭支，竟然吓得呆呆地站在那里，赵匡胤飞身上前，将她扑倒在地。只听头顶呼呼地飞过了许多箭支。慕容延钊和韩令坤也都是将门之子，见大哥卧倒，两个人也都卧在了地上。

众士兵见三人不再奔跑，一拥而上，将三人擒获。

三人被绳索捆绑，带到了赏心楼内。隐帝正和几个女乐，坐在那里嘻嘻哈哈，嘴里含着蜀国进贡来的荔枝。

女乐柳烟剥了一颗荔枝，塞到隐帝的嘴里："皇上，这荔枝洁白柔软，像什么物什？"

隐帝想了想，说："依朕看，倒像你那个东西。"

柳烟打了隐帝一下："胡说，哪个东西？"

隐帝摸了她胸前一把："就是这两个东西。"

女乐们嘻嘻哈哈，笑成一团。

另一个女乐柳眉有些不乐意了，说："皇上忒偏心，她的像荔枝，偏我们的就不像？"

隐帝说："像，像，都像。不过你的不像荔枝。"

众女乐忙凑趣："她的像什么？"

隐帝比画着说："像，像个大白葫芦！"

楼内顿时笑成一团。

军士们把赵匡胤三人推倒在地。

隐帝问："这就是刚才捣乱的三个人吗？"

御林军班头上前答道："是。"

隐帝说："这三个人擅闯御花园，该当何罪呀？"

班头说："依律当斩。"

隐帝说："不要动不动就说斩。朕是仁慈之主，不能轻易夺人性命，打他们几十军棍，也就是了。"

班头说："皇上圣明。吾皇万岁，万万岁。"

大家见班头喊，也都喊了个不亦乐乎。

隐帝心中十分高兴，就问赵匡胤道："兀那汉子，你是何方人士，为何要闯御花园哪？"

赵匡胤知道此时生死攸关，赶忙回答："启禀皇上，小的是东京人士，我叫赵匡胤。他们两个，一个叫慕容延钊，一个叫韩令坤。我们三个的亲爷，都在朝中为官。"

"哦，你的亲爷叫什么呀？"隐帝问。

"回皇上话，小的亲爷叫赵弘殷。"赵匡胤说。

"赵弘殷是个好人，为我大汉立下了汗马功劳。"隐帝倒是一点儿也不糊涂。

"小的因贪看美景，擅闯御花园，惊了圣驾，心中十分不安，望皇上恕罪。小的以后，一定痛改前非，为国效力。"赵匡胤看隐帝十分和蔼，就思谋着尽快脱身。

慕容延钊和韩令坤也赶忙说："请皇上恕罪，我们一定痛改前非。"

隐帝正想做个仁慈之主，见此情形，就一摆手："既然如此，那就……"

不承想女乐柳烟这时插了话："皇上，这几个人都是将门之子，什么美景没有见过，他们能因为贪看美景，而擅闯御花园？这话只能哄一哄小孩子。贱妾看他们三个武艺高强，说不定是三个刺客。今天把他们放了，明日又来刺杀，皇上能有好日子过吗？"

柳眉也趁机火上浇油："皇上，贱妾觉得姐姐说得有道理。目今天下大乱，乱臣贼子甚多，谁知道他们来干什么，受何人指使。以贱妾看，不如一刀杀了，一了百了。"

隐帝也犹豫起来，问班头："今日之事，该当如何处置？"

班头说："皇上圣明，臣以为，皇上刚才的处置，就极其妥当。"

"皇上，要是这三个汉子都是刺客，皇上的性命就不保了。"柳烟不依不饶。

“就是，对于这些乱臣贼子，不能心慈手软，否则贻祸不浅。”柳眉也添油加醋。

柳烟甚至拉着隐帝的袖子撒娇：“皇上，杀了这三个讨厌鬼，贱妾还没见过杀人呢。”

柳眉说：“皇上，您是一代英主，做事要当机立断，可不能有妇人之仁，要为大汉的千秋大业着想。”

隐帝被说得六神无主：“那好吧，就依两位美人的意思，把这三个汉子，推出去，斩了！”

柳烟、柳眉齐声高呼：“皇上圣明。”

赵匡胤大呼：“皇上，可不能听信谗言，乱杀无辜。”

慕容延钊也大喊：“皇上，这两个女人是南唐奸细，她们要制造我大汉内乱。”

柳烟一撇嘴：“我们制造内乱？你们擅闯御花园，是我们绑你们来的吗？”

柳眉也说：“皇上，甭跟他们废话，拉出去砍了，省得耽误我们的乐事。”

隐帝说：“那，那就拉出去，砍了吧。”

兵士们推搡着赵匡胤三人往外边走，猛听得一个稚嫩的童声喊道：“皇上舅舅，不要杀人。”

众人一看，只见宋娇娇从外面跑了进来。

宋娇娇一口气跑到隐帝跟前，伏在隐帝身上撒娇：“舅舅，不要杀人，这三个人是好人。”

隐帝素来喜欢这个聪明伶俐、乖巧可爱的小外甥女，见她也来参事，觉得非常有意思，就问：“他们三个是好人，你怎么知道？”

宋娇娇说：“刚才放箭时，我正在花丛中。这红脸的汉子本来可以跑掉，可他不顾自己安危，把我扑倒。要不是他，我说不定就死了。他们于我有救命之恩，舅舅应该把他们放了。”

宋娇娇还没有说完，柳烟、柳眉就喊道：“皇上，不能放。”

隐帝面对此种情景，真的不知道如何是好。万般无奈之下，只好问班头：“依你说，此事究竟该如何处置？”

班头说："臣还是那句话，皇上已经说过，就按皇上刚才的意思办。各打三十军棍，放他们回家。"

隐帝一摆手："就这样吧。"

柳烟、柳眉一起喊："皇上，不能这样。"

隐帝道："美人们，朕和你们一起，是寻快活的。你们要是再多嘴多舌，朕就不见你们了。朕是一代英主，不是昏君，不会受你们几个狐狸精的摆布。你们要记住，是朕玩你们，不是你们玩朕。从今以后，谁再在国事上多嘴多舌，朕把她永远打入冷宫！你们信也不信？"隐帝说完，眼中闪出了一道冷光。众人都打了一个寒战，女乐们也不敢再多嘴。

赵匡胤三人死里逃生，每个人都是汗湿衣背。慕容延钊道："娘娘的，鬼门关里走了一遭。吃饭的家伙险些不保。"韩令坤道："老子的尿都快被吓了出来。"

二人你一言我一语地说个不停，独有赵匡胤一言不发，紧锁眉头，似有所思。韩令坤道："大哥，有何高见，快快讲来。"赵匡胤道："还谈什么高见，差点连命都丢了。如不是那小郡主宋娇娇，我们几个，怕再也见不着父母的面了。"

韩令坤道："就是，那两个女乐可恨，老子恨不得宰了她们。"

慕容延钊道："常言说得好，最毒莫过妇人心。我等与两位女乐无冤无仇，她们却要我等的命。此仇不报，老子不姓慕容，姓容慕。"

韩令坤说："大哥，你咽得下这口气吗？"

赵匡胤说："这两个女娘，着实令人痛恨。留在宫中，早晚是个祸害。等哪日皇上出巡，御花园里防备松弛，我们再来这里不迟。"

"既然大哥如此说，我们就听大哥安排。"慕容延钊说。

"对，听大哥的，没错。"韩令坤也赶忙表示。

二、朝廷要抓咱们

父亲赵弘殷偏又奉命在外作战，且屡有捷报传来。匡胤心中就有些着起急来，自己已经成人，老在家里待着，何时能建功立业？男子汉大丈夫，当出去闯荡一番，才不负平生志向。于是，就向母亲辞行。母亲死活不同意，说："家里有你父亲一人在外拼命就够了，不能让你再去冒险。你父亲一出去打仗，我在家里就坐卧不安，噩梦频频。要是你再去厮杀，如果有个三长两短，教我如何活得下去？"说着说着就哭了，还哭得挺伤心。赵匡胤遇到此种阵势，只好努力劝慰母亲，表示不再出去。母亲方破涕为笑，拉着他的手说："好儿子，在家里念书，也能建功立业。天下总不能老这样乱下去，总要太平的。天下一太平，就需要读书人了。武夫有什么好？拿命换富贵，也算不上本事。武夫就像猎人的猎狗，等猎物打完了，猎狗也要被杀掉了。"赵匡胤不住点头，心中却不以为然。

过了几天，汉隐帝带着全副仪仗，大张旗鼓地去南郊祭天。皇上出宫，热闹非凡。旗锣伞扇，一排一排的士兵，摆了好长。打头的先锋已经到了南门，后边的殿后人员刚出宫门。御街两旁，挤满了看热闹的人群，摩肩接踵，挥汗如雨，一个个踮脚引颈，都为了观看皇家威仪。隐帝本来对祭天什么的不感兴趣，觉得还不如在御花园里，与美女说笑打闹。但坐在辇车里，看见百姓对自己如此热爱，心中忽然觉得偶尔去祭祭天，也是可以的。想到此处，隐帝就把车窗的布帘拉开了一半。大家看见车里坐了一个身穿黄袍的年轻人，就晓得是皇上了。不知是谁喊了一声万岁，就跪下了，于是大家也都跪下了。直到车驾出了城，大家才起身。有个老者，已经八十多岁了，激动得两眼垂泪，说自己这辈子活得值了，竟然见到了皇上，就是回家就死，也毫无遗憾。

赵匡胤三人，也在人丛中看热闹。东京城中有热闹不看，那叫暴殄天物。慕容延钊感慨道："做皇上真的好威风。"韩令坤道："奶奶的，啥时我们三个，也弄个皇上

当当。”慕容延钊道:“你做皇上,下辈子吧。”赵匡胤冷冷道:“人只有一辈子,这辈子不做皇上,就永远做不得。”

慕容延钊忽然道:“皇上的车上,怎么没有带那两个女乐?”

韩令坤道:“皇上带她们干什么,嫔不嫔妃不妃的。她们不过是皇上的玩物罢啦。”

赵匡胤道:“休得多嘴,走,咱们再去御花园。”

韩令坤道:“去御花园,这大白天?”

慕容延钊一拍大腿:“对呀,真是好机会。皇上去祭天,御花园中肯定防备松弛。兵士们都去护卫皇上了,咱们再去玩一玩。”

韩令坤道:“别再让人捉住了。”

“呸。”慕容延钊吐了一口唾沫。

“吱。”赵匡胤也吐了一口唾沫,从牙缝里吐的,吐得又潇洒又帅气,把韩令坤羡慕得眼睛都直了。

赵匡胤三人又来到了御花园后墙外,上次已经做过的事,早已经轻车熟路。不一会儿,就到了宫墙之上。赵匡胤捡了一个土块,往下一投,除了扑扑棱棱惊起几只小鸟,其他没有什么动静。三个人陆陆续续下到花丛中,在花丛中逶迤前行,朝赏心楼进发。不一会儿,就到了楼外边。楼外有两个士兵,正在无精打采地打瞌睡。赵匡胤一比画,做了个打倒的动作。韩令坤和慕容延钊扑向左边的士兵,赵匡胤扑向右边的士兵,不一会儿,两个人就被打昏了,被拖到楼内的门后边。

楼内也是静悄悄的,没有一个人。三个人一直往里走,左拐,在一座石屏风后边,才听到有隐隐约约的人声。三人悄悄前行,伏在屏风后。只听见哗哗的搅水声,嘻嘻哈哈的女人笑声。只听见那柳烟道:“你还有脸笑,国主派我们到这儿来,可不是让我们来欢乐的,也不是让我们仅仅让小皇帝舒坦的。”

柳眉道:“上次那事,天赐良机,可惜功败垂成。要是小皇帝杀了那三个将门之子,这三个将军一反,就够这汉皇帝喝一壶了。”

柳烟道:“没弄成的事,还说它干吗。”

柳眉道:“那,以后这种事,还会有吗?”

柳烟道:“你没长脑子呀?像这样的事,可遇而不可求。别再痴心妄想啦。”

柳眉道:“那怎么办哪,我们就坐在这里无所作为?”

柳烟道:“什么无所作为,你让那小皇帝在你身上多耗些精力,让他头昏眼花,不能理朝政,就是忠于国主了。”

“这也是你的职责。”柳眉也哧哧地乱笑。

赵匡胤三人听得怒火满腔,转过屏风就要动手。可刚一转过屏风,三个人赶紧又缩了回来。因为眼前的情景太香艳,柳烟、柳眉几乎赤裸着全身,在水池里泡着。也许要谈机密之事,连丫鬟也没有一个。

韩令坤说:“哥哦,咋办呀?”

慕容延钊道:“老子还没碰到过这种事。”

赵匡胤一跺脚:“举大事者不拘小节。她们左右是个婊子,又不是良家妇女,留着她们,只会祸害朝廷。你们两个一人一个,把她们弄在水池里,让她们洗个够。”

慕容延钊和韩令坤闻言,一阵风似的跑上前去,抓住二人就往水里按。柳烟刚喊出一声“是你们”,就被慕容延钊按到了水里,柳眉也被韩令坤按到了水里。直到水中不再出气泡,二人才放手。韩令坤忙里偷闲,还将柳眉翻过身来,趁机在她身上摸索了一回。慕容延钊一见,也如法炮制。

要不是赵匡胤喊了声快走,二人已忘记身在何处。

三人迅速穿过花径,翻过宫墙,消失在人群之中。

办了这件大事,三个人一身轻松,也一身疲惫。在韩令坤的建议下,三个人到酒楼痛快地喝了一场,喝得颠三倒四的,吹了一通牛。后来,醉醺醺的三个人,又到赌场博了一回。博的结果,自然是身无分文。各自回到家中,呼呼大睡。

赵匡胤正睡着,忽然听到“哐哐”的打门声。只见慕容延钊和韩令坤二人,跑得上气不接下气,道:“哥哥,快跑吧,朝廷来抓咱们啦。”赵匡胤忙问为何,韩令坤道:“那,那两个贱人没有死,把咱们告了。”赵匡胤道:“怎么能没死呢?”慕容延钊道:

“幸亏我阿爷在朝中从一个好友那里闻知了信息,不然,咱们三个都要把小命丢了。哥哥,快逃吧。再晚,就来不及了。”

赵匡胤道:“那,咱们一块儿走吧。”慕容延钊道:“哥哥,到天明,城门就该盘查了,一起走,更是走不掉,咱们还是各自想办法吧。”赵匡胤想了想:“也好,保命要紧,兄弟们,咱们后会有期。”

辞别了慕容延钊和韩令坤,赵匡胤大踏步走出家门。家人正在熟睡,他也不去惊动他们。摸摸口袋,里面还有些散碎银两。看看天上,一弯新月挂在西南天角,周围只有稀稀拉拉几颗星星,在少气无力地眨着眼。微风吹起,使人多少感到有些凉意。东京的大街上,白日热闹非凡,此时却静悄悄的,没有几个人影。只有早起的勤快生意人的作坊里,才透出一星半点的灯光。一股悲凉之意从赵匡胤的心头升起。已经二十多岁,一事无成,空有一身力气,不过是风花雪月,惹是生非。到现在,弄得有国难投,有家难奔。

第三章

一、偷渡

既然在大汉待不住，赵匡胤决定往江南去。听说那里鱼米之乡，百姓富庶，是除了东京之外，最好的地方。城门是闯不得的，要走，只能走水路。赵匡胤想到此处，就径直向南走，来到了汴河码头。

汴河码头就在大相国寺以南，距赵匡胤居住的鸡儿巷并不太远。这是一座大码头，从东南到东京的船只，都在此处停靠。江南一带，虽是由吴越国和南唐占据，与北方的贸易，却一直没有断绝。赵匡胤走到一只不大的船上，悄悄走到舱内，只见舱里一袋一袋的，不知堆满了什么东西。赵匡胤也不作声，就爬到船舱深处，躺在那里。水浪轻轻晃动着船只，犹如摇篮一般，在这种晃动中，赵匡胤迷迷糊糊地进入了梦乡。

不知过了多久，赵匡胤醒了，摸摸袋子，才想起自己是在船上。他爬出舱去，站在船头，四处一望，只见天早已大亮。汴河两边，绿柳成荫，两岸的农田中，有三三两两的农人在耕作。

赵匡胤觉得有些内急，就对着河水，畅快了一回。刚刚事毕，就听见身后"哦"的一声尖叫。他回头一看，只见一个十多岁的小姑娘，正手拿一竹箩，想到船边淘米，看见他，吓了一跳，故此尖叫起来。

赵匡胤知道这是船家，就深深地行了一个叉手礼："姑娘恕罪，小可未经许可，上了尊舟，先在这里谢过。"

小姑娘小嘴噘得老高："你这大汉，做事忒没个下梢，俺家这船，是运粮的，不是不三不四的人随便就坐的。"

转眼之间，自己就成了不三不四的人，赵匡胤感到又好气又好笑，遂道："小姑娘，咱家也是正经人家，怎么能说是不三不四呢？"

"偷偷爬上船，还不能说不三不四？"

面对这小姑娘，赵匡胤也没有办法，只得摩挲着两只手，站在那里一动不动。

"兀那大汉，你待在那里干吗？敢是痰迷心窍？"

赵匡胤长叹一口气："咱家有什么办法，落到此等地步，只能听尊驾唠叨。"

"什么落到此等地步？你犯了罪吗？"

"不能说犯罪，只能说多管闲事而已。"

"哦，我知道了。我们的船过东水门时，守门的军士拿了三个人的画像，问我们有没有人上船，还往船舱里搜查了一番。幸亏你在后舱，他们搜得毛糙，不然的话，你早就被抓起来了。"

"还有这番惊险？小可实是不知。"赵匡胤又施了一礼。

"要是搜出了你，还不是连累了我们。"小姑娘很生气。

"给姑娘添麻烦了，赵匡胤在这里赔礼。"

"赵匡胤？"小姑娘一皱眉，"这个名儿好像听说过。哦，想起来了，你就是东京城里人见人怕的赵大郎。"

"哪里哪里，姑娘言重了。赵某一向乐善好施，只是有时爱打抱不平而已。"

"这船上就你一个人吗？"赵匡胤问。

"你想得美，一个人，俺才不敢留你呢。俺阿爷年纪大了，在前舱里睡着了。俺也不忍心叫醒他，想让他多睡会儿。"小姑娘说。

"想不到你小小年纪，竟然有如此孝心，赵某佩服。咱家的名字，你已经知道了，不知姑娘可肯告知芳名？"

“俺为何要告诉你？偏不告诉。”

“姑娘不想告诉，赵某也不敢勉强。只是赵某肚中饥饿，姑娘可否做饭时多做一些？咱家这里有银子，可照价付给。”

“跟你一般见识，就饿死你。记住了，俺叫瑞瑞。只是船上有米，却没有菜了，须得到前边码头停船，去买菜蔬。”

二、奇怪的饭食

转眼到了一处小码头。说是码头，不过是几根木桩、几块木板而已。瑞瑞将船驶到岸边，赵匡胤没有等到船靠近码头，就一个箭步跳上了岸，将船系在一棵大柳树上。此时瑞瑞的阿爷已经醒来，瑞瑞将赵匡胤引荐给了爷爷。老人家本是慈善心肠，见船上来了个年轻力壮的帮手，也喜欢得不得了。平日，爷孙两个老的老、小的小，碰不到力气活还好些，碰到力气活，比如搬个重物什么的，就犯了难。

赵匡胤道：“姑娘和老人家稍待，赵某去岸上买些菜蔬回来，好打火做饭。”

瑞瑞道：“阿爷，你在这儿看船。俺和他一块儿去，他又没跑过船，不知道哪儿有菜蔬卖。”

阿爷点了点头，嘱咐他们快去快回。

二人上得岸来，只见田野葱翠，风光旖旎。平平展展的一大块地，有二三百亩。赵匡胤越看，越觉得心旷神怡。

瑞瑞跑船跑惯了的，知道这里叫吕兴集，尚属雍丘管辖，再往东一点儿，便是襄邑地界。

二人沿着一条小路往前走，路两边，长满了高粱。高粱穗尚是绿的，还没有变红。

赵匡胤道：“怎么还往前走？”瑞瑞道：“再走一会儿，前面就是一块菜地。”

正走之间，不知是道路不平，还是别的什么原因，瑞瑞一个趔趄，差点绊倒，赵

匡胤赶紧将其扶住。瑞瑞立脚不稳,整个人跌进了赵匡胤的怀中。

瑞瑞猝不及防,满脸通红,赵匡胤也觉得有些不大自然。瑞瑞稍停一会儿,一把推开了赵匡胤。

瑞瑞似乎生气了,在前边一个劲儿地走,一声也不吭。赵匡胤叫了好几声,她也不答应。赵匡胤道:“敢是咱家无意得罪了你?得罪了你,你就说嘛,打这闷葫芦,让咱家好不气闷。”瑞瑞道:“你得罪了我?你怎么能得罪了我?你是贵人,我不过是个贫贱丫头,你即使得罪了我,又有何惧?一个平常而又平常的丫头,你又何必放在心上?你们生来是贵人,将相之后,我们是什么?生来就是让你们轻薄的。”

赵匡胤至此,才知道瑞瑞为何生气,忙叉手施了一礼:“瑞瑞姑娘,匡胤方才实在是怕姑娘摔倒,仓促之间,也没有想那么多。如果无意之间冒犯了姑娘,在下先在这里谢过。”

谁知瑞瑞并不领情,冷笑一声道:“现在的人心,倒也难测得很,我倒想把人想得好些,只怕一不小心,就堕入了别人挖好的坑儿。”

赵匡胤哪见过如此阵仗,以前,他只和丫鬟们打过交道,她们虽说不上百依百顺,总体上还是听话的,他哪见过这等刁蛮的女孩。他是个武人,虽然读过一些书,但对儿女情长这一套却不懂,也不感兴趣,对女孩子,他喜欢快刀斩乱麻。他心中一急,就脱口而出:“我若是对姑娘有歹意,叫天打五雷轰。”

谁知听了这话,瑞瑞更生气了:“你自然不会对我有歹意,我这样的人,哪配得上你的歹意!”

赵匡胤丈二和尚摸不着头脑,再也不敢作声,默默地随她前去。

转眼到了一块菜地,二人不分好歹,买了些茄子、地瓜、芫荽、豆角、大葱之类的。瑞瑞也不拿菜,飞快地在前面走着。赵匡胤只好拿着菜在后面跟着,回到船上。

瑞瑞的爷爷正坐在船头,眼巴巴地张望。赵匡胤上前见了礼,细说自己上船的缘由,并对自己擅自上船表示歉意。老人家倒很随和,笑呵呵地说:“客官,其实你上船时,我已经知道了。像你这样偷偷搭船的,一年之中,也会有好几个。我见你

相貌堂堂,一脸正气,手中也没拿兵刃,故此不曾拦你。过东水门时,兵士一盘问,老汉就知道你是谁,犯了何事了。”赵匡胤连忙再施礼:“感谢老丈成全,惭愧,惭愧。”

瑞瑞做了饭,给爷爷端了一碗,给赵匡胤那一碗,“嘭”的一声放在舱板上。赵匡胤笑了笑,端起碗只顾吃。瑞瑞的爷爷眨眨眼,对赵匡胤说:“我们瑞瑞,心眼好着哪,就是爱发些小脾气。”瑞瑞道:“爷爷,你再说人家坏话,下顿不给你饭吃。”爷爷笑了笑:“你们看一会儿船,也让老汉我上岸走走。记得这里有一处寺院,叫铁瓦寺,老汉去烧一炷香。”

老汉去后,赵匡胤就站在船头,朝着远方眺望。瑞瑞则洗锅刷碗,忙个不停。等忙完了,瑞瑞也无事可干了,就搬了个小板凳,坐在船尾,手托香腮,呆呆地,不知想些什么。两个人,一个在船头,一个在船尾,都不作声,只有河水,在汩汩东流。

赵匡胤无聊至极,一回身到了舱内,东找找西翻翻,忽然发现了一根竹子做的鱼竿,感到有了事做。赵匡胤拿了把铁铲,跑到岸上,在表面上有土粒的湿地上掘了几下,就掘到了几条蚯蚓。再将蚯蚓分为一小段一小段,挂在鱼钩上,就开始坐在船头,钓起鱼来。蚯蚓样子长得不好看,又有一股刺鼻而又奇怪的腥味,人闻起来很不愉快,但这味道鱼类却最喜欢。因此,用蚯蚓做鱼饵,钓起鱼来效果最好。

鱼钩放在水里没有多大一会儿,赵匡胤就看见蒜莛做的鱼漂开始往下沉。他硬着手腕一甩,一条斤把重的草鱼被甩到了船尾,在瑞瑞面前蹦来蹦去。

瑞瑞本不想理睬,但一条大鱼在自己身边蹦来蹦去,总有些心动。就从鱼钩上摘了鱼,放在舱里的水盆中。等到她出舱时,赵匡胤又钓出一条大鲤鱼。瑞瑞又取下来,放到舱内。

赵匡胤得意扬扬,觉得挺有意思,仿佛又回到了与慕容延钊和韩令坤在一起的快乐时光。

“谁让你拿我的鱼竿的?”瑞瑞没事找事。

赵匡胤也不理她,一连钓了五六条鱼。还要再钓,瑞瑞说:“算了吧,算了吧,为人不可太贪,太贪了,惹河神爷不高兴,下次你就没饭吃了。”听到此话,赵匡胤方收

了鱼竿。

二人开始收拾鱼。先是开膛,然后再去鳃、刮鳞。每逢开膛,赵匡胤总要双手合十,祷告一番。

瑞瑞道:“想不到你这大汉,心倒慈善得很。”

赵匡胤道:“虽然是鱼,毕竟是一条性命。我们不得已吃它们,也要祝它们早日托生。”

瑞瑞点了点头。这次倒没有和赵匡胤争论。

赵匡胤说:“你只知道鱼肉能吃,你知不知道鱼泡也能吃?”

“鱼泡能吃?”瑞瑞睁大了眼睛,“那能好吃吗?”

“反正能吃。”赵匡胤说。

“吃它干吗,无聊嘛。”瑞瑞道。

“鱼泡不但能吃,而且有大用处。”赵匡胤故意卖关子。

“什么用处?”瑞瑞果然上钩了。

“现在不能告诉你,以后再说吧。”

“不,你现在告诉我。”瑞瑞噘起了嘴。

“现在真的不能告诉你。”

“谁让你挑起人家的好奇心的。”瑞瑞说。

“好奇害死大狐狸。”赵匡胤一脸坏坏的笑。

“你不告诉我,等会儿不让你吃鱼。”

“真的不能告诉你,不是什么好话。我再跟你说个秘密,鱼鳞也能吃,你知道吗?”

“吃鱼鳞?”瑞瑞这下更惊奇了,“那有什么好吃的？肯定难吃死了。怎么吃?煎煮烹炸？怎么吃,也不会有什么好味道。”

“一说你就不懂。这吃鱼鳞哪,得用一种特殊的做法。”

“什么做法?”瑞瑞毕竟年纪不大,听赵匡胤说话,就像小孩子听大人讲有趣的故事一样,完全被吸引住了。

“你先把鱼鳞洗净了，然后放在锅里，用文火熬，直到把鱼鳞全部化成糊。等凉了以后，这些鱼鳞就会变成透明的鱼鳞冻。把这些鱼鳞冻切成方块，再配以葱、姜、蒜、醋、小磨油，吃起来，别提味道有多好了。”赵匡胤绘声绘色，讲得非常到位。

“别说了，别说了，赶快做，快做鱼鳞冻，然后再做鱼汤。”瑞瑞变得迫不及待。

等到鱼鳞冻做好、鱼汤熬好，天已近黄昏，瑞瑞的爷爷也回来了，三个人美美地吃了一顿。鱼鳞冻筋道有味，鱼汤和鱼肉的鲜香，令三个人都很愉快。

三、内功

也许是累了一天，赵匡胤在吃过晚饭不久，倒头便睡。不知睡了多久，有些内急，就走到舱外，正想方便，一抬头，见瑞瑞和她爷爷正在船头闭目打坐。赵匡胤在练武时，也练过一些内功，知道打坐的时间越长，打坐时越稳，功力越深厚。他们两个到底是什么人，怎么会武功呢？想到此处，赵匡胤伏在船尾，一动也不敢动。

又过了一盏茶工夫，只见老者头上竟然起了一团白色的雾气。瑞瑞头上也起了白色的雾气，只是没有老者的雾气浓。赵匡胤曾听父亲言道，内功达到高深之境的人，在练功时，头上能出白雾，而这爷孙两个，竟然都是武功高深之人。赵匡胤正想向前拜见，只听那老人道：“赵壮士，快来叙话吧。”

赵匡胤只好走到前边，双膝跪倒：“晚辈有眼不识泰山，不知前辈高人在此，望恕罪则个。”

“比你大上几岁倒是真的，但要说是什么高人，却实实不敢当。”

“前辈在上，请受赵匡胤一拜。”

“快快请起。”老人伸出双手，把赵匡胤扶了起来。

“敢问前辈尊姓大名？”

“我的姓名，实在是不方便告诉于人。也罢，老汉姓陈，你记住就是了。”

“陈师父。”赵匡胤又重重地磕了一个头。

瑞瑞在旁边用手捂着嘴,哧哧地笑个不停。

天渐渐地亮了,河边笼罩着一层薄薄的雾气。植物上的露珠,星星点点的。一切都显得那么新鲜,那么富于朝气。偶尔还有一些小虫儿,在唧唧地叫着。赵匡胤伸了个懒腰,在船上练开了拳脚。

“光练外功,不练内功,不过是头蛮牛而已,有何用处。”赵匡胤正练到得意处,忽听瑞瑞冷冷说道。

赵匡胤对自己的拳脚,本来就很自信,靠这套拳脚,他打遍东京无敌手,并且还结交了不少好汉,从来没有人对自己的拳脚轻视如此。他知道瑞瑞的内功很好,但要说她一个小姑娘家,能用内功胜过自己,却从心里老大不信。因此,他便接言道:“姑娘既然看不起在下的拳脚,可否赐教一回?”

“赐教?我为何要赐教于你?你是我徒弟吗?你拜我做师父,我便教你。”

“姑娘只要胜过了在下,在下再拜也不迟。”

“那好吧。我就教教你。这船上地方太窄,咱们到岸上去。”瑞瑞说。

二人来到岸上的一处柳林之中。瑞瑞说了声看招,就用左手朝赵匡胤的肘弯拂去,赵匡胤猝不及防,右臂登时一阵酸麻,差点抬不起来。这下,他的轻敌之心一点儿没有了,立刻积聚全部精神,一招一式,认真使出,招招势大力沉,拳拳虎虎生风,这样一来,瑞瑞被逼得只有倒退之功,没有还手之力。好在她轻功了得,辗转腾挪,赵匡胤也奈何不了她。

打了一会儿,瑞瑞忽然欺近身来,赵匡胤本来可以一拳打在她身上,但担心打伤她,竟然硬生生地收住了拳力。正在犹豫之际,忽觉颈间一阵酸麻,双手顿时无力。

“在下输了。”赵匡胤说。

“其实你并没有输,只不过你贪恋美色,不忍下手,故此着了我的道。”瑞瑞咯咯笑道。

“在下不过是不想无缘无故伤了姑娘,贪恋美色什么的,在下实在是没有此等想法。”

“那么,是怜香惜玉?”

“不敢,不敢。”赵匡胤说。

“那么,以你的看法,本姑娘不美?”

“哪里哪里,姑娘美如天仙。”

“呵呵,连你也承认我美若天仙。既然我美若天仙,那么你故意让我,是不是怜香惜玉,贪恋美色? 你说,你说!”瑞瑞杏眼圆睁,朝赵匡胤发问。

“好啦好啦,在下贪恋美色,怜香惜玉,故此败北。不知姑娘还有何见教?”

“这还差不多,男子汉大丈夫,就应该说实话。”

“我跟你说,你不要嘴上敷衍,心里还不服气。其实说实话,你的外家功夫练得很不错了,如果再练一些内功,你真的要打遍天下无敌手了。”“还望姑娘赐教。”“这样吧,你教我外家功夫,我教你些内家功夫,可好?”瑞瑞说。

“这样再好不过了。”赵匡胤说的是真心话。

于是,瑞瑞就开始教赵匡胤如何运气,如何打通大小周天。也许是有武功根基,赵匡胤进步甚快,练到第三天,就觉得有一股黏稠滚烫的液体,在自己的任督二脉流动,而且做起来其乐无穷,全身暖洋洋的,如坐云端。一练起功来,一练就是几个时辰。瑞瑞的阿爷只在舱内睡觉,夜里才出来打坐。赵匡胤问他老人家为何如此爱睡觉,瑞瑞说,这有什么,他一高兴,能连续睡三个月呢。赵匡胤闲时,也教瑞瑞一些拳脚招式,瑞瑞轻功颇好,与赵匡胤的武功不对路,往往学得走板变形,赵匡胤也无可奈何。

赵匡胤问瑞瑞,为何不行船,老在此地停泊。瑞瑞说:“阿爷说了,此地是福地,他老人家与此地有缘,要多停留几日。”赵匡胤就不再言语。

四、一把拧死你

赵匡胤是个闲不住的人,在这里停船,除了练练武,钓钓鱼,渐渐地,倒有一些

寂寞涌上心头。若不是瑞瑞乖巧可爱,他只怕早就溜之乎了。几次想溜,但想到瑞瑞,便又止住了念头。这天,他思来想去,终觉得在此停留,不合自己的脾性,就想偷偷走下船去。临走时,心里还默默地念叨着,瑞瑞,对不起了,等我哪天发达了,再来接你。这种吃也吃不好、玩也玩不好的清淡日子,咱家是一点儿也不想过了,你们两个对我好,我知道,日后图报吧,来日方长。心里念叨完,拔腿就往庄稼地里走。本来是有路的,他本可以大摇大摆地走,可不知为什么,他心里有些发虚。他和瑞瑞他们,只不过是萍水相逢,虽有救命之恩,但分手各奔前程,是再自然不过的事情。可赵匡胤心里,就是别扭得很,好像是无端背弃了自家的亲人,有一种做贼的感觉,故此,他舍弃了大路,转走庄稼地里的小道。

赵匡胤如脱网之鱼,在绿色的庄稼地里左右穿梭。正走之间,他吓了一大跳,只见自己面前,有一双乌黑乌黑的大眼睛,在瞪着自己,他不知道瑞瑞为何到了自己前面,原以为瞒天过海,天衣无缝,谁知道,还是没能瞒过这个小妖精。

“干什么去?”瑞瑞一脸坏坏的笑。

“不干什么,就是在地里走走。”赵匡胤一脸尴尬的笑。

“人要是没了良心,神仙也难治。”瑞瑞说。

“我就是随便出来走走,你可不要多想。”

“多想?”瑞瑞冷笑一声,“我不用多想,想多了,只怕就气死了。我问你,是不是想撇下阿爷和我,远走高飞?”

“哪里哪里,我要是有想法,让我在旱地里淹死,让我在一百年后老死,让我死后不能成为神仙。”

“我和阿爷,老的老小的小,如果有人欺负了,怎么办？指望你当个随从,你倒好,一声不吭,开溜了。”

“没有没有,姑娘误会了,我就是觉得船上有些闷,出来透透气。”

“闷？你跟我在一起,当然会闷了。我长得丑,人又厉害。”瑞瑞说。

“姑娘人倒是厉害了些,至于说丑俊嘛……”赵匡胤故意卖关子。

“是不是在你眼里,我真的很丑哇?”瑞瑞有些紧张了。

“不算太丑，就是说，凑合着还行。”

“行，我丑，我就丑给你看看。”瑞瑞一把拧住了赵匡胤的胳膊，拧得赵匡胤直皱眉头。

“说，我丑不丑？”

“不丑，不丑，姑娘美似天仙，貌比西施。”

“行了，若和你一般见识，一把拧死你。”瑞瑞豪气干云。

“好了好了，在下以后一定听姑娘的话，你让我往东，我不会往西；你让我打狗，我不去撵鸡。”

“油嘴滑舌的，让我哪个眼看得上。”瑞瑞连娇带嗔，杏腮飞霞。

“哎，听说这吕兴镇上，每天都有集市，热闹非常，里面好吃的东西很多，咱们去逛逛，可好？”

“你就知道吃，我不去。”瑞瑞说。

“走吧，除了吃的，说不定还有耍把戏的呢。”赵匡胤劝她。

“那好吧。”瑞瑞本来就不是不想去，这下就坡下驴，乖乖地随着赵匡胤走了。

第四章

一、博果子

到了集市上，果然热闹非常，有卖茄子、冬瓜、莲藕的，还有卖鱼、鳖、泥鳅的，还有卖时令花卉的，真是人挨人，人挤人。路两旁，有铁匠铺、篾匠铺，编席的、窝篓的，应有尽有。尤其是用秫秸篾编的蝈蝈笼子，小巧玲珑，瑞瑞喜欢得不行。问了问价钱，三文钱一个，瑞瑞在那里和小贩搞价，最后的结果是，五文钱买了两个。路两旁还有卖胡麻油的，卖酒的。瑞瑞闻着胡麻油很香，就买了一罐，好带到船上炒菜吃。赵匡胤则买了一坛酒，好像得了宝贝，抱在怀里。似乎没有花钱，白捡的一样。

只见前面围了一大堆人，正在叉、博地乱喊。两人挤进一看，原来有人正在博果子。那时的水果叫果子，卖法和现在也稍有不同。现在买水果，问清价钱，按斤付钱就可以了。那时买水果，可以像现在这样买，也可以博。所谓博，就是双方约定一种方法，来赌运气，如果说六个钱一博，买方先拿出六个钱给小贩，然后再拿出三个钱，朝上扔。如果落地时，三枚铜钱都是正面，或者都是反面，那么，这篮子水果就归了买方。如果不是，买方走人；或者再拿六个钱，继续博。如果这人手气不好，脾气又倔，能一直博下去。有的人，能花很多钱，一枚水果也得不到。这种情形叫牛头博。现在集市上这堆人，看的就是一个牛头博。据说博家已经输了一千多文钱，可连一枚桃子也没有得到。

赵匡胤挤进去，看见那人又博了几把，还是没赢。那人站在那里，一脸的迷茫，头上流的都是汗，似乎在考虑，是不是继续博下去。周围的人可不管这些，一个劲儿地起哄："博、博、博、博……"

因为按照规定，如果博者能扔出三个正面，那么，不但能赢得果子，还能把以前输掉的钱，全都收回来。所以，越是输的人，越想翻本。

赵匡胤很早就出入博场，对于这三枚铜钱，自信还能掌控，于是对卖水果的小贩说："咱家能替他博几把吗？"

小贩赢得正得意，正怕没人博，就点点头："客官想博，就博好了。"

赵匡胤道："咱们可是有言在先，咱家可是替他博的，输了，算我的；赢了，你要把前面赢的，一股脑还给他。"

小贩想了想，点了点头。

赵匡胤就拿出三枚铜钱，开始博。博到第六把，一下子掷出了三个正面，人群发出一声暴雷似的喝彩。这时，赵匡胤已经给小贩付了十八枚铜钱。

见赵匡胤博赢了，小贩把一篮水果，给了赵匡胤，说："客官好手气。"说完，扭身就要走。

赵匡胤道："且慢，是替这位兄台博的，你须把他的钱，也还给他。"

小贩哪肯还那一千多文钱，嘴里嘟囔着："客官自是客官，他自是他。"一边说，一边抽身就走。

赵匡胤见那小贩想要赖，就一把抓住了他的胳膊。赵匡胤是有武功的人，抓这小贩时并没有用十分力气，但就是这样，一般人也很难挣脱。赵匡胤原想拿住他十拿九稳，没想到那小贩身子一扭，竟然像条泥鳅一样，从赵匡胤手里挣脱了。赵匡胤吃了一惊，快走几步，想继续抓住他，没承想那小贩在人群中左钻右钻，赵匡胤虽然只差一点儿，就是抓不住他。正在着急时，只见前面影子一闪，瑞瑞抢上前去，往那小贩身上一点儿，那小贩登时站住了，一脸的诧异。

赵匡胤走上前去，从那小贩身上掏出一千文钱，想给那博果子的汉子，不承想

左寻右寻,也没有寻见那人,赵匡胤只好作罢。

瑞瑞悄悄地拉了拉赵匡胤的衣襟,赵匡胤会意,和她走到集市的僻静处。瑞瑞道:“大哥,你不觉得今天这两个人很奇怪吗?”

“什么很奇怪?”赵匡胤一脸迷茫。

“说你傻,你不傻;说你不傻,你又装傻。你不觉得那小贩奇怪吗?”

“哦,”赵匡胤恍然大悟,“一个小贩,身负武功,确实有些奇怪。但历朝历代,市井奇人甚多,也没什么值得大惊小怪的。”

“好,先不说这小贩,那博果子的汉子,不是更奇怪吗?”

“也找不到那人有何奇怪处。”

“他满头大汗地博果子,好像是个贪财如命之人,为何咱们替他抓住了小贩,要给他钱时,他为何不见了人影呢?”瑞瑞问。

“这,确实有些费解处。”赵匡胤说,“不过,咱们也不要管这些小事,且买些东西,回到船上去是正经。”

“那不行,我必须把这两个人搞清楚,看他们到底是干什么的。”

“哎,妮子就爱管闲事。要是碰到了坏人,看你怎么办。”

“我不管,就让坏人把我杀了好了。”瑞瑞小嘴又噘得老高。

“好了好了,我陪你就是了。”

“这还像一句人话。”瑞瑞扑哧一声笑了,笑颜如花。

“那,怎么探听他们的底细呢?”赵匡胤问。

“呆子,你鼻子底下长的不是嘴吗? 不会到集市上,找当地人问一问。”

“有道理。看来在这江湖上行走,你这小妹妹,比我这大哥可厉害多了。”

“我呸,是个人都会想起来的。”瑞瑞瞪了他一眼。

两个人重新回到集市上,来到刚才博果子的地方。这地方在集市的西头。对面,有一家油坊,幌子上写着:赵家祖传石磨胡麻油。赵匡胤道:“就到这个铺子问一问。”

油坊内,一个胡须已经发白的老汉,正在叮叮咣咣地晃动着油锅。一股股油香味,从油锅中飘出。

赵匡胤走进油坊内,叉手行了一礼:“老丈在上,在下有礼了。”

老汉停止晃动油锅,眯了双眼,把赵匡胤二人打量了一下:“客官,是要买油吗?”

“不是要买油,是想向老丈打听一件事情。”瑞瑞说。

“哦,想打听什么?你们不是本地人吧?”

“在下是东京人士,偶尔无事,来到贵方。适才碰到一件稀奇事情,想向老人家打听一下。”

“想打听什么?我年纪大了,知道的事情可不多。”

“就是想问一问老人家,适才在门口,博果子的那位客官是谁,卖果子的又是谁。”瑞瑞嘴快,迫不及待地问。

“我天天在这油坊晃油,年纪又大,年轻人都不认识了,你们刚才所说的两个人,老汉我一点儿也不知道。客官,买些胡麻油吧,我这油,纯香无比,十里八乡都很有名,拌出的菜,谁都爱吃。”

赵匡胤见在老汉这里打听不出什么,就向瑞瑞使了个眼色,两个人告辞出来了。

“这可怎么办哪,咱们回船上吧。”赵匡胤说。

“那怎么行,我不搞清这两个人,会睡不着觉的。”

“那,依你说,该怎么弄?”赵匡胤拗不过她。

“他们既然在这集市上出现,住处肯定不远,咱们在这村子里逛一逛,说不定就会碰到他们,或者能从别的地方打听得到。他既然能够一掷千钱,肯定是个有钱人,咱们只在这村子里找财主就行了。”瑞瑞的小脑瓜还挺管用。

“那好吧,咱们就把闲事当成正事干。”赵匡胤开了个玩笑。

“什么闲事,这是标标准准的正事,以后你就知道了。”瑞瑞说。

作为一个村子,吕兴集不算小,两个人走了半天,才从集市上走到村西头,又折回来,从村西头走到村东头。只见村里大都是茅草土房,只在村东北角,有一大片

高大的砖瓦房,在整个村子里十分醒目。而且连院墙都是砖砌的,看来这一户确实很有钱。

赵匡胤说:“怎么样,过去看看?”瑞瑞颔首表示同意。两个人走上前去,砰砰啪啪地打起门来。

敲了半天,门吱呀一声开了一个缝,一个仆人模样的人从门缝中探出头来,问:“你们找谁?”

瑞瑞道:“我们是行路的,讨口水喝。”谁知那人听了,“嘭”的一声把门关了,任二人再敲也不开。

赵匡胤摇摇头对瑞瑞说:“走吧,再敲也没有用。”瑞瑞气得用脚在这家大门上使劲踹了两脚,才和赵匡胤往回走。

赵匡胤道:“你觉不觉得刚才那个仆人有些面熟?”

瑞瑞想了想说:“我想起来了,这人是集市上卖果子的小贩。走,再回去敲门。”

“别回了,再敲也没用,还不如找人打听打听。”

二人一边说着,一边往村边走,走着走着,就走到了田野之中。田野一望无际,静悄悄的没有一个人影。只是在附近的一块地里,有一个小小的草棚,格外惹眼。有草棚就有人,两个人快步向草棚走去。

草棚附近的地里长满了一个又一个的大西瓜。当然,那时不叫西瓜,叫寒瓜。

瓜棚里,一位看瓜的老汉正用瓜叶在擦拭瓜铲。瓜铲被擦拭后,显得锃明瓦亮。

赵匡胤走到瓜棚门口,打了个问讯:“老丈,打扰了。”

“客官,可有要小老儿帮忙处?”老汉显得十分和善。

“老伯伯,我们想向您打听一件事情。”

“说吧,但凡我知道的。”

老汉说着,从草棚子里拿出几块草苫子,铺在草棚门口:“两位贵客请坐。”

赵匡胤道了谢,和瑞瑞坐下。田野里的微风吹来,带来一股股植物的清新之气,令人精神为之一爽。

看瓜老汉又搬来一个大瓜，用瓜铲切成一块一块的，让二人吃。二人尝后，果然觉得十分好吃。

老汉道："客官，你们不是要打听什么人吗？"

"哦，我们是要打听一下，这村子东北部那家财主家，姓甚名谁。"

"说起他们家，一般人还真不敢惹。你们是外地人，只要不向外人说是我跟你们说的，老汉我就向你们说。"

"多谢老丈。"瑞瑞道。

"说起来，这户人家并不是这村子里的人，是两年前才从东京搬来的。"老汉说。

"哦？"赵匡胤听了，十分感兴趣。

"他们姓什么？"瑞瑞问。

"他们家听说姓石，老爷子去年去世了，现在是石公子当家。这石公子没什么爱好，就是好赌，还好热闹。老爷子在世时，他不过是偷偷摸摸地赌上几把，老爷子一不在，他这个赌瘾就犯得没边没沿了，常常和人抓住什么赌什么。别的赌徒，十赌九输，赌来赌去，把家产都赔光了。可他和别的赌徒不一样，赌艺甚精。不敢说十赌九赢，但也能做到赢多输少。因此，赌来赌去，村里没人愿意和他赌了，他就让自家的仆人，拿一篮子果子，自己到集市上去赌，一是过一过赌瘾，二是想诓骗不知情的人，好和他赌。上当的，都是外地人。"老汉说起来，像讲故事一样。赵匡胤和瑞瑞一边吃瓜，一边听，都听得入迷了。

"那他为何从东京搬到这儿来呢？"瑞瑞问。

"唉，还是因为赌博。因为太会赌，赢了一个不该赢的人，所以惹了大祸。听说，这石公子差点丢了性命。他们家老爷子一看性命不保，这才举家搬到了这里。"

"哦，我想起来了，这公子敢是叫石守信？"赵匡胤恍然大悟。

"对对，就叫个石什么信。"老汉随声附和。

"你怎么知道？"瑞瑞问赵匡胤。

赵匡胤顿时显得有些不好意思："不瞒你说，在东京时，我也爱赌两把，两天不赌，手就痒痒。这石守信的名字，我还真的听人说起过。"

“原来你也是个赌徒呀。”瑞瑞撇撇嘴。

“大丈夫不吃不喝,不赌不嫖,还活个什么劲!”

瑞瑞一瞪眼:“你刚才说什么?”

“没说什么呀?”

“没说什么?原来你不但赌,还还……你是个坏人,我不理你啦。”瑞瑞气得要哭了。

“那不过是随口之言,说顺嘴了。”赵匡胤赶忙道歉。

“随口之言?只怕是实话!”

“姑娘多心了,如果是那样,让我掉到汴河里,变成个大泥鳅,天天啃青泥。”

“呸,一看就不真心。罢了,你这种人,什么心都有,就是没有真心。哎,这样吧,咱们还去找那个石守信吧。”

“一个爱赌的土财主,你老是找他干吗?”赵匡胤一头雾水。

“让你找你就找,你怎么变得这么不听话呢?”瑞瑞用指头一下一下地点着赵匡胤说。

“好吧好吧,咱就去找。”豪放不羁的赵匡胤,在瑞瑞面前仿佛失去了灵性,只好随声附和。

二、神秘院落

二人又来到石家大门前,开门的仍然是那个仆人。见了二人,硬要关门。瑞瑞道:“你不要这样,我们反复来找石公子,不过是听说他喜欢博戏,想和他斗上一斗。别无他意。”

“那好吧,你们等着,我向公子通禀。他如愿意见,是你们的运气;若不愿意见,不许在此纠缠。”仆人说。

“那好吧,一言为定。”瑞瑞说。

仆人“砰”的一声又把大门给关了。半天才出来，打开一条门缝：“主人问你们尊姓大名，来自何处。”

赵匡胤道：“在下乃东京赵匡胤，这位姑娘，是在下的亲戚。”

仆人说：“等着。”关了大门，又去禀报了。

过了一会儿，仆人把大门打开：“二位请进吧。公子说，在东京玩博戏时，也听过赵公子的名头，好像还见过一面。既然是故人来访，就请进吧。如果连博友都不见，这活得也太没个趣味。我苦口婆心劝他不要见你们，他非要见。我劝他说，公子，目今天下大乱，人心难测，多一事不如少一事。可他偏偏不听。他这人，平日很谨慎持重，可就是不能听见‘博戏’二字，一听见，就……”

石守信的仆人竟然如此啰唆，赵匡胤心里十分好笑。瑞瑞忍不住：“家院，你好口才。”

仆人咧嘴苦笑了一下，倒是没有作声。

二人进至客房中。只见客房布置得倒也雅致。条几上方，是一幅巨大的水墨画，气势磅礴。远山朦胧，画中间部分是一条大江，渔帆点点。近岸则是一座山冈，山冈上有一座凉亭。凉亭上，仿佛有几位文人雅士在对着山水指点什么。画面左上方有一行题字：江山胜景图。底下是一行小字：乙酉秋月竹荷堂主人于江南。两边是一副对联：

麈尾轻挥吟风弄月

香茗微啜品诗论文

仆人献上茶来，二人细细品来，果觉一股若有若无的清香之气，从茶中飘出。仆人问道：“客官，此茶可还喝得吗？”

瑞瑞又品了一口，闭目回想了一会儿：“此茶味道，不是凡品。”

仆人道：“可是有些香味？”

瑞瑞道：“若云此茶有香味，便是亵渎了此茶。此茶之香，乃是天然生成的味

道，是日月山川原有之味道。在小女子看来，此味不如称它为清味。”

“姑娘确是知茶者。”仆人道。

“如果我没有猜错，此茶乃是南唐国贡品。”瑞瑞道。

仆人脸上顿时有些变色，过了一会儿，脸色才回转正常，淡淡地说：“姑娘说笑了，荒僻之地，不过是些粗茶，聊供解渴而已，哪里有什么贡品。”

正在闲话，只听靴声橐橐，石公子从后堂走出，朝赵匡胤二人叉手一礼，也不说话，自顾在旁边的椅子上坐下。

石公子在桌子上用食指轻敲了三下。仆人连忙道：“我家主人问，赵公子想如何博？”

“既然来到贵府，悉听尊便。”赵匡胤道。瑞瑞想阻拦，赵匡胤话已经出口。

“如此甚好。赵公子钱博的本事，我等在集市上已经领教过了，再玩钱博，不如不玩。这样吧，咱们斗茶如何？”仆人说。

“也好。且把茶叶和水拿来，我看上一看。”赵匡胤看来很内行。瑞瑞急得直扯他的衣襟，他却浑然不觉。

三、斗茶

原来，这斗茶也是一种博戏。主要玩法是双方将茶粉和水冲入茶叶碗内，然后通过晃动、吹拂，或者用竹片拨划，使之形成不同的图案。谁的图案能赢得众人喝彩，谁胜出。

仆人把茶粉和水拿上来，赵匡胤闻了闻，又掂了掂茶粉袋。然后又摸了摸拿来的开水壶，对主人说：“茶粉过重，水又过热，不易斗哇。”

“彼此彼此。”主人石守信终于开了口。

二人施了一礼。仆人向赵匡胤做了个请的手势。赵匡胤起身，欲拿茶壶。没想到石守信抢先一步，将茶壶抓到手，便往茶碗里徐徐冲去。要知道，此时壶里的水最热,茶粉也最不易成型。石守信此举,实在是很义气的行为。

石守信注水后,便是一番晃、吹等各种动作。众人往茶碗中看去,只见碗内茶粉已经形成了一大朵牡丹。众人叫了声好。

赵匡胤也操作了一番,众人看时,见是一条龙,正在云海中翻滚腾挪,茶叶水水泡,又似海中波浪,明灭不定。众人连叫好也忘了,待在原地。原来,此时斗茶之风刚刚兴起,众人哪见过此等奇景,只好张大了嘴,半天作声不得。

石守信也不作声,又一番操作,大家看时,只见茶碗里右上方是一个发亮的水泡,左下方的茶粉,则聚成了石头模样,石头上,又有一缕茶粉,形成了溪流的样子。

瑞瑞道:"此图也难得得很,取的是王右丞诗意。"石守信点点头,目光中竟露出感激之意。

赵匡胤看了也不作声,拿过茶碗,一番操作,只见他头上都冒出了点点汗珠。他手把茶碗,时而忧愁,时而欣喜;时而双眉紧锁,时而喜笑颜开;时而又如进入某种佳境,时而又如高山阻路。两手握碗,有时那碗似敌人脖颈,他似乎要将其捏扁,有时那碗又好似初生婴儿,被他小心翼翼地捧在手间,目光中露出的是慈父般的柔情。最后,只见他轻轻出了一口长气,将茶碗轻轻放在桌子上,又如将襁褓中的婴儿,放在了摇篮里。

众人伸头看时,顿时惊呆了,只见茶碗中出现的画面,竟然和屋中所挂的《江山胜景图》一模一样。

半天,石守信道:"在下认输。赵公子要什么,只管开口,在下输得心服口服。"

赵匡胤道:"左右不过是一戏,不过借此游艺结交兄弟而已。"

"话虽如此说,但我石守信不可不守规矩。来人,奉上纹银千两。"

赵匡胤摆摆手。

"那么,赵公子可是要地?在下情愿奉上良田百亩。"

赵匡胤又摆摆手。

"我明白了,在下以此宅相送,可好?"

赵匡胤道:"石兄弟此言差矣。在下不过是喜欢博戏,听说石兄是此道高手,前

来讨教。其实石兄技艺,也让在下大开眼界。”

“小女子倒有一个不情之请,不知主人可应允?”瑞瑞道。

石守信看了她一眼:“姑娘是和赵公子一起来的,有什么吩咐只管开口。”

“小女子不要金银土地,只想和画《江山胜景图》的竹荷堂主人见上一面,可好?”

“姑娘说笑了,此画乃是从外地买得,画主人如何在此处?”

“小女子虽然不懂画,但方才以手触画,见墨痕尚湿,故断定画主人定在此宅。”

“不瞒姑娘,在下就是此画的主人。”那仆人近前一步说。

“哦,原来雅士在此,小女子倒是失敬了。既然是画作者,小女子倒想请教一二。这画中石头,多用披麻法画出,雅士可用了其他笔法?”

“在下惯用此法,不用其他方法。”仆人回答得十分干脆。

“哼哼,”瑞瑞冷笑一声,“此画画石,全用皴法,无丝毫披麻之法。石公子,府上童仆,可如此信口雌黄,大言欺人吗?”

“快退下,谁让你这厮来多口。”石守信对那仆人喝道。仆人唯唯诺诺,躬身退下。

“既然石兄有不方便处,咱们就不叨扰了,咱们走吧。”赵匡胤对瑞瑞道。

石守信叹了一口气:“看在赵兄的面子上,也没有什么不方便的。你们且跟我来。”那仆人神色慌张,叫道:“公子,公子,万万不可,万万不可!”

四、竹荷堂主人

石守信看了他一眼,也不理他,领着赵匡胤和瑞瑞二人,绕过屏风,径直向后而来。原来屏风后尚有一门。出了此门,只见是一座大花园。池塘、树木、凉亭,应有尽有。花园尽头,是一所精致的房舍,有六七间大小,窗明几净,纤尘不染。只见一位白衣白袍、面目清秀的青年人,正在窗前几案上作画。

石守信上前一步:“李公子,未曾商议,冒昧来访。”

那李公子放下笔,朗声说道:“既是师兄肯带来的客人,想必不是俗客,请。”

那李公子正在作一张画。画面上,仍然是烟云笼罩,底下隐隐约约有山川河流,只是看不大清楚。

“贵客既然来到敝处,想必是方家,烦请指教一二。”李公子边画边说。

“指教不敢。观公子之画,可知公子胸中是有大丘壑之人。”赵匡胤道。

“哦,这也算大丘壑?”

“大丘壑固然有,只是仅有一个大,丘壑却并非一目了然。看来公子欲把握天下,却一时半会儿把握不了呢。”瑞瑞快言快语。

瑞瑞此言使公子浑身一震,脸色由白变红,但旋即又恢复了平静:“姑娘这话,却叫学生费解了,烦请进一步指教。”

“公子过谦了,小女子不过是信口开河,班门弄斧,以求公子指教。”

“哪里哪里,学生我在这里洗耳恭听。”

“公子所画之画,烟雾迷蒙,充满水汽,显然是江南景象。公子怕是江南人,居住于此,不知不觉在思念江南。”

“言之有理。”公子点点头。

“但公子笔下的山水,虽可看出山脉形势,但在细处有些模糊不清,显出公子并未对山水多有接触。”

“学生难得外出,只是从前人画作中有所体悟,至于这山水真相,天地之鬼斧神工,却未能多观,惭愧,惭愧。”

“这幸亏是绘画,若是行军布阵,对细微处不能了然于胸,怕是要吃败仗的。”瑞瑞唇枪舌剑,丝毫无容让之意。

“姑娘教训得是,学生从今以后,定当外师造化,力求画作有所长进。”

只听得一阵声如洪钟的大笑:“蝉儿,又在这里冒充方家,胡说八道蒙人啦?”

赵匡胤抬头一看,原来是瑞瑞的阿爷满面红光,从后堂走出,不禁吃了一惊。

“师父,你怎么在这里?”瑞瑞问。

“我怎么不能在这里?”瑞瑞的阿爷又是一阵大笑。

“哦,我明白了。原来,你装模作样地让我寻找一个善博的人,就是为了试试我和赵师兄的本事,看我能不能找到你。”

“哈哈,我这小徒就是聪明,不用我多说,什么都明白了。”

赵匡胤这才恍然大悟,才明白瑞瑞带着自己,在这里找来找去,原来都是上了她阿爷或者是师父的“当”。看来老头喜欢恶作剧,更喜欢让自己心爱的徒儿有惊无险地练练本事。

看见大家都一脸迷茫,老头说:“来来,我老人家给你们揭开谜底,你们也就不打这闷葫芦了。我给你们引见引见。这位斯斯文文的、会画画的公子,是我在江南收的徒儿,叫李从嘉。人家在江南,可是正儿八经的王爷,但在小老儿这里,只是徒弟。”

李从嘉赶忙拱手:“师父能收留学生,并忝列门墙,学生已是万分荣幸。若不是师父相救,学生早已化为尘土烟雾,还谈什么俗世虚名?”

“这位也是我前年收的徒弟,石守信。别看爱博,武功可是有相当造诣。”

石守信连忙拱手:“师父抬爱,得师父指点,小徒犹如再生。”

瑞瑞不愿意了:“师父,你收了这么多徒弟,怎么都不和我说,还藏着掖着的。”

“我早和你说过,你还有几位师哥正在外面游逛。你难道不记得吗?”

“记得倒记得,谁知道他们姓甚名谁呀。”瑞瑞嘟着嘴。

“你向我问过吗?”

“没问过,你也应该说。”瑞瑞不想再讲理。

师父微微一笑,指着赵匡胤说:“这是我新结交的朋友,叫赵匡胤,是一位有武功、讲义气的好汉。”

赵匡胤连忙拱手,与众人相见。瑞瑞道:“师父,赵匡胤也是你的徒弟。”

第五章

一、瑞瑞　金蝉

师父笑了笑，指着瑞瑞说："这是我收的最小的徒弟，姓贺，名金蝉。"

赵匡胤听了，又是一惊，不解地望着瑞瑞。瑞瑞撇撇嘴，做了个鬼脸。

"既然你们都聚在了一起，作为你们的师父，我今天就和你们说几句话。目今天下大乱，一个好端端的华夏，被弄得四分五裂。弄成这个局面，固然不是一人所为，但天下大乱，征战势必会多，遭殃的还是百姓。天下人，行起事来，各有各的道理。但我要告诉你们，不管他说得如何舌灿莲花，不管他如何天花乱坠，不管他怎样巧舌如簧，你们不要听他如何说，要看他如何做。说得再好，只要他草菅人命，那他就不是好人。以后你们为人做事，要谨记这一点儿。记住，你的想法再好，如果要以损害别人性命为代价，那就不是好想法。不杀戮，少杀戮，人命重于天。记住这句话，就是为自己积福，为子孙积福。靠杀人干成的事业，不是事业；不妄杀一人干成的事业，才能永久。"

大家都道："谨遵师父教诲。"

在石府吃过饭，瑞瑞向赵匡胤使了个眼色，两人走了出来，沿着林中小路，一直朝田野中走去。

"瑞瑞，哦不，金蝉姑娘，在下以后该如何叫你呢？"

“看你堂堂一个大汉,怎么如此小心眼?我的乳名,本来就叫瑞瑞。只有我家父母这样叫我。如果连这个你都要生气,那我无话可说。”

听瑞瑞这么一说,赵匡胤心里的那点气,早就烟消云散,忙笑道:“谁生气了,我高兴还来不及哪。我问你,师父叫什么名字?”

“师父的名讳,也是你该问的?”

“连师父的名讳都不知道,还怎么做他老人家的徒弟?”

“师父的名讳嘛,他老人家姓陈,下面是个抟字。”

“陈抟?”赵匡胤忽然领悟,“他不是在华山居住吗?师父就是华山的活神仙?”

“什么活神仙,师父不过是会些武功和吐纳之术,世人夸大其词了。”

“能遇到师父和你,是我赵匡胤的造化。”

“就你嘴甜。”瑞瑞的脸红了。

“那你是怎么跟了师父的?”

“我从小也跟着我父亲一块儿练武。前几年,十三四岁的时候,忽然得了一场大病,差点丢了性命,百般求医,不见好转。原来是练功时不得其法,真气走岔了。眼看就要丧命,我父亲的一个好友对我父亲说,除非陈抟师父才能救我的命。就这样,我因祸得福,做了师父的小徒弟。”

“你是东京人吗?你父亲尊姓大名?”

“不和你说,说了,你就更加欺负我了。”

怎么说了她父亲的姓名,自己就更加欺负她了?赵匡胤一头雾水。

“你个鸡头大笨蛋,我姓贺!”

赵匡胤一下子开了窍,自己的未婚妻就姓贺。只是自己对这桩婚姻不感兴趣,所以,并没有这么操心,现在瑞瑞一说,他忽然就明白了过来。

“你父亲是贺景思贺大人?”

“鸡头猪脑。你以为在东京,自己惹了那么多祸,到处贴的都是捉拿你的告示,别人就不担心?就可以让你胡乱走动,让人把你捉去杀头?实话告诉你,你的一举一动,我和师父早就一一看在眼里,早就准备好了一条船。你睡着以后,我们在你

睡觉的船舱入口处，又堆了好多口袋，再加上给守水门的士兵送银子，你才顺利逃出东京城。”

“多谢姑娘。”回思经历的惊险，赵匡胤出了一身冷汗。

“要谢，你就谢师父。这一切，都是师父安排的。”

“要谢师父，更要谢贤妻。”

“你要找打吗?”瑞瑞红晕上颊，朝赵匡胤打了一下。

二、荷塘

在陈抟的指导下，赵匡胤开始在石守信家和金蝉、李从嘉等人一起苦练武功。在师父的指点下，他的内功有了很大的进展。他本来外功就好，现在加上内外兼修，武功威力自是更大。灵敏度、力度，非一般人可比。石守信也紧步其后。金蝉仍然喜欢内功。李从嘉呢，内功也练一些，对外功却不大感兴趣，有空就写写画画，有时还作几首诗词什么的，赵匡胤嫌他作的诗词婆婆妈妈的，娘娘腔太足，觉得男人写诗词，就应该大气磅礴，直抒胸臆。但说了多次，李从嘉仍然改不了。还是陈抟说得好，人之禀性，受之于天，一时半会儿是改变不了的，所谓江山易改，本性难移。

一连几天，天气十分闷热，赵匡胤在屋子里待不住，就思谋着出外走走。不想惊动别人，就一个人趁别人午休时悄悄溜了出来。从石守信家往北未走多远，就看到田野之中有一大片清水。清水四周，长满了高大的荷叶，间或有朵朵雪白的荷花。荷花里，是一个小小的莲蓬，莲蓬四周，长满了一周嫩黄嫩黄的穗穗，如婴儿般可爱。赵匡胤越看越爱，再加上浑身是汗，黏黏的让人不舒服，就脱了衣衫，放在水塘边，精赤条条地向水里走去。

“这么大个人，真的好没羞，连衣服都不穿。”

赵匡胤刚走到水里，猛听得一个女孩子说话，吓得赶忙蹲到浅水里。但此处的水又太清,他急中生智,用手把这片水搅浑了,算是暂时能遮羞了。

“咯咯咯,赵大哥,你是真的很聪明,我过去不佩服你,现在真的很佩服了。”

赵匡胤抬头一看,站在岸边的不是别人,正是金蝉,就说:“快走快走,谁让你到这里来的!”一边说,一边搅动塘水,蹲着悄悄地向水深处移动。

“我看你放着午觉不睡,一个人偷偷地溜了出来,准不干好事。所以,我就偷偷跟着你,看你干什么。没想到……咯咯咯……”

金蝉没说完,又一阵大笑。

“金蝉,别闹了,赶紧回去吧,哥在塘里洗个澡有什么好看的,快回去,让人看到会有闲言碎语的。”

“你叫我什么?”

“你不是叫金蝉吗? 大家不是都叫你金蝉吗?”

“你不准叫,你要叫我瑞瑞。这个名字,是专门属于你的。”

“好好,瑞瑞。你要是听哥的话,就赶紧回去,哥等会儿到集市上给你买好吃的。”

“好吃的,我当然要,不过现在不要。”

“那你想要什么,给哥哥说。不过,你可要听话。”

“我? 我也想到水里去。”

“不要胡闹。”赵匡胤有些生气了,口气也有些严厉。

赵匡胤从来没有这样对她说过话。金蝉生气了,三把两把脱了外衣,直接朝水深处走来。不承想脚下不稳,也许是不习惯水塘塘底泥太滑,金蝉一下子就倒了,跌倒在水里。

赵匡胤急了,怕她被水淹了,三步两步走上前,一下子把她抱住了。

清澈的水塘里,两个情深意浓的青年人紧紧抱在一起。

时间没有了,空间没有了,所有的喧嚣都消失了,只剩下亘古的大寂静。

如梦,如幻,如烟,如雾。非人间,似仙境。

瑞瑞红晕上颊,娇喘细细。

赵匡胤抱着娇小的瑞瑞,向荷花深处走去。

一波一波的水纹,惊动了水里的鱼儿,惊动了荷花上的蜻蜓。它们慌忙游走、飞起,然后又回来。躲在荷叶下,躲在荷叶后,睁着一双好奇的眼睛,来看这个美妙的、和平日有些不同的世界。

一块乌云遮住了太阳通红的脸庞,太阳也有些害羞了。整个田野、整个水塘,也都害羞了。

"告诉你一个秘密。"瑞瑞脸红红的,对赵匡胤说。

"什么秘密?"

"你可知道,契丹当年占了东京开封没有多久为何撤军吗?"

"是因为汉人不停造反。"赵匡胤说。

"这只是其中一个原因,另一个原因,与陈抟师父有关。"

"啊?"赵匡胤吃了一惊。

"陈抟师父天天去吓唬耶律德光,但又不杀他,吓得耶律德光魂不守舍,只好撤军。"瑞瑞说。

"原来契丹撤军,还有师父的功劳。"

"那当然。"瑞瑞一脸的骄傲。

这天,赵匡胤和李从嘉、石守信等人刚听完陈抟师父讲道,正在石守信家里讲论些武艺绘画,以及一些吃穿好玩之事,猛听得有人把大门拍得山响。只听吱呀一声,仆人韩通打开了大门,问来人找谁。只听一个尖厉的声音哈哈笑了两声,说:"少废话,快请石守信出来,不然一把火烧了你们这个鸟巢!"

三、三公子

一听这个声音,石守信脸色大变,急急忙忙就向花园的树丛中躲藏。赵匡胤

道:“石贤弟,凭他来的是谁,难道能把我等吃了? 他也须是个人,也须是长了一颗脑袋,两手两腿。他纵然是妖怪,凭我们几个的本事,也要打得他落荒而逃。”

听了赵匡胤的话,石守信似乎镇定了一些,嘴唇不发青了,手也不太抖了,呼吸也匀称了不少。金蝉道:“石师哥,看你刚才的样子,好像要大难临头一样,什么样的人能把你吓成这个样子。”

李从嘉道:“石师兄能吓成这个样子,肯定有他的道理。要知道,石师兄可不是一个胆小的人。”

“师弟……师弟言之有理。”石守信终于能开口了。

“这人到底是谁?”赵匡胤问。

“他……他就是……当朝宰相苏凤吉之子苏浩,差点……差点灭了我全家。”

“我知道了,是不是你的博友?”金蝉反应比别人要快。

“区区一个宰相之子,也不至于霸道到如此地步,这汉国,难道没有王法吗?”李从嘉道。

“从嘉兄有所不知,这人……这人……”

石守信尚未说完,猛听得前面一片喧嚷声,喝骂声、吵闹声响成一片。只见一群人推推搡搡,已经到了后院。仆人韩通已经衣衫不整,被打得鼻青脸肿,不成个样子。

“石守信,你要做缩头乌龟吗? 老子来了,你怎么连见也不敢见。”苏浩大声嚷嚷,随行的手下也随声附和。

赵匡胤气愤已极,抬腿就冲了出去。李从嘉、金蝉也走了出去。石守信无法,只得也跟着走了出去。

“哈哈,石守信,你娘的,你终于出头了,老子以为你早已归天了。”苏浩见了石守信,竟然有些大喜过望的样子,一点儿寻仇的意思都没有,倒叫赵匡胤他们有些意外。

“你不要来找我,咱们井水不犯河水。你害我害得够惨,咱们谁也不认识谁,可好?”石守信说。

“那怎么行？咱们是至亲的兄弟，多日不见，兄弟我手痒痒得厉害，很想和石兄弟博上一把。”

“少跟我说这个，我石守信就是把双手剁掉，也决不再和你博。”

“哈哈，话不要说得太绝嘛，等一会儿你会乖乖地和我博上一把。”

“呸。”石守信愤愤地吐了一口唾沫。

“那好吧，你不屑于理咱家，咱家也不和你计较。咱家这会儿来呢，也不是咱家的意思，是三公子又想和你博了。”

“你……你……”石守信听到“三公子”这三个字，顿时变得脸色煞白，嘴抖得说不出话来。似乎那三公子，是个极可怕的妖魔一般。

“三公子的脾气，你是知道的，你若违背了他的旨意，别说是你石守信，就是天王老子也不行。除非你能上天入地。石兄，不就是玩博戏吗？何况你素来就喜欢这个。有什么为难的，又没有要你的命。”

想不到，苏浩这一番言辞，竟然让石守信号啕大哭起来，而且越哭越痛，哭得是天昏地暗，日月无光。

“师兄，到底怎么啦，你竟然如此伤心？我们都是你的好朋友，说出来，我们定能与你排忧解难。”赵匡胤道。

“唉，我石守信还是个人吗？因为博戏，害得家父丢了性命，害得一家人东躲西藏。见了陌生人，就赶紧躲，生怕这人找上门来。想不到，他还是来了。”

“三公子早就对他以前的作为后悔了，不然，也不会派咱家来寻你。”苏浩说。

“寻我干什么！咱们生生世世，永远不要再见。”石守信说。

“石兄弟，你干吗要这样呢，不要敬酒不吃吃罚酒。你要是听话呢，有的是荣华富贵；你要是不听话，三公子和我，有的是手段。来人，把石公子请到京城去。”

“领命。”苏浩的手下暴雷似的答应了一声。这些手下，个个目露凶光，块块肌肉突出，看来个个都是练家子。

“罢了罢了，没有活路了，大不了，捐了这条命吧。”石守信说完，就一头向院墙上撞去。赵匡胤手疾眼快，一把抓住了他的衣服，硬生生地把他停在了半途。

“石兄弟，有我等在此，你不必如此。什么三公子四公子的鸟玩意儿，我赵匡胤还真的不放在眼里。”

“哦，这个赵什么的，竟然敢侮辱三公子，左右，给我往死里打。”苏浩一声暴喝。话未落音，几条大汉就如饿虎扑食，朝赵匡胤冲去。赵匡胤左遮右挡，沉着应战。一看这架势，金蝉、石守信、李从嘉都加入了战团。这几个大汉纵然勇猛，怎敌得过这几个高手？不一会儿，就纷纷败下阵来。

“石守信，你竟敢对抗于我。看我回到东京，禀明三公子，发大兵，来剿灭你们。”苏浩气急败坏，口出狂言。

“不要为难他们，此事与他们无关。有什么怨气，冲我石某人来。”

“石守信，只要你和我乖乖回东京，所有的事情，咱们一笔勾销。”苏浩就坡下驴。

“你说话算数？”石守信问。

“亏你还和我交往了这么多年。我苏浩说不上是好人，但我苏浩说过的话何时不算过？你说！”

“既然如此，我石守信就和你们走！”

“这就对了嘛。三公子不过是要和你们玩玩博戏，又何必如临大敌？真的很没有风度。”

“你口口声声说博戏，敢是博戏行家啦？”赵匡胤问。

“行家不敢当，但在东京城里，能赢过咱家的人，也就一两个吧。”苏浩一脸的自负。

“既然如此，我赵匡胤就和你博上一博，你若能赢得了我，这石守信，你想带哪儿带哪儿。若是赢不了我，你就带着你的人，乖乖地给我滚蛋！”

“你也会博？好，咱家正手痒哪。来来来，你说，如何博？”一说到博戏，苏浩顿时像是换了一个人，精神头十足，兴奋得满脸通红，似乎世界上就剩下这件事情。那个刁蛮耍横的苏浩不见了，反而显得有三分傻，三分单纯。

“这样吧，咱们就博最简单的。咱们博钱。”赵匡胤说。

“好。话先说到头里，博钱可是咱家的拿手好戏，到时候你输了，可不准后悔。”苏浩得意扬扬。

“你可知道，博钱也是咱家的拿手好戏，这一点儿，也须向你说明白。”赵匡胤冷冷道。

苏浩迫不及待，从口袋里掏出三枚铜钱，望空一掷，口里还不停地念叨着“博”“博”“博”。铜钱落地，大家一看，只见三枚铜钱，个个面都朝上。面朝上，这叫博；而面朝下，这叫“叉”。苏浩的随从看了，都暴雷似的喊了一声好。金蝉、李从嘉和石守信虽然没有喊好，但对苏浩的手上功夫，从心里还是佩服的。

赵匡胤从口袋里掏出六枚铜钱，望空一撒，叫一声“叉”。众人看时，只见六枚铜钱，真的都是反面落地。金蝉他们少不得大喊一声好。苏浩和他的随从，心里也是暗暗吃惊。

苏浩不服，也扔了三个叉出来，赵匡胤见他如此，知道他心里不服气，就又扔了六个博出来，而且铜钱落地，在地上围成了一个圆。其中只有一枚铜钱，因为地面不平，稍稍偏离了位置。

这下，苏浩不得不认输了，只得低下头，向赵匡胤行了一个叉手礼，然后又一手指天，一手指地。这是博场中彻底认输的标志。按照规矩，赵匡胤必须将其双手放平，一场博戏算是完结。

“苏公子，你们可要喝杯茶吗？”金蝉问。

这又是博场中礼节，看是客气，实际上是逐客令。

想不到，张牙舞爪的苏浩，竟然扑通一声跪到了地上，又是流泪，又是叩首：“赵公子，石公子，你们都是博戏高手，我苏浩有眼不识泰山，有眼无珠。请你们跟我去见三公子。三公子也不是坏人，他只不过是好博戏而已。你们只要跟咱家一块儿走，要什么，有什么。咱家知道你们是英雄好汉，当世高人，不稀罕荣华富贵。但有了荣华富贵，也没什么不好，是吧？你们不是要为国为民吗？跟我回去，就能实现你们的志向。”

“三公子不害人？他愿博不愿输，迁怒于我，把家父都活活气死了，这样的人，

还想让我和他一起？休想！”石守信愤愤地说。

“三公子说了，他当时不过是想吓唬你。没想到，竟然把老先生吓唬没了，他后悔得什么似的，还偷偷哭了好几回。石兄弟，你是知道他的，我说的话，不假吧。”

“不管你怎么说，我是不会回去的，此生，也决不再和他见面。”石守信决心已定。

“石兄弟，看在我们多年的交情上，你还是跟我回去吧。”

“交情？”石守信冷笑一声，“若不是和你有交情，我也不会认识你的三公子，我父亲也不会命赴黄泉。”

“都怨咱家。千错万错，都是咱家的错。石兄弟，你只要和咱家回去，咱家一定为老伯父建祠祭祀。”

苏浩十分乖巧，态度看来也很诚恳。

“好哇，等你建好了祠堂，再来请我吧。”石守信说。

“那，咱们一言为定，到时可不许反悔。”苏浩从地上站起身来，右手一挥，“走！咱家请不动你，自有人请得动你。还是那句话，除非你上天入地。”

苏浩回头，又对赵匡胤道：“赵兄弟，你的博戏之术，咱家佩服得很，甚望赵兄弟能和三公子交手。”

“求之不得，只怕彼此没有缘分。”赵匡胤一叉手，“走好，恕不远送。”

苏浩走后，石守信连忙找到陈抟，一脸焦急的样子，说：“师父，弟子有几句紧要的话语，要向师父禀明。”陈抟说：“有什么话你只管讲，方才在后面我已经听出了一些端倪。如果我没有猜错的话，那位三公子定然是皇族。”

“师父，你怎么知道？”石守信有些出乎意料。

“这还不好猜吗？苏浩身为当朝宰相之子，竟然对此人服服帖帖，如家奴一般，那这三公子不是皇族，是什么？去吧，把李从嘉、金蝉、匡胤他们叫来，咱们一起商议。”

第六章

一、到江南去

众人到齐以后,陈抟说:“守信,你有什么话要对大伙说,快说吧。”

“实不相瞒,咱们方才得罪了一位大人物,惹下了祸端。反正……反正这麻烦不小,我来禀明师父,再和大家商量一下,到底该怎么办。”石守信说着,不停地擦汗。

“你是说,那位三公子是个通天人物,咱们惹不起,是吗?”金蝉说。

“是的。”石守信回答。

“此人到底是何人?李从嘉问道。

“他,他,他就是当今皇上。”石守信一咬牙,终于说了出来。

大家虽然有些吃惊,但似乎又不太意外。

“皇上也好博戏?”赵匡胤对此,确实有些出乎意料。

“这位皇上,年纪轻轻,人也不笨,心肠也不能算坏。但只有一件,太爱玩耍。不管是勾栏瓦肆,斗鸡走狗,女色丝竹,他样样喜欢,样样沉迷。这样说吧,只要不是正事,他都干得兴致盎然。”石守信对皇上,倒是十分把底。

“唉,这也是国家运数,非人力所能改变的。”陈抟感叹道。

“师父,叹什么气?这个皇上不成器,咱们换一个,不就成了?”金蝉说。

“傻孩子,换皇上,哪有那么容易?搞不好,要有很多人丢掉性命。李从嘉,你说呢?”陈抟将脸扭向李从嘉。

“师父,弟子已经参透这无味人生,也不愿参与这肮脏之事。”

“匡胤,你说呢?”陈抟又征求赵匡胤的意见。

“师父,弟子在想,皇上一人,对天下影响至巨。我们无论如何,要选一个品格端方、爱惜百姓性命、不爱杀人的人来当皇上。”

“只是要换皇上,还是要流血。”金蝉说。

“少流一些吧。”赵匡胤道。

“师父,这些话,咱们以后再说。当务之急,是怎么躲避三公子。他的脾气我是知道的。说不定今日、明日就会派兵过来吧,逼迫我等。”石守信说。

“看来咱们在这吕兴镇也住不成了,另找地方吧。大家说说,咱们到哪里去?”陈抟向大家询问。

“师父,咱们回华山吧,那里无忧无愁,天天练练武,看看风景,该有多好。”金蝉说。

“不好不好。华山还是属这汉皇管辖。”石守信不同意。

“依徒儿看,莫若去西蜀。听说那里另有朝廷,这汉皇鞭长莫及。”赵匡胤道。

“李从嘉,你看呢?”陈抟问。

“师父,依弟子看来,莫若大家跟弟子一起,到弟子的家乡江南去。到了那里,谅也无人为难我们。”

“嗯,这个主意倒算得上可以。正好,我这把老骨头正想再去看看江南风光。就这样,赶快收拾一下,咱们马上动身。”

众人知道情况紧急,只带了一些细软,马上就走。石守信派了几个仆人看家。韩通仍然跟随,一起南行。吕兴镇本来就紧靠运河,走水路,是再方便不过了。金蝉的船,本来就在码头停靠着,大家上了船,解开缆绳,顺流而下。匡胤和金蝉站在船头,吹一吹河风,看一看两岸风光,心里倒觉得十分惬意。

船行了一天,天渐渐暗了下来。陈抟师父在李从嘉的建议下,命把船靠岸,系在岸边的柳树上。原来这运河,乃是隋炀帝命人开凿的。运河岸边,种的都是柳树。春夏远远望去,犹如青烟一般,故有隋堤烟柳之说。

二、明觉寺

众人离了河岸,逶迤前行。李从嘉道:“师父,弟子记得此处叫刘家港。前面不远,就有一座明觉寺,寺里的住持法空与弟子相识,咱们可以到此处借宿。”陈抟到此,人生地不熟,自然同意李从嘉的安排。

李从嘉嘴上说他与寺里的住持相识,其实陈抟心里明白,这座寺院,虽然在汉国境内,却是南唐出资兴建的,为的是南唐人员沿运河来中原,好有个照应。沿岸寺院甚多。其实汉国在南唐运河两岸,也有这样的寺院多座。大家都心知肚明,谁也不说破。虽然分属于不同朝廷,但毕竟都是华夏境内,贸易来往,探亲访友,少不了你到我这儿来,我到你那儿去。别说是在这里,就是福建、吴越、西蜀,还有遥远的岭南,大家都有来往的,都建有寺院。

大家沿运河往北走有一里路,果然见树林之中,有一座黑沉沉的大寺院,门上匾额看不分明,但大家都听李从嘉说过是明觉寺,所以大家把那几个字也都模模糊糊地认了出来。

李从嘉上前,砰砰啪啪地打门。刚打了几下,就听吱呀一声,大门开了一条缝,一个小和尚探出头来,问:“客官,有事吗?”李从嘉道:“快去向你师父禀报,就说贩橘子的来了。”小和尚道:“你等着。”刚说完,就噔噔噔噔往里跑了。原来,橘子此物容易坏,很少有人贩运。贩橘子的来了,其实就是说自己人来了。一般的客人,是不会这样说的。

小和尚刚才来得快,这次却迟迟不露面。李从嘉砰砰啪啪又打了几下门,才见小和尚从里面走了出来,说:“客官请进。”

在沿途南唐所建的寺院中，李从嘉从来没有见过此等事，不但怠慢，而且住持也不出来。因为贩橘子这句暗语，只有南唐皇族可以用，其他官员根据级别，各有暗语。寺院一听，就能判断出来人的身份。现在，他等于报出了自己的身份，对方竟然不理不睬。李从嘉心中有气，问那小和尚："你们住持呢？难道你们寺院连一个懂规矩的人都没有了吗？"小和尚听了，仿佛没听见一般，只管领着大家往里走。

寺院不算太大，但前后也有接引殿、天王殿、大雄宝殿、藏经楼等几座殿。大殿的右边，是一块小小的菜地。菜地旁边，是一棵古老的大树。奇怪的是，这棵树竟然长在一口大锅里。由于树干太粗，或者是树根的作用，大锅已经四分五裂。但仔细看看，大锅却一点儿铁锈也没有，反而油光锃亮。

原来，这明觉寺是一座古老的寺院，香火旺盛时，光僧人就有几百人，所以才有了那口大锅。后来，寺院破败，大锅被遗弃在院中，才在里面长了一棵树。南唐人是在旧寺院的基础上，重建了寺院。这样做有两大好处：一是不显眼，原来这里就是寺院。二是省了地皮钱。你来修旧寺院，人家当然欢迎，谁也不会让你买地。

小和尚把众人迎到客房。过了一会儿，来了一个中年和尚，满脸堆笑，向众人问好。李从嘉心中不快，问道："法空呢？快让他来见我。"

"法空师父，早就不在敝寺了。目前小僧是这里的住持。"

"你的法名叫什么？"李从嘉有些不耐烦。

"小僧法名净空。"

"净空，先去给我们安排些斋食，然后再准备些热水，好让我们沐浴休息。"

"是。"净空双手合十，转身出去了。

过了一会儿，两个小和尚端出斋饭来，原来是蒸的菜角子。这角子与后来的包子本质相同，都是有皮有馅，但形状不同。角子呈三角状或者海星状，而包子却是圆的。

赵匡胤他们都饿了，看见热腾腾的角子端了上来，就说："师父，咱们吃吧。"

金蝉好心，看见站在旁边的小和尚，就说："来，你也吃一个。"小和尚道："姑娘吃吧，小僧业已吃过。客官们先用餐，小僧到灶下去，看能否为客官们做一些羹

来。”

石守信拿起一个角子，张嘴就往嘴里塞：“师父，你们不饿，我可饿了，我且先吃一个，尝上一尝。”

李从嘉伸手，制止住了石守信：“师兄，且慢吃。在下总感到，这寺院里有些诡异。”

“算你比过去老练了，怎么个诡异，说说看。”陈抟道。

李从嘉朝陈抟拱了拱身：“不瞒师父说，这些寺庙，都是小徒的本钱。住持本来都与小徒相识。即使有事外出，待客也有一定之规。进寺院之后，应该先上茶，后上八个菜肴，然后才是主饭和羹。没有不上茶，只上这些的道理。”

“嗯，你能注意到这些，以后行走江湖，老夫也就放心了。这些和尚，绝对不是你的人了。老夫没有猜错的话，这菜角子里，另有奥妙。”陈抟说着，从头上拔出一根银簪，朝一个菜角子里刺去。将银簪拔出后，仔细看了看，见银簪并没有发黑，自言自语道：“难道是老夫多心了？”又朝另一个海星状的菜角子刺去，银簪拔出后，已经变得乌黑乌黑。

“鼠子，竟敢如此大胆！”赵匡胤和石守信一个箭步蹿了出去，要找这些和尚算账。但找来找去，整个寺院静悄悄的，连个人影都没有。只有月光下的树影，在微微晃动。

“夜色已深，既然找不到人，就关好院门房门，赶紧睡吧。明天一早赶路，离开这是非之地。”陈抟对众人说。

赵匡胤与石守信、李从嘉同居一室，他是练武之人，平日食量就大，此时饿得翻来覆去睡不着觉。石守信也是在那里唉声叹气，弄得床铺吱嘎乱响。赵匡胤道：“石师兄，敢是有些饿吗？”石守信道：“饿倒不饿，只是肚子里有些空落落的，没个下稍。你说呢？”赵匡胤笑了，李从嘉也笑了。

赵匡胤道：“走，到院子里看看。我就不信，偌大寺院，找不到一点儿能吃的东西。”说着，三个人起了床，一起往外走。

僧舍外，就是那片菜地。石守信道：“走，到菜地里去，既然是菜，就能吃。”

三个人到了菜地,发现菜地里种的是韭菜。韭菜虽然能生吃,却有些辣,不大好吃。再往里走,是一片白萝卜。虽然还没有长大,但凑合能吃。三个人各拔了一把。石守信和赵匡胤也顾不上用水洗,在衣服上擦了擦,就嘎巴嘎巴地吃开了。李从嘉跑到水井旁,用辘轳打了一桶水,把萝卜洗了洗,也吃将起来。

“好哇,你们吃东西也不叫我,小心我罚你们。”金蝉不知何时站到了他们的身后。赵匡胤递给她几个萝卜:“瑞瑞,若论这萝卜,还真的好吃,甜、脆、辣,三味俱全。”金蝉接过,到水井边洗了洗,也吃起来:“嗯,不错。待会儿给师父拿几个,他老人家肯定欢喜。”李从嘉道:“想不到萝卜生食,别有一番滋味。”赵匡胤道:“像兄弟你,从小锦衣玉食,享尽人间富贵。但像这种口福,你怕是轻易享受不到。”李从嘉一边点头,一边说:“赶明儿,我画画的时候,专门画一画萝卜。此等平常之物,要比山珍海味对人有用得多。”

“说得好。能悟到这层道理,对你来说,实属不易。”众人回头一看,只见陈抟不知何时已经到了众人身后,月光之下,更显得仙风道骨,潇洒飘逸。

金蝉将萝卜洗好,恭恭敬敬递给陈抟。陈抟道:“食此等天然之物,方是我等出家人的本分。”仅仅吃了一个,就回屋打坐去了。

金蝉忽然道:“石师兄去哪儿了?”众人道:“就是,方才还在呢,跑哪儿去了?”金蝉就喊了几声:“石师兄,石守信。”只听得寺院东北角的树林里,传出了石守信的声音:“快来快来,我这里有好吃的。”众人奔过去一看,只见石守信正在树干上摸来摸去,赵匡胤道:“你在摸什么?”石守信道:“师弟,口福来了,这里蝉多得很。”赵匡胤道:“果然是美味。”转头向金蝉道:“今天晚上,我们可要吃你,拿你当美味了。”金蝉会错了意,不禁红了脸,想到了荷塘一幕,就连娇带嗔,喊了声找打。赵匡胤道:“你的名字叫金蝉,我们要吃的,也是蝉,可不是今晚要吃你吗?”金蝉这才明白赵匡胤的意思,就嘟了小嘴道:“谁叫金蝉?我才不叫金蝉,我叫瑞瑞。”说归说,金蝉也加入了捉蝉的队伍。

李从嘉也捉了几个,拿在手上,就着月光看了看,疑惑地说:“这东西能吃吗?”石守信道:“用油一炸,比海参都好吃。”李从嘉道:“此种东西,不知从哪儿出来的,脏兮兮的,如何能吃?”金蝉道:“此等东西,最是干净。唐人有诗云:‘垂緌饮清露,流响出疏桐。’咏的就是它。亏你还是个读书人,怎么连这个都不知道哦?”

李从嘉道:“惭愧惭愧。此诗句我曾读过,还以为咏的是树上会叫的一种小鸟。”

众人听了,都哈哈地笑起来。

不知不觉,已经捉了很多,石守信脱了外衣,包了一大包。几个人一起,非常兴奋地往灶屋走去。把锅碗瓢盆洗净,又让金蝉去师父那里,要了银簪,确保油盐里面都无毒,这才烧火的烧火,洗蝉的洗蝉,倒油的倒油。蝉炸了出来,足足装了三大盘。众人吃得满嘴流油,言称平生没有吃过此等美味。但陈抟师父,却是一个也不吃,说他们为了饱自己的口腹之欲,不知害了多少只蝉的性命。石守信道:“师父,这蝉,你不吃,它也活不到秋天。活着,天天在树上还要拼命叫,可见活得很痛苦。一般的痛苦,都不会叫出这么大的声音。现在提前把它吃掉,是帮蝉解脱了痛苦,是最大的慈悲为怀。”陈抟面无表情,说:“你说得也许有几分道理。”

李从嘉吃了蝉,又有了新的感悟,说:“只有自然之物,才是最珍贵的。”并表示自己以后绘画,不但要画萝卜,还要画上蝉。因为蝉实在是太可爱。一席话,说得金蝉红了脸,不住地偷偷看赵匡胤。赵匡胤和石守信只顾享受美味,也无心和他们参“蝉”论道。

众人吃得饱而又饱,又折腾了大半夜,分别倒在床上,黑甜一梦,不知所止,不知东方之既白。

三、汉皇刘承祐

最先醒来的,是赵匡胤,他走到院中,看见师父已经开始在院中打坐练功。

“师父,咱们何时动身?”

“动身?只怕不那么容易啦。有人已将寺院团团围住。”

赵匡胤闻言,疾跑了几步,一纵身,就上了寺院的围墙。果不其然,只见寺院四周,都围满了士兵。但他们纪律甚好,连一声咳嗽也不闻。

赵匡胤反身回来,急切之情溢于言表:“师父,他们是谁,为何要围咱们?”

“人家要围,自然有人家的道理,至于他们是谁,你一出去就知道了。再好的猜想,也不如最平常的事实。”陈抟眼皮也不抬,似乎此事与他无关。

赵匡胤想了想,终于明白了,世界上,没有无缘无故的围。

他进屋去,叫醒了众人,将被围之事说给了众人。石守信道:“这些兵丁,肯定是苏浩那厮派来的。好汉做事好汉当,他们来,定是要我的,你们在里面待着。我出去,跟他们走,把他们引开。”

“这怎么能行?你也太小看我们师兄弟了。我们不能同年同月同日生,但同年同月同日死,还是能做到的。”赵匡胤道。

“就是。”李从嘉也随声附和。

金蝉表示:“你们是男子汉大丈夫,作为姑娘,也要讲义气,愿和师兄弟们一起同生共死。”

“我们都死了,师父怎么办?”李从嘉提出了一个很深刻的问题。

“所以,我们不能轻言生死,要出去,与这些狗贼周旋,争取不伤一人。”赵匡胤深思熟虑道。

四个人打开大门,走出门外,只见几个人骑着马,正在门外。中有一骑,还有人在旁边张着黄罗伞,排场大得不得了。把赵匡胤他们一时搞糊涂了。四人刚刚走出大门,就听乐声大作。

乐声停后,就听见苏浩那尖厉的声音道:“守信兄,咱家请不动你。现在皇上亲自来请,还不来见驾?你还是不是我大汉臣子?”

听见皇上驾到,石守信、赵匡胤等人虽然吃了一惊,但也没有办法,只好下跪,口呼万岁。

赵匡胤悄悄问石守信:“苏浩这家伙有多大神通,能搬动皇上?”

石守信道:“什么神通,皇上就是三公子。”

闹御花园时，赵匡胤是见过皇帝的。抬头一看，果不其然，正是那个好色成性、吃喝玩乐无所不精的年轻皇帝。

只听皇帝道："石守信，你真的不愿再见朕了吗？"

"是。"石守信回答。

"大胆！"苏浩狐假虎威。

"石守信，有些事情，朕做得不对。朕已经后悔了。你的父亲，朕已经命人在你家府第附近建了祠堂。朕以后向你保证，决不再做让你伤心之事。"

"多谢皇上恩典，但臣已经决定，此生要随师父云游四方，不想再回朝廷。"

"云游？说得倒轻巧。朕可是接到密报，说你们和南唐奸细同流合污，意欲背汉投唐，可有此事？"

"绝无此事！"石守信斩钉截铁。

"你们几个，除了投唐，中间还有朝廷的通缉犯。赵匡胤，你可知罪吗？你大闹御花园，竟然逍遥法外。你一走了之，倒也轻松。是朕网开一面，没有为难你的父母。若你们再不懂事，难道朝廷的王法是摆设吗？"皇上虽然爱耍爱玩，但头脑绝对精明，口才也好，一席话，说得石守信、赵匡胤哑口无言。

"唯一的路子，就是和朕一起返回东京。朕绝无恶意，不过是想寻个乐子，和你们交个朋友。你们想要什么官职，只管说。你们都是博戏高手，定然是绝顶聪明之人。朕用聪明人当官，难道还有错吗？对，以后就这么办。将科举改为比博戏。过去的科举，考出来的都是呆子。博戏考出来的，都是聪明人。用聪明人治国，何愁我大汉不强盛！到时寰宇一统，你们都可以随朕一起，青史留名。这样做，有何不好呢？"皇上说完，底下的臣子和士兵就万岁万岁地欢呼得震天动地。

"怎么样，走吧。"苏浩一招手，几个士兵上前，欲将石守信和赵匡胤抓起。在此形势下，石守信和赵匡胤二人迫于形势，束手无策。正在这时，只听一个浑厚的声音响起。声音不大，但在场的几百人都听得清清楚楚，纵然有杂音，也掩不住这个声音："三公子，几年不见，出息了，说起话来，气势逼人，滴水不漏。可惜可惜，若是你将精力放在治国上，何愁功业不成！"

众人被这声音镇住了。石守信、赵匡胤、金蝉抬头一看,原来是师父出来了。

正在这时,奇怪的事情发生了。

只见高高在上的皇帝,竟然一骨碌翻下马来,跑到陈抟跟前:“老祖,您怎么在这儿。”陈抟道:“怎么,不该在这儿? 这儿是你的地盘,我不能待?”

“哪里哪里。我是说,您老人家应该说一声,好让徒儿前来伺候。”汉皇刘承祐连朕都不敢自称了。

“你如此威风凛凛,敢是要来剿匪?”陈抟一脸冷笑。

“不是不是,老祖说笑了。徒儿这次来,是为了寻找两位朋友。”

“朋友? 是经邦的朋友,还是治国的朋友?”陈抟问。

“这个这个……”刘承祐虽然伶牙俐齿,但此时也有些语塞。但他不愧是做皇帝的,一愣神之际,又有话说了:“老祖,您是知道的,做这个皇帝,诸事繁杂,若没有一点儿点放松的时刻,身子是吃不消的。所以,有时候,我也会找几个朋友,玩一些百姓都喜欢玩的把戏。这也叫与民同乐吧。”

“就为了找这两个朋友,竟然动用大军?”陈抟指了指后面的军士。

“没有没有。这不过是几个御林军。老祖您也知道,现在坏人很多的,就是皇帝出来,也得小心一二。一不小心,被人砍了脑袋,一点儿也不好玩。我又不像老祖您,武功高强,一般人不是您的对手。”

“今日之事,你想如何收场呀?”

“恳请老祖,让石守信、赵匡胤等随徒儿回去。”

“回去干什么? 陪你玩博戏?”

“石守信、赵匡胤二人武功高强,我要重用他们,让他们为我大汉出力。”皇帝信誓旦旦地说。

“你方才还说,赵匡胤是大闹御花园的要犯,回到东京,怕不是要治他的罪?”

“赵匡胤是师父的徒弟,就是我的师弟。我重用他还来不及,怎肯治他的罪? 以前的事,一笔勾销。徒儿也恳请师父,能到东京去,也好让徒儿尽一尽孝心。”

“罢罢,我这山野之人,浪荡惯了,过不惯你那锦衣玉食的日子。赵匡胤与我,还有一些事情要去办,也不能随你去。也罢,石守信,你随皇帝回东京去吧。"

"师父!"石守信喊了一声。

"你不用怕,皇帝不会为难于你。他如果动了你一根汗毛,我也不依他。你带着你的仆人韩通,先回东京。我们几个云游一阵,有了空闲,也会回东京的。"

"徒儿盼望师父早日到东京,徒儿一定到郊外恭迎。"皇帝说。

"好了好了,你赶快带着你的人马走,贫道不习惯如此的热闹。"陈抟说。

"徒儿遵命。"皇帝一挥手,带着石守信他们一阵风似的消失得无影无踪。

第七章

一、金蝉不见了

赵匡胤他们随陈抟一起，收拾行李，重新登舟出发。船行运河之上，又是顺流而下，不一日，到了徽州府境内。只见这里的房屋民俗，已经与中原有所不同，灰瓦粉墙，别有风味。打听了一下，泊舟之地也不是什么大地方，地名很怪，名叫歙村。歙村的主街道有两条，一条在村东，另一条在村子中间。村中房屋大都是老屋，石块铺地。赵匡胤、金蝉、李从嘉转了半天，却没有看到一处买卖东西的地方。村子里静悄悄的，除了偶尔的犬吠鸡啼，竟然没有多大的声音。几个人肚中饥饿，船中虽然有米，却不大想做，只想出来吃一些地方风味。用金蝉的话说，就是到一处，就要吃一处的特产。吃过的东西不吃，一定要吃一些别处没有的。李从嘉对金蝉的说法深表赞同。好不容易转到村子北头，见是一个小店，幌子上面写着“糯米藕”三字。几个人大喜，进到屋内，见店面虽小，倒也整洁。三个人点了六份糯米藕，赵匡胤吃两份，李从嘉吃两份，金蝉一份，准备再给师父带过去一份。糯米藕甜香黏滑，三个人一会儿就吃得差不多了。店主是一个六十多岁的老者，把糯米藕端上来以后，就跑到后边，不知道忙什么去了。三人吃完，算了饭钱，一起往外走。正在此时，天公不作美，竟然淅淅沥沥下起小雨来。小店外边，正是一方荷塘。雨点打在荷叶上，发出嘭嘭的响声。雨点落在水面上，荡起一圈又一圈的涟漪。三人顺着村东的街道,慢慢南行。雨点打在身上,倒觉得很惬意。

正在这时,前边的一扇大门忽然打开了一条缝,一个女孩子从门缝里探出半个身子,不知怎么,又缩了回去,大门“砰”的一声又被关上了。三个人只听得“呜”的一声,不知是何人所发。李从嘉道:“此处的人,怕生人得很。”

赵匡胤上前,啪啪地打门,门内却毫无动静。金蝉一纵身,趴在墙头上,往院里一望,只见院子里有几棵树,别说人,就是连个猫狗也没有。这些人明明进了院子,怎么一会儿就没了人影呢?那个发出惊呼声的女孩儿,和其他人到底是什么关系?金蝉跳进院子,将院门打开,赵匡胤、李从嘉都走进了院子。李从嘉道:“这些人又没有出门,明明在院子里,难道会地遁不成?”肯定在屋子里。说着,就要去推屋门。赵匡胤一把拉住他:“且慢。”赵匡胤让李从嘉和金蝉闪在一旁,自己一脚把房门踩开,然后也跳在一边。

屋内虽然比外边昏暗,但过了一会儿,也能看清楚了。里面是一张条儿,两把椅子。由于烟熏火燎,房子上部都被熏黑了,而且黑得油亮油亮的。

几个人进到屋内,屋子里也没有人,而且还有一股说不出来的怪味道。金蝉嫌味道难闻,就先退了出去。赵匡胤和李从嘉这儿敲敲,那儿看看,也没有发现有什么秘道之类的。正在屋内的二人,忽然听见院子里“哦”的一声,似是金蝉所发。二人一个箭步就冲到屋外,但院子里静悄悄的,金蝉已经不知去向。二人着急,赶紧冲到院子外边,只见院子外边也静悄悄的,只有微风吹拂着树梢,间或有一两声鸟鸣。

“这到底是怎么回事?”二人顿时感到脊背发麻,发梢上竖。赶紧在村子里转了几圈,嗓子都喊破了,却也没有一点儿回音。

“这,这可怎么办?”李从嘉满面愁容。

“看来,我们是遇到了强劲的对手,一时半会儿,是找不到金蝉的。这样吧,我们先回去,找师父他老人家。他老人家见多识广,看是不是有什么办法。”

金蝉无缘无故地失踪,陈抟也感到很惊奇:“看来,这事不是冲着金蝉的,她年纪轻轻,又没有来过这儿,不会和什么人有仇。我在这儿,只有几个朋友,也没有仇

家。匡胤年纪轻轻,又没有到过此处,估计也不是冲你所来。从嘉,你在这儿,可得罪过什么人吗?”

“师父,这几年,徒弟虽然喜欢到处走走,但都是走马观花,别说跟人结仇,就是和人也很少来往。官府里的事,徒弟素来也没有过问过。”李从嘉恭恭敬敬地禀报。

“这就怪了,我们又不是富商大贾,好好的,动我们的人干什么?难道……”陈抟也茫无头绪。

“师父,瑞瑞不会有什么危险吧?”赵匡胤内心十分煎熬。

“照你们所说的情形,先是以声音引诱你们,而后又能在你们的眼皮子底下,于瞬间将金蝉掠走,绝不是一般小蟊贼所为。要知道,你们和金蝉的武功,一般人是对付不了的。能一举将金蝉擒走,证明是处心积虑,并且是高手所为。既然是高手,定然会有所图。有所图,就不会干那些下三烂的事情。这个你大可放心。”

“关键是,怎样才能找到师妹。”赵匡胤显得心神不定。

“放心吧。你师父在江湖上还小有薄名,所到之处,朋友还肯帮忙。走,坐上船,你们和我一起,去拜访一个人。即使找不到金蝉,也能找到一些头绪。”

二、江淮帮

三人乘船,沿着运河向南。赵匡胤站在船尾,一直朝金蝉失踪的村子怅望。走了大半天,望见一座高山。陈抟下了船,领了两位徒弟沿着山道慢慢朝山上走来。走不多远,只见一座白色的峭壁之上,写了血淋淋的三个大字:“蛇龙山。”这三个字,枯干狰狞,看了令人很不舒服。陈抟叹道:“老谢的字,越来越魔道了。”

正行之间,忽听呜呜两声,两支响箭啪的一声插在了赵匡胤他们面前的地上。接着,又是呜呜几声,几支响箭落在他们周围。虽然有响箭,却不见一个人影,叫人觉得这些人行事,真的让人匪夷所思。陈抟中气充沛,大声向山上喊道:“山上的朋友听了,华山陈抟前来拜山。”陈抟的话说完,山上忽然静了下来只闻山风呼呼。陈

抟一招手,李从嘉、赵匡胤二人随着他,一直朝前走。走了半天,只见断崖阻路。山路至此断绝。

只见陈抟从地上捡了一块石头,在峭壁上东敲敲,西打打,只听吱呀一声,峭壁上竟然开了一道石门。石门内比较黝黑深邃,只能模糊看出是一道台阶,蜿蜒向上。

陈抟看了一下,举步便进。赵匡胤和李从嘉也欲随之进入。只听一个阴沉的声音道:“二位且请留步,山上只请道长。如若二位执意上山,若有差池,莫怪我等。”

陈抟道:“这是两位小徒,素来跟着贫道的。”

“依在下看来,这二位还是不上去的好。如果非得上去,到时后悔可就来不及了。”那个声音又响了。

“这二位小徒,贫道倒是想带着。难道你们谢帮主,连这点薄面都不肯给吗?”

过了一会儿,那个声音又响了:“帮主有言,请!”

陈抟三人顺着悬崖里的台阶,一步一步往上走,没走多远,就拐了一个弯儿,开始向下走,而后再向上走。走了大半天,前边忽然现出了一片光亮。三人出得洞来,只觉得阳光耀眼。过了一会儿,才看清眼前的情景。原来,这里是一个平坦的山谷,四周都是高山,无路与外界相通。似乎只有方才那一条甬道,才可进入。谷内,繁花似锦,鸟语花香,溪流淙淙,蝴蝶翻飞。谷外虽然炎热,这里却是春季气候。

三人沿着小路,往前而行。陈抟叹道:“老谢越来越会享福了。如此世外桃源,贫道倒是羡慕得很。”

又走了一会儿,只见前面半山上出现了一片房舍,碧瓦红墙,煞是气派。

花丛中悄没声响地出现了四个黑衣人,在前边领着他们往前走。上了多级台阶,走到一个大殿里面,那四个黑衣人又不知何时退了出去。

大殿里比较昏暗,半天才看见大殿的深处坐着一个人。

陈抟一拱手:“贫道华山陈抟,前来拜见故人。谢帮主一向可好?”

那人面无表情:“牛鼻子,你我只不过是一面之缘,谈不上什么交情。但看在你一把年纪的份儿上,就让你到我这总舵来看看。除了你牛鼻子,别人不会有这么大的面子。”

“如此,多谢了。”

“来人哪,摆座,上山果。”

一刹那间,一帮人摆出了桌子、椅子,还有桃杏李等。陈抟三人坐下。

“贫道有一事,想向谢帮主请教。”陈抟道。

“不敢,请赐教。”谢帮主的花白胡子抖动着。赵匡胤此时才看清,谢帮主是个干瘦的小老头。

“贫道和几个徒弟到贵处游玩,不承想其中的一个女徒竟然迷途,至今未归。不知贵帮能否帮忙一二。”

三、想做皇帝

“你的徒弟找不到了,干吗来找我?”谢帮主冷冷地说。

“此地是贵帮的地盘,贵帮在这里神通广大,烦帮忙一二。陈抟在此拱手。”

“哦,我明白了,你的意思是说,你的徒弟失踪,是我帮兄弟所为?”

“贫道没有这么说,也没有这么想过,只是到了这里,想请谢帮主帮帮忙。”

“呵呵。”那谢帮主冷笑了一阵,“别说我不能帮忙,就算能帮,我为什么要帮?帮了你的忙,我有什么好处?”

“你倒是个爽快人,明人不做暗事。你也知道,我的徒弟是谁,我的挚友是谁。在你们这唐国国界,有何为难之事,贫道倒还能拆解。”

“痛快。只是我要办的这件事,有些难办。你让李璟,把那皇帝的位子让给我,我就帮你的忙。”

“帮主倒是有想法,只怕思谋此事,不是一天两天了吧。”陈抟冷笑。

“此事体大，当然要仔细思量。”谢帮主道。

“从来到此处，贫道就看到了你的想法。只是贫道有几句话相劝。记得三国时，有人劝曹操做皇帝，曹操说，这些人是要把我放在火炉上烤，坚决不当。”

“可他的儿孙还是做了皇帝。”谢帮主说。

“最终结果呢？”陈抟说。

“皇帝乃万乘之主，做了皇帝，要风有风，要雨有雨。天下山珍海味，供我品尝；天下所有美女，供我享用。所有人，哪怕他英雄盖世，哪怕他是人中龙凤，也要匍匐我脚下，口称万岁。人生在世，哪怕能做一天皇帝，也不枉来人世一遭。”

“帮主只看到做皇帝好的一面，殊不知，还有许多不好处。每日为天下忧心，每日为臣下不忠忧心。任何素不相识之匹夫，皆可能是我宿敌。山珍海味虽多，究竟能吃多少？美女虽多，究竟真情能有几人？何况色乃伐性之斧。人体如树，美色如斧，日夜砍斫，任你是参天大树，也要轰然倒地。”

“牛鼻子，看来你对这皇帝的事情，也琢磨过不少，莫非你也想做皇帝？”

“目今天下大乱，贫道确也想过。要救民于水火，不弄个皇帝的位子，确也是一句空谈。但做了皇帝，若想使天下一统，必须宵衣旰食，是个实实在在的苦差事。若是耽于享乐，早晚会成为别人的阶下囚，受尽羞辱，不得善终。”

“不管你怎么说，本帮主就是要做皇帝，我知道你牛鼻子神通广大，只要你帮我这个忙，其他的事情嘛，好说，好说。”

“是不是因为贫道能帮你这个忙，你就把我的徒弟请了过来？”

“不能这样说，只是碰巧而已。”谢帮主干笑了两声。

“那好吧，既然如此，就请谢帮主把贫道那女徒弟带出来，让我等见上一见，其他事情，好商量。”

“这女徒弟，你牛鼻子如此关心，怕不仅仅是徒弟吧？”谢帮主说完，周围竟然响起了嘿嘿的淫笑之声。

“住口。亏你还是一帮之主，信口雌黄，难道不怕天下英雄耻笑吗？”赵匡胤见他口出秽言，再也忍不住，竟然大声呵斥起来。

"像你这样的人,别说当皇帝,就是做太监,也不够资格!"李从嘉见他直呼自己父亲的名字,早已讨厌他,又见他作为唐国小民,竟然有不臣之心,怒火满腔,恨不得将此人痛殴一顿。但碍于师父威严,自然不敢插嘴。现在看见赵匡胤出言呵斥,忍不住相帮。

"你们二人住口。我与谢帮主在商议事情,哪用尔等插嘴!"陈抟好不容易才说服谢帮主要他带出金蝉,没想到二人忍耐不住,眼看要坏大事。

但陈抟的呵斥已经晚了。这谢帮主名叫谢经,自幼子承父业,承继了帮主之位。在帮中,他历来说一不二。江淮帮经过数代经营,到谢经这一代已经达到极盛,在江淮一带,无人能敌,就是官府,也要避让三分。何况又是乱世,官府自顾不暇,有些事情,还要靠江淮帮帮忙。因此,久而久之,这谢经就养成了唯我独尊、睚眦必报、心胸狭窄的毛病。帮中兄弟,稍有违拗,轻者痛打,重者处死,谁也不敢说一个不字。一些阿谀奉迎之徒乘机上位,吹吹拍拍,更使谢经自我万分膨胀起来,竟然在谷中造了这处宫殿式建筑,做起了皇帝梦。帮中有几位德高望重的长老,一开始还相劝于他,后来,被他处死的处死,靠边的靠边。帮中再也没有了反对之声,只剩下阿谀奉迎的呼喊声。到了这个地步,谢经自然更听不得逆耳之言。见赵匡胤、李从嘉顶撞于他,一拍座椅,厅外立时拥来五六十条大汉,将陈抟、赵匡胤、李从嘉三人团团围住。

谢经一声"动手",众大汉立刻持枪刀,向三人进攻。江淮帮成立数百年,确也不是浪得虚名,这些大汉攻防有序,招招直指要害,若不是陈抟与赵匡胤武艺高强,只怕早就着了他们的道。李从嘉武功较弱,肩膀上已被一个大汉划了一个口子。陈抟怕李从嘉吃亏,袍袖一拂,两个起落,已经到了李从嘉跟前。抓住李从嘉,叫了声"走",只见他手脚并用,不知用了什么手法,在他前面的大汉纷纷倒地。这些大汉虽然武艺高强,但在陈抟手下,却是不堪一击。

陈抟叫了声:"匡胤,快走!"已经拉着李从嘉,走得无影无踪。赵匡胤知道耽搁不得,拿出平生绝学,一双拳头铁钵相似,打得众大汉倒地哀号。赵匡胤正打之间,忽觉脚下一空,他赶忙两脚虚踢,想一个跟斗翻离险境。谁知只听得呼呼风响,两口刀当头砍到,他只好低头避让。就这么一耽搁,只听扑通一声,他已经落入了陷阱之中。

四、地下故事

陷阱之中,昏暗无比。赵匡胤过了半天,才借助上边透下的一丝光亮,勉强看清这是一个小小的空间。上面的挡板,离地底已经非常高,下落时,幸亏他辗转腾挪,卸去了下落的力道,不然,不摔死也要摔残。摸摸地上,有些潮湿。赵匡胤长叹了一声。被困于此,自然心中郁闷。但他相信,一是师父会来救自己,二是只要是人造的陷阱,就会有出口。因此,他反复走了几步,想看看这陷阱中,是否别有机关。

刚走几步,忽然在东北角,踩到了一个很柔软的物事。低头一看,原来是一个年轻的女孩子。赵匡胤将她抱起,放到亮光处一看,只见她面色绯红,鼻翼微动,看来是昏过去了。赵匡胤懂得医术,在她几处穴道上掐了几掐,又从大椎穴给她输了些真气,没过多久,那女孩儿苏醒了,竟然"哇"的一声哭了起来。

姑娘哭了一会儿,忽然意识到是在一个陌生的男子怀里,不禁又羞又急,一下子从赵匡胤怀里挣扎出来,远远地站在一个角落里,脸上兀自挂着泪痕。

赵匡胤深施一礼:"姑娘在上,东京赵匡胤有理了。"

那姑娘脸上一会儿红一会儿白:"看起来,你应该读过圣贤之书,刚才,刚才,你对我做了什么?"

赵匡胤此时,才知道她误会了,赶忙解释:"姑娘,方才在下是救姑娘来着。在下刚到这里,见姑娘躺在地上,昏迷不醒。在下略通医术,因此情急之下,施以援手。只不过是有医者之心,绝无冒犯之意。"

"胡说,这里又没有针、药,你如何救我?"

"在下略通针灸之学,用手指为姑娘医治。"

“你……你……”这姑娘又急了,一想到这陌生男人有可能在自己的身体上胡乱救治,她恨不能马上就死去。

“姑娘又误会了,在下只不过是掐了掐姑娘的人中穴,隔着衣服,从后背为姑娘输了些真气。若不如此,姑娘有性命之忧。”

“一派胡言,那你为何抱我?”

“地上湿气甚重,姑娘躺在地上,只能加重病情。”

一想到刚醒时,自己在赵匡胤怀中,所感受到的温热的雄性气息,姑娘的脸又红了。但想到人家是在救自己,再说,也没有感受到自己何处受了冒犯,再如此说下去,也不甚知礼。于是姑娘也就沉默了,欲待说一声谢谢,可一时又说不出口。赵匡胤见姑娘对自己有所误会,也不便多言。于是,二人各怀心事,竟然一时无语。陷阱中静了下来,只有一两只不知名的虫儿,在隐隐约约地叫着。天大概渐渐黑了下来,陷阱中越来越暗,终于快要看不见了。

“喂,还傻站在那里干吗,往里走,有个床铺,你去睡吧。”姑娘终于开口了。

“还是姑娘去吧,那里本来就是姑娘的床铺。”

“那,你睡在哪里?”

“不瞒姑娘,在下会些武功,站着睡,也是一种练功的方法,在下就练练这门功夫吧,反正左右无事。”

“这可是你说的,听着,不准冒犯于我。如若有半点冒犯,我就以命相拼。”

“姑娘放心,在下是响当当的男子汉,说话历来算话。”

姑娘去睡觉了,赵匡胤开始站着练习内功,也许是太累了,练着练着,不知不觉就睡着了。等到睁开眼,天已经大亮了,已经有人开始送饭。原来这儿送饭,都是用绳子送下一大罐粥,再用篮子送下四张饼。等吃完后,自有人再把这些用具收走。

如此过了三天,到了第四天晚上,那姑娘又开口了,竟然邀请赵匡胤到床上去睡。赵匡胤道:“姑娘怎么大方起来了,难道就不怕赵某有不轨之心吗?”那姑娘正色道:“我是看你还算有良心,看你这么可怜,整天站着,故此从权。你若得寸进尺,我仍然会以死相拼。”赵匡胤道：“不敢，匡胤视姑娘为天人，怎敢造次。”姑娘道：“呸，油嘴滑舌的讨人嫌，叫我哪只眼睛看得上。”

入夜，赵匡胤终于能躺到了床上，虽有美人在侧，但由于这几天一直没有得到好好休息，所以躺到床上，没有多大一会儿就睡着了。睡梦中，迷迷糊糊的，觉得有人在踹自己，醒来一看，只见那姑娘坐在自己身旁。赵匡胤十分困惑，问：“你深更半夜的，为何不睡？”

那姑娘道：“你鼾打得比猪都响，谁能睡得着！”赵匡胤道：“前几天你为何不说我打鼾，偏今天说呢？”姑娘道：“前两天你没有打鼾，我说你干什么？”赵匡胤自己也糊涂了，因为他从来不知道自己睡觉打鼾，更不知道，人在站着的时候，就是睡着了，也是不会打鼾的。只有太累了，才会把鼾打得山响。

赵匡胤实在觉得不好意思，就说：“真的对不起，我还是到地上去吧。”姑娘说：“那怎么行，天长日久的，你要累坏的。”赵匡胤道：“这样吧，我先在这里坐一会儿，等你睡着了，我再睡。”那姑娘道：“多谢赵大哥，只是不准对我无礼，否则的话，我会毁我自己性命。”赵匡胤道：“不要再说了。咱们两个困在此处，你身为女孩子，比我更累。你既要防那些贼子，又要防我，真的很可怜。这样吧，你若不嫌弃，咱们二人结为兄妹如何？跟兄长在一起，你也许会不这么累。”

那女孩子半天没有吭声，过了一会儿，竟然抽抽搭搭地哭了起来。赵匡胤慌了：“是在下哪句话没说对吗？在下知道，在下不配做姑娘的哥哥，姑娘若不愿意，就权当我没有说，可好？”

想不到，听了这些话，女孩子哭得更厉害了，而且越哭越痛。赵匡胤无法劝解，只能在旁唉声叹气。

五、娥皇

也不知哭了多长时间，这姑娘终于止住了哭声。见赵匡胤不作声，姑娘反而踹

了赵匡胤一脚。赵匡胤迷迷糊糊的,吓了一跳:“赵某又在何处得罪了姑娘,望乞明示。”

“你不能和我结为兄妹,这样,是要置我于死地。”

“什么?”赵匡胤没有听懂。

“你是个至诚君子,对我爱护有加,小女子从心眼里非常感激。你能不冒犯于我,足感大恩。只是你我在此种地方,相处日久,即使无私情,又有谁能信?死在此处,倒也罢了。倘若能活着出去,我只能嫁你。你若再和我结为兄妹,到时我连你也嫁不成,岂不是只剩下死路一条?”

“在下只想让姑娘心安,别无他意。”

“你当然是好意,这个我知道。我只是给你讲一讲这个道理。我自思资质还不算丑陋,配你,还算配得上吧?”

“姑娘貌若天人,能看得上在下,是在下的荣幸。只是……”

“只是什么,难不成你已经娶了妻?”

“娶妻倒没有,只是,只是已经订了婚。”

“那算什么?退了婚就是了。”

“退不成的,我们两家是通家之好。”

“退不成就不退,想来,这就是我周娥皇的命。”

“周娥皇?这是姑娘的名字吗?”

“怎么了,难道我还会冒充别人的名字吗?”

“不是不是,这名字,我好像听谁说起过。对了,听我师兄李从嘉说过。他说你是金陵城内有名的才女,琴棋书画,样样来得。多少人向你求婚,你却一家都没有答应,连王子求婚,你都拒绝了。”

“既然你都知道了,我也不瞒你了,我就是金陵周娥皇。怎么样,做你的妻子,还配得上吧?”

“这是在下的造化。只是赵某虽然谈不上是什么英雄,但也不愿做小人。实不相瞒,我与金蝉姑娘已经有了肌肤之亲。”

“哦？到底怎么回事？你说。”周娥皇眼中，已经泪光盈盈。虽然别人看不见，但她自己知道。

赵匡胤此时乖得很，将自己和金蝉如何交往，细细地讲了一遍。讲到荷塘一节，周娥皇又羞又气，长长的指甲在赵匡胤的胳膊上竟然掐出了血。赵匡胤讲完了，周娥皇也抱着赵匡胤哭得像泪人一样：“这么好的故事，为什么不是我的！这么好的故事，为什么里面没有我！我是个善妒的女人，我就是要嫉妒，我就是要嫉妒！以前的事情，不说了，从此以后，你就是我一个人的。我周娥皇资质尚好，才情也有。赵大哥，你要发誓，从此以后，心里只能有我。你的未婚妻什么的，让她走得远远的，我不要见她，我不要见她，你答应我，答应我！”周娥皇说着，竟然在赵匡胤的怀中昏了过去。赵匡胤免不得又是掐人中，又是输真气，半天，周娥皇才醒了过来。此时天已经亮了。

周娥皇一醒，又开始哭：“你为何要救我，让我死去，你不就省事了？你救了你未婚妻，然后两人大可比翼双飞，甜甜蜜蜜。你救活我这个善妒的女子，对你有何好处？”

赵匡胤真的感到又心痛又可笑，劝她说：“你歇一会儿吧，好好养养神。”

六、地狱天堂

娥皇哭了一会儿，终于慢慢地平静了下来，只是双手紧紧搂住赵匡胤的脖颈，兀自还一抖一抖地抽泣。赵匡胤道：“娥皇姑娘，前几天你防我像防贼，经常以死相逼，现在却又这个样子，不怕我对你无礼？”娥皇道：“妾既然决定以身相托，就不怕你无礼。”赵匡胤道：“你是金陵城的大家闺秀，怎么到了这个地方？”

娥皇叹了一口气：“都怨妾不专心女工，天天不务正业，去弄什么琴棋书画，结果在金陵城有了些薄名。别人夸赞，自家心里也暗暗得意，足见妾之浅薄。”

“琴棋书画，乃清雅之事，也是女孩子尤其是大家闺秀的本分。”赵匡胤劝道。

“学一点儿也可以,但非要弄得登峰造极,就不好了。”娥皇松开手,离开赵匡胤,坐在床上,不好意思地笑了笑,“别人都以为妾清雅无比,其实妾内心中却有一股野气。闹腾起来,连妾自己都吃惊,似乎不是自家所干之事,就像方才,妾为情所感,无法自制。”

“性情天然,我看没有什么不好。没有真情真性,或者一辈子矫揉造作,活得也算不上一个人。”

“郎君说得对。”娥皇不知不觉,就转换了称呼,“但真性情,不宜向俗世袒露,不然,就会后患无穷。妾自从有了薄名以后,金陵的王孙公子,纷纷上门求亲,妾一一拒绝。为此得罪了不少人。这其中,有一个人,是真正的权贵。”

“谁?”赵匡胤问。

“皇太弟李景遂。他是当朝皇太弟。一人之下,万人之上,在金陵城中,说一不二,谁敢得罪他,不会有好结果。”

“皇太弟?他应该是我师兄李从嘉的叔叔。”赵匡胤道。

“李从嘉,妾也听说过,他是皇上的小儿子。听说也喜欢琴棋书画,只是生性不喜争斗,前几年不知去了哪里。”

“他和我们在一起。”

“怪不得,这样,他倒落了个清净。他的哥哥却和叔叔斗得你死我活。”

“都是亲叔侄,干吗如此?”

“还不是因为皇位。一个要保皇太弟之位,一个要争皇太子之位。能不你死我活吗?”娥皇秀眉紧锁。

“那,你们皇上,是什么想法?”

“皇上?他的心里,自然是要自己的儿子继位。但先皇活着的时候,曾经明旨昭告天下,自己传位当今皇上,齐王为皇太弟。先皇虽逝,但皇上也不敢换了皇太弟。结果,就成了现在这个样子,文武百官各怀心事,有跟齐王的,有跟皇子的,还有两边都不跟,洁身自好的。”

“朝政如此,非百姓之福。”赵匡胤叹道。

“妾之父，虽然在朝中做官，却是一介书生，成天只管唯皇上之命是从。皇太弟齐王来提亲，明显是要他站到齐王一边。我父自然婉拒。但这样一来，自然就得罪了权势熏天的皇太弟，祸事自然就来了。”

“光天化日之下，他敢怎么样？难道金陵就没有王法吗？”

“王法只是为小民而设，对于皇太弟，王法是管他不住的。有天夜里，一伙蒙面强盗，竟然闯进我家，将我裹挟到了这里。”

“这么说，这江淮帮投靠了李景遂？”赵匡胤问。

“妾也不知道。只是到了这里后，这里的人一个劲儿地威胁，要妾答应与皇太弟的婚事。说只要答应了，以后就是唐国贵妃。妾宁死不从。后来皇太弟又放出话来，只要妾答应，就可做唐国皇后。妾仍然宁死不从。皇太弟就让人把妾放在地牢之中，什么时候答应，什么时候放妾回家。妾抱必死之心，宁可居于地牢之中。以后的事，你也知道了。如果他们有一点儿办法，也不会惶急之中，把你翻入地牢。”

“你受苦了。一个弱女子，尤其是过惯了锦衣玉食的弱女子，能有如此骨气，能受如此苦楚，了不起。我赵匡胤打心眼里佩服。”

“郎君过奖，妾虽然是女流，也知道人在世上，有所不为，有所必为。”

看到这个弱小的女子，不但天生丽质，而且风骨凛然，赵匡胤不禁叹道：“得妻如此，夫复何憾。”

“郎君，你真是如此想的吗？”

“是的。”

娥皇情极，嘤咛一声，扑入赵匡胤怀里。二人两唇相接，激情似火。虽在地牢之中，却感到胜似天堂。

不知过了多长时间，赵匡胤道：“你放着皇后不做，却非要嫁给我这个江湖浪子。”娥皇道：“此乃天意，妾违拗不得。再者，郎君武艺高强，日后要是在乱世之中为国立功，说不定也能做个皇上。你要是做了皇上，妾不也是皇后吗？”

“小妮子，心倒不小。为了你，我赵匡胤一定要在沙场上奋勇立功。”

“不对，不对。你就是做了皇上，妾也做不了皇后。还有你那个未婚妻呢。”

“你的记性，能不能不那么好！”赵匡胤道。

“郎君，妾长得好看吗？”

“好看。”

“妾有才情吗？”

“当然。金陵城里，有名的才女嘛。”

“郎君喜欢妾吗？”

“这还用说吗？”

“既然如此，你就应该把你那师姐休了。”

“你知道我为何喜欢你？”

“为何？难道不是妾的美貌，妾的才情？”

“当然是因为这个。但我更喜欢你的，是你的风骨，是你的天生丽质之下的侠肝义胆。你方才所说的有所不为，有所必为，深合我心。故此，我才发出了‘得妻如此，夫复何憾’的感叹。我若要抛弃金蝉，岂不成了无情无义之人？这样的人，你会喜欢吗？”

“郎君，妾不过试一试，看你是否义字当先。郎君如此，妾就放心了。妾这一生，也是夫复何憾。你的师姐在前，就让她做你的妻子，妾心甘情愿做你的侧室。”

“娥皇，你的美貌、才情，天下无双，我怎舍得让你做侧室？你和金蝉，都是我的妻子。”

“多谢郎君。郎君他日当了皇上，妾也能和姐姐一起做皇后了。”

“娥皇，你要是想做皇后，跟我赵匡胤，算是跟错了。你要是跟了我的师兄李从嘉，他是皇子，说不定你还有做皇后的可能。何况，李从嘉师兄，琴棋书画都能来得，你们才子配才女，倒是天生一对。”

“郎君，你不要妾了吗？再如此说，妾将不再活在这世上。妾跟着郎君，荆钗布裙，亦心甘情愿。妾谎说要做皇后，只不过是催促郎君，能够为国为民干出一番事业。如若贪图富贵，妾答应皇太弟也就是了。”

赵匡胤深深施了一个叉手礼:"匡胤错怪姑娘了,以后定当发奋努力,不负姑娘之殷切期望。"

"这才成话。"娥皇转愁为喜,"郎君若不信任于我,今晚,今晚咱们就……成亲。"

"只要你我两情相悦,不必忙于成亲。等匡胤禀过父母、师父,咱们再风风光光地结成夫妻。我要把金蝉和你一起娶进家门。"

七、看你会不会玩

娥皇听了这话,想说什么,却没有说。最后,只是叹了口气:"怎么能够想办法离开此处呢?"

娥皇的这句话,一下子提醒了赵匡胤。一开始,他还希望师父来搭救。后来,与娥皇两情相悦,竟然把这事给忘了,现在娥皇一说,赵匡胤才意识到,是该想办法逃离此地了。否则,万一江淮帮起了歹心,二人恐怕性命不保。

"天已经黑了,咱们等会儿先睡下,瞅机会我带你逃离此地。"

"怎么逃呢? 地牢这么深。"娥皇很忧愁。

"不要着急,等会儿再想办法。"

"郎君,妾害怕。"娥皇紧紧抱着匡胤。

"不怕,不怕,有我呢。"赵匡胤安慰她。

娥皇的小嘴,又紧紧地亲住了匡胤的嘴唇。"这样就不怕了。"她说。

睡到半夜,赵匡胤迷迷糊糊中,忽然听到有人在上面说话。只听一人道:"阿六,睡着了吗?"另一人道:"他娘娘的,哪能睡得着。别人在热被窝里搂着老婆舒服,偏我们两个来受这种罪,来守什么地牢,真的无趣得很。"

另一个人嘿嘿淫笑了几声:"无趣? 看你会不会玩了。这地牢里可是住着金陵城里第一美人。你要有胆量,怕有享不尽的艳福。"

“不敢不敢，那美人可是皇太弟看上的，我们可不能只顾下头，不要上头。”

“你玩过之后，把那美人想办法闷死，只要不带伤，就说她病死，皇太弟能奈你何。”

“但下边还有一个会武艺的大汉，小心他把你的头拧下来。”

“那就算了，没有胆量，就在这过过嘴瘾吧。”

此时娥皇也醒了，句句话听得真切，气得小脸通红：“郎君，这些人真是狼子野心。依妾的主意，就该将他们碎尸万段。”

“我倒有个主意，可让咱们逃离此处。”赵匡胤附在娥皇耳边，唧唧哝哝地说了一会儿，说得娥皇不住点头，最后对匡胤说：“郎君，只要逃离此处，咱们立刻成亲。”

过了一会儿，娥皇忽然哭了起来：“赵大哥，赵大哥，你怎么了？赵大哥，你醒醒，赵大哥，你别吓唬我。赵大哥，赵大哥……”接着，娥皇就开始放声大哭：“赵大哥，你死了，我可怎么办呀！你死了，我可怎么办呀……”

娥皇的哭声，惊动了上面的两个看守。阿六说：“伙计，听见没有，出事啦。”

另外一人似乎脑筋有些迟钝：“出事了，关我们什么事？”

阿六道：“笨蛋，那个男人死了，就剩下这个娇滴滴的小娘儿们了，你的艳福到了。”

那人大喜：“真是天降福气。咱兄弟，这回可要好好舒服舒服。”

阿六道：“兄弟，你在上面看着，我先下去，看看什么情景，再叫你下去。”

那人这次倒也不再傻了：“还是你看着吧，我先下去。”

阿六道：“干脆，咱们把绳子拴在这个柱子上，都下去，如何？”

那人道：“好，这个主意好，咱们弟兄，有福同享，有难同当。”

两个人做这种事情，倒是十分麻利，三下五除二，就下到了地牢里。

娥皇还在抱着赵匡胤痛哭。阿六俯下身去：“真死了吗？”

想不到赵匡胤一跃而起：“是你们真死了。”

两个呆头鹅，本来武艺就不精，再加上没有防备，色心糊了双眼，哪经得起赵匡胤的双拳，还没有两下，两个人就直挺挺地躺在地上，乖得不能再乖了。

赵匡胤道："走吧。"让娥皇抓了绳子，往上攀爬。怎奈娥皇在地牢中关久了手上无力，抓了几次，都攀不上去。赵匡胤将绳子拴到她的腰上，自己抓住绳子，噌噌地先爬上去，而后轻轻一提，就把娥皇提了上来。

地牢的出口，就在江淮帮的议事厅之中。赵匡胤和娥皇刚出大厅，就看见大厅门口，各有一个岗哨。赵匡胤出手如风，将两个人放倒后，拖入大厅之内，并嘱咐娥皇将大厅的门重新关好。

赵匡胤将两个岗哨的衣服剥下来，两个人换上，一路往来路走去。碰上几个巡逻的，都是将刀子在空中画了几个圈。赵匡胤见状，也用手在空中画了几个圈。江淮帮居处隐蔽，多年来没有外人到此，因此防守也比较松懈，就这样，赵匡胤和娥皇竟然一路顺畅，来到了设在悬崖上的出口处。

出口处，也只有两个人把守。赵匡胤道："奉帮主之命，出外公干，开门。"

"深更半夜，若要开门，请拿帮主令牌。"

"这就给你。"赵匡胤飞起一脚，将这人踢昏在地。另外一人吓得呆了，站在原地不知该怎么办。赵匡胤以手扼住其脖颈："快开门，否则，取你性命。"

那人战战兢兢，指着一块石头。赵匡胤放开他，那人在石头上左捏右拍，大门哗的一声开了。赵匡胤将那人一拳打昏，拉着娥皇一溜烟地跑了出来。

八、嫁个笨驴遍地走

不知跑了多久，只听娥皇道："郎君，莫跑了，妾快累死了。"赵匡胤这才想到，娥皇的体力有限，就将娥皇负在身上，沿着路旁的一条山谷，一直往里面跑去。

不知跑了多久，赵匡胤将娥皇放下，自己坐在谷中的一块大石头上休息。娥皇虽然没有走路，但在赵匡胤身上，也被颠得有些不舒服。娥皇道："呆子，放着大路不走，非得走这崎岖不平的山谷，你有力无处使呀。"赵匡胤道："你不懂，别说话，听一听就知道了。"娥皇侧头听了一会儿，除了近处的淙淙流水声之外，果然听见了隐

隐约约的人喊马嘶之声。

“这是什么?”娥皇扑闪着两只大眼睛,问赵匡胤。

“傻妮子,这就是追赶我们的人马呀。我们打昏了那么多人,人家江淮帮岂能甘休? 人家肯定是要骑马追赶的。我们二人,要是顺着山路走,早就重新落入江淮帮之手。你这美丽的小脸蛋,说不定早就被人家打开花了。”

“哦,是这样。谁有你这么老狐狸。反正我是女流之辈,操这么多闲心干什么。没听老一辈人说嘛,嫁鸡随鸡,嫁狗随狗,嫁个笨驴遍地走。现在我已经嫁给了你,你到哪儿,我就到哪儿。”

“小妮子,绕着圈骂我是笨驴,看我怎么收拾你。”匡胤说着,用两手在娥皇的胳肢窝里乱抓。娥皇哪经过这个,笑得连气都喘不过来了,一边笑,一边求饶:“赵大哥,郎君,好哥哥,我再也不敢了,我再也不敢了……”

匡胤见她楚楚可怜,才饶了她。

“哥哥,我饿了。”娥皇道。听娥皇这样一说,赵匡胤也感到肚子有些饿了。在地牢中,吃的饭食不但差,而且量也少。

“再忍一会儿,等到了山上,就有好吃的了。”

“真的? 怕不是你骗人?”娥皇以为赵匡胤在哄她。

“不会骗你,走。”说着,赵匡胤又背起娥皇,朝山上奔去。娥皇疲惫已极,在赵匡胤走路时的左右晃动之下,不知不觉地睡着了。

九、深山诗人

天渐渐亮了。赵匡胤把娥皇放下,娥皇此时已经醒了。看东边的天际,白色的云彩越来越亮,后来,这白色之中,又增添了少许的红色。这少许的红色,又渐渐地发出了些许的光芒。这光芒先是向上,后来,一下子把所有的光芒投向了大地。大地上,新的一天又开始了。

“娥皇,我给你作首诗怎么样?”

“怎么,你,还会作诗?好吧,作来我听听。你作诗,以什么为题呢?”

“就以太阳为题吧,方才我见了太阳,心里就涌出了几句诗。我也不知道是不是诗,我暂且念给你听听吧。反正,咱们两人,你不会笑话我。”赵匡胤还有些不好意思。

“你作的诗,定然是好的。”

“那好,我就念了。”赵匡胤望着远方,随口念道,“太阳初出光赫赫,千山万山如火发。一轮顷刻上天衢,逐退群星与残月。”

“写得好。”

“好什么?都是俗语俗词。”

“虽然是俗语,却意境阔大,颇有气势,不失英雄本色。”

“多谢夸奖。”

一只兔子,大概刚刚醒来,在灌木丛中蹦来蹦去。停下时,还用两只前爪,挠挠自己的脸。匡胤道,好吃的来了。拾起一个石块,以发暗器的手法,朝兔子掷去。兔子应声倒地。娥皇道:“多么可爱的小东西,可惜了的。”匡胤道:“没有办法,让它跑了,我们饿死了,就不可爱了。”

匡胤让娥皇收拾了些枯枝败叶,自己跑到一个小溪边,把兔子收拾干净了。又找了两块石头,互相击打,把枯枝败叶引着了。兔子一会儿就被烤得焦黄喷香。虽然没有什么作料,但赵匡胤和娥皇,却觉得这是天下美味。娥皇虽然饿了,但只吃了两个后腿,就饱了。剩下的,都被赵匡胤一股脑填到了肚子里。

“哥哥,真愿意和你一辈子在这深山里,再也不回金陵。”娥皇依偎在匡胤怀里,闭着双眼,一脸陶醉。看着她白里透红的脸蛋,看着她不停抖动着的长长的睫毛,赵匡胤心里不禁涌起一股热流,感到作为男人,能够得到这样的妻子,真是天大的福气。什么帝王将相,什么封妻荫子,和现在比起来,统统一文不值。

不知过了多长时间,赵匡胤道:“娥皇,咱们走吧。到金陵去,看师父和从嘉他们到了没有。”娥皇道:“哥哥,慌什么,我只想在这山里多待上几天。”

“多待上几天,我们也要向前走,不然的话,到了晚上,会有野兽来咬我们。”

匡胤这样一说,娥皇才感到害怕了:“那快走吧,最好能找到一个稳妥的地方。”

两个人也不知道路径,只是根据太阳的方位,一直朝着南方走。路上,少不得打些猎物,摘几个野果。这些野果,有好吃的,也有一些酸涩不堪,不能入口的。为了避免麻烦,就是见到几个山村,两个人也都绕过去了。以赵匡胤的意思,是要讨些饭食,偏偏娥皇不愿意和任何人打交道,赵匡胤只好作罢。

十、你这个要人命的哥哥

这天晚上,两个人来到一处山洼,见山洼之中,竟然有一座茅屋,屋门用绳子拴住了,一解就解开了。里面锅灶床铺,还有一些已经风干的腊肉。娥皇非常喜欢,对赵匡胤说:“哥哥,这怕是神仙要我们两个住在这里,专门幻化出来的吧。”赵匡胤道:“这是猎人们打猎时歇脚用的。尤其是冬天,若是大雪封山,在山里出不去了,就可以在这样的屋子里保命。只是有个规矩,谁要是把这些东西吃完了,必须再采买同样的东西。”娥皇道:“好呀,我们乐得先享受则个。”

娥皇命赵匡胤打来了水,把锅洗了又洗,又命匡胤到外边弄了好多的柴火。匡胤烧火,一开始烧得满屋子都是烟,呛得两个人都满眼是泪,跑了出来。后来,匡胤用棍把柴火挑开了,柴火中心空了,有了空气,就毕毕剥剥地着了起来,而且越着越旺,烟也没有了。烧了一大锅开水,娥皇却叫匡胤出去。赵匡胤比较糊涂:“不是要做饭吗?怎么让我出去?”娥皇道:“人家要洗澡,多日不洗,脏也脏死了。”赵匡胤就乖乖地出去,站在门口,以防人兽来捣乱。

刚沐浴过的娥皇,秀发长披,别有一番风韵,把匡胤都看呆了。娥皇红晕上颊,非得让赵匡胤也沐浴一番。赵匡胤无法,只得照办。

二人简单吃了一些煮腊肉,天就黑了。赵匡胤要找油灯,娥皇不让,说,累了一天,还不早早上床。赵匡胤早就把屋门用棍子顶好,估计再凶猛的野兽也拱不开这

门。娥皇把头埋在匡胤的怀里,非得让匡胤讲故事。匡胤讲了几个从小听来的故事,娥皇不爱听,非得让匡胤讲讲匡胤的师姐金蝉。匡胤道,我讲可以,不许再闹人,若再闹人,我一辈子也不再提金蝉的名字。娥皇说,对天发誓,绝不闹人。于是匡胤就开讲,如何与金蝉相识,如何与金蝉分别。没想到娥皇说,讲那一段。

"哪一段?"

"就荷塘那一段。"

"那有什么意思。"

"有意思得很!"

于是匡胤就讲。当讲到某处,匡胤就不讲了,娥皇非要他讲。匡胤道:"你不吃醋了?"

娥皇道:"我想吃醋,吃醋滋味好,你管得着吗?"

当匡胤讲到和金蝉亲热时,娥皇的长指甲又掐入了匡胤的胳膊。匡胤一翻身,把她紧紧抱在怀里,二人柔唇相接。娥皇气喘吁吁地说:"哥哥,对我好,对我好……"

良久,娥皇理了理纷乱青丝,气若游丝:"哥哥,你,你太……妾差点被你要了命。"

睡到半夜,匡胤被娥皇弄醒了,只听得木门被风吹得哐哐乱响。赵匡胤道:"怎么啦?"娥皇道:"哥哥,我害怕,睡不着。"

"怎样才能睡着呢?"

"你抱着我。"

抱了一会儿,娥皇附在匡胤的耳朵旁说:"哥哥,我的命是你的,你还是来要我的命吧。"

于是,娥皇又差一点儿被匡胤要了命。

"你这个要人命的哥哥。"娥皇用指头点着赵匡胤的额头说。

从此,一路上,娥皇让赵匡胤要了无数次的命。只要一说到这个词,娥皇就会两颊飞霞。

第八章

一、金陵城中

依娥皇的意思，是要和匡胤在这山里钓鱼打猎，永远也不回俗世。赵匡胤又何尝不想这样。但他知道，师父、师兄和金蝉还音信全无，自己不能只沉浸于一己之乐。师父和师兄到底是从江淮帮中逃了出来，还是失陷于江淮帮，自己可是一点儿也不知道。如果师父和师兄逃了出去，他们是会来救自己的。但自己在地牢中数日，也无人来救，证明师父、师兄失陷于江淮帮的可能性比较大。匡胤考虑来考虑去，觉得只有到金陵城中搬救兵，方是上策。即使他们不管师父、金蝉，但师兄李从嘉是金陵城的皇子，他们不会不管，何况，娥皇的父亲周宗，又是唐国重臣，虽然年纪大了，已经致仕，但他的话，皇上还是要认真对待的。匡胤把这个意思对娥皇讲了，娥皇也觉得深有道理。但娥皇脸上，却呈现出了犹豫之色。再一遍问她为何，娥皇半天不语，后来才说："哥哥，我不是不想救师父、师兄和金蝉，我总觉得，一回到金陵，你就不是我的了。昨夜我还做了一个梦，梦见咱们两个天各一方，到死也没有见上一面。"话没说完，娥皇脸上已是珠泪滚滚。

娥皇的话，说得匡胤也是一阵心酸。他轻轻地替娥皇擦去了泪水："怎么会呢？我赵匡胤，一辈子都不会离开你，只要你不嫌弃于我。"

"哥哥，我这一辈子就只有你这一个郎君；否则，有死而已。"

“又胡说了。”

“金陵,是要回的,但得想个法子;否则,皇太弟那帮人,又要找我的麻烦。”娥皇道。

“你说得有道理,这样咱们乔装改扮一下,如何? 你等我一下。”

过了一会儿,赵匡胤跑到旁边的村子里,不知从哪儿搞来了两套村民的粗布衣物,两个人换上,活脱一对村汉村妇。只是娥皇的肤色有点过于白净,匡胤让她抹上一些灰尘,她又不肯,说脏也要脏死了。没办法,只好用粗布头巾把脸遮盖住。

在山上,匡胤还可以背着娥皇;到了大路,再背着,过于招人耳目,匡胤就买了一辆带篷子的牛车,匡胤在前边赶车,娥皇坐在后边。两个人嘻嘻哈哈地说些笑话和趣事。晚上,就住在车里,免不了要“要命”几回。

欢娱的日子总是嫌短,这一日,终于到了金陵城中。娥皇让匡胤在一个偏僻的巷子里停下车。娥皇坐在车里,不敢露面,对匡胤说:“郎君,出了这个巷子,往右一拐,那个大门就是我家。”

等到天黑,娥皇领着匡胤,绕到自己的宅后,对匡胤说:“哥哥,翻过这墙,就是后花园。你能翻得过去吗?”赵匡胤看了看:“这样的墙,还难我不住。”娥皇道:“可是我呢?”匡胤道:“你站在我肩膀上,先上了墙头,而后我翻过去,再接你下来。”娥皇道:“我有些害怕。”匡胤道:“莫怕,有我呢。”

就这样,两个人翻过了围墙,神不知鬼不觉地进了周府。好在娥皇十分熟悉路径,不一会儿,就到了娥皇自己居住的绣楼。绣楼在后宅,与后花园紧紧挨着。

娥皇见楼上还有灯光,就知道丫头们还没有睡,就带了匡胤上楼,轻轻敲门:“水柳,水柳。”原来,她的丫鬟叫水柳。

水柳虽然听见有人叫门,但三更半夜的,也不敢贸然开门,问:“谁呀?”娥皇道:“是我,娥皇。怎么,连你小姐的声音都听不出来了?”

水柳确实听到了小姐的声音,但她有些不信,直到娥皇又说了句“快些开门”,她才确定是小姐回来了,不禁喜极而泣,一开门,就把娥皇抱住了:“小姐,我不是在做梦吧。”娥皇轻轻抚了抚她的头发:“发什么傻,我这不是好端端回来了吗?”

水柳一抬头,看见了娥皇身后的赵匡胤:“你……你是谁?”娥皇道:“莫怕,这是你小姐的郎君。”

“郎君?这可……这可使不得。”娥皇的回答太出乎水柳的意外,惶急之中,竟然说出了这样的话。

“水柳,你说什么?几天不见,你出息了,竟敢教训你家小姐了。”

“小姐,不是,不是这样,我是担心老爷。”

“老爷那里,自有我在,不用你操什么心。走,领我去见老爷太太。”

二、恩人

周宗和夫人正在屋子里长吁短叹,商议如何去求皇太弟。事实上,在娥皇失踪的这些天里,周宗也没少去找皇太弟李景遂。但每次皇太弟要么不见,要么装出一副吃惊的样子,说,你的女儿丢失了?京城里怎么会有这种事情?后来,又放出话来说,自己与周宗无亲无故,倘若能结成亲家,自己定会找娥皇回来。周宗夫妻两个心里明白,娥皇就是皇太弟派人劫走的,现在,除非答应他,否则,他是不会帮忙的。夫人爱女心切,非得逼着周宗答应皇太弟;但周宗是个读书人,宁为玉碎,不为瓦全。何况,女儿早已对父母说,只要父母答应了这门婚事,她就以死相拼。所以,周宗只好和夫人在家里听天由命。有心去告御状,但一来无证据,二来皇上宠爱这个皇太弟,大家都是知道的。万一告不赢,惹急了皇太弟李景遂,说不定又会出什么事。李景遂的心狠手辣,大家都是领教过的。

现在,丫鬟水柳忽然报告说,小姐回来了,夫妇二人不禁又惊又喜,赶快让小姐进来。娥皇跪在地上,叫了声爹娘,一家人已经哭成了一团。夫人抱着娥皇,哭得上气不接下气。小妹妹四娘闻讯赶来,也抱着姐姐又是哭,又是笑。四娘才六岁,却长得像一个小美人,举手投足,老练得很。

周宗一抬头,看到了娥皇身后的赵匡胤,就问:“这位是?”娥皇道:“这位是赵匡胤赵大哥,是他救了女儿的性命。若不是他,女儿早已经葬身地牢了。”

“女儿,你遭受了什么样的罪,是怎么逃回的?”夫人含泪相问。

娥皇于是把自己怎么被关进地牢,赵匡胤如何搭救,后来又如何逃出,然后一路奔波,又如何逃回金陵,给父母说了一遍。当然,有些事情,她没有和父母说。

“如此说来,这位赵壮士是我周家的恩人,赵壮士,请受周某一拜。”说着,周宗向赵匡胤拜了一拜,赵匡胤赶忙还了一礼:“些许小事,何足挂齿。这都是赵某分所当为。”

“家院,过来。”周宗喊道。

家院过来后,周宗吩咐,将赵匡胤安排到前院厢房,让家院安排好衣物饭食,好好款待赵匡胤。

眼看家院要把赵匡胤领走,娥皇道:“父亲母亲,先不要忙着把赵大哥领走,女儿有话要说。”

“再要紧的话,等一会儿再说,让赵壮士歇息要紧。赵壮士鞍马劳顿,远来是客,家院,快领下去,让赵壮士歇息。”事已至此,赵匡胤只好告辞,跟着家院到前院去了。

“四娘,水柳,你们也都先去睡吧。”周宗道。

四娘满心要和姐姐说说话,因为她好久没有见到姐姐了。但父亲有命,她也只好乖乖听从,跟着奶妈,向父母、姐姐告辞后,回自己的屋子去了。

“有什么话,你就说吧。”见诸人都走了,周宗对娥皇说。

“父母亲在上,这次女儿若不是赵大哥搭救,早已经死于地牢之中。赵大哥对女儿情深义重,是一位世间少有的义薄云天的好汉子。女儿能得遇此人,是女儿的造化。因此,娥皇恳求父母,将娥皇许配于赵匡胤赵大哥。”

“我就知道,你会说出此等话来。我周家,世代书香,你娥皇,也是从小就习琴棋书画。找佳婿,当然要找一个举世无双的才子。我周家不贪图权势,但找佳婿,也是要讲究门第的。我和你母亲,之所以冒着大风险,不同意你和皇太弟的婚事,也是因为觉得皇太弟其人,骄横残暴,不学无术,不过是一介武夫而已。现在,这赵

匡胤也不过是一介武夫,胸无点墨,怎么能够配得上你? 这门亲事,只好作罢。你的婚事,我已经替你想好,既和你般配,又可以摆脱皇太弟纠缠。此人就是皇六子李从嘉。此人文才极高,琴棋书画,样样精通,像这样的人,方可配得上我周宗精心培养的女儿。他是皇六子,是皇太弟的亲侄子,我已和皇上说好,只是皇六子不在京中,此事暂时搁议。皇上已经拟好了圣旨,只要皇六子一回京,皇上圣旨一下,谁敢不遵!"

"父亲,万万不可! 女儿只嫁赵大哥一人。"

"你糊涂。那赵匡胤对你有救命之恩,我周家是书礼之家,自会报答于他。他想做官,想要良田美女,我周某都会满足于他。"

"女儿,你就听父亲的话吧,父母不会害你的。"娥皇的母亲也劝道。

"父亲,女儿……"

"皇上对我,恩重如山。你说赵匡胤对你有救命之恩,可皇上对我周家,有再造之恩。皇上视我周宗为心腹,曾对我言道,皇六子李从嘉,仁义厚道,虽为皇六子,但由于二、三、四、五皇子早夭,实际上是皇二子。现在,皇太弟和皇长子,为了争夺皇位,不讲亲情,皇上早已经对他们两个失望已极。何况二人都是一介武夫,根本不配做国君。皇上已经下了决心,要立皇六子为太子。皇六子就是日后的皇上。皇上说了,皇六子日后是皇上,他要为皇六子寻一个好皇后,选来选去,就选中了你。不然,这么机密的言语,皇上也不会和我说,这话如果传到第三个人的耳朵里,立刻就是一场腥风血雨。娥皇我儿,你自幼便读圣贤之书,深明事理。作为男人,要为国为民;作为女人,若有机会,也要为国为民出力。我们让你当日后的皇后,不是为自己富贵,而是要你为苍生黎民造福。一个好的皇后,能够挽救千万人的性命,能够让万千家庭没有哭声。为了百姓,我们性命都可以不要,儿女私情,难道不能舍弃吗? 还要让我对你当头棒喝吗?"

"父亲……"娥皇撕心裂肺地哭道。

"你不要执着于私情,只把父亲教过的圣贤之道,好好想一想。我周宗,替多灾多难的江南百姓求你。你能做皇后,你不做,你就不配为圣贤传人,你就不配做我

周宗的女儿,你就不配做大唐的子民。皇上对你如此器重,难道你就不该舍弃私情,粉身碎骨以报吗?”

娥皇满脸泪珠,当场昏倒在地。

三、谁得罪了朕,谁都不会有好果子吃

通过娥皇得知,六皇子李从嘉和其他几个人,已经落入了江淮帮之手,而江淮帮,又是对皇太弟言听计从。周宗觉得此事过于严重。娥皇被人掠走以后,他也没有如此着急。因此,连夜备车,就往皇宫赶。到了皇宫门口,递了金牌,车子顺利通过,一直往后宫驶去。

皇帝李璟还没有睡,正在寝殿中批阅奏章。皇太弟和皇长子李弘冀水火不容,闹得不可开交,弄得他心中很烦。偏偏一个是亲弟弟,一个是亲儿子,他也无可奈何。但对两个人,他打心底里,越来越不满意。两个人一个比一个粗暴,一个比一个嗜杀,把皇位交到这种人手里,简直是犯罪。他早就倾心于皇六子李从嘉,虽然文了一点儿,但仁义大度,江山交到李从嘉手里,虽然不一定有大作为,但老百姓能安居乐业,不会造反。只要是老百姓能过日子,朝廷就能一代一代传下去。李璟可不想像暴秦那样,二世而亡。而要想让李从嘉做个好皇帝,给他选一个美貌、贤惠、多才的皇后,那就十分必要了。周宗的大女儿周娥皇,在金陵城中是出了名的,要才有才,要貌有貌,这样的女孩儿不选为皇后,天理也难容。何况周宗是个读书人,只知道忠心,为人谦和,娥皇当了皇后,外戚专权的事情也不会发生。再者,周宗年事已高,身无官职,自己再器重他,也不会有什么后患。

听说周宗夤夜来拜,李璟叫声快请。他知道,周宗如此慌慌张张,肯定有什么不寻常的事情。周宗一进殿,就要行大礼,李璟赶忙搀扶,说,不是在朝堂,莫要行此大礼。周宗道,在任何地方,皇上都是皇上。

宫女献上茶来,李璟说:“先生深夜来访,定有要事。”周宗道:“皇上,我的女儿

娥皇回来了。”

“怎么回来的?”

周宗于是将娥皇脱险的经过,说了一遍。

“这江淮帮,简直目无王法,待朕御驾亲征,灭了此贼。”

“皇上,这江淮帮其实是受人指使,他们本来一直不与官府作对。”

“受谁指使?”

“皇太弟。”周宗说。

“这么说,娥皇失踪,是景遂所为吗?”

“是。”

“这个景遂,越来越不像话。他和弘冀,都不能继承大位。但此事还不能对外人讲。”

“臣明白。”

“朕有个想法,想让景遂、弘冀做个闲散王爷,让从嘉做皇太子,以前跟你说过的。”

“臣正要给皇上禀报。皇六子和他的师父陈抟,还有师妹,也被江淮帮拿住了,至今下落不明。倘若六皇子有何闪失,我大唐岂不动摇了国本?”

“是景遂干的事吗?”

“应该是。”

“看来,跟景遂应该把话说明了。”李璟叹了口气。

“皇上圣明。”周宗说。

“不是圣明,是没有办法。说实话,李从嘉太懦弱,也不太适合继承大统。但没有办法。朕宁愿要一个懦弱仁慈的皇帝,也不愿意要一个嗜杀残暴的皇帝。”

“皇上之心,当感动上天,保佑我大唐千秋万代。”

“只要能保住祖宗基业,我就谢天谢地了。”

“皇上,臣听娥皇说,皇六子和他的师父、师妹,现在都在江淮帮之手。臣希望皇上能早日把他们救出来,要不,万一有个三长两短,后悔莫及呀。”

“江淮帮越来越大胆了,竟然敢动皇六子,还敢拘禁陈抟师父,他们不想活了吗?”

“臣听说,此事与皇太弟有关。”

“朕知道。他忘了,他和江淮帮有交情,还是朕为他引见的哪。来人!”

太监闻讯跑进寝殿。

“传朕的旨意,宣皇太弟、皇长子速速进宫!”

“领旨。”太监一躬身,跑了出去。

不一会儿,只听靴声橐橐,皇太弟李景遂和皇长子李弘冀一起走了进来,一起向皇帝施礼。

“不必拘礼。”皇帝李璟满脸是笑,对皇太弟道,“阿弟最近可好,能吃得饭吗?”

“谢谢皇上,臣弟胃口尚好,不劳皇上挂念。”

“叫你们来,是有一件小事。朕听说江淮帮越来越不争气,竟然拘禁了陈抟师父和从嘉,还有嘉儿的一个师妹。他们还是大唐子民吗? 朕再不嗜杀,但他们如此胡作非为,是不是逼朕开杀戒?”

“在大唐治下,竟然发生如此事情,是臣弟的失职。”

“父皇,请让儿臣挂帅,儿臣定当剿灭此等贼子。”

“好了。景遂呀,你和江淮帮是有交情的,让他们赶紧放出这三个人。若能遵旨,既往不咎。这三个人若有半点差池,江淮帮将鸡犬不留,你这个皇太弟,也就当到头了! 他们别以为朕糊涂颟顸,谁得罪了朕,谁都不会有好果子吃!”

“是是,臣弟定当竭力,把此事办好!”

“父皇,请让儿臣去!”

“你去干什么,想逼死你六弟吗? 还不退下去!”

“是,儿臣告退。”

“景遂,你也快去办事吧。不管何时,你要记住,你与朕,是至亲的兄弟!”

“是,臣弟时刻不敢忘,一定把侄儿他们三个人毫发无损地带到皇上身边。”

“嗯,这才是阿弟说的话。快去吧。”

“是。”皇太弟也躬身退了出去。

面对皇上的问话，皇太弟李景遂感到了前所未有的压力。皇上对自己，一向都是阿弟阿弟地叫着，从来没有什么坏脸色。所以，李景遂在金陵过得如鱼得水，想干什么就干什么。人生就要活得自由自在。现在，皇上忽然冒出一句“这三个人若有半点差池，你这个皇太弟，也就当到头”的话，让李景遂如堕冰窖。这是李景遂最怕听到的一句话，现在听到了，心中反而有一种轻松的感觉。轻松之后，心中又后怕起来。自己必须奋力一搏了，若不然，连个普通人也不如。李景遂知道，自己这个皇帝哥哥是不好对付的。出于人之常情，哥哥肯定是要将皇位传给儿子的。自己这个皇太弟不过是碍于先皇的旨意，哥哥不好推翻罢了。李景遂想对李弘冀动手，但思来想去，又不敢轻易动手。他听人风言风语地说，皇上有意将皇位传给皇六子李从嘉。所以，他才指使人，想在寺院中毒死李从嘉。没有毒死，又让江淮帮把他们抓了起来。但抓起来以后，李景遂又犹豫了，如果把李从嘉害死了，这不等于帮皇长子李弘冀的忙吗？李弘冀上了台，还有自己的活路吗？如若皇上宾了天，李从嘉继了位，自己也许还能过逍遥自在的日子。因此，他一再嘱咐江淮帮，要善待李从嘉他们，不要伤害他们。如今，所有事情皇上都知道了，自己已经没有了任何回旋余地。要么死路一条，要么乖乖投降。李景遂想起了自己经常做的一个梦，自己一丝不挂，站在大街上，周围全是别人嘲笑的目光。现在，他就有这种感觉。没有办法，他只好按着皇上的办法做，吩咐江淮帮把李从嘉三人放了，并且立刻送到金陵来。

四、婚事不谐

转眼三天就过去了，这三天，对于赵匡胤来说，是漫长的三天。在这三天之中，师父无有音讯，娥皇也见不着面。每想与娥皇见面，就遭到了家院的阻拦。赵匡胤无法，只好夜里从后院翻墙，进到娥皇的绣楼。一见面，就见娥皇双眼红肿，哭得一

塌糊涂。问她为什么，娥皇抽抽搭搭地说，父亲非得要她嫁给皇六子，说只有这样，以后才能当皇后，才能够为国为民做好事，做大事，儿女私情，根本不值一提。赵匡胤沉默了一会儿，问她是怎么想的。娥皇说："父亲虽然说得有道理，但自己却觉得，为国为民什么的，和自己这个小女子没什么关系，自己觉得，儿女私情倒是天地间第一要事。"

"李从嘉师兄是个好人，和你也般配，何况有望继承皇位。你嫁了他，将来母仪天下，确实能为江南百姓造福。但是，我们两个情深意长，如若不结成夫妻，是无情无义。何况，你我已经有了夫妻之实，再让你嫁给李从嘉师兄，也是不义之举。这样吧，你无法张口，我去找你父母说。"

"不，你不要说，我去说，想来父母会谅解我们的。我这样一个委身于人的女子，父亲想来也不会再逼我做什么皇后。实在不行，我和你远走高飞，去那罕无人烟之处，过上一辈子。妾愿意织布做饭，为郎君生儿育女。男耕女织，自足自乐，为何要做什么皇后呢？"

"明天吧，明天，我们一起向你父母禀明。"赵匡胤道。

第二天一早，娥皇就求见自己的父母，并言明，须有赵匡胤在场。等到父母亲都到了场，娥皇就拉赵匡胤跪下，将自己与赵匡胤业已私自成亲的话，禀明了周宗夫妻。周宗听了，气得浑身颤抖，指着娥皇道："老夫几十年，精心培育于你，想不到……想不到，你，竟然如此自轻自贱。也好，也好，看来，是你没有富贵之命。"

"没有赵郎，女儿早已不在人世。父亲，母亲，你们就权当女儿已经死了。"

"女儿，你怎能如此糊涂。"娥皇的母亲，当场哭昏了过去。众人又是掐人中，又是灌水，老太太才醒了过来。

"你们两个听着，给我滚得远远的，永远不要回来见我，见了别人，也不要说是我周宗的女儿。"

"父亲，女儿对不起你。"

"可是，皇上那边我又该如何交代？"

"怎么交代？只好如实禀报。这样吧，有些话，老爷你不好向皇上启齿，我现在

就进宫，去向皇后禀明。”娥皇的母亲说。

正在此时，忽听有人喊道：“圣旨下，周宗接旨。”

周宗一听，忙吩咐摆香案，自己恭恭敬敬地跪听。

太监清了清嗓子，朗声读道：

“大唐皇帝诏曰：

咨尔周宗，勤劳国事，有功于国。所育之长女周宪，贤淑端庄，才情非凡。皇六子李从嘉，文雅渊博，着此二人，结为夫妻，钦此。”

事已至此，周宗只好暗暗叫苦，嘴里却还得高喊：“谢皇上隆恩，臣周宗接旨。”原来娥皇的正式名字叫周宪，平日很少有人叫，只叫她的小名娥皇。

“父亲，此事该如何办呀？”太监走后，娥皇哭着问周宗。

周宗也没有办法，只好摆手摇头，一筹莫展：“命该如此，命该如此。”

娥皇道：“父亲，你们不去向皇上禀报，我和母亲去向皇后禀报，把我和赵郎的事情说明白。我和赵郎已经成亲，不能再和六皇子成亲。”

“皇上求婚，为父不知情，已经答应，故有皇上下旨之事。现在，木已成舟，你再去说已和赵郎成亲，这不是让你父犯欺君之罪吗？你让皇家的脸面何存？这样一闹，皇上和咱们家，都会成为金陵的笑柄。皇上一怒，不但咱们全家性命不保，连赵匡胤也要掉了脑袋。”

听说全家要为此丢命，娥皇怔住了。这个小女子此时才模模糊糊地感到了什么是皇家，什么是天威。面对这种天威，似乎只有乖乖就范，别无他途。

娥皇转身，对着赵匡胤哭道：“赵郎，妾不想和别人成亲，你是男子汉大丈夫，你是有办法的，快救救我呀。”

赵匡胤也是焦急万分，他说：“别着急，我去找师父。”说完就飞奔出门。他知道，既然皇上下了圣旨，让李从嘉和娥皇成亲，那师父、师姐和李从嘉，肯定已经回到金陵，回到了六皇子府。

五、师徒重逢

他在街上打听六皇子府，倒有很多人知道，就在皇宫的东边。到了府门，通报了姓名，果然李从嘉、师父、金蝉都在，见他们三人都安然无恙，赵匡胤不禁热泪盈眶。

原来，当日在江淮帮，赵匡胤落入陷阱后，陈抟和李从嘉没跑多远，也被人用渔网所擒。至于金蝉，她自己都不知道是怎么回事，醒来后，也不知被关在何处，只知道在一间屋子里。也没有人审问她，也没有人和她见面，只是每天有人送饭而已。问送饭人，那人又不和她搭言。在这几天中，金蝉思绪万千，一会儿担心师父，一会儿担心赵匡胤和李从嘉。她不知道自己遇上的是什么人，他们到底要干什么。这种眼前一片漆黑，什么也不知道的感觉，比遇到了最可怕的事情的感觉还要恶劣。最后两天，金蝉天天做噩梦，每次做梦，都梦见赵匡胤和师父在离自己远去，每次，都是在梦中哭醒。直到别人把她放出来，她也不知道是怎么回事。见到了师父和李从嘉，她就像个重新找到了爹娘的孩子，一场大哭。就连陈抟这个修炼得十分到家，泰山崩于前而色不变的人，听到了她的哭声，竟然也差一点儿掉眼泪。金蝉哭完了，就问赵师兄何在。陈抟道，你赵师兄也是被这江淮帮捉住的，既然我们被放出了，赵师兄也不会有事。金蝉这才破涕为笑。现在赵匡胤忽然出现了，金蝉是要多激动有多激动，要不是师父和李从嘉在场，金蝉恨不得扑到赵匡胤的怀里。

赵匡胤将自己的经历一五一十地向师父做了汇报。并将娥皇的事，当着李从嘉的面，向师父说了。陈抟沉吟了半晌，转头问李从嘉："从嘉，你看，此事该如何办?"李从嘉道："师父，我只知道周宗之女貌如天仙，才情非凡，所以父皇为我提亲，我也就答应了。没想到，她和赵师弟还有这段姻缘。这样吧，我现在就进宫，向父皇说明，辞了这门亲事。"陈抟道："如此甚好，不然，痴男怨女，一生郁郁。"

李从嘉马上进宫，向李璟提出，要辞了这门亲事。没想到刚一张口，就遭到了李璟的痛斥:“没想到你走南闯北,越来越糊涂了。我们皇家的脸,是帘子做的?要卷便卷,要放便放?儿子,你要知道,做皇上的,要言出必行,说出的话,别说没错,就是错了,也不能改。否则,皇家威严何在。为了皇家威严,为了千万人对皇家的忠贞,就是搭上一些人的性命,也是应该的,更不用说什么儿女情长。”

“可是,儿臣不能和周娥皇成亲,儿子不能夺师弟之爱。”

“圣旨已经下了。”

“儿臣请父皇收回成命。”

“大胆!李从嘉,你是六皇子,更是我大唐臣民,你敢抗旨吗?”

“不敢。”李从嘉赶忙跪下了。

“李从嘉,不要遇事就婆婆妈妈。有些小事,一晃而过。记住,宁可错了,也不可失去威严。朕对你,寄予厚望。去吧,后日成亲。”

“父皇!”

“不许再说,退下!”

“父皇!”

“朕为你选的是皇后,选了很多年,才选了这一个,你懂了吗?”

父皇的话,简直如雷轰电掣,把李从嘉弄得头脑昏昏,目瞪口呆。如此说来,父皇是要立自己为太子?自己将来要做皇上?一想到这些,李从嘉是又害怕,又激动。自己头脑里原来模模糊糊的,也偶尔闪过这样的念头,但还没有想,自己就否定了。自己的叔叔和哥哥,一个比一个强势,自己无论如何不是对手。现在,他们两个要靠边站了,自己要做太子了。这两个人,会安分吗?

“父皇,儿臣不敢。”

“什么不敢,给我下去!”

“是。”

李从嘉懵懵懂懂,离开了宫殿,脚下像踩了两团棉花,不知怎么回到了自己的府中。

六、六皇子大婚

六皇子的大婚,在两日后举行了。尽管李从嘉不愿意,尽管娥皇不愿意,尽管周宗心怀鬼胎,但大婚还是举行了,而且举行得非常隆重,极尽奢华,以至于几十年后,有些金陵人还记得这场婚礼。五彩缤纷的仪仗,在街上过了又过。娥皇已抱着必死的决心,但周宗早就看出来了,跟她说,她只要一死,全家就是灭族之罪,别说父母,就连小妹四娘也要被砍头。娥皇是在别人的搀扶下,以几乎麻木的状态,完成了整个婚礼,她知道,如此一来,她和赵匡胤将是永远的别离。眼泪,早已哭干,剩下的,只是一个躯壳。娥皇知道,自己的魂魄,已随赵郎而去。

娥皇的出嫁,对赵匡胤的打击是相当的大,他一个人跑到金陵的大江边,对着浩荡东流的江水,脑子里一片麻木。他不知道到底是怎么啦,事情怎么会发展到这一地步。好像谁也没有和他作对,可是,又好像冥冥之中,有一股邪恶的势力,在和自己过不去。他心中的郁闷,无以复加。他只想领着大军,来平了这个金陵城,才能出这口恶气。可是他也知道,这不过是一厢情愿,在李璟面前,他是渺小的,他没有任何力量可以和李璟抗衡。再在金陵待下去已经毫无意义,这个伤心之地他一点儿也不想再待下去。

"哥,江边风凉,快回去吧,小心吹了风。"是金蝉的声音。

赵匡胤回过头,看见俏丽消瘦的金蝉立在自己身旁,江风吹动着她的衣服,更使她显得弱不禁风。一种怜爱、愧疚的心理立刻从赵匡胤心中生出。自从认识了娥皇,自己对这个师姐就想得很少了,其实,金蝉在这一段时间,也经历了九死一生,自己又对她有过多少关怀?金蝉也是一个聪明绝顶、文武双全的人,作为一个女孩子,慨然以身相许,想来也不是一时冲动,而是对自己有很深的感情。赵匡胤默默地望着金蝉,金蝉也默默地望着赵匡胤,二人千言万语,竟然不知从何说起。相对无言,只有眼泪,在两个人脸上流淌。

“哥!”金蝉扑到赵匡胤怀里,不住地抽泣。

赵匡胤抚摸着她的秀发,也思绪万千,悲痛难抑。

“哥,金陵不是咱们待的地方,你和我回去,回东京,回华山,都比在这儿开心。哥,到了那里,谁要是敢欺负你,我给你出气。”

“是啊,这里不是咱们待的地方。哥领你走。”

七、骨肉争斗

李从嘉知道娥皇心中,只有师弟赵匡胤。这对于他来说,是绝难接受的。他跟随陈抟多年,一个义字早已经在心中扎下了根。虽然由于天性,他喜文而不喜武,但江湖规矩,他还是懂的。但父皇的决绝,以及给自己选皇后的话,确实让他心中大吃一惊。他这才意识到,自己原来对叔叔和哥哥讨厌,不完全是因为他们粗俗好杀,原来,自己对这个皇位,也是有想法的。万乘之尊,九五之尊,一想到自己能够当上皇帝,成为统领一切的人,李从嘉忽然觉得自己身上有了一股奇异的力量,似乎过去自己所注重的某些东西,变得不那么重要了;而另外一些自己不太注重的东西,又变得重要了。他终于明白,自己为何那么爱画《江山胜景图》这类图画,因为,江山对于他,有一种特殊的意义。别人只能欣赏江山,而他,却能拥有江山。我的江山,我的百姓,我的大唐。这话说起来就叫人舒服,就觉得尊贵、独特。因为这些话,天下人没有几个人能说。

李从嘉早就听说过娥皇的才名,也听说过叔父对娥皇垂涎三尺。但他当时是不敢也不愿和叔父竞争。光哥哥李弘冀,就和叔叔斗得一发不可收拾了。李弘冀也曾拉他一起,来和叔父李景遂对抗,但他不愿意蹚这浑水,婉拒了。这使李弘冀对他非常不满。万般无奈之下,他只好远离京城,随陈抟师父到华山学艺。原想父皇不会同意,谁知父皇竟然答应了。现在想来,父皇是有自己的考虑的,让自己远离金陵,并且放在陈抟身边,是为了防备自己有何不测。想到这一点儿,李从嘉对父皇不禁又有了更深层次的佩服。帝王就是帝王,其智谋方略,岂是一般凡夫俗子所能窥测的。

及至见了娥皇,李从嘉对父皇的敬佩,又增加了一层。他不得不佩服父皇的眼光,私下也得承认,在金陵城里,除了这个女人,再没有第二人配做皇后。娥皇往那儿一坐,不用说话,就把其他人比下去了。才华横溢、风流倜傥的六皇子李从嘉,平生第一次有了自卑感。

李从嘉走上前去,向娥皇深深施了一礼:“李从嘉拜见姑娘。久闻芳名,今日一见,果然不凡。”

“六皇子,你是个儒雅之人。我周娥皇虽然是一个女流,但明人不做暗事。我不愿意做小人,故今日就说给你听。我心中早已有了别人,嫁给你是因为有圣旨,我无法抗旨。但是,你若强逼于我,我唯死而已。”说着,娥皇手里,已多了一把明晃晃的尖刀。

“姑娘不必惊慌,咱们是自己人。我是赵匡胤的师兄。你和师弟的事情,我早已知晓,而且去父皇处讨过情。但父皇心意已决,我也无可奈何。师弟把什么话都对我们说了。姑娘放心,在我这里,就像在师弟处一样。对外,姑娘不妨和我做个夫妻的样子;对内,我李从嘉定以礼相待,咱们井水不犯河水。”

“如此甚好,多谢六皇子,但愿六皇子心口相一。”

“姑娘要什么,只管吩咐。有人敢对姑娘不恭,我会惩罚于他。”

“不用,多谢了。”娥皇的脸上,一点儿表情都没有。

此后,李从嘉经常来谈谈琴道,有时拿些书画来请娥皇指教,娥皇总是敷衍两句。李从嘉觉得没趣,也就很少来了。

金蝉将赵匡胤的落寞,以及自己想回北方的意思,向师父说了,陈抟也觉得,在这里久待,不是个办法,尤其是匡胤,与娥皇近在咫尺却不能相见,更是心神不定。陈抟遂决定,明日就回北方。李从嘉再三挽留,无奈三人心意已决,他也只好作罢。这天晚上,李从嘉设宴,与师父三人饯行。酒席间,当李从嘉说到自己定当以弟妹

礼待娥皇，待自己能够做主时，定当让娥皇与匡胤团聚。

赵匡胤长叹一口气："师兄，如此，难为你了。"

"你我至亲兄弟，何出此言。"

李从嘉和赵匡胤，都喝干了一大杯酒。

金蝉也站了起来："师兄，我敬你一杯酒。谢谢你所做的一切……"

"师妹，说哪里话，这是我做师兄的应该做的。"

"你们兄弟之间，能以义气为重，不受男女之情所缚，老夫深感欣慰。"陈抟捋着花白的胡子，笑呵呵地说。

很多天了，师兄弟之间已因为娥皇的事而被沉闷气氛所笼罩，今日把话说开了，大家都觉得轻松了一些。

正叙谈之间，猛听得外面一片兵器碰撞之声。赵匡胤他们都是练武之人，动作奇快，转瞬之间就到了庭院中。庭院之中，有十多个蒙面大汉，正和王府的护院兵丁斗得欢。护院兵丁哪是这些蒙面人的对手，霎时便被放翻了一多半。剩下的蒙面人，立马向李从嘉他们围来。

赵匡胤长啸一声，加入了战团。陈抟将李从嘉推进屋内，吩咐金蝉照看李从嘉，自己也大袖飘飘，跑到了人群之中。没见他用什么力气，只是东一戳，西一点儿，蒙面大汉应声立倒。赵匡胤与他相反，一双铁拳虎虎生风，打得蒙面人连连惨叫。不一会儿，蒙面人全部倒下，只有一个还在喘气。赵匡胤抓住他，问他是受何人指使，没想到这人头一歪，竟然死了。

六皇子府中竟然出了这种事，马上有人飞报给了皇帝李璟。李璟一听，亲自带人到了李从嘉府中，命人将蒙面人一一查看，务要查明身份。查了半天，也没有查出头绪。但从这些蒙面人的身体来看，显然都是武林高手，看来杀手这次是志在必得。

"能把这些杀手战败，真是不容易。陈抟师父，如果没有您，从嘉这次肯定没了命。看来，朕让他当您的徒弟，是当对了。陈抟师父，请受朕一拜。"

"这如何使得，老道绝不敢当。再说，李从嘉是老道的徒弟，做这等事情，是老

道分当所为。"

"陈抟师父,您是活神仙,您这次出手,不但救了我儿,也挽救了我唐国江山。"

"皇上言重了。"

"父皇,此事是谁干的呢?儿臣刚回金陵,可没有得罪过谁。"

"你是皇子,还用你得罪谁?哼,敢跟朕作对,明日朕就让他好看!"

"父皇,这次儿臣得救,除了师父,我师弟赵匡胤也出了不少力。"

"赵匡胤?你就是吗?"李璟冲赵匡胤问。

"在下就是。"

"嗯,看你身体,是个练武之人。是陈师父教你的吗?"

"在下自幼练武,最近又得师父指点,自觉有些进境。"

"你和从嘉是师兄弟,这次又救了从嘉,看来你也是个有福之人。这样吧,是想要赏赐,还是想要做官?"

"在下什么都不想要,只想快些回到家乡。"

"既然如此,朕也不勉强于你。只是委屈你再待两天,就算是为你师兄吧。"李璟似乎话里有话。

"在下遵命。"

八、师兄成了皇太子

第二天,在皇宫之中,李璟在御花园大摆筵席,朝中文武都到了。陈抟、赵匡胤、金蝉师徒,也在被邀之列。酒过三巡,李璟忽然让大家安静下来,说是有事要与众人商量。皇上有事,大家自然安静了下来。

"诸位,今天请大家来,朕要说一件有关国本的大事。朕经过仔细考量,决定立皇六子李从嘉为皇太子。李从嘉自今日起,改名李煜。"

李璟的话一说完,全场鸦雀无声,此事来得太突然,众人有些猝不及防。

只有改名李煜的李从嘉说道："儿臣无能无德，不堪当此大任，请父皇收回成命。"

"你且不要说话。"

听到父皇如此说，李煜只好坐下。

过了一会儿，才听皇太弟李景遂说道：

"皇兄是君，弟为臣。本来皇兄已经立六皇子为太子，臣弟不该再说什么。但臣弟这个皇太弟，又该如何处置？"

"有了太子，自然不会再有皇太弟。"

"臣弟这个皇太弟的封号，是先皇所嘱，皇上曾经明诏天下。今天无缘无故被废，臣弟希望皇上说明理由。"

"理由？你真要让朕说？煜儿南下途中，曾经在明觉寺遭人暗算，此事与你有无干系？后来，煜儿师徒，又身陷江淮帮，此事与你有无干系？"

"皇上，这些事情，臣弟闻所未闻。"

"好一个闻所未闻。要不要朕把人证传来？"

"皇上要传，就传好了，反正臣弟问心无愧。"

"好好，问心无愧。亏你还记得这四个字。来人，带人证！"

不一会儿，明觉寺中的中年和尚、小和尚，以及江淮帮的帮主谢经，都被带到。

"你们说说，明觉寺中，是谁要你们害六皇子的？"

"回皇上的话，是皇太弟所指使。"

"谢经，是谁指使你，抓了煜儿和陈师父？"

"回皇上的话，是皇太弟。谢经罪该万死。"

"带下去吧。我的阿弟，你还有话要说吗？"

"你是皇上，找几个人证还不易如反掌？"

"你是朕的亲弟弟，朕不会诬陷你吧？"

"兄弟再亲，亲不过儿子。"

"那好，朕就让你看一看，朕是如何对待自己的儿子的。朕的儿子有罪，也一样

要处罚。弘冀,你不是一心想当太子吗? 怎么今天不说话啦?”

“儿臣为国征战多年,从来没有想过要当太子。父皇既然觉得六弟好,那就让六弟做太子好了。”

“朕要听你的心里话。”

“儿臣说的就是心里话。”

“那好,如果你也认为李煜能当太子,朕就放心了。秉笔太监,快去草诏。”

“是。”

“既然父皇让儿臣说话,儿臣就再说两句。六弟文采是好的,但要说做皇上,才干就差了一点儿。”

“难道煜儿就没有长处?”

“有哇,六弟琴棋书画,无所不晓。”

“还有呢?”

“儿臣想不起来。”

“无怪乎你想不起来,因为你根本无此美德。煜儿仁慈。而你呢,根本与此无缘。”

“儿臣不明白父皇的话。”

“不明白? 昨天晚上,是谁派人去六王府刺杀六皇子的?”

“儿臣不知。”

“不知? 你的仆人刘石,昨天晚上就把此事密告给了朕,要不,朕怎能立刻赶到六王府?”

“刘石叛主,诬陷本王。”

“朕昨日查看了刺客尸体,有数人,朕见你和他们一块儿待过。”

“父皇既然如此怀疑儿臣,儿臣再辩解也无用。”

正在此时,李景遂忽然拔出佩剑,奔向李璟,陈抟一见,飞身向前拦住。李弘冀见局面混乱,持剑杀向李煜,赵匡胤与金蝉慌忙上前拦截。宫中卫士早有防备,已并排立在李璟、李煜身前。

李景遂、李弘冀武艺虽高,却抵不过陈抟和赵匡胤,没半个时辰,两个人就败下阵来。武士们一拥而上,将二人缚住。李璟命将二人软禁于府中,有空再审。

经此一战,李璟、李煜对陈抟、赵匡胤更加信赖。陈抟也觉得此时回北方,李煜性命堪忧。但赵匡胤身在六王府,每每想起娥皇,便郁郁寡欢。后来,经过商议,赵匡胤与金蝉先行回东京,陈抟过一段时间再回北方,与二人相会。赵匡胤、金蝉整理好行囊,与师父、师兄洒泪而别。

第九章

一、成亲

二人在运河中,乘上金蝉的船。此船原停泊在江淮帮的地盘,陈抟和金蝉回金陵时,早已将其泊在金陵码头。一上船,金蝉一扫忧郁之态,整个人都有了精神。两个人在船上捕点鱼,到岸上挖些野菜,日子倒也过得其乐融融。想起来时发生的事,仿佛就在昨天。晚上在船上,金蝉见赵匡胤闷闷不乐,免不了万般柔情。匡胤与金蝉重逢,也觉得对不起这位师姐,就想方设法哄她高兴。其中旖旎,怕只有当事人才知。

在吃饭时,金蝉忽然有些想呕吐。匡胤以为她着了凉,劝她多穿些衣物。没想到,每逢吃饭,她都要想吐。匡胤不知道她得了什么病,张罗着要到岸上为她寻个郎中。金蝉道:"呆子,我能有什么病,你是要当父亲了。"

终于又到了东京。匡胤望见鸡儿巷自家熟悉的家门,三步并作两步走回家中。见弟弟匡美正在院子里玩。匡美看见匡胤,遂回屋大喊:"娘,俺哥回来了。"

赵弘殷仍然在外作战,家里只有杜夫人在家。杜夫人闻讯,赶忙出迎。匡胤忙给杜夫人跪下请安。弟弟匡义正在屋中读书,也出来向哥哥问好。看见匡胤黑了、瘦了,杜夫人不停地抹眼泪。匡胤将金蝉介绍给母亲和弟弟,说自己已经向陈抟师父学艺,而金蝉就是自己的师姐。杜夫人见金蝉人长得齐整,精明能干,就拉着她的手，问她的家乡、年纪。金蝉告诉杜夫人，自己也是东京人士，自己的父亲叫贺景思，也是一位武官。杜夫人大惊道:“这可太巧了。我家匡胤，早就和你家定了亲，敢就是姑娘你吗?”金蝉忸怩地点点头。

杜夫人把金蝉让到屋内，让丫鬟奉上茶来。杜夫人拉着金蝉的手，细问些家长里短的话，把个金蝉问得脸红红的，半天，才忸怩道，自己从小身体多病，这才听了陈抟师父的话，到华山习武健身。

杜夫人是个明白人，用不着听匡胤说，早已看出二人关系非同一般。何况又早有婚姻之约。一问，果然如此。匡胤又吞吞吐吐地露出了金蝉已经怀孕的意思。杜夫人虽然有些不悦，但还是写信将此事告知了赵弘殷。赵弘殷知道这是儿子的大事，就告假回家，特地登上贺府的门，向贺家正式商议亲事。事已至此，贺家没有不允之理。定了吉期，吹吹打打，一顶花轿，就把新娘子娶进了门。匡胤和金蝉都知道，事不宜迟，再耽搁一段，等金蝉肚子一显，事情就不好看了。

待家中事一消停，匡胤就嫌在家闷得慌，找慕容延钊和韩令坤，不知二人上哪儿去了。慕容延钊的父亲慕容章说，谁知道他死哪儿了。韩令坤的父亲韩伦说，他最好死在外边，一辈子别回来。赵匡胤没想到自己的兄弟在家中如此不受欢迎，郁闷了好一会儿。好在东京好玩的物事太多，匡胤回到东京如鱼得水，哪还有郁闷的空儿。玩博戏，一玩就是一天，真叫一个光阴似箭。看到他回来了，博戏场的老板都给他送礼，求他老人家手下留情。匡胤这个场子玩玩，那个场子转转，赢了个盆满钵满。别人博戏倾家荡产，他玩博戏成了富翁。每天把大把的银钱哐哐啷啷放在金蝉面前，那感觉别提多好了。杜夫人提起匡胤，也是皱眉头:“那孩子，不干一点儿正事，就会挣钱。没办法，没办法，我怎么生了个这样的儿子哟!”生个只会挣钱的儿子，真的很令人头疼。

但匡胤可不是个守财奴。有了银子，他也就大把大把地花，因此结交了许多美食家朋友。东京的菜馆子，几乎都让他吃遍了，变着花样吃，稀奇古怪地吃。油炸蚂蚱，醋熘黄鳝，榆叶拌海苔。有次，匡胤让厨师将淘洗干净的鸭子里套只鸡，鸡子里再套只鸽子，鸽子里再套只鹌鹑，然后再放在火上蒸，名曰四连环。此菜味道，真

的鲜美无比。现在开封还有这道菜，只是工艺有所改进，名称有所改变。

二、你们生来就是让人非礼的

这天，正在博戏场中玩得高兴，只听有人说道：大哥好兴头。匡胤抬眼一看，却是石守信。石守信道："大哥回了东京，却不来找小弟。"匡胤道："不是不找你，实在是你不好找。"石守信道："所以我找你来了。大哥一出手，东京早闻名。"匡胤道："找我干啥？"石守信道："三公子想你了，想和你玩博戏，玩斗茶。"赵匡胤道："我闹了他的御花园，他不降罪于我了？"石守信道："早过去了。那都是鸟事。博戏斗茶才是国家之大事。我们必须站在朝廷的高度，来看待事大事小，不能随心所欲，不能妄加猜测。要与皇上的见解，保持得一模一样。"

赵匡胤跟着石守信来到皇宫中。这是他第一次到皇宫。以前虽然到过御花园，但和皇宫不是一个味道。"这里有杀气。"他对石守信说。

汉隐帝刘承祐正在后宫无聊，和那帮宫女玩来玩去，也玩腻了，想玩一点儿有趣的东西比如博戏什么的，也没有个对手。石守信这家伙好是好，就是博戏的本事有点差，每次玩，总要输给自己。刘承祐不知道，石守信是在有意地让着他，要是知道，准能把鼻子都气歪。所以，他听说赵匡胤回到了东京，就赶紧催促石守信把赵匡胤叫过来，一决雌雄。

听说赵匡胤要来，柳烟、柳眉两个根本谈不上要脸的俏丽狐狸精，开始向汉隐帝建议，杀了赵匡胤，以雪前耻。汉隐帝问她们为何对赵匡胤如此痛恨。柳烟道："他差一点儿就杀了我们。"隐帝道："杀了吗？"

"没杀。"

"这不就结了。"

"可他的兄弟把我们脱光了，欲行非礼。"

"你们生来不就是让人非礼的吗？"

隐帝的一句话，一下子把柳烟、柳眉惹翻了。两个人哭得如梨花带雨，荷上滚珠，上气不接下气。

隐帝没有办法，把她们两个抱在怀里，放在腿上，哄了半天，哄不住；摩挲了半天，也哄不住。用手在她们身上探索了半天，二人才转换了表情，一副沉醉东风的样子。隐帝一下子把她们推到地毯上，两个人猝不及防，弄得不尴不尬的，无法收场。隐帝这下倒高兴了，高兴得哈哈大笑。

赵匡胤来了，柳烟、柳眉挨千刀的、日万剑地乱骂，隐帝嫌她们碍事，让她们快滚，或者闭住鸟嘴，否则，就脱光了衣服，在屁股上一人挨十皮鞭。两个人就不作声了，成了隐身人，眼睁睁地看着赵匡胤这个挨千刀的、日万剑的和皇上玩博戏。

隐帝是个聪明人，玩博戏的本事也不是盖的，有好几次，赵匡胤都差点输了，幸亏运气好，又转败为胜。最后几把，隐帝还真的赢了，而且赢得不拖泥、不带水。输了多少盘，最后一盘赢了，隐帝别提有多畅快。这比老是输，感觉好；比老是赢，更是好。这是一种前所未有的体验。阳光总在风雨后，一千年后，有一句歌词这样唱道。隐帝此时体验的，正是这种感觉。

这种感觉是赵匡胤带来的，所以必须赏他点什么。一抬头，隐帝看见了柳烟、柳眉，一个绝妙的主意从他聪明的脑袋里冒了出来。这个主意别说真去做，就是想一想，也让人乐不可支。这种绝顶聪明的主意，怕也只有自己这样万里挑一的脑袋才能想出来。

“赵匡胤，你让朕非常愉快，朕要赐你一个宝贝。”

“皇上，臣不要皇上的宝贝。”

“嗯，那不行。赵匡胤，朕要赐给你一个女人。”

“皇上，臣已经有了妻子。”

“哈哈，男子汉大丈夫，只有一个女人，一辈子不是太亏了？就像吃菜，你总不能一辈子只吃韭菜吧。五谷杂粮，各有各的好处，各有各的滋味。”

“皇上，我们不愿出宫。”柳烟、柳眉可不是傻子。

“这两个屌女人，朕本来并没有打算把你们赐给赵匡胤。可你们这么一喊，败坏了朕的兴致，朕偏要将你们赐给赵匡胤。”

“不要哇皇上，玩人不能这样玩。”柳烟说。

“皇上，作践人可以，但不能这样作践。”柳眉说。

“你们两个，真是朕肚子里的蛔虫，什么都知道，要是不把你们赐给赵匡胤，朕会好几天不开心的。”

“皇上果真这样，我们就碰死。”柳烟、柳眉说着，就往墙上撞去。赵匡胤、石守信见状，一人扯住了一个，两个人动弹不得。

“皇上，这两个姑娘不愿意，就算了吧。”石守信说。

“闭嘴。”隐帝说。

“皇上，这两个姑娘也是人，何况与在下有仇，就让她们留在宫中吧。”赵匡胤向隐帝求情。

“去去去，难道朕说的话不算话？难道朕的嘴不是嘴，是屁眼儿？”

“皇上，不能这样说，您是皇上。”石守信劝道。

“怕他母亲的十三世鸟，朕想这样说，这又不是朝堂上，朝堂把朕快闷死了。这样一说，真畅快。赵匡胤，赶快领走，不然，朕就把这两个骚货立马凌迟处死。她们以为朕好糊弄？她们是南唐的奸细，朕早就知道。”

“皇上，我们尽心尽力服侍您，您可得讲点情谊呀。”

“你们想在床上弄死朕，想装狐媚子迷死朕，朕不杀你们，就是讲情谊了。”

“没有的事，皇上！”

“去去去，赶快滚！”

没有办法，赵匡胤只好领着两个宫女，和石守信一起，离开了皇宫。柳烟、柳眉也没有办法，只好红肿着双眼，和赵匡胤一起出来了。

“姑娘们，一出皇宫，你们想去哪儿就去哪儿。”

“我们女流之辈，能去哪儿呢？你想让人贩子把我们掠走？”

赵匡胤被问得无语，转过头去，问石守信：“兄弟，今日之事，该如何处理？”

“兄弟也一筹莫展。”石守信道。

“兄弟，我和你商量一个事情，你能不能把这两个姑娘带到你们家去?”

“这个不行，真的不行。”石守信道。

“有什么不行，你现在尚未娶妻，让这两个姑娘服侍你的饮食起居，是再好不过。”

“哥哥，此事不是耍处。既然皇上有圣旨给你，你就不能推托。不然的话，就是欺君。皇上若不认真，倒还罢了。若是认真起来，我等就是死罪，项上人头，可就保不住了。”

“二位姑娘，咱们之间有仇恨，虽说是各为其主，但毕竟，你们挑唆皇上杀过我，我和我的兄弟也想杀过你们。像咱们这样，是无法待在一个屋檐下的。这样，谁也过不安心。石守信兄弟，人还是哥哥的人，但是，你把她们带到你们家去。”

“哥哥，兄弟实难从命。”

“我们是人，还是两个物件? 你们这样推来推去。”柳眉非常愤怒。

“别说了妹妹，我们本来就不算人。我们本来就是个物件，不然的话，也不会被送来送去。”柳烟非常伤感。

“赵公子，我们之间有仇，但不是私仇。皇上既然把我们两个赐给了你，我们就认命，保证好好侍奉公子，决无二心。”柳眉想来想去，迫于形势，转变了想法。

石守信知道此事棘手，摆了摆手，就要和赵匡胤分手。赵匡胤道：“你这厮，不能如此不仗义，带着她们两个，我如何能够回家? 你看这样可好? 你在吕兴镇，不是还有一所大宅吗? 能否让为兄借住一时?”

“这个嘛，倒是可以。”

“你须陪我们去。回来后，你再替我向母亲打个招呼，就说我有些急事，不日便回。”

“哥哥放心，这个须得理会。”石守信见此事能办，就欣然从命。

三、妖精一样的美女

石守信在吕兴镇的宅子，还有韩通及几个丫鬟和厨子。石守信和赵匡胤的突然到来，显然使韩通大吃一惊。只见他一副表面恭顺，内里却不情愿的样子。但主人的吩咐，他也无法不从，只好安排赵匡胤他们住下。石守信担心皇上找他，急匆匆地又坐船回东京了。好在此处离京城不远，小半天就回去了。

赵匡胤住了一所房子，柳烟、柳眉住了一所房子。依赵匡胤的意思，是要和柳烟、柳眉离得远一些，但韩通说，没有空房子了，只好如此。

赵匡胤无事，要到后花园去转一转。因为他知道，这里的后花园很隐蔽，也很幽静。但韩通却拦住他，不让他去，说后边住的是女眷，外人不得擅入。赵匡胤感到很奇怪，又没有成亲，哪来的女眷？韩通说，是自己的一个朋友，因为到此经商，所以带着女眷住到了这儿。

赵匡胤是个好奇心很强的人。韩通不是他的仆人，他也无可奈何。没有办法之际，他只好在院中长吁短叹，慢慢踱步。

不知为何，韩通对大门管得甚严，只要有人敲门，总是不让人开门。敲得久了，也要仔细盘查明白才能开门。这天，又有人砰砰地敲门，敲了半天，韩通才让一个仆人前去搭话。

问了几句话，方才明白，原来是大岗的老杨来送猪肉了。老杨是有名的宰牛宰猪户，价格也很公道，在这一带很有名气。韩通这人，别的不好，只爱吃老杨煮的咸烂猪头肉，一个人就能吃一大盘，所以，老杨隔三岔五就来送。韩通一听是老杨，就示意开门。开了门，老杨从担子里拿出一大块猪肉，说是有六十斤。韩通不信，老杨就拿出秤，要当面称一称。双方正在厮缠，忽然不知从哪里跑出一帮黑衣人，呼啦啦地冲进了院子，约有二十人，为首的一努嘴，手下人竟然把大门关上了。

赵匡胤本来在旁边散步，也没拿老杨当回事，心中还暗笑韩通这人太抠，和一

个老实的生意人计较个啥。那时虽然也有秤，但只在有新主顾时用，像老杨，往这里不知送过多少次猪肉，都是在家称好的，绝对不会说谎。说有六十斤，只会多，不会少。赵匡胤正在暗地里看不起韩通时，忽然就来了这么多人。赵匡胤从直觉上知道，这些人第一，来者不善；第二，都是练家子；第三，不是冲自己来的，因为他们连看都不看自己一眼。赵匡胤因为摸不着头脑，所以站在一旁，静观其变。

“老杨，我对你不薄，你怎么私自勾结匪类，私闯民宅？”韩通怒目圆睁。他的眼睛本来就长得圆，又爱瞪眼发脾气，所以，人送绰号韩瞠眼。

“韩管家，这不关老儿的事，老儿只知道卖肉，根本不知道他们是哪儿来的。喂，你们是哪儿来的？鹿台岗的？郝湾的？司岗的？唐屯的？”老杨把自己知道的村名，全都说了出来。

“日你先人板板，老子是巴村的，离这儿远得很，你老头不会知道。”黑衣人中，有一个人忽然说。看样子，是他们的领头人。

“咱们素不相识，敢问为何擅闯我的住宅？”韩通倒也显得理直气壮。

“咱们本来就井水不犯河水，只要你们将他们父女交出，我们立马就走。”

“什么父女？我们这里，除了我们几个仆人，就是这位赵公子，还有两个女伴，你们找的，可是他们？”韩通问。

那帮人抬头看了看赵匡胤，马上吼道：“龟儿子，快把女娃娃叫出来，一看便知。”

柳烟、柳眉被人从屋里叫了出来，两个人本来也是如花似玉，到哪儿都是让人夸赞的，不然的话，也不会被从南唐送到中原。没想到这帮人一见二人，看了一看，就嚷道：“不是不是，这俩女娃太丑了。”

柳烟、柳眉一听，气得七窍生烟，要不是碍于对方人多，早就下手了；现在呢，两个著名的拥有江南 style 的美人，只好接受丑女的称呼。柳眉悄悄问柳烟：“姐姐，咱们真的很丑吗？”柳烟气不打一处来：“他们傻，你也傻？他们是疯子，瞎眼驴，上三辈都有羊羔风，你不要信他们。”

“对不起各位，我们院子里，就只有这么多人，你们大概是误会了，要找的是谁，

我们也不知道。”

“嘿嘿,你们说没有就没有?我们的人,明明看见他们跑到了这一带。我们把这个镇子观察了很久,只有你们这个宅院才有可能藏住人。”

“你们远来是客,我们不跟你们一般见识。现在我们家还有些事情,就不多留你们了,请吧!”韩通把手往外一伸,意思是请这些人出去。

“哼哼,没那么容易。要想让我们出去,也好办,除非让老子搜一搜。如若真的没有,那时我们再走不迟。兄弟们,动手搜!”

“我看谁敢?反了你们了。在这个院子,还是我姓韩的说了算。”

“搜!”一个黑衣人一声令下,众多黑衣人迅速扑向屋内,家丁们哪容得他们如此作为,双方顿时砰砰啪啪地打了起来。有半盏茶工夫,家丁们都被打倒在地,只有韩通还在苦苦支撑,一个人对付两个黑衣人。韩通背靠墙角,一拳一拳地奋力发出,已到了只求自保、无力还击的境地。最后,黑衣人一声长啸,韩通腿上穴道被镖打中,一下子跪在了地上,再也无力出手。

带头的黑衣人一摆手,众黑衣人又要搜查。只听一个冷冷的声音道:“怎么,这个院子,就让你们为所欲为了吗?”

众人回首一看,原来是一直站在一边的红脸大汉。

带头的黑衣人道:“汉子,你不是这里的人,我劝你少管闲事,省得惹祸上身。”

“看来你们是不认识我。”赵匡胤站在那里,显得气定神闲,“咱家天生就是闯祸的领袖,惹事的班头。你们现在就退出这个院子,算你们识相。若崩半个不字,我管保你后半生,不会忘了今天。”

众黑衣人发声喊,一起奔向赵匡胤。只听得扑扑通通,刹那间,哀号声响遍了整个院子。众黑衣人滚在地上,有抱腿的,有捂胳膊的,有捂头的,躺了一院子。

“怎么,还不走?还没有挨够?”过了一会儿,赵匡胤冷冷地问。

“好,我们技不如人,只好认栽。只求好汉留下姓名,日后也好结交亲近。”领头的黑衣人虽然被打得落花流水,但嘴上还想保持一点儿江湖人的面子。

“就凭你们几个蟊贼,也配问我的姓名?我倒想问你们,你们到底从何而来,要

找什么人？你们与要找的人，有何过节？”赵匡胤问道。

黑衣人并不答话，一个搀扶一个，慢慢地往外走。

看到黑衣人走了，吓得面无人色的老杨，也赶紧走了。

“大哥，他们不说，就要了他们的狗命。”柳烟说。看到不打架了，两个人不知又从哪里出来了。

“对，把他们留下来慢慢地拷问。”柳眉说。

赵匡胤看了她们一眼，没有说话，也没有再理黑衣人，任凭他们慢慢消失在门外。

韩通一瘸一拐地走到赵匡胤跟前：“多谢赵公子。”

“不客气，我是你家主人的兄弟，何况又住在这里，出手相助，是应该的。”

“若非赵公子，此处定遭洗劫。”

“韩通，你收留的人，是何角色？为何有这么多劲敌？后院的两个人能否让赵某一见？”

“这个，并非韩通不相信赵公子，实在是有些不方便处。”

“既然如此，赵某也不便在此处久留。告辞！”赵匡胤说完，转身就往外走。

韩通知道，赵匡胤一走，黑衣人如果养好伤再回来，自己将一点儿办法也没有。无可奈何之下，他只好喊道：“赵公子且慢，韩通遵命便是。”

韩通领赵匡胤进了正屋。柳烟、柳眉也想跟进来，却被韩通拦住了。韩通打开屏风上的机关，领赵匡胤进入了后花园，屏风上的机关又自动合上了。

赵匡胤终于见到了在后花园中居住的父女二人。老的不说了，一副精干的样子，瘦小、机灵，走起路来脚不沾地。女儿是个绝色的美人，不像娥皇那么端庄大方，但浑身有一股天生的媚，媚到骨子里。她长得比一般女孩子要小上一号，却小得匀称，小得无处不美。一双眸子黑如点漆，睫毛长长的，在不停地抖动着。她从来不抬头看人，但若偶尔看你一眼，却又让你感到她的目光如冰、如雪、如火，如春暖花开，如净水古潭。感受过她的目光的人，才算一辈子做过真男人。

赵匡胤不是个好色之徒，但这样的女人，他真的没有见过。他感到四肢无力，他感到口干舌燥,他感到自卑,他感到渺小。他只想做些什么,来引起她的注意,但他又不敢轻举妄动,唯恐一不小心,得罪了她。可怜的赵匡胤,长这么大,第一次感到一筹莫展,第一次感到手足无措。他这才理解,为何那帮黑衣人说如花似玉的柳烟、柳眉很丑。

“韩管家,你和我们说好的,不让外人来这里,怎么,这么快就食言了吗?看来,我送你的那个玉马,莫非是假的?”

“费先生,不是韩某食言,实在是发生了些事情。”

“什么事情?孟家的狗子们追了过来,他们爪子硬,你斗不过他们,是这位好汉替你解了围,是吗?”

“先生料事如神,事情就是这样。”

“纵然如此,你也不该带他来。”

“韩某不带他来,这位壮士就要走。”

“这人武艺极高,又会要挟人,看来是个干才。怎么样,壮士,你想见我们,我也肯见你,就算对你的谢意了。”

“谢先生肯见在下,赵匡胤感激不尽。”赵匡胤行了个叉手礼。

“你表面上恭敬,心里一定在骂,你一个糟老头子,我见了你,又能怎么样?稀罕见你吗?你一定是这样想的。”

“不敢。”

“我见你,算不上对你的感谢,但让我女儿见你,真的是在感谢你。平日,我都让她以纱遮面,见过她的人,不是很多。只是在前几日的征杀中,她的面纱在打斗中掉在了地上,才让那帮人看到了。也正因为如此,我们趁他们发愣时,才走到了此处。”

“不知老先生是哪里人士?得罪了何人?他们为何要追杀你?”

“我们是成都人士。我们父女二人姓费。我叫费仁,我女儿叫费蕙。”

“追你们的是什么人?好像不是一般的蟊贼。若是等闲之辈,韩通和他的手下就打发了。”赵匡胤道。

“这帮人的确武功高强，在下自愧弗如。”韩通老老实实地承认。

“追我们的，都是蜀国的大内高手。我们父女俩一路奔逃，才侥幸逃到这里。我们两个奔逃的本领够可以的了，要在平日，早就甩掉了。可这次，跑到中原汉国，还是甩不掉。”

“你们是蜀国的官员，得罪了蜀国的皇帝？”

“我们哪里是官员，不过是在市井之中，靠手艺吃饭而已。即使我们在皇上的宝库中拿了几件东西，也不过是玩玩而已。像这些珍玩玉器，不过是身外之物，生不带来，死不带去，真不知道皇上怎么这么认真。”费仁说起这些事，还一脸的气愤。

闹了半天，赵匡胤才明白，这父女二人是偷了蜀国皇帝孟昶的珍宝库，怪不得人家追杀他们。幸亏这里不属于蜀国，要不然，将永无宁日。

“珍宝库想必防守甚严，二位能够进去，本事可算是大了。”

“什么本事，不过是下一些笨功夫，掘地而已，谁不会？”费蕙忽然开了口。

“那么，那么……又怎么认识了韩管家呢？”

“路见不平，拔刀相助而已。”韩通说。

“我们本来是要到江南去。但我们想出其不意，所以在这里下了船。”费仁说。

“我们用一匹玉马开路，就结交了韩管家。”费蕙面无表情，却抬眼看了一眼赵匡胤。

赵匡胤如遭电击，心神荡漾，半天才回过神来。

韩通遭费蕙抢白，脸早就红了，好在他功夫老到，只红了一会儿，就又恢复如常。

“那帮人虽然战败，但是不会罢休。为了避免给你们找麻烦，我们父女还是远走高飞，离开此地的好。”费仁道。

“话说得有道理，要走就快走，事不宜迟，说不定，晚了一步，就走不成了。”赵匡胤知道，此时正是关键时刻。兵贵神速，既然对方是蜀国的大内高手，当懂得这个。

“到哪里去好呢？”赵匡胤猛然想起来，要是让他们到李煜那里去，当能躲开蜀国高手的追杀。

正说之间,只听得一阵阵的马蹄声,虽然无人马之嘶喊,但凭感觉,来人不在少数。赵匡胤叫了一声走,领着几个人就往门外走,刚出大门,就听得有人喊:“休教走了人犯!”几个人慌不择路,一直往东南奔跑,只听喊杀声越来越近。在黑暗中,费蕙哪里跑得起来,赵匡胤一急,把她夹到腋下,迅速奔逃。奔跑了不知多长时间,只听得喊杀声渐渐远了,再一回头,只见后边远远地有两个人影,肯定是韩通和费仁。

两个人渐渐跑近赵匡胤。正在此时,只听嗖嗖之声不绝,后面的人竟然放起箭来。赵匡胤赶忙和费蕙一起,伏于地上一坑洼之中。等嗖嗖之声过后,他才发现,韩通和费仁已经中箭。韩通胳膊上中了一箭,虽然痛得龇牙咧嘴,但性命无碍。费仁就惨了,背上中了两箭,人已经不行了。

追杀声又近了。赵匡胤卸下费仁身上的包袱,背在身上,对费蕙说:“你父亲恐怕不行了。”但费蕙并没有吱声。赵匡胤觉得奇怪,仔细一看,费蕙因为自己奔跑时过于用力,已被夹昏了。赵匡胤试了试她的呼吸,尚属无碍,就把她负在背上。问韩通:“韩管家,你怎么样?”韩通也不作声,站起身来,捂着胳膊,一直往北而去。赵匡胤想了想,就往南而去。因为他想到了一个地方,暂且能够藏身。

四、麦秸洞

走不多远,就是一个院落。翻过不高的土墙,就是几个麦秸垛。土墙因为被孩子们反复攀爬,上面已经光溜溜的了。赵匡胤走到麦秸垛与土墙的夹缝处,开始用手掏麦秸,不一会儿,就在麦秸垛上掏了一个大洞。然后,他和费蕙先进去,再把掏出的麦秸堵在洞口。这样一来,就是有天大的本事,也很难再找到他们。

刚在麦秸洞中坐稳,就听到外面人喊马嘶。一直闹腾了不知多长时间,才没有人声。估计已经到了夜间,除了偶尔的驴叫声和狗吠声,已经没有了其他声音。赵匡胤什么也看不见,只觉得旁边的费蕙动了一下,就问:“姑娘醒了吗?”

“我这是在哪里？是不是已经死了，怎么这么黑？”

“你没有死，我们这是在麦秸垛里，在躲避追兵。”

“哦，我听出来了，你就是那个救了我们的大汉。是你又救了我吗？”

“谈不上救，不过是分所当为。”

“唉，我这个长相，给我惹了多少麻烦，也让我受了不少好处。”

“姑娘貌若天仙，赵某能帮姑娘，是我的福气。”

“我父亲呢？”

赵匡胤没有回答。

“是不是遭遇了不测？”

“是的。”

“唉，那也是他命该如此。”

“姑娘，没有照顾好令尊，是赵某的不是。”

“你能救下我，已经很不容易了。何况，他也不是我的父亲。”

“嗯？”赵匡胤真的吃了一惊。

“他是宫里的太监，我是宫里的宫女。他一见了我，竟然对我言听计从，时时处处呵护我，不让我受半点委屈。”

“原来如此。姑娘仙姿，也难怪让人着迷。”

“什么仙姿，他们说我是个妖孽。有时我揽镜自照，也真的很糊涂。自从我记事起，就记得每个男人看到我，就是那种让人害怕的目光，好像要把我吞进肚里。”

“原来生得太美，也有不幸之处。”赵匡胤叹道。

“我的美貌之名，还是被官府知道了，我终于被送进了宫里。皇上见到了我，一心一意只在我身上，成日陪着我，除了上朝，一刻也不离开。这下，皇后和其他贵妃对我恨之入骨，嘱咐费仁下毒药把我害死。他那时是大内总押班。他喜欢我，每次都暗中告知我，所以，他们无论把毒下到哪里，我都能躲过去。这些人不怀疑有人通风报信，反而认为我确实是个无所不知的妖精。因此，都下手来害我。我在宫里实在待不下去了，就在费仁的带领下，逃了出来。当然，他原来也不叫费仁。为了遮人耳目,他才改名做我父亲的。”

“这么说,你们没有偷盗珍宝?”

“哪有。金银细软倒是带了一些,都在费仁身上。我活着,净是惹事,还不如死了的好。”

“姑娘说哪里话。姑娘活着,这个人间就还有让人留恋之处。这是费仁身上的包袱,姑娘收好。”

“我要它干什么?你拿着吧。我这个人,不会一个人过活。以前是依赖费仁,现在就拜托你了。”

“既然没有盗珍宝,怎么还有人要追你呢?”

“敢是皇上。皇上是一刻也离不开我的。他那个人,就好那一件事,不管白天黑夜。跟着他,日子倒也过得快。”

赵匡胤听着这个妖精一样的美女说这种话,心不禁怦怦乱跳。这个女人,和娥皇不一样,和金蝉也不一样。跟着她,你会感到一丝妖异。就像面对美味的河豚,虽然知道有可能伤命,但那种前所未有的美味,似乎让你觉得生命也算不了什么。

赵匡胤手足无措,感到口干舌燥,他不知道该怎么办才好。

“你救了我,我也无可报答,只好把自己献给你。你就权当遇上了一个妖精。”费蕙说完,就像一只小猫,拱到了赵匡胤的怀里。

赵匡胤无可奈何,几乎是本能,他将自己的脸颊,贴上了费蕙的脸颊。他想吻费蕙的芳唇,费蕙却一甩头,躲开了。赵匡胤紧紧抱住她,吻住了她小巧的耳垂,松松的,软软的,有一股少女的甜香,甜香之中又有一股清香。赵匡胤如中电击,浑身有一股酥麻感,从脚到头,浑身忽然变得轻飘飘的。

在赵匡胤怀中的费蕙,一言不发,只有轻微的喘气声,像一条红色的鲤鱼,在赵匡胤的亲吻下,全身绷得越来越直,如鱼打挺。最后,她小巧的嘴里,发出了轻轻的“哦”的一声。这一声“哦”虽然轻微,整个冰冻的世界却因此而裂开了一条缝。在这冰冻的缝隙里,疯狂地长出了鲜花,酿出了美酒,飞翔着蝴蝶。

这温柔芳香、紧绷小巧的世界，这个铺满了麦秸的麦秸洞，成了赵匡胤一生都忘不掉的回忆。赵匡胤此时才明白，什么叫欲仙欲死……二人相拥，沉沉睡去。

也不知过了多长时间，赵匡胤被费蕙叫醒了："哥哥，我饿了，你能不能想法弄些吃的？"

赵匡胤道："好吧，你且等着，我出去找找看。这是大户人家的牲口院，应该有些吃的。"

赵匡胤起身，轻轻走出麦秸洞，再反身把麦秸洞用麦秸盖好。恍惚间，他好像感到有一个黑影在眼前一闪，揉了揉眼，黑影又不见了。他以为眼花了，就没有在意，继续蹑手蹑脚地往前走。猛感到脑后有凉风骤起，想躲闪，已经来不及。只觉得脑后被什么东西猛击了一下，眼前一黑，就什么都不知道了。

等到赵匡胤醒来，已经是繁星满天。摸摸身边，全是散乱的麦秸。赵匡胤想了半天，才想起自己是要为费蕙出来找吃的，而后就受到了别人的攻击。费蕙怎么样了？他一跃而起，赶紧跑到麦秸洞那儿。只见洞门大开，赵匡胤爬进去，哪里还有费蕙的影子？

赵匡胤知道，费蕙终于还是被蜀国的那帮人掠走了。他们看到费蕙在这一带失踪，说不定有一部分人始终都埋伏在这儿。皇上要的人，他们不把人弄回去，恐怕连小命都难保。

赵匡胤想去追赶，但头痛得厉害，没有办法，只好躺在麦秸上，糊里糊涂地又睡着了。

等到一觉醒来，已经是天快亮了。四周的公鸡一个接一个地在叫。赵匡胤坐起身来，感到肚中确实非常饥饿，就起了身，重新到院中寻觅吃食。

牲口院在大户的前院。赵匡胤悄悄往后走。厨房在正房的侧面。赵匡胤打开门，里面黑黢黢的，只能模模糊糊看见东西的轮廓。赵匡胤找到一个用锅盖盖着的瓦盆，揭开一看，里面有一些小米面做的长方形的馍，当地人叫作谷面呱嗒板。赵匡胤拿了十来个，都揣在怀里，又在墙角拿了几棵葱，反身就出来了，依旧把厨房门

带好。

赵匡胤就着葱,一连吃了六个谷面呱嗒板,方才吃饱。吃饱了,身上就有了力气,他就迈开步子,一直往西南而去。他只知道,蜀国在西南边,他必须去追赶费蕙。

第十章

一、成了神医

就这样，在路上一直走了几天，也不知走到了哪里。只见前边有一个村庄，村头有一个大柳树，一群人围在大柳树下边，正在叽叽喳喳地看一张告示。赵匡胤挤到近前一看，原来是本村的一位财主得了一种叫拦腰龙的病，百般医治，总不见好。这位韩财主家产颇丰，但只有一个女儿。告示上言，只要有人治好这种病，愿以三十亩地相谢。若是年轻小伙子，还可入赘韩家，日后继承家业。

“怎么不让蒋先生看一看？”有人说。

“蒋先生看了，没有办法。”

“黄先生呢？”

“蒋先生没有办法的事情，黄先生怕也无能为力。老韩是没有办法了，不然的话，像他这种老抠孙，也不会许下三十亩地的酬谢。这和要他的命，没啥区别。”另一个人说。

“连闺女都搭上了，看来老韩是想通了，保命当紧。”一个花白胡子的老韩说。

“真是丢俺韩家的人。”一个大概姓韩的人，在那里愤愤不平，“他没有儿子，旁门侄子可是有几个。为啥侄子不能继承家业？”

对于治这种病，赵匡胤倒是有一个偏方。他正没吃没喝，身无分文。因此，走上前去，就把告示揭了下来。几个人一看有人揭告示，乐得看热闹，吵吵嚷嚷，把赵匡胤半推半拉，拥到韩家。

那韩员外在家中，正如热锅上的蚂蚁，团团乱转。告示贴出去好一会儿了，却不见有人应承。韩员外知道，这个病，要是再耽搁几天，弄不好就会要了命。自己的命一丢，这万贯家产还有何用？所以，省吃俭用了一辈子的他，也没有办法，只好开出大价钱，贴出告示招人。正在着急时分，忽然听得门外乱嚷乱叫，赶紧让家丁出门去看，说是有一个大汉，揭了告示，韩员外顿时来了精神，一个劲儿地叫快请。

宾主落座，丫鬟奉上茶来。韩员外道："不知先生仙乡何处，尊姓大名？"

"在下姓赵名匡胤，东京人士。"

"先生可世代行医吗？"

"当然。"为了挣些盘缠，匡胤也不得不顺着他说。

"不知先生擅长治何病？"

"疑难杂症。在东京，提起我赵匡胤，无人不知，无人不晓。"

赵匡胤说的是实话。只不过他的名声是博戏。医学倒是会一些，但不过是一些民间偏方。韩员外这个病，正巧他会医治。

"先生诊病，需要什么东西？"

"要想治好员外的病，必须让在下先看看贵宅的风水。"

"啊，还要看风水？"

"那是自然。以前的医生，为何没能奏效，就是不懂风水，所以永远看不好。"

"先生高见，先生高见。"病中的韩员外虽然精神不振，还是一个劲儿地点头。

在丫鬟的带领下，赵匡胤将韩宅前后左右看了一遍，心中有了底。于是吩咐，在后花园为自己找一僻静房屋，自己要在此处炼药。备药碾子一个，大瓷碗两只。并让人给自己准备些吃食，无非是牛肉、黄酒，还有馒头若干。并且严明，不准任何人偷看，否则，韩员外的病无法治好。明天一早，药可炼成，连用七天，疾病自愈。为了活命，韩员外一一照办。

第二天一早，赵匡胤将两大瓷碗绿色的糊糊交给了韩员外，让他将这些糊糊抹

在患处，两个时辰抹一次。但抹时很痛，能忍则忍，不能忍，就喊。药一抹上，果然其痛无比，心里不住大骂赵匡胤是江湖骗子。但抹过以后，觉得患处一片清凉，痒痛立减。就继续抹。抹了七天，患处基本好了。

既然主人基本痊愈，赵匡胤就要辞行。韩员外病急乱投医，许了大价钱。现在病好了，倒生了悔意，思谋着怎样赖账。见赵匡胤要走，让家丁用盘子端出一锭银子，约莫有十两，对赵匡胤道："先生妙手回春，此是一点儿谢意，万勿推却。"

赵匡胤看了看，道："看来员外除了这个病，还有其他病症。"韩员外一听，慌了，道："敢问先生，什么病？"

"看来先生记性不好，这是心脑病症。"

韩员外这才知道赵匡胤在讽刺他。但他是个舍脸不舍财的人，虽然脸红了一下，为了省钱，装作没听见。

赵匡胤没见过脸皮如此之厚的人，不得不说道："员外所贴告示，不会不算数吧。"

"先生，你知道，当时也是情势所逼。我说的是三亩地，写字的先生听错了，写成了三十亩。"

"那好吧，既然员外这样说，赵某就权当你所说的是实情。地我也不要了，那么，就让在下与你家小姐成婚吧。"赵匡胤本来对他们家什么小姐并不感兴趣，他的心中，一心只想去找娥皇，尤其是费蕙。但看到韩员外如此无赖，才故意刁难于他。

"想娶我女儿？休想！想娶我女儿，先拿一千两纹银来！"

"那好，你先将三十亩地与我。"

"你刚刚说过，地你不要了。"韩员外善于与人斗口。

"那是我有言在先，你须得把女儿嫁与我！"

"我没说不嫁，你且先拿一千两纹银来。"

"那好吧，强龙不压地头蛇。算我赵匡胤瞎了眼。在下告辞！"

"恕不远送。"韩员外一脸的得意。

赵匡胤大踏步地走出门去，回过头来说："员外，你以为你的病已经好了？在下

对你说,三天之内,如若不用在下的药,必定复发。若再复发,无药可救。到时,我赵匡胤定来为员外烧香。好歹,咱们也是相识一场。”

“你少唬我,我可不是唬大的。”

“员外,你的患处,是不是在夜半会痒上一阵?”

“是呀,你如何知道?”

“我是医生。这就是不除根的症状。算了,你既然舍命不舍财,我只好十天后来为你吊丧了。”

“你你……”

赵匡胤大步往外走,韩员外大喊一声:“来人。”呼啦啦出来了众多家丁,将赵匡胤团团围住。

“怎么,想动武?”赵匡胤冷冷问道。

“请你把药方留下,我这里奉送纹银十两。”韩员外道。

“好大方! 可惜在下不想卖这么便宜!”

“你要多少?”

“对你这忘恩负义的小人,最少要一万两! 少一钱也不行。”

“真是给脸不要脸。伙计们,给我拿下,慢慢拷问,我就不信,问不出药方。”

众伙计信心十足,心想十多个人,还对付不了一个人? 谁知一交手,不知怎么回事,糊里糊涂就飞了老远,一个个如腾云驾雾一般。幸亏赵匡胤手下留情,不然,摔也摔死一大半。

伙计们躺在地上哭爹喊娘,韩员外也怔在当地。赵匡胤朗声道:“赵某给你治好了疾病,想不到你忘恩负义,猪狗不如,竟然想加害于我。不是我赵某见死不救,而是你韩员外行如禽兽。跟你多说,白费我口舌,告辞!”

想不到韩员外扑通跪在地上,杀猪般嚎叫:“救苦救命的活神仙,您千万不能走,韩某有眼无珠,猪狗一样,您千万别和我一般见识!”值此情景,赵匡胤走又不是,不走又不是。他虽然是武将,但一颗心却软得很,见不得别人哀求。

正在此时,后宅中拥出了一大帮女眷,原来是韩夫人、韩小姐和丫鬟们,她们在

后边,已经偷听多时。小姐韩素梅,平日就不满自己父亲的为人,但身为小姐,也不敢多说什么。现在看到父亲弄到如此丢脸,甚至是性命不保,就和母亲一块儿出来了。

“先生,请你不要走,告示上的事情,我们一一兑现。”韩夫人、韩小姐都跪下了,丫鬟们见主人跪下,也呼啦啦跪了一大片。

“快快请起,快快请起,赵某并不想趁机发财,只是如此忘恩负义,赵某心中实在愤怒。”

“请先生留下来,把老爷的病治好。以前所言,一一兑现。先生与小姐的婚事,明日即办。”韩夫人说。

“既然如此,夫人、小姐请起。”

“先生不答应留下,我们就跪在这里。”

“好吧,我答应你们。”

夫人和小姐这才起身。

“赵某并无奢望。既不要地,也不想因此误了小姐终身。赵某只想要几两银子,好在路上做盘缠,别无所求。”

“这个……”韩夫人犹豫了。

“先生不愿和贱妾成亲,是不是嫌贱妾貌丑?”想不到,小姐韩素梅竟然亲自开了口。

赵匡胤抬头一看,只见韩小姐粉妆玉琢,鹅蛋脸,黑黝黝的头发,一双杏核眼,身段苗条,哪里有半点丑的影子。

“小姐美若天人,赵某自愧弗如。不敢妄想。”

“我阿爷已在告示上说得明明白白,你既然治好了我阿爷的病,我就只能嫁与你。”

“不敢,不敢。不敢瞒夫人和小姐,赵某已经娶了亲,不敢委屈小姐。”

“既然如此,女儿,那就算了吧。咱们多给赵公子些银钱也就是了。”韩夫人道。

“母亲,做人妻子也好,做人妾也好,这都是女儿的命。赵公子,我意已决,你若不同意,我韩素梅唯死而已。”

“小姐如此抬爱,赵某恭敬不如从命。”人家把话说到这个份上,面对这个如花似玉的小姐,赵匡胤不能不从。何况,打心眼里也乐意无比。

晚上,赵匡胤又为韩员外配了两碗药,韩员外不敢大意,抹了又抹。第二日,韩家吹吹打打,为赵匡胤和韩素梅办了一场风风光光的婚礼。洞房之中,别有一番旖旎。这也算是一场意外之喜。

韩素梅问起为自己的阿爷治病,用的什么药,赵匡胤道:“日后再告诉你。”韩素梅道:“准不是什么值钱的东西,你个江湖骗子。”赵匡胤只是嘻嘻地笑,并不答话。

“你知道,我为何非要嫁给你吗?”

“不知道。敢是我会医病?”

“这只是其中的一个缘故。”

“那,又是为何呢?”

“是因为你的神勇。你一个人把家丁打得满地乱喊,真是了不起,从那时起,妾就心动了,决意嫁给你。”

在韩家的日子基本上是很惬意的,韩素梅对他,可说是百依百顺。韩员外和夫人,对这个女婿可说是又敬又怕,不敢违拗半点。韩素梅也曾经表示,想让赵匡胤带她到东京去。但这意思刚表示出来,韩员外夫妇就一个劲儿地反对,说,夫妇两人就这一个女儿,还指望她养老送终,能不能缓些日子,再接韩素梅走。赵匡胤也没有再坚持。因为不知道父母对此有何看法,何况金蝉不知生了孩子没有,也不想在此时惹她生气。这天夜里,匡胤又做了一个梦,梦见一个女孩正在被一帮黑衣人追杀。那女孩满脸泪光,梦中依稀是娥皇,又好像是费蕙。最后,好像是那女孩被人杀掉了,赵匡胤悲痛至极,一下子哭醒了。睡在旁边的韩素梅被赵匡胤的哭声惊醒了,问是怎么啦,赵匡胤自己觉得有些不好意思,只是说梦到自己华州的外祖母了,看到老人家满头白发,故此有些伤感。韩素梅好生安慰了他一番,说像他这般的男子汉,竟然还有如此柔肠,实在难得。匡胤也不好回答,只能嗯嗯啊啊地应付。在素梅的柔情之下,两个人免不得又温存了一番。

第二日，赵匡胤就向韩员外夫妇辞行，说是要去华州看望外祖母，不日便回。妻子呢，就拜托岳父母照料。素梅哭得泪人一样，唯恐赵匡胤这个没良心、挨千刀的一去不回。赵匡胤赌咒发誓，这才算罢休。

为了赵匡胤的盘缠，韩员外夫妇又吵了一架。素梅和韩夫人为赵匡胤准备了三百两纹银。韩员外又偷偷拿走了二百两。被韩夫人知道了，把他骂了个狗血喷头。韩员外虽然抠，却有中国男人怕老婆的传统美德，乖乖地把银子又如数奉还。

二、大买卖

赵匡胤骑了一匹枣红马，威风凛凛地上了路。包袱里有银子，胯下有骏马，端的是不同以往。没想到，刚上路一天，就遇到了大雨，淋得像个落汤鸡。找了个店铺住下。店小二倒很热情，爷长爷短的，又是烫酒，又是炒菜。赵匡胤觉得有些凉意，就脱了湿衣服，倒头便睡。也不知怎么回事，第二天醒来，已经是中午时分。摸摸身边的包袱，已经不知去向。赵匡胤赶紧穿上半干的衣服，到外边一看，连枣红马也不知去向。再到店里看，只剩下几个破碗破盆，店小二哪里还有踪影？

赵匡胤这一气，可是非同小可，他发誓，捉住那店小二，定然要好好收拾他。像这种绝情贼，活该受到惩罚。你拿人家银子，拿一半也行，或者拿一大半也行，把人家的银子都拿走，你让人家如何吃住？这不是置人于死地吗？

赵匡胤出得店来，走了好远，才看见有一位老者在靠着墙根闲坐。他打了个问讯。老者睁开眼："客官，有什么事吗？"

"不敢动问老丈，离这儿不远有处店铺，不知道是谁家的买卖？"

"你说的就是村头的那家？"

"正是。"

"你莫非着了道？"

"不是着了道，我打听它干什么。"赵匡胤苦笑了一下。

“唉,我劝你别瞎耽误工夫了。那家店铺的主人,你惹不起。”

“还请老丈明示。在下不是要去惹他,而是想知道自己吃了谁的亏。”

“那家店的主人姓王,在这北边二十多里路的灯笼山上落草为寇。山四周都有这种他们的店铺,专门收拾那些来往的客商。”

冤有头债有主。既然已经找到了罪魁祸首,赵匡胤也就不再耽搁,迈开大步,往北直行而去。老者一见,吓得直喊:“客官,客官,你可不要去,去了也是白白送死。唉,都怪我这张嘴,让人去白白丢了性命。”

灯笼山一时便到,看形状,也不像一个灯笼,不知为何叫了这个名字。赵匡胤沿着崎岖山路,逶迤前行。走了不远,忽然就从草丛中冒出两个人,手持钢刀,厉声喝问:“来者何人?”

赵匡胤早有准备,不慌不忙地答道:“在下是山下村子里的人,因为犯了事,所以前来投山。”

“投山? 且把投名状献上。”

原来,强盗入伙,不是献财物,而是必须杀个人。这样,才能显示你的死心塌地。

“在下正是有一宗大买卖,要献给大王。”

“什么大买卖? 说。”

“想必两位大哥懂得规矩。这买卖,我只能见了大王才能说。”

“什么买卖? 先说说看。”

“不见大王,在下是不会说的。这可是一桩急买卖,耽误了,怕是大王不会答应吧。”

“说不说? 我俩先把你做了。”

“恐怕你们两个想做我,也没那么容易,只怕到时大王问起原委来,二位阻塞山上财路,大王饶不了二位吧。”

“汉子,我们方才不过要试一试你的胆量,既然有买卖,请!”两个强盗忽然变得和颜悦色起来。

赵匡胤被搜了身，随着两个强盗上山，几乎每隔半里路，就有一对强盗。要想混到山上，还真是不容易。赵匡胤一边走，一边观察地形。见此山乱石堆积，杂木乱长，果不是一处良善之地。

走了半天，才到了一处用乱石堆成的石墙。石墙中间，有一处不大的门。赵匡胤随着穿过石门，才看到了一片空地。空地上，有一座房子，石头砌成，便是强盗们的老巢了。

赵匡胤上山前，最担心遇到自己所住店铺中的店小二。如果他认出自己来，那就不好办了。但现在一直没有遇到，也就放心了。想必这样的家伙都是小角色，又下山骗客人去了。

这山上的大王叫王彦升，听说来了一位陌生人，说有一桩买卖，就假模假式地坐在正位上，让手下人排成两排，弄得杀气腾腾的，好吓唬吓唬来人。

“来者何人呀?”

“东京赵匡胤。”

“来此何干，敢是官府的奸细？左右，推出去斩了！”

“大王，何必如此，大王难道不喜欢大买卖?”赵匡胤道。显得一点儿也不害怕。

“什么大买卖，且说说看，要是真的，就饶你不死。”

“饶我不死？在下是来和大王共享富贵的。”

“什么富贵，快说!”

“东京苏丞相，有几十担金银，要从京兆府运到东京，这两天就到，正从山下经过。大王不想要这一桩富贵吗?”

一听有几十担金银，强盗们都聒噪起来:“大哥，干！大哥，干吧。”

王彦升一挥手，止住了强盗们的乱嚷:“这么机密的事情，你是怎么知道的?”

“在下喜欢博戏，和丞相的公子苏浩混得很熟，故此知道。”

“你既然和丞相的公子混得很熟，应该在东京，怎么落魄到这里?”

“大王有所不知。那苏公子仗势欺人，脾气暴躁，不准在下赢他。一旦赢他，非打即骂。在下又不敢还手，有几次差点丢了命。因此，在下就想伺机收拾他。十天前听到了这个事情，就逃出了东京。刚到这里，本想找几个朋友，把这金银劫了。无奈又人生地不熟。住在店里，正在发愁，没想到又让大王的手下把财物和枣红马都劫了。在下这才知道了大王的威名。本来有些恼怒，后来一想，正好邀大王一起，来做这桩大买卖，这不是天助我等吗？”

“你的枣红马，我是知道的。看来你说的是实话。只是焉知你不是来报仇的？”

“大王说笑了。我孤身一人，赤手空拳，能报什么仇。再者，我那一点儿金银，还有那匹马，和这几十担金银比起来，又算得了什么？大王要是担心我报仇，把马和包袱还我，再把那店小二打一顿，让我出出气，也就行了。”

赵匡胤的一席话，说得众强盗都笑了。

“好，本大王喜欢你，你是条磊落汉子。你既说会博戏，敢和弟兄们博几把吗？”

大王这一说，众强盗都喜形于色，因为做强盗，除了打家劫舍，就是聚在一起赌博。因此强盗们个个都有赌瘾。

“博倒是敢博，只是在下没了本钱。”

“好，小的们，把这人的包裹拿来，看看他东京来的博戏的本领。”

赵匡胤和众强盗开始大赌。没过半天，强盗们的金银都到了赵匡胤跟前。

强盗们平日不讲理，但在赌博时，却很守规矩。不然的话，没有任何规矩，游戏也就进行不下去了。

看着强盗们大眼瞪小眼，赵匡胤大手一挥：“各位兄弟，谁的金银，谁还拿去，算我赵匡胤请客。”

强盗们正在心疼，见赵匡胤如此说，不禁感激莫名。拿了东西后，都称赵匡胤为哥。

第二天，赵匡胤还未起床，就被一片喧嚷声惊醒。他赶紧起来，见众强盗心情激动，都在议论什么。赵匡胤问他们，到底出了什么事，其中一个强盗说，他们今早下山，捉了一个推车贩茶的客人，原以为这家伙长得人高马大的，会有一些油水，可搜遍了全身，也没见几个钱。问他家住哪里，让他写封信，让家人花钱来赎，他又说家中无人。大王恼了，准备一会儿送他上路。

赵匡胤道:“像这等穷汉,放他回家也好。”那强盗道:“放他回家?那不就坏了山寨的规矩?大王是要把他枭首示众。”

赵匡胤吓了一跳,没想到强盗们如此残忍。

过了一会儿,那大汉被绑在了一棵树上。王彦升搬了把椅子,坐在中间,问那汉子:“再问你一遍,你家中可有别人,可有人来赎你?”那大汉说:“家里委实再无别人,求大王高抬贵手。”

“汉子,本大王对你可谓仁至义尽。没有银子,只好送你上路。”

“大王,我有个姑父,名叫郭威,在军中是个将军。求大王,允许我写封信,让他拿银子救我。”

“你想往军中写信?想让官军来剿灭我等?你以为,本大王是三岁的孩子,会上你的当?”

众强盗发出了一阵阵的哄笑声。

“好了,别再胡言了,动手!”

那大汉长叹一声,不再言语。刽子手举起刀来,就要行刑。赵匡胤心中不忍,大喝了一声:“住手!”

王彦升回过头来,看了赵匡胤一眼:“赵兄弟,你可有话说?”

“像这汉子,大王如果要放,得要多少银子?”

“不多不少,纹银一百两。”

“交了一百两,就可放他走人?”

“这是规矩。”

“那好吧,这一百两银子,赵某替他交。”

“你?”王彦升沉思了一会儿,“那不行。须得他亲属来交。”

“他没有亲属。”

“那就活该他死。弟兄们,动手。”

赵匡胤见事情紧急,一下子站到了王彦升的身后,左手紧抓其肩胛骨,右手大

拇指按住他的脑后要穴。其出手如风,一气呵成,强盗们都惊呆了,不知发生了什么事。过了一会儿,才胡喊乱叫:“放了大王,否则把你碎尸万段。”

王彦升此时还不服气,挣扎了几下,只觉得赵匡胤手如铁铸,自己半分也动弹不得。他心里明白,这下遇到了高手。不过脸上还要顾面子:“赵兄弟,你这是干什么,要放了这汉子,还不是大王我一句话?左右,把那汉子放了!”几个强盗得令,把被绑的大汉给放了。那大汉也很机灵,看来也有一些武功,一转身,右手摁住刽子手的手腕,左手一带,就把刽子手的大刀抓在了手里。

“赵兄弟,本大王已经把那汉子放了,你也把本大王放了吧。”

“我赵某也不是三岁小孩子。就麻烦大王把我等二人送下山,到时,我们再放你回来。”

“弟兄们,我送这二位兄弟下山,一会儿便回,你们且耐心等上一会儿。”王彦升无法,只得对众强盗喊道。

这样,赵匡胤押着王彦升前行,那大汉在后边执刀相护。众强盗见头领在人家手中,想跟随,被赵匡胤喝止,言称再见到一个人跟随,就将他们的大王杀掉。王彦升也赶忙喝止,毕竟保命要紧。

就这样,一路畅通下了山,强盗岗哨虽然多,却也投鼠忌器,无可奈何。

下了山,陆陆续续又走了二十多里路。赵匡胤将王彦升放开:“你走吧,咱们就此别过。”

那大汉道:“大哥,这厮是个无恶不作的强盗,又差一点儿要了在下的命,干脆一刀杀却,免得他再为害世间。”

赵匡胤正在沉吟,想不到王彦升倒机灵,扑通一声跪下了:“赵大哥,请饶小的性命,小的一辈子愿拜二位壮士为兄,再也不敢为非作歹。如若食言,天打雷劈。”

“赵壮士,休信他胡言,还是一刀杀了,为民除害。”那大汉道。

赵匡胤叹了一口气:“上天有好生之德。他如果改过自新,是他的造化。若不改过,自有神灵惩罚于他。放他一条生路吧。”

“多谢二位,多谢二位。”王彦升跪在地上,叩头如捣蒜。

“滚吧!”那大汉吼了一声。王彦升一听,如逢大赦,一溜烟跑了。跑了好远,只听他大骂道:“两个蟊贼听着,有种就在这里别动,咱们等会儿真刀真枪,决一死战,暗算人,不算好汉。”

“你想找死吗?”赵匡胤大吼一声,王彦升吓得一颤,赶紧跑了。

王彦升一走,那大汉也扑通一声跪在地上:“在下叩谢救命之恩。不知恩人尊姓大名。”

赵匡胤赶紧扶起他:“快快请起,我叫赵匡胤,乃东京人士。”

“在下姓柴名荣,乃邢州人士。从小也读得几本书,要过几回刀剑。只因爷娘去世后,自己不懂生计,只好平日贩茶为生。此次若不是壮士搭救,在下早已丢了性命。”

“原来是柴大哥。此地不是说话处,待咱们再往前走一二十里路,再另作打算。”

二人又走了半天,找了一家酒楼,寻副坐头坐了。叫小二哥切三斤熟肉,烫一壶酒,再炒两盘时新菜蔬。酒酣耳热,柴荣眼中,忽然滚下了热泪。赵匡胤道:“兄长为何如此伤感?”

“想我柴荣,也算是出身于世家,谁承想,沦落到如此地步。若不是赵兄搭救,险些死于无名鼠辈之手。大丈夫不怕死,只怕死得不值。”

“刘玄德尚且织席贩履,何况我等!”

“赵兄弟说得好,虽然我等不能和刘玄德相比,但若有朝一日取得富贵,定然互不相忘。”

“柴兄,在下看你虽然一时困顿,却不失英雄豪杰的本色。你终日奔波,也不是个事,贩茶又能赚得几个银钱。依在下之意,既然你有个姑父在军中为官,何不投奔于他?”

“唉,我柴荣也曾立志,要闯出一番天下。不承想在这乱世之中,竟如此寸步难行,没赚到银钱不说,还差一点儿丢了性命。”

“目今强盗遍地,良善之人难以存身。”

“也罢。就听赵兄弟的，在下就去投奔姑丈，一刀一枪，也许能博个前程出来。赵兄弟，你和我一起去吗？凭你的身手，定能有大出息。”

“在下还有些私事，等办完了，再去找柴兄。”

一言为定。二人干了一碗酒。

“你有一个好姑丈，也算是福气。在这乱世，只有军爷，方能打出一片天下。”赵匡胤道。

“说来也有趣，我这姑姑和姑丈的姻缘，也算是天作之合。”

“赵某愿闻其详。”

“我这姑姑，自幼生来相貌出众，十几岁就被选入宫中，做了唐庄宗皇帝的嫔妃。唐庄宗死后，她就被遣返出宫。家人接她回家。在逆旅之中，遇见一位身材魁梧的小兵。我姑姑一见这小兵，就认定他有出息，向家人言，非此人不嫁。家人拗不过，只好从她。我这姑丈得姑姑知遇之恩，自然努力搏杀，不几年，便成了将军，后又成了元帅。”

“你这姑丈叫什么？”

“郭威。”

“听我家阿爷说过他的名头。”

几碗酒下肚，二人都喝得醉醺醺的。柴荣道：“赵兄弟豪爽，又救了我的命，我有心和赵兄弟结拜为异姓兄弟，不知赵兄弟意下如何？”

“我正有此意，只是不敢高攀。”

二人叙了年齿，算起来还是柴荣居长。二人设了香案，叩拜了神灵，说了些同生共死的话。

出得酒店，到了岔路口，柴荣与赵匡胤洒泪而别。赵匡胤是要继续往西，除了寻找外祖母，其实心里还是放费蕙不下。柴荣要去投军，只好一路上慢慢打听。赵匡胤将自己的银子拿一半给柴荣。柴荣哪里肯收？推让了半日，才受了一百两，二人郑重道别，约定不久再聚。

三、眉目如画的表妹

辞别了柴荣,赵匡胤就一直往西,逢人便打听杜家庄。路上人有知道的,也有不知道的,第二天,终于看到了杜家庄。向人打听舅父杜正云家,有人说,村东便是。还有人说,杜正云家出了事,正拆解不开哪。

赵匡胤听说外祖母家出了事,三步并作两步,飞奔而去。到了一座黑漆大门前,果见一帮人持枪弄棒,在吵吵嚷嚷。听了半天才明白,原来舅父杜正云也和自己一样,爱博戏。在本地,也算是高手。几十年来,赢多输少,日子过得还相当凑合。不承想,不久前,从外地忽然来了一个韩先生,精于博戏。交了几回手,杜正云输多赢少。他在当地是赢惯了的人,哪信这个邪。就往大里押。越押越输,越输越押,竟然像中了邪一样。最后,连地亩、家产都输掉了。他最后一狠心,竟然连自己的女儿,也就是赵匡胤的表妹杜丽蓉都押上了。不承想,又输了。杜正云是个好赌却怕老婆的人,做这些事,家里人根本都不知道。现在输了个精光,他也不敢回家,不知跑哪儿去了。但跑了和尚跑不了庙,韩财主岂肯罢休?就带了人,到杜家来闹。杜家哪肯认账,于是双方就僵持了下来。到今日,已经是第三日。

“吵什么吵?有事说事,莫堵人家大门。怎么,你们是强盗吗?”赵匡胤看到外祖母家受如此欺负,心中自然有气。

“他娘娘的,哪里钻出你这样一个傻大汉。从哪里冒出来的?”有一个打手出言不逊。

赵匡胤心里正有气,一脚飞去,把那打手踢了老远,趴在那里起不来。

其他打手一见,舞枪弄棒,呐声喊,往前冲。只听砰砰一连串声响,打手们躺了一地,有哎叫喊疼的,也有一声不吭的。

韩财主闻报,飞身赶来,不承想一见赵匡胤,倒愣住了。原来这韩财主不是别人,正是石守信的管家韩通。二人施了礼,韩通道:“不知我这些不懂事的手下,如

何惹了赵壮士生气?”赵匡胤道:“他们没有惹我,只不过是想考较一下在下的武功。”

“赵壮士缘何到此?”

“在下是来看我外祖母、舅父舅母。不承想一到外祖母门口,就见有人在这里吵吵嚷嚷,出手重了些,不知是韩管家的手下,请多恕罪。韩管家又缘何到此?”

“唉,被那帮黑衣人闹的,在吕兴镇也待不住了,就想到关西来走走。不承想,无意之中,又得罪了赵壮士的亲戚,恕罪恕罪。既然是赵壮士的亲戚,所有债务,一笔勾销,在下告辞。”

“这哪能行呢? 这样吧,在下和你博几把,我舅父该你多少,我押多少。赢了,债务一笔勾销;输了,加倍还你。”

“不敢。赵壮士的博术,在下甘拜下风。告辞了。”韩通说着,带了手下一溜烟走了。

杜家人早就得报,说有一个大汉,在替自家解围。杜家人都以为是杜正云请来的帮手。看到韩通的人马散去,家丁方才开门,恭请赵匡胤进去。

赵匡胤一进门,就看见一位白发苍苍的老婆婆,拄着拐杖,由丫鬟搀扶着,立在院中。赵匡胤扑通跪下:“不孝外孙赵匡胤,给外祖母叩头。”

“你说什么?”老婆婆有些耳背。

“他说不孝外孙赵匡胤,给外祖母叩头。”丫鬟附在老婆婆耳边,大声喊道。

“啊,是我那东京的外孙到啦? 起来,让我看看。”

赵匡胤站起身来,老婆婆打量了半天,嘴里喃喃着:“像。这眉毛像我女儿,这嘴活像赵弘殷,这脸蛋,又像我女儿。”说完了,搂着赵匡胤,号啕大哭起来:“你爷娘都是没良心的,多少年都不回来看我。我的外孙有良心,要不是我外孙,人家都要把我杜家欺负死了。”

哭足了,哭够了,杜老夫人才一摆手:“快,摆上宴席,我要请我外孙。快,把你家夫人和丽蓉,都叫出来。”

“母亲,我和丽蓉都在这儿啦。”

赵匡胤抬头一看，见一个虽然微胖但长相还算好看的中年夫人，想必这就是舅母了，就赶紧施礼。

“丽蓉，来，见过表哥。”

只见一个小姑娘，有十五六岁的年纪，面如满月，眉目如画，向赵匡胤盈盈下拜：“见过表哥。”赵匡胤赶紧还礼。

酒宴开始，一家人其乐融融。外祖母免不了要问到赵匡胤爷娘，赵匡胤一一作答。又问赵匡胤可曾娶亲。赵匡胤就将如何遇见金蝉，如何给韩素梅的父亲治病的事，一一禀明。听得一家人大眼瞪小眼，把赵匡胤视为天人。杜丽蓉眨着大眼睛：“表哥，你这是不是都是编的故事？”赵匡胤道：“这种事，我如何编得来？我还有故事没讲呢。”

第二天，杜丽蓉一早就起了床，吃了早饭，就求赵匡胤给她讲故事。赵匡胤于是又把深陷江淮帮，如何遇上了娥皇，又如何遇上了费蕙，细细讲了一遍。讲得杜丽蓉一会儿嘻嘻而笑，一会儿又泪眼婆娑。当然，有些少儿不宜的事情，他略去不讲。

在外祖母家，一住就是五天，这五天有杜丽蓉相伴，倒也不寂寞。两个人的形影不离，早已被外祖母和舅母看在眼里，就商议着向赵匡胤提亲。和丽蓉说，丽蓉光笑，说这样的事情，全听祖母和母亲的，自己没想过。母亲说，既然如此，那就算了。丽蓉就说，母亲说过了，就不能改。因为女儿一生只能嫁一次，提媒，也只能提一次，提了就不能改。她母亲说，那以前提过了多次，怎么办呀。杜丽蓉道，以前提没提过，自己没有记住，就不算。

外祖母和舅母也都非常喜欢赵匡胤，看到他如此勇武能干，自然愿意把女儿的终身托付于他。赵匡胤虽然喜欢自己这个小表妹，但自己已经有了两个妻子，如果再娶小表妹，未免有点对不起外祖母、舅母还有丽蓉。谁知外祖母说，成与不成，看丽蓉自己的意思。丽蓉道，婚姻大事，需要祖母、母亲做主，自己不敢自作主张。不过若是此次婚姻不成，自己横竖一辈子不嫁人，也就是了。

祖母和她的母亲一听丽蓉的话，也就明白了八九。于是择定吉日良辰，为二人办了婚事。洞房之中,丽蓉又是哭,又是笑,并且提出一个深刻的问题:如果一个女孩,没有表哥,或者表哥不英武,她该嫁给谁?答案当然是别人。可是嫁给别人,依丽蓉的说法,那是非常可怕的,等于夜间在悬崖边上行走。自己长得这么好看,当然不能嫁给别人。又问起金蝉和韩素梅,问她们长得如何,匡胤说,长得还算凑合。丽蓉就蹙起了眉头,说一个女人要是长得仅仅凑合,她活着还有什么劲。匡胤就偷偷笑。

外祖母杜老夫人人老话多。从她嘴里,赵匡胤又知道了不少外祖母家及自己父母的事情。外祖母家原在河北,因为逃避战乱,才来到关西。赵匡胤还知道了自己父母是如何相识的。那是因为一场大雪。父亲在路途中被风雪所阻,投宿在外祖母家。无奈雪越下越大,就只好在外祖母家多住一些日子。在这些日子里,父亲无事,就教舅父练武,以报答人家的收留之恩。虽然舅父生性爱玩,武艺没有学成,但父亲的认真与潇洒,却打动了母亲的芳心,所以,二人就这样成了亲。赵匡胤想不到,一向严肃的父母,也有这些故事。

一住就是半个月,赵匡胤静极思动,思谋着还要继续往西走。外祖母不让他走,想让外孙再住个十年八载。丽蓉更不用说,非要和赵匡胤一块儿走,赵匡胤好哄歹哄,答应过不久就回来才算罢了。舅母却担心韩通再来找事,赵匡胤觉得不会,如果万一来找事,自己回来时,绝不会饶过他。想必韩通也知道这一点儿。

四、华山之上

第二天,赵匡胤带了银子,骑了马,和外祖母一家洒泪而别。由于挂念费蕙,所以赶路赶得非常快。不几日,已到了华山脚下。赵匡胤与师父分别多日,到了华山脚下,焉有不拜见之理?于是将马匹寄存在山脚下的店中,独自一人,背了包袱,一步一步,走上山来。常言道,自古华山一条路。上山人遇到下山人,只能侧身而过。好在陈抟师父只是在半山腰上居住。从山路上左拐,再上一个坡,就看见了一大块

空地。空地不知是人工修整的,还是天然形成的,总之,非常平坦。空地周围,长满了古老的松树,虽然不是十分高大,但老干虬枝,韵味十足。松树下,有石桌石凳,陈抟师父,正督促徒弟们练武。赵匡胤看到师父,不由得心情激动,一下子跪倒在地,向师父问好。陈抟师父见匡胤突然来访,也是十分高兴,向自己的徒弟们道:"这就是我和你们常说的赵匡胤赵师哥。"赵匡胤与师弟师妹们一一见礼。

陈抟又问金蝉近况,匡胤也代金蝉向师父行了礼。陈抟挥了挥手,让徒弟们到别处去练功,自己有话和赵匡胤说。

"你的武功,最近可有长进?"

"平日诸事繁忙,只是有空时,才练一练吐纳之功。"

"这怎么能行?功要常练,才能有进境;否则,不如不练。"

"师父教训得是,弟子定当努力练功。"

"罢了罢了,我知道你眷恋红尘,我和你说,你口上答应,心中却不以为意。你和我不同,我乃化外之人,你乃尘世中人。尘世中的声色犬马,你是忘不掉的。"

"倘若人人都能过得称心如意,这世界,也便是好世界。"赵匡胤道。

"你有慈悲心是好的,但过分耽溺于尘俗之事,早晚会对你性命有害。一个人,当以养生为主。没了性命,纵然你是帝王将相,也只好是空幻一场。"

"可要是不享受,不干事,就是活上一二百岁,又能怎样?大丈夫活于天地之间,只要能轰轰烈烈,干番事业出来,只要能想爱就爱,想恨就恨,做事痛快,就是只活个几十年,也就够了。"

"你说的,只怕也有些道理。"陈抟叹口气,"想点化于你,还真的不容易。这样吧,为师我最近又琢磨出了一些新的练功法子,就授予你吧。"

就这样,赵匡胤在华山一待就是半个月,在陈抟师父的指导下,他的武功又有了新的进境。半个月后,赵匡胤因为挂念费蕙,执意要走。陈抟无法,只好把他送下了山。赵匡胤辞别了师父,一人一骑,直向蜀地而来。

到了山下,赵匡胤肚中感到饥饿,就来到一个小饭铺中,让店主切二斤羊肉,一斤面饼。店主道:"对不起客官,面饼倒有,羊肉刚刚卖完,只剩些羊肉汤。"赵匡胤

无法,只得喝些羊肉汤,就着干面饼吃。吃了一会儿,觉得面饼太干,无法下咽,就把面饼掰碎,泡在羊肉汤中。没想到,吃起来还非常好吃。店主见状,也泡了一碗,感到很有趣。于是,这种吃法就在这一带流传开来,成了陕西有名的小吃羊肉泡馍。又因为是赵匡胤发明的,又叫太祖泡馍。

第十一章

一、蜀国遇旧

到了蜀地，赵匡胤才体会到，什么叫蜀道之难。有些路，简直就是在悬崖上掏出的一个槽，仅容两人侧身而过，马匹只能牵着。下边就是万丈深渊。有些路，就是用木板、木棍在悬崖上支起来的，走起路来，一定要小心翼翼。能够走在乱石滩上，已经是非常好的路啦。

不一日到了成都，果见城市繁华，人民富庶。只是语音风俗，与中原有异。其地低湿，故百姓喜食麻辣。赵匡胤吃了几碗汤饼，找了个小店住下。又去市上买了一捆长绳，去铁匠铺打了一支三爪铁钩，绑在绳头。只等天黑以后，去蜀国皇宫找费蕙。他知道，蜀国皇帝既然那么喜欢费蕙，那帮黑衣人找到费蕙后，肯定要把她带到皇宫去。

蜀国皇宫，倒比东京皇宫的城墙看来还要高些。但由于承平日久，皇宫的防卫倒不是甚严。

赵匡胤见天色尚早，就打听了一下，到一些名胜古迹之处先逛上一逛。先到了唐代杜工部的草堂。见此处风景尚好，只是杜甫的草堂已经残破不堪。草堂外，有几座石碑，记的都是什么，赵匡胤也无心细看。赵匡胤之所以来这儿，是因为杜甫和外祖母家同姓。由杜甫，又想起了丽蓉；由丽蓉，又想起了娥皇、金蝉，还有费蕙。

金蝉不知生了孩子没有?好在有母亲照料,赵匡胤倒也放心。娥皇是否还天天愁闷不乐?费蕙在宫中,还是天天有人要害她吗?对着石碑,赵匡胤一时心绪翻滚。

草堂附近的竹子,倒是令人称奇,棵棵都比大海碗还要粗。而且由于长得太快,外边的嫩皮爆裂,看着很让人触目惊心。赵匡胤正在看竹子,猛听得有人说道:"这草堂便没有啥子看头,倒不如去武侯祠处瞅上一瞅。"

这些人虽然说的是蜀语,但发音生硬,而且声音听起来,似曾相识。赵匡胤抬头一看,只见有五六条大汉,已经越过自己,朝远方走去。看他们的背影,也让赵匡胤感到似曾相识,可在哪里见过,一时又想不起来。好像很遥远,又好像很近。

这几个人,勾起了赵匡胤的好奇心,于是,就悄悄跟随他们,往武侯祠而来。

武侯祠是为怀念诸葛亮而建。诸葛亮在蜀,对蜀地人民多有恩惠,故在其逝后,成都建祠祭奠。据说在诸葛亮死后,蜀人为表哀痛,以白布缠头,后来遂成民俗,凡蜀人,日常也用白布缠头。

武侯祠中,香火旺盛,比杜甫草堂,又多了一分热闹。赵匡胤跟在那几个人后边,只听其中一人道:"诸葛武侯也算是聪明过人,若不是他选中易守难攻且富庶无比的蜀地,刘备也难成大业。刘家天下,怕有一大半是诸葛家的。"

"诸葛亮虽然聪明,却假仁假义,为了一个忠臣的虚名,耽误了一统天下的大业。"另一个人道。

"此话怎讲?"

"刘备死后,诸葛亮就应该做成都之主,然后取魏延之计,经子午谷,出奇兵取长安。占据了长安,再以魏蜀之财力,何愁不取江南?若如此,那整个天下,不都是诸葛家的?"

"好见识!"

"大妙计!"

"高论!"

二、突袭

走了一阵,赵匡胤见那几个人也无甚特异之处,就不再跟随。加上自己晚上还有事,就回到了旅店之中,叫了些酒肉,尽力吃了一饱,然后翻身便睡。等到醒来,就拿了绳索,往蜀国皇宫而来。

此时已近夜半,四周静悄悄的,只有远处有隐隐约约的狗吠之声。赵匡胤将绳索往上一扔,只听"嗒"的一声,知道是铁爪扣到了墙上。赵匡胤缘绳而上。到了墙上,把绳子收上,把铁爪扣到宫墙外沿,再沿里墙沿将绳子放下。在宫墙上看宫中,只见大部分宫殿已经悄无人声,只有中间几座宫殿,尚且灯火通明。

赵匡胤悄悄溜下宫墙,往中间的几座殿走去。虽有一两个巡更的太监,一躲便过。按赵匡胤的预计,宫殿外肯定有岗哨,可到了跟前一看,岗哨却一个也不见。再往暗处一看,只见几个岗哨,已经在暗处,直挺挺的,一动不动。

赵匡胤突然感到,身后似乎有人跟随,但猛然回头,却没有看到一个人影。

莫非已经有人捷足先登,也是来救费蕙的吗?赵匡胤闻听得大殿之中有人声,就悄悄摸到殿中,躲在一个粗大的殿柱子后边。

只见中间的龙椅上,坐着一个瘦弱的中年人,脸色白净,尖下巴,看来倒也精明。周围,立着七八个黑衣人,都手持宝剑。地上,已经横七竖八躺了不少身穿侍卫服装的人。看来这些黑衣人武功都不弱,宫中侍卫不是他们的对手。

"怎么样?想好没有?写了禅位诏书,把皇位让出来,我等可保你不死。"

"朕贵为天子,承父皇基业,这皇位,岂能说让就让?"

"不让,就杀了你!"

"杀了我,这皇帝位子你们就坐稳了?蜀国百姓,能服你们管辖?"

"不服好说,一个字:杀!"

"唉,蜀地百姓,可要遭难了。"那中年人长叹一声。

“怎么样,让位吧?”

“只怕你们不配坐在这里,也无福坐在这里。我孟昶十七岁登基,治蜀几十年,一向兢兢业业,尚唯恐百姓不满。你们这些无名之辈,竟敢逞一时之勇,妄图篡夺大位,不怕被碎尸万段吗?”

“少废话!一刀杀却!”

“朕就坐在这里,请动手!”孟昶倒临危不惧。

“好,你算是一条汉子。弟兄们,把皇后、妃子、皇太后都押来,一个个地杀,我看他写不写禅位诏书。”

“好吧,你们不要去伤害她们,朕写就是了。只是你们都不愿意以真面目示人,朕要把这天下禅位给何人呢?”

“也罢,你就说,将天下禅位于唐国皇太弟李景遂。”

“李景遂?你身为皇太弟,不在你们唐国,竟然跑到我们这里来夺位,你,你没有发疯吧?”孟昶道。

赵匡胤闻听,也是大吃一惊,怪不得自己在杜甫草堂和武侯祠,看到这几个人,觉得似曾相识,原来是李景遂他们。

“我一点儿也没有发疯。我这个皇太弟,已经被我那皇兄免去。我也被圈在府里,名义上还是王爷,实际上形同囚犯。幸亏我早年结交了一帮兄弟,其中的一个兄弟,他的一个师兄弟在你们这里做过侍卫。说你们这里歌舞升平,文恬武嬉,防备松弛。故我的兄弟把我从府里救出后,我们先去攻打我皇兄,不料他早有防备,我的兄弟,十折其七。没有办法,我只好到你们这里讨碗饭吃。当年刘备不也是走投无路,才来到蜀地吗?放心,我登基之后,定会一统天下,重建大唐帝国。到时,我那皇兄、皇侄,定会匍匐在我的脚下,俯首称臣。”

“如意算盘,打得确实好。只是可惜得很,就算朕把这个位子让给你,只怕你也坐不安稳。”

“少废话,快写诏书,不然,把你的眷属统统杀死。”

“好吧,朕写就是。只是朕坐久了,要登厕更衣。”孟昶说着,就往身后的一扇屏

风走去，用手一按，屏风上出现了一扇小门。一名黑衣人见状，一跃而至，将孟昶抓在手中："怎么样，陛下，想逃吗？"

黑衣人爆发出一阵哄笑。

三、遁逃

赵匡胤见时机一到，从柱子后一跃而起，只听"砰"的一声，抓住孟昶的那个黑衣人已被赵匡胤打得躺在地上，赵匡胤抓住孟昶，一闪就进了屏风中的小门。孟昶也算机灵，危急之中，不知一按哪里，屏风重新合上了。只听外边砰砰啪啪乱打。原来屏风后是一扇机关控制的石门，石门后是一条地道。李景遂他们，哪里还打得开？

赵匡胤随着孟昶，在地道中左右穿行。地道之中，尚有很多机关，但孟昶都烂熟于心，每次都能巧妙避过。有时，明明是路，却不走，偏向旁边的墙壁撞去，原来那墙壁后，才是活路；有时，忽然要揭开一块石板下去；有时，还要撞开顶层上去。

走了半天，才钻出地道，只见黑漆漆的，不知是哪里。上来，原来是一间屋子，里面桌椅床铺俱有。孟昶用火石点着了琉璃灯，立马有一个仆人推门而进。孟昶和他耳语了一会儿，那仆人点头道："皇上放心，刘、李二将军会马上进宫，扫清叛逆。只是皇上须有手诏，不然，二位将军不敢进宫。"

孟昶从腰间掏出一块金牌，上有"特旨"二字。孟昶将这块金牌递给仆人："有了这个，刘、李二人定会奉旨。记住，要快。不然，宫眷要吃亏。"

"皇上放心。"仆人一溜烟走了。

孟昶回过头来，看着赵匡胤道："汉子，你是何人，怎么也在朕的宫中？"

"在下是中原人士，名叫赵匡胤。自幼也习得一些武艺。因到成都游玩，在武侯祠碰到那帮人。见其言语有异，似要图谋不轨，因此，在下才跟随他们，到了宫中。"赵匡胤知道，此时不能向孟昶说实话。不然，费蕙毕竟是他的妃子，自己不会有好果子吃。

“不管怎么说,你毕竟救了朕。既然有此机缘,也算是个有福之人。跟着朕吧,就做个贴身侍卫,日后定会有个好前程。”

“多谢皇上。”赵匡胤心中暗笑。做了贴身侍卫,要见费蕙,恐怕要容易一些。

过了一会儿,那仆人又进来了,还带来了宰相王昭远。王昭远自幼家境贫寒,不得已到寺院中做了小和尚。孟昶之父孟知祥到寺院中进香,见这小和尚聪明伶俐,就让他当了儿子孟昶的伴读。孟昶即位后,就格外眷顾王昭远,一直把他提拔到宰相位置。王昭远也春风得意,自命不凡,居蜀地,又做了宰相,常以诸葛亮自居。

“昭远哪,事情弄完了吗?”

“启禀皇上,那几个反叛,已经被我团团围住,只是……”

“只是什么?”

“只是皇太后、费贵妃,还有几位贵妃,被反叛们劫做了人质。反叛们将太后劫到了崇福殿中,要太后下诏禅位,不然就要杀了太后和各位贵妃。”

“你们怎么办的事? 废物!”

王昭远赶紧跪在地上:“臣有罪,臣有罪。”全然不顾诸葛亮是否会这样。

“这倒是个难题,该怎么办才好?”孟昶蹙起了眉头。

“皇上,崇福殿,是不是咱们刚才出来的殿?”赵匡胤问。

“是呀,怎么啦?”

“在下想,能否仍从地道回去,出其不意,或可救出皇太后和贵妃。”

“这倒是个法子。只是这地道之中,机关甚多,除了朕,没人能走得。”

“事情紧急,烦请皇上带路。到了地方,在下一人出去,皇上就留在地道中。等到平定了叛贼,再请皇上出来。”

“大胆,怎么能让皇上涉险!”王昭远才能不足,但忠心还是有的。

“朕倒觉得,赵什么的这个计策可行。”

“在下叫赵匡胤。”

“哦,赵匡运。”孟昶说。

赵匡胤哭笑不得,也懒得和他再说什么。就揭开地道口,和孟昶一块儿又下了地道。王昭远一看,怎么肯放弃这么好的护驾机会?也随着下了地道。

四、重返皇宫

孟昶在前边小心翼翼地走,赵匡胤在后边跟随。能记住这么多奇奇怪怪的机关,赵匡胤也不由得佩服孟昶的聪明和记忆力。王昭远在后边出于好奇摸了一下墙壁,一柄大刀就从上边贴着他的后背劈了下来,吓得他再也不敢乱走乱摸。

到了石门前,孟昶打开石门,赵匡胤“嗖”地一下蹿了出去,石门“哗”的一声又合上了。

赵匡胤出得石门,见一位黑衣人正拿刀劫持着太后,其他嫔妃,都被绑在那里。赵匡胤只一拳,就把那黑衣人打倒在地。蜀国武士见太后被救,也就没了顾忌,全力以赴,和李景遂的人打起来。李景遂的人虽然是高手,但毕竟好手抵不过人多,没一盏茶工夫,六个人被放倒了三个。李景遂困兽犹斗,率领剩下的两个人还想来抢太后,却哪里近得了身?又过了一会儿,李景遂身负重伤,只好乖乖就擒。

赵匡胤看了一下身后的妃子,正与费蕙的目光相对。费蕙显然吃了一惊,随后就平静了下来。

赵匡胤转身敲了敲屏风,只听“哗”的一声,石门打开,孟昶和王昭远走了出来,石门“哗”的一声,又合上了。众人见孟昶走出,除了太后,纷纷跪地:“参见皇上。”

“罢了罢了。”孟昶转向太后,“太后,孩儿无能,让太后受惊了。”

“这怪你不得。”太后道,“不过日后要加强宫禁防卫,再也不能出这种事。”

“太后说得有理。这次失职之人,朕要严办。刘、李二将军,你们这次出兵迅捷,有功于社稷。”

刘、李二人赶紧跪下谢恩。

“这次能脱险,还赖这位壮士。”太后指着赵匡胤道。

赵匡胤赶紧施礼:“若不是皇上运筹帷幄,在下也救不下太后。”

“赵匡胤,你救了朕,又救了太后,朕该怎么封赏你呢?就封你个值殿大将军,如何?”

“启禀皇上,臣不愿意为官,就做个皇上的贴身侍卫吧。”

“也好,朕不会亏待你。就给你在成都寻一处好宅院,再拨几个宫女,侍奉你。平日无事,你只管快活;有事,朕自会找你。”

“多谢皇上。”

五、有些伤心

赵匡胤就在成都住下了。白日,他虽然能够出入宫禁,却无机会去见费蕙。晚上,又必须出宫。思谋了几天,还得在晚上偷偷进宫。就又备了一条带钩子的长绳,夜半时分,又进入了蜀宫之中。

宫中果然比往日加强了戒备。宫墙外,不时有流动的岗哨。宫内,打更的太监也比平日多了一倍。但这些,根本难不住赵匡胤。白天,他已经把地形看了,所以进了宫没多久,他就到了妃子们居住的后宫。

一个房子一个房子看过去,看到第三所,终于看到费蕙坐在灯下,正在幽幽叹气。赵匡胤轻轻推门而进,费蕙吓了一跳。要不是看到是赵匡胤,准要叫起来。此时宫女们都已经熟睡,费蕙赶紧关了门,领赵匡胤到了里间自己的卧室。

“你来蜀地干什么?”

“还不是为了找姑娘您。”

“我是个不祥之人,请你赶紧离开。”

“说哪里话来,赵某千里迢迢,不辞辛劳,就是为了再见姑娘一面。”

“你们男人,真的让人无话可说。这就是我的命,到处欠人情债。看来欠你赵

匡胤的尤其多,这辈子不知能不能够还完。"

"在下也没有办法。不见姑娘,茶饭不思,心神不安。"

"叫我怎么说呢?"灯光下,费蕙长长的睫毛抖动着,小脸红扑扑的,特别妩媚动人。

"姑娘,赵某此次来,就是想带姑娘走。"

"你个傻瓜,本来,你来了以后,不管任何闲事,神不知鬼不觉地带我走,我二人或许还有一线生机。可你非要逞能,救了皇上、太后,还告知了你的姓名。我一走,你也消失,傻子都会知道是你把我带走的。以你一人之力,再强大,能斗得过一国之君?"

"你说的并非没有道理。"赵匡胤沉思了一会儿,"这样吧,我先向皇上辞行,等过了十天半月,我再带姑娘离开此地。"

"赵郎,你对我情深义重,在中原吕兴镇,你又救过我,我心中是十分感激的。但我也以身相报,不欠你什么啦。跟你说老实话,我已经厌倦了颠沛流离,只想过几天安稳逍遥的日子。人生苦短,莫要自寻烦恼,得逍遥时,且逍遥吧。"

"那,在宫中,没人要害你吗?这种日子,随时会丢命,难道算得上逍遥吗?"

"害我的人,皇上已经把他们都收拾了。剩下的人,谅他们也不敢再犯。皇上说了,谁再敢害我,就灭他九族。"

"难道,你就不想和我在一起?你知道,我是多么喜欢你。"

"赵郎,你这一片痴情,我是懂得的。但痴情害人,当不得饭吃。从七八岁开始,就有男人痴情于我,我也见惯了男人那要死要活的目光。仅有痴情是不够的,你总得让我能过得上我想要的日子。"

"不知姑娘想过什么样的日子?"

"就是现在的日子。安稳、舒心、有人疼爱,想要什么,就有什么。"

"这样,只为自己,有何趣味?"

"只为自己?我在这里,皇上就高兴。皇上高兴,蜀地的百姓就会过好日子。有时,我只要一开口,皇上还会赦免人之性命。救人一命,胜造七级浮屠,能说无趣味吗？跟着你，颠沛流离，朝不保夕，才是真正的无趣味。”

赵匡胤想不到她能说出这样的话来，心里有些生气，但想一想，她所说的也并非全无道理。

“那好吧，人各有志。姑娘能让孟昶做个好皇上，造福蜀地百姓，也算是不虚度此生。”

“孟昶本来就是个好皇帝。你看他写的《官箴》，不是真对百姓热爱，是写不出的。”

“既然如此，赵某告辞了，姑娘保重。”

“如果有来生，我或许愿意和你在一起。”费蕙幽幽地叹了一口气。

“告辞！”

“就这样走了吗？等一会儿再走吧。”

“多谢姑娘好意，后会有期。”赵匡胤说着，头也不回，转身就走了。

赵匡胤心中有些生气，所以走的时候，不像平时那么小心，快走到宫墙时，被一个巡更的太监发现了。那太监喊了一声：“有贼！”赵匡胤一看危险，抓住绳子就上了墙头。正在向上收绳子的时候，卫士们已经闻讯赶到，看到墙头上有人，就开始嗖嗖地放箭。有几支箭，差一点儿射中赵匡胤。赵匡胤不敢怠慢，绳子往外一放，顾不得手痛，顺着绳子哧溜一下就下来了，双手都被绳子磨破了。

第十二章

一、滚下的大石

时间紧迫，赵匡胤来不及把绳子收下来，慌忙之中，不辨路径，专拣荒僻处而行，也不知道奔向何方。一开始，还能听到追兵的喊声及看到火把的亮光，跑了一个多时辰，身后再也没有声音了。看见路旁黑乎乎的，不知是什么田地。田地中间，似乎有一个草庵子。赵匡胤又累又渴又饿。跑到地里，伏在那里仔细一看，原来是满地的大西瓜。此时西瓜刚刚被人带入中国，由于个大味好，传播的速度倒也快。老百姓有叫寒瓜的，也有叫西瓜的，因为此瓜是从西方传入的。赵匡胤大喜，摘了两个大瓜，抱到草庵子里。看瓜人大概是回家了，床铺上铺的有草苫子，还有一个薄薄的床单。赵匡胤把两个瓜摔开，尽力吃了个饱。吃完瓜，到瓜地里撒了一大泡尿，觉得浑身畅快极了。天上繁星眨眼，地上微风吹拂，赵匡胤伸了个懒腰，感觉困意上来了，就躺在草庵子的床上，黑甜一觉，不知所之。

等到醒来，已经是日上三竿，赵匡胤又吃了两个瓜，就迈开大步，朝路上走去。走了半天，又热又累。正站在树荫下休息，只见一位年轻的公子，白衣白袍，骑着一匹马，旁边又带了一匹马，空马上放着一个口袋似的包袱。走到赵匡胤跟前，一勒马缰，两匹马咴的一声站住了。

那公子上下打量了一下赵匡胤："敢问兄台，是要去大理吗？"

赵匡胤倒是听说过大理,但从没有想过自己要去,说:“在下是中原人士,想要回中原。”

“那你走错路了,这是往南去大理国的路。”

赵匡胤看看太阳,才明白自己真的走错路了,就施了一礼:“多谢兄弟提醒。”说着,转身就往回走。

“大理风光旖旎,兄长不想去游览一番?”

“在下有急事,多谢好意,告辞了。”

“哼,我看你是害怕去大理吧?怎么,连蜀国皇宫都来去自如的人,难道怕一个小小的大理吗?”

年轻公子的话,让赵匡胤吃了一惊,原来,在蜀国,还有人在暗地里关注自己。他回过头来:“我的事,阁下怎么知道?”

“赵壮士先救皇帝,后救太后,你以为成都人都是守口如瓶之人吗?”

“这些小事,何须挂齿,不过是阴差阳错而已。”

“在下就爱结交英雄好汉,从昨晚,就一直在跟随兄长。”

“不敢当。公子如此厚爱,赵某惭愧。”

“在下姓段,名思弘,家境还算殷实。非常想请赵兄到大理一游。兄长若有意,就请上马。”

赵匡胤想了想,还是说:“公子美意,赵某心领了。只是有些要事,需要赶快回到中原。”

“邀请兄台去大理,是为兄台好。你可知道,你私闯皇宫,私会贵妃,已经惹恼了蜀国皇帝孟昶。你虽然于他有救命之恩,但花蕊夫人,却是他最心爱的人。你做别的事,他尚可原谅你;但与花蕊夫人有关,他绝对不会放过你,必欲置你于死地而后快。从蜀国到中原的路,各个关口,都悬挂了你的画像。皇帝的圣旨是,遇到赵匡胤,可不必解京,就地诛杀。”

“真有此等事?你所说的花蕊夫人是谁?”

段思弘微微一笑:“花蕊夫人是谁,兄长不知道,小弟如何知道?宫中那位如花

似玉、令兄长念念不忘的美人,就是花蕊夫人了。”

“费蕙?她叫花蕊夫人?”赵匡胤一头雾水。

“你动了孟昶的心爱之物,惹了大祸了。兄长,还是去大理一游吧。”

“若如此,在下只好去大理了。”

“那太好了,能和兄长同行,是小弟的福分。”

赵匡胤和段思弘一起骑上马,向南飞奔而去。路上住宿饮食,都是段思弘供应。赵匡胤要掏银子,段思弘根本不依。这天,到了一段山路之间。段思弘道:“兄长,这里强人出没,要小心了。”赵匡胤道,区区几个蟊贼,也不在话下。说话之间,只见山上滚下了一块大石,所到之处,树木皆倒,声势惊人。眼看着已滚到半山腰,只见段思弘喊道:“苍山洱海,山茶八朵。”说来也怪,山坡上忽然出现了向里斜的一大块平地。大石到了此处,晃了几晃,就停住了。赵匡胤道:“上面的人,是你的朋友吗?”段思弘道:“不是朋友,却是大理人。我本来该早些喊这切口。但为了让兄长看个热闹,故晚喊了一会儿。”

“那忽然出现的山坡是怎么回事?”

“其实也很简单,兄长用心一想,也就想到了。”

赵匡胤想了一想,也没有想通,但也不好意思再问。这些人奇奇怪怪,所干之事匪夷所思,原也在意料之中。

二、林中老僧

又走了一天,就到了大理首府鄯阐府。奇怪的是,段思弘并不进入城内,而是领着赵匡胤,曲曲折折,走入了一片树林之中。树林之内,古木参天,盘根错节。中原一带,从未见过这般大树。更奇的是,有些树的树根从树枝上长出,再深入地下。故树枝在根的支撑下,可以一个劲儿地延长,以至于一棵树就覆盖了一大片,所谓独木成林是也。

赵匡胤看得啧啧称奇，果然一处有一处的景观，造物不偏不私。正走之间，碰到一湾溪水，在乱世树丛间，逶迤流淌。溪边的石头，由于长期湿漉漉的，看起来有些油汪汪的。

溪边的石头上，有一个蛤蟆和一个蜥蜴一样的东西，正在斗架。蛤蟆黑黑的，在对手面前并不示弱，蜥蜴样的东西咬住了蛤蟆的脖颈，蛤蟆使劲一甩，竟然把对手甩得老远。也不知是眼花了，还是看错了，赵匡胤竟然看到“蜥蜴”尾巴上冒出了一串火花。

走了好远，树林中忽然出现了一座寺院。段思弘上前敲门，门开后，就领着赵匡胤往里走。

寺里的石板路也是湿漉漉的，路两旁，长满了小草和青苔。段思弘提醒赵匡胤，别在路两旁走，否则，会滑倒的。

进入佛堂，里面有些昏暗。除了从窗外漏进来的一点儿光亮，屋子里和黑夜差不多。赵匡胤进屋，好大一会儿才看清楚，蒲团上坐着一位老僧，胡子、眉毛都花白了，但头上的发茬并不发白。

“师父，我回来了。”段思弘施了一礼。

“还不算慢。”老僧慢悠悠地说，“你身后的这位施主，就是你从蜀国请来的吗？”

“是。但是，他不是蜀国人。”

“哪里人，中原来的吗？”老僧不用抬头，就猜个八八九九。赵匡胤对他，不禁有些佩服起来。

“你要请的朋友，必须心底正直，武功高强。这位壮士的武功如何？”

段思弘就把赵匡胤在蜀宫中如何救皇帝，如何救太后叙述了一遍。

“这么说来，这位施主可谓是智勇双全了。好了，你们到后边去休息吧，有什么话，慢慢地对施主说。”

段思弘领着赵匡胤，朝大殿后走去。后边，倒是别有天地。大树下，长了很多藤蔓植物，上面开的花千奇百怪，一些蜜蜂，还有鸟类在这里飞来飞去。

段思弘邀请赵匡胤进到一座房屋之中。屋子里桌椅俱全，光线也很明亮，和前

边的佛堂大不相同。赵匡胤心中疑惑，问段思弘："段贤弟，听方才那位老师父的口气，你把在下带到大理，似乎还有些事情?"

"赵兄鞍马劳顿，先吃饭，吃完饭，再沐浴一下，好好休息一番。有事情，愚弟明日再来请教。"正说着，饭食已经摆了上来。和中原以及蜀国的饭食，大不相同。在蜀国，赵匡胤还能看出自己吃的是什么，在这里，除了面食和米，其他菜肴，都不大认得。酒也和中原大不相同。入口极甜，但到喉咙里，有一股酸涩味道。好在酒味十足，喝起来也还算痛快。

吃过饭以后，段思弘含笑告辞。立马有两个丫鬟，捧着浴巾及换洗衣服，请赵匡胤沐浴更衣。依丫鬟们的意思，是要服侍赵匡胤沐浴。赵匡胤哪里习惯这些，好说歹说，才让她们退到了外边。赵匡胤这些日子奔波劳累，现在用热水沐浴一新，心中有说不出的畅快。沐浴过后，躺在床上，黑甜一觉，不知东方之既白。

天刚亮，林中的雾气还没有消散，赵匡胤就起了床，在房前的空地上练开了武艺。练了一会儿拳脚，直到身上微微有些汗意，才停了下来。只听身后有人喊道："好身手。"赵匡胤回头一看，见是段思弘站在那里，正含笑看着自己。赵匡胤赶忙施礼："献丑，让段兄见笑了。"

"赵兄，咱们在林子里走一走吧。"

"好吧。"

于是两个人沿着林间小路，朝密林深处走去。

沉默了一会儿，段思弘终于开口了："赵兄，你肯定有话要问我，问我为何非要把你请到大理。"

赵匡胤点了点头。

"您可知道，这大理现今的皇帝是谁?"

"恕在下孤陋寡闻。在下只知道大理的皇帝姓段，至于现在是哪朝天子，在下真的不知道。"

"赵兄不知道，也在情理之中。因为大理的皇帝虽然名义上是皇帝，但早已自己做不得主。赵兄，我现在告诉你，现在大理的皇帝是我的哥哥，他叫段思聪。"

“失敬，段兄原来是当朝御弟。”

“什么御弟，”段思弘苦笑了一下，“现在我这个御弟，快连自己的命都保不住了。”

“这到底是怎么回事？”

“赵兄不知，这大理国虽然名义上是由我段氏执掌，但现在大权旁落，落到了权臣高东升之手。”

“原来如此。”

“高东升不但杀害了我家众多人口，还囚禁了我的皇兄。若不是师父出面，恐怕我早已遭到暗算。”

“你师父在高东升这里，面子看来不算小。”

“我的师父，也是高东升的师父。我是师父晚年所收的小弟子。再加上我是女流，故高东升没有把我放在眼里。当然，师父的保护，使他也不敢杀我。”

“你是女孩子？”

“怎么，不像吗？”段思弘将盘在头上的头发解开。顿时，满头秀发，像瀑布一样流淌了下来。

“贤弟……不，贤妹真的很漂亮。”

“得赵兄如此夸奖，幸何如之。”

“贤妹找我来，到底有何事？”

“高东升胡作非为，欺压百姓，欺压皇室，我等早憋了一肚子气。但我是女流之辈，虽然有些武艺，但也只能自保而已。师父倒是知道高东升武功的弱点。但他不敢传我。一是高东升也是他的徒弟。二是高东升天生神力，我即使学了武艺，也不一定能斗得过他。所以，师父不让我和高东升出面相斗。再者，我是皇上的妹妹，如果出面相斗，万一失败了，就没有了转圜余地，会危及皇上。”

“因此，你们想另找他人。但为何不在大理找呢？”

“高东升在大理根深蒂固，爪牙众多，哪敢在大理找人。”

“于是，你就想到了最近的蜀国？”

“是的。听说蜀国峨眉一派,有诸多高手。我就和师父商量,能否请一个峨眉派的高手,来为我们主持正义。但刚到成都府,我就看到了你在翻越宫墙,于是禁不住心中好奇,到皇宫中目睹了赵兄的风采。从此以后,我一直暗暗跟随你,最后,终于请到了您,来大理一游。”

“赵某愿为贤妹赴汤蹈火,只是功夫有限,怕斗不过那高东升。”

“赵兄莫怕,我师父已经琢磨了一套专门对付高东升的武功。只要赵兄愿学,不出半个月,准能学会。到时,定可救大理百姓于水火之中。”

段思弘的师父叫心澄,是个非常有学问的老僧,武功也极其高强,只是书读得太多,于人情物理,倒不是十分精通。他对徒弟高东升的所作所为,是十分不满的,但又不敢当面指责。实际上,他当面指责,也没有什么用处,只好将自己的武功悉数授予赵匡胤,好让他替自己完成自己不好去完成的事情。赵匡胤久经风险,对于段思弘的请求,并不觉得如何为难,反而有一种跃跃欲试的冲动。何况,又有老僧传授大理国的武功,这对于爱武之人来说,绝对是天大的好事。比给他多少银钱,都让他高兴。赵匡胤出身于武功世家,天生神力,自幼即得父亲赵弘殷传授武艺。赵弘殷的武艺得自少林一派,走的是刚猛之路。后来,陈抟师父又对赵匡胤加以点拨,赵匡胤的内功,又大有进境。

心澄用手一搭赵匡胤的脉搏,咦了一声,说:“施主既练过少林,又练过道家功夫,是吗?”

赵匡胤点点头。

“既然如此,老衲就只教你一些招式,内功不再传你。因为大理内功,也是得自中原佛家、道家。只是在招式上,与中原武功大不相同。老衲只授你招式便可。”

从此以后,赵匡胤就在寺中,向心澄师父学习招式。刀枪剑戟,斧钺钩叉,以及各种打穴秘诀,古怪暗器,赵匡胤都一一知晓。大理的招式,果然别致古怪,全然不合常理,若不是预先学过,任你武功高强,也会中招。中原招式,一招与一招之间,都是顺势而为,为的是不拖泥带水,节约时间。大理招式,都是逆势而行,虽然别扭,但在实战中,往往能起到出奇制胜的效果。比如一拳打向你面门,按中原招式,进攻者最多左拳虚攻，右拳实打。但大理武功，对手可能就会一个筋斗翻过去，击打你的后脑勺。

三、见血封喉

大理的暗器更是匪夷所思。多是自动用机簧发射，有装在袖中的袖箭，有装在腰间的毒针，甚至有些暗器是装在囊中的毒气，能瞬时把人熏倒。作战人须预先嘴中含有解药，或者屏住呼吸。还有一种细毛针，竟然是含于口中的，叫对手防不胜防。暗器之上，还要涂毒。有一种毒药，是一种树上的汁液，涂在兵器或暗器上，只要刺中了对手，让对手流了血，对手就会即刻身亡。故此种毒药，名见血封喉。武林人士谈及此种毒药，无不色变。心澄师父的一位师弟，就是死于这种毒药。所以心澄谈起此种毒药，不停地念佛，希望此种毒药不再为害人间。

赵匡胤闲时在林中散步，就和段思弘谈起了见血封喉，说："不知此种树长得如何狰狞高大。"段思弘笑了笑说："且随我来。"

两个人曲曲折折，又往林中走了好远，林中已经依稀辨不出道路。忽然，茂密的树林中，竟然出现了一片空地。最奇怪的是，空地上光秃秃的，寸草不生，既无爬行之物，也无鸟雀，只在空地的中央，孤零零地长了一棵看起来很普通的小树。

"贤妹，带我来这里干什么？"

"你不是要看见血封喉吗？看，这棵小树就是。"

"这棵其貌不扬的小树，就是见血封喉吗？看来，人不可貌相，树也不可貌相。从周围寸草不生、鸟兽绝迹的情形来看，此树确实是见血封喉。"

"这等歹毒的树木，就该一把火烧了，休叫它为害人间。"赵匡胤又道。

"别，别。既然上天生了它，此树就有它的用处。高僧辞世后，用此树汁液涂抹遗体，可保遗体不腐，百虫不侵。再者，此树也有它的克星。所谓百步之内，必有克星。上天从不偏袒。"段思弘领着赵匡胤，指着空地周围的一片小花说，"看，这就是

见血封喉的克星。”

赵匡胤蹲下,仔细地看了看这些小花。只见这些花小得可怜,白中微微透些蓝色和紫色。若不是有人指点,你绝不会注意它们。

四、树屋

“赵兄,还有一处好地方,我带你去。”

段思弘又领着赵匡胤,曲曲折折往树林里走。走了半个时辰,面前出现了一棵巨大的榕树。榕树的主干上,垂下了一条绳梯。段思弘领着赵匡胤攀上去,赵匡胤惊呆了。原来榕树的树杈上,地方宽阔。在其中间,竟然有一座木屋。

木屋约有两间房子那么大。段思弘将绳梯收起,领赵匡胤进入木屋。木屋内,桌椅、茶水、酒水、菜蔬、点心俱全。在屋角,还有一张整洁的床铺。看来,此处是段思弘常来之地。

“大哥,此处还好?”

“好,当然好。在中原,还真找不到这么好的地方。”

“这也是被逼无奈。”段思弘叹了一口气。

“身为御妹,也有不得已之苦衷。”

“唉,什么御妹,摆设而已。我那哥哥尚且被人囚禁,我这妹妹要不是师父庇护,也早已命丧黄泉。”

“这高东升能有如此之厉害?”

“此人心机甚深,爪牙众多,小妹还真不知道怎么对付他。”

“擒贼先擒王。只要制住高东升,其他爪牙不在话下。关键是,怎么能见到高东升?”

“一个月后,我哥哥要过生日。高东升虽然飞扬跋扈,但名义上,我哥哥还是皇帝。他总要给我哥哥过生日,到时候,我们一起去,便可动手收拾他们。”

"此计甚妙。只是只有你我两人,怕势单力薄,控制不住场面。"

"师父也要去,但师父不好参与此事。到时师父要带几个徒弟去为皇上祝寿,高东升不会拒绝。我这些师兄弟都会武功,到时,都能助咱们一臂之力。"

"你的师兄弟,也是高东升的师兄弟,他们站到哪一边,还真不好说。"

"高东升不过是师父早年所收的徒弟。这些师兄弟,和他都没有什么交情,和我,倒是颇有情谊。再者,高东升挟持皇上,胡作非为,大家都看在眼里,早就想把他拿下了。"

"那好,让他们加紧操练武艺,争取一击成功。"赵匡胤道。

"大哥,咱们非亲非故,不过是路上巧遇,你对小妹如此仗义,仅备薄酒,以表答谢之情。"说着,段思弘给赵匡胤倒上了酒。

此酒是段思弘精心准备的大理国数一数二的好酒,入口醇香浓烈,酒劲颇大。赵匡胤虽然善饮,但喝了五六杯,也是浑身飘飘然,如在梦中。再看段思弘,也是双颊飞霞,格外娇艳动人。

再喝几杯,段思弘竟然双眼含泪,如梨花带雨,格外楚楚可怜。赵匡胤劝了几句,段思弘不但没有止住哭泣,反而大放悲声。想一想,从一个娇蛮公主,到一个无依无靠的名义上的御妹,她所受的委屈,所经历的人生反差,当是无人可比。

赵匡胤越劝,段思弘越是抽噎得厉害,最后,竟然扑到赵匡胤怀中,泪流不止。

赵匡胤百般劝慰,段思弘方止住哭声。

"赵大哥,你一定要帮我,你不知道,大理的百姓有多苦,我那哥哥有多委屈。"

经段思弘述说,赵匡胤才知道,原来这段家,也是北方人士。先祖到这里做了节度使。中原大乱,段家才在这里做了皇帝。段家一向爱民,百姓安居乐业。不承想出了个权臣高东升,横征暴敛,弄得民怨沸腾,皇室也受尽了屈辱。

"贤妹放心,愚兄定和你一起扫除奸雄,让大理百姓重新过上好日子。"

"若如此,小妹要替大理百姓感谢赵大哥。"

"有如此美酒,不用再有谢意。"

"有美酒,还要有美人嘛。赵大哥,我这个美人,主动投怀送抱,你不动心?"

“贤妹,你温柔善良,娇美如花,愚兄焉有不动心之理?只是无尺寸之功,不敢有非分之想。再者,你是御妹,我是平民百姓,哪里高攀得起。”

“大哥,你神勇英武,小妹早已芳心暗许。要不,我为何非要请你来,难道在蜀国,我找不到几个武艺高强的死士?”

“贤妹对我如此,我内心非常感激,只可惜,我无福消受。我已经有了几房妻室,若是和你好了,岂不是委屈了你这个美如天仙的大理公主?”

“都是哪些人,说来听一听。”

于是,赵匡胤就把自己和娥皇、金蝉、韩素梅,还有费蕙的故事,细细说了一遍。说得段思弘一会儿哭,一会儿笑,一会儿嫉妒,一会儿害羞。到了最后,自然是又有了新故事。

五、歼灭高氏

段思聪的生日转瞬就到。高东升虽然大权在握,但也不得不做个样子。毕竟,人家还是皇上嘛。以高东升的意思,早就想一把毒药让段思聪归天。但段思聪归天后,那些对自己早就不满的统兵将军,就有了动手的借口,自己就成了乱臣贼子,就成了人人可诛的叛将。高东升不傻,他才不想给这些家伙以借口。相反,他不但要保住段思聪的命,而且在表面上,还要更加尊重段思聪,要让大家看到,自己是个多么好的臣子,多么为国为民,多么热爱皇上。为了做到这一切,皇上的生日,当然要大办特办,要高调地办。所有的臣子都要参加,皇宫要布置一新,张灯结彩。整个鄯阐府都要张灯结彩,老百姓要穿上新衣服。在这一天,官吏们不要欺负老百姓。谁违反了,到时候收拾谁。

心澄师父和段思弘也都受到了邀请。一个是师父,一个是御妹,高东升没有不请他们的理由。再则,他们不到场,这场尊崇皇上的戏,唱得就不圆满。作为段思弘的随从,赵匡胤也一同前往。比起中原的皇宫,大理的皇宫要低一些,简陋一些,

但皇宫中花木扶疏，鲜花遍地，却另有一番韵味。

表面看来，皇宫中喜气洋洋，似乎四海之内皆兄弟。但明眼人可以看出，皇宫内是外松内紧，尤其是门口，盘查得特别严，凡是眼生的人，都一律不让进去。赵匡胤就遇到了麻烦。卫兵没有见过他，不让他进去。赵匡胤若不能进去，一切计划都要泡汤，段思弘有心想开口，但碍于自己的身份，只怕越开口，越帮倒忙。正在为难之际，想不到心澄师父开了口，说这是自己新收的徒弟。心澄师父的身份，卫士是知道的。他开了口，卫士不敢阻拦，赵匡胤和其他几个师弟，才顺利进入皇宫。

盛典开始，奏乐，皇上在鄯阐侯高东升的搀扶下入座。赵匡胤这才第一次看到段思聪。圆脸，不算老，也不算年轻，身体看来还可以，但眉宇间却有一股忧愁之气。

大典开始，众人在司礼官的号令下，向皇上行跪叩之礼，祝皇上圣寿无疆。按理说，高东升应该下来，作为臣子，和众人一起，也向皇上行礼。这样，一场戏各司其职，就算唱圆满了。预先也是这样计划的。可他偏偏跋扈惯了，让他下去，简直是要他的命。因为，他根本就看不起这个脓包皇上，让他向这个脓包下拜，还不如杀了他。

司礼官不知所措，不知是该让大家跪拜，还是该让高东升下台。局面一时僵在了那里。底下，开始有了小声的议论声。高东升面带微笑，浑然不睬。

正在此时，赵匡胤忽然飞身上台，一把就抓中了高东升的脑后大穴。高东升虽然武艺高强，但要穴被点，头脑几近昏迷，浑身一点儿力气都没有，飞扬跋扈之气，都飞到了九霄云外。

高东升的贴身卫士见有变，手持刀枪就要动手，早被段思弘和师兄弟们一个个擒住。殿外的卫队这时也冲了进来，约有二十人。赵匡胤命高东升："让他们放下刀枪！"高东升就是不作声。赵匡胤一用劲，高东升顿感痛彻肺腑，禁不住哎哟哎哟地叫唤起来。众卫士见主子如此脓包，进也不是，退也不是。双方又形成了冷场。

赵匡胤对段思聪说："皇上，该您下旨了。"

段思聪本来不知如何是好，事出仓促，他也没有心理准备。现在赵匡胤一说

话,倒提醒了他。他毕竟是皇上,自然有一定的威仪。他清了清嗓子,朗声说道:

“鄯阐侯高东升,自恃有微功于国,欺凌朕躬,涂毒百姓。现该人已经服法认罪。所有罪过,皆高东升一人所为,与卿等无干。只要卿等放下刀枪,朕赦卿等无罪,且每人官升一级。若执迷不悟,负隅顽抗,朕诛他九族,决不食言!”

段思聪说得声色俱厉,何况挟天子之威,底下的卫士顿时斗志全无,只听哐啷啷一片声响,执刀枪的卫士都扔了武器。段思弘命人将他们暂时锁于偏殿之中,待事后发落。

赵匡胤正想拉高东升下台,忽听呜呜风响,一支袖箭直扑自己面门而来,赵匡胤不及多想,惶急之中,举起高东升一挡,只听那袖箭“噗”的一声,已插入了高东升脖颈。再看高东升,头一歪,眼看活不成了。

发袖箭的,是台下的一个官员。早已有人将其扭住,只见那人嗷嗷大叫。见自己救主不成,反而将主子杀死,一时急火攻心,嚼舌而死。

平定了高东升,段思聪终于扬眉吐气。众人赶忙跪叩,山呼万岁,赞扬皇上洪福齐天,庙谟独运。有的大臣上奏,说自己早已经看出了高东升的狼子野心,恨不得食其肉,寝其皮。有的人说,自己早就知道,高东升是兔子的尾巴,长不了。和皇上对着干,那是蚍蜉撼大树,可笑不自量。有的人建议,将高东升诛灭九族,以儆后人,像这种乱臣贼子,必须施以重刑。段思聪好言抚慰,对大家的忠心给予了赞扬。并命令,将高东升亲属和亲近之人,一律圈禁,待查明罪行,再一体发落。众人感叹,大理国犹若拨开乌云见青天,大旱之际逢甘霖,正瞌睡呢,得到了一个枕头。

待众人走尽,段思聪向段思弘道:“多谢妹妹。”又转向心澄师父道:“多谢师父施以援手。”心澄合掌念佛,沉默不语。高东升自小聪明伶俐,今日遽然死于非命,虽是罪有应得,但作为师父,心中还是悲痛不已。

“哥哥,此次事成,还多亏了赵匡胤赵大哥。”段思弘向皇上哥哥引见赵匡胤。

“你身手确实不错,是哪里人士呀?”

“在下是中原东京人士。”

“那,怎么来到了大理?”

“哥哥,赵大哥是我请来的。”段思弘把在蜀国如何发现赵匡胤,赵匡胤如何被请来的经过,向自己的哥哥述说了一遍。

“看来,你不但得到了一员猛将,也得到了一位知己,说不定是一位佳婿。”

“哥哥!”

“我的妹妹我知道。她从小虽然喜欢冒充男孩子,和男孩子在一起玩,但她从来没有真正喜欢过哪个男孩子。但她刚才说起你赵匡胤的时候,目光里满是激情的光芒,这是我做哥哥的从来没有见过的。”

“哥哥很爱胡说八道。”段思弘道。

“小妹,你带人平了高东升,把哥哥救了出来,哥哥很感激。只是……”

“哥哥,只是什么,你快说。”

“没事,我累了,你们先回去吧。”

“是。”

走在回去的路上,赵匡胤道:“你这哥哥倒没有什么架子,也不自称朕什么的。”

“我们大理是小国,因为中原内乱,我们为了自保,才在这一隅之地侥幸称帝。所以,我们的历代先祖都告诫我们,我们不过是侥幸而已,所以要勤政,要爱护百姓,这样,才能得到上天的眷顾。”

“有了这份心,是大理百姓的福分,也是你们段家的福分。”

六、思乡

时光荏苒,转眼又是半个多月。大理政局已稳,赵匡胤在此无事可干。久静思动,思念起中原家乡来。段思弘怎么劝也劝不住。赵匡胤知道,自己不辞而别,不知金蝉生产了没有,男孩还是女孩,自己也不知道。虽然有母亲照顾,金蝉衣食无忧,到底放心不下,所以执意要走。段思弘连哥哥都搬出了,也改变不了赵匡胤的主意。段思弘道:“赵哥哥,我知道你在这儿无事可干,故此焦躁。这样吧,我让哥

哥封你为柱国大将军、鄯阐侯，为大理管理兵马。再给你一座府邸，多给你仆人美女，我决不干涉，可好？”

“你若是认为我赵匡胤想做官，你就想错了。无论在中原，还是在江南、蜀地，我赵匡胤都有机会做大官，但我都没有做，为何？我赵匡胤只凭良心做事，只讲真情。至于富贵荣华，我倒不可以去要。要知道，人之一生，所能享受到的福分是有定数的，早享用完，早死。所以，我赵匡胤是见了富贵荣华，有时是躲着走的。尤其是不该自己得的，或者勉强得的，或者自己得了，会伤害别人的。这不是清高，也不是傻，而是惜福，是想让自己的福分长一些，给自己留点后路，给子孙留点后路。”

“我无法说动你，但我是真心想把你留在大理。我哥哥被囚禁时，高东升在他饭食中，天天下一点儿毒药，是想让他慢慢死去，他好取而代之。我哥哥的身体，已经大为受损。虽经名医调理，但也只是保命而已，已经无力管理国事。我们其他的亲人，都被高东升杀掉了，我们已经没有别的亲人。哥哥只好把这千斤重担，压在我的身上。你现在在这危难之际，不思帮我，反而要离开，我不知我哪地方做错了，让你如此绝情。”段思弘哭道。

赵匡胤也心中恻然，沉默了半天：“要不，回中原之事，改日再议。”

段思弘破涕为笑，抱住赵匡胤：“这才像个好哥哥嘛。”

一晃又是半个月。在这半个月中，赵匡胤心情烦躁，坐卧不宁，每天只是以酒浇愁，酒喝得越来越多，话也越来越少。晚上，喝过酒以后，好不容易睡着了，却又梦境连连，一会儿梦见金蝉在哭，一会儿又梦到娥皇在哭，一会儿又梦到父母在说什么。

不用赵匡胤说，段思弘也知道，再也留他不住，就为他准备好了最好的马匹，还有足够路上花费的金银。另有一颗大宝石，一颗硕大的夜明珠，段思弘都放在了包裹之中。另外，又派了四个武艺高强的长随。赵匡胤把长随都辞了，只带了金银和马匹。段思弘又反复叮咛，不可再经蜀国，说不定那里还在缉拿他。最好由大理往东，那里现在也是刘姓皇帝，也叫汉国，人称南汉。从南汉再往北，就是江南了。赵匡胤一一答应。

“哥哥,我知道,你这一去,八成就不会回来了。可妹妹我,还是日夜盼着哥哥回来。”

“贤妹放心,待我把中原的事情办完,我一定回来。”

“哥哥保重。”

“贤妹,你肩上担子非轻,遇事多和你哥哥,还有师父商量。”

段思弘骑着马,送了一程又一程。直到南汉边界,才与赵匡胤洒泪而别。赵匡胤走了好远,还能听见段思弘的喊声:“哥哥,无论如何,一定要回来。否则,我等你到死!死了以后,下辈子,我还等你!”

赵匡胤虽为武将,内心却十分柔软,听了段思弘的话,也不禁两眼含泪。他咬了咬牙,一提马缰,两腿一夹,那马本就是良马,嘚嘚嘚嘚,往东而去,一会儿,就无了踪影。

第十三章

一、胡女卡卡丽

从大理往东,虽然是山道,但并不险峻,多在山谷中缘溪而行。这日,正在山道中行走,忽见前边一队商旅阻路。这队商旅,身穿长袍,头缠白布。一开始,赵匡胤还以为他们是蜀国人,可走近一看,见他们高鼻深目,长相怪异,也不禁深深纳罕。要知道,那时正值战乱,异域人可不算多。赵匡胤也算得上见多识广,也是第一次见这样的人。这帮人有五六个,用马拉了一辆车子,也不知里面装些什么。赵匡胤走近,在马上大声问讯:“各位,借光,让个道!”

这帮人似乎能听懂赵匡胤的话,自动让出了道路的左侧。赵匡胤驰马而过,却能感到这帮人戒备与敌意的目光。

赵匡胤只想快些回到家乡。他听段思弘说,只要到了南汉都城番禺,就有了往北去的大道。走个几天,就能到江南。到了江南,离东京就不算远了。

前边的路是个向左转的弯。转过弯去,正有一条大河。赵匡胤缘河而行,心情顿时畅快无比。一些树木,赵匡胤也是没有见过的。只见有些树的树干上,也没有枝叶,凭空就长出一个大果子来。赵匡胤觉得又稀奇,又好笑。

正走之间,猛听得背后一片呐喊声、厮杀声。赵匡胤赶紧勒转马头,重新转过山弯。只见一帮人,正手执钢刀,砍杀那帮异域人。那帮异域人也手执长刀,和他们拼命。但异域人处于下风。赵匡胤离得较远,大喝住手。但哪有人会听他吆喝?在赵匡胤驰马奔到之前,那帮异域人已经尸横遍野。

“你们是什么人,敢滥杀无辜?”

这帮杀人者说了一些什么,赵匡胤全然不懂。猛听呼哨一声,这帮人一起举刀,向赵匡胤砍来。赵匡胤见躲无可躲,一个旱地拔葱,从马上飞起,落在这帮人身后,几乎与此同时,七八柄钢刀一起砍到了赵匡胤的坐骑身上。可怜一匹良马,顿时哀鸣倒地。

赵匡胤怒极,左拳一击,打倒了一个匪徒,在他倒下之际,赵匡胤顺手一拧,已有一柄钢刀在手。还没等那帮人转过身来,只听啊啊几声,已经有四人了账。剩下的三个人,仿佛有些吓呆了,握刀的手禁不住有些抖动。赵匡胤大喝一声,只见寒光闪闪,顿时没了一个活口。

赵匡胤轻易不想杀人,情急之下,把人打昏,也就算了。但这帮人出手狠辣,先是杀了那么多人,后又毫无征兆,突然向自己下杀手。赵匡胤无法,也只好杀了他们。

虽然清风阵阵,但赵匡胤提刀立于旷野之中,望着满地的尸体,内心还是感到无比悲凉。

坐骑已经死了,赵匡胤只好赶到那马拉的车子旁,想掀开车帘看里面到底装的是什么。谁知车帘尚未掀开,一柄弯刀“唰”的一声刺了出来。要不是赵匡胤身负武功,本能地一躲,这下非伤了性命不可。

“喂,车里的朋友,来犯的匪徒已被我击毙,我可是来救你们的,怎么毫无来由就拔刀相刺?”

只听车帘“唰”地一响,一个高鼻深目的胡女,从车里钻了出来。她虽然长相特别,但仔细看去,却有另一种美丽,颇能摄人魂魄。

胡女手中,还兀自握着钢刀。对着赵匡胤,上下打量。

“喂,我是好人。这些坏人,已经被我杀了,替你们报仇了。你听得懂吗?”

“当然听得懂。可是,假话。”

“怎么能是假话?”

“吹骆驼的。一个人,不能杀一伙人。”那胡女道。

赵匡胤也不辩解,欺近身去,手一拧,就把她的钢刀夺到了手。

“这不算,没有准备的。”

“那好吧。“赵匡胤把钢刀又扔给胡女,“再来,你要握好了。”

胡女二目圆睁,紧握钢刀。赵匡胤一近身,她“唰”地就是一刀,刀法既稳且狠,显然受过多年训练。赵匡胤一侧身,左手拿住她手腕,右手已经将钢刀夺过。但在夺的过程中,他已经领教到,胡女的力量,也不可小觑。要不是自己下了全力,钢刀差一点儿夺不过来。

胡女这下吃亏更大,右手手腕像被人掰断了一样,火辣辣的痛。

“怎么,还要试吗?”赵匡胤问。

“你是英雄,不假话的。不试了。”胡女说。

“你们是哪儿人? 到这里干什么?”

“我们,波斯人。到这里,做买卖,赚钱的。”

“在下赵匡胤,不知姑娘如何称呼?”

“我,卡卡丽。”

“地上的这些人,是你的亲人吗?”

“不是,都是我的仆人。”卡卡丽说。

“姑娘要到哪里去?”

“汉国,番禺,去见大皇帝。”

“那好吧,在下告辞了。”

“你是好人,坐车,陪我。”

“男女有别,多有不便,告辞。”

“求你,留下。有强盗,我会死。”卡卡丽说。

赵匡胤觉得有道理,就和她一起,坐到了车子上。卡卡丽坐在车篷里,赵匡胤坐在前边赶车人的位子上。

赶着赶着，就到了黄昏时分，此时又无月光，道路已看不大清楚。赵匡胤建议住店。卡卡丽想继续赶路，但钻出车子一看，确实无法继续走，就只好同意住店。

赵匡胤本来打算要两间住房，卡卡丽说，有货物，害怕，住一起。赵匡胤把她带的货物从车子上往店里掂时，觉得异常沉重。掂到屋子里，用手一摸，原来是一根一根的什么东西，摸起来非常光滑。

“送到番禺，会给你一个。”卡卡丽说。

“这是什么？”

“象的牙。做筷子，可以防毒。”

卡卡丽对自己的货物非常上心。上半夜，她一直未睡；后半夜，她叫醒赵匡胤守夜，自己睡了一会儿。

好不容易熬到天明。赵匡胤感到肚中饥饿，忙叫店小二送两份饭来。饭食少顷送到，是两碗米，一盘青菜，一盘羊肉。赵匡胤正想举箸，忽然看见店小二眼中飘过一丝慌张的目光。就对店小二说：“来，这些饭菜，你每样先尝一点儿。”那店小二果然更加慌张，说：“客官叫的菜，小的怎敢食用。”赵匡胤道：“让你吃，你就吃。”店小二哪里肯吃，扭头就走。赵匡胤一把揪住，硬把饭菜塞入他的嘴里。不一会儿，那店小二口吐白沫，倒在地上。

卡卡丽吃惊地睁大眼，半天作声不得。她赶忙对赵匡胤说：“谢谢你，谢谢你。”

赵匡胤道：“别客气了，此地不宜久留，快走。”

只听一人在门口哈哈笑道：“二位此时再走，不是已经迟了吗？”

赵匡胤一看，只见一个中年人，黄瘦面皮，双手背在身后，气度悠闲地站在门口。

“你是何人？”

“何人？在下是大汉国缉盗捕快。在旷野中看见有多人被杀，顺着车辙就追到了这里。怎么样，你们还有什么可说的吗？”

卡卡丽走出来，和那捕快耳语了一阵。那捕快脸上似笑非笑：“既然如此，那就先委屈二位，等到把事情弄清楚，定还二位的清白。来人，把这二位先绑起来。”

“已经跟你们说清楚了,怎么还要绑我们?”卡卡丽大喊。

“二位,你们身上有嫌疑。虽然你们说,你们是什么什么人,可是没法证明,是不是?这样,你们先跟我们到官府,待分辨明白,自会给你们一个公道。”

听他这样说,又是一副十足的官腔官调,赵匡胤倒放心了,不再做任何反抗。毕竟,官府不是强盗,官府是讲理的地方。要是惹了官府,麻烦会很大。

赵匡胤二人被装在车上,连眼都被蒙住了。车子轱辘轱辘走了不知多久,赵匡胤在车上迷迷糊糊地也不知睡着没有。只听见有人说,到了。两个人似乎被押进了一个房间,只听见咔嗒一声,门被上了锁,然后,就没了动静。

二、山中

在屋子里待了一会儿,赵匡胤觉得有些不对。因为官府的监牢里,不会如此之静。最奇怪的是,赵匡胤听到了许多鸟在叽叽喳喳地乱叫。这在官府里是不可能的。赵匡胤于是开始大喊:“有人吗?来人!”喊了半天,没有一点儿动静。赵匡胤摸索着,走到墙边,贴着墙,把头上包的遮眼布弄掉了。

赵匡胤走到卡卡丽身后,看了看她手上被绑的绳结,然后让她不要动,自己背对着卡卡丽,用绑着的手,把卡卡丽手上的绳子解开了。然后,卡卡丽又把他手上的绳子解开了。

赵匡胤走到门前,蹲下,一用力,左边的那扇门就被踹掉了。两个人从门里挤出来,一看,原来此处是一座被废弃的庙宇。大殿已经残破不堪,神像也倒了。院子里,有一棵大树。院墙也仅存残迹。他们被关的地方,是此院的东厢房,是此处最好的房子。

赵匡胤带着卡卡丽走出去,只见四周高高矮矮的,都是树木,原来此寺院是在一座山上。是在山顶,还是在山腰,二人都不得而知。

赵匡胤有心下山,去追那伙人。但看看太阳,已经西沉,估计下不了山,天就要

黑。而在山间夜行,不但道路艰险,还容易遭到野兽袭击。赵匡胤正在思考,到底要不要下山,只听卡卡丽嘟哝了一句什么,赵匡胤完全没有听懂。赵匡胤问:“你说什么?”卡卡丽道:“我的哥哥,我想放一些东西在嘴里。”赵匡胤这才知道,她饿了。不但她饿了,赵匡胤也开始感到饥肠辘辘了。因为从早上到现在,他们两个一点儿东西还没有进口。

赵匡胤领着卡卡丽往下边走。走了不远,就看见了一大片水面。水面过深,无法捕鱼。赵匡胤再往前走,就看见一条小溪,这条小溪就是这潭水的源头。再走没有多远,就看见一小潭水,水也不深,水清至底。仔细看,能看见一条条尺把长的鱼,在里面游来游去。赵匡胤折了一根树枝,把它掰断,头上弄得尖尖的,瞅准了,用力一掷,一条鱼就被扎中了。以此手法,一连扎了五六条。当然,用这种工具,必须有武功,一般人是扎不住的。卡卡丽看得眼热,也如法炮制,扎中了两条。

赵匡胤拾了一些枯枝败叶,掏出火石,在石头上击打,只听“砰”的一声,枯叶毕毕剥剥地着了起来。赵匡胤用枯枝穿着鱼,在火上烧烤。卡卡丽觉得太有意思了,也跟着学。不一会儿,烤鱼的香味就弥漫在空气中。二人食指大动。就这样,吃了烤,烤了吃,二人实在吃不动了,才罢休。

吃完鱼,太阳已经落山了。山中的一切,开始昏暗。很多鸟儿,开始叽叽喳喳地归巢。赵匡胤道:“我们也开始归巢吧。”卡卡丽道:“去哪里?”赵匡胤道:“还回房子里,不然,野兽会把你吃了。”

二人在院子里收拾了许多枯叶,堆放在屋子里,躺在上边,还真的很舒服。赵匡胤把门又端好了,用粗壮的树枝顶上。等忙完这一切,天已经黑透了。

入夜,果然有许多野兽。大概是闻到了屋子里有人的味道,有好几只野兽在门上、窗户上又扒又挠。野兽爪子抓挠的声音,清晰可闻。卡卡丽虽然是外国人,但也和中国女人一样,吓得钻进了赵匡胤的怀中。

温软在抱,赵匡胤不由得不动心。恍惚中,他好像又回到了与娥皇在一起的猎人小屋,又回到了和费蕙在一起的麦秸垛中,又回到了与金蝉在一起时荷花盛开的池塘,又回到了与段思弘在一起时的榕树上的小木屋……

第二天，二人醒来时，已经是日上三竿。赵匡胤叫醒卡卡丽，二人结伴，赶紧下山。

三、番禺城中

他们所在的寺庙，原来是在半山坡，离山下不算太远。山下就是一条大路。二人顺着大路往前走，走了半天，忽然就发现了车辙印记。二人大喜，顺着车辙往前走。走了两天，就到了番禺城。番禺城中，多是石板路，车辙印就消失了。

“走，我带你去找一个人，他会帮忙的。”卡卡丽胸有成竹。

赵匡胤知道，卡卡丽既然敢来番禺做买卖，肯定不是第一次来。有些熟人，也是很正常的。

卡卡丽带赵匡胤走到背街的一座院落前，“砰砰”叩门。里面有人开了门，看到卡卡丽，说：“原来是卡姑娘到了，又运了什么稀罕物过来？”卡卡丽道：“一言难尽，快带我见你家主人。”那人道：“主人这两天一直在等你。你再不来，他都要发脾气了。”

赵匡胤随着卡卡丽往里走。这是一座小巧的院落，虽然不大，但亭台楼阁，小桥流水，一应俱全。卡卡丽来到正屋，走进屋内，只见一个清瘦的青年人迎了上来：“卡卡丽，你终于来了。”

“你是在想我给你带来的宝物吧。”卡卡丽说。

“宝物算什么，你才是我日思夜想的宝物。”那人说着，就上前紧紧地抱住了卡卡丽。卡卡丽虽然豪放，但也有些害羞：“我这里还有一个朋友，你猴急什么。”

那人看了赵匡胤一眼，对卡卡丽说：“朋友什么的，等会儿再说。我有紧急军国大事要和你商讨，快，随我到后院去。”卡卡丽道：“真拿你没办法。”转头对赵匡胤道：“赵兄，你且等一会儿，我们一会儿就回来。”赵匡胤无法，只得坐下。仆人献上茶来，赵匡胤一边品茶，一边坐等，心中隐隐觉得不快。

过了半天，那人才和卡卡丽一块儿出来。卡卡丽钗横鬓乱，满脸潮红。赵匡胤看了,心里老大的不舒服。

看来卡卡丽已经将所有的经过,都给这人说了。这人似乎很有势力,好像根本不把丢失货物的事情放在心上。

“你快一点儿去找,找晚了,就真的丢了。我要是赚不到钱,以后就不会再冒着丢命的风险,到你这儿来。”卡卡丽说。

“你急什么?要不,先给你五千两黄金,如何?”

“拿来。”卡卡丽也不客气。

那人一招手,仆人真的端出一大盘黄金来。

“这位赵兄,为了救我,自己的盘缠也丢失了,我要给他一些金子。”卡卡丽说。

“汉子,你随意拿吧。”

“非是在下贪心,实在是在下的包裹中,也有很多金银珠宝。在下还是再等两天,等抓着了贼寇,再拿自己的金银不迟。”

“男子汉,怎的如此啰唆?随便拿,拿完了,你走你的路,我忙我的事。”

见他如此说,赵匡胤只好上前,随意抓了一把金叶子,估计路途上也够了:“多谢,赵匡胤告辞!”

那人哈哈大笑起来:“这汉子够怪,叫个什么筐运,用车运,你不更发财吗?”

赵匡胤心中更是不快。这人似乎踌躇满志,游戏人生,作践别人,也作践自己。成日不愁吃喝,无聊至极,除了恶作剧,就是荒诞胡闹。富家子弟,通病如此。

赵匡胤头也不回,一直往门外走去。卡卡丽跟在后边,倒是一直送到门外。

“请回吧,不要再送。”赵匡胤回身道。

“赵兄,你对我有救命之恩,卡卡丽非常感激。以后要是碰到,卡卡丽仍然感激。金钱、还有别的,你愿意的,卡卡丽不皱眉头。”

赵匡胤本来对她一腔柔情,但看她和男人如此随便,心中不禁后悔万分。但她说这番话,又是出于至情。大概,这就是她和中国人不同之处。

赵匡胤向她施了一礼,转身向北,大踏步而行。走到集市上,又买了一匹好马,包袱中背了些干粮牛肉,一路风驰电掣,往金陵而去。

第十四章

一、生离死别

一路上,赵匡胤专拣大路走,省得节外生枝。他一心只想再见到娥皇,别的没有什么念头。刚进金陵城,只见街上围了一群人。赵匡胤驻马一看,只见一个青年人,愿意卖身为奴,好救父亲的性命。

众人对他虽然同情,但也无能为力。议论了一阵,也就散了。赵匡胤下马一问,这年轻人叫樊若水,竟然是个读书人。但科场蹭蹬,时乖运蹇,始终未能中个举人秀才。自己不善营生,父母又有了重病,于是,只好出此下策。

赵匡胤心中恻然,在包袱里一摸,摸出一个金叶子,递给樊若水:"兄弟,拿去,给老伯治治病,自己再买些粮食,好好读书。"

樊若水伏地大哭:"壮士,你就是我的救命恩人,再生父母。不知恩人高姓大名。"

"兄弟,莫说生分话。在下姓赵,名匡胤。"

"赵匡胤,我记住了。"樊若水擦了擦眼泪。

"兄弟,在下还有急事,告辞了。"赵匡胤说过,跃身上了马,一溜烟绝尘而去。

转眼到了李煜所在的六王府。说老实话,赵匡胤内心一点儿也不愿意再见李煜。那种不适和尴尬,非局外人所能体会。虽然和娥皇成亲,不是李煜的本意,是其父所逼,但赵匡胤却不想再见李煜。人就是这么怪,人的心理,就是这么不好捉摸。有时,人连自己要干什么都弄不懂,更何况去了解别人。

赵匡胤从六王府的守门人嘴里得知,陈抟师父已经于半月前回了华山。因为李弘冀被囚禁,李景遂失踪,已经无人再威胁到李煜的安全,一贯喜欢静修的陈抟,当然不会在这种红尘之地待得太久。

听到师父不在这里的消息,赵匡胤反而有一种如释重负的感觉。师父在这里,他是必须要拜见的。一拜见,就要和李煜见面,这是他最不愿意的事情。现在,师父走了,他终于可以只见愿见的人,而不用再违背自己的内心。

赵匡胤到集市上,买了长绳,又到铁匠铺打了钩子。把这两样东西放在包袱内,又到饭铺,羊肉、面食,尽力吃了一个饱。找了个旅店,倒头便睡。长途奔袭,身体实在太累,不一会儿,就睡得沉沉的。

不知何时,赵匡胤醒来,喝了几口水,就背上绳索,直奔六王府。六王府的墙,自然比蜀国皇宫要低得多,防守也不甚严密。赵匡胤知道,娥皇定是在府后居住,就在后边的两座楼内寻找。第一座楼,业已灯火熄灭,静悄悄的没有任何响动。第二座楼,也是静悄悄的,只有一灯如豆,在陪伴一个瘦弱的美人。侧面看去,不是娥皇又是何人?

赵匡胤轻轻敲了两下窗户,只听娥皇说:“是你吗,门没有上闩,进来吧。”

赵匡胤迈步走进屋内,站在那里,看着娥皇。看着娥皇愈来愈清瘦的面庞,赵匡胤的心,感到一阵一阵的刺痛。

“我夜夜坐在这里,终于把你等来了。”

赵匡胤的双眼,顿时充满了泪水。

“你能来,我就没有遗憾了。能再见你一面,这就是我的愿望。”娥皇的脸上,非常平静。

“你跟我走吧,回到中原,咱们就成亲。我负你实在太多,要加倍对你好。”

“晚了。我既然嫁给了六王子,就得跟他一辈子。不然,丢了皇家的脸面,会连累到我父母,也会连累到你的父母,我们都不会有安定的日子。”

“跟我走吧，我会连你的父母一块儿接走。”

“我的父母对皇上忠心耿耿，他会随你走吗？你把事情想得太简单。什么是皇家，你还真的不知道。你只要得罪了皇家，别说没有好日子，就连你和家人的性命，也难以保住。在他们看来，只有他们是人，别人，只不过是一只蚂蚁。一只蚂蚁和人斗，只有被碾死的命。”

“你赶快走吧，让人看见了，你会立刻没命的。”娥皇说着，忽然用手捧住了嘴，似有呕吐之状。

“你，有身孕了吗？”

“有又如何，没有又如何，干你甚事？”

赵匡胤无话可答。

“你走吧。”

“我不走，不将姑娘救出，我不走。”

“道理我已经和你讲过了，你要想害死我父母，你就在这里。”

“娥皇！”

“你再不走，我就立刻从这窗户跳下。”娥皇说着，就去开窗户。

“娥皇，我走，我立刻就走，好吗？”

“这才是我的赵郎。记住，妾虽然不能和你在一起，妾的心，永远跟随着你。你走吧，妾的心，和你一起走，好吗？”娥皇说到最后，伏在桌子上大哭起来。

赵匡胤悲痛至极，却也无话可说，转过身，迅速离开了六王府。

二、家中

第二天，赵匡胤快马加鞭，一路不停歇，没过几天，就回到了东京家中。看到鸡儿巷家中那熟悉的门楼、房屋，赵匡胤长出了一口气，终于到家了。

赵匡胤的归来，使家中一片欢腾。金蝉已经为赵匡胤生了一个大胖儿子，取名

叫德昭。赵匡胤拜见过母亲,金蝉马上把德昭抱过来让他看。只见德昭胖乎乎的,两个脸蛋鼓鼓的。赵匡胤道:“母亲,这孩子像咱赵家的人。”杜夫人道:“废话,不像咱家人,还能像别个不成?”

接着,赵匡胤就向母亲述说了自己如何见到外祖母、舅母,还有表妹的情况。以及舅舅如何惹下祸端,自己如何解救。听得匡义、匡美大眼瞪小眼,羡慕得直舔嘴唇。匡义道:“哥,你真的一个人撂翻了一群人?”赵匡胤道:“这还有假。”匡美道:“哥,下回你去外祖母家,带着我。”

“我那兄弟,还是这么不长进。”杜夫人叹了口气,“你外祖母身子还硬朗?”

“外祖母硬朗,能走、能吃饭,还主持家政呢。”

“这就好。多年不见你外祖母,几时能把她老人家接来,才遂我愿。你那丽蓉表妹,算起来比你也小不了几岁,出嫁了吗?”

“孩儿正想向母亲禀报此事。孩儿救了外祖母和舅母,外祖母和舅母非得让孩儿和表妹成亲。孩儿说,要回家禀报父母。外祖母说,有她做主,不用禀报父母。孩儿无奈,只好成了亲,现在回家,来向母亲请罪。”

“既然是你外祖母有命,成亲也就成吧。亲上加亲,也没有什么不好。”

赵匡胤偷偷看看金蝉,见金蝉脸上一点儿表情都没有。

“哥,你是无奈,还是心里偷着乐,乐享其成?”妹妹匡兰快言快语。

“小妮子,就你话多。明天,我就给你找个婆家,正好有个恶婆婆,一天打你三顿。”赵匡胤吓唬她。

“你在外这么多天,一直在外祖母家住着?”杜夫人问。

“当然不是。”赵匡胤于是把自己如何救了柴荣,如何为韩员外治病,如何救了蜀国的皇帝、皇太后,如何到了大理国,如何又从南汉国回到了中原,讲了一遍。当然,里面的女主角,一概隐去。饶是如此,大家听得都吃惊得不得了。

“匡胤,这一切都是真的?”杜夫人问。

“孩儿有天大的胆子,也不敢欺瞒母亲。”赵匡胤道。

“要是这样说来,吾儿还是有些本事的。”

“哥,你不是在吹牛吧?”匡美瞪大了双眼,看着哥哥,像不认识似的。

“哥,你为他们做了这许多事,他们没有封你做个官?”匡义问。

“封了。哥就是想当侯爷,也能做成的。可是,哥不想在他们那里做官。”

“为什么?难道他们那里的官,不给俸禄?”匡义问。

“当然要给俸禄。”

“给俸禄,你为何不当?哥,你是不是傻了。你要知道,现在当个官有多难。”匡义叹口气,“我现在都快二十了,想找个事做就是找不到,没人要。凡是个官位,都有人做上了。求咱父亲,你知道他那脾气,根本就不愿意张口求人。”

“咱全家,现在就靠父亲的俸禄过活了,成天连个羊肉都舍不得买。哥,你不愿当官,跟他们要些金银,也是好的。”匡兰说。

“你们哥哥,只会为你们娶嫂子。这趟出去,要是只娶了一个表妹,那就不是你哥!”金蝉终于发话了。

赵匡胤心头一震,他不得不佩服金蝉对他的了解,同时,心里也涌出了一丝对金蝉这个师妹的愧疚。

“说到金银,我还真的带了一些回来。”赵匡胤拿下包袱,解开。

一包袱金叶子,让全家的眼都花了。匡美首先欢呼起来:“咱们家发财了,可以买羊肉吃了。”匡兰也说:“买些羊肉,再买些果子,再买些丝绸做的新衣服,还要买头花、首饰。”

“哥,你带来这些金子,固然好,可是,还是不如做官。这些金子,花完了就花完了,要是做了官,那可是月月有。说不定,人家求你办事,还要给你送金银。”匡义年纪不大,但是很稳重,很老成。

“好了好了,你哥长途跋涉,就让你哥回去歇息吧。”

回到房中,赵匡胤对金蝉说:“师妹,你一个人在家,我没有陪你,让你受苦了。”

金蝉的眼泪,一下子就下来了。

“瑞瑞,不哭。”赵匡胤把她搂在怀里,为她轻轻拭泪。谁知道,金蝉哭得更厉害了。

“师妹,是我不好。要不,你打我两下。”

“有老婆怀了孕,丈夫不辞而别,到外面寻花问柳的吗?”

“师妹,我也是出于无奈。”

于是,赵匡胤就将皇帝如何将两个女妖精硬赏给自己,自己如何不想要,把她们送到吕兴镇,又如何发现蜀国奸细,然后一路向西追杀,说了一遍。

“说,这一路,到底有多少风流事?”

“哪有。”

“不说是吗? 现在不说,以后不准进门。”

赵匡胤无法,想了想,只好把韩素梅的事说了。至于娥皇、费蕙、段思弘,还有卡卡丽,反正是娶不来的,干脆不说。大丈夫能说则说,不能说,则坚决不说,这叫拿得起,放得下。

虽然只坦白了两个,金蝉免不了又是一场哭闹,在赵匡胤怀里哭个不住。赵匡胤先是劝,后来就改变了劝的方式,用手劝。劝来劝去,就把她劝到了床上。

公平地说,床是个好东西,可以让人消除疲劳,可以让人精神放松,可以让人感到人生的可爱。

赵匡胤和金蝉的矛盾,在床上得到了圆满解决。金蝉的气,全消了。而赵匡胤,也得到了金蝉所授予的最高荣誉称号:真不要脸。

“咱们的儿子,不应该叫德昭。”

“那该叫什么?”

“应该叫荷塘。”

一句话,羞得金蝉满面通红。她不禁想起了吕兴镇的那个荷塘,那个如梦如幻、激情难耐的时刻。

“说你不要脸,你还真的不要脸。”金蝉朝赵匡胤脸上,狠狠地拧了一把。

第十五章

一、投军

过了一段时间,匡胤在家中又坐不住了。他听慕容延钊、韩令坤的家人说,两个人早就在军中立了功,而且还做了什么官,每月都有大把的银子赚。家里人都吃得香喷喷的,穿得人五人六的,自己过得舒服,别人也看得起。自己当然也可以去博戏,挣的钱也够吃,但终非正路。自己一身好武艺,在蜀国、大理等地都能立功,为何在中原就不能立功?到战场上三锤两火,挣个官位,不但能贴补家用,以后还能帮匡义、匡美找个事情做。想到这儿,他就下了决心,和母亲、金蝉商量。两个人自然不同意。到战场上玩刀玩枪,可不是什么好事。两个女人哭得笛子喇叭的,死活不答应。

既然母亲和妻子不答应,匡胤就想暗地出走。"同为将门之子,为何别人能出战,独我不能?离了父亲,我就从不了军吗?"想到此处,匡胤偷偷拿了些银两,带了几件衣服,竟然出外投军去了。向西走了几日,向路人打听,此地可有朝廷军马?路人道:"有郭元帅在此驻扎。"匡胤谢了,心中欢喜,加紧前行。走不多远,果见一座营盘,门外有士兵站岗,营盘中央,有一杆"郭"字大旗,迎风招展。匡胤来到营门,施了一礼,道:"请问,郭元帅可在吗?"士兵道:"你是何人?找郭元帅有何事?"匡胤道:"我乃都指挥使之子,姓赵,名匡胤,到郭元帅处,前来投军。"兵士道:"既是将门之子,烦你等候一下,我替你通报。”

那郭元帅就是柴荣的姑父郭威,听说是将门之子前来投军,十分喜欢,立刻请进。郭威受汉隐帝之命,前来讨伐叛贼。郭威少时,其母早死,由姨母养大,十八岁就投效军中。郭威长得身材魁梧,臂力过人,人皆惧怕。有一屠户,是一著名的无赖,动辄与人拼命,众人没有不怕他的。郭威听说了,就专门去买肉,骂他肉切得不好。屠户道:“你小子是来老虎头上蹭痒吗?”郭威道:“你一个杀猪的,有何能耐,竟敢欺压众人,别人怕你,我却不怕你。”屠户拍胸道:“别人怕我,是老子比他们有种。你要让我怕你,不难,只要你比我有种,我就怕你。”郭威道:“怎样才算有种?”屠户“当啷”一声,将一柄杀猪刀丢给郭威,然后露出肥肥的大肚皮,拍着说:“来,把刀刺到我肚里,杀了我,我就服你。”

郭威捡起刀,心中十分犹豫。与他无冤无仇,只为争口闲气就杀人,毕竟说不过去。因此,拿刀僵在那里。屠户此种事经得多了,哈哈大笑道:“怎么样,小子,怯了吧?不杀我也行,快跪在地上叩三个响头,叫三声亲爷。”

郭威是个热血汉子,顿时热血涌上头顶。屠户的跋扈激起了他的豪气,他大吼一声道:“你真的不想活了?”屠户要横惯了,从不示弱,也大吼道:“老子就是不想活了,你杀呀,你杀呀!”

郭威朝看热闹的拱拱手道:“列位,这厮横行乡里,无恶不作。今日他自要寻死,我只得为民除害。打官司时,烦众人做个证!”屠户大吼道:“少啰唆,没种就快跪下!”郭威红了双眼,拿刀尖在他肚皮上划拉了两下:“你真不怕死?”屠户冷笑道:“小子,少吓唬我。你这号的我见多了。怕死,你爷我也不能威霸一方!”

“好,不怕死,我就成全你!”郭威手腕一硬,用力往他肚皮上一插,众人“哗”的一声,都跑了。那屠户如一堆烂泥,轰然坠地。后亏得上司怜其武勇,又因他杀的是一恶人,才没有治罪。

郭威见匡胤生得高大魁梧,体格健壮,先有三分喜欢。问他:“你说你父是都指挥使,又说你姓赵,你可是赵弘殷之子吗?”匡胤道:“正是。”郭威道:“你为何不随父出征,而来投奔我?”匡胤道:“父亲不愿我再充武将,所以不得随父。”

“那，你习过武吗？读过书吗？”郭威问。

“武是自幼便学，书也读过，只是不精。”

“好，你就留在我这儿。以后等有了功劳，我一定会重用你。”郭威对匡胤十分客气。

赵匡胤又打听到，柴荣也在此处。原来柴荣自从和赵匡胤分手后，就来投奔了姑父。他为人机灵，善于精打细算，为郭威办了不少事情。郭威的粮草银钱，都一律由柴荣掌管。加上郭威与柴荣的姑姑感情分外不同，所以，对柴荣这个妻侄也渐渐有了感情，简直就像自己的儿子一样。赵匡胤于柴荣有救命之恩，二人又对脾气，所以，在郭威军中，赵匡胤如鱼得水。唯一让赵匡胤感到意外的是，石守信的仆人韩通也来到了军中。那厮当管家当惯了，办事勤快、有眼色，再加上有些武艺，颇得柴荣和郭威的赏识。赵匡胤对此人不喜欢，但也说不出人家有什么不对的地方。自己的舅舅欠了人家的赌钱，自己一说，人家就不要了，也不能说不给面子。何况，每次见面，人家都恭恭敬敬，自己也不好再说什么。虽然不愿意和他见面，不见就是了。闲暇时，就和柴荣喝喝酒，聊聊武艺，日子倒也过得不错。

二、死里逃生

郭威在外奋力征讨，屡建奇功，却引起了隐帝的不安。隐帝即位时，年方十八岁，所以一帮老臣虽无异心，却不大听他的话。隐帝偏偏又十分讨厌别人扼制他，顶撞他。大臣史弘肇与郭威是旧交，与王章等一起管理财政。弘肇耿直过甚，常以己意来纠正隐帝之失。太后的弟弟李业想当宣徽使，被史弘肇等人顶了回去。隐帝喜欢听音乐，赐伶人以锦袍玉带，史弘肇含怒上奏：“兵士在外流血苦战，尚没有得到一点儿恩赐，伶人们倒得到了这些，陛下如此做，难道能够称得上公允吗？”

“伶人深得朕心，赐一些东西又有何妨。”隐帝深不以为意。

“依臣之愚见，陛下少说话为好。凡事臣子们自会商量出一个好办法，陛下何

必多费心思呢?”史弘肇是老臣,对隐帝十分不客气。

“到底你是皇帝,还是我是皇帝?你,你太不像话了……”隐帝气得手直哆嗦,指着史弘肇。史弘肇等叩了一个头,出去了。

隐帝退入后宫,兀自气愤不已。一帮宦官、外戚正因史弘肇、王章等大权独揽,不能升迁而怨恨不已。此时乘机对隐帝说:

“史弘肇他们如此跋扈,早晚要叛乱,依我们看,不如将他们杀了,以绝后患。”

次日早朝,隐帝埋伏武士于殿内,史弘肇、王章刚进殿门,就被武士乱刀砍死。

隐帝杀了史弘肇,又因郭威与史弘肇交情甚厚,怕其趁机造反,乃遣密使教澶州节度使李洪义杀郭威。李洪义接到密诏,左思右想,觉得郭威无有罪过,又手握重兵,杀之不易,万一不成,反害了自己性命。想来想去,就秘密派人将此事告诉了郭威,并声明自己不愿奉诏。

郭威闻得史弘肇被害,已是悲痛万分,又得知皇上要杀自己,更是伤心至极。他召集将士道:

“我很小的时候,就为国征战。因为有了一点儿功劳,所以才升到现在这个职位。先皇驾崩,嘱托我好好辅助幼帝,我自问我是尽了心的。谁知史弘肇、王章等老臣先被奸臣所害,现在,皇上又派人来杀我。既是皇上要杀我,我做臣子的也没有办法。你们杀了我,拿我的首级,去请功吧!”郭威说着,声泪俱下。

“元帅千万不能死。元帅一死,朝中大政全为奸臣所操纵,国家会成为什么样子!”赵匡胤大声说。

“对,元帅不能死。我们有众多将士,应杀往东京,清除奸臣,为史大人、王大人报仇。皇上现在必是被奸臣所挟持。”郭威的妻侄柴荣也大声附和。

“对,元帅不能死,我们要发兵,清君侧!”众将士齐声响应,声如雷震。

“好,既然大家同心协力,那我们就杀净奸臣,报效国家!”

两日后,军至澶州。郭威刚在营中坐下,忽有军士来报,捉得奸细一人。郭威道:“着柴荣、赵匡胤将此奸细仔细审问,看其所为何来。”顷刻有报,原来此奸细乃隐帝所遣的宦官,意在窥探郭军动静。柴荣、赵匡胤进见,言应将此宦官诛戮,以示

与奸贼誓不两立,同时也可鼓舞士气。郭威道:“且先带他上来。”

宦官被捆得像个粽子似的,已被打得遍体鳞伤,见了郭威,睁了一下眼,又闭上了。郭威忙起身前去,为他松了绑,又拿椅子给他坐。小宦官受此礼遇,顿时消失了敌意,竟有些惶惶不安起来。

“你真是皇上的亲臣吗?”郭威和颜悦色地问他。

“是,是。小的是皇上跟前的宦官鹫脱,奉皇上之命,来侦探军情,不承想被元帅俘获,只求速死。”

“呃,说哪里话来,我们本是一家人。你的皇上,也是我的皇上。只因奸臣把持朝政,枉杀了史大人、王大人,所以我才兴兵,来清君侧。你是为皇上好,我也是为皇上好呀。”

“那,元帅能放我走吗?”

“怎么不放你走呢?只是烦你为我带一份奏折给皇上,我实在是有不得已之苦衷啊。只要皇上能诛戮奸臣,我就是肝脑涂地,也心甘情愿。”郭威道。

“郭元帅所托,敢不从命。只是奏折上别有什么违碍言语。皇上天威难测,倘惹他不高兴,我性命仍然难保。”

“你放心,我可先念与你听。”郭威拿过奏折,念道:

“臣发迹寒贱,遭遇圣明,既富且贵,实过平生之望。唯思报国,敢有他图?今奉诏命,忽令李洪义杀臣。将士不肯行刑,逼臣赴阙。臣自思无罪,必有人进谗。今鹫脱至此,特写此表,以表臣心。若陛下能将进谗言者缚送军前,则三军必称陛下圣明。”

鹫脱拿了郭威的奏折,回京去了。刚走没有多远,只听得马蹄声嘚嘚,有人从后面追来。鹫脱吓坏了,以为郭威改了主意,要杀自己,就拼命打马,往前猛跑。只听后边叫道:“上使莫慌,我是郭元帅的监军王峻,有事情与你说。”鹫脱听了,方才把马停住。

这王峻是相州人,天生一副好嗓子,歌唱得很好。后梁贞明初年,相州节度使张筠看他聪明伶俐,就把他收在身边,没事了,就和他聊聊天,让他唱两句。后唐代

替了后梁,王峻又找了三司使张延朗为靠山。后汉代替了后唐,王峻彻底攀上了高枝,为后汉高祖刘知远所赏识,当上了内客省使,加检校太傅,转宣徽南院使。汉隐帝继位,他也颇受赏识,当了郭威军的监军。

王峻追上鹫脱,把一封奏折递给他:“麻烦上使将此奏折转给皇上。郭威军上下皆有反心,望皇上早做图谋。”鹫脱大喜:“监军忠心耿耿,咱家一定向皇上转达。”

王峻这人,聪明得过了头,他有自己的小算盘,而且其志不在小。他以优伶之身,逐渐跻身高位,野心也越来越膨胀。他见乱世之中,多少人都骤得富贵,因此心中痒痒,总想捣鼓点事出来,好浑水摸鱼。他现在向汉隐帝说郭威的坏话,在他看来,实在是一石二鸟。郭威和皇上斗起来,皇上胜了,自己是忠臣,定要受到重用。郭威胜了,自己也可随着郭威建立新朝,说不定能弄个更大的官当当。所以回到军中,王峻到处煽动,说皇上要把郭威军斩尽杀绝。大家正在气头上,见监军也这样说,更是群情激愤。同时,见监军也和朝廷不一心,更加坚定了造反的决心。郭威没想到作为监军的王峻会这样支持自己,心中也充满了感激。

隐帝看了郭威的奏折,尤其是看了王峻添油加醋的奏折,勃然大怒:“郭威可恶,竟敢要挟于朕,我若拿住郭威,定将他碎尸万段!”

李业奏于隐帝道:“郭威家属,现在京中。陛下何不先把他们抓起来,以示对郭威的惩处?”隐帝道:“抓什么,杀!凡与郭威有牵连者,格杀勿论!”

李业派兵,迅速包围了郭威宅第。郭威原妻柴氏,为柴荣姑母,已病死。郭威续妻张氏,儿子青哥、意哥,侄儿定哥,柴荣妻刘氏及其三个儿子,一齐被捉。赵弘殷、杜夫人、赵匡义、赵匡美,还有金蝉等人,竟然一股脑儿被绑到了法场。最可笑的是,连忠心耿耿的王峻的家属,也被押到了刑场。因为李业并不知道王峻王大人忠心耿耿呀。何况,皇上又没有说。

石守信闻听此信,赶忙跑到汉隐帝的御花园,汉隐帝正和一帮女乐嘻嘻哈哈,玩得不亦乐乎。听说石守信求见,不禁动了赌瘾,叫快一点儿进来。要是别人,此时还真见不到皇上。

“皇上,臣求您一件事。”趁汉隐帝博得正高兴,石守信开了口。

“说。”

“皇上,赵匡胤的家属被抓了,已经押到了刑场,要杀头。”

“谁让他随郭威这个反贼造反,他全家死了,活该!”

“皇上,郭威造反,他全家该死。但赵匡胤他们这些小军,可是当的朝廷的兵。他们家属在京城,肯定不愿意造反。朝廷要是把赵匡胤这些人的家属都杀了,他们肯定要铁了心跟郭威,和朝廷作对。要是不杀他们,他们就会感激皇上。到时郭威就是要造反,也只剩下一个人。皇上一箭,就把他射死了。”

“你说的也不是没道理。不过既然押到了刑场,就得杀。不然,朝廷没面子的。”汉隐帝说。

“皇上,赵匡胤家属不能杀。他可是陈抟师父的爱徒,他的妻子也是陈抟师父的爱徒。”

“陈抟师父也不行,这是朝廷的事情,和陈抟师父无关。”

石守信真的一点儿办法也没有了,急得头上汗珠都出来了,也是急中生智,他忽然想到了一个说辞:“皇上,赵匡胤的博术可是好得很,能让皇上开心。皇上要是把他的家人杀了,以后他和皇上成了仇敌,皇上就再也没有机会和他博戏了。和赵匡胤这种高手博戏,真的很过瘾哪。”

汉隐帝刘承祐是和赵匡胤玩过的,那种险中求胜的快感,是别人不能给予的。想了一会儿,汉隐帝终于发话了:“既然这样,就饶了赵匡胤家属吧。”石守信一听,赶紧随着太监一起,去刑场传旨。

赵弘殷全家被赦免,每个人都汗透衣背。这下,大家都体验到了乱世的可怕。匡义的脸变得纸一样白。一回到家,杜夫人放声大哭。自己和老头子死了,倒没有什么,反正也活到这把年纪了。可一想到自己的子女、儿媳、孙子也差点绝命,老太太越想越后怕。赵弘殷也受震动不小,但嘴上还是一个劲儿地说:“莫怕,莫怕,还是皇上圣明。没有英明的皇上,我们全家就没命了。”

李业不分老幼,一股脑儿都绑赴法场,统统杀掉。连忠心耿耿的王峻王大人的

家属,也尸横刑场。观者见杀的都是妇女、幼儿,无不心痛落泪。

家属遇害事传至郭营,将士们个个义愤填膺。郭威更是悲愤莫名。柴荣含泪对众将士道:“若破了京城,你们可随意,想拿什么拿什么,碰到奸党,格杀勿论。”

“元帅,京中家属遇害,军中却有一人,他的家属被绑到了刑场,最后被赦免了。在下认为,此人必定是朝廷奸细。”王峻向郭威禀告。

“这个人是谁?”郭威的脸上,仿佛结了一层寒冰。

“这个人就是赵匡胤!”王峻尖声喊道。

“赵匡胤? 这人一脸的忠厚,想不到竟然是奸细。来人,把赵匡胤这个奸细捆了,杀了他,放炮,出兵祭旗!”郭威下令。

元帅命令,谁敢不从。赵匡胤被拖出队伍,捆得结结实实。

郭威一招手,只听“嗵嗵嗵”三声炮响,震得地面都在震动。军中两个刽子手,一人灌了一碗酒,举起明晃晃的刀子,就要行刑。

“且慢!”柴荣见事情危急,赶紧出列制止。

“柴荣,归列!”

“元帅,末将以性命担保,赵匡胤绝不是奸细!”

“元帅,赵匡胤做奸细,证据确凿,不要再犹豫!”王峻火上浇油。

“元帅,千万不可!”柴荣喊道。

“还迟疑什么,行刑!”王峻冲着刽子手大喊。

刽子手看着郭威。郭威将手扬起,只要手往下一落,赵匡胤就人头落地了。

“元帅!”柴荣将佩剑拔出,架在自己的脖子上,“赵匡胤救过末将性命,末将深知其为人,他绝对不会是奸细。末将和他义结金兰,不求同日同时生,只求同日同时死。元帅如果要杀赵匡胤,末将愿随他而去。”

郭威与柴荣的姑母情深义重。柴荣精明能干,又是郭威的义子。郭威见如此,只好下令,先羁押赵匡胤,待事情分辨清楚,再做处置。如若是奸细,定斩不饶。王峻还要饶舌,郭威一挥手,大军就起动了。

三、郭威代汉

郭军逼近东京城，隐帝御驾亲征，迎战郭威。郭威军满含悲愤，奋力冲杀。赵匡胤执一根盘龙棍，东西驰骋，见人就打。其他将士亦奋勇上前，隐帝军队士气低落，竟然抵挡不住。有些将军等弃了隐帝，来投奔郭威。都是旧时相识，郭威好言安抚，大家自然握手言欢，表示要共诛奸贼，以卫家国。

隐帝见自己所率军队溃败，领了一群随从，慌不择路，没命乱跑。至东京北郊赵村，隐帝坐骑腿一软，跪在地上，竟将隐帝掀下马来。此时跟随隐帝者，只有数骑。隐帝垂泪道："大好社稷，不承想弄得如此模样。将士不效力，朕亦毫无办法。只待平定之日，朕定要将溃逃之人，依法严惩，否则，国威何在？"

隐帝尚未说完，只见一人睁圆了双眼，怒喝道："事已至此，陛下不思己过，还埋怨手下将士。郭威所痛恨者，就是陛下本人。若陛下不滥杀无辜，郭威如何能发兵？我等如何狼狈如此？"

"郭允明，你想造反吗？"隐帝从未遭人如此藐视，不禁也大怒起来。

那叫郭允明的将军，此时一点儿也不惧怕，喝道："郭威大军已将我们四面围住。我们左右也是个死。既如此，不如杀了你，为郭威立此功劳，或可活命。"说着，挺刀直杀向隐帝。隐帝见他真的杀来，吓得两腿发软，想跑，又跑不动。旁边有几将喝道："郭将军不可如此！"郭允明哪里肯听，一刀就砍下了隐帝的头颅，提在手中。

郭威率大军进逼东京。忽然瞥见高坡之上，有隐帝的旌旗。郭威道："天子可在吗？"左右道："天子早逃遁了。"郭威忽然悲从中来，解了盔甲，下马对着旌旗拜了又拜，哭道："愿上天保佑吾皇无事，郭威只不过要诛杀群小，若惊了圣驾，可担当不起。只要吾皇无事，郭威就是不要性命，也心甘情愿。"左右赶忙来劝，谁知郭威越哭越痛，左右皆迷惑不解。

正痛哭间，忽有人报，郭允明已杀隐帝，带帝头颅前来投诚。郭威闻言，霍然站起："带郭允明上来。"

郭允明得意扬扬，见了郭威一抱拳："郭老将军，末将不才，已将你的仇敌手刃。将军可速去东京，承继帝位。"

"这厮胡言乱语。我起兵是来保护吾皇，诛杀群小。这厮犯有弑君之罪，来人，给我拉下去，砍了。"

"郭威，你休装好人。事已至此，天下人谁不知你心思？我不杀这小皇上，你如何继位？你怕担弑君之名，我郭允明替你承担。不谢我倒也罢了，怎么反要杀我？你以为如此，就可瞒过天下人吗？我不是怕死，只是觉得你多此一举。"郭允明冷笑道。

"少听他废话。将这乱臣贼子，拉下去杀了。"

"哈哈，我杀了一个昏君，帮了你一个大忙，倒成了乱臣贼子。你郭威是忠臣。可是忠臣迟早是要做什么太祖、高祖的。既然要杀我，不劳你这位新君动手。"郭允明说着，拔出剑来，向颈上一横。

郭威见郭允明已死，命将他好好安葬。又将隐帝尸身、尸首凑全了，用针线缝合，好好地安葬。

郭威至东京，欲从玄化门入，谁知城上有人坚守，箭射如雨。郭威无法，只得改从东北迎春门入。军士一进东京城，见店铺内货物琳琅满目，就开始大肆抢掠，甚或有举火烧屋、奸淫妇女者。一时间哭声震耳，一片混乱。郭威到了东京自己的宅第。见房屋虽在，但妻儿俱已被杀，不禁泪如泉涌。柴荣想起自己被杀的妻儿，也不禁哭个不住。

王峻随大军进了城，骑在马上，顺着大街前行。看到士兵们在烧杀抢掠，他不但不以为怪，反而嘴角上浮现出一丝笑容。他心里已经有了算计。他没有多带人，只带了三十多个士兵。他不在大街上停留。他知道，店铺里最多也就是些粮食、布匹，日常用品，没有什么油水。

王峻带着士兵，直扑皇宫以东的界身巷。东京城的几个富户，可都在这里住

着。

由于身处乱世,东京城的富户都修了高大的围墙,坚固的院门,还有护院的家丁。不然的话,家产早就被抢光了。

王峻带着人,来到一座高大的门楼前。这是东京首富申炳耀的住宅。申炳耀祖上在唐朝做官,家中富得流油,十多年前,才从洛阳搬到东京。所以东京有童谣说:“张家的房,马家的墙,申家的银子用斗量。”张家、马家是东京另外两家富户,一家的房子好,一家的院墙用石头砌的,契丹兵在后晋时攻破开封,也没有攻开这几家富户的院子。当然,最后是托人讲和,拿了几百两银子了事。

“院子里的人听着,在下是郭元帅的监军王峻。到你们这儿来,是要和你们申员外商议事情,快快开门!”

王峻喊了几声,不一会儿,院墙上出现了一个年老的家人,冲着王峻喊道:“是王大人哪,对不住得很,我们家员外去洛阳了。王大人有事,改日再来。我们员外回来,会去登门拜访王大人。”

“在下有紧急公务,和你家主母说,也是一样的。”

“主母也去了洛阳,请王大人回去吧。”

“快开门,不然,我们要硬闯了!”王峻倒是个急性子。

“你们硬要我们开门,咱们只好刀兵相见!”家丁大喊,意在吓退王峻他们。

王峻大声喊道:“小的们,申家人违抗天命,不服号令怎么办?”军士们暴雷似的答应了一声:“烧嘛,把他们全家都烧死。”申夫人这时到了院墙上,对王峻说:“王将军,我们是遵纪守法的良民,你也是朝廷的命官,怎么能够这样对待百姓!”王峻道:“我们奉上命,来到贵府办事儿,你们竟然推三阻四,连门都不开,该当何罪。”

申太太冷笑道:“王将军,要是这样,我们就没什么可说的了。”说着,就下了院墙。王峻道:“怎么办?”士兵大喊道:“烧,把他们的大门烧掉。”正说着,有几个士兵已经拿来了火油,还有柴火,堆在申家的大门下,一时间浓烟四起,木制的大门怎么能经得烧呢?申家人也急了,家丁全部上墙,嗖嗖地往下放箭,士兵有的中了箭,大喊大骂。王峻也急了,命令士兵躲在院墙下,一边加紧放火,一边用木棍砸大门。

一会儿大门便被攻开了，士兵们一拥而进，顿时家丁和士兵们战成一团。

家丁毕竟没有受过正式的训练，怎挡得住如狼似虎的士兵。不一会儿，家丁们便尸横遍野。剩余的人，也都被绳捆索绑，扔到了地上。王峻一挥手："申家人勾结匪徒，图谋不轨，现在我要籍没他的家产，弟兄们动手。"刚一说完，士兵们就迫不及待地动了手，顿时翻箱倒柜，一片鬼哭狼嚎声。申夫人气得大骂："王峻，你丧了天良，早晚会得到报应。"王峻听了，拿过刀子，一刀将申夫人劈死在当地。申家的小儿子，也在那儿与士兵搏斗，王峻也一刀结果了他。申家只剩下一个十三四岁的申小姐，在那里呜呜地哭个不住。王峻看了，顿时欲火中烧，也不管士兵在外，拉着申小姐就往里屋走。申小姐百般反抗，也无济于事。通过这次抢劫，王峻得到了大批的财产，和那位漂亮的小姐。

王峻如法炮制，又抢了几家富户，除了一少部分用来赏赐士兵，剩下的金银财宝通通收入自己的囊中。王峻一下子从一个穷光蛋变成了富可敌国的富户。

士兵们掂着大小箱笼包袱凯旋。路过鸡儿巷，见一座高大门楼，甚是巍峨。王峻道："军士们，再弄些金银，可好？"有士兵道："王监军，算了吧。这是赵弘殷的住宅，赵弘殷现在是朝廷命官，他儿子赵匡胤也在咱们军中，且与柴荣将军交好。抢了他家，每人面皮上不好看。"王峻冷笑道："我当是哪个，原来就是奸细赵匡胤家。他是军中奸细，本应该斩首，被有些人护短枉法，逃得了性命。现在，我们要他们家一点儿银子，不要他的命，算是对他客气。军士们，敲门！"

虽然有王峻的命令，士兵们却无有一个敢上前。赵匡胤在军中，平素对人也是极好的，里面的士兵，有五六个和赵匡胤是好友，常在一起饮酒谈心。有几个还拜在了赵匡胤名下学武，平日里见了赵匡胤，都是喊师父。

王峻见状，愈加恼怒，对自己的亲信士兵喊道："给我砸门，得了金银，都是你们的，我一分不要。"士兵见监军铁了心，谁敢不遵，何况又利欲熏心，遂上前嘭嘭砸门。其中有两个和赵匡胤最好的士兵，见拦不住，就偷偷趁乱开溜，跑到军营，去给赵匡胤报信，赵匡胤尚因奸细一事，在囚禁之中，于是，这两人又去找赵弘殷。

此时的赵府，只有杜夫人和一帮女眷、孩子们在家。匡义还算是个小伙子，匡

美却还小。听到砸门声，赵府倒也没有畏惧，把大门“哗”的一声，开得敞敞的。

杜夫人拿了把椅子，坐在当院，其他人，都站在杜夫人身后。王峻他们见到这种阵势，一时间还真的心里有些发怵。

“请问各位，到寒舍中，有何贵干哪？”杜夫人先开了口。

“朝廷征战契丹，需要各户筹措军费。士兵们不能光为你们拼命，也要养家、穿衣、吃饭。”王峻也能言善辩。

“你们保家卫国，流血流汗，大家出些钱，也是应该的。”杜夫人显得十分通情达理。

“都像夫人这样，那就好办了。”王峻没想到杜夫人会这样说。

“你们想要多少钱哪？”

“不多，一万两银子就可。”

“这位将军，请问，你一年的俸禄是多少？”杜夫人问。

杜夫人一下子把王峻问住了。王峻虽然也算高官，但一年，也弄不了几个银子。

“我们赵家，不是生意人家，靠的是老头子和大儿子在军中的俸禄。他们父子两个，和你们一样，同在军中，这银子我们能不能拿出来，你们应该知道。将心比心，你们家能拿得出吗？我老婆子通情达理，相信各位军爷也会通情达理。今天各位到此，都是自己人，我老婆子情愿拿出一百两银子，给各位做个茶钱。请各位万勿推却。”

杜夫人一番话，入情入理，说得士兵们都不好意思了，嘀嘀咕咕地转身欲走。

“赵匡胤做了朝廷的奸细，从昏君那里不知捞了多少银子。休听这老太婆花言巧语。兵士们，给我搜！”王峻大喊。

“这个地方，不是你们想搜就搜的。谁能打得过小女子，谁就可以去搜。”

金蝉一纵身，从人群中飘出，站到了士兵面前。

金蝉这手功夫一露，士兵们都被吓住了。任凭王峻怎么喊，都没有一个人敢上前。王峻这脸丢大了，催促着两个有些武艺的亲信，硬着头皮上前。还没有几回

合,就被金蝉点了穴,僵在了当地。

王峻走也不是,攻也不是。豆大的汗珠,在脸上滚动。正在此时,赵弘殷回来了,众士兵一看,更是垂头敛手,站在一旁。

“想不到王监军竟然能光临寒舍,真的让寒舍蓬荜生辉。”赵弘殷回头向家丁喊,“贵客来临,怎么不请到屋内奉茶。”大手对王峻一挥,“王监军,请!”

王峻倒也识趣:“公务繁忙,不再叨扰。兵士们,走!”说着,带着士兵一溜烟走了。

王峻其志不小。虽然在赵匡胤府上,弄得灰头土脸,但他并不在乎,他压根儿也没有把赵匡胤这种低级军官看在眼里。抢来的金银,他并没有藏起来。而是今天请这个将军吃饭,明天请那个将军吃饭;今天给这个将军送几千两银子,明天又给那个将军送几千两银子。一时间,郭威军中,有关王监军的好评如潮,每个人都把他当成了朋友,其威望甚至超过了郭威。只不过郭威是元帅,大家不敢违背而已。王峻一方面在底下鼓动士兵,拥立郭威当皇上;一方面也跑到郭威那里,跪在地上,一把鼻涕一把泪地劝郭威当皇帝。郭威对他的这份儿忠心,从心里面是非常感激的。细想此人,身为监军,不但不和自己作对,还竭力拥戴自己,确实忠心可嘉。而且,此人头脑清楚,办事麻利,日后倒可大用。

柴荣见东京城中闹得不像话,于是进见,对郭威道:“元帅,诸军士抢掠过甚,若再不制止,民心大动,东京城也要成为空城了。”郭威下令,对肆意抢掠者,斩他几个,以示军威。至此,抢掠方才停止。

天明,郭威进见太后。太后垂泪道:“郭威,先帝待你不薄,与你情同手足,你缘何发兵攻占京城,致使皇上蒙难,人民难以安居。你莫非想篡位自立吗?”

郭威慌忙叩头:“太后,臣此次发兵,实为诛杀奸臣,心中想的,还是大汉社稷。至于臣之家属遇害与否,倒在其次。弑杀皇上的郭允明,已畏罪自尽。”

“啊,”太后长出了一口气,“俗话说,‘国不可一日无君’,依你看,立谁为君最好呢?”

“此乃社稷大事,全凭太后裁夺,臣不敢妄言。”郭威伏在地上,头也不抬。

“那，就立先帝的侄子、徐州节度使刘赟继承帝位吧。”太后说。

“臣遵旨。这就派人去接嗣君即位。嗣君未至之前，一切军国大事，请太后裁决。”

王峻见郭威攻占了东京，满想郭威要当皇帝，自己也好浑水摸鱼，弄个大官当当。谁知郭威又拥立了一个刘姓皇帝。郭威葫芦里卖的什么药，他也猜不透。他不管三七二十一，只管在军中来回鼓动，让大家拥立郭威为皇上。说只有这样，大家才能荣华富贵。

赵匡胤的事情，通过讯问汉隐帝身边的太监，也审问清楚了，是赵匡胤的兄弟、汉隐帝的博友石守信求的情。赵匡胤不是朝廷奸细。至此，赵匡胤才得以洗清冤屈。

赵匡胤回到家中，一家人都是死里逃生，不免又哭又笑。依杜夫人和诸位夫人的意思，赵弘殷、赵匡胤都不要在军中冒险了，都统统回到家里。哪怕做个小生意，或者回乡下种地，也比这种日子好。二人自然不同意，说她们是妇人之见。

太后见郭威态度恭顺，方才放了心。谁知契丹国见后汉国内发生变乱，遂乘机入侵，镇州、定州连连告急。太后无兵，只得请郭威率军前去御敌。

十二月初一，郭威率大军离开东京。初四，大军到了滑州。新立的皇帝刘赟虽然还没有即位，自己还在徐州，但闻得郭威出征，赶忙派使者，骑快马前来慰劳。使者宣旨已毕，本应跪拜，诸将除郭威外，皆不下跪。柴荣道：“我们已打下了京师。皇帝也被人杀了。刘氏朝廷恨死我们了。若再立一个姓刘的做皇帝，我们不是犯了弥天大罪吗？这罪可是要诛九族的呀！”柴荣如此一说，众将心里就打定了主意，要立郭威为皇帝。赵匡胤将众军士的议论，告诉了郭威。郭威道：“他们怎么能说这种话？这不是要陷我于不忠不义吗？告诉他们，谁再胡说，我可要治罪了。”

“元帅若正大位，实在是上合天意，下顺民心。诸将所言，未必全无道理。”赵匡胤劝道。

“快快闭口。皇帝都是真龙天子，上应天命，岂可人人做得？我们做臣子的，就要老老实实，免为后人所笑。再者，改朝换代，极难极难，绝非你们年轻人所能想象。那是举国震动,是要人头落地,是要流血的!新朝建立,要用千万条人命来换,我怎肯干这种事!"郭威挥手制止了他。赵匡胤茅塞顿开,深悔自己少不更事,把事情想得过于简单。

"为了众士兵的身家性命,请元帅早正大位。"王峻此时,更是显得慷慨激昂。郭威的外甥李重进和一帮将军,都在王峻身后大声呐喊,为王峻助威。

十六日,大军到了澶州。柴荣对诸将说:"新君不立,我们为谁而战?为刘氏朝廷,朝廷已视我们为罪人。若我们打不过契丹,要死在战场上。若打败了契丹,回到东京也是个死。为了求个活路,干脆,咱们拥郭元帅为帝吧。"

"元帅死活不愿为帝,我前已与他说过。"赵匡胤道。

"为不为帝,乃我们生命所系。此事须不能听元帅的。他今日愿做皇帝,要做;不愿做皇帝,也要做。你们看元帅所居驿所,不是有紫气围绕吗?这就是天命已至。军士们,走,拥元帅去。"王峻挥臂大呼。

众人往前一望,果见有雾气围绕驿馆。此时正值清晨,雾气田野中皆有。驿馆多有树木,自然雾气较多。大家也不管什么紫气不紫气,为了身家性命,鼓噪而进。

到了驿馆,大家一齐擂门,里面就是不开。众军士道:"一扇门何能阻挡我们,翻墙而入!"大家纷纷翻墙而入。一时间,驿馆院内、墙上,甚至屋顶上,都密密麻麻地挤满人。郭威又紧闭屋门,不开。柴荣指挥军士,将屋门推倒,大家进入屋内。

郭威正在椅上端坐,怒喝道:"你们胡乱鼓噪,是何人命你们进来的,还守不守军令?大战在即,快快回营去!"

"诸军愿奉元帅为天子。否则,宁死不从!"柴荣道。

"我也宁死不从,你们敢把我怎样?你们要让我遭千古唾骂吗?"

"顺应天命人心,乃千古称颂之事。刘汉气数已尽,天命已归在元帅身上。当取不取,必遭天谴,元帅细思!"赵匡胤道。

"不从,我就是不从。你们要造反,另择他人为帝,休扯上我。我生为汉臣,死为汉鬼。"郭威道。

"今日元帅从也得从,不从也得从。军士们,快来拜新天子!"柴荣说过,带头跪

在地上,“吾皇万岁,万岁,万万岁!”

众军士也一齐跪地齐声大喊:“吾皇万岁,万岁,万万岁!”数千人共喊,声震原野。

“这,这……”郭威既喜且惧。

“快,拥新天子上马,还京!”柴荣下令。大家一拥而上,七手八脚,把郭威扶上马。然后,大队随行。柴荣又扯下一面黄旗,披在郭威身上,众人见郭威穿上黄旗,顿时有了皇帝的模样,不禁欢声雷动。

赵匡胤原以为事情真像郭威所说做皇帝不是小事。今见郭威摇身一变,就成了皇帝。心想,看来立新朝亦易亦难。只要得人心,有兵权,即可行之。

大军到了东京,先驻扎于东京城外。汉太后不得已,只得下诏让郭威“监国”。次年正月,郭威即皇帝位,国号为周。认汉太后为母。汉嗣君刘赟被郭威部将所杀。

郭威做皇帝后,任命王峻为丞相。这下,王峻就更加膨胀了。随着日子的推进,王峻也越来越骄横,越来越不把郭威放在眼里,他认为大周朝都是自己争过来的,所以,对皇帝郭威,他也越来越不客气。只要他出的主意,郭威就得照办。不照办,那些底下的将军、大臣就站在王峻一边,一个劲儿地向郭威进谏。郭威一是拗不过面子,二是还在感激王峻拥立的情分,三是投鼠忌器,怕惹恼了众人。所以,王峻就越来越骄横,必须一直自己说了算,他说提拔谁就提拔谁,他说贬谁就贬谁,稍微不如他的意,他就开始在那骂骂咧咧。郭威早想收拾他,但是,底下的大臣和将军们都受了王峻的贿赂,所以都支持王峻,郭威竟然一时被架空,真的是没有办法。

郭威所可以依靠者,只剩下柴荣和赵匡胤等人。连自己的外甥李重进,都和王峻好得像一个人。无奈之下,郭威想和柴荣、赵匡胤商议一下,怎样对付王峻这条疯狗。依照郭威的意思,是想任命柴荣为晋王、开封府尹。因为五代惯例,凡是被任命为晋王、开封府尹者,都是储君。柴荣若被宣布为储君,也就是太子,不但能让众人收心,同时也掌握了京都的实权,别人不敢再轻举妄动。

谁知王峻也不傻,先发制人,提出柴荣、赵匡胤等人应该去外地历练。

王峻的这个建议,郭威不予采纳。这下可不得了了,王峻竟然撂了挑子,说自己才疏学浅,出的主意不配被皇上采纳。既然这样,干脆不要占着茅坑不拉屎,这个丞相的位子,让给别人吧。

王峻不干,郭威倒没有着急,他正想将计就计,换掉这个讨厌的家伙。没想到,大臣、将军们的奏章,雪片似的飞到郭威的案头。意思都是,王丞相功勋卓著,才干卓异,上可比萧何、张良,下可比诸葛亮、魏征。如若王丞相不干了,我等都要解甲归田,回家抱孙子去。郭威一点儿办法也没有。柴荣只对郭威说了三个字:且从他。于是,郭威以皇上至尊,跑到王峻的府里,劝这位立下汗马功劳的老朋友出山。皇上给足了面子,王峻也就就坡下驴,重新理政。

王峻又乘机提出,要加自己青州刺史,除了掌握政权兵权,还要掌地方的事权,这一切,郭威都忍了,一一"恩准"。

这天,王峻又上朝了,郭威看见他,心里是又恨又怕,唯恐他说出什么不好办的事。

果然,王峻开口了:"皇上,臣有重要事情要与皇上商议。"

"丞相有什么话,只管讲来,咱们之间就如亲兄弟一般。"

"大周天下已稳,目今之际,是要早立太子,以安人心。"

"丞相言之有理。以丞相之意,立何人为太子好呢?"

"皇上的后人,都被昏君害死了。需要在皇上近亲中选择。"

"还要讲些才干吧。"

"当然。以臣之愚见,李重进屡立战功,威望素著,又是皇上的亲外甥。论血缘,和皇上最近。这太子之位,非李重进莫属。"

"看来你是盘算好了的。"郭威道,"你说的,也不是没有道理。只是柴荣是我的义子,又是我的妻侄,若是贸然立重进,朕怕柴荣手握重兵,在澶州闹事。丞相能否把他和赵匡胤等人召回来,让他们居于朝廷的眼皮子底下。这下,他们也就不好闹事了。丞相以为如何?"

"皇上深谋远虑,臣这就召他们回来。只是,他们只能两个人回来,不能带一兵

一卒。”

“丞相说得好,就照此办理。”

王峻的兴奋劲就不用说了。柴荣这人,头脑聪明,城府甚深。若是当了太子,没有自己的好果子吃。李重进一介武夫,若是当了皇上,天下早晚是自己的。王峻越想越高兴。若是把柴荣、赵匡胤召进京,也等于软禁了他们。他原想在太子的问题上,皇上会和自己有一番争执,谁知这么顺利。兴奋之下,王峻就赶紧草诏,命柴荣、赵匡胤火速进京,并不准带一兵一卒。

郭威见柴荣和赵匡胤进了京,就与柴荣、赵匡胤商议,怎样才能除掉王峻这个刺头。

柴荣思索了一会儿,对郭威道:“皇上,王峻本身并无什么高超武功,所依仗者,只不过是被他用金钱收买的大臣、将军。如果能把王峻干掉,这些人见靠山已倒,肯定还会听皇上的。”

“现在王峻势力颇大,朕说什么,他就顶什么。他说什么,朕就得听什么。不然的话,那些人就会鼓噪不休。朕怕那些将军带士兵哗变。”

“王峻不过是个泥做的神像,只要捅倒了,烧香者就会一哄而散。”

眼看着天气转暖,杏花、桃花次第盛开,金蝉就思谋着和其他几位夫人一起,出外踏青、赏花。请杜夫人,杜夫人说:“我老天拔地的,咱家后花园的花就够我赏的了。”众位夫人没有办法,只好坐了车子,一直出东京的西门而去。

原来东京西门外,有一处杏花坡。这里有千百株杏树、桃树,每逢春天,云蒸霞蔚,煞是好看。东京人每逢春季,都来此处踏青赏花。花树下,士女如云。坐地野餐者有之,吆五喝六者有之,追逐嬉戏者有之。此时正逢桃花盛开,风一吹,只见片片桃花,在空中飞舞,就如下了一阵花雨。

金蝉、丽蓉、素梅哪见过这情景,恍若进入了仙境,一个个脸上笑得比花还要好看。三人进入花丛中,你追我,我追你,笑成一团。

追了一会儿,丽蓉道:“如此美景,我等不如作诗联句,不然,辜负了此等美景。”

素梅道："久已不作诗，不知会不会作了。"金蝉道："我自幼练习武学，诗词一道，虽然也听师父说过，但究竟不擅长。"丽蓉道："就是无事玩上一玩，作得好坏，又不赌银子，怕什么。"素梅道："好吧，权且玩一玩。"

丽蓉道："金蝉姐姐，你先起句。"

金蝉想了一想，说道："不觉春气动，明丽万物鲜。"

素梅道："姐姐作得好。我且续下一句，远山垂柳遮，溪水鸣山涧。"

丽蓉道："桃花红欲燃，朵朵映窗前。"

金蝉道："此身在何处，思之甚茫然。"

素梅道："复思佛理奥，转觉庄老玄。"

丽蓉道："忽听欸乃声，一笑入空禅。"

金蝉道："大家都作得好。尤其是丽蓉妹妹，最后一句最好。"

丽蓉道："这样联句，累也把人累死了。我闲时读前人诗，读来读去，把前人诗都读混了。且听我念上一念。"

金蝉道："小妮子，又有什么精灵古怪了。"

丽蓉念道："结庐在人境，只有敬亭山。开轩面场圃，瀑布挂前川。"

丽蓉还没有说完，大家已经嘻嘻哈哈，笑成一团。

正笑着，只听一阵吆吆喝之声，只见三个大汉，正在追一个年轻女子。那年轻女子没命地跑，跑到金蝉附近，已经没力气了，一下子倒在了地上。三个大汉走上前去，抓起这年轻女子就走。年轻女子大喊："放开我，放开我。"其中一个大汉道："放开你？让你陪夫人出来赏花，你居然趁机逃跑。夫人说了，回到家中，一定打死你。像你这样的狐狸精，留着也是祸害。"

年轻女子大怒，一边挣扎，一边大喊："我全家都被那奸贼杀了，我早就不想活了，我死不足惜，可惜不能杀了这个奸贼。"

"想杀老爷？你有这个本事吗？你的这点小心思，你当夫人、老爷不知道？夫人专门吩咐，专人盯着你。这么多天，你什么也干不成吧？"

"我生不能报父母之仇，死了变成厉鬼也要找你们报仇。"

“等你变成了厉鬼,再说吧。”其中一个大汉,朝女子身上,重重地踢了一脚。

“且慢!”金蝉实在看不下去了,挺身而出。

第二天早朝,还没有等郭威开口,王峻就开了口:“皇上,我大周百姓安居,四夷宾服,众人都在夸皇上圣明。只是皇上登基多日,尚未立太子,致使国本空虚,人心不稳。乞求皇上早立太子,以安人心。”

“这么说,太子是非立不可了?”

“不立太子,人心不稳。”王峻道。

“以诸位之见,立谁为好呢?”

“臣以为,论功劳,论与皇上亲近,李重进将军威望素著,最是合适。”

王峻说完,一大帮文武大臣都呼啦啦跪在了地上:“皇上,请早立李重进为太子。”未跪者,只有柴荣、韩通、张永德、赵匡胤几人。李重进自己,也没有下跪。

“看来你们都是商量好了的。”郭威冷笑道,“李重进,你是朕的外甥,你觉得立你做太子,合适吗?”

“此乃国家大事,臣不敢妄言。臣只听皇上的。”

“你倒不糊涂,心里还有皇上,你这个皇上舅舅,心里还舒服些。”

郭威对王峻道:“王兄,你的这片心,朕心领了。但立不立太子,立谁做太子,朕自有计较。卿等勿再多言。”王峻岁数大于郭威,郭威对他十分客气,平日连官衔都不称,直接称他为王兄,也算是抬举他的意思。

话说到这份儿上,王峻应该适可而止了,偏他觉得郭威好欺负:“臣还是那句话,请皇上立李重进为太子。不立太子,我等就不起来。”

“看来,今天唱的是一出逼宫戏。”郭威站起身来,“你们爱跪就跪吧,朕退朝了。”

郭威刚起身,想不到王峻大喊:“这太子之位,于情于理,都是李重进将军的。臣恭喜皇上喜得如此英武之太子,臣恭喜皇上,贺喜皇上!”

王峻这么一喊,追随他的人也一起喊:“臣恭喜皇上,贺喜皇上!”

“朕什么时候封了什么人做太子?”郭威用手指指着王峻,气得手指头直抖。

“王峻矫诏,乃欺君之罪,殿前卫士,把王峻给我抓起来!”柴荣大喊。

赵匡胤尚未动手,那些追随王峻的武将早就锵锵啷啷拔出刀剑:“谁敢动王枢密,我等要他狗命!”

大殿上一时僵持住了,静得连一根针掉在地上都能听见。

正在这时,一个太监从殿外匆匆进来:“皇上,滑州指挥使赵匡胤的妻子求见!”

“赵匡胤的妻子?她一个妇道人家,来朝廷干什么?赵匡胤,你知道你妻子为何来此吗?”郭威也是满心疑惑。

“臣实在不知。”赵匡胤出班上奏。

“除了赵匡胤的妻子,还有何人哪?”郭威问。

“还有一个丫头。”太监回道。

“她一介民妇,不好好待在家里相夫教子,跑到朝堂干什么?”

“她说有关乎朝廷的大事,必须面见皇上。”

听到有一个丫头,王峻心里激灵一下,一种不祥的预感爬上他的心头:“皇上,今日之事,就议到此处吧。太子之事,皇上斟酌。微臣确有孟浪之处。请皇上回宫。其他小事,由微臣过问后,再向皇上禀报。”

郭威本来不想见赵匡胤的妻子,但王峻这样一说,倒使他有了警觉,遂对太监说:“传那妇人进来。”

金蝉带了一个丫鬟,走上殿来,不卑不亢,朝郭威盈盈施礼:“民妇贺金蝉参见皇上。”

“贺金蝉哪,你擅闯皇宫,有何紧急之事?”

“皇上,假如有一大臣,身居高位,却包藏祸心。为了钱财,无故杀人全家,再用这金钱结党营私,挟制皇上,此人该当何罪?”

“这还用问,按律当斩!”郭威听了金蝉的话,不知为何,觉得特别痛快,似乎长时间的郁闷,找到了一个突破口。

“你一个民妇,擅闯朝堂,还鼓动如簧之舌,诬陷大臣。这是哪里跑出的妖孽,左右力士,给我拖出去!”王峻见势不妙,心想,必须当机立断。他不知道,这是金蝉自己的主张,还以为是柴荣和赵匡胤挖好的陷阱。赵匡胤的老婆突然出现,能对自己有好处吗?

有两个殿前力士,就要来拖金蝉。郭威将手轻轻一挥:“你们退下,让她把话说完。金蝉哪,你所说的这个大臣,姓甚名谁,你可直接说出来。有朕在,你不用害怕。”

“此人不是别人,就是权倾朝野的王峻。”

“你,你血口喷人。”王峻立刻反击。

“王兄,请你少安毋躁。朕不会光凭人言,就治你的罪。没有证据,谁也告不倒你。金蝉哪,你以上所说,有何证据呀?”

“回皇上,民妇所带的这个丫鬟,就是证人。”

众人这时才去注意这个丫鬟。只见她十多岁年纪,面容清丽,两眼含泪。

王峻这时也看到了这个丫鬟:“你你……”

王峻把申小姐留在自己身边,做贴身的丫鬟,虽然他知道申小姐对自己恨之入骨,放在身边,是一个祸患,但是,由于他贪图申小姐的美色,想杀她却下不了手。申小姐也是个聪明人,她知道要为母亲报仇,就必须假装顺从王峻,不然,等王峻对自己的新鲜劲儿一过,自己将性命不保。一开始她还破口大骂,后来,就开始沉默,再后来,开始露出了笑脸。王峻本来就喜欢她。见她对自己越来越好,还以为申小姐日久生情,所以,就一厢情愿地把申小姐留在了身边。

申小姐道:“贼子,你也有今日!”

王峻道:“皇上,这小女子受人指使,诬陷微臣。”

申小姐说:“诬陷你?你说了不算,我说了也不算,可以传邻居来做证,也可以传很多的士兵、百姓来做证。”郭威道:“王兄,想不到你是这样人面兽心的人,我真的把你看错了,你谋财害命,我就是想袒护于你,也袒护不了。”

王峻道:“大军进城,大家肆意抢掠,我抢几个钱又算得了什么?”

郭威道:“可是,也没有人像你这样啊,动不动就杀害人命。”王峻道:“我这么多功劳,杀几个人算什么?”郭威道:“那好吧,看在你有功于国的份儿上,我留你一条性命,你就充军在外吧。”王峻道:“欲加之罪何患无辞,我知道我是你的眼中钉,早想除掉我了。”

申小姐道:“王峻除了滥杀无辜,谋财害命,还有一桩大罪。”

“哦,什么罪,说来听听。”郭威道。

“此人有不臣之心,梦想登基,自己做皇上。”

“你想报仇,让皇上杀了我就行了,用不着这样煞费苦心,血口喷人。”

王峻用仇恨的目光看着申小姐。

“我血口喷人?你天天顾镜自怜时穿的龙袍,难道是别人硬给你的?”

申小姐的话一出口,底下的大臣一阵骚动。大家没有想到,一向和蔼可亲、斯斯文文的王峻,竟然还想当皇帝。

王峻知道,凭他的功劳,就是坐实他谋财害命,郭威对他也不能怎么样。其他大臣也会替自己说话。但要坐实了自己有谋反之心,自己就死定了,别人谁也不敢替自己说话了。就是能保住命,自己也完了,什么地位也没有了。

“皇上,看在咱们多年老交情的份儿上,您可得给微臣做主。若说贪财好色,微臣知罪。但这小女子为了报仇,编造什么龙袍,皇上可不能被她迷惑了。”

“皇上圣明,谁也迷惑不了皇上。你的龙袍,就在你床下的箱子里。”

“王兄放心,朕是公正的,不会冤枉谁。张永德,你速带一队人马,到王峻家去搜龙袍。有没有,快快回话。”

“皇上,臣……臣想起来了。臣是有一件黄色袍子,只不过是为了扮戏用的。皇上,您知道,微臣早年曾经以扮戏为生……”

不一会儿,张永德就把龙袍取了过来,扔在地上。

“皇上,皇上,臣说了,这是……这是扮戏用的……”王峻匍匐在地。

“王峻之不臣之心,证据确凿。柴荣,以律该当如何?”

“该灭九族。”

“皇上，皇上，臣冤枉啊。看在微臣鞍前马后的分儿上，请饶了微臣的家人。微臣愿意去死，以赎罪孽。”

“唉，早知如此，何必当初。王峻，你飞扬跋扈，欺凌朕躬，非止一日。朕若和你一般见识，把你凌迟，也不解恨。念在你当初有功于大周，把你贬到商州，去做司马吧。”

“皇上圣明，皇上圣明！”王峻战战兢兢，叩首如捣蒜。

“皇上，此等狼心狗肺之人，应该一刀杀却。”申小姐道。

“小女子，得饶人处且饶人吧。”

“皇上圣明。”众大臣跪了一地。

“重进，你现在才知道，王峻为何立你为太子了吧？他是想把你先扶上去，然后再搞掉你。”郭威道。

“微臣糊涂，若不是皇上，微臣差点上了他的当。”李重进也匍匐在地。

心高气傲的王峻，如何受得了这般挫折，在路途上一病不起，呜呼哀哉。申小姐见大仇已报，心事已了，遂赴汴水而死，闻者无不叹息。

王峻已倒，柴荣和赵匡胤终于能够返回京城。柴荣被任命为开封府尹，赵匡胤被任命为开封府马直军使。

赵匡胤无事，就在京城中巡视。一次正在一个小酒店内喝酒，猛听得隔壁一片喧嚷，还间杂有女人的哭声。赵匡胤酒也喝不下去了，出门一看，只见几个军士正在从一户人家中往外搬家具、被褥。一个白发老婆婆，哭着喊着，不让搬。军士们哪管这些，只管往外运。

“你们这是干什么？”赵匡胤气不打一处来。他最看不得有人欺负弱小。

“回赵将军。”内中军士有认得赵匡胤的，赶紧回答，“小的们奉命来收牛皮税。别的人家，或多或少都交了，只有这婆婆，一文钱也没交。小的们没有办法，只好如此。”

“我家中只剩下我和我孙女，连饭食也没的吃，哪有钱交什么牛皮税。”婆婆哭

道。

“你们收牛皮税就收牛皮税，怎么能抢人家财物呢？”赵匡胤斥责军士道。

“赵将军言之有理。但牛皮税乃朝廷法度，如果屡屡不交，不予以惩罚，大家都不交，国家法度将成为一纸空文。”军士的口才也不错。

原来，牛皮是做盔甲的主要原料，打仗离不开牛皮。朝廷先是规定，每户每年交两张牛皮，后来，不要牛皮了，干脆按户交钱。

事关国家法度，赵匡胤也没有办法了，但又看不得老婆婆被剥夺得身无分文，就问军士：“这老婆婆家，该交几两银子？”

“不多，也就二两银子。”

赵匡胤从口袋里摸出一块银子来，有二两多，拿来递给军士：“这块银子，就权充老婆婆的税钱。你等且把老婆婆的物品，搬回屋内。”军士们答应一声，动手就往回搬。老婆婆千恩万谢，赵匡胤摆了摆手，径直回开封府去了。

回到开封府，赵匡胤将此事向柴荣述说了一番，并提议取消牛皮税，不然，穷苦人太可怜了。

“你怜贫惜苦，主张取缔牛皮税，这是对的。但我们这些为官作宦的，不仅要爱惜百姓，同时也要爱惜朝廷。取缔了牛皮税，朝廷就少了一大笔钱。朝廷要用钱，从哪儿出？须要替朝廷再想个法子出来。老子曰，人之道，损不足以奉有余；天之道，损有余而奉不足。我辈要做个好官，就要行天之道。”柴荣似乎心里已经有了一些想法。

一席话，说得赵匡胤如醍醐灌顶：“依您的主意，是要从富户身上打主意？”

“当然。取缔牛皮税，增加田亩税，增加生意税。要从有钱人身上打主意。不能去逼穷人，逼得紧了，穷人会铤而走险。一旦造起反来，朝廷又会很麻烦。”

果然，柴荣在朝廷上一提出取缔牛皮税，增加田亩、生意税，就遭到了文武大臣们的反对。李重进反对得最厉害。这些文武大臣，家里田亩众多，京城中又开了许多生意铺子，柴荣之举，简直是向他们敛钱。李重进是为了顺水推舟，顺应人心。在他看来，柴荣此举，是一个使自己众叛亲离的昏着。只要大家不再拥戴柴荣，这

太子的桂冠，早晚会落到自己的头上。

为了此事，朝廷吵得不可开交，一直争了三天。最后，还是柴荣想出了办法：牛皮税取消，田亩税、生意税增加，但官员们的俸禄也水涨船高。官员们见如此处理，也就改口称赞柴荣英明睿智，皇上用人得当。最后，由郭威下旨，施行柴荣的主意。富户们虽然怨声载道，但老百姓却卸去了重担，一致颂扬朝廷仁慈爱民，晋王仁慈爱民。朝廷上下，要求立柴荣为太子的呼声，也一浪高过一浪。

经此一事，郭威深知柴荣聪明睿智，赵匡胤也似乎从中领悟到不少不便说出的官场道理。

郭威因连年征战，又兼操劳国事，竟然一病不起。病重时，召柴荣近前道："看来我这病，这次是不能好了。你快派人去修治陵墓。修陵墓的人要雇用，不要硬征徭役，以免让百姓愤恨。棺材用瓦棺，衣服要用纸衣，里面不要修什么地宫，也不要埋什么金玉，免得被人盗墓。外面也不用什么石人、石马，只立一块碑，上写：'大周天子好节俭，里面只有瓦棺纸衣。'你若违背了我的言语，我在阴间也不饶你。我曾见唐代十八个陵园，因为里面藏有宝物，所以被人盗得不成样子。我反其道而行之，想必就可安宁了。"又召李重进近前，让他当着众位大臣之面，跪拜柴荣，以正君臣名分。李重进气得眼泪都快要出来了，但是人在屋檐下，不得不低头，只得当众下跪。

第十六章

一、奋力一搏

郭威死后，柴荣依言而行，并遵遗旨即皇帝位，并封冯道为宰相。

柴荣是个有雄心壮志的人，现在做了皇帝，自然更想干很多利国利民的事情。可是事情奇怪得很，要干事，就要有钱。要有钱，税收就要上来。可是一查国库，几乎没有什么钱。问宰相冯道，冯道说，以前，主要靠的是牛皮税；现在，牛皮税取消了，朝廷就没有钱了。

“牛皮税不是改成田亩税了吗？大户人家那么多地，怎么能不交税呢？”

“回皇上，经过连年征战，现在已经没有什么大户人家了，连中等人家也不多。”冯道说。

“这叫什么话。连年征战，死的是人，地亩可不会无缘无故地消失了。按地亩收税，是最合情合理的，也是最牢靠的。如果把地亩税收上来，朝廷就不会缺钱。地亩都跑哪儿去了？”柴荣有些恼了。

“臣也很疑惑，看地方官呈上来的地亩册子，各个州县没有大户，最多的只有三百亩田。”

“可恶！”柴荣撂下一句话，“他们以为朕长于深宫，不懂世情？他们想错了！朕自幼受苦，流落江湖，什么事情不知道？就是穷乡僻壤，也有良田千顷的财主。哪

个州县，没有一两户富可敌国之人？朕就能说出一些人的名字。不说别人，就是朝廷的官员，田亩难道少吗？光朝廷赏赐的，就有上千亩吧？吃着朝廷的赏赐，交一点儿税不应该吗？”

“皇上言之有理。臣也和皇上一样，对此事不解。”

“不解，就派人去查，一查，什么蹊跷事都会查出来。算啦，这件事你不用管，朕自有计较。”

赵匡胤奉柴荣之命，孤身一人，去各地探访地亩消失之谜。他现在也是将官了，按说，应该带几个亲兵。但他艺高人胆大，觉得带了亲兵反而碍手碍脚，倒不如一个人行动方便。这天，刚来到沧州境内一处市镇上，见这里人烟稀少，买卖店铺也不多，一派萧条气象。猛觉得肚中饥饿，见路边有家饭店，就走了进去，拣了个干净座位坐下。看店内，没有其他客人，此时是早上，店内也不甚明亮。看看外边的街道，半天，才有一个人，或者一条狗，懒洋洋地走过。

等了半天，却没有一个人出来招呼，不知这里的买卖是怎样做的。赵匡胤不禁有些焦躁，大喊了一声：“伙计，有客人！”他的声音好大，似乎把屋内房上的尘土都震了下来。

叫了两三声，从后面走出一个伙计来，左手搭右手，朝赵匡胤行了一个叉手礼：“客官，对不住了，小店有事，请客官别处用餐。”

“别处还有饭馆吗？”赵匡胤刚才在这集市上转了一圈，才发现这一家饭店。

“不敢欺瞒客官，别处没有饭店了。”伙计倒也实诚。

“明知没有饭馆了，你还不卖饭，敢是欺负我等没钱？”

“这倒不是，委实是店家出了事，无心做买卖。”

“出了什么事？”赵匡胤正在寻访世情，听说店家出了事，赶忙问。

“客官，店家正在难受，您就高抬贵手，走您的阳关道吧。”

“有何难事？说不定，咱家能帮上忙。”赵匡胤故意引起伙计的注意。

“客官是……”

“你别问咱家是谁，让咱家和你家主人见一见面，你们吃不了亏。”赵匡胤说。

“那，小的进去禀报一声。”

不一会儿，店主从后面出来，看其面容憔悴，似乎刚刚哭过一场。

二人见了礼。赵匡胤通了姓名，说自己祖籍也是河北涿郡，离此地不远。

赵匡胤的名头，店主似乎听说过，忙叫伙计切些熟狗肉，再下两碗素饼。赵匡胤肚中饥饿，也不再推辞。

“店主放着好好的买卖不做，到底出了什么事？”

赵匡胤不问还好，这一问，店主的眼中，又扑扑簌簌流下泪来：“壮士有所不知，小的店中，实在是遭了大难，出了大事。”

“到底何事？”

“小的命不好。早年娶了妻子，生了一个女儿，实指望开着这家小店，一家三口，能够安安稳稳过日子。没承想，女儿三岁时，闹兵乱，我妻子被乱兵所杀。我一个人，辛辛苦苦，好不容易把女儿养到了十三岁，没想到，来了一帮贼人，把我女儿又抢走了。女儿是我的命，没了女儿，我还活个什么劲儿！”

“现在朝廷有道，还有土匪山贼吗？”

“他们不是土匪山贼，他们都住在寺院里，是一帮冒充出家人的秃驴恶棍。”

“出家人为非作歹？难道官府不管吗？”赵匡胤觉得奇怪。

“壮士不知，这些秃驴来头不一般，官府不敢惹。”

“一帮出家人，能有什么来头？”

“这帮人，都是假出家人，他们本来是李重进李大人的家丁。李大人为了逃避地亩税，所以就把自己家的家丁变成和尚，在自己家的地里盖了所大寺院，把田亩都拨在寺院名下。这些人住在寺院里，无所事事，成日祸害乡邻。这不把我女儿刚刚掠走了，说是去洗衣做饭。一个女孩子家，在那虎狼窝里，能有什么好事。”

赵匡胤此时已经吃完了饭，对店家说道：“老丈休慌，你且说这寺院在何处。”

“就在村北不远。”

“你的女儿包在咱家的身上，一会儿便还你。”赵匡胤说着，大踏步走出了店门。

不多时，进得庙来，见到和尚，攀谈几句，赵匡胤谎称：“不瞒师父说，咱家的钱

也够花，吃也能吃点儿，穿也穿得好，有些房屋，也有些子孙，生计是不用说了，今天在下来是想问……”和尚道：“施主想问什么？”赵匡胤道：“在下是想问问前程如何。”和尚道：“施主现在是在哪里高就？”赵匡胤道：“军伍之人。”

“施主也是个有武艺的人。只是印堂发暗，短时间内不得发迹，唉，要想时时顺畅，确实难，难呀。”赵匡胤故意问道：“师父可有什么破解之法？”

和尚道：“方法倒是有，只是需要施主再烧两炷高香，菩萨也许会暗示于你。”赵匡胤见和尚这样说，从口袋里又掏出二两银子。和尚见了银子，眉开眼笑：“请施主到禅房拜茶，来见我们方丈。我们方丈有请施主。”赵匡胤随着这和尚走到一间禅房内，见里面有个胖胖的和尚正在打坐。那和尚抬头看了赵匡胤一眼，说施主请坐，赵匡胤就在椅子上坐了下去。那和尚道：“听说施主要问前程？”赵匡胤道：“正是。”那和尚道：“不瞒施主说，你本来是有前程的，可是现在遭逢乱世，若无贵人提携，施主想要飞黄腾达，怕是没有指望了。”

赵匡胤道：“现在的天子，尚属贤明，底下的官吏也都算清廉，怎么能说没有指望了？”

“施主只知其一，不知其二。目今真龙潜行，假龙在上，所以天下无道，故贤能之人皆不能上进。”赵匡胤道：“这话怎讲？”和尚道：“现在的真龙天子屈居下僚。目今的天子，却不是真龙天子。”

赵匡胤心里一惊，心想，这些和尚果然不是良善之辈，不但欺压百姓，而且有反叛之心。我且顺着他的口气，摸摸他们的老底再说。于是，赵匡胤装着害怕的样子，说：“噤声，噤声，这话说不得，让人听见，要掉脑袋的。”

看着赵匡胤害怕的样子，那方丈竟然嘻嘻地笑了：“施主也应该是个在战场上搏杀过的人，怎么如此胆小？我们是怕了不说，说了不怕。这个地方，是我们说了算，不是朝廷说了算。目前我们要做大事，正需要施主这样会些武艺的人，所以贫僧听了知客僧的禀报，才来见你。谁知施主如此胆小，罢罢，算贫僧求才心切，看走了眼。知客僧，把这施主领走。方才所说的话，如若出去乱说，小心你的小命。”

赵匡胤忙道：“不敢不敢。在下是树叶掉了，也怕砸了头，不敢乱说，只想有吃

有喝,平平安安,过此一生。谁当天子,咱都做顺民。”那方丈笑了一下:“你这施主倒也有趣,出去吧。你胡说,我等也不怕,我等正想与那假天子决一雌雄。”

走出禅房,那知客僧问赵匡胤:“施主姓什么叫什么?”赵匡胤不敢说自己的真实姓名,只好说:“在下姓赵,名向海。”赵匡胤乳名香孩儿,说自己叫向海,也不算说假话。

“方才方丈给你说了那番话,其实已经允准你入伙。不然的话,你是活着出不了这座庙门的。”

“入伙,咱家入伙。师父,你千万别杀我,咱还想再吃几十年的美食,再睡几十年的小娘子呢。”赵匡胤故意装得很胆小,很胸无大志。他知道,这些有野心之人,喜欢的就是肯卖力的庸人。因为有野心的人,最讨厌有野心的人,同行是冤家。

“施主是个诚实之人,也是个有福之人。若是施主能听贫僧的话,以后事成之后,你定会飞黄腾达。”

“在下一定听话,一定飞黄腾达。”

听了赵匡胤这语无伦次的话,知客僧也笑了——看来,这家伙虽然有钱,却真的胆小如鼠。

“请问师父,目今的天子是假天子,那真龙在何处?”

知客僧微微一笑:“你已经是自己人,跟你说了也不妨事。你到这里来,也只有到这里来,我们才能给你指点迷津。目今的真龙天子,就是李重进李大人。”赵匡胤心里一惊,此事果然与李重进有关。心里这样想,嘴里还问:“此话怎讲?为何是李大人?”

“李重进大人,是太祖皇帝的亲外甥。而当今的皇上,只不过是皇后的侄子。和太祖皇帝的血分远着呢,所以说他是假天子。跟着假天子,那是没有一点儿出路的。只有跟着真天子,跟着李大人,才能够飞黄腾达。等到李大人登基,你也会被封为大将军的。”

“在下明白了,多谢师父指点。”

“天机不可泄露,今天所说的话,你知我知天知地知,不可外泄,汝若外泄,会有

何等惩戒,你当晓得。”

“晓得,晓得。”赵匡胤忙不迭地点头。

“你还算懂事。”

“师父,我想在这寺院中住上一晚,不知可否?”

“不知你为何要在这里住?”知客僧问。

“听人说,住在寺院之中,增添人的福分。”

“这话说得好,只是在这儿住呢,是不是还要烧一炷高香啊?”

“那是一定的。”赵匡胤说着,掏出一块银子,给了知客僧。

知客僧哈哈笑道:“施主果然爽快,我就是喜欢你这个性子。施主有什么需求,只管说。”

知客僧高高兴兴地给赵匡胤安排了房间,赵匡胤一看,客房果然非常洁净,里面的家常用具,一应俱全。知客僧道:“施主先歇一会儿,贫僧就去安排斋饭。”

“哎呀,这个寺院哪儿都好,就是只有一个素斋馆,不瞒师父说,这素食我真吃不惯。”

“想吃什么,好说,贫僧尽量安排。”

不一会儿,菜端了上来,真是要什么有什么,牛肉羊肉,竟然还有狗肉。还有一大壶酒。赵匡胤要了一些蒜泥,把肉蘸那蒜泥吃。又邀请那知客僧同吃同喝。那知客僧也不客气,竟然吃得满嘴流油。反正是假和尚,吃什么都一样。

“你们出家人,虽然能喝酒吃肉,只是还有一些美中不足。毕竟晚上被窝里寂寞了,是不是?”赵匡胤见那知客僧吃喝得高兴,对自己越来越没有戒心,就有意把话题引到自己想说的话题上来。

知客僧嘻嘻地笑了笑说:“你这施主,怎么老是得寸进尺?算了算了,你也不是外人,咱就实话跟你说了吧,咱家被窝里,并不寂寞。被窝里缺小娘子?那倒也不见得。高兴了,夜夜新娘!”

“唉,不瞒你说,我在家里面,虽然也有个三妻两妾的,但我的大老婆太、太厉害,平常的丫头、小妾,都不让我沾手,弄得我天天素着过,馋得我简直是没办法说。

我现在出来，就是有点心思，想找个小娘子，不知道师父能否帮忙。”知客僧已经喝得差不多了：“你这施主太可笑了，到寺院里找小娘子，岂不让人笑掉大牙。”

赵匡胤道：“春院中我哪敢去，每次去，都被我娘子从被窝里揪出来。”“罢罢，看你也够可怜的，我就行行好，帮你一个忙，给你找一个小娘子。只是，你又要多烧两炷高香。”

“好说。”赵匡胤说着，又掏出二两银子。知客僧接着：“难得你这财主如此大气，我一定给你办好，你等着。”知客僧说完，转身就走了。

赵匡胤吃得酒足饭饱，再加上喝得有点多，早早就睡下了。一会儿就睡着了，睡到半夜，听见砰砰砰砰地有人敲门，赵匡胤开门一看，见知客僧身后，跟着一个女孩子。

“施主你要的人来了。”知客僧把这女孩推到房间中，“施主请慢慢享用。”说完，笑嘻嘻地走了。

赵匡胤就着月光看这女孩子，只见那女孩子有十多岁的样子，模样倒也清秀，只是由于生活贫苦，小脸儿黄巴巴的，脸上兀自还有泪痕。赵匡胤道：“小娘子，且请上床歇息。”女孩子抬头看了他一眼，也不作声。赵匡胤道：“我是替饭店中的老板来找他女儿的。”那女孩子一听，眼泪一直往下流，止也止不住：“壮士，你真的是来找我的？”赵匡胤道：“我骗你干什么？我花了六七两银子才见到你。”那女孩道：“见了我有什么用，这些恶棍人多势众，我等又出不去。”赵匡胤道：“莫急，等会儿就带你出去。”

两个人正在说话，只听知客僧在外敲门：“施主，快一点儿，这女孩子方丈还等着哪。”赵匡胤道：“咱们可说好了，我可是付过了银子。我先玩一会儿，等一会儿睡一觉，等到天明，咱家还玩儿呢。你们今晚就不要等了。银子不够，我再给你两块。咱们可不能不讲义气。”

“罢罢，就这样，施主且享受。”知客僧嘻嘻哈哈，淫笑着走了。

“咱们先睡一会儿，快天明的时候，他们都睡沉了，咱们再跑。”赵匡胤道。

两人迷迷糊糊地睡了一觉，听见了第一次的鸡叫声。赵匡胤道：“咱们走吧，你

知道从哪儿出去?”女孩说:“再往后三院里东北角有个厨房,厨房后面有个小门儿,是运送粮米和柴火的,可以从小门儿偷偷出去。”赵匡胤两个一点儿声也不敢出,悄悄地开了小门,迅速地跑了出来。后边儿都是土路,女孩子走了一会儿,走不动了,赵匡胤干脆背着她,一路小跑。到了女孩家中,叫醒了女孩的父亲。女孩子见到父亲,自然是喜极而泣。赵匡胤道:“家里有马没有? 骑上快走,快走,人家一会儿就赶过来了。”店主听了,赶紧叫起伙计,四个人骑了三匹马,店主和女儿共骑一匹。四个人恨不得生出翅膀,连夜往京城赶。还没有走多远,就听见村庄内人喊马嘶,店主家所在方向红光冲天,敢是房子已经被人点着了。赵匡胤哪敢怠慢,只管一个劲儿地赶路。晚上住宿,也岔开大路,到村人家借宿。直到到了东京,众人才舒了一口气。

赵匡胤将以上事项向柴荣一一作了述说。柴荣听了大怒,遂下旨,在大周境内,全面禁佛。每个县份,只留一座寺院。其余的僧人返乡为民,田亩归原主,按国法纳税。有些凶恶之徒不服朝廷法令,竟然持械反抗,被官府绳之以法。这就是后周著名的灭佛事件。但李重进并没有被惩罚。赵匡胤问为何,柴荣叹了口气道:

“太祖对朕恩重如山,将天下传于朕。李重进是太祖的外甥,只要他不明目张胆地造反,是不能惩戒他的。好在他的一只羽翼被剪,大伤元气,短期内不会有什么动静了。”

“如若他要造反,怎么办?”赵匡胤问。

“莫怕。他要造反,总要筹划。他一筹划,朝廷就会知道。”柴荣胸有成竹地说。

赵匡胤真的越来越佩服皇上。柴荣当了皇上,好像变了一个人,越来越高深莫测了。赵匡胤现在才知道,帝王心术,是一般人所不能知晓的。

刚处理完寺院的事情,柴荣又开始扩建东京城。

为何要扩建? 因为东京的大部分道路都太狭窄了,十几或二十几步宽,皇帝出行时,车辇都无法通过。然而要扩建城池,势必要动迁许多民居,很多官员都不愿意。世宗柴荣对大家说,我们今日这样做,不是为了自己,而是为了子孙后代。汴京城做都城，要世世代代做下去。既然这样，都城就得有个都城的样子。城池要加大，道路要加宽，城墙要加固，官舍要新修。这是关乎千秋万代的大事，马虎不得。

显德二年(955)四月，世宗颁诏曰："惟王建国，实曰京师，度地居民，固有前则，东京华夷辐辏，水陆会通，时相隆平，日益繁盛，而都城因旧，制度未恢，诸卫军营，或多窄狭，百司公署，无处兴修。加以坊市之中邸店有限，工商外至，络绎无穷，僦赁之资增添不定，贫阙之户，供办实艰。而又屋宇交连，街衢湫溢，入夏有暑湿之苦，冬居常多烟火之忧，将便公私，须广都邑。宜令所司于京城四面，别筑罗城，先立标志。俟将来冬末春初，农务闲时，即量差近甸人夫，渐次修筑，春作才动，便令放散，如或土动未毕，即迤逦次年修筑，所异宽容办集，今后凡有营葬及兴置宅灶并草市，并须去标志七里外，其标志内，候官中擘画、定街巷、军营、仓场、诸司公廨院，务了，即任百姓营造。"城池比原来大了四倍。城池扩建后，百姓们可以在城内新建房屋。

显德三年六月，柴荣又颁下诏书："辇毂之下，谓之浩穰，万国骏奔，四方繁会，此地比为藩翰，近建京都，人物喧哗。其京城内街道阔五十步者，许两边人户于五步内取便种树掘井，修盖凉棚。其三十步以下至二十五步者，各与三步，其次有差。"此外，世宗柴荣还"许京城民环汴栽榆柳、起台榭，以为都会之壮"。经过改造的东京城，不但雄伟壮丽，有了大都市的气派，而且城墙坚固，增大了防御力。同时，也使百姓和外邦，对大周有了敬畏之心。赵匡胤、韩通、王朴等人，为扩建东京城日夜操劳。王朴性情暴躁，有军士消极怠工，王朴在大街上对他抽了十几鞭。这人也是个拗性子，竟然气急之下，辱骂王朴。王朴一气之下，竟然当场把这人给打死了。

死了人，这还了得！有人赶紧报告给了世宗柴荣。想不到柴荣听后，哈哈大笑："王朴这人，朕说他是个急性子，果然是个急性子！"世宗这一笑，王朴什么事情也就没有了。

赵匡胤不解，悄悄问世宗："常言说人命关天。那人再怠工，也罪不至死。王朴草菅人命，皇上怎么对他不加以惩处？"

“王朴虽然致人死亡，但不是私仇，是公事。朕若处分他，谁还肯为朝廷卖命？死了人，是不好。但众军士看到怠工就会丧命，谁还敢怠工？目今四方皆敌，百废待兴，不用严刑峻法，能办成何事？”柴荣对赵匡胤循循善诱，推心置腹。

赵匡胤又陷入了沉思。看来这治国理政，学问还真多，自己还真得好好琢磨。但心里，怎么也挥不去对王朴这人的厌恶。

刘崇是刘赟之父，驻军在晋阳，闻说郭威篡了位，刘赟也被害，就在晋阳自立为帝，国号不变，仍为汉，史称北汉。刘崇见郭威驾崩，柴荣继位，觉得这是一个绝好的机会，就乘机举兵南下，意图灭了周朝，恢复故土。但刘崇也有自知之明，深知自己兵微将寡，若没有契丹的帮助，鸟事也搞不成。于是，又忍着心痛，派人向契丹送了许多金银财帛。契丹见了金银财帛，就动了仗义之心，就派大将杨衮领了一万兵马，前来援助刘崇。刘崇这下是蛤蟆束腰——大提气，自带三万兵马，直往洛阳攻去。

闻听北汉刘崇大举进犯，柴荣热血沸腾，怒火上涌，非要御驾亲征不可。冯道说：“臣窃以为此举不妥。陛下刚登大位，国中人心尚未安稳，陛下若离开都城，都中有了内乱怎么办？区区一个刘崇，派一位能征善战的将领去就够了，何必皇上亲冒矢石？这险冒得太大了吧？”

“刘崇这厮，就是以为太祖新逝，不把朕放在眼里。朕虽然年轻，却不怕他。我若不亲征，谁能制服他？朕要一战，叫他梦里也怕，叫他知道知道马王爷三只眼。朕若不亲手把这老贼打得丢盔卸甲，怎能解朕心头之恨！”世宗柴荣慷慨激昂。

“陛下如果执意要去，不听劝谏，国中要有何不测，老臣可没有本事平定！”冯道已经历经四朝，加之年纪已经不小，所以在柴荣面前，说话也有些直率。

“朕不能离开都城一步，那要你宰相干什么？过去唐太宗平定天下时，都亲临战阵，朕为什么不能如此呢？”

“话是这般说。可陛下是陛下，唐太宗是唐太宗，二者能相提并论吗？”冯道的这句话，弄得柴荣心里极不舒服。他脸色通红，显然已经动了怒气。

“朕率百万大军，打刘崇不费吹灰之力，就像大山压卵！”柴荣急了，拍着案子怒

吼。

“可惜,陛下不是大山!”冯道可能是人老了,丝毫看不出眉眼高低,还在那儿冷言冷语。

想不到,一辈子恭顺的冯道竟然如此刻薄,柴荣气得双手直颤,指着冯道,点了半天。好长时间,才冒出一句自己觉得很解气的话:“你这匹夫,你这贰臣!朝中大事,你休得多口!”冯道在后唐、后晋、后汉都是官高位显,现在后周,又是一人之下,万人之上。今日不知怎么了,竟然和皇上死磕上了。冯道最烦的,就是人家骂他“贰臣”,这等于揭他的短。他听周世宗柴荣这么骂他,也气得说不出话来了,连个招呼也不打,就扬长下殿去了。

冯道虽然从年轻时就立下了只要利国利民,不在乎自己荣誉的志愿,所以在后唐灭亡后,又在后晋、后周做官。他自认为自己是在为国为民,做得对,所以也不在乎毁誉。但人年老的时候,总是对自己的名誉看得比年轻人更重一些。所以当周世宗骂他是贰臣的时候,冯道真的有点受不了了,心就像被针扎一样。回到家里就一病不起。病中的冯道,谁也不见,只是想见见赵匡胤。

看到冯道师父骨瘦如柴地躺在床上,赵匡胤心里面也很不是滋味,一丝酸楚从他心中涌出,直涌向喉咙,他张了张嘴,没有说话。

“我叫你来,是有些话要对你说。你也许听说过,你出生的时候,我先到你家去,跟你爹说了些什么,第二天,唐朝的皇帝就下旨,让抱你进宫吗?”

“听说过。”赵匡胤点点头。

“你知道是为什么吗?一个新生小儿,为何能惊动皇上?”

“不知道,我听说过,也问过父母,他们也没有说。”赵匡胤回答。

“我跟你说好了,”冯道出了一口气,“那是因为当时天下大乱,唐明宗虽然是个胡人,却心忧天下。他在夜里摆香案祷告上天,说自己是个胡人,能够在中原当皇帝,实在是很侥幸,但是自己却无力拯救天下百姓。他恳请上天赶快派一个圣人来,能够救民于水火之中。他祷告完以后,第二天就让我派人去巡查哪位大臣士绅家生下了男孩。我查来查去,虽然有几家生了孩子,但都是女孩。只有你是一个男

孩。我给皇上禀报后,皇上说,以后拯救天下的就是这个孩子吧,让他父母抱过来,朕看看!当时你是不记得啊,明宗皇帝把你抱在怀里给你说,以后天下就靠你啦。

“明宗皇帝还嘱咐我,不管世道多乱,哪些人当了皇帝,都让我一直在朝中做官,并且一直教导你。”

听到此处,赵匡胤的眼泪流了下来,说:“师父,我没有拯救天下的本事。让你和明宗皇帝失望了。”

“不不,你有。”冯道又咳嗽了一声,“当今的大周皇帝,虽然有一定才能,有励精图治之心,但是志大才疏,加上刚愎自用,又好疑嗜杀,所以,他是完不成他的宏愿的,再加上他最近又荒淫好色,把身体给掏空了。我观他印堂发暗,双目无神,恐怕会不久于人世。他死以后,就是他六七岁的小儿子继位,到那时,你可以取而代之,为国为民造福。”

“皇上待我恩重如山,师父,师父,你不能这样说。”

“我平时是怎么教导你的呢?我经常给你说的一句话是什么?”冯道疾言厉色。

“只要能利国利民,不管自己的声誉好坏。”

“是的,只要能利国利民,后人怎么评价吾等,无所谓。”冯道说,“我是看不到那一天啦!到那时候,你当取不取,反而招祸。这不是为了你赵匡胤个人,而是为了天下的百姓。”

“师父,我不能。师父,我不能。”赵匡胤哭道。

“你不听我的话,就是不遵守圣人之教,你的列祖列宗也不会原谅你的,天下百姓也不会原谅你的。”

“师父的话我会记住,我会一直为国为民,请师父放心。”

“这就对了。”

和赵匡胤谈话后没几天,一代大儒冯道撒手人寰。

世宗虽然也出过几回征,但那时自己不是统帅。做统帅和做将军,滋味到底是不一样的。柴荣回看身后,队伍整肃,旌旗招展。军士们的刀枪,在阳光下明光耀

眼,远远望去,白白亮亮。战马与人搅起的尘土,遮天蔽日,路上就像有一条土龙,奔腾跳跃。走了几天,方遇上了北汉刘崇的队伍。两军摆开阵势。双方各出一员大将,在马上挺枪互搏。两人尚未分出胜负。忽然,周军右侧发生了一阵骚动,柴荣不知道发生了什么事情,忙派人打探,到底怎么回事。传令的人还没有回来,只见周军将领何徽、樊爱能竟然率领一帮亲信,跑到刘崇阵前,口称投降。周军都愣了,不知怎么回事。

柴荣本来脾气就不好,这下更是怒火满腔,大呼一声:“杀!”挥剑直扑汉阵。刘崇见柴荣要玩命,忙喝令万箭齐发。一时箭如雨下,周军忙用盾牌护住世宗柴荣。柴荣倒无事,随从的军士可就惨了,中箭者倒在地上,血流如注,哀号不止。周军经此两挫,士气已失,眼看着就要溃败。汉兵也做好了冲锋的准备。

赵匡胤此时是宿卫将,随在世宗左右,见形势危急,乃大喊道:“我们做臣子的,应为皇上分忧。皇上若有危险,我们应以死相救。养兵千日,用兵一时,是大周儿郎,就随我冲!”说着,挥舞着一根铁棍,直杀入汉阵。其他将领顿时士气大振,又起了争功之心,亲随匡胤,冲入敌阵。周军个个拿出拼命的架势,汉军不曾提防,吃了一惊,纷纷乱逃。这一逃,阵势就全乱了。阵势一乱,就更加胆怯。汉军忽然就溃败了下来。契丹军本来就是借来的兵马,与周军没什么仇恨,跑得比谁都快。世宗马鞭一指,周军大队掩杀过去,杀得汉兵哭爹喊娘,血流遍野。

汉主刘崇退入河东,闭城死守。周朝降将何徽、樊爱能本以为周兵必败,为了保命,临阵投降。现在汉兵一败,慌急间也随着乱跑。谁知到了城门口,刘崇却下令,拒绝降兵入城。何徽、樊爱能道:“我军真心降顺大汉,愿汉主接纳,否则,我等就没有性命了!”汉主刘崇道:“你们临阵投降,背叛主人,谁敢要你们?何况你们万一是柴荣派出的奸细,若里应外合,我们还有活路吗?你若想入城,除非拿柴荣首级来!”说着,就关了城门。

何徽、樊爱能垂头丧气,带了一千多个降卒,在野外乱走。大家又饥又渴,要粮食没粮食,要营帐没营帐。到了半夜,寒风一吹,更是怨声四起。何徽道:“想不到汉军会一败涂地。闪得我们有国难奔,有家难归。要不,我们还回周军?皇上或念

我们平日功劳,饶了我们,也未可知。”

“你就别做梦了。皇上的脾气,你不是不知道。千万回不得周军。回去了,军士们或可保命,我们二人定要掉脑袋。临阵投敌,皇上已将我们恨之入骨了!”樊爱能倒很清醒。

“那,怎么办?”

“怎么办?只好找一个山头,落草为寇罢了。能活几年是几年吧。”樊爱能有些伤感。

“可,爷娘妻子,都在东京呢,这一辈子,怕是见不着他们了。”何徽眼里已有泪花。

“还想什么爷娘妻子?要想爷娘妻子,也不会弄成这个样子。去他娘的,大不了一死,大丈夫敢作敢当,活一天算一天!”樊爱能发狠道。

两个人思来想去,长吁短叹。谈话全被手下兵士听到了。兵士们议论道:“我们一时糊涂,被这两人裹挟了投降。我们家眷全在大周,降了汉,何时能与家人团圆?何况汉主又不收留我们。现在上不着天,下不着地,我们为什么不能回去?皇上怪罪的定是他们二人,我们是小卒子,何罪之有?我们若把这两位将军绑了,献给皇上,皇上定不会怪罪我们的!”又冷又饿的士兵们,早就想回到温暖的军帐了。大家说干就干,拿出刀械,就把何徽、樊爱能围了起来。何徽、樊爱能虽奋力抵抗,武艺比士兵们高超,但他们二人,怎抵得上一千多个人?二人身上,皆中了刀剑,被士兵拿了起来。

这帮人一到周营,就被团团围了起来。一千多人弃了刀剑,跪在地上请罪。世宗一见他们,气不打一处来,大喝一声:“来人,给我统统砍了!”

“皇上,临阵倒戈,全是何徽、樊爱能所主使,兵士们不过是一时糊涂。还望皇上仁慈为怀,饶了士兵们。士兵们定会戴罪立功,报答皇上。”赵匡胤劝道。

“皇上!”士兵们统统跪下了。

“好吧,就饶了他们。只是何徽、樊爱能绝不赦免!若饶了他们,今后就无法治军了!把这两个背主投敌的家伙,速速斩首!”

顷刻之间,兵士们献上何徽、樊爱能首级,世宗怒气才算稍平。

第二天一早,世宗命军士饱餐,奋力攻打河东城。军士呐喊鼓噪,架起云梯,强行上爬。汉军往下射箭、扔石。周军纷纷负伤,掉下城来。赵匡胤生得一计,命军士点上大火把,往城里乱扔,城内一时浓烟滚滚。匡胤身先士卒,爬梯先上。没承想一声锣响,城上如雨矢石,又打将下来。匡胤只觉左臂一痛,只见一支长箭,已射在了身上。匡胤咬牙,拔出箭来,顿时血流如注。匡胤不得已,只好退回阵中,准备裹好伤口,再行攻城。世宗见匡胤左臂皆被染红,心中不忍,忙命医官调治,勒令全军还营。

二、从征淮南

显德三年,周世宗下令,征伐淮南。淮南为李氏所占据,国号唐(史称南唐),此时的皇帝是南唐的第二代皇帝,名叫李璟。南唐的第一代皇帝是李璟的父亲,叫李昪。李昪出身微贱,先是认杨行密为义父,杨行密的几个儿子很讨厌他,多方排挤。李昪没有办法,只好又认徐温为义父,徐温乃杨行密手下大将。李昪因为自己是义子,所以对徐温十分孝顺、恭谨。徐温就骂自己的几个儿子:"你瞧瞧你们几个,一点儿也不懂事。你瞧我那义子知诰,没有一点儿毛病,你们要是能有他那么好,我也就不用操心了!"李昪认徐温为义父后,为表恭顺之心,竟然将自己改名为徐知诰。

徐温屡屡夸奖徐知诰(李昪),引起了徐温其他几个儿子的嫉妒与愤恨,尤其是徐知训,更是愤愤不平。思来想去,就想把改名徐知诰的李昪杀掉。知训先埋伏好武士,然后请李昪赴宴。李昪不知,还以为知训要与自己和好,所以格外高兴,不停饮酒。斟酒的一个小吏叫刁彦能,不忍心看着李昪被害,就在倒酒时,用指甲掐他的胳膊。李昪见他有此种奇怪举动,心中马上就明白了,推说身体不爽,匆匆告辞了。

徐温颇重用李昇，任他为刺史。李昇自知自己没有根基，所以对下边人十分谦和，经常给些恩惠。他常常派人到民间去偷偷察看，看谁家实在困难，没有吃穿了，就送些钱过去。老百姓都说李昇好。江南盛夏，十分炎热。李昇领兵时，不打遮阳伞，也不扇扇子。人家给他送来遮阳伞，他也不要。他对手下人说："兵士们都在那儿暴晒，我怎么忍心用这玩意儿呢？难道我是父母养的，别人就不是父母养的？"所以江南名义上是徐温大权独揽，实际上江南百姓早就归心于李昇了。

徐温病死，李昇大权独揽。此时只剩下个傀儡皇帝杨溥。李昇一日照镜，见铜镜内自己鬓发已白，乃叹道："我已经老了，可功业还没有成就，怎么办呢？"

天祚三年，李昇建齐国，自己为齐王。傀儡皇帝杨溥倒还知趣，连忙将皇帝位"禅让"给了李昇。李昇见皇帝懂事，就给他上了一个尊号"高尚思玄弘古让皇帝"，让他到润州丹阳宫去住。

李昇当了皇帝，还姓徐，实在是不像话。李昇的几个儿子就劝李昇，恢复原姓原名。李昇说："我之所以有今日，与徐氏栽培密不可分，我怎么敢复姓忘恩呢？"诸子劝道："只要善待徐温后代，就可以了。皇上不复姓，列祖列宗在地下也不安心。"于是李昇不再叫徐知诰，又成了李昇。徐温的子孙皆封为王、公，女性皆封为郡主、县主。

李昇既然又姓了李，不能不找个显耀的祖宗。他本是出身平民，想来想去，觉得和刚刚灭亡的李唐联起来，既光彩，又能收买民心。所以他对别人说，他是唐宪宗之子建王李恪的后代，是唐朝的正宗传人。既如此，国号就不能叫齐，就必须改成唐。后代人多以南唐称之。

李昇死后，长子李璟即位。

话说匡胤上次在伐北汉战役中功勋卓著，世宗非常喜欢他，回到汴都后，升他为都虞侯，并领严州刺史。

征伐北汉时的倒戈事件，让世宗柴荣夜不能寐。他反复思考了几天，觉得关键还在于军士身体不行，武艺不行，不听号令。军队必须整顿。这个任务交给谁好

呢？他想起了赵匡胤。赵匡胤不但忠心耿耿，而且武艺高强，在军中人缘也好。

赵匡胤接到整军重任，知道不可视为儿戏，遂大张旗鼓，淘汰了一大批老弱病残、武艺低微、不听号令之兵，并从民间招募了一大批身强力壮的年轻人，所要求的条件是：琵琶腿、车轴腰、宽肩膀。琵琶腿，就是大腿很粗，这样的人腿有力；车轴腰，就是腰要细，这样的人转动灵活。宽肩膀就不用说了，也是孔武有力的象征。

赵匡胤天生神力，从小就苦练武艺，再加上经过陈抟师父的点拨，还有大理高僧的指点，自己遂创制了一套长拳。现在拿来教士兵，倒是虎虎生风。

士兵们对赵匡胤也衷心佩服。平日里大家在一起喝酒、玩博戏，玩得不亦乐乎。赵匡胤刚投入周太祖郭威军中时，就结交了杨光义等几个兄弟，兄弟就更多了。

有天，赵匡胤正在训练士兵，忽然看见一个脸上长了胡子的士兵，脸形似曾相识。他走到这士兵跟前，问他："军士，你是哪儿人？"那军士道："回将军的话，关西人。"

听着这声音，赵匡胤猛然想起了这人是谁，遂一把抓住他的手腕："你且随咱家，到屋内坐坐。"

到得屋内，赵匡胤冷笑道："王彦升，你胆子倒不小。身为匪首，竟然敢混到军中，是要刺杀本将吗？"原来这人不是别人，正是灯笼山匪首王彦升。他差点杀了柴荣。要不是赵匡胤武艺高强，柴荣就命丧他手了。

王彦升扑通一声跪在地上："赵将军以前的不杀之恩，小的一直记在心上。小的一直日夜思谋报答，怎敢有其他心思？实在是走投无路，小的才厚着脸皮来投奔将军，日后也好混个前程。"

原来，灯笼山匪徒因分赃不公，起了内讧，自相残杀。王彦升自己也差点丧命。他在灯笼山立脚不住，听说赵匡胤功勋日大，才来投奔，但又担心赵匡胤不要他，才蓄起了胡须。

"你起来吧。"赵匡胤叹了一口气，"你也算是一条好汉。虽然曾经想杀皇上，但你并不知道他是何人，何况也没有伤害皇上，算你走运。你既然来了，就留在这儿

吧。只是以后不要和别人乱说以前的事,否则,谁也救不了你。"

"是是。"王彦升叩头如捣蒜。

"以后,你见了皇上,要躲开。认出你来,我也救你不得。"

"小的官微职卑,也难有福见到皇上。"

"见不到,是你的造化。"赵匡胤道。

他父亲赵弘殷见儿子立了大功,不禁动了争荣夸耀之心。所以此次世宗征南,赵弘殷屡屡请求,非要随行不可。匡胤道:"父亲年纪大了,在家休养休养,多陪陪母亲也是好的。征战了大半生,难道还没有过足瘾头吗?"弘殷道:"为将不争战,不就成了废人?难道只有你们后生能为国效力,偏我等就不成?"匡胤道:"话不能这样说。父亲为国已立不少功劳,皇上之意,恐也要父亲颐养天年。"赵弘殷道:"我说去便去,你一介乳臭小儿,挡得住我吗?"

杜夫人见父子两个说不到一块儿,也劝弘殷:"待在家里吧。你平日在家闲待,还要咳嗽、头痛,上了阵,不是更厉害吗?万一有个闪失,叫我如何再活!匡胤我本想让他从文,谁知他偷偷地跑出去从军。有匡胤一人在阵上,我就够悬心了,再加上你以这老朽之躯去冒风险,我只怕连觉也睡不稳。一家子出两个这样的东西,叫我操不完的心!"杜夫人说着说着,就眼泪汪汪的。但哭归哭,还是拗不过赵弘殷,只好从他。杜夫人叮嘱了又叮嘱,让匡胤照顾好父亲,不要让他出战,只让他随阵即可,匡胤一一答应。

周军先锋由归德节度使李重进担任。兵至正阳。南唐守将刘彦贞害怕周军进攻,想了些妙法,在营寨上绑了许多尖刀,寨栅间皆用铁索固定,又用皮袋盛许多铁蒺藜,撒在地上,妄图以此固守。刘彦贞又用木头刻了许多怪兽,布在营寨前,以为如此就可使周军害怕。

李重进见了唐军的花样,不禁哈哈大笑:"南唐派此人来拒敌,岂不可笑!此人只会装神弄鬼,吓唬小孩子,看我不吃饭,先消灭了他。"遂挥兵进攻。唐将刘彦贞果然心怯,率兵败逃。李重进紧追不舍。唐军丢盔弃甲,一败涂地。

赵匡胤率军，紧随李重进之后。唐将何延锡前来迎战，斗不上十个回合，何延锡拨马便走，匡胤紧紧追赶。看看前面是片树林，何延锡转入林中，便不见了。匡胤到得林中，东寻西走，不见人影，心中纳闷。猛听得“叮叮当当”的钟声，抬头一看，树林中露出一角红墙，原来是座寺庙。匡胤暗思道：“何延锡别无躲处，定是躲到了寺庙中，看我进去擒他。”

庙内树木参天，落叶满地。除了偶尔的鸟鸣声，别无杂音。匡胤到得大殿门前，朝里一望，只见几个和尚，在蒲团上打坐。匡胤不便打扰，正想起身离开，忽然瞥见里面还有一个和尚，身材高大，面壁而坐。匡胤觉得奇怪，别的和尚都气定神闲，独那和尚不时往后偷偷扭头，似在担心什么。匡胤心中顿然明白，上前一把抓住那和尚的帽子。和尚帽子掉后，竟然露出头发，再一看脸，不是唐将何延锡是谁?

何延锡见匡胤已识破他身份，奋力一挣，朝匡胤身上就是一拳。匡胤躲过，也朝他身上还了一脚。二人打来打去，就打到了殿外。匡胤用手中棍，一棍击中何延锡肩膀。何延锡负痛，跑出寺院。匡胤赶上，一棍打在何延锡脑袋上，何延锡便躺在地上，再也不跑了。

周兵一路势如破竹，南唐主李璟十分恐慌，派皇甫晖、姚凤，领兵十余万，前来抵挡。皇甫晖对姚凤道：“周兵士气正盛，你我不可前去。不如固守清流关，待周兵士气低落时，再行出击。那时，定能大获全胜。”姚凤道：“将军所言，甚是有理。等周兵懈怠，再与他厮杀。清流关地势险峻，一夫当关，万夫莫开，何况我等有兵十万，怕什么，除非那周兵长了翅膀!”

清流关在滁州西南方向。世宗见唐军据险而守，不愿出战，不免犯了踌躇。匡胤道：“皇上不必忧虑。谅一清流关，何足道哉。只要给我两万人马，我保证夺下此关。”世宗道：“你休轻敌，切不可凭血气之勇。皇甫晖、姚凤征战多年，况又凭地利，你就是有天大本事，也使不上。怎么想个法子，激他们下关来战，就好办了。”匡胤见世宗说得有理，就带领兵士，前来关前叫阵。皇甫晖、姚凤就是不理。匡胤大怒，大骂道：“你们唐军将士，不愧生在水边，个个做缩头乌龟。敢是你们娘老子，嫁与乌龟了吗?”皇甫晖见骂得不成话，顿时怒火上冲，非要下关应战。姚凤忙止道：“将

军不可冲动。一冲动,就中了北蛮子的诡计。任他叫骂就是,等叫骂累了,我们方下去报仇。到那时,拿住他们,一个个剁成肉酱,扔到江里喂王八。”

赵匡胤叫骂了两天,忽然莫名其妙地就撤了军。皇甫晖、姚凤心中奇怪,就趁黎明开了关门,派人下来侦探军情。没承想赵匡胤等人,竟在关门下伏了两天,见唐军出关,一拥而上。守门军士措手不及,正要关门,早被周军劈倒在地。既已夺得清流关大门,周军一拥而入,与唐军叮叮当当大战起来。皇甫晖、姚凤闻变,慌忙披挂上马。只见周军个个如饿虎扑食,没命乱砍乱杀。皇甫晖、姚凤无心恋战,拨马往滁州城方向就走。周军在后紧追不舍。到了滁州城中,皇甫晖忙命紧闭城门,任周军在外叫骂。

赵匡胤见唐军已成惊弓之鸟,心想,若不一鼓作气,滁州就不好进攻了。忙命士兵架云梯攻城。城内唐军尚未立住脚,只是乱射乱砸。但因居高临下,周军竟一时攻不下来。

少顷,皇甫晖上得城头,大喊道:“城下周军听着,休放冷箭,教你们主将出来答话!”赵匡胤闻言,跃马出阵,大喝道:“有什么话快讲,否则一会儿丢了命,便讲不成了!”

“敢问将军尊姓大名?”皇甫晖在城上一拱手。

“我就是赵匡胤。你们有本事,有胆量,就该下来决一死战,如此,方算得男子汉。若怕了,就拱手而降,也算是识时务的俊杰。怎么不战又不降,一个劲儿地躲?不是躲在关里,就是躲在城中,岂不惹天下英雄耻笑?关已打破,城破也指日可待。我看你们还躲向哪里?”

“赵将军,你不要逼人太甚。你我各为其主。大周自是大周,大唐自是大唐。各不相扰,安居乐业,岂不甚好?你们主子无故兴兵,是何道理?”姚凤要与赵匡胤辩理。

“自古华夏一统。你们主子本是人之养子,二姓家奴,乘天下混乱,僭伪称帝,不过是跳梁小丑一个。若不平定你们,天下都学你们,百姓还有好日子过吗?十里一州,百里一帝,天下分崩离析,休想安宁得了!”赵匡胤手指二将,侃侃而谈。

“你们周朝主子，为人臣子，却篡夺人之国家，是十足的伪帝！我们主子乃大唐后裔，正宗嫡派，要‘伪’，也是你们‘伪’，怎么反来指责我们！”皇甫晖也伶牙俐齿。

“休废话，有种的，就下来列阵，决一胜负。否则，城破之日，玉石俱焚！”匡胤道。

“好，你等着。我们就开城下去。让你知道，我们大唐将士的厉害！”皇甫晖说着，就动了豪气，披挂上马，与姚凤一起，大开城门，率兵冲杀出来。周军一路势如破竹，正心痒难熬，见了唐军，就如老虎见了羊羔一般，上前猛砍猛杀。赵匡胤突入敌阵，直奔皇甫晖。将一根铁棍，使得虎虎生风。皇甫晖没看见人影，却只见一个呼呼转动的大铁轮。用刀去砍，只听“叮当”一声，两臂酸麻，手中刀“铮”的一声响，直飞了出去。皇甫晖伏鞍便走，赵匡胤一棍，打在他腰上，再一棍，结果了他的性命。姚凤见皇甫晖已死，拨马便走，被周军将士乱刀齐下，砍死在马上。

滁州已占，赵匡胤喜气洋洋，带兵整整齐齐，缓步入城。到了衙署，一面派人向世宗报捷，一面出榜安民，命民众休惊慌，大周爱民如子，等等。果然过了两天，滁州店铺又都陆续开张，街上行人也渐渐多了。世宗命翰林学士窦仪，前来登记滁州府库中的物品。匡胤随往，窦仪一件一件，都仔细登记在册。匡胤见库中绢匹甚多，且颜色不错，就叫人：“搬走些绢匹，与军士们做些新衣穿！”窦仪忙制止道：“将军刚入滁州时，府库中想取什么，就可取什么。但现在既已登记，这些东西就已属于朝廷。将军要用什么，须得皇上圣旨。不然，窦仪担不起这个干系！”匡胤道：“将士浴血奋战，才拿下滁州，取几匹绢，打什么紧！”窦仪道：“军有军规，国有国法。若一味乱来，势必不成体统。请问将军，若有人在阵前不遵将令，将军可依吗？”匡胤想一想道：“多谢学士提醒。匡胤知错了。号令严明，才能打胜仗。此关系国家大事，非是一匹绢、两匹绢的小事。”窦仪道：“将军是明白人。窦仪在此谢谢将军。”二人哈哈大笑。

窦仪道：“皇上还派了一人，来滁州助将军打理政务。”匡胤道：“是何人？”窦仪道：“乃将军之旧交，赵普赵则平。”匡胤喜道：“有他来辅助，我就没有什么忧虑了。赵普爱读书，尤熟《论语》，出口成章，遇事有方。过去我闲游时，很多坏主意，可都是他出的呢!”窦仪道:“将军实在是个趣人。”

赵普果然在第二天就到了,穿着簇新的官服,很精神的样子。匡胤道:“你这一做官,一肚子坏水可就有地方放了!”赵普道:“将军现在喝酒,不用赖账了吧!”二人是老熟人,故说笑了一回。匡胤道:“晚上到我处,我与你接风洗尘。老嫂、侄儿、侄女都好吗?”赵普道:“好好。你老嫂可是就怕你不去叨扰。”匡胤道:“等我一回京,先要去的,就是你家。要喝得烂醉如泥,在你家中躺三天!”赵普道:“只要弟媳愿意,躺六天,我也不在乎!”

晚上,匡胤与赵普对烛饮酒。二人酒一下肚,就高兴了。说着说着,就说到了妓院里哪个妮子漂亮,哪个妮子有情。匡胤道:“想一想,不做官也有不做官的好处。年轻时我们在一起,想玩就玩,想吃就吃,想睡就睡。不操他娘老子的这许多闲心,该是何等快活! 如今,连个找妮子的空儿也没有了!”

“可也没人逼你读书了。当日为了买一盘牛肉,我们两个团团乱转。转了半天,只好跑到农家,捉了只鸡煮来吃。岂不可怜!”赵普喝了一杯酒。

“那鸡的味道,真是好得很。也奇怪,那时吃什么都觉得香,现在吃什么,都那么回事儿。不知是食物变坏了,还是我们吃刁了?”匡胤大发感慨。

“八成是吃刁了。口之于味,是越吃越挑剔的。这正如找妮子,今日找个丑八怪,明日再找个长相一般的,就觉得美如天仙了。可今日若找个百里挑一的,明日就是有美人儿,你也不稀罕了! 再者,有什么,就不稀罕什么。现在我们厨下,有的是鸡鸭鱼肉,所以不想吃。要是连粮食也没有,还不稀罕吗? 家妻每日在旁,自然也就不想与她亲热。常言道:‘老婆是别人的好。’”

“要是许多时不见,自己的老婆也是让人想的。”匡胤又喝了一杯酒,似乎陷入了沉思。

两人正闲话,忽然军卒来报,说是有支人马,言称是将军之父,要求开城门进来。兵士们不敢自作主张,特来请示将军。

匡胤听说父亲到来,忙拉赵普一起,上了城头。往下一看,果见城外依稀有支人马。匡胤大声问道:“来将为谁?”城下那将领答道:“是我,我是你父,难道连我的

声音你都听不出吗?”匡胤道:“父亲为何深夜到此?”弘殷道:“路途不熟,走错了方向,故现在才到。天气寒冷,望快开城门,放我们进去。”

“夜间不准擅开城门,乃我大周律令,父亲难道不知吗?”赵匡胤问道。

“我怎么不知?那不过是为防意外,怕敌军乘黑袭城。现在只有我等,快开城门,放我们进去!”赵弘殷有点生气了。

“要不,就放他们进来吧。老将军年纪大了,遭了风寒,可不是玩的。”赵普劝道。

“不,朝廷律令,任谁也是不敢违犯的。父子固然血脉相连,但那是家事。开不开城门,那是国事,二者绝不能相混。”匡胤决心已下。

“几年不见,将军真令我刮目相看。”赵普正色道,“不开城门也可,你看,是否为老将军扔下一些衣物?”

“下面那么多人,只为父亲扔下衣物,合适吗?军心能不受影响吗?为了国家,只好委屈父亲了。”匡胤双眼已经湿润。

“父亲,大周律令,孩儿不敢违犯。等到天明,孩儿即接父亲等入城。让父亲挨冻,匡胤不忍,愿在城头,陪你们一夜!”

“别,别,你回去吧,我们等一会儿,天就亮了。孩儿能严守国法,我心甚慰。”赵弘殷听了儿子的话,也就没有气了,反而怜惜起儿子来。

匡胤在城头蹲到天明,赵普也陪到天明。听着父亲因受冻在城下阵阵咳嗽,匡胤真是心如刀扎,几次下城去,想打开城门。兵士们见主将守在城头,也都起来了,立在寒夜中。匡胤命除值夜的外,全部回屋歇息。兵士们叹息良久,心中不由十分钦佩。

赵弘殷原奉世宗命令,与韩令坤一起,攻占了扬州。世宗考虑到弘殷年纪已大,就命韩令坤独守扬州,命弘殷到滁州,与儿子匡胤相会。世宗的意思,无非是要匡胤对父亲多照顾一些,叫父亲少操些心。谁知弘殷到了滁州,却在城外被冻了大半夜。天明入得城来,就浑身发热,咳嗽不止。匡胤心中又痛又愧,亲自去请郎中,为父亲医治。无奈年纪大的人,有了病,百般吃药,也无济于事。匡胤急得头上冒

火，整天让兵士不停地煎药，弄得住室内外一片药香。郎中换了一个又一个，所得结论都大同小异，都说是外感风寒，只需静养便是。匡胤大骂他们都是庸医，扬言要砍了他们的脑袋。郎中们害怕。平日个个号称有家传秘方，包治百病，此时都纷纷摘了招子，关门歇业。赵普劝道："将军休急。俗言道'病来如山倒，病去如抽丝'，老将军年纪大了，有个病儿灾儿的，也是免不了的事情。我看老将军的病，虽重，却无险。何况又日渐见轻，将军急什么呢？"匡胤道："父亲身体一向不错。只因未开城门而得病，岂非我的过错？见了母亲，该如何交代？"

再说那唐主李璟见周军势大，遂心生怯意，向周奉表称臣，并献牛五百头、酒二千石、金银罗绮数千，并愿割寿、濠、泗、楚、光、海六州给周，唯求周主罢兵。周世宗见降表，大怒道："天兵到来，你们屡屡抵抗。一开始为什么不降？现在再降，已晚了！"扯碎来书，命将使者斩了。南唐使者跪地告饶，世宗怒气方息。

三、逍遥扬州

韩令坤攻占了扬州，见扬州市井繁华，美女如云，不由心中暗喜，只是赵弘殷在旁，未免有些不便。令坤与匡胤是好友，匡胤之父就如他父亲一般，他怎敢乱来？令坤老想让弘殷远走，想来想去，就想到了一个好办法，上表给世宗，言弘殷年老体衰，不宜多操劳。应让他与儿子匡胤在一起，以便照顾云云。世宗果命弘殷去了滁州。

赵弘殷一走，韩令坤就"山中无老虎，猴子称大王"起来。带几个亲兵，每日三街两舍，胡游乱逛。哪个饭馆有名，就到哪个饭馆去吃。吃过了，饭馆伙计要收钱，亲兵就瞪眼道："瞎了你的狗眼，敢跟爷爷我要钱！睁眼瞧瞧，这位就是韩大将军。韩将军浴血苦战，把你们扬州全城，从唐狗手里夺了回来，救了你们全城的性命。你们不去慰劳我们，我们不怪你们也就是了。现在吃你们一顿饭，你们还有脸来收钱？"说着，亲兵们就动手，把桌子掀翻，盘子砸几个。伙计吓得屁滚尿流，点头哈

腰,一脸赔笑。韩令坤觉得,这才像个做将军的样子。

吃饱了,喝足了,韩令坤就觉得想干点什么,尤其想干一点儿有趣的事儿。令坤用牙签剔着牙,腆着肚子,在一群亲兵的簇拥下晃晃地走。一街的行人想看又不敢明目张胆地看,不看又不甘心。韩令坤本来是个黄巴巴的脸儿,这几天到了扬州,吃得好,喝得痛快,脸就红光光的,油汪汪的。韩令坤道:“这扬州的饭菜,倒是比东京的饭菜细致些,不过吃多了,也就那么回事儿。花样太少,花样太少。”亲兵们忙说:“扬州的厨子,怎么着也比不上京城的厨子。韩将军只好将就些吧。”令坤伸了个懒腰道:“别说京城的名厨,就是我们家的厨子,做出菜来,也是让你们大吃一惊。我们家的厨子,做菜是皇宫大内的做法。他师傅的师傅,在大内帮过厨的。”

“韩将军出身名门,自然见得多,识得广。到扬州这种小地方,真是受苦了。”亲兵们忙说。

“呃呃,”令坤摆摆手,“不要说什么苦不苦的。为了皇上,为了大周,我们什么苦都要受得。不要以为当官有什么好,当官其实是个苦差事。有些事情,你不想干也得干。比如这吃饭,你不吃也得吃。你不吃,老百姓就以为你不想在这儿待,看不起他们。他们这么一想,人心就浮动,人心一浮动,岂不是对国不利?所以不要以为吃饭就是吃饭,这里边学问大得很哪!人家见我稳稳地走在街上,就会说:‘啊,看大周的将领,多安心,他们准镇得住,坐得长。’使老百姓心向大周,这不是好事吗?”令坤的一席话,说得亲兵们茅塞顿开,佩服得五体投地。深悔自己没有头脑,只知吃饭,还以为将军也好吃,真是该打,该打。

眼看着夕阳西下,令坤想找个地方歇一歇,玩一玩。亲兵们你瞪我,我瞪你,大家都知道勾栏最好,但谁也不敢开口。万一令坤翻了脸,说引诱将军违犯军纪,谁受得了?等了半天,令坤见大家都不吭声,就说:“你们怎么这么笨,勾栏里不是最好玩吗?我们就去勾栏里玩!”亲兵们见将军发了话,自然乐得随从。令坤教导他们:“不要以为勾栏里去不得。到勾栏里不光是玩一玩姑娘。勾栏内三教九流,什么样的人都有。说不定,还能探得军情,抓几个奸细呢!”众人见将军又从逛勾栏这等小事翻出了新意,不禁更加叹服,心想,怪不得人家当将军,脑袋瓜儿就是特别灵，跟别人的不一样。有什么办法呢？人家的爹妈给的嘛。

到得勾栏内，鸨儿接着，满脸堆笑，叫伙计端茶，上点心、瓜子。鸨儿问道：“几位爷爷是打茶围，还是过夜？”韩令坤道：“打什么鸟茶围，假斯文。我们要在这儿过夜，实实在在地过夜！”鸨儿道：“几位爷都在这儿过夜？”令坤道：“都过，都过。不过夜，来你这儿干吗？跟你说闲话？”

“要是几位爷都在此过夜，可要花费不少银子呢，几位爷银子可带够了吗？不是咱不相信爷，就怕爷出门时一时慌忙，忘了带银子。”鸨儿口气不软不硬，脸上一副皮笑肉不笑的模样。

令坤拍拍口袋，存心想逗逗她：“哎哟，你这老鸨儿怎么像咱家肚里的蛔虫？怎么什么事都猜得到？我虽然有的是银子，今日真忘了带。这样吧，先赊着账，明儿一总给你。”

“那就对不起了。我们这儿是有名的勾栏，可不接待没钱的穷酸。几位，请出去吧！”鸨儿的脸“唰”地就变了，活像下了一层霜。

“我要是不想出去呢？”令坤存心逗她，一边喝着茶，一边坐在椅子上，架着二郎腿儿。

“那，老娘我就不客气了！”鸨儿一挥手，从里屋站出来几个黑衣大汉，看那架势，个个都有武功。亲兵们见要动武，“唰”的一声，都抽出了佩剑，双方剑拔弩张，一触即发。

“别，别，且慢动手。有话好说，有话好说。”鸨儿见对方带着兵器，实在不好惹，忙出来息事宁人。

“敢跟我动硬，我一招手，就把你这破勾栏给拆成平地！别说你们，就是整个扬州城，我一声令下，也能夷为平地！”令坤发狠道。

“敢问这位爷尊姓大名。”鸨儿见他口气如此硬朗，有点害怕了。

“问我？”令坤用手指着自己的鼻子，“在下姓韩，名令坤，官儿不大，奉大周皇帝之命，镇守扬州。别的地方我管不着，扬州一草一木，都归我管，它就是一只蚂蚁，只要是扬州的，也得冲我点点头。你一个老鸨，在老子跟前叽叽喳喳，不想要脑袋了吗?"

"哎哟,我当是谁呢,原来是韩将军。久闻大名,久闻大名,都怪我眼拙。自家人,自家人,真是大水冲了龙王庙。将军你怎么不早说呢,跟我这妇道人家逗什么闷子!"鸨儿一招手,支走了那几位大汉,自己也扭啊扭的,走到令坤跟前,一屁股坐到令坤腿上,用手搂着令坤的脖子,与令坤挨挨擦擦的。令坤的那点火气,顿时就消失得无影无踪了。

"哎哎,少发腻,快,叫你们的姑娘下来,让我们挑一挑。你这老家伙,老得都啃不动了,还在这儿装什么嫩。"令坤道。

"将军看不上贱妾吗?"鸨儿佯做撒娇状。

"要是二十年前,你是我的心肝宝贝儿。现在老眉咔嚓眼的,有什么趣味?快叫些好看的姑娘下来。少发骚,老子对你不感兴趣。"

姑娘们一个个花枝招展,嘻嘻哈哈,你推我搡,从楼上下来。亲兵们一个个直了眼,直咽唾沫。令坤见那些姑娘,一个个涂脂抹粉,虽也搔首弄姿,有几分姿色,但他这情场老手,怎能将这些货色看在眼里?他一招手,很有气魄地对亲兵们说:"一人挑一个,玩去吧。"亲兵们正巴不得这一声,就如饿狼见到了腐肉,旋风般地冲了上去。

"哎哟韩将军,这么多好看的姑娘,还不入您的法眼?您瞧瞧这两个,多水灵,像两根水葱似的!"鸨儿又领来两个,硬往令坤怀里推。

"去,去。"令坤双手推开,"你放着好货色不拿出来,是欺负我没见过世面?"

"哪里哪里。你再借给我两个胆,我也不敢欺瞒将军。我们这勾栏内,只有这些姑娘了,全出来了。"鸨儿眨巴着眼,一脸很诚实的样子。

"我要是再搜出来呢?我可不是第一次逛勾栏。你这种把戏,我见多了。我要是再搜出好的,也不说要你的脑袋,我只需放一把火,把你这勾栏一烧,也就结了。让你这老家伙血本无归。"

"将军别动怒。我的勾栏内是还有一个姑娘,只是她不是我的人,从来不接客的。"

“在你勾栏内不是你的人,你娘的哄傻瓜哪？还想瞒我?”

“贱妾说的是实话。她姓杨,是南唐扬州守将马希崇的小妾。大周军破城时,马将军怕带着她不方便,就把她托付给了我。官爷的家眷,我每日锦衣玉食供着她,怎么敢让她接客呢?”鸨儿一脸真诚。

“看看,老子三审两问,就找到了你窝藏的南唐奸细。”令坤一脸得意,“就凭这一点儿,我可将你满门抄斩。快,带我去看一看,这奸细是何等模样。要不,再晚一会儿,这奸细就跑了。”

鸨儿怎敢违抗韩令坤的命令,只好带他到后花园内一座小房子前。令坤进入室中,见铺设古雅,墙上挂着剑,桌上放着一张琴,还焚着一炉香,香烟正袅袅上升。门廊下,是一个鸟笼,养的不知是只什么鸟,绿色的,在不停地抖着翅膀。

“杨姑娘,杨姑娘!”鸨儿叫着。

“唤我何事?”随着里屋门帘儿一动,款款走出一位姑娘。韩令坤顿觉眼前一亮,精神随之大振。那姑娘容长脸儿,两只眸子黑白分明,兼之气质娴静从容,身体修长,真有一种说不出的美。令坤一见,真像是雪狮子向火,酥了半边。鸨儿道:“杨姑娘,我教你认识一位贵人,这位就是韩令坤韩将军,奉大周皇帝之命,镇守扬州。”

“韩将军请坐,”杨姑娘既不吃惊,又不害怕,“韩将军之名,贱妾这几日已有耳闻。韩将军既然镇守扬州,那就是扬州百姓的父母官。韩将军的一举一动,可都是为大周所做呢,百姓们看不见大周朝,却看得见韩将军。韩将军定然是爱民如子,官清如水,不骚扰百姓。是这样吗?”

“韩某不才,蒙皇上差遣,不敢不效犬马之力。至于为扬州百姓,韩某还做得很不够,很不够。”不知为什么,在这美人面前,韩令坤竟觉得有些心慌,话也说得结结巴巴的。

“只要不扰民,不害民,让百姓安居乐业,就是好官。韩将军此来,可有什么事吗?”

“找你能有什么事?”韩令坤心里嘀咕道。心里虽这么想,嘴上却不能不应酬,

“在下虽公务繁忙，但久闻姑娘雅仪，故来一见，以慰平生之望。”

鸨儿是个识时务的人，见二人已说上话，就向韩令坤道：“将军，贱妾还有些琐事，失陪了。”令坤正巴不得她走，自然不再挽留。

“贱妾遭逢乱世，命运多舛，思之痛断肝肠，若非大仇未报，早已了此残生。”

“姑娘有什么仇恨，包在韩某身上。在这扬州，没有咱家做不到的事情。”令坤在美人面前，不免要显示一下男子气。

“我原是唐将马希崇的侍妾，将军想必已经知道。但我为何跟了马希崇，将军也许还有所不知。”杨姑娘语含悲痛，娓娓而谈。

“韩某愿闻其详。姑娘能将身世说与我，是看得起我，是对我的信赖。”

“我本出身于豪富之家。家中房屋众多，奴仆如云。自小就读书弹琴，充男儿教养。父母膝下，只有我和妹妹。谁知树大招风，盗贼早已觊觎我家财富。一夜风雨之际，一伙盗贼潜入我家，杀死我家连奴仆在内二百余人。父母及妹妹，皆同时遭难。我本不能幸免，其中一贼见我貌美，央求贼首刀下留情，我这才留下一条性命。”

“这伙贼人是哪里的，现在何处?”韩令坤道。

“其他人我一概不知，只知两人后来投靠了唐军，做了将领。其中一个，就是娶我的贼人，叫马希崇。另外一个是贼首，叫陆孟俊，现镇守泰州。马希崇离开扬州时，我反复劝他，他才将我留下。他好歹对我有救命之恩，我不忍暗杀他。贱妾最恨者，是贼首陆孟俊，是他杀了我全家。谁若杀了陆孟俊，贱妾愿做牛做马，服侍他一辈子。”

“既已知贼首姓名，此事还不好办？战场上若遇到，我一定杀了他，替你报仇。”

“如此，贱妾先谢过将军。到那时，贱妾定要重谢将军，无论将军要贱妾怎样，贱妾都答应的。”

令坤闻她说这种话早已筋骨酥软，遂去握她一双纤纤玉手。谁知杨姑娘愤然起身，正色道：“大仇未报，贱妾无心风月。纵然相逼，只有一死。若报了仇，贱妾绝不食言。”

“那,那马希崇,就没有亲近过你吗?”令坤此时已有了醉意。也不知是酒劲儿刚上来,还是因为美人当前。

“马希崇救过我的性命,自然与别人不同,但他并非想亲近我,就亲近我。否则,我早就自刎了。他敬我,怕我,喜欢我,我方忍辱至今日。”

“如姑娘之刚烈,我从未见过。但复仇之后,姑娘不会再死吧?”令坤到底是个细心人,先把丑话说头里,免得到时杨姑娘一死了之,自己竹篮打水一场空。

“贱妾活着,就是为了复仇。将军为我复了仇,此身就已属将军,贱妾怎敢轻生?贱妾虽是女流之辈,也是言必信,行必果的。”

“那好,咱们一言为定。等我为你报了仇,再来找你。”令坤道,“到时我把那陆孟俊的头颅拿来给你看。”

“但愿将军如此,贱妾不远送了。”杨姑娘依然冷冷的。

唐主李璟见求和不成,就下决心抵抗,命齐王李景达为元帅,领兵六万,来进攻扬州。探马报来,令坤吃了一惊,赶忙派人向匡胤求援。匡胤此时正在侍奉父亲,十分为难。若要弃了父亲去救令坤,觉得亏了孝道;坐视令坤危难不管,无论如何于理不通。正踌躇沉吟,赵普道:“将军只管放心前去,为朝廷效力。老将军只管交与我,你的父亲就如同我的父亲,管保侍奉得不比你差。”匡胤道:“军旅之事,可与先生商议,家务之事,怎么好意思麻烦您呢?”赵普道:“将军说这种话就见外了。将军姓赵,我也姓赵,本属一家人,分什么你我!若分你我,就是见外了!”匡胤紧紧握住赵普的手:“你我二人,以后就是亲兄弟!”匡胤带了两万人,往扬州进发,把滁州的事情,都交给了赵普。赵普对赵弘殷昼夜侍奉,端汤送药,没有丝毫懈怠。赵弘殷觉得,赵普真是个世间少有的大好人。

匡胤急急忙忙赶至六合,忽然遇见穿周朝衣服的士兵,一团一伙的,往西奔逃。匡胤喝住他们:“你们是谁人的部下,怎么乱走乱逃?”兵士道:“我们是韩令坤将军的部下,是镇守扬州的。唐军要来围攻扬州,据说声势甚大,韩将军就与我们一块儿弃城西来了。”

“那,韩将军在何处?”

“韩将军还在后边。”兵士道。

匡胤十分着急。他没想到韩令坤这家伙竟然如此贪生怕死，干出这种事来。他知道，扬州及江南重镇一旦丢失，后果不堪设想。想到这里，他马上对逃兵说：“你们都给我回扬州，我就是朝廷派来的援兵。有谁敢再往西迈一步，我砍掉他的脚。”一面又派人送信给韩令坤，责备他擅自弃城，声言他若不回守扬州，二人从此绝交。若退保扬州，自己马上就到，决不食言。韩令坤撤离扬州，本是因为胆怯。但他自己也觉得此事做得不好，上对不起国家，下对不起朋友。今见赵匡胤来援，韩令坤胆气又壮了，遂大刀阔斧，重新进入扬州，摆出了一副誓死坚守的架子。

南唐派遣陆孟俊前来攻城。令坤虽然胆怯，但事已至此，也只好硬挺。他命人备下几大缸酒，几十只鸡，与众军士齐端酒碗，并将鸡血滴入碗中。令坤道：“我韩令坤奉大周皇上之命，镇守扬州。生为大周人，死为大周鬼。人在城在。诸兄弟愿冲锋陷阵者，请满饮此酒；不愿效力疆场者，别怪我翻脸无情！”说完，大喝一声：“干！”咕咕嘟嘟的，一口气饮了一碗酒。众军士见主帅如此，也都咕咕嘟嘟的，一口气饮干了。韩令坤心想，酒是不错，要是有点小菜就好了。

韩令坤本有些酒量，无奈喝得猛了，竟有些恍恍惚惚，直想回去抱着枕头睡觉。但敌将的叫骂声已从城下传来。韩令坤大叫：“开城门，披挂上马！”众军呐喊一声，拥令坤出城，乍让人一看，倒也威风凛凛。

两军摆下阵势。对阵大叫：“周军的将领，你是何人，快快通报姓名，省得我杀了你，叫你做无名之鬼！”

“我的儿，你爷爷乃大周猛将，镇守扬州所向无敌雄霸江南的韩令坤。乖儿子，你叫什么名字，我和你娘生下了你，却不知你名字，快叫你亲爷知道！”

“那周军鼠将听着，爷爷叫作陆孟俊。陆乃陆地之陆，孟乃孟子之孟，俊乃俊杰之俊。你到了阴曹地府，去告爷爷吧！”

“乖儿子，你娘还好吗？还乱和人臊皮吗？她千好万好，就这点不好！”令坤一本正经，问候陆孟俊。恍惚间，令坤觉得这名字挺熟，似乎在哪儿听说过。蓦然间，一拍脑瓜儿，就想起来了：这不是杨姑娘的仇人吗？他娘娘的，真是踏破铁鞋无觅

处,得来全不费工夫。能不能替杨姑娘报仇,只能看运气了。

令坤正在发怔,唐将陆孟俊被令坤气得够呛,已挥兵冲杀过来;令坤挺枪上迎,与陆孟俊斗在一处。陆孟俊使一口大砍刀,虎虎生风,寒光闪闪。令坤本来武艺尚可,但在扬州这段,花天酒地,弄得身疲力乏,再加上喝了些酒,不由得有点气力不支。斗了几个回合,渐渐地败下阵来。那陆孟俊越战越勇,大砍刀连令坤头上红缨都削掉了。令坤心胆俱裂,虚晃一枪,伏鞍疾走。陆孟俊大喝一声:“哪里去!”在后紧追。眼看着就要追上,令坤急了,摘下弓,向后一射。陆孟俊听见弓弦响,慌忙伏鞍。见无箭来,笑道:“这厮使诈,我却不怕他。”令坤见他又迫近,又扯了一下弓,陆孟俊又躲了一躲。经过两次虚惊,陆孟俊已全无防备之意,挺直了身子,拍马快速追来。韩令坤心想,若不真射他一箭,还吓唬不住他。就偷偷取箭在手,扯满了弓,往他胸膛一射。陆孟俊以为韩令坤又是使诈,全不躲闪。忽觉面门一阵剧痛,不由倒栽下马来。原来令坤没瞄好,本拟射他胸膛,不承想歪打正着,竟把他射下马来。令坤大喜过望,叫:“小的们,拿下!”一帮亲兵一拥而上,把陆孟俊捆了个四马攒蹄。

唐军见主帅被擒,无心恋战,慌忙撤兵。周军见机,在后边又砍又杀,获兵甲、器械无数。这时客气,吃亏的只能是自己。令坤押了陆孟俊,带着士兵,排着整整齐齐的队伍,唱着凯歌,入城而来。

令坤带了陆孟俊,不入衙署,却往勾栏而来,兵士们已被命各回营中。令坤只带了两个亲兵。到了后花园,韩令坤大叫:“杨姑娘,杨姑娘,你看我给你送什么礼来了!”

杨姑娘正在看书,看见韩令坤押了一个满脸是血的人进来,吓了一跳,问:“韩将军,这是为何?”韩令坤道:“你不认识他?你再仔细瞧一瞧!”杨姑娘见那人模样,早已害怕得很,哪敢细瞧。

“不认识吧,这就是你家的仇人,陆孟俊。末将不才,已与你擒来了。”

杨姑娘闻听此言,仔细瞧上一瞧,果然是陆孟俊,不由得大哭道:“狗贼,你也有今日!”一面叫丫鬟,“把老爷、老夫人的牌位请出来!”

杨姑娘将父母牌位摆在桌子上,命陆孟俊跪在桌前。自己则向牌位哭拜道:

“父母阴灵不远。女儿已擒下仇人，马上就为你们申冤，愿你们从此能得安息。”说着，向令坤要了一把剑，朝陆孟俊就刺。

“姑娘，我与你无冤无仇，你为何要杀我?”陆孟俊自忖必死，但一个姑娘要杀自己，实在令人纳闷。

“无冤无仇？你杀了我全家二百多人，还想抵赖吗?”

“啊，你是马希崇的那个小妾？当年我让他斩草除根，他非要贪色。累得老子今日丢了性命。既如此，你杀我也理所当然，请姑娘给我个痛快的!”

杨姑娘日思夜想，就是手刃仇人，可事到临头，却怎么也下不了手。比来比去，最后“啯啷”一声丢了剑，坐在椅子上掩面大哭起来。令坤拾起剑来，说：“姑娘不要烦恼，姑娘的父母就是我的父母，我替你复仇就是了。”说着，一剑刺入陆孟俊胸中。陆孟俊竟然说了声：“多谢。”头一歪，就死了。令坤令亲兵将陆孟俊拖出，把血迹打扫干净。

杨姑娘仍是哭个不住。令坤劝她：“大仇已报，姑娘休再悲伤。”杨姑娘道：“我这是心里高兴。”令坤道：“怎么样，我说能替你报仇吧！凡我说到的事，没有不能办的。”杨姑娘翻身下地，朝令坤下拜：“多谢将军，贱妾代全家感谢将军。”令坤道：“以后就是一家人了，休得客气。”

“父母大仇已报，贱妾已无生趣。或一死，或出家做尼姑去。”

“别，别。”令坤闻言大急，“姑娘快休如此。韩某甘冒性命之危，与敌将周旋，就是为了博得姑娘欢心。姑娘也曾说过，大仇过后，就答应随我的，你可不能言而无信!”

“瞧你，我跟你开个玩笑，就急成这样?”杨姑娘破涕为笑，以指触韩令坤额头。

韩令坤全身顿时酥软了，关上房门，抱起姑娘就到了罗帐中。杨姑娘道：“怎么将军在帐中，全没有了战场上的精气神？不似在战场上威风。”令坤黯然道：“实话告诉你，战场上咱家也如此。”

陆孟俊被杀，确实使南唐士气低落，因为陆孟俊出身盗匪，素来勇猛凶狠，南唐诸将，都比不上他。现在刚一接战，就折了一个主将，南唐将士不免个个害怕。南

唐元帅李景达本想继续攻打扬州，经此一挫就没了斗志，踌躇不前。有部下建议道："扬州守敌凶悍，我们可去攻六合。攻下六合，就孤立了扬州。扬州若无粮草供应，能支撑几天？周人迟早是要弃城的。"李景达见说得有理，就率军西来。到了六合附近，先命立好寨栅，周围再挖出深沟，布好弓箭，防备敌人来偷袭。等了两天，竟不见六合城内有周兵出来。原来匡胤兵少，不敢率先出击。齐王景达也有怯意，故也按兵不动。对峙了几天，唐兵壮了壮胆，人喊马嘶，前来挑战。匡胤大开城门，带领众将大杀了一阵。周军勇猛，唐军势众，杀了一天，不分胜负，各自收兵回去歇息。

四、夜袭

入夜，匡胤令士兵饱餐一顿，并命每五人拿长木一根，火种、火把若干，众军士疑惑不解。半夜时分，匡胤率军，悄无声息向唐营进发。到得壕沟边，军士将长木横于壕沟上，攀木而过。唐营巡哨惊觉，鸣锣示警，匡胤命举火，众军士点燃火把，往唐军营帐上乱扔，霎时浓烟滚滚，火光冲天。唐军正在睡梦中，骤逢大敌，手足无措。被挤死、马踏死者，不计其数。有些将士侥幸穿上了盔甲，拿上了兵器，已大都被周兵一刀一个，送去见了阎王。

匡胤见唐营中尚竖着唐军中军大旗，就跃马过去，命人砍倒。中军大旗一倒，唐军就更乱了，像无头苍蝇，乱跑乱撞。周军杀唐军，就如砍瓜切豆腐一般。唐帅李景达见大军已溃，在一帮亲兵护送下，乘了一叶小舟，顺流而走。剩余的唐军，有的掉入江中淹死，有的被杀死。赵匡胤大获全胜，得军械盔甲无数，斩敌一万多人。

周世宗亲自率军，攻打寿州，但屡攻不能奏效，正在气闷，接到匡胤的捷报，不由喜上心头。世宗对宰相范质道："现在我军锐气正盛，不如大家合兵一处，一鼓作气，拿下江南吧。"范质道："目今天气已渐渐炎热。我们北人，不惯此等气候。现在兵士，已多有闹肚呕吐者。倘若疫情蔓延，我们想走也来不及了。何况我们出来已好几个月,将士已经疲惫。再强行争战,怕有不利。依臣之愚见,不如先回东京,待气候适宜,将士都养好了身体,再来攻打不迟。"

范质的一番话,早把周世宗说动了。但他为了顾全面子,还是说:"等我们把寿州攻下再走吧。我们已攻了几个月,耗费了不少人力、物力,若不拿下,岂不太可惜。"

"寿州可继续攻打,但不必陛下亲自在此,有一员能干将领在此,也就够了。"范质建议道。

"那,你们谁愿留下?"世宗问。

"陛下,臣李重进愿率军继续攻打,为陛下分忧。"

周世宗柴荣见诸事吩咐已毕,遂下令班师,返回都城。赵匡胤接到还都命令,到滁州来迎接父亲赵弘殷。赵弘殷病体已基本痊愈。匡胤道:"孩儿忙于国事,不能尽孝,心中真是有愧得很。"赵弘殷道:"儿啊,你可要好好谢谢赵普,人家可受了不少的累。"赵匡胤一揖到地:"则平兄在上,请受小弟一拜。"赵普道:"惭愧,惭愧,公若以我为兄弟,就不必如此多礼。"赵弘殷道:"你这位贤弟有德,亦有才。在皇上面前,你可要好好举荐他。"赵匡胤道:"父亲放心,我定当竭力举荐。"

周世宗大征南唐,得胜而还,诸将论功行赏。封赵弘殷为检校司徒,兼天水县令;赵匡胤为定国军节度使,兼殿前都指挥使。由于赵匡胤的推荐,赵普也被封为节度推官。自此,赵匡胤父子二人,全成了禁军的首领。

赵弘殷、赵匡胤回到家中,不免有些高兴。杜夫人和家人真是又悲又喜。悲的是争战凶险,不知哪日就要做寡妇;喜的是父子二人全身而还,且封官晋爵。丫鬟、乳娘纷纷前来贺喜。到了夜间,匡胤和金蝉年轻夫妻,分别已久,再重逢,高兴自不必说。且说杜夫人问弘殷道:"听说你在外生了病,可是真的?"弘殷道:"一点儿小病,没有什么。"杜夫人道:"你年纪大了,不让你出去,你偏出去。教家里担心,也给皇上添麻烦。"

"你怎能这样说?我此次出征,功劳可不小呢。"

"你到底说一说,也让我听一听。"杜夫人道。

“攻打扬州时，全亏老夫我调度有方。若只有韩令坤那乳臭小子，他会干什么？攻寿州时，皇上命人去买饼充饥。寿州卖饼的缺斤短两，饼又薄又小。皇上大怒，抓了十来个卖饼的奸商要杀，是我劝了又劝，皇上才把他们放了，这不又是一件功劳吗？”

“阿弥陀佛，这倒算是一件阴功。救人一命，胜造七级浮屠。”杜夫人合掌默祷。

“若不出去，怎么能升迁呢？”赵弘殷兴奋得很，“想不到老夫老了，又做了检校司徒。”

“此次出去，可寻花问柳了吗？”

“唉，我都这么老了，哪还对女人感兴趣。给我女人，我也不要。”赵弘殷赶快辩白。

“哼，少来哄我。别人不知你，我还不知你？连家里那个乳娘也不放过，还跟人家生了个匡美。就这，还硬塞给我，算是我的儿子，想起来，真让人恶心。”杜夫人提起此事，就恨从中来。

“小心点，别让孩子们听见了。匡美不是很可爱吗？”

“是可爱，他娘更可爱。早晚，我也要把那贱货嫁出去，你等着。”杜夫人道。

“你絮叨个啥呀，不嫌累得慌。赶紧睡吧，明日还要上朝呢。”赵弘殷小声劝她。

五、至死不降

周世宗从淮南返回，休息了一段时间，又想征南唐。赵匡胤进奏道：“淮南多水，若不训练水军，难以剿灭。”世宗见说得有理，就命人造大船，开挖河道。匡胤用唐降将做教师，率领周军将士上船操练。众军士一开始还觉得新鲜，觉得比在陆地上行走要省力多了。无奈在河中一快速行驶，有的军士就面色苍白，站立不稳，还有的伏在船帮上，呕吐不止。周军的战马，更是畏畏缩缩，死活不肯上船。匡胤命用大鞭驯打，马匹才肯往船上走，但一上船，就卧在船上，连草料也不肯吃。匡胤为

此忧虑万分,亲自向唐降将咨询。唐降将见赵匡胤如此谦恭,不禁十分感动,对赵匡胤道:"将军不须愁烦,只要让军士、马匹日夜不下船,保管过不了一月,人马俱会习惯。"赵匡胤就与军士、马匹在船上整日乘坐。周军大船,就在河中驶来驶去。军士们渐渐就习惯了,马匹们也渐渐能吃草料,也敢在船上站立了。匡胤又命在大风天,乘船疾驶,驶出百里,再驶还东京。又命船与船作敌手,互相跳船对打。并用小船载草靶,放入激流中,命军士在船上放箭,以训练军士的命中率。果然不到两个月,军士们已开始从陆军变成了水军。甚至有些军士,下到陆地上,反而感到不舒服。

南唐本来对周军害怕得很,但周军一北撤,南唐又派兵收复失地。扬州、滁州等地的周将,看见南唐兵力强盛,唯恐被困,不能偷生,慌忙弃城而逃,都逃到了寿春城中。周将李重进奉周世宗命,攻打寿州。打了半年,也没能打下来。李重进将人马分为两部分,一部分攻打,一部分守住后阵,严防敌军偷袭。唐军人多,纷纷来增援寿州,在紫金山上,立了十余座兵寨。唐兵原以为李重进势孤,会一味死守,不敢轻出。谁知李重进以攻为守,乘夜派亲兵,袭击了唐军的运粮车,得粮草几百车。唐军见李重进仍然如此厉害,就驻军紫金山,不与他交锋,妄图与寿州守军前后夹击,困死李重进。李重进也明白势单力薄,连忙派人向周世宗报告军情,请速派兵增援。

世宗闻报,大怒道:"伪唐小丑,全不知死活。上次我念他可怜,故手下留情。谁知他不知恩图报,反乘隙攻击我军。待我亲到江南,将他们一一剿灭,方显我大周威风。"遂与赵匡胤等将领一起,率领偌大船队,浩浩荡荡,沿河南下。唐主李璟听说周世宗又来亲征,只好派齐王李景达应战。

乘船而行,果然比骑马要便捷。只几天,周世宗船队,就到了寿春城下。唐将朱元登山见周军船队,吃了一惊,连叹:"完了,完了。我们本来只比周军多些水军,现在,连这一点儿优势也失去了。人常说,北方人善骑马,南方人善乘船。怎么北方人也如此善水战呢?这岂不是天要亡我?"唐军将士见周军船只首尾相接,一望无际,不禁心中都起了怯意。

正在议论间,周军船队已到了紫金山下。只听“嗵嗵嗵”三声震天动地的号炮,周军全部下船登岸,开始向唐军攻击。世宗亲着盔甲,指挥攻城。赵匡胤领着一队人马,来攻紫金山的唐营。唐将边镐、许文绩打开寨门,前来应战。斗了十来个回合,赵匡胤回马便走。边镐笑道:“周军一向耀武扬威,不过是没遇到我罢了。今番遇见,也不过如此。”许文绩道:“赵匡胤乃周朝悍将,若斩了他,岂不立一大功?”二人说着,跃马挥刀,直追下来。

赵匡胤正在奔逃,忽然一回马,冲杀过来。边镐、许文绩急忙拦住。唐军正感吃力,忽然又杀来两支周军,将唐军围在核心。一时鲜血飞溅,唐军纷纷倒下。赵匡胤大叫:“顽抗者死,降者生!”唐军闻言,慌忙抛去兵器,跪在路旁。边镐、许文绩毕竟是将领,仗着马快,一溜烟逃走了。

南唐御弟、齐王李景达率船队前来驰援,正遇周军的船队,双方互放弓箭,斗得难分难解。李景达道:“怎么紫金山兵营没有一点儿动静?倘若紫金山朱元率军攻击其后,我们再从前攻击,还可望获得胜利。”忙命兵士爬上桅杆,观看紫金山兵营动静。兵士爬上两个,皆被周军箭支射中,都“扑通”一声,掉入了江中。李景达道:“爬上桅杆,侦知紫金山动静者,有重赏。”当时就上来了一位精瘦的士兵,绰号张山猴子。他原是走江湖卖艺出身,爬个高杆儿自然不在话下。只见他往手心“呸呸”吐了两口唾沫,“噌噌”就往桅杆上爬去。他一边爬,一边围着桅杆转圈儿。周军乱发箭,却射他不住。慌急之中,他还要使些手段,一伸手,还接住了两支射来的箭支。底下的唐军都大声喝彩。

张山猴子爬到桅杆顶,手搭凉棚一望,不禁吃了一惊,再眨巴眨巴眼睛,仔细地看一看,见初次所见无误,就双腿一夹桅杆,“刺溜”一下,到了船板上。齐王李景达问:“紫金山可出兵了吗?”张山猴子道:“王爷,大事不好,紫金山插的都是周军旗帜。”景达道:“你可看清了?”张山猴子道:“看了两遍,错不了。我这眼,几百步外能看见苍蝇是公是母。”

李景达命人赏了张山猴子,遂命船队后撤。因为没有后援,怕自己也被周军俘虏了。唐军不愧是娴于水战,撤退时船驶得飞快。饶是如此,一些战船上已被周军

跳了上来,一阵砍杀,大船就归周军了。

寿州城内,原是刘仁赡防守。刘仁赡深通兵法,号令严明,周世宗久攻不下。赵匡胤献上一计,用船载抛石机,从水上攻城。又用数十万竿竹子,捆扎在一起,上面做成房屋的样子,命士兵坐在里面,居高临下,往城内放箭,兵士们坐在竹屋内,不怕敌箭来射,故将其戏称为"竹笼"。但寿州城中,仍然顽强抵抗,拒不投降。南唐其他将领或降或走,独刘仁赡顽强坚守。

周世宗命孙晟为使者,到寿州城中劝降。刘仁赡以礼相待,道:"我乃大唐守将,誓为大唐守土。若要寿州属周,除非我死了。"孙晟道:"将军旷世奇才,我皇上至为钦佩。今天命已属周,将军何必与天违抗?"刘仁赡道:"臣子忠于皇上,这是天经地义的事情。事情不成,唯死而已。如若投降,死了也没面目!"孙晟道:"将军若降,寿州全城兵士、百姓性命可保;如若不降,城破之日,百万人将流血丧命。将军为保忠义名节,难道置百万人性命于不顾吗?是名节重要,还是百姓的性命重要?"刘仁赡脸色由红转白,由白转青,忽然口吐鲜血,晕倒在椅上。

刘仁赡之子刘崇谏,见大势已去,就与诸将商议,愿举城降周。刘仁赡闻报大怒,命将刘崇谏斩首,以警告那些想投降的人。诸将跪在地上,齐声恸哭,愿刘仁赡赦免刘崇谏。刘仁赡不听,坚持要杀自己的儿子。军命难违。少顷,士卒报来,说刘崇谏已被斩,刘仁赡"啊"了一声,从此不省人事。

刘仁赡副使孙羽以刘仁赡的口气,写了一封降书,迎接周军入城。周世宗来到刘仁赡床前,见他只剩下一口气,心中也不禁十分凄然,对左右道:"刘仁赡是朕的劲敌,为了他,我耗费了许多精力。但他又是我所敬仰的人,我真想和他交个朋友。像这样的忠臣,从古到今能有几个呢?愿随军郎中能治好他的病,他若愿回唐,朕定放他回去。"

众人在刘仁赡床帐前,伫立了很长时间。刘仁赡已处于昏迷状态,对此全然不知。赵匡胤道:"像这样的忠臣,应大肆表彰!"周世宗道:"卿言极是,甚合朕心。"遂赐刘仁赡玉带、宝马,并拜他为检校太尉兼中书令、天平军节度使。刘仁赡当晚辞世,终年五十八岁。

六、周、唐议和

寿州终于被攻占，周世宗完成了一桩心事，顿感身体疲惫，于是起驾还都。匡胤因有功，被加封义成军节度使，晋封检校太保，同时仍为殿前都指挥使。冬天，周世宗又命军士南下攻打唐所占据的濠州、泗州。赵匡胤为周军前锋。兵至十八里滩，对岸唐营星罗棋布。世宗道："水急不易渡，待找些皮囊，吹了气，令士兵浮过去吧。"赵匡胤道："立功就在此时，还寻什么皮囊。儿郎们，要立功的，随我渡河！"说着，跃马扬鞭，直向水中冲去。那马儿经浮沉，竟然越河而过。后边大队见匡胤过河，也勇气大增，纷纷过河。唐军本以为凭河据守，绝对安全。不承想周军似从天而降，顿时慌了手脚。将找不到兵，兵找不到将，成了一帮乌合之众。一时间逃的逃、死的死、降的降。

匡胤出得唐营，见河里泊着几条大战船。这些船原是唐军所有，骤迩攻击，看船的都逃跑了。匡胤率士兵上得船来，舱里舱外，小心翼翼地搜了一遍，果然空无一人。赵匡胤大喜，遂命士兵驾起南唐战船，往泗州城进发。周朝兵士早已熟悉水战，驾起船来，如飞一般，霎时就到了泗州城下。泗州守将乃是南唐的范再遇。范再遇本来就害怕周军，见周军不费吹灰之力，就破了十八里滩的军队，攻到了城下，早吓得魂飞魄散，赶紧闭了城门，拒不应战。匡胤将城团团围住。命人用箭将劝降书射入城中，言若降，不罪一人，若负隅顽抗，城破之日，将屠城以示警惩。范再遇左思右想，只好开了城门，放周军入城。赵匡胤率军进城，果然秋毫无犯，百姓香花灯烛，恭迎道旁。

南唐军力，远不如周军，经过几次争战，已士气低落。濠州、天长、扬州、泰州、海州陆续降周。

南唐楚州防御使张彦卿，见诸将都陆续投降，对监军郑昭业道："我等须奋力死战，守住楚州，挫一挫周军锐气。不然，大唐江山不保，周军也会小视我大唐，以为我大唐无人。”郑昭业道:“昭业久有此心。张大人只要坚守到底,昭业誓死奉陪。”二人拿酒肉犒劳士兵,城上准备了许多檑木大石,以及火把弓箭。周世宗御驾亲征,来攻楚州,城上弓箭、石块,雨点般射下来,周军伤亡不少。世宗双眉紧锁,道:“怎么朕攻哪城哪城不克,反而手下将士屡战屡捷,这是什么原因呢?”赵匡胤道:“臣等攻敌军,皆事先不张扬,攻其无备,故能侥幸成功。陛下亲征,敌军早已耳闻,调坚敌死守,自然就不易攻打了。”世宗见匡胤说得甚是在理,愁烦稍解。

南唐节度使陈承诏,又率军驰援楚州,屯兵清口,与楚州城成掎角之势,互为呼应。

赵匡胤率水军,悄悄逼近清口。此时已是黄昏时分,又值月末,江面上除了几盏明明灭灭的灯火,其余什么也看不见,就是本船上,也只能见幢幢人影。将士禀道:“夜色太暗,请先选港停泊,俟天明再攻。”赵匡胤道:“天黑正利于我军行动。敌人看不到我们,就无法防备。他在明处,我在暗处,此乃大好时机,为何不攻?”将士道:“航路不清,怕触礁翻船。”匡胤道:“糊涂!触礁能死几个人?白天攻打,反而死人更多,何况哪能那么巧,正好开到礁石上。”

赵匡胤一声令下,船队开始向唐营驶去。走到中途,先是二船相碰,军士一片哗然。后走不远,果有一船触礁,船头被碰破,江水哗哗直往船里灌。匡胤忙命船上军士,改登别船。慌急之中,有几个兵士掉入了江中,连喊都没喊一声,就悄无声息了。那大船也慢慢地沉入了水中。

船正行驶间,忽见岸上有幢幢黑影,还有一盏灯火在来回游动。赵匡胤道:“莫非唐营到了吗?”命大家尽量不要弄出声响,悄悄下船。唐营所屯扎之处,江岸甚陡。军士先下到水中,而后攀缘而上。匡胤命先爬上的军士,用绳索垂下,接引军士登岸。尽管有些声响,但因为风大浪高,哗哗的江水冲击声淹没了一切声音,唐营竟未发觉。

匡胤逼近唐营,伏在地上。唐军凭险而据,自以为万无一失,竟只立了一个低矮的寨栅,连壕沟也未挖。等逼近灯火,周军兵士一拥而上,唐军的三个巡哨兵就被干掉了。周军冲入唐营。唐军还在打鼾、说梦话、吧唧嘴。有一位唐军起身小

解，被一刀杀死。周军不分三七二十一，开始大肆杀戮。唐军猝不及防，被杀得哭爹叫娘，没头乱窜，还以为是天上降下了神兵。一时间，血流成河，地上到处都是唐军的尸体。

唐军将领陈承诏，见夜间被袭，来不及穿盔甲，拿了大刀，徒步就往营后山上走，还想逃到楚州城里去。跑了半天，跌了几个跟头，听听四下无动静，就想坐下喘口气。哪知还未坐定，就听一声大吼："陈承诏哪里逃?"原来是赵匡胤率兵士将他团团围住。陈承诏没奈何，长叹了一口气，只得束手就擒。

陈承诏被俘，楚州顿时无了外援。赵匡胤与周世宗合兵一处，奋力攻打。抛石机不停地往城内抛砸大石，打得城内守军血肉模糊，房屋倒塌无数。守城军士都躲在城墙下，虽然一时无恙，但没有饭吃，没有水喝，渐渐就变得昏昏沉沉。周军用大木，硬是撞烂了城门，从缺口处一拥而进。唐军手足无力，只好坐在地上，乖乖投降。

楚州防御使张彦卿，举石与周军相搏，被周军乱刀齐下，砍死于城门。监军郑昭业，举剑自刎，誓死不降。周军进城，烧杀抢掠，举城皆空。

唐主李璟闻周军所向披靡，忙遣使愿与大周议和，并献庐州、舒州、蕲州、黄州，愿与大周以江为界，并言自己无德无能，愿传位于太子。世宗不许其退位，说他"血气方刚，春秋甚富，为一方之英主，得百姓之欢心"，正宜大展宏图之际，不宜传位太子。

周世宗驻驾于建安，对赵匡胤道："伪唐今已束手投降，朕倒想见一见李璟，看他是何等样人物。"匡胤笑道："李璟恐陛下以他为人质，肯定不敢来。"周世宗道："且先发一诏书于他。"

李璟接到诏书，思谋良久，犹豫万分。不去见周世宗，怕周世宗动怒；去见周世宗，又怕被扣押。思来想去，还是派了两个使臣李德明、钟谟来见世宗。李德明素以能言善辩著称，来到世宗面前，侃侃而谈，无非是说休战甚好，开战对双方都不利。周世宗冷笑道："你们江南自以为是唐之后裔，智谋之士众多，北人无法相比。可令我奇怪的是，你们那么多人会写文章，与我大周仅一水之隔，怎么连一封向朕

问候的书信都没有?”

“鄙国素不敢与大国来往,恐扰圣主心思。”李德明道。

“哼,你们素不与大国来往,怎么离契丹那么远,反而乘船去结交?不结交汉人,反而去结交夷狄,这能说你们懂礼吗?今天你又巧舌如簧,想说服寡人罢兵。罢兵不罢兵,寡人自有决断,你一介书生,怎么能说得动我?你认为你是苏秦、张仪,寡人是战国时的愚笨君主吗?你们这种想法,简直是太可笑了!你不要再多说了,回去对你们的主子说,让他到我跟前,跪在我面前,我保证罢兵。如若不然,我可要去你们的都城金陵看上一看,还想借你们的国库来犒赏军士呢!”

李德明听了世宗的话,吓得战战兢兢,不敢再说一句话,慌忙回金陵,来报告李璟。李璟忙又写了一封降表,哀告世宗给他保留江南土地,愿去帝号,并以世宗年号为年号。周世宗见了,心中十分舒坦,对赵匡胤等将领道:“对叛逆不服者,寡人就征伐;对拱手来降者,寡人则必须抚慰他。寡人的本意,不过是要取江北诸州。既然唐主举国归附,我还想什么呢?连年征战,双方都已疲惫,还是罢兵吧。”

第十七章

一、离间之计

唐主见周世宗撤军北还,方才安心,乃问李德明道:“朕有一事,百思而不得其解。我江南物产丰富,人物众多,怎么就抵不过区区一个周朝呢?自从交战后,节节败退,胜仗少,败仗多。我军为守,周军为攻。朕对百姓,也算宽容,天时、地利、人和,我们都有,怎么将城池一座座全丢了呢?难道是天不佑朕,意在灭绝我大唐吗?敢是我福薄德浅,不足以当此位?如此,朕就传位于太子便了。朕退居后宫,静养天年,也省得操这么多闲心。”

“陛下,我军之所以连连失利,不能怪皇上,只能怪我军无能干战将。将虽广,却都无用,故被人一一歼灭。兵再多,若将无谋,也只是废物一堆,任人砍杀罢了。”李德明对道。

“依爱卿所言,周军是有能干战将了,但不知为谁?”

“周朝皇上所依赖者,不过是赵匡胤等几个人,若使他们君臣离心,互相猜忌,周军怕再也不敢犯我。”

“此事说来容易,做起来甚难。赵匡胤乃柴荣左右近臣,他怎肯不信任他?”唐主显然有些忧虑。

“此事不难。臣闻周主柴荣虽雄才大略,但疑心甚重。见有方面大耳、有天子

相的将领,往往借故解职或杀掉。周主之心,实是怕人篡国。我们若派人私赠金银与赵匡胤,赵匡胤就算不肯为我们办事,周主听说了,也不会再重用他。没了赵匡胤,周主就算折了一个翅膀。这一笔金银,抵得过十万雄兵呀!"

"爱卿神机妙算,朕心甚慰。我江南文士众多,早晚会打败柴氏,一统天下。就依爱卿所奏。"唐主李璟闻李德明之计大喜,觉得自己手下实在是有才。纵然一时屈辱称臣,早晚会翻过身来的。

赵匡胤自从淮南归来后,除上朝外,均在家陪伴父母、妻子。偏偏赵弘殷因年纪大了,身体又不适起来。坐在那里,无缘无故地就低头打瞌睡。什么东西也记不住。手里拿着书,却要找书;端着茶碗,还要人给他拿茶碗来。说话也变得啰啰唆唆的,常常将自己年轻时的事情,翻来覆去地说。早年的事倒记得清,近年的事,倒死活记不起来了。一开始,全家还听,后来,连丫头也听烦了。只有乳母抱着匡美,百听不厌,眼里还泪汪汪的。杜夫人向匡胤道:"儿啊,想不到你父老得这么快,怎么一会儿就变成这样了呢?"赵弘殷道:"老?谁不老,你还年轻吗?看你头上的皱纹。我年轻的时候,可比匡胤、匡义强多了。他们立过什么功劳。那一年我大战陈仓,敌箭射中了我的左眉,我大吼一声……"杜夫人道:"别说了,别说了。那些陈谷子烂芝麻,谁不知道。"

赵弘殷拍着额头道:"那个什么什么……赵什么的,为什么不见他来我们家玩啦,那可是个好人哪。我在江南生病的时候,全亏他照应。"匡胤道:"赵普前天不是刚来过吗,父亲怎么就忘了。"赵弘殷道:"啊,啊。"

青玉每日在赵家,就是买买菜,做做饭,晚上有时也做一些针线活。这日青玉挎了一个菜篮,出赵府大门南拐,想去土市子鱼行买几条鱼回来。刚出鸡儿巷巷口,就见一个操外地口音的人,在向一位老者打听赵匡胤家住何处。那老者也是鸡儿巷的老住户,和青玉认识的,见青玉过来,就向那客人道:"这位就是赵家丫鬟,有什么事情,大可向她说。"

那客人向青玉深深施了一礼,说自己是做生意的,受赵匡胤一位经商的朋友之

托，给赵匡胤将军带来一个包袱。说着，就将包袱塞在了青玉的怀里。青玉挽留那人，那人说自己还要做生意，急着乘船，就先告辞了。何况自己和赵匡胤也不相识，只不过是受人之托。既然将东西送到了赵府丫鬟手中，自己也就算对得起朋友了。

“我家主人的朋友尊姓大名啊？”青玉问。

“哦，他姓林，你一说，你家主人便知。”那客人说着，一溜烟地走了。

青玉收了这个包袱，感到沉甸甸的，不敢怠慢，鱼也不买了，就先把包袱送到了家中。把事情的前因后果，叙述了一遍。

赵弘殷、赵匡胤和杜夫人、金蝉等，都在家中。赵弘殷道：“儿啊，你在淮南征战，倒结交了不少朋友。你看你到了家，人家还千里迢迢地来寻你。可不要怠慢了人家，人活着，靠的就是朋友。常言道：‘得罪个人打堵墙，结交个人开条路。’”

赵匡胤左思右想，也想不起有这么一个经商的朋友。

赵匡胤心中纳闷，打开那包袱一看，不禁暗暗吃了一惊。原来口袋内，全是白银，一锭一锭的，又沉又大。白银之中，又有一封书信，赵匡胤展开一看，只见上写着：

“南唐国林仁肇致意于赵将军。前者两国交兵，江南百姓多亏将军成全，方获得安居乐业。为表谢意，特赠白银区区，还望笑纳。”

赵匡胤捧着这封书信，就像捧着一块烧红的木炭。他知道，皇上素来疑心颇重，若让他知道南唐赠自己财物，恐怕会惹来杀身之祸。若皇上问是谁送来的，要自己交人，自己交不出，怎么办？据实而奏，皇上肯相信吗？

匡胤将此事与父母亲商议。赵弘殷道：“此事万万不可泄露出去，赶快把那银子埋到地下，书信烧掉。”匡胤母杜夫人道：“不可如此。南唐送此金银，就是为了挑拨离间。若秘而不宣，就中了他们诡计。他们一定会想法让皇上知道的。若等皇上追问下来，我们的罪名可就大了。不如如实向皇上奏明，皇上想怎么裁夺，就怎么裁夺。反正我们忠贞不贰，上可对天，下可对地，怕什么。”

金蝉道：“母亲说得对。是别人硬栽赃我们，我们又没做什么亏心事，不必向朝廷隐瞒。”

有了母亲的这番话，匡胤心中有了底，就拿了银子直奔宫门，言有要事要见皇上。此时不是上朝时间，柴荣正与皇后符氏在御花园中太阳底下闲坐。符皇后人虽秀丽聪慧，身体却不大好，病病弱弱的，故身为皇上的柴荣，也要经常陪她到屋外走一走，坐一坐。

符皇后符翚乃大臣符彦卿之女，因为出身于名门，所以知书达礼，颇有智慧。又兼生得端庄妩媚，因此颇有名声。她先嫁的丈夫并不是柴荣，而是后汉河中节度使李守贞的儿子李崇训。李守贞手握重兵，见朝代走马灯似的替换，自己也就存了一份做皇帝的心。但到底该不该反，他心中犹豫不决，就请了一个相面的人，到家里来算一算自己有没有可能做皇上。相面者深知李守贞的意图，但又不好说破。只说李守贞、李崇训父子"贵不可言"。相到符翚时，相面者佯装大惊，倒地就拜："这可是天下之母呀！"此话说得李守贞心花怒放，心想，我儿媳妇有皇后之命，那我儿子不就是皇帝吗？我儿子是皇帝，不还是证明，我也是皇帝吗？这么一想，就起兵造起反来。

后汉派郭威去剿灭李守贞。郭威果然费了一年工夫，大败李守贞，攻破了城池。李崇训见大势已去，就将自己家人举刀乱砍，免得被俘受辱。此时身为李崇训妻子的符翚，知道没什么好结果，早就躲在了布帐后边。李崇训左寻右寻，不见妻子的影子，就举刀自刎了。郭威的前军攻入李守贞家中，却见堂上端坐着一个美丽夺目的夫人。那夫人对乱兵道："我父亲符彦卿与你们郭元帅是好朋友。你们保护好我，有赏，谁敢侵犯我，郭元帅饶不了你们！"乱兵虽然疯狂，但也不敢得罪郭元帅。符皇后竟躲过了这场灾难。符皇后自此，拜郭威为义父。符翚之母见她侥幸不死，以为是神灵佑护，就劝她削发为尼，以答谢上天。符皇后道："身体发肤，受之父母，为什么要乱毁？我不死，那是命不该死，用不着做尼姑的。"世宗柴荣见过符皇后两面，深为其美色所倾倒，就求了郭威，娶到了家中。符皇后性格温柔，柴荣爱发怒，她常婉言相劝，使柴荣激愤之下，少做了许多莽撞事。前次征淮南，符皇后见柴荣久不回还，因此忧郁成疾，整日睡不着觉，即使睡着了，也是噩梦频频。

"我这病，怕是好不了啦。妾之命不足惜，只是担心皇上。以后，谁来尽心服侍

皇上?”符皇后说着,眼中已是珠泪盈盈。

“快别这样说,快别这样说。你这病,也不是什么大病。明天,朕就让御医开一个好方子,给你好好调治调治。只要能安神补心,睡得着觉,吃得下饭,病就会慢慢好的。”柴荣安慰她。

“我自己的病我知道。”符皇后叹了一口气,“自小儿就体弱。虽然历大难侥幸不死,但也撑不了多久了。也许,真该听一听母亲的话,出家为尼,或能好一些。但我,又实在舍不得皇上……”

“朕为天下之主,定要广贴皇榜,招天下名医来为你医治。区区小病,卿不必多虑。”

“我死之后,皇上可让谁人来做皇后?”

“哎哎,你怎么老说此等话,再说,我可要恼了。”柴荣道。

“妾姑妄言之,皇上姑妄听之。倘若我真有不幸,还望皇上纳我小妹入宫。她模样儿说得过去,脾气儿也不错。她定会对皇上好,更会对皇儿宗训好。她总归是皇儿的亲戚。”

二人正闲谈,忽接太监禀报,说赵匡胤有急事求见。柴荣想了一想,说:“让他进来。”

符皇后起身欲避,柴荣道:“你就在此别动了,省得累着了。赵匡胤也是自己人,不必拘礼。”

赵匡胤见到了柴荣,将南唐所赠银子、书信,一并交给皇上,并将来龙去脉,细述了一遍。柴荣看完书信,对皇后道:“南唐群小,实实可笑,竟用此等连三岁小儿也知的计策,来离间我君臣。赵匡胤是何人,我能不知吗?”又对赵匡胤道:“爱卿忠心耿耿,对朕不隐瞒一丝一毫,实应嘉奖。朕授你为忠武军节度使。”赵匡胤叩头道:“谢皇上隆恩。臣肝脑涂地,不能报答皇上万一。”

赵匡胤走后,符皇后忧容满面,对柴荣道:“自大唐失国,几十年间,天下大乱,朝廷林立。唉,怎样想个法子才好!”

“朕奋力征战,就是为了天下一统。”柴荣道。

“妾才识短浅，井底之见。说错了，皇上不要怪罪。妾总觉得，天下之所以分崩离析，皆由武人拥兵所致。若是兵权全归于朝廷就好了。像赵匡胤他们，自然忠心耿耿，可万一要是有事不顺心，或被逼无奈，岂不是又要起兵吗？”

“朕也毫无办法。要征战，就要有武将卖命。卖了命，就得给封赏。但武将权太重，又要天下大乱。朕每日想得脑袋疼。”

“要是不做皇帝，就好了。陛下英明，自然可掌国家。我只担心皇儿宗训，他有这份才干吗？”

“朕的儿子，自然有治国的才干。朕会细心地教诲他，皇后大可放心。何况我儿又生得聪明伶俐，做个国君定会超过朕。”

“唉，我怎么凡事都忧心哪？”皇后蹙眉道。

“来，不说这个了。我给你说个笑话儿。昔年我穷困时，随颉跌氏到南方贩茶叶。贩茶叶是很辛苦的，往往忙碌几个月，也赚不到几两银子。有次我们两个闲话，说到将来的志向，他说，若有朝一日时来运转，很愿意做个收税的官。因为他做生意做了三十年，遍观各个行当，都没有收税官获利多。当时我们俩不过是闲扯罢了。谁知我登基之后，他虽已年迈，却不忘前言，来向我讨官。我就索性做了个人情，让他在京城收税。贫贱之交不可忘嘛！”

听了颉跌氏的故事，符皇后脸上果然露出了一丝笑容。

二、金蝉之死

赵弘殷日益衰老，先是失语，后是不能动弹，延挨多日，终于谢世。匡胤悲痛万分，一面申报朝廷，一面通知亲友治丧。匡胤与匡义、匡美等终日在家迎来送往，悲痛号啕。世宗柴荣念赵弘殷颇有功于国，追赠他为太尉、武清节度使，封赵弘殷之妻、匡胤之母杜夫人为南阳郡太夫人。

赵府大办丧事，来吊唁的人络绎不绝。赵匡胤、赵匡义以及金蝉等人日夜守

灵，真是又悲又累，脑子也被弄得糊里糊涂，见了来人，只是机械地行礼、跪拜而已。这天，已近黄昏，来吊唁的人已经很少了。匡胤坐在灵棚中，靠着金蝉，打了一个盹儿。他实在是太困了。不承想，从门外来了一个道士，来到灵棚，向灵棚行礼。行完礼后，那道士道："赵匡胤施主可在，贫道有一事相请教。"

赵匡胤见客人有所相求，就站起身来："不知师父有何吩咐？"

那道士看了看赵匡胤："嗯，确实是你。"话刚说完，一蓬亮闪闪的东西从他手中撒出，直扑赵匡胤面门。赵匡胤知道大事不好，加上又闻到了一股腥味，知道这是淬毒的暗器。想要躲，却来不及了。正在这时，一个人影挡在了赵匡胤的前边，所有暗器，均打在了她的身上，原来是离赵匡胤最近的金蝉，舍身救了赵匡胤的性命。金蝉轻功极好，见赵匡胤有性命之忧，故此舍身相救。

那道士撒完银针，转身就跑。正在此时，婢女青玉从屋里拿出一把宝剑，递给匡胤。匡胤拿起宝剑，叫了声："照顾好金蝉！"就起身追了下去。

那道士身手十分敏捷。出了赵府，在巷子中左拐右拐，看来是早就侦察好了地形。眼看跑到了汴河边，就要往船上去。赵匡胤愤怒已极，瞅准他的背影，将手中宝剑奋力掷出。宝剑从道士背后进入，从前胸钻出。那道士晃了一晃，倒在了岸边。

赵匡胤走上前去，翻过道士的身子。一看他的面目，不禁吃了一惊。这道士，竟然是南唐皇子李弘冀。

李弘冀利剑穿胸，尚未断气。

"原来是你！"赵匡胤又惊又恨。

"当然是我，你没有想到吧。"

"趁人办丧事之际，实施突袭，真是卑鄙小人。"

"我在东京，已经等了多天。这等好时机，当然要用，只可惜没能杀了你赵匡胤。"

"冤有头，债有主，你为何要杀我？"

"你数次坏我大事，我的皇位，就是你给我弄丢的。"

“夺你皇位者,是你的父亲、兄弟,你应该找他们才是。”

“他们防范甚严,我杀不了他们。”李弘冀气喘吁吁,“我能从被软禁的府中逃出来,已是万幸。杀不了他们,我能杀了你,也算报了一点儿仇。在金陵,认识我的人太多,我寸步难行。所以,只好到东京来。没想到,功亏一篑。”

“卑鄙无耻!”赵匡胤不想再和他多废话,一把拔出宝剑。李弘冀顿时血如泉涌。赵匡胤一脚踢去,将李弘冀踢入了汴河之中。

等赵匡胤赶回府中,见金蝉已经香消玉殒。众人正围着金蝉哭泣。

回想起与金蝉的种种情谊,赵匡胤泪如泉涌,整日郁郁寡欢。

柴荣闻得金蝉去世,为表示对赵匡胤的关心,就和符皇后商议,为赵匡胤再选一个好妻子。选来选去,选中了王氏之女王荷卿。王荷卿知书达礼,琴棋书画也懂得一些,而且其长相,还与娥皇有几分神似之处。这对于赵匡胤,是一个莫大的安慰。匡胤哥哥又娶了一个正室,韩素梅和杜丽蓉未免有些失望。二人内心,其实都有些想做正室。尤其是杜丽蓉,婆婆是自己的姑姑,早就有了一些想法。杜夫人当然也乐见其成。但王氏是皇上、皇后指定,大家也都不好说什么,只好表面客客气气,背地里不免互赠光荣称号,什么狐狸、妖精,大家都有份。

第十八章

一、蹊跷木条

转眼已是周世宗显德六年。柴荣心想淮南已臣服,只有北边辽、汉屡屡为患,就率领大队人马,北上征辽。并派赵匡胤、韩通、高怀德为前锋。

韩通是太原人,先跟石守信,后跟郭威,屡立战功。入周之后,又颇得赏识。长于治水筑城等工程。周世宗征淮南时,因嫌都城东京城池狭小,就命韩通扩城。韩通筑了新城墙,又扩展了旧城街道。本来预计要三年的工程,韩通半年就完成了,获得世宗嘉奖。此次征辽,韩通先行,也是要疏通水路,使周军船队能够直达瀛洲、莫州。韩通不负所望,果然快速完成了任务。

匡义年已渐长,老在家中待着也无聊得很。何况家中人口增多,光嫂子就有三个,再加上丫鬟、仆人,十多口,开支大为增加。那三个嫂子,不但要吃要穿,还要有脂粉钱。所以,弄得家里入不敷出,匡胤从南边带回的金叶子,也花得差不多了。匡义就和母亲商量,能否和哥哥说说,为自己在军中谋一份差事。匡胤听了,沉思了半晌,觉得匡义的武艺也练得不好,若要行军打仗,恐怕不行。杜夫人也赶忙说:匡义没有你有力气,打仗肯定不行,让他干点别的,运运粮草,管管饮食什么的。老太太的意思是,只要不让二儿子上阵,怎么着都行。匡胤忽然想起,军中还正缺一个供奉官,前天柴荣还让他物色人才。匡义为人机灵,干这种活也许正合适。

匡胤在战场上无所畏惧,但为自家人开口谋官职,还真是开不了口。一件小事,思来想去,不免有些忧愁。想向柴荣开口,怕柴荣为难;不开口,又怕在家里交不了差,家里的情况,他是知道的。几个夫人早就抱怨钱不够花了,丽蓉和素梅,竟然托人向娘家要钱了。

赵普见匡胤不开心,就细心探问。得知缘由,不禁笑了,就自告奋勇,前去和柴荣说。柴荣若允许了,当然好;不允许,也不会丢匡胤的面子。匡胤心中一块石头落了地,觉得关键时刻有个朋友就是好。赵普平日不好见柴荣,但行军打仗时,却有不少机会。在出兵时和柴荣一说,柴荣说,既然是匡胤的弟弟,想来是聪敏机警的。来就来吧。就这样,匡义就来到了军中。

周军犹如神兵天降,突然出现在辽境,令此地守军大吃一惊,慌忙派人求救。赵匡胤历来善于速战速决,火速派兵包围了辽占据的宁州。宁州刺史王洪出降,益津关守将与王洪是旧交,也一同降周,故周军一气攻到了瓦桥关下。

瓦桥关守将姚内斌,开关迎敌。匡胤还未动身,高怀德已勒马出阵。挥动长枪,直刺姚内斌。姚内斌斗得久了,不免有些劳累,就拨马回关。高怀德杀得性起,往来驰骋,见人便刺,辽将东窜西逃,竟无人敢挡。匡胤在高坡上看见,不禁赞叹道:“真是一员虎将!”

又围了两日,辽将胆寒,竟不敢出战。匡胤命姚内斌上关答话。匡胤道:“姚内斌你听着!我大周军到此,宁州、莫州、瀛洲都已望风归降,这才是识时务者。你若再不投降,瓦桥关若被攻破,我将把你们都杀光!若投降,可保你荣华富贵,性命无忧。此话当否,你可仔细想一想。”姚内斌道:“此乃大事,仓促间决定不下,容我明日再答应将军。”

次日一早,周世宗率李重进已经来到瓦桥关下,匡胤慌忙迎接。姚内斌见周主御驾亲征,自家援军又无半点消息,无奈,只好开关投降。周军大摇大摆,顺利入关。

柴荣大摆宴席,犒赏诸将。韩通道:“我大周军马也就一个多月,即攻占了辽国燕南各州,若非陛下御驾亲征,怎么着也不能获此大捷。”柴荣道:“得他燕南各州算

什么！朕此次北来，是要一鼓作气，荡平辽国，省得他在北边屡屡为患！”

“陛下，我军攻占燕南，是因为辽国没有防备。若再深入，恐怕辽军整装以待，我们是要吃亏的！更何况我们人生地疏。依臣之愚见，不若先占了燕南，等上一年半载，准备足了粮草，再灭辽不迟！”韩通进谏道。

“朕志在使南北为一家。你们休得再多言！”世宗柴荣本来还有点高兴，叫韩通如此一说，不禁有些恼怒。柴荣气闷之下，不禁多喝了几杯，不觉有些醉了。供奉官赵匡义虽然年轻，但很有眼色，亲自给皇上端来了醒酒汤。尽管如此，庆功宴还是不欢而散。

周世宗召李重进进帐，对他说：“你是我最得意的将领，现在好容易得了辽国南境，正应乘胜而进，怎么能就此罢手呢？”

“陛下切勿烦恼，诸将正想一鼓作气，捣平辽国。韩通所言，不过是他个人所想，与诸将无关。何况，韩通也是为陛下着想。”李重进劝道。

“那好，明日你率一万兵马，先行出发，朕亲率大军，随后就至。朕要亲自让诸将看一看，辽军没什么可怕的！”

第二日，李重进到了固安。固安守军、百姓已逃得光光的。不承想柴荣夜间忽然就得了疾病，只觉得浑身发冷，本是夏初天气，盖了两床被子，还是一个劲儿地打寒战。到了早上升帐，还觉得头脑昏沉沉的，牙齿不住地打架。偏偏部下又俘虏了辽国的刺史李在钦，押来帐中见柴荣。柴荣忙命人解开绳索，问他可愿投降？李在钦瞪圆双目，将柴荣骂了个狗血喷头。柴荣本就有病，这一气非同小可，命人将李在钦拉出斩首。经此一激，柴荣病势愈加沉重，竟致卧床不起。

诸将连年征战，见辽地人民稀少，土地荒芜，本来就没有兴趣再拼命。皇上一病，大家更加萌生了退军的想法。但都知道柴荣的脾气，无人敢去进谏。赵匡胤道：“待我去禀明皇上。现在皇上有病，我军无主，退又不退，进又不进，倘若辽兵杀来，我们定会一败涂地。”

赵匡胤进入柴荣大帐，见柴荣正在半躺半卧，闭目养神。赵匡胤不敢惊动，悄悄在一旁站立。半天，柴荣睁开了眼，见赵匡胤在旁，就道：“你来得正好。我正有

一事犹豫不决。我们若再北进，就要渡河。辽人已将船只、木筏统统收到了北岸。若是准备木筏船只，势必要延误时日；若要强渡，水流又太深、太急。爱卿可有什么好办法吗？”

“皇上圣躬不愈，还在操心军国大事，真叫我们做臣子的羞愧难当。与皇上相比，我们所做的事情真是太少了。不能为皇上分忧，是我们的失职。”赵匡胤道。

“爱卿不必过谦，你一向骁勇善战，快替朕想个万全之策。”

“依臣愚见，此水大不可渡过。不渡，反对我方有利；渡过了，我军将会有不测之灾。”

“此话怎讲？”柴荣“霍”的一声坐直了。

“恕臣直言。皇上现在圣体欠安，三军将士已无心再战，人人都在牵挂皇上！倘若渡过此水，辽军利用地利之便，举国反击，我军连退路也没有，岂不要遭灭顶之灾吗？不渡此水，还有一道天然屏障，辽军自然不敢轻易出击。”

“怎么，你也想劝朕撤军吗？”

“皇上，臣一向不畏死，且乐于争战。只是，现在的时机对我军不利，有什么事比皇上的安危还重要呢？皇上身体不康复，将士们谁还有心去拼杀呢？”赵匡胤说着，眼圈儿就红了。

“唉，天意，天意啊，朕本想一鼓作气，平定辽邦，看来天不佑我。那就，那就撤军吧！等朕身体好了，再行北伐！”

“皇上圣明，再次北征，将士们定效死力！”

周世宗柴荣于是下令，改瓦桥关为雄州，令韩令坤留守；改益津关为霸州，命陈恩化留守。韩令坤愁眉苦脸，悄悄对赵匡胤道：“此等苦寒地方，却令我长住于此，真是倒霉透了！望兄得空，在皇上面前美言几句，把我速速调回京城。此处不比扬州，可多住些日子。”匡胤心中暗笑，好言相劝了一阵。韩令坤眼睁睁地看着周军大队人马南去了。

周军大队人马，缓缓南撤，由于有人留守，辽军竟然没有派兵追赶。柴荣心忧国事，尽管还有些头昏脑涨，但坐在车中，还是闲不住。睡了一会儿，头脑中乱糟糟

的，一会儿想南方的唐，一会儿想北方的辽国，一会儿又想符皇后身体到底怎样。睡不着，干脆就坐起身来，批阅文书奏章。忽然从文书中发现了一个小木条。柴荣心中奇怪，文书中夹木条，可是从来没有的事情。柴荣拿起木条，见上面有字，不禁一惊。忙仔细一看，只见上面写着“点检做天子”五个字。一看见这五个字，柴荣背上立刻就出了冷汗。要知道，自梁以来，大将屡屡篡国，朝廷大多只能延续两三代，短短几十年、十几年就完了。柴荣登基时，曾暗暗发誓，一定要将大周朝世世代代传下去。所以对武将亦格外留心。对那些飞扬跋扈者，不遵法令者，免职的免职，杀头的杀头，身边的将领，都是忠厚、可靠之人，都是为朝廷不惜性命的人。柴荣不是没心计的人，他所信任的人，都是经过了十几年的观察的、不惜为朝廷捐躯者，还能有什么私心吗？像一些方面大耳、有天子模样者，也都一概废弃不用。朝中文臣如范质、王溥，武臣如赵匡胤、韩通等，都是股肱之臣，柴荣对他们完全放心。

“点检做天子”，柴荣细细看着这个古怪的小木条。它是从哪里来的呢？是有人做了手脚，塞进来的，还是上天为了佑护大周，而给予的警示？难道大周朝要被现今的殿前都点检张永德所篡夺？柴荣眼前，立时浮现出了点检张永德那张笑眯眯、胖乎乎的脸。

张永德乃周太祖郭威的女婿，算是世宗柴荣的姐夫。永德平日，与柴荣甚为亲密，经常来往，加上颇有战功，所以被授点检之职。

难道张永德会篡国吗？世宗摇摇头。别是别人嫉妒他，用的离间之计，我可不能上这个当。自己的亲戚，终归要比旁人可信。算了，不能胡思乱想，身为天子，可不能乱疑人，使天下有才之士寒心。但世宗猛然又想起，张永德是会算命的。每逢争战，大家就找永德占卜，大臣家有大事，也求他预测。永德有一本《太白万胜诀》，据说十分灵验的。难道他早已知道自己要做天子，所以密谋要篡逆吗？女婿又怎么样？晋太祖石敬瑭，不就是唐明宗的女婿吗？到最后，终于夺了唐家的天下。对，宁可信其有，不可信其无。此事关系到大周朝千秋万代的基业，所以不可不防。张永德手握兵权，无论如何是不行的，必须撤换。即使有些冤枉，那也是他活该倒霉。“点检做天子”，柴荣本来还想查一查这木条的来历，可转念又一想，罢了，这句话可不敢外传。一传，岂不要天下大乱。想到此处，柴荣悄悄将此木条藏了起来。

二、册立太子

回到都中，世宗柴荣即与宰相范质商议，要免去张永德点检之职。范质道："张永德勤于王事，并无过失，无端解职，恐人心不安。"柴荣道："朕自有道理。你们休得再议。"范质道："既然如此，点检一职不可空缺。陛下可另派一人。"柴荣思忖半日，道："依卿之见，改派何人？"范质道："依臣愚见，赵匡胤忠厚勇武，对陛下忠心耿耿，可任此职。"柴荣道："那就如此吧。"

"臣还有一事上奏。大周国运昌隆，不可无太子，请陛下立梁王宗训为太子。"范质道。

"朕年纪还不算太大，梁王方才七岁，无寸功于国，封个王，就已经够了，还要做太子，我怕他小小的孩子承受不起。"

"此乃祖宗旧制，国本所系。立了太子，天下人就心安了。反正早晚是要立的，早立比晚立好。臣观梁王，仪容威严，聪慧过人，将来必不逊于陛下。"

"只要他能守住基业，朕也就没别的奢望了。对于议立太子一事，众大臣有何想法？"

"回陛下，臣就是转达众位大臣的意思。"

"那好吧。既然大家都这么说，你就草诏吧。"

谁知符皇后病势日益加剧。不几日，竟然撒手西归。临终遗言，一再要世宗册立其幼妹为后，以照顾皇上与幼子宗训，否则，死不瞑目。世宗含泪首肯。

世宗悲痛万分，本来就有病的身体，经此一创，竟然一病不起。半年过后，已是气息奄奄。尽管新册立的小符皇后小心侍奉榻前，也无济于事。显德六年六月，周世宗柴荣自知不起，乃召小符皇后，对她说："朕这病，是不能痊愈了。朕逝后，定是我儿宗训登基。可是，他才七岁不到，怎驾驭得了底下一帮如狼似虎的朝臣。"

“皇上,您春秋正盛,龙体会痊愈的。”

“痊愈了当然好。目今,须早做打算。”

“怎么打算?”

“观前朝改朝换代,都是由于武人作乱。所以,朕要下狠手,让这些悍将早日归天,省得他们在朕身后为非作歹。”

“朝中武将甚多,杀是杀不完的。”小符皇后吓了一跳。

“不是全杀,有几个深得兵士爱戴的,必须杀掉。”

“怎么杀?”

“朕伏武士于殿中,然后,再召他们来殿中议事,如此,可一劳永逸。”

“不可,不可。”小符皇后一个劲儿地摇头。

“朕只杀张永德、赵匡胤、李重进三人。”

“此三人有两人是大周宗亲,赵匡胤又与你情深意长。杀了他们,天下震动。”

“朕管不了这许多了。”

“他们都是武艺高强之士,杀得了他们吗?”

“多找些武艺高超的武士,就可以了。”

“杀了他们,士兵不满,谋反怎么办?他们几个还算正直,没了他们,其他将领造反,怎么办?”

小符皇后的一席话,使柴荣陷入了沉思,半日才长叹了一口气。不久,又昏迷过去了。

周世宗柴荣驾崩,终年三十九岁。范质、王溥、赵匡胤等一面举丧,一面扶助梁王柴宗训登基做了皇帝,这就是史书所称的周恭帝。小符皇后虽入宫不久,也被尊为皇太后。

三、黄袍加身

一场纷纷扬扬的大雪，给华山披上了厚厚的银装。大雪一连下了三日，还兀自不止。山道上积雪已厚达数尺，树木都被积雪压得弯腰低头。雪是越下越大，仿佛天与地之间，塞满了白白的棉絮。这时，从华山之上，走下来一队人马。当先一人，是位宽袍大袖的道士，后边跟了一群年轻人，虽然看似平常，但这帮人个个步履轻捷，目露精光，显然内功不弱。

远远看去，那道士竟是端坐在半空中。走近了才看清，原来那道士是骑在一匹白骡之上。那骡体长身大，浑身银白，与雪色浑然无间。远远看去，只见人，不见骡，故那道士仿佛悬在空中一般。

华山山道险峻，泼皮们不时失脚惊呼。那白骡却步履稳健，道士在上面晃来晃去，有时与骡背几乎分离，却摔不下来。山道旁边，就是深达千丈的深渊，道士竟浑然不觉，连看也不看一眼。

看看到了山下，后边的一个小徒弟问那道士："师父，咱们此去，能夺得那皇帝宝座吗？"那道士"哼"了一声："怎么夺不得？一个二十多岁的寡妇，外加一个黄口幼儿，难道我还斗他不过吗？那老皇帝柴荣，我也见过。他闻我大名，几次征召我。我没有办法，才和他见了一面。他对我佩服得五体投地。说起军国大事，都是他向我请教。我被他缠不过，才教他一些办法。要不是他如此礼遇我，我早就废了他，自己做皇帝了。他还想让我在他手下做官，你们想一想，这不是开玩笑吗？当时我就作了一首诗回他。"

徒弟们知道师父的诗性又发了，赶紧奉承："师父的诗想必是好的，快念出来，让我们听一听，也好叫我们饱饱耳福。"道士说："那好吧，你们就听一听，只是你们不要外传，我的诗，是不想让那些俗人知道的。"

"师父放心，我们绝不外传。"一个徒弟道。

“我们即使听到了，也记不住的，更不会给别人说。”另一个小徒弟说。这小徒弟拍马屁拍到了马脚上，被大徒弟结结实实捣了一拳。

“好，你们听着，诗是这样的。”道士捋了捋须，摇头晃脑道，“三峰十年客，四海一闲人。世态从来薄，诗情自得真。超然居物外，何必使为臣。”

徒弟们轰然叫“好”，虽然一句也没听懂。

“让我做官，那是不行的。以我的才干，怎能屈居人下？但是要做皇帝嘛，还凑合。目今天下大乱，百姓受苦，我不能坐视不管。我不出来拯救他们，就没有人了。”道士眯着眼。

“师父做了皇帝，封我个什么官？”大徒弟见时机已到，赶紧发问。

“那要看你愿做什么。”

“我愿做大将军。”

“那你就是大将军。”道士十分干脆。

后边的徒弟拥上来，有说要做指挥使的，有说要做禁军首领的，有说要做节度使的，道士一一答应。

走了一会儿，道士忽道：“我既要做皇帝，怎能没有大学士？你们众人之中，谁愿做大学士？”众泼皮无人回答，看来没人愿做这文绉绉的鸟官。

道士大怒，扯过一个泼皮说：“你做大学士吧！”那徒弟道：“师父，我还是做武官吧。”道士说：“叫你做，你便做，不许还口。”那徒弟无法，只得做大学士。

雪渐渐停了，一行人扑扑通通，一直往东而行。路上渐渐有了行人。一徒弟道：“师父，听说那符太后既年轻，又漂亮，你做了皇帝，何不娶她做老婆？”道士大笑道：“我道士只做皇帝，不要老婆。你若想要，就送与你吧。”

自从世宗驾崩，梁王继位，赵匡胤就一直待在自己的防地归德。作为殿前都点检、归德军节度使，他不待在归德，又待在哪里呢？他每天倒也忙得很，整日训练士卒，教他们武艺、拳脚，教他们舞枪弄棒，骑马射箭。日子倒也过得快。京城开封他很少回，虽然京城离归德很近。直到家中捎来口信，说他的母亲杜夫人身体欠安，他才带了赵普及几个士兵，骑马回到了京城。

刚进入京城开封的东门，就听见几个儿童，在一家商铺的屋檐下，一边拍瓦一边喊："点检做天子，天下方太平。点检做天子，天下方太平。"赵匡胤听了，吓了一跳，这是怎么回事？他目视赵普，赵普只说了四个字："回府再议。"

回到府中，原来杜夫人只是偶感风寒。赵匡胤说起街上的童谣，杜夫人沉思了一会儿："儿呀，这是有人故意陷你于绝地。北征时，莫名其妙地出了一个木条，张永德的殿前都点检就没了。现在，又出了这个童谣，看来，有人上次没有当上这个官职，还要把你也整下来。"

赵匡胤不怕战场上的真刀真枪，却怕这些背后的捣鼓。他的后脊梁上，顿觉冒出了一股阴冷之气。自己连敌人都看不见，怎么应付？他忽地站起身来，问母亲："这可如何是好？"他并不是怕自己如何如何，而是怕连累家人，连累年迈的母亲。

匡兰正在厨房和青玉一起擀面，做面饼，听见哥哥回来，顾不得放下擀面杖，就赶到了正房。刚进屋，就看见赵匡胤慌张的样子。匡兰顿时大怒，挥擀面杖，作势要打赵匡胤，一边打还一边说："像这谁做皇帝的事，应该是你们男人的事。这样的事，你们男人应该自己有主意，何必回来吓唬我们妇人家。"

"匡兰不得无礼，你且住手。"听到母亲呵斥，匡兰方才住了手。

"此事确实凶险。如若世宗在世，出了这种童谣，你的官位肯定保不住。"赵普说。

"赵学究，以你的意思，现在还能保住官位？"杜夫人问。

"目今朝廷能倚重者，文者宰相范质、王溥，武则赵将军、韩通、李重进。"赵普侃侃而谈，"武将中最得朝廷信任的，是韩通。最不受待见的，是李重进。所以，朝廷将韩通留在京城，将赵将军留在离京城较近的归德，而李重进，则让他去了较远的淮南。李重进是周太祖的亲外甥，论血分，比世宗更有继位的理由。所以，李重进和世宗柴荣就争过帝位。只是太祖力压，让他给世宗下跪，他才放弃了。李重进僻处淮南，即使手握重兵，就是想造反，但掌握不了中枢，也难以成事。所以，他一心想造反，就是找不到合适的机会，他的大军回不了京城。朝廷不会因为一个谣言，就撤了赵将军的殿前都点检，那样的话，只能让李重进势力大增，或者韩通势力大

增。这都是朝廷所不愿意看到的。明天早朝,赵将军只要将这谣言上奏,主动提出卸职,朝廷是会挽留的。”

“要是朝廷不挽留呢?”匡兰问。

“那就听天由命了。”赵普说,“如果朝廷糊涂到这个地步,那就是他们想把天下拱手送给李重进。”赵普说。

“那,那可如何呢?”这回,轮到匡兰急了。

“你们不要小看朝廷。太后虽然年轻,但他是符彦卿的女儿。符彦卿这个老狐狸,自会知道此事的轻重。且那两个宰相,脑子也不是糨糊。”杜夫人胸有成竹。

“匡义不是跟皇后的妹子定了亲吗?今儿个我就到符府,见见这个符小姐。把这个事给她说清楚,让她进宫给她的皇后姐姐先打个招呼。明摆着,这是有人要陷害哥哥。只是,这陷害的人是谁呢?”

“傻孩子,你还猜不出吗?猜不出,等会儿我告知你。”杜夫人笑着说。

“猜不出。”匡兰摇摇头。

看着匡兰一脸的茫然,赵匡胤、赵普都笑了。

第二天早朝,赵匡胤将此谣言申报朝廷,并言说为了避嫌,请朝廷先免去自己的官职。谁知符太后只淡淡地说了声“知道了”,并且不许赵匡胤辞职。符太后退朝时还说了句:“忠奸自有公论,玩火者必自焚。”

青玉虽然在赵府当了丫鬟,但并没有断绝和以前江湖上朋友的来往。这天,小乞丐葫芦怀里揣了个青布包袱,到赵家厨房来找她了。

葫芦年纪小,从小也是没爹没娘,在讨饭时,全凭青玉照顾。所以,葫芦把青玉当亲姐姐看待。

“姐,这次我给你带来了好东西!”葫芦把包袱递给青玉。

“我早就给你说过,值钱的东西你自己留着。以后,你还要买房子、娶媳妇呢。”

“姐,你看吧。这东西我用不着,也卖不成。在外面拿着,也是个祸患。故此,就把它拿给姐。姐在这深宅大院,也好藏。”

“到底是啥东西呀?”青玉解开包袱一看,真的吓了一跳,原来,包袱里竟然是一件金光闪闪的龙袍。

青玉知道此事非同小可,赶紧把龙袍收到包袱里:“这东西从哪儿来的?”

“包袱来的。”

葫芦说的“包袱”,是一句江湖上的行话。说白了,就是调包计。原来,那时的人,出门带东西,都是用包袱装。这些江湖上的乞丐、小偷,就经常准备一些各色各样的包袱。看见有人拿包袱过来,先有两三个人和拿包袱的起冲突,把包袱弄到地上,然后再用同样颜色的包袱乘机调包。拿包袱的人见自己的包袱仍然在,也就拿着包袱走了。等到发现包袱被调了包,早就晚八秋了。

“葫芦,拿包袱的是什么人?”

“好像是个什么将军的亲兵,还故意穿了一身店小二的衣服。他这点小把戏,能瞒住我们?”葫芦很得意。

“葫芦,此事不要出去乱说了,不然的话,小心掉了脑袋。”

“姐,这个不消吩咐。我葫芦虽然年纪小,但在江湖上也算是个老江湖了,规矩咱家懂。这个事情,我谁也没说过,以后也不会再说。”

“好弟弟。”青玉摸着他的头,并从厨房里拿了很多肉菜、面饼给他。葫芦高高兴兴地走了。

青玉把龙袍的事向杜夫人说了,并把龙袍藏得严严实实。杜夫人嘱咐她不可多口。青玉答应了。走出屋门,青玉听见杜夫人在后面叹了一口气:“山雨欲来风满楼,树欲静而风不止啊!”

七岁的梁王宗训,糊里糊涂就登了基。开始几天,他看见一帮老头子整整齐齐地站在自己面前,粗声大气地说着自己不懂的话,心中十分害怕,一句话也不敢说,身子也不敢动一动。下了朝,他就向符太后哭诉,再也不去上朝了。符太后又是劝他,又是训他。末了,符太后自己也哭了:“你以为我想上朝啊,烦人得很。可这是皇上临终时,给我们的职责,我们能不担当吗?”

好在过了几天,宗训已经熟悉了那帮老头。一熟悉,就不害怕了,反而觉得好

玩。看他们又是作揖,又是递奏章,像杂耍一样。那个花白胡子的,好像叫范质,那个黑胡子的,叫王溥。那个大高个儿、红脸膛、脸蛋儿圆鼓鼓的人,叫赵匡胤。还有,管他呢,谁能记得那么多。

一熟悉,小皇帝就自由一些了。手、脚就做一些小动作。符太后呢,就在后边拍他,让他规矩一些。无奈有时身上忽然痒起来,那怎么办?又无法请人挠,只好自己动手。要是后背上痒呢,只好把脖子扭来扭去。大臣有的捂嘴偷笑。小皇帝才不管他们呢。看今日上朝,老头又说些什么。

“禀皇太后、皇上,臣有紧急军情要奏。”王溥出班,手捧奏章,神色慌张。

“此军情从何得来?”符太后问。

“是臣接到镇、定二州守军的加急文书,事情重大,不敢对皇太后、皇上隐瞒。虽然正值新春正旦,但臣还不得不让皇太后、皇上劳心。辽兵与北汉主刘钧,合在一处,大规模犯我边境,扰我人民。”

“这两国不是被先皇打败了吗?怎么又敢来寻衅?”太后质问。

“大概,大概是他们闻听先皇驾崩,以为有隙可乘。”王溥额上,有细细的汗珠沁出。

“那你们说怎么办?谁可率军御敌?”太后问大臣道。大臣们面面相觑,惶惶然不知所以。文臣们对征战,历来避而远之。武臣们连年征战,九死一生,有的年纪也大了,很想偎红依翠,享几年清福,不想再冒死沙场。

殿中气氛顿时显得沉闷。正在这时,小皇帝“噗”的一声,放了一个响屁。众臣先是愕然,而后捂着嘴“哧哧”地笑了起来。一些平素德高望重的大臣,也不禁暗皱眉头。

“怎么,朝廷有了危难,你们就没有人出来分忧吗?你们世受国恩,怎能如此?”太后有些生气了,眼里竟然有了泪花儿。

“太后不必烦恼。臣保举一人,管教敌寇自退!”宰相范质见太后发怒,不禁出班上奏。

“卿欲保举何人?”

“臣欲保淮南节度使李重进。”

范质此言一出,众臣都嗡嗡议论起来。当下由王溥带头响应:“北汉与辽勾结,贼势浩大,我朝不遣李重进,难以破敌。”

“李重进将军驻守淮南,有守南疆之责。万一唐国来犯,如何是好?到那时,我国将腹背受敌,后果不堪设想。”太后虽然年轻,但柴荣在日,屡次跟她说过,李重进狼子野心,不可重用,只能放在边陲,绝不可以让他率兵接近京城。从淮南到北方,李重进肯定要从京城经过。到时,他打着太祖外甥的旗号,要夺帝位,谁也挡他不住。

太后把目光瞅向了群臣。群臣谁都不敢作声。两个宰相都保举李重进,谁敢反对?

殿中一片静寂。太后不禁心中恼怒,自己明确表示了反对,竟然无人附和。

高怀德见无人答话,遂出列道:“末将愿保举归德军节度使、殿前都点检赵匡胤率军出征。”

“你们看呢?”太后问大家。

武将石守信等表示,只要赵点检率军,他们愿誓死效力。

“赵爱卿,你可愿出兵吗?”太后将目光投向赵匡胤。

赵匡胤在行列中似在沉思什么,听太后发问,他才开口道:“既有朝廷差遣,臣定当竭尽全力,以报国家。不破敌寇,誓不还京。”

匡胤回到家中,辞别母亲。杜夫人垂泪道:“怎么又要打仗?打了几十年,还没打够吗?唉,我这一辈子,怕是过不上安稳日子了。”匡胤进入内室,见继妻王氏正与儿子德昭及两个女儿在一块儿玩耍。

朝廷派赵匡胤率军御敌的消息,早有人飞马传给了在淮南的李重进。李重进闻听大怒,自己辛辛苦苦,花了多少钱才搞了个辽兵来袭的假军情,竟然让赵匡胤捡了个漏。但又一想,赵匡胤兴师动众,无敌可御,看他回来向臣民和朝廷如何交代。想到赵匡胤的狼狈相,李重进又笑了。他真恨不得即日起兵,直赴京城,将那

小皇帝赶下龙椅。但他也知道，自己所居的淮南，离京城太远，大兵需要走好几天。不奉旨而调兵，说不定在半路就被截杀了。唉，忍吧，等待合适的机会。令人奇怪的是，自己派去取龙袍的亲兵也没了音讯，该回来也没有回来。

李重进忽然觉得很心虚，一丝不祥的预感占据了他的头脑，挥也挥不去。

过了一天，殿前副点检慕容延钊率前队先行出发。第二天，赵匡胤率大队人马紧随其后。军马浩浩荡荡，往北开来。一路上，见百姓扶老携幼，夹道观看。走到芳林园附近，只见众大臣在此设宴送行。翰林学士陶谷，执酒杯向前劝酒，对着赵匡胤拜了又拜。赵匡胤道："大人为何如此多礼？"陶谷道："我现在还能向你作揖，所以多来几个。只怕以后就不能了。"赵匡胤道："你这是什么意思？"陶谷与众大臣笑而不答，只是执酒相送。

大军至陈桥驿，天已黄昏。匡胤就传下令去，令军马就此歇息，明日一早再行。当下士兵们安营的安营，扎寨的扎寨，只一个时辰，人马俱已歇息。远远望去，只见一座座营帐在夜幕中默默矗立。除了巡哨者的脚步声，更无任何声息。

赵匡胤在毡榻上躺了一会儿，翻来覆去，只是睡不着。他明白，只要一与敌兵见面，又是一场硬仗。打仗他倒不怕，自从投军以来，他不知打过多少硬仗。有好多次他都是身先士卒，使一条盘龙棍，将敌方打得落花流水。

唉，打打杀杀，何时才了哇！作为将领，他自然喜欢打打杀杀，不打打杀杀，功劳从何处来？只是，你杀过来，我杀过去，却苦了天下的百姓。自从大唐灭亡以来，短短五十多年间，就换了梁、唐、晋、汉、周五个朝代。兼之除中原腹地外，还有许多小国。西有西蜀，北有北汉、辽国，南有南汉、南唐、吴越。朝与朝、国与国之间互相杀伐，把百姓杀得筋疲力尽。人心思定，众百姓都巴望过太平日子。百姓们对攻伐征战厌倦了。你瞧白日道旁的百姓，一个个灰头土脸，面黄肌瘦，尤其是那一道道饱含着哀求、恐慌的目光，更让赵匡胤如烈火焚心。他再也睡不着了，提了杆棒，走到营帐外。

营帐外，月华如水，凉气扑面。赵匡胤长叹一声，随即使动了棍棒。只听棒声呼呼，地上尘土飞扬。使到酣处，只见一团棒影，哪里还分得出人在何处，棒在何处？

赵匡胤翻翻滚滚，将三十六路棒法，一招一招地使了出来。使到神妙之处，只见他忽地纵身一跃，几近帐顶，而后用棒在帐上一点，人已落在数丈开外。亲兵们往日见他使棒，都是刚猛的路子，今日乍一见这飘逸潇洒的路子，情不自禁地喝起彩来。喝彩声未歇，军帐内忽然钻出许多士兵，皆站在当地。

赵匡胤微感惊异，问道："你们为什么还不入睡？"内中一个伶牙俐齿的士兵跪启道："小的们刚才躲在帐子里，偷看点检身段。听这两位哥哥一喝彩，小的们忘了情，就站了出来。点检真乃神人，非我等所能比也！"众兵士齐声道："点检真神人也！"

赵匡胤道："如此，却是我的不是了。我因使棒，却搅了你们的清梦。天已不早，快入帐歇息吧。"众兵士齐声道："晓得。"都入帐去了。

月亮已在天空的西南角上，赵匡胤使了一阵盘龙棍，身已疲累，倒在铺上，喝了几口酒，倒地便睡倒了。

许是他有满腹心事吧。刚入睡，便梦见天空中出现了两轮太阳，一轮明亮，一轮灰暗。他只觉得燥热难当。也不知过了多少时间，那轮明日直朝他头上坠来。他吃了一惊，拔步想逃，却哪里逃得了？双脚却像长在了地上。

他正在焦急，猛觉得有人在摇晃自己。睁眼一看，是供奉官、胞弟匡义。匡义已二十多岁，此次也随军前来。匡胤至此，才知道自己刚才不过是南柯一梦。饶是如此，还是伸手摸了摸头颅，看头发是否被那轮明日烤焦了。

帐外人声鼎沸。匡胤站起身来，惊问匡义道："出了何事，怎么有许多人喧哗？"

匡义跪地道："帐外诸多将士，欲拥将军做天子！"

匡胤闻言，心中一凛，脑海中不禁涌现出了往日在澶州拥立周太祖郭威的情景。是的，做皇帝是难，但有时也很容易。只要你功劳卓著，人心归服，再加上兵权在握，何愁大事不成？自从七岁的梁王登基以来，匡胤已看出众多文臣武将渐渐地心怀不满。一把子年纪，胸中充满文韬武略的人，为什么要向一个二十多岁的寡妇和一个七岁的幼儿下跪？天下大乱，皇上不能服人，国家早晚也要被人所灭。何况

那小皇后、小皇帝，对军国大事一窍不通，什么事也拿不出个主意，到最后，都是匡胤、范质等人想出个主意，才遵照执行。武将们素来不互相走动，这几时也往来频繁，不知说些什么。文臣们也嘀嘀咕咕，面露诡异之色。

匡胤心中又惊，又喜，又悲。惊者，众军士竟敢拥自己做天子；喜者，自己素怀大志，今日方能如愿；悲者，世宗柴荣早逝，皇上年幼，竟然轻易失国。若上天让世宗多活上几年，天下只怕早统一了，大周朝也不至于如此。

见匡胤沉吟，几员大将"呼隆隆"拥进大帐。前边一位五短身材、浓密胡须者，乃都指挥宁江节度使高怀德。怀德高声喝道："赵点检不必再踌躇了！当今主上幼弱，人心不服。像我们这等人，空有一身武艺，就是在疆场上立下大功，那七岁幼主，懂得恩赏吗？诸将已商议定了，先立点检做天子，而后再与贼子交战！"

匡胤道："高将军，你我都曾受世宗深恩。现在世宗尸骨未寒，我与你怎能做此篡逆之事？"

高怀德是个武人，见匡胤说得有理，一时答不上来。归德掌书记赵普头脑灵活，当下抢先一步，答道："点检此言差矣。目今皇上幼小，举国不服。点检威望素著，朝里朝外，都有口皆碑。现木已成舟，点检不必再多言。否则，全军将士，性命不保了！"说着，把手一招，匡义随即捧出一件黄袍，与匡胤披上，匡胤此时，再也推托不掉。

高怀德、赵普、匡义簇拥赵匡胤走出大帐。此时，一轮又大又圆的红日，正从东方天际冉冉上升。众军士队伍整齐，皆手执利刃，静立环列。猛可里，只觉眼前一亮，见那身材高大、身披黄袍的新天子已来到队伍之前。众军士齐道："诸军无主，愿奉点检为天子。"说着，一齐拜了下去，山呼万岁。

匡胤两眼垂泪道："赵某世受国恩，不承想仓促之间，竟做此事。世宗世宗，匡胤对你不起了！"赵普朗声对道："天命所归，人心所向，太尉若再推让，反而上违天命，下负人心。若说柴氏母子，只要好好地待他们，使他们丰衣足食就是了！"赵普说着，高怀德已将匡胤扶上战马。那战马昂起头，抬起前蹄，对着东方那轮红日，"咴咴……"一阵长嘶。匡胤稳坐马上，晨风吹起黄袍，真是显得威风凛凛，众军士心中暗自赞叹。

赵匡胤一勒马缰,高声问众军士道:“我有号令,你们听从吗?”众军士齐道:“愿听天子号令!”匡胤道:“符太后与幼主,你们不能侵犯。京城内的大臣,都是我的同僚,你们不准骚扰。朝廷府库,及商家百姓,你们不准抢掠!若从我命,重重有赏;若不服,则军法不容,决不宽恕!”众军士又拜伏在地,“万岁”之声响彻旷野。赵普道:“太尉此令,定会大得人心。往日澶州拥立,兵士进京后,肆意剽掠。百姓对周,一开始就吃了亏,以后再施恩,百姓也不感激。”匡胤道:“我正是因为往日澶州之失,才下此命令。民为邦国之本,切不可骚扰百姓。谁要是骚扰百姓,谁就是和我赵匡胤作对!”

匡胤领着大军,步伐整齐地返回东京。一路上,只见众多儿童拥立道旁,以手击瓦片,边击边唱:“点检做天子,天下得太平。点检做天子,天下得太平。”匡胤十分惊奇,问赵普:“我才做了天子,怎么小儿们都知道了?”赵普目视高怀德,高怀德目视匡义,三人一齐微笑。

匡胤心内已明白,笑对赵普三人说:“你们欲富贵,却将我推了出来,你们谋划很久了,是也不是?”赵普道:“陛下先别问这个。难道皇帝的位子,你当真不想坐吗?”匡胤道:“大丈夫谋取富贵,当从争战中得来。”匡义道:“大丈夫顺时而动,不管怎么得的,只要得了,便是本领。”高怀德以手捋须,大笑道:“痛快,痛快,此话说得好!”

匡胤满心欢喜,放马缓走。正行间,忽听得脑后风响,情知不好,忙把头一低,只见一支响箭从他头上飞速擦过,射中了远处的一棵老柳。匡胤惊出了一身冷汗,正想回头,第二箭又到。这支箭比上支箭射得低,紧贴马背而来,匡胤再也躲不过,亏得眼明手快,一伸手,硬将那支箭接在手中。

此时高怀德已从惊愕中醒来,见第三支箭又到,忙将长枪一磕,那支箭正往前窜,受怀德大力一举,斜飞着,直上半天云里去了,好长时间才落下来。

赵普大喝道:“快护住天子!”众将士齐举刀枪剑戟,将赵匡胤护在中间。

只见一人一骑,从队伍中窜出,直向都城奔去。匡义大喝:“放箭,放箭!”谁知那一人一骑，已去得远了，弓箭射他不着。

刚才从队伍中逃跑者，就是侍卫马步军副都指挥使、周世宗的爱将韩通。韩通对周世宗忠贞不贰，见众人拥戴匡胤，他早已心怀不满。但因为势单力孤，所以没敢作声。众军齐拜匡胤，山呼万岁，韩通气得眼珠子都快要冒出来了。他本来就性格暴躁，动不动就向人瞪圆了眼睛乱吼，别人就给他送了个绰号叫“韩瞪眼”。

韩通心想，赵匡胤是个什么东西，竟然敢做皇帝！世宗待他那么好，他竟然翻脸无情，忘恩负义。众将士一个个也面目可憎。我一不做，二不休，先把赵匡胤射杀了，看他还搞什么名堂。所以，趁赵匡胤不备，韩通就连射了三箭，谁知都未中。眼看再待下去，就要遭擒，韩通就拍马向京城而逃。心想，逃到京城，关闭了城门，将这帮乱臣贼子拒于城外，然后再慢慢杀光。

韩通通过城门，向守门军士大叫：“快关门，快关门！”守门军士惊愕地望着他，不知所以。

韩通大喝道：“还愣什么，北征大军作乱了，已立点检为天子。大军进城，来杀你们了！”守门军士闻言，才急忙将城门关上了。

韩通心想，事已紧急，只好先找宰相范质了。宫门是闯不进去的，就是闯得进去，料那二十多岁的太后与七岁的幼主，也不会有什么办法。宰相范质大权在握，况又老谋深算，找他商议是没错的。

此时早饭已过，东京的大街上，人群熙熙攘攘，店铺鳞次栉比。韩通是勇武之人，况心中又十万火急，哪里顾得许多，竟在大街上打马飞驰起来。众人猝不及防，被他一冲，顿时哭爹叫娘，这个人撞倒了那个人，那个人又撞倒了生意摊。街上热闹起来，叫苦声、呵骂声响成一片。

韩通飞驰到宰相府前，竟不下马，直向府内冲去，把门军士双戟并举，喝道：“哪里去，下马！”韩通一手抓住一戟，用力向外一甩。两名军士踉踉跄跄，各向外退了数十步，尚不能止住，眼睁睁看着韩通进府去了。两名军士只得提戟，跟在韩通马后大声报警。

宰相府内，方砖铺地，翠竹夹道，韩通无心欣赏这些，边飞马边喊："范大人，范大人！"

宰相范质正与右仆射王溥，在客厅内下棋。闻得韩通声音，训斥道："何人无礼，在此喧哗！"

韩通破门而入，大叫道："宰相，大事不好了！"范质道："韩将军为何如此大惊小怪？"韩通道："北征大军作乱，赵点检被拥为天子了！"此言一出，范质与王溥吓得脸色都变了。范质仓促间，不及细想，握住王溥的手道："赵匡胤是我保举的，现在竟有此变，怎么办，怎么办？"王溥不答，竟"哎哟"起来。范质一看，原来自己用力过猛，竟将指甲刺入了王溥皮肤中。

守门的两位军士这时才赶到，双双扑上，要抓韩通。韩通情急之下，飞起双脚，只听"嗵嗵"两声，两军士倒在地上，再也爬不起来。

范质府中的其余军士闻得喊声，亦已赶来，将韩通团团围住。范质道："你等不得无礼，退下！"众军士面面相觑，不知发生了什么事情。既然宰相不说，也不敢再问。众军士七手八脚，抬起地上的两位，走了。

韩通道："宰相，快遣军士守城要紧！"范质的脸色却越来越白，始终盯着王溥，问："王大人，事已至此，怎么办，怎么办？"王溥道："大事已成，听天由命吧。我们能做什么呢？"

韩通见他二人如此脓包，长叹一声，跨上战马，向外驰去。到宫门口，正碰上几个禁军，见了韩通，都垂手问好。韩通道："北征大军犯上作乱，拥立点检赵匡胤作天子。我们都是皇上的亲兵，必须将这帮乱贼击溃。方今之计，莫若先将赵匡胤家属抓起来为人质。如此，赵匡胤当投鼠忌器，不敢轻犯京城。不然，攻进城来，定要把我们都杀掉！"禁军道："我等听韩将军吩咐。"韩通道："走，先去赵匡胤府第。"

赵匡胤家就在宫城东边不远，转眼即到。韩通不管三七二十一硬闯进去。除了一个老管家外，竟无别人。韩通道："人都哪儿去了？"老管家见来者不善，吓得哆哆嗦嗦，说不成一句话。韩通道："再不说实话，把你舌头割下来。"老管家瘫在地上，有气无力道："老夫人、少夫人及几个丫头，去定力院进香了。"

韩通闻言，率兵火速赶赴定力院。定力院是京城的一个中等寺院。杜夫人与匡胤之妻王氏，及几个丫鬟，闲来无事，到定力院烧香拜佛。佛事已毕，正准备回家。忽听小沙弥来报，说有兵包围了寺院，要搜捕点检家眷。方丈道："事不宜迟，快到后边楼上躲避。"杜夫人道："定是北征途中出了乱子，不然，好端端地为何要搜捕我们？"方丈道："老衲早已算出，老夫人与少夫人有这场灾祸。不过此祸之后，就有一场泼天大喜。"杜夫人道："什么喜呀祸的，担惊受怕的日子，我过了一辈子。"几个人说着，到了后边楼上。此楼是座旧楼，已多日无人登临。里边放的，也是寺里的一些杂物。老方丈开了楼门，将杜夫人一帮人锁进去，嘱他们勿出声，自己径到前院，迎接禁军。

韩通道："方丈听着，我军前来搜捕叛贼赵匡胤家属。你若有隐瞒，我一把火就把这寺院烧了！"方丈道："阿弥陀佛，赵匡胤家属应在赵匡胤家，怎么到老衲这儿来。"韩通道："少废话，搜！"

禁军前前后后，仔细搜索。搜到后楼，见楼上遍布尘土，且门上又结满蛛网。趴在窗户上往里一看，里面黑洞洞的，什么也看不见。忽然"吱"的一声，一只老鼠从房檐上掉了下来，翻了个滚儿，又窜远了。

两个禁军吓了一跳。其中年长的道："这种地方，怎么藏得了人？算了吧，我们走吧。"年轻一点儿的道："别忙，我看此锁虽锈，像是有人刚动过。"年长的道："别那么多事了。你没听说吗，大军都已拥赵点检做天子了，咱们京城里这点人，能抗得住吗？万一他们冲进来，咱要是抓了点检的家眷，还想活命吗？走吧，赶紧走吧。"年轻的吐了吐舌头："姜还是老的辣，我脑子就不会想这么多。"

韩通命人搜了一遍，军士都说没有。韩通见事情紧急，只得带了人，向北门驰去，意在固守。

韩通来到北门前，只听得城外人喊马嘶，原来匡胤大队人马已到了。只听高怀德在城外大喊道："守城将士听了，我等已奉赵点检为天子。你等若打开城门，重重有赏。若执迷不悟，负隅顽抗，妻子家小，尽皆诛戮！"

几个守门将士听了，心惊胆战，要去开城门。韩通大喝一声，挡在了门前。猛听得东边一阵喧哗,原来北征人马已从明德门入城了。

韩通知道自己必死无疑,乃提了大刀,跨上马,一人一骑,朝北征人马迎去。

赵普眼尖,用手一指:“韩通那厮!”匡义喊一声:“众军士预备弓箭!”只见几百张弓同时举起,对着韩通。匡胤道:“韩将军,事已至此,快下马请降吧。你虽射我三箭,但我念你是条忠烈汉子,不杀你便了!”韩通圆睁双目,拍马舞刀,直取匡胤。匡义把手一挥,几百支箭齐朝韩通射来。韩通武艺再高,也抵挡不住这如雨的弓箭,霎时间便被射得像个刺猬似的。人虽死了,却直挺挺地端坐马上,兀自睁着双眼。匡胤叹了一声,念其对世宗的忠心,命人用厚棺盛殓。

守陈桥门的两个班头,一个姓崔,一个姓卢,都是唐代士族的后裔。听韩通说,北征大军已经作乱,两个人忙把城门关了。崔班头对卢班头说,我们都是士族之后,一定要忠于大周,不能辱没了先人。我们生是大周人,死是大周鬼。转眼之间,北征大军已到。崔班头和卢班头就是不开城门,北征的士兵都非常不满,建议把门撞开,赵匡胤一看,算了算了,他们不开门,也是对的,我们可以从南门而进。到了南门,守门的是石守信的手下,果然一叫便开。北征大军步伐整齐,一边走,一边有人喊:“尔等众人听着,目今主上幼弱,人心浮动,我等已经奉赵点检为天子。我等乃仁义之师,秋毫无犯,尔等休慌。”

崔班头和卢班头见大势已去,商量了一下,两个人在北门城楼上自缢而死。赵匡胤闻听此事,叹息了一回,夸他们是忠义孩儿,并将北门守卫班命名为孩儿班。并且规定,此班的帽子后面要有两根帽带,一根是青色一根是红色。红色是庆贺大宋皇帝登基,青色是哀悼周世宗柴荣。这个规矩一直延续到南宋末年,一直没有变。守卫杭州北门的,仍然叫孩儿班。

赵匡胤领着大军,入了都城,命将士一律归营,自己退居公署。过了一会儿,军校罗彦环等,将范质、王溥拥入署门。匡胤见了二人,呜咽流涕道:“我受世宗厚恩,被军士逼迫至此,心中实在有愧。”范质见匡胤言辞和蔼,想劝他回心转意,就说:

“点检不用烦恼。既被人逼迫，皇上也不会加罪。点检只要不做天子，君臣还是相安无事，如往日一般。”

范质此言一出，署中军士“唰”的一声，都亮出了兵刃。罗彦环厉声喝道：“我辈无主，已议立点检为天子。哪个再有异言，教他吃我一剑！”

望着明晃晃的一片兵刃，右仆射王溥吓得面如土色，降阶下拜。宰相范质不得已，也拜在地上。两人眼中，都有了泪水。匡胤忙下来扶住二人，命他们坐下，和他们一起商议即位之事。范质道：“点检已经做了天子，打算怎么处置年幼的君王？”赵普道：“请幼主效法尧舜，将大位禅让于点检。”赵匡胤道：“太后与幼主，我曾做过他的臣子，绝不会伤害他们。”范质道：“既如此，那就召集文武百官，准备受禅吧。”匡胤道：“请二公替我召集百官，我绝不亏待旧日同僚。”范质、王溥当即辞出，去宣召各个官员。官员们虽不敢违抗，但也不想第一个去，即使要做“贰臣”，也不能做个带头的“贰臣”。直至下午，才将百官聚齐，左右分立。少顷，大将石守信、王审琦簇拥着赵匡胤，从容登殿。

石守信、王审琦，都是与匡胤平日关系不错的将领。匡胤黄袍加身，二人早已知晓。石守信道：“我等出生入死，血溅疆场，为何要奉一小儿为主子？立长君为帝，我等还能多得赏赐。”王审琦道：“平日与匡胤交情甚笃，他做了天子，没我们什么坏处。”所以匡胤还都，二人先去迎接。

按规矩，应该是周幼主柴宗训下禅位诏，将大位自愿让给匡胤。符太后是迫不得已，哪有心思写什么诏书？等到在百官面前一登殿，赵匡胤才猛然想起，尚无禅位诏书，顿时急得一头冷汗。谁知赵普却不着急，向翰林承旨陶谷使了个眼色，陶谷一甩袍袖，就拿出一纸，正是以幼帝口气写的禅位诏书。赵匡胤顿时放下心来，暗想赵普做事，真是细密，此人日后倒可大用。

兵部侍郎窦仪，接过诏书，大声读了起来。

这诏书无非是以周幼帝柴宗训之口气，说自己如何不行，赵匡胤如何有才能，所以要将皇帝的位子让给他。虽是表面文章，却也须写得像模像样。否则，无缘无故地换了皇帝，如何向天下人交代？

窦仪读完诏书,赵匡胤退至北面,拜受识书。随即,赵匡胤穿上皇帝衣帽,登崇元殿,受百官朝贺。文武百官在殿上山呼万岁。至此,赵匡胤算是正式做了皇帝。因他曾在宋州做归德军节度使,所以将国号定为“宋”。

赵匡胤既做了皇帝,周幼主柴宗训就不能再做皇帝,改称郑王,符太后改称周太后。符太后满心委屈,却也无法可想,只好暗自垂泪而已。

赵匡胤思考了半天,觉得让符太后和柴宗训再在宫中居住,已不太合适,就让他们母子到城南天清寺居住,另辟一个僻静院落,不准闲杂人员打扰。一切用度,悉如宫中。柴荣还有两个小儿子,一个两三岁,一个一岁多一些。赵普建议,应该将这两个小儿除掉,省得长大以后惹是生非。赵匡胤却不同意,说世宗与自己亲如手足,现在,自己被逼无奈,坐了帝位,再去害柴荣的后代,那是天理也不容。但要是再让符太后养着,这孩子由于身世特殊,长大后也不容易过活。思来想去,就让潘美把这两个孩子当成自己的孩子养着,他的身世,也不准再对别人说,长大了,也免得别人说三道四,挑拨离间。潘美就把这两个孩子抱回家中,大的改名潘惟吉,小的送给了自己手下的一位将军。从此以后,太祖不再问这两个孩子,潘美也不再说这两个孩子。至于那个小孩子送给了谁,改了什么姓,潘美不说,别人更不敢问。

那道士正与一帮徒弟在道上行走,往东京进发。猛听得道中人喧喧嚷嚷。众徒弟侧耳细听,原来百姓说:“幼帝已将大位让与赵点检了。”

道士道:“他们说些什么?”众徒弟皱眉道:“师父,赵点检已做了新天子了。”道士听了,忽然哈哈大笑三声,一个筋斗从骡上翻下来,睡在地上。众徒弟赶紧叫:“师父,师父!”

道士翻起身来爬起:“咱们都回去吧。天下要太平了,皇帝的位子,我是夺不到了。”徒弟道:“为什么?”道士道:“笨蛋。那位子已经有人坐了,且又力气很大,你能撵动他吗?”徒弟道:“啊。”

百姓围了许多人,观看这怪道士。有百姓问徒弟:“这道人是谁?是个疯子吗?”徒弟道:“打嘴!我师父是世外高人,是有名的华山隐士陈抟。”百姓道:“原来

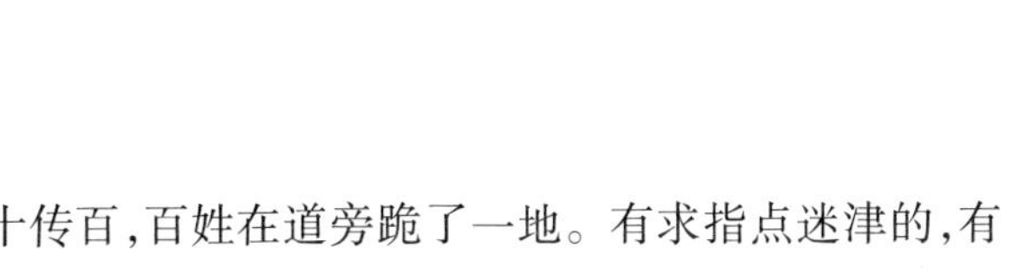

是陈抟老祖!”一会儿,一传十、十传百,百姓在道旁跪了一地。有求指点迷津的,有求救难治病的。陈抟一一应允。待百姓散后,陈抟道:“这下,你们才知道我为何不让你们对外人说我姓名了吧。”徒弟道:“师父,你一向为国为民,到处受人尊敬。现在,让我们装出这副样子,人家都以为我们是疯子。”

“不装疯卖傻,走不多远,就会被官府给抓了,你们懂得什么?现在好了,我的徒弟赵匡胤得了天下,他宅心仁厚,百姓要过上好日子了。既然如此,我们还是回华山去吧。”陈抟说着,骑了骡,领着一帮徒弟,吆吆喝喝,又回华山去了。

第十九章

一、入宫

赵匡胤做了皇帝，赵氏全家自然万分欢欣，匡胤之母杜夫人更是欢喜非常，忙命家人仆役打扫净室，供奉瓜果祭品，以备新天子回家，拜告列祖列宗。刚刚安排完毕，只听大门外一片喝道："天子回府了！"言未毕，只见一帮人，已簇拥着匡胤进入院内。至屋门外，众人止步，匡胤独自撩袍整冠，入内拜见母亲。杜夫人慌忙用手扶住，说："吾儿请起，今番做了天子，亦不负你平日的一番志向。"匡胤道："儿无德无才，全赖祖宗洪福，母亲教诲。"杜夫人垂泪道："你父若能看到儿有今日，想亦喜笑颜开。可惜……"匡胤恐母亲伤心，忙问："弟弟、妹妹可在?"言未毕，匡义已领着匡兰、匡美从屏风后转出，跪在地上曰："叩见皇上！"

匡胤吓了一跳，忙以手搀扶道："快休如此，快休如此，还以旧日兄妹之礼最好。"杜夫人道："家中自可随意些。庙堂之上却半点差池不得。否则，国无国法，岂不天下大乱，叫人耻笑？你们兄妹，马上就要做王子、公主。日后要站有站相，坐有坐相，不可失了体统，惹下人口舌。"匡义、匡美连忙答应。唯匡兰转到匡胤身边，以手抚摸匡胤之龙袍道："皇帝哥哥，你今番做了皇帝，滋味如何?"匡胤道："众人逼迫，乃不得已之事。可谓有喜有惧。"匡兰道："做了皇帝，统率万人，应当喜欢，怎么还有忧惧！你们男人所言，我不大懂。"杜夫人道："你哥哥说得极是。皇帝做得好，

自然锦衣玉食,荣宠已极。若做得不好,被人暗算了,只怕全家要跟着掉脑袋。到那时,想做个平民百姓,也做不成呀!"

说话间,匡胤的续弦夫人王氏及两个侍妾韩素梅、杜丽蓉,打扮得花枝招展,已从卧房来到前堂,齐齐拜道:"贱妾叩见皇上!"匡胤一见三人,早已筋骨酥软,忙叫:"快起来,快起来,看那地上冷,别冻坏了身子!"若不是母亲在旁,早把三人拥入怀中了。妹妹匡兰在旁哂笑道:"别人拜,倒不怕地上凉,偏这三位嫂嫂,身子骨恁地单薄。"话未说完,杜丽蓉早狠狠踩了匡兰一脚。原来杜丽蓉与匡胤、匡兰为表兄妹,故日常交往甚密。既是兄妹,又是姑嫂,免不了就会打打闹闹。

匡兰一声"哎哟",引得大家齐看。王氏已把一切看在眼里,故意问:"妹妹怎么了,敢是被什么东西咬了?"匡兰道:"是家里那只黄猫,抓了我脚面一下。"杜丽蓉听见,伸脚又要踩,匡兰赶紧立于母亲身后。杜夫人心里高兴,且平日见她们姑嫂打闹惯了的,忙劝道:"休得再闹,且先拜祖宗要紧。"于是全家恭恭敬敬,随匡胤对列祖列宗行叩拜大礼。礼毕,匡胤传旨,从曾祖朓至父亲弘殷,皆封为皇帝,曾祖母至母亲,皆为皇太后。封妹匡兰为燕国长公主。弟匡义改名光义,封为殿前都虞侯。弟匡美尚幼,暂不加封。

封了皇太后,自然要封皇后。三位夫人,都朝匡胤眨眼皱眉,乱送秋波。匡胤好生踌躇,说:"要封皇后,自然,按理,应该封……"

话未说完,韩素梅道:"贱妾出身低微,皇后就让王姐姐、杜丽蓉妹妹做吧。"韩素梅颇有自知之明。

"还是两位姐姐做吧,我乐得清闲。"杜丽蓉也不得不表个态。王氏道:"谁做皇后都行,我无德无行,还是只当夫人的好。"

"要不,王姐姐做大皇后,韩姐姐做中皇后,我就做个小皇后,岂不一举三得?"杜丽蓉终于想出了一个妙主意,不禁有些洋洋自得。

杜太后喝道:"休得再胡说。皇后自然是你们王姐姐。素梅与丽蓉,可封为贵妃。"三人一齐道:"一切听婆婆吩咐。"匡胤于是传旨,封妻王氏为皇后,韩素梅、杜丽蓉为贵妃。

是夜，匡胤就在王氏房中，高烧银烛，摆下宴席，请三位夫人赴宴。匡胤道："只怕在家中，这是最后一夜了。明日须搬入宫中居住。"王氏道："宫里宽敞，房子结实，冬暖夏凉，比这破家强多了。"匡胤呼妻乳名道："荷卿，你随我多年，想不到也有今日。你素日事我母甚孝，使我无后顾之忧，我要多多地谢你。"

"夫君能不忘夫妻之情，贱妾就心里踏实了。"王荷卿眼里，已有了莹莹珠泪。

"无论何时何地，我都不会忘记你。儿女们，多亏你抚养。素梅、丽蓉又没个正形儿，也多亏你调教、引导。"

"你如今做了皇上，怕和过去大不一样了。"

"有什么不一样？不过是更劳心、更费神罢了。"

"我观史书，哪一个皇帝，不是妻妾成群？你而今已是天下之主，还不是想娶几个就娶几个？"王荷卿道。

"我虽不敢说不喜欢别的女子，但我一生心系于你。若有负于你，就同这双筷子一样。"匡胤说着，用力把手中的筷子一折，不承想筷子纹丝未动。王荷卿破涕为笑："算了算了。我不是善妒之人。只是皇上以后再找妃子，须要找模样儿好、脾性儿好的，像素梅、丽蓉一样，就是我的福分了。"匡胤说："素梅、丽蓉不知在干些什么？着丫鬟把她们请过来吧。"荷卿道："只怕你请不过来，大概二人身体都不适了。"匡胤道："未必。"吩咐小丫头，快去请两位夫人。小丫头噔噔噔噔地跑走了。一会儿果然回来说，二夫人头痛，已睡下了。三夫人心口痛，也睡下了。望皇上、皇后好生欢乐。荷卿笑对匡胤道："如何，我猜得不错吧？"

匡胤饮了一杯酒，说："我自去叫她们。"原来素梅与丽蓉卧房，在荷卿卧房之后，只隔一丛花木。匡胤拍素梅之门，高声道："开门，开门！"素梅道："是谁？"匡胤道："是我，听不出来吗？"素梅气哼哼地道："我知你是谁？你又知我是谁？你心里还有我这个人？你怎么不好好和你的皇后待着？"匡胤笑骂道："小贱婢，再不开门，我把你从被窝里揪出来。"素梅道："就是不开！"匡胤道："请你去姐姐房里饮酒。你实在不去，我亦无计可施。我捉丽蓉去也。"说罢，转身就走。

到得丽蓉房门前，匡胤用力一推。不承想房门虚掩，匡胤收脚不住，摔了个大

马趴。被窝里丽蓉不禁“扑哧”一笑。匡胤又恼又好笑,遂将一双凉手伸入被窝内,在丽蓉身上抓来游去。丽蓉一边笑,一边大叫:“饶命,饶命,冻死我了。”匡胤道:“请你饮酒,你去也不去?”丽蓉已笑得喘不过气来,忙说:“去,去,你且饶我。”一边穿衣,一边“哎哟”。匡胤见她娇媚可爱,遂小小地温存一番。丽蓉道:“做了皇上还没正经,人家在那边等呢。”

匡胤与丽蓉到荷卿房里时,韩素梅已与荷卿共坐闲语。素梅见丽蓉鬓发紊乱,双腮微红,忙向荷卿眨眼,道:“姐姐你看,丽蓉妹妹那边,敢是也准备了酒席?”丽蓉一时没回过神来,说:“我刚起身,何曾准备什么酒席?”荷卿道:“三妹不曾吃酒,怎么脸上热热的?”丽蓉就伸出手,去拧素梅。素梅忙躲了。匡胤看了,心里欢喜得紧。

荷卿满满斟上一杯酒,递与匡胤:“贱妾恭贺夫君荣登大宝!妾等之所以追随夫君,盖因夫君胆识过人,才力超群。今日果然有了泼天富贵,望君与妾等共享其荣!”匡胤一饮而尽道:“匡胤有今日,你三人功不可没。我知素梅、丽蓉二人,因未能做上皇后,心中不悦。其实我何尝不想将你们都封为皇后?国家的规矩,没有一点儿办法。”

杜丽蓉道:“算了,算了。自家人不说两家话。夫君有这心,贱妾已心满意足。”

素梅道:“三妹爽快人。夫君日后可多亲近亲近。”

匡胤道:“真没想到,如此之速便登上帝位。”

“夫君威望素著,将士早就归心了,这也没什么好奇怪的。”王荷卿道。

“就这么一嚷,一吼,披了黄袍,夫君就做了皇上,此事有趣得紧!”杜丽蓉眉飞色舞,连说带比画。

匡胤执杯在手,忽有所思,遂自言自语道:“有理,有理。”荷卿道:“夫君在想什么?”匡胤道:“诸将贪图富贵,拥我为天子。倘若他日再拥别将,怎么办?”

丽蓉道:“夫君已做了天子,应该称‘朕’才是。要不,称寡人也可。”

素梅道:“什么‘寡人’,难听死了,就称‘朕’吧。”

“你二人休得打岔。朕方才所言之事,该如何是好?”匡胤道。

“夫君所虑极是。是该想个万全之策,否则性命难保。”王荷卿有点头脑,觉得此事确实重要。

匡胤道:“自唐朝以来,藩镇权重,动辄作乱,做皇上的,安能高枕无忧?”

丽蓉道:“把这些武将全废了,撵回家去。让光义掌天下兵马,岂不大好?”

素梅道:“三妹又胡说了。那武将做得正好,正享受富贵,如何便肯解甲归田。”

杜丽蓉道:“若我为武将,只要皇上多给我好房子,好衣服,好财宝,我正乐得清闲呢!”

荷卿叹了口气:“那些武将,到底是外姓人。若要都像咱们,与皇上亲密如此,无论天大之事,酒宴上一说就成!”

“锦被窝中一说更成!”素梅接口。丽蓉大笑,就狠狠踹了素梅一脚。

匡胤仍愁眉不展,长吁短叹。忽听窗外一人道:“还叹什么气,法子不是已有了嘛!”只听房门一响,匡兰已坐于席上。匡胤道:“妹妹何时来的?”匡兰道:“我因从你窗下路过,见兄长发闷,故出此言。”

“小妮子,惯会听壁脚。若从此只经过,怎么知道你兄为什么事犯愁?”丽蓉揭露匡兰。

匡兰被说红了脸,骂丽蓉:“偏你这小贱人会嚼舌根!”

丽蓉躲在素梅身后,刮鼻羞她,匡兰只作看不见。

匡胤道:“妹妹,有何法子?”匡兰道:“三位嫂嫂适才已经说了。”说着,附在匡胤耳边,低言如此,如此。

匡胤道:“酒宴上释其兵权,倘诸将不服,怎么办?”匡兰道:“多给他们良田高屋,美妾娇娃,怎能不从?况我兄现贵为天子,他们的小命,都在兄掌握之中。能安乐过此一生,诸将只怕求之不得。”

匡胤道:“再不从,如何?”匡兰道:“可叫光义率亲兵,执利刃伏于屏风后,若有人不服,杀之可矣!”

匡胤点头道:“妹妹有大将之风!可惜身为女子。”丽蓉道:“小妮子心狠手辣,怪不得找不着婆家。”刚一说完,丽蓉就知道失了口。原来匡兰已嫁了米福德。米

福德前年不幸得病死了,匡兰无法,只得回娘家。丽蓉如此说,正是戳到了匡兰的痛处。匡兰好在还有涵养,装着没听见,继续与哥哥说话。

第二天,匡胤就往宫里搬家。依匡胤、匡兰之见,宫中应有尽有,家中之物可一件不带。无奈杜太后及三位夫人,对旧物恋恋不舍。旧椅也要带,蒸笼也要带,尤其是衣服、鞋袜,更是一件不可少。杂七杂八的,就装了五大车。街巷上的人,都拥出来,看皇帝搬家。尽管有禁军呵斥,百姓还是指指点点。尤其是三位夫人,在车里不时探头探脑,更是引起阵阵轰动。光义、匡美穿了簇新的衣服,很神气地骑在马上,左顾右盼。匡兰也穿了男装,腰佩宝剑,骑一匹枣红马,缓辔慢走。人群中有些泼皮就开始喝彩。三位“御弟”就更加兴奋。匡兰还骑到人群边上,到一个抱孩子的母亲前,摸一摸那孩子的头,以示亲切。不料那孩子不惯见生人,“哇”的一声哭了。孩子的母亲却因过分幸福,当场激动得晕了过去。匡美年龄小,不惯骑马,不小心摔了下去,弄得灰头土脸,只得爬上车去。快到宫门口,杜太后又想起了搔痒的美女爪忘了带过来,忙命家丁飞马去取。家丁刚去,杜太后背上就奇痒起来,丫头们就开始忙个不停。

好容易到了宫中,刚安顿好,三位夫人就因为谁住哪间房子,而大吵起来,以至于乱成了一锅粥。匡兰只得劝架,好在除了劝架也没事干,省得闲着难受。杜太后见惯了此等情形,不管不问,只顾指挥下人如何安排旧物。直到把自己屋子布置得和以前府里的屋子一模一样,太后才坐下歇息、喝茶。这时美女爪也送来了,太后就闭目享受,觉得做太后就是好。

直到匡胤上完朝回来,每人赏了一颗大珍珠,三位夫人才住嘴。等到吃第一顿宫廷宴席,众人更是转怒为喜。瞧御厨所做之菜,色、香、味俱全,还有各种各样的造型,小巧玲珑,可爱极了。匡美塞了一嘴食物,兜里还偷偷揣了两只面作的小鸟,准备当玩具玩。吃饭时,三位夫人一齐表示,头可断,血可流,皇位坚决不可丢。

吃完饭,三位夫人又去存放衣物的宫殿,每人挑了几十件金光灿灿的衣服,准备抱回自己的居处。匡兰嘿嘿一笑:“放这儿,不还是咱们的?”三位夫人方才罢手。

二、登基之后

赵匡胤做了皇帝,追尊祖考为皇帝,妣为皇后。封高祖幽都县令赵朓为文献皇帝,庙号僖祖,陵曰钦陵;祖妣崔氏谥曰文懿。曾祖兼御史中丞赵珽为惠元皇帝,庙号顺祖,陵曰康陵;祖妣桑氏谥曰惠明。皇祖涿州刺史赵敬为简恭皇帝,庙号翼祖,陵曰定陵;祖妣刘氏谥曰简穆。皇考周龙捷左厢都指挥使、岳州防御使赵弘殷为昭武皇帝,庙号宣祖,陵曰安陵;封母亲杜氏为皇太后。

有司言国家受周禅,周木德,木生火,宋当以火德王,色尚赤,腊用戌,太祖照准。

太祖登基的第二日,开始登明德门,大赦天下。

明德门是东京开封的南门,正门。朝廷所有大典,都在此举行。

明德门下,是一片空地,可容纳万人。在举行仪式的前一天,管礼仪的官员,已经邀请了很多有身份的人来观礼,包括朝内高官、皇亲国戚,还有外国使者。太祖坐车来到明德门,更衣后,登上明德门城楼,坐在预先准备好的御座上。

枢密使、宣徽使及各位大臣按秩序侍立。仪仗在楼上肃立。

通事舍人率领群臣给太祖行礼,礼毕,然后就座。

通事舍人到楼前,命侍臣向城楼下大喊:

"高树金鸡!"

通事舍人退到自己所在的班次。鼓声响起,将要被赦免的囚犯都在城门楼下下跪。

"金鸡"是高达七丈的高竿,在高竿顶端的金鸡高四尺。鸡首用黄金装饰,鸡嘴内衔一条长达七尺的绛色布幡,下有彩盘承接。从高竿顶上,有四条绳索向四面拉去,系在地面的木桩上。这样,高竿就很稳了。高竿立好,四个竿木伎人沿着四根绳索攀缘而上。这四个人比的是速度,看谁能最早爬到顶端,拿到鸡口中所衔的绛色布幡。先拿到者为胜,可以得到奖赏。

从明德楼上,也有一根红色的绳子斜斜连向地面。红绳上,穿有一只木鹤。礼仪官装扮成仙人,手捧着皇帝的圣旨,坐在木鹤上,沿绳下至地面。地面上,有一个巨大的高台,木鹤到此就停住了。有官员接过“降下”的诏书,恭恭敬敬放到香案上。

中书门下官员先接旨,然后再颁给通事舍人。

通事舍人拿到诏书,朗声道:

“有制!”

群官听到这句话,马上离开自己的座位,开始再拜。

然后,通事舍人开始宣读诏书的具体内容。

最后,将诏书再交还给中书门下官员,中书门下再转交给刑部侍郎。刑部开始按名单释放囚犯。

然后,是群官称贺,行大礼而退。

太祖又对所管辖的县划分等级,升降天下悬望。四千户以上的县为望,三千户以上的县为紧,二千户以上为上,千户以上为中,不满千户为中下。仍请三年一查户口之籍,重新升降。赵匡胤一一批准。当时大宋共有望县五十,户二十八万一千六百七十;紧县六十七,户二十二万八千六百九十三;上县八十九,户二十一万八千二百八十;中县一百一十五,户十七万九千零三十;中下县一百一十,户五万九千七百七十。总共有九十六万七千四百四十三户。这就是宋初的总户数和总人数。

太祖又下令,取消了羡余。所谓羡余,名义上是因为官员们对朝廷经费的节省,朝廷给官员的奖励。实际上,往往成了官员们压榨工匠和百姓,以谋取私利的借口。很多官员上书,揭露此弊病。

在后周时,在和南唐打仗的过程中,后周俘虏了很多南唐的将领。南唐曾屡次派使者来,要求后周归还这批人,后周始终没有答应。现在,赵匡胤做了皇帝,师兄李煜也做了皇帝。李煜写信,恳求赵匡胤归还这批人。赵匡胤二话没说,就归还了这批人。李煜十分感谢,对大宋再也没有敌意。

对于后周的庙宇和陵寝，赵匡胤不但不破坏，还命后周时宗正少卿继续担任此官，并且按时祭祀。

既然新朝建立，就开始铸新钱，史称“通元宝钱”。

太祖还册立了夫人王氏为皇后，母亲为皇太后。封赵普为右谏议大夫、枢密直学士。皇弟赵匡义加睦州防御使，殿前司都虞侯，并赐名光义。归还了南唐降将，太祖又封吴越国王钱俶为天下兵马大元帅。

为了消除唐代以来藩镇格局，太祖设立“更戍法”，即藩镇虽然还存在，但他们的士兵却由皇上派遣，并且不时更换。比较大的藩镇，甚至派皇上的禁军去守卫。如此，藩镇将领等于被砍断了腿脚。再者，士卒们在各个地方轮流守卫，劳逸也可以均分一些。这就是有名的将不知兵，兵不知将。虽然对战斗力有些损害，但藩镇再也不能作乱。道理很明白，藩镇名义上有兵，但实际上再也没有自己的兵了。军队已经朝廷化、国有化。这些方法，都是太祖和赵普反复思量后，才想出的办法。

无论唐代或者五代，大臣和皇上议事，都是边喝茶边坐在一起，口头议论。范质生活简朴，连日用器皿都不多，太祖命翰林司赐给他果床、酒器之类。范质说，自己从来不和同僚私自来往，所以，这些茶器酒器对自己也没有什么用处。

除了居住的宅院，范质竟然没有其他产业。但范质等人是后周的宰相，太祖又让他们继续担任宰相，所以，他们不但心存感激，而且心中也有一分惧怕，生怕有什么举措不当，空口无凭，不好分辩。所以，要议论什么事情，范质和王溥总是预先写好，让太祖看。因为不用坐而论道，范质他们不再在朝堂上坐下。自然而然，也就不再赐茶。以后历朝历代都遵循了这个惯例，即在朝堂议事时，凡是臣子，都站在那里。哪怕地位再高，年纪再老，也没有座位。

臣子站在那里，固然能宣示皇上的威风，但新的问题又来了。大臣们站在那里，离得太近，在朝堂上，不是说闲话，就是互相串通一气，敷衍皇上，或者互相遮掩。太祖为此很苦恼。赵普道，这个很容易。立刻让尚衣监，赶制了一批新的官帽。这些官帽，帽翅非常长。官员们必须站得很远，要不，彼此的帽翅就会互相“攻击”对方。看到朝堂上官员们站得很远，再也不能交头接耳，太祖心里暗喜。

下了朝,太祖的眼泪都快笑出来了:“你这个赵普哇,歪点子真多!”

“皇上正点子多,臣歪点子多。一正一歪,大宋的天下就坐稳了。”

“好,说得好。走,到宫里去,朕请你喝酒。”

“皇上,还有一件小事,请您定夺。”

“既然是小事,你们定夺就是了。”太祖道。

“此事说小不小,说大不大。”

“既然要说,就快些说。”

“早朝之时,大臣都起得较早。到待漏院时,大多没有用餐,有的人就派人到附近去买。久而久之,这些做生意的,都知道待漏院的人要吃早餐,所以,生意挑子都聚到了待漏院门外。大臣们是方便了,但待漏院外却是乱哄哄的,不成个体统。要不要把这些人都赶走?”

“赶走了,让大臣们空着肚子上朝?告知这些做生意的,把挑子放整齐,不要妨碍人行,也就是了。”太祖道。

“皇上英明。”赵普打心眼里佩服太祖体恤下情。

大宋是从五代乱世过来的。五代的法律,不但严苛,而且常常草菅人命。藩镇不但有权杀人,而且杀人还要大规模地杀,也就是后世所说的族诛。一人犯了死罪,整个家庭,不管男女老幼,都要被杀。大宋对这种刑法,果断予以废弃。并且规定,凡遇到死刑大案,必须上报刑部复审。

金州府有一个人叫马从玘,他的大儿子马汉惠,是个无恶不作的泼皮无赖,因为和堂弟发生口角,竟然把堂弟下毒害死了。这人又是个财迷,明抢暗盗,弄得家家不安生。乡里乡亲对他恨得要命,但又没有办法。作为父亲,马从玘对这个儿子恨得咬牙切齿,觉得有这个儿子,自己丢人死了。于是和妻子还有小儿子一起商量办法。三个人见了马汉惠,说他要是再屡教不改,就把他按族规处置。谁知马汉惠不但不听,还拿了把宰牛刀在自己爹娘、弟弟脸上比画来比画去,吓得三人噩梦连连。马汉惠回到家,就要吃要喝,稍不如意就对家人又打又骂。马家简直成了人间

地狱。这天,马汉惠喝得醉醺醺的,掂刀回到家,刀子一扔,躺在床上呼呼大睡,鼾声如雷。马从玘三人一见,一不做二不休,拿绳子把马汉惠给勒死了。三人觉得自己是为乡里除了一个祸害,所以也不避人,把这事给乡亲们说了,乡亲们都拍手称快。谁知官府不分青红皂白,竟然把马从玘三人按杀人罪给杀掉了。

太祖听说此案,认为案子判得不公,并且规定,以后凡需要判人死刑,必须报刑部复审,地方官员无权杀人。这就彻底改变了五代时期藩镇随意杀人的陋习。

太祖还把刑法写得很细,省得官员随意对老百姓判刑。比如流放三千里,就打二十杖,配役一年;流放二千五百里,就打十八杖,配役一年;等等。太祖还怕杖太重,把犯人打死,就把杖缩小了。官杖长只有三尺五寸,大头宽不得超过二寸,小头不得超过九分。小杖不超过四尺五寸,大头径不得超过六分,小头径不得超过五分。这样一改,一般人都受得了。

转眼到了太祖建隆二年正月。春正月丙申朔,太祖在崇元殿受朝贺。太祖服衮冕,设宫悬,仗卫如仪。拜完太祖,群臣又到皇太后宫拜贺。

王荷卿、韩素梅她们,在宫中用托盘盛了柿子、橘子,一层层码好,然后再插上很多柏树枝子。据说,这些东西合起来,叫百事吉。大概在那时,橘和吉同音吧。

此后太祖换了日常服装,在广德殿接见群臣,教坊奏乐,一片升平祥和气象。

占城国闻太祖登基,大宋初立,遣使来贡方物。太祖见那占城国使者,除了肤色黑一些,眼窝深一些,颧骨高一些,与中原人无异。好在那占城国使者会说些中原话,太祖好言慰问,问他们国王好,并回赐了许多丝绸、瓷器珠宝。

过年的时候,太祖还不忘到金明池巡造船务,命士兵们演习水战。士卒们见皇上驾到,自然是演习得格外卖力。

赵普道:“皇上,你把臣搞糊涂了。”

“怎么糊涂了?”太祖问。

“皇上演习水军,自然是要对江南用兵。可是,在此之前,皇上又归还了那么多的江南将领。皇上是要打江南,还是不打江南?臣真的糊涂。”

“你糊涂了好,但愿李煜也糊涂。朕只想八面威风,可不想四面受敌。”

“臣不大糊涂了。”赵普道。

正月十五,太祖登上明德门观灯,与民同乐。老百姓见皇上登上了明德门,都来观看。明德门外,御街之上,各种各样的灯盏沿街摆了十里,真个是火树银花,颇似仙境。太后和王皇后、杜丽蓉,也一同观看。正像后人所描述的,笙箫十里人鼎沸,灯火璀璨不夜天。

太祖在明德门,与群臣宴饮,江南、吴越使者因为来拜贺元旦,也同坐观看。原来当时的春节不叫春节,叫元旦。宣德楼前,设灯山火树。搭了大戏台,教坊奏乐,演百戏。占城、三佛齐等国各演本国歌舞,种种异域风情,把个杜太后乐得合不拢嘴。说太平盛世就是好,不知几百年才能做个太平盛世之民。又对太祖说:“要是你阿爷活到此时,不知该多高兴。”说着,就要抹眼泪。王皇后、杜丽蓉等,慌忙劝解。

刚过了年,太祖就下诏,申重周显德三年之令,督促百姓种植,每县定民籍为五等。第一等必须种树一百棵,以下每等减二十棵。若种的是桑枣树,可以再减一半数量。男女十七岁以上,每人种韭菜一畦,阔一步,长十步。没有井的人,邻居帮他打井。这些命令执行得好不好,都是地方官的职责,朝廷每季都派人督察。

永济县主簿郭颢竟然贪污一百二十万钱,按周律,流放即可。太祖说:“朕一向仁慈,不想杀人。但对这些贪官,朕要开杀戒,不然,就是对百姓犯罪。”命令将郭颢当众砍头。但对其他罪犯,需要杀头的,太祖又命必须报所属州军重审,不得随意杀人。

国子周易博士、洛阳人郭忠恕平日爱喝酒,总是喝得醉醺醺的。这天,喝过酒以后,竟然和太子中舍符昭文在朝堂上闹得不可开交。御史写奏章弹劾他,郭忠恕竟然把御史骂了一顿,夺过奏章,三把两把就撕成了碎片。太祖大怒,贬郭忠恕为乾州司户参军,符昭文更倒霉,什么官职也没有了。

五代乱世,皇帝重武而轻文。道理很简单,武能夺权,武能保权,武能保命。在那个谁拳头硬谁说了算的时代,没有人把读书当回事。太祖登了基,立志要改变这个状况,立志要鼓励人读书。道理也很简单,老百姓不读书,天下就难长治久安。要想让老百姓读书,唯一的办法就是大开科举,让老百姓感到读书的荣耀。所以,太祖刚登基不久,就坐车到“国学”,刚过一个月,又来一次。还下诏命修建国子监祠宇,里面供奉孔子、颜回的塑像,太祖还亲自写了赞词。然后,国子监就开始开坛讲书了。

太祖还革除了唐代以来的公卷推荐制。所谓公卷推荐,实际上是由有名望的人说了算。后生学子能否被国家重用,全凭官高位显的人一句话,不管这人是否有真才实学,太祖规定,以后不再推荐,只凭试卷说话。

三、李筠之叛

宫中正在大庆升平,外面却又燃起了战火。潞州节度使李筠起兵反宋,扬言要为周复仇。李筠是太原人。自小儿就热爱武艺,骑术、射术皆精。所持大弓需百斤力气才能拉得动。别人都不能拉他的弓,他拉起来却很轻松,一口气能放几十箭,射得又远又准。

后晋时,契丹兵犯中原,裹挟朝中士大夫多人至常山。契丹将耶律解里为了中饱私囊,克扣汉人粮饷,弄得一帮汉人面有菜色,成日吃不饱。众人心中十分怨愤。李筠见大家怒火已起,就在夜里撞钟为号,大家一齐动手,杀契丹人造反。谁承想同事白再荣先还慷慨激昂,等闹起事来,却又害怕了,躲在房中不敢出来。李筠拿刀架在白再荣的脖子上道:“今日你动手也要动,不动手也要动。契丹人生性冷酷,我们既要杀他们,就要齐心协力。否则,大家都没命。”白再荣道:“好兄弟,你把刀放下,我跟你们一齐干就是了。”契丹人骁勇善战,虽然不防备,还是杀了不少汉兵。汉兵渐渐心怯,李筠大呼一声,拼命上前。众将抖擞精神,才将契丹人杀退。

李筠在周朝屡立战功,深得周太祖、周世宗信任。李筠原名李荣,与周世宗柴荣重了名,所以改名为“筠”。

赵匡胤陈桥兵变登基后，为笼络李筠，加封他为中书令，派使者来告诉他，自己已受了周禅，做了皇帝。李筠心中十分窝火，心想，赵匡胤世受周恩，应该尽力辅助，怎么能翻脸无情，夺了周朝的天下？所以见了赵匡胤的使者，大大咧咧的，全不放在眼里。设酒宴款待使者时，命人奏乐，并悬挂出周太祖郭威的遗像。李筠望着遗像，泪如雨下，拜了又拜。他手下的人都很恐慌，要知道，新朝已立，他的这种行动无疑是要公开造反。使者道："李公此举，不知何意？"手下人慌忙劝解道："李公酒喝多了，喝糊涂了，望大人不要责怪。"使者因为势单力薄，所以也不便多说。但到了东京，却将此事原原本本禀报给赵匡胤。匡胤道："李筠必反无疑。"

北汉主刘钧，听说李筠想背叛宋朝，以为有机可乘，就派人送了一封蜡丸封的密书给李筠。大意是说，宋乃你我的共同对头，剿灭了赵匡胤，对你我都有好处。君若有意，可约定时日，共同起兵。届时可一鼓作气，荡平中原。

李筠读了北汉来书，大喜，对儿子李守节道："我一人起兵就够了，现在又有刘钧相助，何愁大事不成？赵匡胤背信弃义，人神共愤。我恨不能食其肉、寝其皮。他有什么资格做皇上，皇上是那么好当的吗？他不费一枪一刀，乘人之危，欺负人家孤儿寡母，天下人谁不唾弃他！我只要一起兵，天下定纷纷响应。赵匡胤手下，大多是我的旧日朋友，都曾受太祖、世宗厚恩。他们降了宋，也是迫不得已。他们有造反之心，只是没人敢出头罢了。现在见我带头，肯定会欢呼雀跃。何况我有一身武艺，力拔千钧，还怕斗不过赵匡胤？咱们的大将儋珪，善于使枪，天下无敌。我坐的拨汗马，日行七百余里。有这两件宝器，必能稳操胜券！"

其子李守节与李筠想法不同，他比较清醒。他知道天下人对赵匡胤归心已久，并不像父亲所说的，都在思念周朝。他劝李筠道："我们这儿兵力太弱，是斗不过朝廷的。还望父亲三思而后行，不要拿全军、全家性命开玩笑！"

"我起兵讨贼，乃是义师。胜了，自然能为天下伸张正义。即使不幸失败，也是为国捐躯，青史留名。我李筠生是大周人，死是大周鬼！"李筠慷慨激昂。

"父亲非要举兵，儿不敢梗阻。但父亲须要选个适当时机。仓促起兵，必败无疑。不如延挨些时日。依儿愚见，可将北汉来书呈与赵匡胤。他见我等忠心，必然

不备。到时出其意料,定能一举成功。”

李筠想了想:“也好。我就派你去东京。朝廷中有什么举动,可派人告我。另,我有几封书信,你可密递与我几位旧日好友。若有他们在内接应,事情就好办多了。”

李守节奉了父命,前来东京,朝拜赵匡胤。匡胤阅了蜡书,沉默不语,半晌才道:“你们父子能将这封密书交与我看,足见你们对朝廷的忠诚。我与你父是旧日同僚,只要你们勤于王事,忠心为国,我不会亏待你们的。”守节道:“临来时,臣父再三嘱咐,让我替他问候皇上。臣父年纪已大,不然,他定要亲自来京。既然使命已毕,臣明日即当告辞。潞州军务繁忙,臣不能在此逗留。”

“你忙什么?好容易来京一趟,怎能不看一看就走呢!潞州事你不必担心,我自会派人去协助。你久在边关,受了许多风霜劳苦,也该到京城歇息一下了。这样吧,朕任命你为皇城使,就留住京城。你父方面,我尽快派使者告知他。”赵匡胤和颜悦色,一副挺关心的样子。

守节明白自己已被拘为人质,没有办法,只好叩谢皇恩。若不答应,恐怕即刻就惹来杀身之祸。回到驿馆,守节左思右想,将父亲李筠写给旧日同僚的信,一一烧掉。

李筠接到宋廷使者的通报,言李守节已被留在京城,被皇上任命为皇城使。李筠心中本来就不满,这下,更是暴跳如雷。立时将宋廷使者抓了起来,言不放回儿子李守节,就不将使者放回。赵匡胤召见守节,问他:“你父拘留朝廷使者,意欲谋反,你可知道吗?”守节吓得“扑通”一声跪在地上,不住地发抖:“臣曾数次流泪劝谏臣父,无奈臣父不听。望皇上能宽宏大量,饶臣的性命。”匡胤笑道:“前遣使者去时,他挂周太祖画像,我已知他有反心,只是不和他一般见识而已。我知道你忠贞老实,曾数次劝他。你不用害怕,我不会杀你。朕让你做皇城使,绝非将你做人质,实是要试试李筠之心。倘若他无反心,儿子升了官,他该欢喜才是。这一试,他就露出本来面目了。我杀了你有何用?何况你又对朝廷十分恭顺。我今日就放你回去,你回去就劝劝你父亲,对他说,若要造反,无疑是拿鸡蛋碰石头。我未做天子

时，无人管束他；现在做了天子，他仍然自由自在，想干什么就干什么。若要美女、钱财，只要数目合理，朕自会供给，何必要造反呢？否则到时大兵一到，你全家可就活不成了！”一席话，说得李守节屁滚尿流，当天就整了行装，骑马回潞州去了。

此时已是初夏天气，杨柳都已泛绿。农人们在田间开始忙碌。不时有老牛拉了木车，在路上咣咣地走。三三两两的儿童，嘴里吹着柳笛，在村边地头疯跑。妇女们敞了怀，在太阳底下眯着眼奶娃娃。老太太们一边做着针线活，一边交头接耳，说着些什么。

看着这幅图画，守节禁不住有些伤感。与其做宦家子，倒不如做一农夫。守节眼前，又出现了血肉飞溅的场面。不敢想，真是不敢想。如若再打起仗来，自己全家……父亲不知是怎么想的，谁做皇帝，又有什么要紧？只要能安安稳稳过日子，何必要大动干戈？回去一定要好好劝一劝父亲。

见儿子安然归来，李筠自然万分高兴，忙命人接李守节去歇息。李守节见兵士们都手执武器，穿上了铁甲，就道：“父亲，你真的要起兵吗？”李筠道：“我为天下讨公道，师出有名，为何不起兵？”守节道：“我观皇上宽厚仁慈，都中人民安居乐业。看来天命已定，父亲为何要逆天而行呢？皇上能将我放回，就说明皇上并未逼我们。”

“呸，赵匡胤算什么东西，也敢做皇帝？皇帝乃天之子，他不过是和我一样罢了，偷窃世宗江山，天下人谁不唾弃！我若不将他碎尸万段，就是活着，也没什么意思。他想用小恩小惠蒙骗我，他是打错了算盘。你未回时，我还小有顾忌。你现在回来了，我还怕什么？他将你放回，你以为他是发了善心吗？不，他是怕我们，想以此来笼络我。此等伎俩，只好去瞒三岁小儿。待我杀到东京，拿了赵匡胤，我方才罢兵！”李筠激愤之情溢于言表。

李守节双眼流泪，在地上不住叩头，血流满面，苦苦劝谏。李筠大怒，命人：“将这个没出息的东西拉到后边去，我不要再见他！”几个兵士，就把半昏迷的李守节拖到了府后的卧房内。

李筠命手下文士，写了一篇檄文，将赵匡胤骂了个狗血喷头。从他年轻时偷鸡摸狗骂起，一直骂到他贪生怕死，忘恩负义，窃取大位。李筠还命人通告北汉主刘钧，言自己已起兵，请他们火速派兵协助。

潞州附近，就是泽州。李筠知道，第一仗必须旗开得胜，以便鼓舞士气。他派了自己的爱将儋珪，去突袭此城。守卫泽州的，乃刺史张福。儋珪到了泽州，只说有要事与张福相商。张福不知道他们已造反，慌忙开城迎接。张福正在马上拱身施礼，被儋珪一枪刺死于马下。泽州遂被李筠占领。

见事情如此顺利，李筠不禁有些飘飘然。手下谋士闾丘仲卿向他建议道："大人孤军造反，形势对我们很不利。虽说有河东刘钧的军马来援，但是否能靠得住，十分难说。朝廷兵马众多，且多有悍将，恐怕我们不是他们的对手。依在下愚见，不如西下太行，直抵怀孟。先在虎牢关屯扎下来。然后再占据洛阳。此地地势险要，进可攻，退可守。等时机成熟，再率军东去。东京大梁，早晚在我们手中。"

"你的意思，是让我绕一大圈儿，躲开赵匡胤，是不是？我若怕他，也就不起兵了。依你的主意，不过是苟且一方，何年何月才能恢复大周江山？宋廷军马，有那么可怕吗？你看泽州，我未费吹灰之力就拿下来了。你们书生啊，千好万好就是一样不好，胆小如鼠，办事畏头畏尾。依你们，屁事儿也干不成。俗话道，得人心者得天下。朝廷将领，多是大周旧将；百姓，多是大周旧日百姓。我现在为恢复大周而战，讨伐叛臣逆子，定会一呼百应！你就看吧，不出三个月，我定让幼主重登崇元殿，天下还是大周的天下。"李筠对闾丘仲卿的计策，深不以为然。

"然赵匡胤深得民心。现在天下人安居乐业，只知有宋，不知有周。人心厌乱而思治，好容易过上了太平日子，谁还愿无端争战呢？大人不知可想过这一点儿？"闾丘仲卿不甘示弱，继续劝谏。

"念你往日功劳，我不怪你。但再多说一句，乱我军心，我定斩不饶！"李筠道。闾丘仲卿见李筠如此听不得异见，只好长叹一声，不再作声。

北汉皇帝刘钧，率北汉、契丹几千个军士，前来增援李筠。李筠大喜过望，亲自迎至太平驿。远远望见尘土飞扬，朝阳下，一柄黄伞反射着金光。李筠道："有汉主倾国来援，赵宋末日到了。"等汉主到得近前，李筠率领兵士，跪在道旁，以臣礼相迎,齐呼:“汉皇万岁,万岁,万万岁!”

北汉主刘钧见李筠如此恭顺,心里十分顺畅,亲自下了车辇,将李筠搀起,道:“爱卿且勿多礼。朕为嘉奖你忠勇,特封你为平西王,并赐马匹三百。”

李筠站起身,问:“陛下御驾亲征,末将不胜感激。不知陛下此次可带了多少兵马?”刘钧道:“人数虽少,却都是精锐之众,可助你一臂之力。”李筠道:“到底有多少?”北汉主刘钧道:“朕带来六千儿郎,个个骁勇善战。”

听说北汉主只带来六千人,李筠不禁大失所望,想了一想,脱口而出:“赵匡胤兵强马壮,陛下若不愿与之争锋,就算了,何苦要这六千人来送死?”北汉主道:“有此六千人,将军当如虎添翼。”李筠道:“臣曾受周太祖、周世宗厚恩,所以起兵,皆是为了恢复大周天下。早将生死置之度外,即使不胜,也算得上为大周尽了忠。”

北汉主刘钧一听李筠的话,心中十分不高兴。原来周太祖郭威正是篡了他们家的天下,北汉与周,历来是仇敌。现在李筠又提起周朝,显是有意与北汉主为难。北汉主兴冲冲而来,原是借李筠之刀来杀赵匡胤。不想李筠时时刻刻,将自己的仇敌视为恩人,说不定哪一天李筠还要向自己举刀呢。北汉主心生一计,留下宣徽使卢赞监军,让他看李筠有何动静随时报告,自己则回太原去了。

李筠已横下心来,单枪匹马,也要与赵匡胤决战。遂留儿子李守节留守上党,自己则率众大举南下。宋太祖赵匡胤命石守信为帅,高怀德为副帅,前来迎敌。太祖对二将道:“李筠势力不强,不难攻破。但你们要切记,不要让他西上太行山。你们只要把好关口,不让他跑掉,到时,还不是瓮中捉鳖。”石守信、高怀德哈哈大笑,领命而去。太祖不放心,又命慕容延钊、王全斌二将,从东路进发,与石守信会合。

石守信、高怀德遇李筠兵于长平。李筠挺枪出马,对石守信、高怀德道:“你们都是大周旧臣,为何要死保逆臣赵匡胤?你们死后,有何面目见世宗于地下?你们现在若幡然悔悟,还算是个聪明人,念你们有不得已之苦衷,大周朝还会把你们当成忠臣。否则,定要遗骂千古。是做忠臣,还是做贰臣,你们自己想一想吧!”

石守信道:“你口口声声要做忠臣,你难道是忠臣吗?你原是唐臣,唐亡,你为

何不殉国？后又降晋，晋亡，你又觍了脸，改事周室。你是个不折不扣的奸而又奸的臣子。从你口里说出‘忠臣’二字，真是让我替你害臊！”

“让我也作呕三天！”高怀德接口道，“现在大宋皇上英武盖世，天下归心。你为一己之私利，擅兴刀兵。天下人都知你葫芦里卖的什么药！怕是自己有不臣之心吧？”

李筠见辩不过宋军，气得七窍生烟，挺枪直冲宋阵。高怀德接住，叮叮当当，大杀一场。正斗得难分难解，忽然又有一军杀到。原来是慕容延钊率军赶来。李筠本就吃力，这下，更是乱了阵脚。宋军仗着人多，士气大增，乱砍乱杀。李筠军兵败如山倒，只有挨杀的份儿。腿快的，侥幸保了性命；腿慢的，呜呼见了阎王。此次争战，宋军共杀死李筠军士三千余人。

宋军乘胜而进，至大会寨。此寨建在深山谷口，地势险要，四处不能攀登。李筠率军，紧守关口。宋军猛扑，被关上飞下来的石头，打得头破血流。寨后有的是乱石，李筠不愁没有武器。石守信道：“这可怎么办？”高怀德道：“敌凭借地势，我方苦攻不下。不如设计，引李筠下关，才好擒他。”

第二天，宋军就派人在关前百般辱骂，从李筠的十八代祖宗到李筠的爹娘，并说他生父不明，是个野种。又说他的小妾刘氏与手下军士私通，说得活灵活现。李筠是个孝子，甚是听母亲的话。每逢他动怒，要杀人，他母亲就阻止道：“能否不杀，为我积点阴德？”李筠就会将那人放掉。现在宋军辱及自己的母亲，李筠怎肯善罢甘休？忍了又忍，终于忍耐不住，大开寨门，杀下关来。慕容延钊接住，二人大战了几十回合。高怀德拍马上前，又与李筠斗。斗了几十回合，石守信又上前厮杀。直弄得李筠眼前直冒金星。想鸣锣收兵，哪里还退得了？宋军一拥上前，又是一阵大杀。李筠部丢盔卸甲，溃不成军，人马又折了大半。李筠仗着拨汗马快，带领一干亲信，往泽州去了。

石守信、高怀德、慕容延钊进入大会寨，见寨内粮食蔬菜众多，皆叹道：“李筠若不性急下关，此寨可坚守数月。到那时，我们人无粮食，马无草料，必然退兵。兵一退，李筠就算站稳脚跟了。好险，好险！”

高怀德道："管他娘的，反正我们赢了。先叫小的们弄几个好菜，我们弟兄几个好好吃他一顿。跑到这穷山野岭里出生入死，该享受处，且享受一回！"慕容延钊道："我现在倒想弄只鸡，裹了泥，肚里塞上作料，烧一烧吃。过去我和今上游玩时，常弄人家鸡吃。有的农家婆娘，丢了只鸡，心痛得跺脚大哭，还边哭边骂。我们抹一抹嘴，只作听不见。"

"你们知道什么好吃？汴渠里的鱼最好吃。闲暇无事时，在土里掘几条蚯蚓，挂在鱼钩上，只要有耐心，半天就可钓几条上来。然后用荷叶包了，在野外生一堆火，烧出来的鱼，又鲜又香，什么样的大厨子也做不出此等美味！"石守信是开封府人，对汴渠可谓了如指掌。

三人正馋涎欲滴地谈论着，亲兵们早就将酒、菜端了上来，无非是大块的牛肉、狗肉及鸡肉、鱼肉。三人大碗轮流敬酒，一会儿就晕乎乎的了。

"你们说，这仗什么时候才能打完哪？"高怀德道。

"打完？我看除非我们死了。我们老砍别人的脖子，什么时候也该别人砍我们的脖子了。再者，仗打完了，我们还有什么用？不是说，'狡兔死，走狗烹，飞鸟尽，良弓藏'吗？"石守信眼都喝红了。

"屁，我就不信。仗打完了，总比现在好。我可不想死在疆场上。老子有那么多俊俏的丫头，老子还没睡一半呢。白白闲着，岂不可惜。等没仗打了，老子就天天睡她们，变着法儿睡。依我看，这是天底下最大的乐事了，你们说，是不是？"慕容延钊"咕咚"，又喝下了一大碗。

"你们有艳福，偏我就没有。弄个老婆，不知怎么着就一病不起，呜呼哀哉了。到现在，还是光棍一个。"高怀德有些伤感。

"兄弟，你难受什么？我看你倒有福气。没有老婆管束，不是想谁就是谁？我倒好，家里放个醋坛子老婆，我稍有不轨，就和我大闹一场，弄得家里鸡犬不宁。家里的丫头，个个如花似玉的，我也只能干瞪眼白看。偷着摸了一把丫头的胸脯子，被我那老婆瞧见了，就抓了我一脸的血痕，唉，真他娘烦心……"看来数石守信苦大仇深。

三个男人互诉衷肠,越喝话越多,越说越投机,恨不得即时弄些个女人来,互相赠送。慕容延钊对高怀德拍胸道:“贤弟休烦恼,朝中我人头熟,认识的人多,过不几天,保管给你找一个好夫人。凭她是谁家的姑娘,她都得答应。实在不行,我就去求皇上。凭我与皇上自幼的交情,这东京城里,还不是咱说了算。”

“好,咱们一言为定,我先敬慕容大哥一碗。咱们是大丈夫,可不能说了不算。到时,我请各位大哥,喝我的喜酒。”高怀德一饮而尽,其他两人也都喝干了碗中酒。

正喝得热闹,猛然有人禀报,说皇上带了王全斌已驾临大会寨。石守信、高怀德、慕容延钊本已卸了甲胄,这时慌忙寻来要穿。还未站起身来,只见赵匡胤已满面笑容,走了进来。三人慌忙伏地叩头,赵匡胤忙命他们起身坐下:“不必拘礼,不必拘礼,荒山野岭,随便些好。看来你们在此喝酒闲话,刚才说了些什么,能不能让我听听?”

“启禀皇上,没什么正经话,都是些吃食呀,女人呀。”慕容延钊道。

“唉,现在老了,没胃口了,年轻时,可是吃什么什么好吃。女人也是,怎么现时的女人也觉得没过去的好了。”赵匡胤也在席上坐下,吃了一碗酒。

“不过也有些正经话。”石守信道,“适才怀德兄弟说他没了妻室,央求慕容兄弟为他做媒。”

“不是我央他做媒,是他要为我做媒。”高怀德纠正道。

“噢?我倒忘了怀德兄弟没有了妻室。”赵匡胤似有所思,“此事不用你们费心,我自有安排。”

“谢皇上恩典!”高怀德知道,若是皇上保媒,女方肯定错不了。

“今日夺了大会寨,也大挫了李筠那厮的锐气,诸位功劳不小,朕一定重重封赏。明日北去,攻打泽州,务要将李筠那厮一举歼灭。”赵匡胤道,“来,干了碗中的酒。”“干!”几个人的酒碗“叮当”碰在了一起。

第二天一早,赵匡胤带领大队人马,沿山路向北进发。山道上乱石遍布,不但人无法行走,战马也是寸步难行,不断听到战马跪地的声音。赵匡胤亲自下马,将石头往路旁搬,数万将士见皇上亲自搬石头,都不敢偷懒,纷纷往路边搬石头。半

天工夫，道路就可以行走了。人马顺利通过。将近泽州，只见李筠部将范守图前来迎敌。高怀德、王全斌双将齐出，只几回合，就将范守图打下马来，范守图部卒一哄而散。宋军大队人马将李筠所据的泽州城团团围住。

李筠没想到兵败如山倒，败得如此之快，就坐在室中长吁短叹。李筠的小妾刘氏，颇有智谋，对李筠道："君在此长叹有何用？现在城池破在旦夕，不如想个活命的法子。城中马匹还有多少？"李筠道："你问这个干什么？"小妾道："倘若骑了快马，与心腹数千人突围，退保昭义，然后再求援于汉主，不愁东山不能再起。"此时城中尚有一千匹马。李筠见小妾说得有理，正准备照此而行，谁知部下有人道："现在大家都说要突围，似乎一心。可要是城门一开，有人要降宋，将大人绑了，献给赵匡胤，那时后悔可就晚了。"

李筠本已成竹在胸，教手下人一说，又变得六神无主起来。这时，宋军奋力攻打，已突破了一座城门。李筠见事情危急，忙召入儿子李守节，对他道：

"我是周将，早就该为国尽忠。现在兵败，合当赴死。你未受周恩，可与刘氏一起，骑马逃个活命吧。"

"父亲，城中快马甚多，为何不逃往河东？"李守节哭道。

"休再多言！"李筠大吼一声，提枪上阵去了。李守节只好带着父亲的爱妾，乘马冲围。刚出城门，就被宋军生擒。守节回头望泽州，只见浓烟滚滚，整个城池化作了一片火海。

"父亲！"李守节撕心裂肺地大喊。

"老爷！"刘氏也泪流满面，泣不成声。

太祖赵匡胤闻李筠已死，李守节被俘，忙传命，将李守节放掉，好生安慰。因此人素有归顺之心，所以不可为难于他。

四、举家自焚

宋太祖返回东京，刚刚喘了一口气，正想为诸将士论功行赏，忽然接到南唐密报，说淮南节度使李重进，给了他们一封密书，约他们共同起兵反宋。南唐为表对大宋的忠贞，不敢隐瞒，特将此书呈上。

宋太祖将此书看了又看，心中犹豫不决，乃召赵普来商议。原来唐及五代时，大臣与皇帝议事，常常清茶一杯，君臣对坐谈论。宋太祖觉得如此平起平坐，不利于对皇帝的尊崇。所以即位之初，臣子座谈时，呈上书札。太祖道："朕眼神不好，你可近前来。"臣近前呈书札，太祖一摆手，下人早已准备好，就将大臣坐的椅子给搬走了。大臣只好站着说话。从此以后，大臣站着回话成为常例。

赵普将南唐呈来的书信看了一遍又一遍，紧锁眉头，一言不发。太祖道："依卿之见，李重进真会造反吗？"

"臣不能妄断。"赵普朗声道，"但观此信之口气，确像李重进之亲笔。陛下请看'重进周室之懿亲，藩镇之旧臣，世受先帝深恩'，这是别人能编造得来的吗？"

"李重进是周太祖的外甥，福庆长公主之子，这朕是知道的。在周时，他与朕同握重兵，虽未有什么嫌隙，但也没有什么亲密之处。此人素有不臣之心，世宗时，就想与世宗争天下，只是势单力薄，未敢轻动。朕只知道他与张永德有摩擦，有过节。朕方登位时，李重进就偷偷地派翟守询往潞州，约李筠一块儿起兵。亏得翟守询识大体，先来见朕，揭发了他的阴谋。北征李筠时，朕为防他乘乱起事，又命六宅使陈思诲，拿了丹书铁券，去抚慰他。言对他永不加罪。他怎么还要反？朕难道对他不好吗？"

"臣闻李重进前一段时日，也曾想来朝拜皇上。但其部将向美、湛敬力劝其不来，说他一来，皇上要拘他不放，所以重进害怕，就不来了。"赵普道。

"此次征讨李重进，又要耗费钱粮。最可惜的是，陈思诲还在李重进手里。双

方一开战，陈思诲性命可就难保了。”

“陈思诲若被害，也是为国捐躯，当流芳百世。陛下总不能因思诲一人，而放弃淮南数万黎民百姓。”赵普劝道。

李重进本应早起兵，但李筠起事时，他怕双方距离遥远，接应不住，故犹豫再三。再加上翟守询百般劝阻，终究未能在最好的时机举兵。李筠失败后，他又怕宋太祖加罪，所以横下一条心，打出旗号造反。他把全部希望都寄托在南唐方面。淮南紧挨南唐，只要南唐李璟肯起兵接应，纵使不胜，也不会一败涂地。谁知南唐连年征战，被周朝打怕了。加上赵匡胤的威名，南唐哪敢再得罪北边？别说起兵接应，没出兵助宋，就算是好的了。李重进的一些兵马，怎敌得住宋太祖的御驾亲征？刚一开阵，就稀里哗啦，溃不成军。

李重进巡视全城，见将士皆无精打采，心中不禁有些懊悔。闷闷回到衙内，喝了几杯酒，昏昏睡去。正睡之间，只听军士来报，城已被宋军攻破！重进大惊：“城池坚固，怎么一会儿便破了？”军士道：“出了内奸。监军安友规杀了守门军士，率亲信数十人降宋，宋军乘机一拥而入！”重进听了，大叫一声，往后倒去。军士又是掐人中，又是喷水，才将他弄醒。

亲兵道：“宋军既已入城，大人可速将宋使陈思诲处死，不然，太便宜他了。”李重进道：“杀，杀，都给我杀了！”

陈思诲在狱中，闻得外面四处有喊杀声。忽见狱卒进来，满脸堆笑道：“陈大人，小人给您道喜来了！”思诲道：“我有何喜？”狱卒道：“朝廷大军马上就要进城。陈大人是朝廷的功臣，岂不是要立功受赏了吗？”陈思诲道：“城破之时，也就是我毙命之期。”狱卒道：“陈大人说笑了。”

两人正说笑间，只见李重进的爱将湛敬拿着刀枪，进到了狱中。陈思诲道：“诸位此来何意，敢是要取我性命吗？”

“陈大人既是聪明人，何劳我多说。小的们，上！”湛敬道。

“且慢！”陈思诲大喝一声，“我乃朝廷命官，绝不能死于你们手中。你们将刀给我，我自己了断！”

湛敬一摆手，一个兵士"哐啷"一声，将一把刀丢到陈思诲面前。陈思诲拿了刀，说了声："好刀！"接着，把刀往脖子上一横，霎时气绝。

湛敬还未出狱门，就被宋军擒住。宋太祖喝令，凡李重进手下被俘者，一律斩首。命令一下，可忙坏了刽子手们，刑场上，顿时人头遍地。

李重进回到府衙，锁了大门，将妻子、儿女召集到一齐道："我现在已战败，断无活路，你们是我的亲属，我绝不能看着你们被俘受辱。咱们全家一块儿自焚吧！"李重进此言一出，全家哭声震天。重进叹了一口气，先将妻儿一一杀死，而后又点燃了屋子。哈哈大笑道："我乃大周公主之子，怎能再做宋臣！我乃大周公主之子，怎能再做宋臣？！"顿时，熊熊烈焰，吞噬了一切。

翟守询曾向宋太祖密报，算是有功于朝廷。宋太祖破城后，派人寻访他，好容易才找着。翟守询道："扬州乃陛下之扬州，还望陛下下令，勿让军士乱抢掠，乱杀人！有许多附逆于李重进者，也是为大势所趋，迫不得已。望陛下能饶恕他们一命！"宋太祖沉吟了一会儿，遂下令，被俘将士一律免死。

"卿有功于国，还有什么想法，尽可对朕明说。"宋太祖一脸和蔼。

"臣跟随李重进多年。当年李重进多有恩惠于臣。现李重进已死，臣不忍见李重进暴尸街头，所以恳请陛下，请让我将李重进全家在城外安葬！"

"嗯，知道了。"宋太祖显得有些不大乐意，心想：当初告密的是你，现在有情有义的还是你，好人都让你做完了！

宋太祖既已得胜，唐主李璟派儿子李从镒前来慰劳宋军。太祖亲自接见。席间酒酣，太祖道："你们国主为何要勾结我朝廷叛臣？"李从镒见太祖有怒意，张口结舌，答不上一词。李从镒的随从、南唐户部尚书冯延鲁从容答道："陛下只知道李重进结交我们，但不知道我们曾劝阻于他。"

太祖道："此话怎讲？"

冯延鲁道："李重进派使者来江南，我们国主对他说，'大丈夫失意而反，是可以理解的，但现在不是时候。宋受禅之初，人心不定，李筠叛乱，那是最好的时候。足下那时不起兵，现在天下已定，再举兵已经晚了。想以几千乌合之众来抗击大宋，

岂不可笑，自寻死路。我们有兵有粮，但不敢帮助你。所以李重进最后因无援而失败。何况我们一开始，就将李重进的密谋告知了陛下，陛下不能再怪我们。”

“朕没有怪你们的意思，不过是说一说闲话罢了。”太祖又喝了一杯酒，“我手下很多将领都劝我乘胜渡江，攻占江南，你们看，此事怎么样？”

李从镒就怕宋太祖往江南发兵，乘胜取南唐，因为宋军现已在南唐大门口。闻听太祖此言，不禁簌簌发抖，杯中酒洒了一袖。

“李重进自以为天下无敌，陛下亲征，三下五除二，就把他打败了。像我们江南小国，自然不敢与陛下抗衡。”冯延鲁面不改色，侃侃而谈，“不过敝国还有兵士数万，都是国主的亲信，与国主誓同生死。陛下只要能舍得上几万条性命，江南自能拿下。更可忧者，长江风高浪急，水流深不可测。陛下到时如果进攻不能成功，进又进不得，退又退不得，也不见得是什么好事。”

“哈哈，我不过跟你开个玩笑罢了，我怎会进攻江南呢。你瞧你，好端端的，就来了一大篇说辞，好像个说客。我与江南已有约在先，就像亲兄弟一样，怎么会与江南开战？来，喝酒！”太祖亲为李从镒、冯延鲁斟满了酒杯。

“你们南唐有两个人，一个叫杜著，一个叫薛良，前日来投奔朕，劝朕袭击江南，并告诉朕江南防卫情况。朕已将杜著斩首、薛良充军。如此，方表我与江南修好的诚意。回去告诉你们国主，就说我绝不侵犯江南！”

“多谢陛下，多谢陛下。”李从镒感激涕零，离席拜了又拜。

第二十章

一、巧释兵权

宋太祖率军还汴,在宫中待了几日,不免心中烦躁。他原是征战惯了的,耐不得清静。过了几日,就带了几个亲信,到东京城中微服私访。大街上的热闹,太祖已经看惯了,不知不觉,走到了一个小巷中。猛听得一阵鼓乐之声,只见一干人喜气洋洋,拥了一个人,披红挂彩,骑马而来。至一挂彩绸的门口,一干人一拥而进。院内霎时便布满了欢声笑语。

太祖道:"他们这是干什么?"随从道:"禀陛下,他们这是在成亲。"太祖道:"百姓家,倒有很多快乐。能做一太平百姓,亦是修来的福分。"猛想起妹妹匡兰,现仍寡居家中,不觉心中一动。又想起高怀德,妻子已亡,现为鳏夫。何不让二人成亲,此一举岂不两全?想毕,就对随从道:"回宫里去!"

太祖回到宫中,见皇后王氏正穿了宽大的衣服,焚香弹琴。太祖将此事与皇后一说,王皇后连连称善,又忙将此事告诉了韩素梅、杜丽蓉,宫里霎时便充满了一派喜气。杜太后为此事烦心多日,见女儿有了归宿,也精神倍长,忙着筹划迎亲的礼仪。匡兰先是不从,后又表示,兄贵为皇上,不好违旨。高怀德凭空就成了驸马,何况又听说燕国长公主长得容貌秀丽,自无不允之理。太祖命太史选了一个吉日,并赐给公主一个大宅子。此宅在兴宁坊,有房屋、有花园,公主心中也十分满意。

到了成亲那日,高怀德披红挂彩,骑了大马,由众多送亲人簇拥,来到宫门,而后下马而入。司礼官引怀德入内,太祖当即颁诏,拜高怀德为驸马都尉。怀德北面叩头,感谢皇恩。司礼官再领怀德至公主寝宫,向宫内递上一只大雁。宫中顿时乐声大作,钟鼓齐鸣。

燕国长公主赵匡兰由宫女簇拥,登上凤辇。怀德先回到兴宁坊宅中,在家中恭迎。少时凤辇已到,怀德向辇行鞠躬礼,公主方才下辇,而后到得大堂上,行相见礼,交拜礼。合朝大臣都来恭贺送礼,怀德着实风光了一回。

到了晚上,酒阑人散。公主召怀德进入洞房。二人都曾婚嫁,稍一交谈,便亲昵起来。怀德初为驸马,公主又得佳婿,帐中风光,不必细述。

太祖不时微服出行,可急坏了赵普。遂入朝进谏道:“天下虽已承平,但人心难测。今圣驾轻出,万一有个三长两短,臣担待不起。”

“你怕什么?朕若有做皇帝的命,上天自会保佑我。周世宗对大臣,猜忌心颇重,见相貌方正的将领,常常借故杀害。朕常在他身边,也没见遭过什么灾难。”赵普见太祖不听劝谏,只好暗中派人保护。

太祖见无战事,遂又想起了年轻时的爱好,拿了弹弓,到御花园中去打麻雀。御花园中林木葱茏,有些地方,甚至见不到日光。林中鸟雀争喧,叽叽喳喳,甚是热闹。太祖见了大喜,对随从道:

“朕年轻时,打得一手好弹弓,百发百中。因打雀儿,还险些被土屋砸死。多年不打了,不知准头儿如何。看这么多雀儿,好歹能打下来一只吧。”说着,略瞄了一瞄,一弹打去,只听“扑棱棱”一片响,雀儿全飞了。太祖道:

“怎么搞的,难道我的射技变得如此糟糕了吗?”太祖有些不服气,又连打了几弹,只打下了几片鸟毛。

“敢是弹弓制得不好?”太祖左看看,右瞧瞧,又扯了扯弹弓上的皮条,“瞧这皮子,又窄又薄,左右,换把弹弓来。”

随从赶忙拿来一支新弹弓,太祖扯满弓,用力一打,只打得几片树叶下来。太

祖满心焦躁，正有一肚子无名火。猛然间，只见翟守询慌慌张张地跑来，说扬州久经战乱，粮食匮乏，恳请接济，并请陛下减轻扬州的徭役。

太祖没心思听他讲，没好气地说：

“你没见我正忙着吗？扬州不是李处耘在那儿做知府吗？这些事，应该由他管。”

“臣恐怕李处耘管不了。拨粮款，轻徭役，事关朝廷法度，李处耘怎敢擅自更改。”翟守询道。

“这些鸡毛蒜皮的事，以后少来烦朕。朕现在连喘口气的工夫都没有。”太祖大怒。

“臣窃以为此等事，还比打雀儿重要。”翟守询顶撞道。

“你说什么？”太祖手握弹弓，对翟守询咆哮道，“朕贵为天子，你竟敢出言不逊！”说着，手一松，一颗弹子弹出，正打在翟守询嘴上，打得守询血流不止。守询一吐，竟吐出了两颗牙齿。

守询将那两颗牙齿擦了擦，揣入怀中。太祖道：“你拿着这两颗牙齿，是想告发朕吗？”

“臣无处去告皇上，只是史官会记载这件事。”

太祖想了想，怒气渐渐平息：

“卿忠心为民，敢于进言，朕要奖励你。朕一向喜欢像你这样的耿直之臣。适才失手，请勿见怪。传朕旨意，赏翟守询金十两、帛十匹。”

“臣谢皇上隆恩，扬州事还望皇上恩准。”

“扬州之事，就照你所说的办。”太祖摆摆手。

翟守询走后，太祖叹了口气：“做皇上有他娘的什么好，还不如做个节度使快活。一举一动，都有人管，错一件事，就要酿成大祸。”说着，将弹弓奋力一扔，那弹弓划了个弧线，掉入林中去了。

入夜，太祖心中烦闷，对太监道：“出宫！”太监不敢怠慢，忙与皇上换了衣服，几个人悄悄出了宫门。皇上在前边走，太监在后边跟随，不知不觉，又来到了赵普府

第。赵普正和娘子在一块儿洗脚,听到皇上来了,衣衫不整,前来迎接。

“请陛下恕臣衣衫不整之罪。”赵普伏地叩头,娘子吓得躲在内室,不敢出来。

“起来,起来,倒是朕打扰你们了。不速之客,不请自来,你心中不怨朕吧。”

“皇上亲临寒舍,是臣的莫大荣幸。从古至今,从京城到外地,有几人能享此殊荣。史家一记,臣普沾陛下之福,也能登上史册了。”

“老嫂去哪儿了?怎么避而不见朕?”

“拙荆到内室整装,一会儿便出。”

太祖与赵普对坐闲话,丫鬟们摆上酒席。

“酒是一个好东西,能使大丈夫热血沸腾,豪情万丈。能使弱者变强,能让大丈夫肝胆相照,光明磊落。”赵普端了酒杯,感叹道。

“嗜酒是好事。大丈夫若不善饮,就不是大丈夫。但沉湎于此,又往往会误事。前次朕醉了酒,竟连许多紧急公务都耽误了。何况酒醉后,不是手舞足蹈,就是性烈如火。朕以后要少饮,真后悔过去那么贪酒。”

“贪酒是小事。我听说皇上还是常常微服出行。陛下能担保,普天之下,就没有一两个受旧朝厚恩、痛恨陛下的吗?就是手下诸将,也未能全信。李筠、李重进不是相继而反吗?”

“唉,怎么才能想个万全之策。自唐代以来,朝代更换频繁,不知何故?”

“陛下想是早已知晓此中道理。藩镇兵权太重,故能拥兵作乱。君弱臣强,岂能不犯上乎?陛下只要解其兵权,他们还能有何作为?尤其是统帅禁兵的将领,更应提防之。”赵普道。

“石守信、王审琦等,皆朕的老朋友,他们绝不会背叛朕!”

“将领不会背叛皇上,但谁能担保手下兵士没有异心?臣观石守信、王审琦,皆没有统兵的才能,万一手下作乱……”

赵匡胤摆摆手道:“爱卿不要再说,我已懂了。此事容日后徐徐图之。”

“陛下,此事刻不容缓。事关国家社稷,请陛下当机立断。”

“喝,喝酒!”太祖举杯。

正在此时,赵普妻子也整理好衣装,出来拜见太祖。太祖道:“老嫂也来饮一杯。”赵普妻道:“素不善饮酒,望陛下见谅。”赵普道:“皇上让你饮,你就饮一杯,何妨?”赵普妻就饮了一杯,饮得猛了,呛得连连咳嗽,太祖与赵普哈哈大笑。

正饮之间,猛见亲兵慌里慌张跑来,伏地道:

“禀皇上,接报,接……报,内酒坊失火!”

“走,看看去!”太祖与赵普一齐出门,乘马往内酒坊而去。

刚到内酒坊,只见烈焰腾腾,火光冲天。禁军及酒工拿了水桶、瓦盆,从御河中端水,前去救火。怎奈火势太大,水倒进去,就如浇油一般。太祖道:“将内酒坊与外边相连的房子拆掉!”

禁军们听到此命令,叽里咣当,将未着火的酒坊的屋子拆掉了。大火没了蔓延之处,慢慢就熄了。

太祖之弟赵光义也在场上,负责救火。太祖问:“因何原因失火?”光义道:“尚未查明。”太祖道:“可有人被烧死?”光义道:“有三十多个酒工未能逃出。”太祖道:“对参与救火者,要多多赏赐。”

正说间,只见禁军押来一干人,个个垂头丧气。太祖道:“为何抓他们?”押解的禁军回道:“禀陛下,这些都是内酒坊的酒工。见火起不但不救,反而乘机盗窃财物,小的们正押他们送有司审问。”

“禁军们可有乘机抢劫者?”太祖问。

“有禁军十八人,也参与了抢劫。”禁军首领不敢隐瞒。

“还审什么?都统统给我杀掉!”太祖大怒。

被抓的酒工、禁军听到这一声,吓得膝盖都软了,都扑通跪在地上,叩头如捣蒜。太祖拂袖而去。这干人见必死无疑,顿时哭声震天。霎时间,刑场上落下了三十八颗人头。

太祖回到宫中,心情怎么也平静不下来。原以为天下归心,百姓安居,谁知一场小火,就跳出来几十个作乱者。要是国家有什么大事,他们还不乘机造反?兵权之事,真是应速速为之。

又过了一天，太祖忽宣石守信、王审琦等将领入宫宴饮。席间，君臣觥筹交错，一派升平景象。太祖道："咱们都是老朋友。没有你们，我做不成天子。可是你们不知道，做天子难得很。我自登基以来，没有一夜能睡个安稳觉。真不如做节度使时快乐。"

"陛下怎么说这种话？做天子拥有四海，要什么有什么，还有什么可忧愁的呢？"石守信大惑不解。

"这有什么难懂的，皇帝这个宝座，谁不想坐呢？所以我整日提心吊胆。谁能担保手下人不生异心？"

一听太祖说这种话，石守信、王审琦等赶忙离席伏地叩头："目今天下大定，天命有归，臣等决无二心。"

"起来，起来。朕知道你们，你们都与朕相交有年，与朕就如亲兄弟一般。但倘若你们的部下贪图富贵，逼你们造反，你们怎么办？从了，要犯上，与朕未免刀兵相见；不从，立刻就丢性命。你们说，这事怎么办才好呢？"

"臣等真是太愚蠢了，没有想过这个问题，还望陛下给臣等指一条生路。"

"你们且坐下，听朕说。人充其量，才能活多大岁数呢？一百岁，够多了，可又有几人能活这个岁数呢？眨眼之间，人就老了，就死期将至了。人活着，无非就是图个钱财多、女人多、子孙多，吃穿不愁，能玩能乐。朕想你们几位，与其辛辛苦苦、担惊受怕地执掌兵权，还不如到外面，去做一个节度使。朕多给你们良田，再多赐你们一些歌童舞女。你们不用操那么多闲心，整日欢乐不好吗？朕再与你们结为姻亲，保我们君臣世世代代永享荣华富贵。这样，君臣无猜，相安无事，岂不是最好？"

"陛下能为臣筹划这么好，真比亲爹娘还亲。"王审琦道。

第二日，石守信、王审琦等，皆一齐上表，言自己身体有疾，恳求解去统领禁军的职务。太祖一一批准。命石守信为天平节度使，王审琦为忠正节度使，高怀德为归德军节度使。免去高怀德殿前副都点检之职。从此以后，朝廷中不再设殿前都点检之职。

二、金匮之盟

过了几年,太祖见禁军无合适首领,就想召天雄军节度使符彦卿来率领禁军。符彦卿擅骑射,历晋、汉、周三朝。后周时先授淮阳王,后授卫王。世宗的两个符皇后,都是他的女儿。他的一个小女儿,还嫁给了光义做继室。太祖封其为太师。

符彦卿武艺高强,善用兵,契丹人闻其名也怕。皇帝赏给他的财物,他都一一分给士卒,所以士卒肯为他效死力。契丹人每逢马有病不吃不喝,就往手上吐唾沫,祷告说:"怎么这么倒霉,难道符彦卿符王要来吗?"可见符彦卿名声之大。符彦卿酷爱鹰犬。手下人无论犯了什么过错,只要能送给他鹰犬,他都会饶恕。他不喝酒,对人比较谦恭,所以口碑不错。

太祖想让符彦卿统领禁兵,赵普极力反对。太祖道:"你何苦要与符彦卿作对?符彦卿又没有得罪你。"赵普道:"臣是为国家社稷着想,别人不能统领禁兵,符彦卿照样不能。"

"朕与彦卿十分亲密,何况又待他甚厚,他怎能背叛朕?"

"周世宗待陛下也不薄,陛下为何能背叛世宗?"赵普情急之下,也顾不得话语的轻重了。

太祖听了此言,怔了半天,一句话也回答不上来,"哼"了一声,拂袖而去。符彦卿最终未能统领禁兵。慕容延钊此时也已被罢为山南西道节度使,韩令坤也罢为成德节度使。

建隆二年六月,杜太后忽然身染重病。太祖广召名医医治,就是不见效。太后道:"我已上了年纪,就别费心思了。再好的郎中,也是治病不治命。我能活到这把年纪,已经不错了。我有几句要紧话儿,要与你说。你可召赵普前来,用笔记下。"太祖道:"儿谨遵母命。"即召赵普前来。

"我儿,你可知道你为什么能当上皇帝吗?"太后道。

“全凭祖上洪福,全凭太后积德。”太祖呜咽流涕。

太后在榻上微微摇了摇头:“不对,不对。你别哭,且听我说。你之所以有天下,是因为柴氏让一个小儿做了皇帝,故天下人心不服。你和光义都是我亲生,你百年之后,当传位于光义,光义百年之后,再传位于你儿德昭。光义已经二十多岁了,德昭也已十岁了。等他们登基时,年龄也都不小了。这样,才不会被人篡国。国有年长的君主,是天下的福气。我所说的话,你可记住了?”

“儿记下了!”太祖边哭边叩头。

“那好。就教赵普把我的话写下来,免得日后有违。”

赵普当即就写了太后的这段话,并在文末署“臣普记”三字。太后命将此纸藏于金匮,交给稳妥可靠的宫人保存起来。

又过了几日,杜太后竟然撒手西归。太祖加谥曰“明宪”,一面治丧,一面布告天下。

三、强干弱枝

太祖出身于行伍,年轻时又多在江湖上游荡,所以,闲来无事,总爱换了便服,在东京城内闲逛,和三教九流的人打交道。有时玩玩博戏,有时又扯些闲话。从这些日常闲话中,太祖得到了不少民间的真情实况,也从中得到了不少的乐趣。

一日忽有关南农人,直到朝廷击鼓喊冤。太祖还未遇到过此种事,立即亲自召见。

“你来京城,欲状告何人?”太祖见那农人衣衫不整,满头尘土,不禁有些好奇。

“我要告关南节度使李汉超李大人。他强征我们的钱不还,还强娶我老汉的女儿。”

“啊,你女儿好端端的,怎么会被他抢了?”

“皇上不知。我们小门小户的女儿,也要出门做活计的。那天,老汉正与女儿

在山上打柴,碰巧李大人骑马经过,一眼就看上了我那女儿,带上马就走了。”

“朕知道了。看来你女儿还有几分姿色,不然,也不会让李汉超动心。你且慢悲伤,朕且问你,如果李汉超不抢你女儿,你女儿想嫁个什么样的人家?”

“老汉世代务农,嫁女也只能嫁个农家。”

“这不就结了,你还有什么可委屈的?李汉超是朝廷的重臣,娶你女儿为妾,不比让她做农妇强吗?喳,你仔细想一想。”

老汉怔了半天,答不上话来。仔细想了想:“那,李大人为何借我们的钱不还?这事总是不应该的吧!”

“朕且问你,李汉超来关南前,契丹骚扰你们吗?”

“唉,别说了。他们杀我们的人,抢我们的牛羊,还烧我们的房子,那日子简直就没法过。”

“那现在呢?”

“现在契丹不敢来了。有朝廷大军驻扎,他们来了,是要伤命的。”

“李汉超带兵,防住了契丹,保住了你们的财产。他借你们两个钱儿,又能怎样呢?怎么如此小气!朕所说的,你听明白了吗?”

“听明白了。我是只看眼前,没往深处想。还是皇上圣明,一说,我心里就有点想通了。不过,李大人所为,总有点别扭吧。”

那老农告状不成,反而弄得没理,怏怏而回。

太祖忙遣使者去关南,对李汉超道:

“李大人戍边辛苦,皇上深知。但夺人女儿,抢人钱财,实属不该。速将老农女儿送还,所抢钱财一并送回。若再犯,定严惩不贷!若缺什么东西,可以告诉朕,朕一定替你筹办。此次事情,由你引起,你要好言赔罪,省得农夫再上告至朝廷,损我大宋之威!”

李汉超感激涕零。初闻老汉赴京告状,李汉超还以为要拿他革职查问,心中着慌,没承想等来了这么一个结果。李汉超在关南,从此奉公守法,勤于政务,边民十分称颂。

环州守将董遵诲，过去曾与宋太祖有过过节。太祖不得意时，曾去投靠董遵诲的父亲董宗本。遵诲性高傲，自以为自己文武双全，举世无双。宗本道："我儿，这赵匡胤文有文才，武艺也不错。虽来投奔我们，不过是一时不得意罢了，你可多向他讨教。"

遵诲最讨厌当着自己的面夸奖别人。父亲越称赞赵匡胤，他心里越对赵匡胤不满。一日，二人坐下谈将来志向。遵诲对赵匡胤道："我看你将来情形，能做个牙将也就不错了。徒恃武艺高强，有什么用？治天下须用文韬武略，你懂吗？目今乱世，须用重刑。人心一怕，天下就不难治了。"

"我也历观圣贤之书，却道是治天下以仁为本，俗言云'得人心者得天下'。要让老百姓活得自由自在，衣食无忧，而后才能谈得上王霸之业。若人人自危，老百姓迟早是要拼命的。"赵匡胤道。

"依你所说，法就没用了？那历朝历代，还定法干什么？"遵诲冷笑道。

"法不过是用来对付小人的。仁为本，法为辅。"

"什么仁不仁的？他拿刀杀你，你给他讲'仁'，他就不杀你了吗？"遵诲与匡胤，因为此问题，竟激烈口角起来。至最后，遵诲大怒道："我与你没什么可说的。你懂什么？你不过是一无名小卒罢了。实话告诉你，我曾梦见登上了一座很高很高的台子。台上有一条百尺多长的黑蛇。忽然，那蛇摇身一变，就变成了一条龙，腾空飞去。天空中出现了紫云，还伴有电闪雷鸣。你想一想，这是什么征兆？你若顺从我，以后我还可用你为将，若像现在，哼！"

太祖见董遵诲不能容他，只好离开董家。太祖登基后，召董遵诲至京，问他："你可还记得你做过的梦吗？"董遵诲吓得伏在地上，一个劲儿地叩头："臣有眼无珠，不能识圣人。"

遵诲素来骄横，所做恶事不少。将士听说他曾得罪皇上，就将董遵诲的不法事情，一件件告到朝廷。董遵诲想着，这下死定了。谁知太祖反赦他无罪。遵诲的母亲被契丹掠走，太祖用重金买通边民，把他母亲偷偷地救了回来。董遵诲感激涕零，兢兢业业，守卫环州。

藩镇将领不断生事,让太祖操碎了心。虽然太祖将诸事处置得十分妥当,但他明白,这是因为这些藩镇将领都对自己服服帖帖,倘若换了另外一个年轻的皇帝,这些事情不知要怎么收场。前一段,靠杯酒释兵权,解除了一些将领的兵权,但这似乎只能管得一时。道理很简单,去了一个石守信,还有一个王守信;去了一个王审琦,还有一个李审琦。不想出一个一劳永逸的法子来解决藩镇问题,五十多年来形成的乱局还会继续。只要朝廷稍微有些事情,藩镇就会趁火打劫,天下就会易主。频繁更换朝廷,不是百姓之福。想到自己辛辛苦苦建立的大宋,在自己死后不久,就会被别人篡夺,太祖不禁出了一身冷汗。靠哪个人的品德或者忠诚来维持事情,也是不行的。自己对周世宗够忠诚的,但部下一逼,也就没了办法:要么做皇帝,要么自己和拥立的这帮人都去死。

太祖想了多日,终于想出了几个对藩镇能够釜底抽薪的办法。一是不准藩镇收税,税钱都归朝廷,这是夺其财权。二是地方官都由朝廷任命,藩镇不能再任命官员,而且,不能再领支郡,这是夺其用人之权。三是以选精兵为名,将藩镇精兵都收入禁军。并且将戍边之兵定期轮换,做到将无常兵,兵无常帅。所有的兵员都是朝廷之兵。这是夺其兵权。另外,再设枢密院,有调兵之权,而无领兵之权。藩镇则相反,有领兵之权,而无调兵之权。对于知州,则在其下设通判,对知州有监察之权。而且地方官,都用文人,不用武将,利于朝廷控制。对于宰相,则在其下设参知政事,实际上,也是在分相权。

这几条措施,太祖和赵普都没有商量,就颁布天下了。赵普虽然有些肚痛,也说不出什么来。这一下,很多文人有了进身之阶,都对太祖佩服得不得了。太祖也知道,自己的这些措施,对于军队的作战能力,也是有损害的。但为了大宋的长治久安,也只好这样做。不但自己要这样做,子子孙孙都要这样做。强干弱枝,要成为世世代代奉行的祖宗之法。

第二十一章

一、平定湖湘

建隆四年,宋太祖改年号,以此年为乾德元年。群臣齐来贺喜。太祖戴了通天冠,穿了衮服接见群臣。

太祖在宫中大宴群臣。皇上赐饭,不在宫中,只在廊下。

当时的宴席,和现在大相径庭。前几道菜,都是干果子。而且是上一道干果子,每人喝一杯酒。然后干果子撤下去,再上一道干果子,再喝一杯酒。酒是黄酒。

肉菜终于上来了,是羊头签。所谓羊头签,是把羊脸上的肉削成长片片,然后拌上调料,放在竹筒里,或者荷叶包里,放在蒸笼上蒸熟。

羊头签吃过,是蒸蚝。然后上的是牛肉羹。

最后一道是主食,名叫馉饳。也是用面皮包馅,放在锅里煮或者炸,其形状像个铃铛。和今天的馄饨、饺子有些像,又有些不像。

太祖酒量甚大,但喝得太多,也未免有些醉醺醺的。因为黄酒虽然入口绵甜,但后劲颇大。群臣更不用说了,有些走路已经东倒西歪。好在大家都一样,谁也不笑话谁。

太祖虽然喝醉了,但并没有糊涂。他忽然看见,放羊头签的竹筒上,有一只白色的小动物在慢慢地爬。太祖拿起一看,竟然是一只虱子。太祖顿时恶心坏了。

他知道,这只虱子,定然是从厨师的身上爬出来的。自己若声张起来,厨师定然要受到责罚。太祖抓起虱子,用手指轻轻一弹,弹了出去。但此时的太祖,一点儿胃口也没有了。酒也不想喝了,菜也不想吃了。他只是在事后吩咐御膳房,所有的厨师,必须用热水沐浴后才能进御膳房。

忽然武平节度使周保权派使者来告急,请朝廷发兵来援,说其部大将张文表要起兵造反。

周保权乃周行逢的儿子。周行逢名义上隶属朝廷,实际上割据一方,占有湖南之地。

周行逢还算是廉洁。他的女婿求到他门下,想让他给个官儿做做。周行逢却给了他两件农具,对他说:

"官吏是用来治理民众的,需有一定的才干,并不是什么人都可为官。世人只知为官的好处,不知为官的艰难,耗神费力,担惊受怕。我知道你没有为官的才能,还是在家老老实实种地吧。衣食不愁,快快活活,不比做官好吗?我虽为大都督,不敢徇私舞弊,私授你官职。"周行逢虽公正无私,但疑心颇重,气量狭窄。有个叫何景山的人,曾经侮辱过他。他做了大都督后,先是授何景山一个小官,而后终于寻了一个小错,将何景山捆得像个粽子似的,投到江里喂鱼鳖去了。

湖南多蛮夷。周行逢为了安抚他们,就任命了许多蛮夷的洞主、酋长为司空、太保。行逢手下,有一个幕僚叫徐仲雅,爱说滑稽话儿。有次行逢问徐仲雅:"我占有湖湘,兵强马壮,财物充足,四邻怕我不怕?"徐仲雅道:"怎能不怕?咱们这儿司空满川,太保遍地,谁听了谁怕。"周行逢听了,以为徐仲雅在讽刺他,心中十分不快,从此再也不用徐仲雅。

周行逢不得志时,曾娶了一个姓潘的妻子。潘氏又丑又厉害,把周行逢管得像个孙子一样。周行逢做了大都督,自然要纳妾。潘氏呼天抢地,大闹了几十场。无奈行逢色胆包天,腰杆已壮,不为所动。潘氏遂发狠道:"好好。我是丑陋民妇,配不上你。你做你的官,我做我的民。我回家种田去。"行逢以为她在说气话,也就没在意。谁知潘氏真的率了一帮家人仆女,到乡下老家种田、纺织去了。无论周行逢

怎样请,就是不回周行逢的衙门。每年年底,潘氏总是带头交上粮税。周行逢越看越不顺气,劝她算了。潘氏正色道:“交粮税是国家大事。我不能因为你是元帅就不交。元帅的妻子,更应该带头交纳。”弄得周行逢哭笑不得。宋太祖登基,加周行逢为中书令。建隆三年十月,周行逢病重,对手下将校道:

“咱们这儿的人,大都恭顺听话,不听话的,都被杀掉了,只有张文表还在。我死后,张文表必然要作乱。诸公要好好帮助我儿,不要失一寸疆土。实在斗不过张文表,就归顺宋廷。千万不要让张文表得手。”

周行逢之子周保权其时才十一岁。周行逢死后,宋太祖授周保权为起复检校太尉、朗州大都督、武平军节度使。

张文表听说周行逢已死,周保权嗣位,心中十分气愤,对部将道:

“我和周行逢一样,都是起于平民。就算他功劳最大,次者也轮得上我了。他死了,应该由我做大都督。他现在弄个十一岁的小孩子来,想让我服服帖帖,没那么好的事!”部下也都十分气愤。文表遂派兵袭击潭州。其时镇守潭州的是行军司马廖简。廖简从来看不起张文表。下人报张文表兵至,廖简正在吃酒,不慌不忙道:

“怕什么? 等他来了,我一下就把他擒住了。”

张文表率兵攻入府中,廖简已醉得连弓也拿不起了,只是拍着膝盖道:“张文表,你敢造反吗?”张文表也不搭理他,兜头一刀,廖简就不再说话了。

接到周保权的求救书,太祖乃令慕容延钊为都部署,李处耘为都监,率兵去平定湖南。

要出兵湖南,必须从荆南通过。荆南此时为高继冲占据。高继冲祖上为唐荆南节度使,后传至高保融。高保融死后,其弟高保勖继位。高继冲乃高保融之子。

高保勖体弱多病,长得很瘦,弱不禁风,但淫心却盛。天天召娼妓到府中,自己无力奸淫,就选择军士身体强壮者,令他们与娼妓群奸群宿。高保勖则和自己的妻妾,在帘子后观看。

高保勖还爱营造歌台舞榭,观淫之余,就大兴土木,去民间强行征集木料砖瓦,

军民怨声载道。高保勖大概作孽过多,才做了几个月的节度使、南平王,就一命呜呼了。

高保勖死后,侄儿高继冲继位。宋廷遣军平湖南,要从此经过。高继冲十分犹豫,不让宋军经过,怕抵不住宋军;让宋军通过,又怕宋军乘机占领荆南,灭了自己。部将孙光宪道:

"自周世宗时,北朝已有统一天下之力。现在宋主势力,远远超过周世宗。依我看,不如早早投降宋朝,还能得些封赏,不然,我们连性命也难保。"

高继冲道:"宋军势力大小,现在还不知道。可让我叔父高保寅,以犒师为名,前去窥探宋军虚实,果真十分强大,再降也不晚。"

高保寅带着美酒、礼物来到宋军。李处耘和他一块儿饮酒,两人谈得甚是投机。第二天,慕容延钊又宴请高保寅,又是至醉方休。高保寅忙派人报告高继冲,说宋将态度和蔼,不必惧怕。高继冲正暗暗高兴,忽闻宋军大队人马已经到了江陵。高继冲暗叫:"中计!"没有办法,只好硬着头皮出城迎接。李处耘遂率军占领了江陵。荆南全境至此归于宋廷。太祖厚赏继冲,仍命他为荆南节度使,后又改任武宁节度使。

荆南既已平定,慕容延钊、李处耘遂率领大军往潭州进发。此时张文表已被周保权部将杀死。宋军不费吹灰之力,又占据了潭州。

眼看朗州岌岌可危,周保权部将张从富劝保权闭门不纳宋军。周保权年幼,没有主意,遂依了部将主张。慕容延钊在城下大喝道:"是你们请朝廷军马来平息叛乱,现在朝廷军马已来,你们拒而不纳,是何道理?难道让我们风餐露宿吗?"

"我们请你们来是平定张文表的,现在张文表已死,敬请朝廷大军回去吧。"张从富在城上答道。

"胡说八道!"慕容延钊骂道,"天下乃朝廷的天下,你们周氏,窃据于此。若好好迎接王师,还可免你们一死。若负隅顽抗,城破之日,鸡犬不留!"

张从富大开城门,率兵与宋军大战。没有战几回合,气力不支,退回城中。李处耘提了几个俘虏,有比较肥的,就令士兵杀了,剁成肉酱,然后煮熟吃了。又把瘦的面上刺了字，放回朗州城中。宋军吃人的消息霎时传遍了全城。老百姓收拾细软，纷纷出逃。周保权命将全城房舍全部烧光，然后带兵出逃，整个朗州成了一片火海。宋师乘胜追击，抓获了张从富，枭首示众。周保权藏到了深山的山洞中，数月后也被捕获。太祖赦其无罪，并命他到东京居住，授其为右千牛卫上将军，赐袭衣、金带、鞍勒马、茵褥，还赐银千两，给了他一座宅第。至此，湖湘也归了宋廷。

朗州被焚，十室九空。慕容延钊、李处耘张贴告示，言朝廷大军到此，是为了让民众安居乐业，绝不会与百姓为难，并许诺两年内免征赋税。朗州城的百姓，才陆陆续续返回。有的在旧屋上加盖个草顶，有的干脆就搭个草棚，不管怎样，朗州城慢慢又有了人声、炊烟。

二、两帅斗气

宋军所带军粮有限，且嫌单调乏味。李处耘就和士兵一起上街，想买些东西吃。可巧，朗州城中心有几家卖肉饼的。士兵们连日争战，没有好好吃一顿饭了，一闻到肉饼的香味，肚里馋虫就动将起来，李处耘也差点流下口水。几个人大踏步上前，掏出银子，问："肉饼几文钱一个？"卖饼的道："我这饼是半吊钱一个。"李处耘不禁有些恼怒："肉饼十几文一个，就算贵的了，怎么如此贵？"卖饼的道："军爷有所不知，朗州城内现在要面无面，要肉无肉，我这面、肉，都是从几百里外运来的，所以贵一点儿。"处耘道："好歹便宜一点儿，半吊钱三个吧。"卖饼的死活不肯："买卖买卖，愿买，愿卖，才能成交，强求不得。军爷若嫌贵，可到别处去。"

李处耘气哼哼地又问了两家，一家比一家贵。李处耘大怒道："什么卖饼的，我看都是奸细，把他们的饼都收了。"

兵士们巴不得这一声，李处耘还没说完，这边就动了手。谁知这几个卖饼的也会几手拳脚，把士兵打伤了好几个。李处耘挥刀加入战团。卖饼的一是人少，二是没有兵器，终于被擒。

“你们还赚不赚爷爷的钱？教你们一个个血本无归。”李处耘红了眼吼道。

“呸，你们什么鸟东西，强盗、土匪！”卖饼者大骂。

“好小子，竟敢辱骂、殴打天兵，小的们，给我往死里打！”李处耘命令。

兵士们方才吃了亏，现在正想报仇，用死力将几个卖饼的打得奄奄一息。李处耘犹未解恨。操刀将几个卖饼者的头割了下来，挂在树上示众，以为抗拒朝廷者戒。

慕容延钊闻报大惊，叫来李处耘，狠狠地责骂了一顿。延钊道：

“上次攻城时，你将朗州俘虏煮着吃掉，又故意放回几个，结果弄得朗州百姓十分恐怖，逃得十室九空。周保权也烧城而逃。若不是你胡作非为，怎么弄成这个样子？现在我费尽了心血，好容易召来了百姓，你又擅杀无辜。回朝廷后，我定要将你这种种不法事，奏明皇上。”“老子为朝廷出生入死，杀几个鸟人算什么？你不要在此小题大做。我知道你的意思，寻了我的过失，这平定湖湘、荆南的功劳，就可全算到你头上了。”李处耘反唇相讥。

慕容延钊被他一抢白，气得半天说不出话来。主帅、副帅间，从此有了隔阂。

李处耘越想越气，总想找个慕容延钊的错处，出口恶气。一次上街，见有一军人喝得醉醺醺的，硬闯到了老百姓家。过了一会儿，只见院内有妇女的惊喊声。处耘一摆手，亲兵们一拥而进，将那军士抓了起来。仔细一看，被抓者原是慕容延钊的心腹亲兵司义。处耘喝令，将司义捆绑起来，用皮鞭朝他背上不住痛打，要他招认强奸民女。司义酒也痛醒了，吃打不过，只得招认。其实司义不过是与那妇女拉拉扯扯。

李处耘令录了口供，又令司义画了押，遂将他押到慕容延钊跟前，皮笑肉不笑地说：“元帅，司义强奸民女，依你看，该如何处置？”慕容延钊气得脸色都白了，只说了一个字：“斩！”李处耘巴不得这一声，拉出去，就把司义给砍了。慕容延钊挥剑砍在案上：“此仇不报，我誓不为人！”

太祖在朝廷，忽然接到慕容延钊密报，说李处耘养周保权家奴数百人，整日操练，阴谋造反，又常常怒骂皇上，说皇上不重用他。太祖与慕容延钊从年轻时就是

朋友,所以十分信任他,立即将李处耘捕到京城讯问。李处耘大呼冤枉,死不招认。太祖大怒,令禁军用铁槌乱打,将李处耘打得死去活来,遍体鳞伤。

李处耘知道得罪了慕容延钊,又知道皇上深信慕容,所以已抱了必死的决心,仰天长叹道:"我死没什么,可惜没有落个好名声。当日若死在战场上,哪会受这种冤枉?"

禁军往城西押解李处耘,走到城门附近,李处耘解下身上的衣带,递给禁军道:"烦将此带转给我老母,好让她老人家留个念想,千万拜托!"走至城外,有口水井,李处耘言称口渴,要用水桶打水。禁军去取水桶时,李处耘纵身一跃,栽入井中。

听说李处耘自杀,太祖派人去李家察看,发现只有一位老太太,三个仆人。太祖又生气,又懊悔,乃召慕容延钊,质问他:"你说李处耘有几百仆人,都在哪里?"延钊道:"李处耘被抓,他们都逃了。再说这三个仆人,能以一敌百。"太祖道:"朕因你是老朋友,又屡立功勋,所以这次饶了你,下次再犯,别怪我不讲交情。"慕容延钊把头磕得咚咚直响。

第二十二章

一、雪夜访普

乾德二年，罢范质、王溥、魏仁浦三人宰相之职，任命赵普为同平章事。所谓同平章事，就是宰相。又命吕宗庆、薛居正为副相，呼为参知政事。太祖本与赵普交情就好，现在赵普做了宰相，太祖有事无事经常到赵普宅中。一日大雪，赵普想着太祖无论如何不会再出宫，就对妻子道："今天晚上，咱们且放开怀，乐他一乐。皇上今日决不会再来了。"遂穿了家常衣服，与妻子在屋中架起炭火，慢慢地烤肉、饮酒吃。还没吃几杯酒，猛闻得"砰砰"的叩门声。赵普道："是谁，大雪天的，还来串门儿，岂不惹人烦？"赵普妻子道："别是皇上吧。"赵普道："不会不会。宫中其乐融融，皇上不在宫内陪姬妾，何必要冒此严寒呢。"

二人正说间，只见家人来报，说皇上驾到。言未了，太祖已披了一身的雪花走进屋来，普妻忙把皇上的斗篷去了，赵普自然惶恐不知所以，只知行礼而已。

"我已约了晋王同来，这么好的雪，躲在家里可有什么意思？"太祖话还未说完，晋王赵光义已冲进门来，一边跺脚一边道："好雪好雪。从院门至屋，已落了一头一脸。若逆风走，打得眼都睁不开。"太祖道："朕从车中往外看，见东京汴梁已成了银白世界，好像换了个样儿。人也少了，看着比平日又有一番韵味。"

赵普忙在屋中地上，铺了厚厚的毡褥，将火盆放在毡褥之旁，火盆内不时"毕

剥”作响。太祖盘腿坐在褥上，招呼光义、赵普道：“今夜欢聚，朕是来会朋友的，你们切莫拘礼，此处不是朝廷。”二人谢了罪，方一同坐下。

普妻一边穿肉，一边烘烤，霎时肉香四溢。太祖、光义、赵普三人，边吃边饮。太祖对赵普妻道：“嫂嫂，今日又要麻烦你了！”普妻和氏忙对道：“能侍奉皇上，乃贱妾之荣幸！”

“朕今日来，是要和卿商议一事。朕想即日发兵，拿下太原，剿灭刘氏。卿以为如何？”

“臣以为太原不必先攻，留着太原，还有些用处。太原在，契丹则不与我大宋直接疆土相连，让太原刘氏替我们多守几年边疆，又有何不可？他又不要我们的钱粮，此等好事，求之不得呢！”赵普答道。

“朕不过试一试你的识见罢了。朕决不会先伐太原。依卿看，先伐何处？”

“先伐蜀地为上。蜀地虽地势险要，易守难攻，但蜀主孟昶昏庸，所用臣子，又大都无能。何况蜀地十分富庶，拿下蜀地，对国库可是大有好处呢！”

“好主意！拿了蜀地，南唐、南汉就不在话下了。昔三国时，也是先破蜀，后破吴。”光义道。

“就依卿之所奏。来，且干了杯中酒。”太祖、光义、赵普一饮而尽。

“皇上筹划甚详，臣无比佩服。但尚有一事可虑。若我朝对西蜀用兵，契丹、太原，继而南唐、吴越一起对我用兵，我作何应对？”

“这个，朕早已谋划停当。”太祖笑道，“南唐、吴越唯求自保，是不敢在老虎头上搔痒的。他们敢乱动，我等就先收拾他们。何况这两处不停有使者来往。我朝不会攻他们，他们更不会攻我们。至于北面，朕早已布好猛将，则平兄无须多虑。”

“如此甚好。”赵普长出了一口气。

按照太祖的谋划，李汉超屯关南之地，可以阻击幽燕的辽人。关南大约在今河北白洋淀以东。马仁瑀屯瀛洲，也就是今河北河间市。韩令坤驻常山（今河北曲阳县）。贺惟忠守易州（今河北易县）。何继筠镇棣州（今山东滨州）。以上是防守契丹的大将。

郭进则屯西山(今太原西北)。李谦溥守隰州(今山西隰县)。李继勋守昭义(今山西潞州)。这些人都是为了防止北汉进犯。

防守西北的有:赵赞守延州(今陕西延安东),姚内斌守庆州(今甘肃东部庆阳市),董遵海守环州(今甘肃东部环县),王彦升守原州(今宁夏固原),冯继业守灵武(今属宁夏)。这些人都是为了防止西戎的进犯。

听了太祖的谋划,光义和赵普佩服得五体投地。

外面的雪越下越大。

太祖又命人在太庙中立了一块石碑,石碑上用黄幔覆盖,上面写的是什么字,谁也不知道。赵普曾问太祖,上面到底是何字。太祖道:“上面有几句话,是朕对朕的后世子孙说的,让他们何时何地都要遵守,你们用不着知道。但以后大宋每逢新皇继位,都要去看一看此碑。如若不遵守上面的言语,非朕子孙。”赵普见太祖不愿意明说,也就不再询问。

二、诸葛再世

西蜀皇帝孟昶,原名仁赞,继其父之位后,才改名昶。孟昶之父名孟知祥,是后唐的臣子。唐武皇非常喜爱他,将自己的侄女琼华长公主嫁给了他。后唐同光四年,孟知祥任剑南西川节度副使,知节度事。后唐明宗长兴四年,孟知祥被封为蜀王。后唐清泰元年,孟知祥在蜀称帝。

孟昶的生母李氏,乃后唐庄宗的妃子,后赐给了孟知祥。孟知祥病重,立孟昶为皇太子。孟知祥死后,年仅十六岁的孟昶就袭了位。袭位后,先杀了几位顾命大臣,自己亲掌朝政,并上尊号为“睿文英武仁圣明孝皇帝”。

后晋末年,秦州、凤州因中原大乱,相继投降西蜀。此时中原大闹蝗灾、旱灾,西蜀较为富庶,所以孟昶觉得无人能与之抗衡。周世宗攻克秦州、凤州,孟昶才有

点慌神,派人送信给世宗问好,并说自己也是邢州人,与周世宗是同乡。周世宗因他自称是“大蜀皇帝”,心中不快,不回书。孟昶知道与中原之战早晚不可免,于是在剑门、夔州、三峡等处囤积了许多军粮草料,增添兵丁,以防万一。

孟昶立其子孟玄喆为太子,用王昭远等人分掌兵权。孟昶之母李氏,因出身宫廷,倒有些见识,对他道:“我经历的事多了。庄宗和你父亲灭梁,平定蜀地,都是有功才升赏,所以兵士们个个服气。现在你有功不升迁,无功乱提升,士兵们心里能服气吗?像王昭远,不过凭一点儿小聪明,他在庙里念个经书还可以,怎能让他率军打仗呢?像韩保正他们几个,都是纨绔子弟,不过祖上有点钱罢了,你也让他们带兵。一旦中原来犯,我看他们没有一个能上阵。到时候,看你怎么办!”

“母后操那么多闲心干什么?王昭远、韩保正熟读兵书,个个有宰相之才。文能治国,武能安邦。朕选了多少年,才选出这几个人才来,母后怎么那么烦他们?敢是有人进谗言?昔汉昭烈帝刘备,占有四川,不过是凭了一个诸葛亮,朕现在有四个诸葛亮,还怕中原不成?况蜀地易守难攻,中原插翅也难飞进!”李后冷笑道:“到时开了战,再后悔就迟了!”孟昶大为不悦,母子二人不欢而散。

宋兵平定荆南、湖湘,高继冲、周保权相继投降,又引起了蜀国君臣的恐慌。蜀国宰相李昊劝孟昶道:“依臣之愚见,宋必将统一海内。我国国力不足以与宋抗衡。既不能抗衡,则应向其称臣纳贡,他见我国恭顺,或可免予征伐。”

孟昶犹豫不决,找王昭远商议。王昭远道:“皇上不要听他谗言。谁能攻得进蜀地?一夫当关,万夫莫开,何况我们有万夫当关!我们越向他纳贡,他们越要来欺负我们。我看不如联合北边的刘汉,夹攻宋廷。南北一夹攻,纵然灭不了他,也让他手忙脚乱,不敢再在老虎头上搔痒。”

孟昶偏居一隅,本就有些自大,听了王昭远的话,很觉顺耳,就准了王昭远的建议。遂派部校赵彦韬,怀里揣了用蜡丸封好的书信,乘快马往北汉而去。走时,王昭远再三吩咐,路上要小心,不可为宋兵所俘获。赵彦韬满口答应,飞马而去。

赵彦韬是个聪明人,知道蜀国不久就要灭亡,与其如此,不如先投靠宋廷,还能保个活命。出蜀后,他不往北去,竟往东来,一直到了东京汴梁,向太祖献上了蜡

书。

太祖详问了赵彦韬，蜀中地理若何，兵力若何。赵彦韬道：“蜀中地势虽险，却无人能守要冲。带兵者都是酒囊饭袋，只能空谈，从未有人经过战阵。只要陛下肯发兵，一鼓作气，就可荡平西蜀。臣届时愿为向导。”

“朕早就想讨伐西蜀，可惜师出无名。现在孟昶竟然遣人联合伪汉，妄图夹攻朝廷，正给了朕一个好理由。”太祖笑道。

太祖乃命王全斌为西川行营都部署，刘光义、崔彦进为其副手，王仁赡、曹彬为都监，将步兵、骑兵六万，分道进军，讨伐蜀国。太祖为鼓舞将士士气，以示蜀国不日可破，乃命在右掖门外，汴水岸边，为蜀主孟昶盖房屋五百余间，里面日常用物一应俱全。将士临发时，太祖道：“我已为蜀主准备好一切，希望你们能快点把他请到，那可是我的贵客。”众军皆大笑。太祖又道：“凡是攻克的城寨，只把兵器、盔甲、军粮登记在册即可，像钱财、丝帛，就不要登记了，都分给将士们吧。我所想得到的，不过是土地、人民。将士浴血奋战，应该得到好处。”王全斌等人一齐叩地，大呼万岁。

蜀主孟昶闻报宋军来犯，乃命王昭远为都统，赵彦韬为都监，韩保正为招讨使，率兵抗拒宋兵。孟昶命人在郊外为王昭远设宴送行。王昭远喝得高兴，揎拳捋袖地说：“我这次不但要打败宋军，还要乘胜而进，攻取中原。”

“都统不可轻敌，宋军势大，我军只凭地势之险，能拒之于门外，就是万幸。万不可冒险逞强，中其诡计。”蜀相李昊劝道。

“哈，我王昭远自幼就习兵书，所有计谋、战阵倒背如流，就是诸葛亮再生，怕也要谦让我三分。区区一点儿宋军，怕什么！宰相不要担心，只管在家饮酒作乐，保管天天接到捷报！”

王昭远穿着道袍，坐着小木车，手里执着铁如意，一派儒将风范。大军已发，李昊垂泪大哭道：“大蜀完了，大蜀完了！”

王昭远率兵到了罗川，闻手下人报，王全斌已攻克万仞、燕子二寨。昭远道：“怎么这些守将都是酒囊饭袋。”急命韩保正率军五千，前去迎敌。

韩保正也是个不惯作战的人,奉了将令,只得前往。走不多远,遥望见前面有宋军旗帜。韩保正拍马上前,与宋军先锋史延德厮杀。史延德力大枪沉。韩保正虽学过些花拳绣腿,但没有力气,几招下来,拨马就想逃。被史延德一枪打中腰杆,栽下马来,宋军一拥而上,活捉去了。蜀兵见主帅被擒,没命乱跑。史延德挥兵掩杀,宋军乱砍乱杀,大获全胜。

史延德乘胜而进,见蜀兵据守桥梁,依江扎营。史延德道:“军士虽然劳累,可是若等蜀兵毁了桥梁,我们再攻,就艰难多了。不如一鼓作气,从桥上冲过去。”遂大吼一声,战马如脱弦之箭,直往前飞,后面将士快速跟上。蜀兵早已成惊弓之鸟,未等将士下令,自行逃窜,逃到了漫天大寨。

史延德在山下大骂,要蜀兵出战,蜀兵只是不答。到得夜晚,宋军各执火把,冒黑登山,往寨里乱投火把。蜀兵惊起,乱逃乱窜,王昭远大声喝止,斩了几个蜀兵,也无可奈何。王昭远到底熟读兵书,知道“三十六计,走为上计”,乃弃大批军粮、甲仗不管,自己带了几百亲信,乘马西逃去了。

过了桔柏江,王昭远命部下将桥梁烧掉。笑道:“江水又急又深,我看宋军除非长了翅膀,否则难过此江。”为了更保险起见,王昭远率兵退守剑门关。

王全斌的副将刘光义、监军曹彬攻打夔州。夔州城下,有一条锒江,江上有浮桥一座,浮桥上又有三层高的敌楼。江边又有石炮无数。在汴京临行时,太祖指着地图对刘光义、曹彬道:

“我军到此,千万不要先用船攻。他们本来所预备的,就是防止水师进犯。若这样,就中了他们的计谋,你们要先用步、骑兵攻占桥梁,使其不能居高临下,岸边石炮也要攻下。不然,船队要全军覆没。”

到了夔州,刘光义、曹彬命士兵舍船上岸,士兵出其不意,攻占浮桥。蜀兵只注意江面,哪里提防宋军会从陆地袭来。浮桥既被夺,准备好的弓箭、石炮全然没有了用处,反而留给了宋军。宋军奋力攻打夔州,蜀国的宁江制置使高彦俦老谋深算,劝监军武守谦据城坚守,待宋军士气崩溃,再一鼓作气,率军出击。武守谦道:“公怎么说此等话?我们受皇上厚恩,正应为国效劳,怎能大敌当前,做缩头乌龟?

何况开战以来,我军屡有败绩,我不乘此时杀几个宋将,还待何时?只要我能胜一仗,士气一振,宋军怕半步也难入!"

"宋军势大,且将领多善战,将军还是小心为好!"高彦俦劝道。

"武某不才,自幼从先父学得祖传刀法。大小十余次比试,从未败过。我正想找个高手较量较量,你莫要阻挡我。你知道没有对手的滋味吗?简直太令人难受了。今日我倒要试试宋军,是否有三头六臂。我就不信,他们能接得我十招。十招之内,不取宋将人头,我不回来见你!"武守谦抱有必胜信心。

武守谦准备停当,骑了马,拿了大刀,威风凛凛,出城迎战。刘光义挺枪上前,二人斗在一处。武守谦使出平生本事,把一柄刀使得风车般乱转。蜀军齐声喝彩。刘光义不管三七二十一,挺枪朝风车中刺去,只听"哎哟"一声,风车骤停。武守谦胳膊上中了一枪,负伤而逃。想到刚才夸下的海口,觉得无面目去见高彦俦,一人一马,逃往老家去了。好在有些武艺,会些刀法,教几个徒弟,走走江湖,也能混口饭吃。

武守谦既败走,刘光义、曹彬乘胜攻入城中,城中守将想关城门也来不及了。高彦俦自知不敌,乃朝蜀主牌位拜了又拜,合上门,静坐自焚而死。刘光义命士卒从灰烬中找出高彦俦的骨身,以礼厚葬之,对士兵道:"高彦俦虽是大宋之敌,却是蜀之忠臣。忠臣孝子,理当受人尊敬。"

剑门关果然易守难攻,王全斌集中数万兵力奋力攻打。关上据险而守,檑木、滚石不停地打下来。宋军不能前进一步,反而伤亡不少。伤兵们呻吟哀号,宋军士气顿时低落。

三、巧夺剑门关

王全斌心中烦闷,带了几个亲兵,离了营盘,往附近山上走一走,看有没有另外的路径可攀登上关。走了半日,见关附近尽是悬崖峭壁,连猴子也难上去。此时正

逢冬日，朔风凛冽，滴水成冰。王全斌叹道："难道蜀国真是攻不下来吗？"亲兵劝道："元帅，天气寒冷，还是回营帐去吧，小心受了风寒。"王全斌道："你们不知道，我回到营帐，书也看不进，饭也吃不香，觉也睡不着，还不如出来看一看。"

三人沿着山间小道，遂向西行。翻过一座山岗，猛见山洼之中，却有着一块平地。平地内有数十亩良田，一道小溪，从田畴间穿过，由于是活水，竟然不结冰。盆地西北角，有一棵极大的树木，树木下有一座茅舍，茅舍内正飘出袅袅炊烟。

"既有炊烟，定有人家，我们且去讨几口水喝，顺便歇歇脚。"王全斌道。两个亲兵正不想走呢，自然同意。

到得屋外，王全斌见屋门未关，一白发老丈正在烧火。大概柴堆得太实了，只冒黑烟，不起火苗。老丈用烧火棍将柴挑出一个洞，再用嘴一吹，火"嘭"的一声便着了，锅里的水随之就发出了"吱吱"的响声。老丈被浓烟呛得直咳嗽。由于天气晴好，浓烟约有一人高，平平地悬着，并不下降，慢慢地向屋外飘。一个十五六岁的小姑娘正用双手拍了面饼，往锅边上贴。

"老丈，过路人口渴了，想讨碗水喝。"王全斌向屋里道。

听到喊声，老丈揉着眼，从灶前站起，忙将王全斌往屋里让。王全斌也不客气，在屋里的破凳上坐下。虽是陋室寒舍，却比外面暖和多了。

老丈忙从灶火前悬挂的吊壶里，倾出三碗水，奉给三位客人。王全斌端起一喝，虽有股浓浓的烟火味，但此时已渴，也顾不得那么多了，竟一口气喝干了。两名亲兵也一口气喝干。

"听客人口音，不是本地人吧？"老丈问。

"不瞒您老人家，我们是远道而来。"

"若我没猜错，客人是从东京汴梁而来。"

"您怎么知道？"王全斌一惊。

"老汉我年轻时曾去过汴梁，对那儿的口音很熟的。既是从汴梁来，大概是宋国的将爷吧。"

"老丈既已猜中，我们也不再隐瞒。多谢老丈赐水喝。"

“宋、蜀两国正在交战，几位将爷不在战场厮杀，跑到这荒山野岭，干什么来了？”

“老丈有所不知。我大宋军一路斩关夺隘，所向披靡。不承想到了剑门，却被阻于此。长攻不下，左思右想，没有什么好办法，只好出来查看，看有无别的小路，可登上剑门关。谁知跑了几天，却没有一点儿眉目。”

“剑门关雄险无比，只有一条路可上。若有别路可上，那也称不上雄关了。不过嘛……”老者说到此，竟停顿不说了。

“有什么办法，还请老丈明示。”王全斌一揖到地。

“老汉乃蜀国的臣民，按理不该帮你们。不过蜀国、中原原本一家。更何况我们蜀主是个昏君，荒淫无道，官吏贪污成风，全拿我们小民不当回事，动不动就要交粮交税。老汉我逃到深山，也是为了躲避官府催逼。现在你们要来灭蜀，老汉我就为你们出把力。只望你们灭蜀后，能对百姓好一点儿，老汉我就心满意足了。”

“老丈放心，灭蜀后，定让蜀地百姓丰衣足食，安居乐业。”王全斌道。

“姑且相信你所说吧。我听说宋天子还算是个明君。”老汉叹口气。

“在下就是宋军伐蜀主帅王全斌。只要老丈能明示我取剑门的道路，我宋军绝不食言。”

“那好，既然你是主帅，我就对你讲了吧，免得旷日持久，双方死人更多。剑门关是上不去的。但有一条小路，可绕到剑门关后边。能绕过去，剑门关也就没用了。”

“这条路在哪里？”王全斌十分紧迫，眼珠儿瞪得溜圆。

“别急，别急，且听我讲。从益光江东，穿越数重大山，有一条小路，名叫来苏。沿着此条小路，就可绕到剑门关以南，到了青强，就能上大道了。”

“多谢老丈，在下自此告辞。”王全斌满心欢喜，心中愁烦一扫而光。率领两位亲兵，急匆匆地赶回营中去了。

王全斌回到营中，对众将道：

“剑门已指日可破了。我已寻到一条小路，可直通剑门关后。今日我便率军前

去剑门南,你们在北攻打,我在南夹击,剑门腹背受敌,一鼓可平。"

"奇袭穿插,不用主帅亲自去,派一偏将就行。"史延德道。

王全斌遂命史延德率兵,从来苏小路火速往剑门关以南进发。自己则率兵,在剑门关下奋力攻打。

剑门关守将,满以为凭险而守,万无一失。谁知宋军却从背后袭来,阵脚顿时大乱。宋军乘乱开关,大杀蜀军,剑门关遂为宋军所得。

剑门一失,蜀军无险可凭,更是兵败如山倒。王昭远万没想到,剑门关会被攻破,牙齿打战道:"这,这到底是怎么回事? 这,到底是怎么回事?"躺在胡床上,就是起不来。王全斌乘胜追击,杀死蜀兵万余人。王昭远跑到东川,躲在一个废仓库里,哭得双眼红肿,反复只是念罗隐的诗:"唉,英雄运去不自由! 唉,英雄运去不自由!"宋军搜索,发觉仓库中有人,就把他一绳绑了,献给主帅。

蜀主孟昶懒得处理朝政,整日与爱妾花蕊夫人一起寻欢作乐。花蕊夫人本姓费,生得沉鱼落雁,闭花羞月,两只星眸似用水做成的。朝男人一转,能把男子的魂魄勾走一大半。花蕊夫人身体窈窕,且兼有一种异香,更兼容貌艳丽,肤色嫩滑,故得名花蕊。蜀主曾在夏天,与花蕊夫人在蜀都摩诃池上乘凉。蜀主虽有人扇凉,仍是遍体燥热,与花蕊夫人嬉戏,却觉得花蕊夫人身上凉丝丝的,令人十分舒服,遂作词曰:"冰肌玉骨,自清凉无汗,浑似娇花临风颤。"

此时正逢岁末,孟昶命手下文士,题桃符于门上。文士所撰词句,皆不合孟昶之意。文士思虑再三,仍想不出好句子来。孟昶道:"且拿笔墨来。"下人捧过笔墨,孟昶在门上题道:"新年纳余庆,佳节号长春。"文臣们皆拜于地上道:"我主才情,臣辈万万不及!"孟昶心中得意,哈哈大笑。遂与花蕊夫人一起,携手入后宫,体味那"清凉无汗"去了。

四、孟昶来归

闻听宋军已得剑门，蜀主一骨碌就下了床，怔了半天，忙命太子孟玄喆为元帅，率兵迎敌。玄喆平日好的是乐女歌伎，听到叫他打仗，心中十分不高兴："这等俗事，还来烦我！"但父命不可违，只得带了一帮歌儿舞女，坐在轿上，细吹细打，往前线进发。轿内不时有歌声、笑声传出。

玄喆所用军旗，皆命绣工绣了各种精致的图案，十分漂亮。走到半道，忽然下起小雨来，玄喆怕把旗子淋湿了，命将旗子都解下来，收好。细雨蒙蒙，军士们扛着旗棍，无精打采地前进。一会儿，云散雨收，玄喆命把旗子再系在旗杆上。士兵们发懒，有的系旗杆这头，有的系旗杆那头。路边见的人，无不感到又可笑，又生气。玄喆军好容易到了绵州，闻报剑门已失守。玄喆道："剑门那么险，都失守了，还打什么！"带着士兵又回成都了。所到之处，皆把房屋、仓库都烧掉。

宋军已逼城下，孟昶惶惶不安，与花蕊夫人相抱而哭。花蕊夫人道："陛下尚有将士数万，尚能齐心守城，谅宋军一时也不能攻破。宋军远道而来，军粮难以运输，将士思乡，只要我们能坚持数日，宋军自会退去。"

"果如爱妾所言，自是大好。但我所凭险地，都已失去，军粮都为宋军所得。我军将士虽多，却无一人肯为国死战。想先帝与朕，以丰衣美食养兵四十年，现在遇了敌，却无人肯替我发一箭一矢，悲哉悲哉！"

"陛下莫忧，陛下莫忧！"花蕊夫人忙用手帕替孟昶擦泪，却也说不出什么劝解的话，道理很明白，除了投降，已无路可走了。

"好在，还有卿在我身边。我举国投降，想宋主定能准许我做一个布衣吧。到时候，只要吃穿不乏，我夫妻安安稳稳就度此余生吧。"孟昶道。

"但愿如此。若能与陛下厮守，就是布衣粗食，妾亦心甘。"花蕊夫人双手合十，对天而祷。

蜀主孟昶遂遣伊审徵，拿着宰相李昊写的降表，到王全斌处请降，且对王全斌道："宫内宫外，亲属共二百余人，希能保全。有母年已七十，愿能善待于她，不使我母子分离。"

王全斌一一答应，先让手下将领带领数百人入城见孟昶，对他说，宋军决不会亏待于他。孟昶将仓库、钱财一一交割。王全斌遂率军入城。

蜀地本就富庶，成都城中更是应有尽有。王全斌等一入成都，就开始通宵达旦作起乐来。饮酒，吃美食，召美女，部下也照此施行。曹彬屡屡劝谏，劝其班师。王全斌道："将士劳苦，理应享受几日，怕个什么？何况临来时皇上有话，国家只要土地、军粮，至于子女、钱财，悉由我们自行分配。此时若不趁机捞他一把，过了这个村，可就没这个店了。"

"皇上所言，不过是鼓励将士的话。何况皇上并未让兵士奸淫掠夺。前月汴京大雪，皇上怕我们西征将士寒冷，亲将自己的紫貂衣、裘皮帽赐给你。望王将军顾念皇恩，即刻班师，否则，蜀人怨愤，恐要生事。"曹彬眼含热泪，奉劝王全斌。

"蜀人所恃者，不过伪主孟昶一人，孟昶一去，群龙无首，还作个甚乱！"王全斌胸有成竹，忙命孟昶率家属由江陵坐船，往汴京进发。至葭萌关，花蕊夫人心中悲痛，遂吟诗一首：

> 初离蜀道心将碎，离恨绵绵。春日如年，马上时时闻杜鹃。
>
> 三千宫女皆花貌，妾最婵娟。此去朝天，只恐君王宠爱偏。

孟昶等人听了，皆唏嘘感叹，低首无语。

至江陵，太祖派皇城使窦恩俨迎接，好言慰劳。四月，孟昶至襄阳，太祖又派人赐茶、药。并呼孟昶之母为国母。孟昶将至东京，太祖又命皇弟赵光义在近郊迎接。

太祖在崇元殿以礼接见孟昶。孟昶叩拜，言称"罪臣"，并说自己不懂事体，没有对大国尽到礼节。太祖道："你能识大体，举国来降，使百姓少受灾难，比什么都

好。朕还听说,你让成都府库,尽行封存,尤见你对朝廷的一片忠诚。朕已于右掖门外、汴水之旁,为你置好了宅第一所,你可与家属在此安居乐业。朕封你为开府仪同三司、检校太师兼中书令、秦国公。按最高的俸禄给你。你手下官员,也个个免罪,再根据功劳大小授予官职,你看如何?"

"陛下至仁广覆,大德好生,真是英主。罪臣不胜感激。"孟昶感激涕零,伏阙叩头。

朝见过后,有太监领孟昶等人,到汴水旁的宅第。孟昶见房屋众多,且有花园庭院,对母亲道:"能于汴京安居,也算不错了!"他母亲道:"已为阶下之囚,还谈什么安居!"孟昶讨了个大没趣,不再作声。花蕊夫人道:"妾观宋天子,英武刚正,不会与我等为难。"孟昶母道:"反正人家是刀俎,我们是鱼肉。人家不吃,是人家没胃口;人家想吃,我们就乖乖地伸脖子。"孟昶道:"活一日算一日,大不了一死。"孟昶母道:"只怕这世上,还有许多叫你比死还难受的事情,只怕到时,你都后悔为何不早死!"

提心吊胆住了两日,倒也平安无事。夜晚,孟昶与花蕊夫人临水观月。孟昶道:"汴京月亮,却与蜀地月亮一般。"花蕊夫人沉默不语,只以手抓孟昶胳膊道:"陛下,我怎么心里咚咚乱跳,我有点害怕!"

"还叫什么'陛下',别叫了! 事到如今,你是妻,我是夫,能白头相守,就是天大的福分了。"

"那好,我就叫你夫君了?"花蕊夫人道,"乍一改口,还挺拗口呢,不过,也蛮新鲜的。"

"想叫你就叫吧。"孟昶以手抚着花蕊夫人的秀发。

"夫君!"花蕊夫人轻轻叫了一声,就投入了孟昶的怀抱。

汴水汩汩而流,水中的月不时被打碎,反射出万点银光。汴水岸边的柳浪在微风中轻轻摇摆,似在浅吟低歌。汴京的夜,是喧闹的,又是安静的。

汴京南郊的玉津园,是一个好去处,此处古树参天,花木葱茏,更兼有大片大片

的草场,野兔等小野兽出没其间。因为是御苑,平日禁人进来,所以草长得格外茂盛,甚至能长到一人多高。虽在东京,却有些塞外风光。太祖无事,就领了赵普一干人,到此饮宴、射猎。酒酣耳热,太祖道:“走!”拿了弓箭,骑了快马,就奔草场去了。后边的人骑着马,大声吆喝着,以惊动野物出逃。

未走多远,就见有野兔如离弦之箭,惊慌奔驰,太祖扯满弓,看得甚准,一箭射去,那兔翻了个筋斗,又跑了,太祖又发一箭,射中了那兔的后腰。众人拾兔,称赞道:“陛下好箭法!”

“好什么,久不经战阵,连箭法都不准了,这要是在战场上,还不是要吃大亏。”太祖摆摆手。

“陛下日理万机,自不用到疆场上厮杀,有将士效命,也就够了。陛下久不征战,还能一箭毙兔,臣是万万不能的。”赵普道。

“咱们都老了,”太祖道,“岁月不饶人。我做了皇上,你做了宰相。政事也算顺遂,怎么每天都高兴不起来呢?”

“陛下英武神勇。克荆、湖,平西蜀,观历代帝王,也未能如此迅速,便取得如此捷报。这是天大的喜事,陛下应该高兴才对。”

“朕这几天神思恍惚,甚为思念亡妻。先娶贺氏,不幸身亡;王氏贤惠知礼,却又离朕而去。朕不禁伤悲万分。宫中虽还有人,却不堪称朕意,因此心中闷闷不乐。你我是君臣,又是好友,不妨对你直言。”

“后宫空虚,这是臣的失职。”赵普道,“自从王皇后薨后,臣也曾留意大臣家中女儿,觉得左卫上将军宋偓之女颇为不错,容貌艳丽倒在其次,关键是端庄贤淑,出身于世家,颇知礼仪。要做皇后,须是此等人。”

“她母亲可是汉永宁公主吗?”太祖问。

“是。此女知书达理,每日端坐习字,颇具贵相。”

“朕见过的,还曾赐她冠帔,确是一个小可人儿。只是年龄太小吧,朕怕是……”

“此女今年已十五岁,也不算小了。”

“过几年再说吧。”太祖摇摇头,“朕只是想,咱们中原,就不出佳丽吗?怎么后宫多人,全无一人能称朕意?”

“陛下,臣可听说,蜀主孟昶之妾名花蕊夫人,可是蜀国有名的美人呢。”赵普道。

“是吗?朕倒要见一见。想必是夸大其词罢了。蜀地偏僻,也难出什么佳丽。蜀人没有见识,就传为天仙了。什么事耳听为虚,眼见为实。”太祖故意说道。其实,他早就想见一见这个老相识了。虽然她曾经惹得自己不愉快,但那份情意,她那勾魂摄魄的魅力,还是让太祖十分难忘。

“陛下不信,可以见上一见。若不美,可治臣的罪。”赵普道。

太祖哈哈大笑:“她就是个丑八怪,只要不把朕吓出病来,朕就不会治你的罪的!只是,无端端的,怎能见她呢?巴巴的召见她,外人不议论吗?”

“陛下可赐她钱财,她就得入宫谢恩。这一谢恩,陛下不就能见到了吗?”

“嗯,好主意。反正无事,权当玩耍吧。”太祖说着,又射中了一只兔子。

五、蜀中之乱

王全斌在蜀中,任意作为,确实快乐。忽然接到太祖派人赐给的金钱,让蜀国的俘虏每人置备行装,往汴京押送。王全斌道:“他们抗拒天兵,现为阶下囚,为何还要给他们钱?不给!他们兜里有钱,也要掏出来!”部下兵士,屡屡对蜀兵勒索,蜀兵苦不堪言。蜀军俘虏中,有一人叫全师雄,原为蜀国文州刺史。众降卒与全师雄商议,遂于绵州起兵造反。王全斌命手下将领招抚全师雄,手下将领反而霸占了全师雄的女儿。全师雄大怒,将手下封了二十多个节帅。蜀人听说造反,纷纷响应。师雄声势大震,烧栈道,沿江置兵寨。蜀中十六州及成都下属各县,都已造反。王全斌无法,只得退保成都。成都还有蜀国降卒二万七千人。王全斌怕他们在内接应叛军。诱骗他们说,要在夹城中发放钱财,让他们赴中原。二万七千人齐集夹

城,王全斌早埋伏好了强弓硬弩手,一声梆子响,箭如雨下,夹城内顿时血流成河,二万七千人全部丧命。

太祖闻蜀中叛乱,令曹彬、刘光义兴兵征讨。时太祖已从使者口中,得知王全斌横行无道,不得人心。曹彬、刘光义军纪严明,蜀人早就对之畏服,不经一战,就解甲弃戈而降。全师雄退走灌口。曹彬、刘光义乘胜追击。全师雄心急如焚,举剑自刎。宋军乘胜大进,沿途招降,蜀乱遂平。

太祖遂召王全斌等还朝。诸将车后,都装有金银财物,太祖怪其贪,但念他们平蜀有功,只轻罚了事。只有曹彬一人,箱中只有几本书,几件衣物,太祖乃任曹彬为宣徽南院使。

六、花蕊进宫

孟昶正与花蕊夫人在汴京宅第中闲话,忽见宫中一位太监到来,拿了圣旨,道:"孟昶、李氏、费氏接旨。"孟昶心惊胆战,只得跪下。孟昶母李氏、花蕊夫人费氏,也一同跪接。

太监道:"特赐秦国公孟昶及李氏、费氏袭衣,金银若干。着李氏、费氏入朝谢恩,钦此。"

孟昶母李氏及花蕊夫人只得入朝,太监早备好了小轿。太祖在便殿接见。见到花蕊夫人,太祖心中激动,但表面上也不好说破。孟昶母叩谢完毕,太祖道:"国母请坐。"李氏道:"臣妾何人,敢与陛下对坐。"太祖道:"此系便殿,但坐无妨。"并赐花蕊夫人也坐。"到汴京来,可还过得惯吗?"太祖道。"多谢陛下厚恩,衣食无缺,又赐了那么好的一座宅院。"费氏道。

"朕看国母满面愁容,可有什么烦心事吗?若有,请告诉朕,朕定当替国母排解。"

"没有什么,没有什么,多谢陛下。"李氏道。

“国母要好好保重身体，不要每天那么多心思。若在汴京过不惯，朕可送你还乡。”

“还乡？把我送到哪里？送回蜀地吗？”李氏问。

“你想回吗？”太祖问。

“臣妾不愿回蜀地了。臣妾家原在太原，若陛下能将妾送回太原，则妾三生有幸。”此时太原还为北汉占据，太祖闻听此言，以为这是平定北汉的吉祥之言，心中大喜，道：“等到平了刘筠，一定完成国母的心愿。”

太祖又假装不知，问了花蕊夫人的家世、年纪，乃命二位夫人还家。

孟昶正在家中，急得如热锅上的蚂蚁一般，转来转去，茶饭无心。看见二人回来，才转忧为喜：“叫你们进宫，什么事？”

“没有什么事，只不过闲话罢了。”李氏道。

“那我就放心了，我还以为皇上要惩罚我们呢。”孟昶长嘘了一口气，“但愿以后皇上能忘了我们，让我们平平静静做个百姓。”

“妾观皇上言语和蔼，夫君不用担心。”

“越和蔼，越可怕。好端端的，召我们进宫干什么？依我看，不会有什么好事。”

三人正商议，忽又有太监传旨，传花蕊夫人进宫。孟昶道：“不敢动问公公，传费氏进宫何事？”太监道：“皇上召她，自有道理。咱家不敢多问。”

孟昶已隐隐感到事情不妙，乃道：“天已昏黄，待明日，我陪费氏一同进宫。”

“瞧你这啰唆劲儿。召你进宫了吗？让你明日进宫了吗？抗旨不遵是个什么罪名，我想你是知道的。”

花蕊夫人就哭了，孟昶也哭得泪人似的，牵了花蕊夫人的手，就是不放。二人相对而泣。李氏道：“你连江山社稷，一转手就交了出去，还舍不得一个女人？怎么那时大方，现在就小气了？”

“江山社稷，我可不要，但费氏是我的性命，我怎能放弃？”孟昶哭道。

“痴儿，没有了社稷，哪还有费氏？快放手吧！”李氏道，不禁也滴下泪来。

孟昶眼睁睁地看着花蕊夫人被轿子抬走，不禁大哭一声，口吐鲜血，栽倒在地

上。

花蕊夫人稀里糊涂被人抬入后宫一所房中。只见房中灯烛高擎，铺设华丽，异香满室。太祖正坐在室内，便装等候。花蕊夫人跪地叩头，太祖忙将她扶起。太祖道："费蕙，咱们又见面了。"花蕊道："不是咱们要见，是上天要见，贱妾也没有办法。"

"你不是要在成都过安稳日子吗？怎么到了东京？"

"陛下让来，贱妾有何办法。"花蕊夫人不卑不亢。

"好了好了，朕会让你在东京过安稳日子。"赵匡胤本来对她有气，但一看到她那可爱的小脸，一腔愤怒早就飞到爪哇国去了。

花蕊夫人道："不知陛下深夜召妾进宫，有何急事？"太祖笑道："能有什么事，不过欲与卿叙一叙家常话儿，叙叙旧罢了。"花蕊道："妾为女子，深夜到此，恐惹人闲言，有损陛下声名，还是将妾放回吧。"

"朕为天子，谁还敢说什么？让他们去说好了。"

"陛下无事，臣妾告辞了。恳请陛下将臣妾放还家中。"

"朕之心意，你是真不知道还是假不知道？朕宫中佳丽虽多，却无一人能称朕意。朕自见你之后，茶饭不思，寝枕不安，老是在思量你的容貌。你，你就不能体谅朕吗？"

"臣妾已为人妻，且夫妻情深，陛下隆恩，不敢妄受。"

"朕富有四海，你若从了朕，朕可让你随便要什么东西。"太祖说着，伸手去抱花蕊夫人，花蕊夫人起身避开，跪地磕头："陛下仁慈宽厚，天下人人皆知。望陛下网开一面，送妾还家。妾与夫君生生世世，感谢陛下洪恩。"

"那好吧。"太祖心中十分不快，"来人，送费氏还家。"

孟昶在家，已卧床不起，见花蕊夫人回来，才"哇"的一声哭了。夫妻二人，抱头悲泣。

又过了一日，太祖特命孟昶进宫，赐宴偏殿，命光义相陪。席间，二人洽谈甚欢。太祖命光义亲奉一杯酒劝孟昶，祝他身康体健，永享太平。孟昶谢恩，一饮而

尽。

回到家中，孟昶十分高兴，对花蕊道："宋天子果是仁德之君，对我多有劝慰。看来今后的日子要好过了，我们的担心是多余的。"花蕊道："但愿如此。"

到了夜半，孟昶突然发病，口不能言，花蕊忙请人召太医来。太祖闻讯，也亲来看视。孟昶看着花蕊夫人，只是垂泪。又过两日，孟昶竟然辞世。自至汴京到逝去，蜀主孟昶只在汴京待了七天。

李氏自始至终，没有掉一滴眼泪。在孟昶灵前，她以酒浇在地上，对孟昶的灵位说："你不肯为社稷而死，贪生到今日。可又多活了几天呢？我之所以苟且偷生，是因为有你在。现在你已经死了，我还活着干什么？"从此粒米不进，过了两天，也死了。

对于孟昶及其母的死，太祖极为哀痛，穿着素服，在大明殿上为孟昶发丧，并追封孟昶为楚王，谥曰"恭孝"，赐花蕊夫人布帛千匹，其葬礼费用，由朝廷供给。

孟昶丧礼过后，太祖又召花蕊夫人进宫。花蕊夫人称病不赴。太祖亲至孟昶宅第，花蕊夫人鬓发紊乱，容颜不整。太祖看了颇为心疼，亲自守护床前，侍奉汤药。花蕊夫人道："陛下如此，臣妾消受不起！"太祖道："谁教朕喜欢你呢？朕空有天下，却寻不到一个可意人儿。朕不强逼你。你即使永不随朕，朕也要锦衣玉食，好好供养你。你只要不厌朕，就行了。"

花蕊夫人本也想一死来报答孟昶，但见皇上竟然如此，心中老大不忍。回想起与赵匡胤的交往，自己也确实负他实多。随着时日推移，哀伤稍减，慢慢也就转忧为喜。太祖不时来探视，花蕊夫人心中一软，也就答应了太祖。

"陛下，实言告妾，那孟昶可是你赐死的吗？"二人情浓之际，花蕊夫人乘机发问。

"爱卿说哪里话来？蜀地已平，孟昶不过是一手无缚鸡之力的匹夫而已，朕让他死干什么？让他活着，不更显朕宽厚仁慈吗？唉，谁想他无福，才到汴京七日，就一命呜呼。不但臣民猜疑，连爱卿你也不相信朕了。"

"随便问问嘛！"花蕊夫人撒娇道，"孟昶虽已无国土，却还有一个宝贝。陛下想

得而得不到,故杀了他,好夺那宝贝。”

“差矣差矣!”太祖摇着头,“孟昶能有什么宝贝,让朕眼红?不是朕夸口,朕有的宝贝,孟昶只怕连见也没见过!”

“可是陛下就是喜欢孟昶的一个宝贝,硬是夺了过来。”花蕊夫人坐在太祖身上,晃来晃去的,风情万种。

“啊,啊,是有这么一个宝贝。”太祖大笑,“这个宝贝就是爱卿。不过,朕想要你,也不用害他,把你夺来也就是了,难道他还能与朕抗衡?”

“那,他真是得病死的?”

“朕还能骗你不成?你是亲眼看见,怎么还来问朕?”

“陛下发个誓,妾才相信。”

“好,朕就发个誓给你看。孟昶若为我害,教朕不得善终。”

“好了好了,”花蕊夫人忙去堵太祖的口,“开个玩笑嘛,何必当真!”

“为了讨可人儿的欢心,朕是什么都敢做的!”

花蕊夫人情极无限,猛扑到太祖身上……

事毕,两人倦极,相拥而卧。

“蜀地富庶,地势又险,朕没想到会那么快收复。”太祖道。

“蜀兵有四十万精锐,若孟昶有些胆气,怕陛下不能如此轻易得手。”

“你对朕说,孟昶为何败得如此之快!”

“妾乃一女流之辈,怎能说清其中道理?当日孟昶也曾问妾,妾曾作一诗答他,他听了,羞愧无地。”

“念给朕听听。”

“作得不好,信口胡诌而已,陛下可不要笑我。”

“朕作诗,也多不讲究。诗言志,只要有‘志’,哪管得许多!”

“大王城头竖降旗,妾在深宫哪得知;四十万人齐解甲,更无一个是男儿!”花蕊夫人莺声婉转,朗朗念道。

“好,有王者风范!此一诗,骂尽天下男子!”太祖抱过花蕊夫人,“想不到卿还

有此等胸襟，此等才情。朕倒要看看你这酥胸中，可还盛得下百万雄兵吗?”太祖说着，就去探索。花蕊夫人边笑边躲，笑得如花枝乱颤。

太祖欲小解，下人便捧出一个金灿灿、明亮亮的器皿来。太祖问:“此为何物?”花蕊夫人道:“此乃蜀主孟昶的溺器，纯金打就，用七种宝物镶嵌而成。”

太祖拿起这七宝溺器，看了看道:“若用七宝装饰溺器，那用什么来装饰食具?如此奢侈，能不亡国?”说着，顺手往地上奋力一摔，溺器上的宝物随之落地。

花蕊夫人遂被太祖召入宫中，封为贵妃。天长日久，太祖政事繁杂，何况又有其他姬妾，难免对花蕊夫人照顾不周。花蕊夫人寂寞之余，不免又想起孟昶当日的种种好处来。自己无事，偷偷画了孟昶的像，挂在屋中，朝夕上香。花蕊夫人心中，总觉得有些对不起孟昶。不料正拜之间，被从此经过的韩素梅、杜丽蓉瞧了个正着。韩素梅、杜丽蓉因为花蕊夫人的缘故，失宠了好几年，现在太祖才略对二人好些。背后二人将花蕊夫人恨得咬牙切齿。看见花蕊夫人屋中，偷挂着一个男子的画像，二人大喜过望，一脚踹开门，厉声问花蕊:“你屋中，为何有男人画像，为何又拜他?敢是你的奸夫吗?”

花蕊夫人吓得面色苍白，亏得脑子机灵，马上答道:“二位姐姐息怒，此像乃张仙像，我们蜀地妇女惯常要拜的。”

“一个男人，拜他作甚?”素梅问道。

“张仙乃送子之神。妇女拜之，无孕可获孕，求子得子，求女得女。”

“啊，怪不得我们入宫许久，连个屁也没放出来，原来还要拜张仙。姐姐，我们也每人请一张，拜一拜。说不定皇上一宠幸，就生个小皇子出来。”杜丽蓉恍然大悟。

“那好吧，你给我们姐妹一人弄一张。”韩素梅对花蕊夫人道。

要怀孕须拜张仙的消息，迅速传遍了后宫，凡能得着太祖宠幸的妃子，都要请一张，偷偷膜拜。久而久之，由宫内传入了民间，“张仙送子”也成了一个民俗。

第二十三章

嗜杀皇帝

太祖自王氏去世后,一直未立皇后。韩素梅、杜丽蓉没有个皇后的样子,自然不在考虑之列。花蕊夫人虽文静可人,但是孟昶的妃子,立为后,岂不惹天下人耻笑?思来想去,猛想起赵普所推荐的左卫上将军宋偓的女儿。此女此时年已十七岁,长得如花似玉。太祖曾在大闹御花园时见过,不免心动。与赵普一商议,赵普遂准照执行。开宝元年二月,宋女被接入宫中,册为皇后。太祖已四十多岁,新得了一个十多岁的皇后,自然恩宠有加。宋皇后也比较乖巧,从不多言,太祖上朝,她就穿得整整齐齐,在后宫等着。弄得太祖十分心疼,一心放在新皇后身上。韩素梅、杜丽蓉本来嫉恨花蕊夫人,这下把妒心放在了新皇后身上,恨不得伸出长指甲,把皇后的小脸儿抓破。二人看着花蕊夫人,也不似往日讨厌了,觉得挺可怜的,就找花蕊夫人谈心,三人经此一变,关系反而好了。坐在一起,无非是骂那新入宫的小贱人如何装狐媚子,如何矫揉造作,如何令人作呕。宋皇后装聋作哑,只充耳不闻。

开宝三年,太祖闻南汉主刘鋹荒淫无道,残害下民,且又屡屡侵犯宋境,特命南唐李煜向刘鋹寄书,劝他对宋朝恭顺一些。刘鋹不听,且语多傲慢。李煜不敢隐

瞒,据实上奏。太祖大怒,派潭州防御使潘美,朗州团练使尹崇珂率兵南伐。

南汉皇帝刘鋹,其祖上曾为唐潮州刺史,所以就定居在了岭南。至刘隐时,乃被后梁封为静海军节度使,南海王。刘隐死后,其弟刘陟继位。贞明三年,刘陟称帝,国号大汉。将自己改名岩,又觉得自己是皇帝,须与龙有些关系,就取"龙游天上"之意,造了一个字"龑"为自己的名字。"龑"仍读作"俨"。

刘陟死后,其子刘玢继位,刘玢旋被其弟刘晟所杀。刘晟生性残忍,登基后,先杀其弟洪杲。洪杲知不能免,乃斋戒沐浴,到佛像前祷告说:"洪杲一念之误,竟生于王宫之中,现在要被皇上所杀了。只愿我佛慈悲,让我来生托生在百姓家。"说罢,泪如雨下,与家人诀别,家人哭声震天,妻妾牵其衣袂不让去。洪杲道:"皇上让臣死,臣焉得不死!"遂入宫去见刘晟。刘晟果然埋伏好了刀斧手。洪杲曰:"陛下要杀臣,且请动手!"刘晟道:"你做出此等模样,以为我就不杀你了吗?"刀斧手一拥而上,将洪杲砍为肉泥。第二年,刘晟又遣人乔装,刺杀了弟洪昌。其弟洪泽居邕州,勤政爱民,人多称颂。忽然有人奏称,有凤凰出现于邕州。刘晟怕洪泽有皇帝之福分,篡自己的位子,派人赐毒酒,毒死了洪泽。以后,又杀了弟洪雅,剩下的八个兄弟,干脆一股脑儿,在同一天都杀掉了。最后,又杀了其弟洪政。终于把自己的兄弟杀得干干净净。

显德三年,周世宗平定淮南,刘晟开始害怕,派使者向周朝进贡,不承想使者至湖南受阻,不能到达汴京。刘晟忧虑万分,满面愁容。刘晟学过一些星相之术,见月食,用星相书推算了半天,说:"我该倒霉了!"遂通宵达旦痛饮,喝得烂醉如泥。

刘晟死后,其子刘鋹继位。刘鋹性暴而又爱猜忌,只相信宦官,重用宦官龚澄枢及后宫才人卢琼仙。刘鋹有自己的想法,他说臣子有自己的家室,就只顾自己的家人子孙了,心里就不会有皇上。只有宦官无牵无挂,才能一心对国家尽忠。

每有奏折,刘鋹就让卢琼仙看,卢琼仙说如何办,他就如何办。为了笼络住刘,不让他过问政事,卢琼仙又为刘鋹找了一个丰满高大的波斯女,供刘鋹淫乐。波斯女卡卡丽长相俊俏,本来就是刘鋹的旧交,曾被赵匡胤解救过的。又身体健美,擅长淫技,喜得刘鋹天天在后宫与她嬉戏。

宦官为了更加控制刘鋹，又引了女巫樊胡子入宫。樊胡子装神弄鬼了半天，忽然道：

“朕乃玉皇大帝是也！”刘鋹听说玉皇大帝降临，慌忙伏地叩头。

“刘鋹，你本是朕的太子，朕命你下临凡间，代朕治理万民。朕特封你为太子皇帝。龚澄枢、卢琼仙都是朕从天上派来的仙子，来辅助你的。他们干什么，你不用问。那都是朕让他们干的。”樊胡子装模作样，拿腔捏调。

“儿臣知道了。父皇既从上界下来，就暂留在此，儿臣正不想操心俗务呢！”刘鋹见玉皇大帝亲临，自己与臣下忽然都成了神仙，喜得心花怒放。

从此，刘鋹命人在宫殿内设玉皇座。樊胡子戴远游冠，穿紫霞裙，坐在那里胡说八道。刘鋹偏偏爱听。

刘鋹宠爱宦官、宫女，于是宦官、宫女日益增多，竟达七千多人。刘鋹封他们为“内三师”“内三公”，女官亦封“师傅”“令仆”。其他朝廷官员，视为“门外人”，统统不予信任。有的臣子为亲近皇上，竟阉了入宫。还有的人因为皇上喜欢，或犯了小过失，也一并阉了入宫。

刘鋹令刑官增加新鲜的刑法，普通的砍头，实在没什么意思。于是，南汉就有了许多残酷的刑法，烧、煮、剥、剔、刀山、剑树等，浑如人间地狱。又命罪人与虎斗，与象斗。斗胜可免死，不胜则被老虎吃掉。罪人大多丧身虎豹之口。刘鋹看了，乐不可支。

刘鋹奢侈淫乐，自然就需要大量的金钱，于是加重赋税。百姓入城，要在城门口交一个钱。买一斗米，要交四个钱的税。又令人入海五百尺，采集珍珠，所住宫殿，都以珠子、玳瑁装饰。

刘鋹吃得胖乎乎的，加上本就高大，坐在那里，简直像一座肉山。淫乐之余，刘鋹还好手工。他用珍珠、丝线结成了一个马鞍，颇像一条龙的模样，拿来给“玉皇大帝”樊胡子。樊胡子夸他有孝心。

南汉尚书左丞钟见章，是个正直的官员，上奏章，请刘鋹诛杀宦官，否则，国家

将危。刘鋹非但不听从,反将奏章给龚澄枢、卢琼仙看。龚澄枢将钟见章恨之入骨,思谋杀害他。

刘鋹在南郊祭天,钟见章在祭台上拿着剑,往来指挥。龚澄枢道:"这家伙要谋反!"刘鋹不分青红皂白,就将钟见章抓入狱中。钟见章与狱吏有些交情,偷偷对狱吏道:

"我本来就没有什么罪,现在遭诬入狱,自己早已做好了死的打算。否则,不会与宦官作对。我死后,请君能够转告我的家人,让他们照顾好我的两个幼子。等他们长大了,就告诉他们,他父亲是怎么死的。"

偏偏此话被另一个狱吏听到了,慌忙跑到龚澄枢跟前告密。龚澄枢道:

"钟见章这反贼,还想让他儿子为他报仇吗?我杀了他们,看他们还怎么报仇!"遂上奏刘鋹,钟见章大逆不道,应该诛全家。刘鋹道:"杀吧,杀吧,这么点小事儿,也来麻烦我!"

龚澄枢就发兵,把钟见章一家杀了个干干净净。钟见章也被勒死在牢中。

皇上无道,弄得天怒人怨。大臣们都把希望寄托在刘鋹的弟弟、桂王刘璇兴身上。大家想让桂王带头,诛杀宦官,以使天下重新清明。桂王犹豫不决,只劝大家等待。

不承想宦官势力太大,趋炎附势者众多,又有人向龚澄枢、卢琼仙告密。龚澄枢遂乘机对刘鋹道:

"先帝之所以能将位子传给陛下,陛下知道是什么缘故吗?"

"朕是先帝的儿子,所以先帝传朕。"刘鋹在这一点上倒不糊涂。

"不对,不对!"龚澄枢将头摇得像拨浪鼓一样,"先帝有兄弟十四人,个个皆有才情,文武双全,若活着,怎么着也轮不到陛下继位。陛下武不行,文也比不过他们,但最后为什么还是陛下做了皇帝,因为先帝的十四个兄弟都死了。怎么死的?是先帝杀的。所以,陛下要想让太子安安稳稳继位,须杀掉桂王璇兴。"

"璇兴与朕一起长大,是大好人,恭谨聪敏,杀了岂不可惜?"

"你不杀他,他可要杀你了!杀了你,还要杀陛下的儿子。"龚澄枢道。

刘鋹想了半天，想得头疼，就对龚澄枢说："此事朕不能决定，你去问'玉皇'吧。"

龚澄枢、卢琼仙就来问女巫樊胡子。樊胡子本就是二人的傀儡，浑身打战，眼白一翻道：

"桂王乃妖魔下世，快快除之。不然，他要吃掉太子皇帝。"

刘鋹听说桂王要吃掉自己，吓得手足乱抖，叫龚澄枢快将桂王除掉。龚澄枢巴不得这一声，桂王璇兴就一命呜呼了。

此时宋朝已立，刘鋹部将邵廷琄向刘鋹进言道：

"我汉乘唐有乱，在此建国五十年。幸亏中原多难，所以无人来侵。现在我国因日久无事，兵不识旗鼓，陛下也不考虑存亡大事。天下大乱，乱久必治，这是亘古不移的道理。听说现在赵匡胤已在汴京建了宋朝。看其阵势，兵强马壮，志向远大，非一统海内不可。陛下要么操练兵马，积极防备；要么拿珍宝进贡大宋，派使者通好。否则，早晚要被宋朝灭亡。"

"胡说八道，完全胡说八道，一派乱言。拉出去，打嘴！"刘鋹久已听不到忠言，听了觉得特别刺耳。邵廷琄忠心进言，落得嘴巴红肿，至此再也不作声。

乾德年间，太祖发兵，攻克郴州，获南汉降将数人。其中一人，瘦弱矮小，太祖问道："你在岭南做什么官呀？"那人答道："我为护驾弓箭手官。"

"那好，朕就试试你的弓箭。"

那人脸憋得通红，连弓弦也扯不动。太祖笑道："弓箭手尚如此，其他人可想而知。"

太祖又问刘鋹如何，那人就说了刘鋹的种种劣迹。太祖听了，神色默然，叹道：

"等有了空暇，朕一定发兵，去救岭南百姓！"

派潘美伐南汉，出兵之前，太祖指着地图，对潘美道：

"尔等此去，定能剿灭刘氏。只是有一句话，朕要对你们说。"

"皇上有话，尽管吩咐，臣定当遵命。"

太祖拿起玉斧，顺着地图上的大渡河，猛力一画：

“你们切记。大渡河以东,你们尽管攻取。大渡河以西,一寸土地也不要占领。”

“为什么?”

“因为那是大理的土地。朕发过誓,我大宋世世代代,不与大理交战。”

“臣等愚昧,不明所以,望陛下明示。”

“你们不要问了,就照此办理吧。”

“是。”

太祖心里,此时浮现出了段思弘的影子。为了她,做什么都是值得的。

宋师南攻,刘鋹才想起忠直进言的邵廷琄,说:“这厮倒有些识见,幸亏只打了他一顿嘴巴子,没有杀他。否则,谁人替我领兵打仗!”遂命邵廷琄率水师抵抗宋军。宋军果退。邵廷琄训练士卒,加固关隘,被南汉人视为良将,信心大增。不承想龚澄枢就害怕“门外人”掌兵权。宋军未退时,还要邵廷琄抵抗,所以缄口不言。宋军一退,龚澄枢等就诬蔑邵廷琄,说他要造反。刘鋹本来就讨厌他,立派使者赐邵廷琄死。兵士闻言,群情激愤,要求见使者。使者避而不见。军士劝邵廷琄道:“皇上如此昏庸,大人领着我们反了吧!”邵廷琄道:“为人臣者,就该始终如一,皇上再昏庸,也是皇上。我若不死,岂不成了乱臣贼子?可惜我一死,国家就不保了。”言毕,邵廷琄泪如泉涌,举剑自刎。邵廷琄死后,士兵百姓痛加哀悼,在洸口为邵廷琄立庙祭祀。

潘美、尹崇珂率兵大举南伐,刘鋹闻报,恐慌不已。其时南汉旧将多被刘鋹与宦官杀死,刘鋹的亲属也杀了个八九不离十。掌兵权者,只剩下几个不懂兵的宦官。南汉自刘晟以来,耽于宴乐,城墙、城沟旁,建了许多离宫别馆。战舰已都被毁坏,连库里的兵器都朽烂了。

刘鋹无法,对龚澄枢道:“国家有难,卿素为柱石,今可率众去贺州,替朕守御。”龚澄枢不好推辞,只得硬了头皮,往贺州进发。刚至芳林,龚澄枢越想越害怕,心想,好好的太平日子,我为什么要去冒死。竟掉头窜了回来。潘美发兵,围住了贺

州。

敌军进攻,竟无大将出征。刘鋹召众臣商议,众臣七嘴八舌,纷纷举荐,最后不约而同,都举荐潘崇彻。潘崇彻原为大将,因不为刘鋹所喜欢,所以免职在家。刘鋹不许起复,乃命伍彦柔带兵驰援贺州。

潘美率军,埋伏在南乡河边。入夜忽见河上驶过来一只只战船,是南汉兵到了。潘美叫大家不要动弹,有违命者,斩。南方夜间多湿,军士趴在地上,十分难受,但都不敢作声。

好容易熬到日上三竿,只见岭南兵衣衫不整,从船上走上岸来。有顷,又扶出一个瘦子,穿着锦袍,似是将军模样。那将军走到船与岸之间的踏板上,身体一趔趄,差点掉下水去。众军士慌忙扶住,那将军叽叽咕咕说了些什么,潘美等人都听不懂。

那将军坐在胡床上,拿着弹弓,比比画画的。岭南兵三三两两,连队伍也站不整齐。潘美再也等不得,一招手,只听一声梆响,宋军大吼一声,挥动刀枪,朝岭南兵杀来。岭南兵久不惯厮杀,糊里糊涂地大部分就送了命。伍彦柔手足酸软,想跑也跑不动。潘美命将伍彦柔斩首,伍彦柔吓得裤裆都湿了,连连叩头:“将军饶命,将军饶命! 末将愿降!”尹崇珂道:“潘将军,我看就饶了他吧!”潘美道:“斩,枭首示众。看他们谁还敢抗拒天兵!”伍彦柔的头便上了高竿,北望故乡去了。

潘美夺得敌军战舰,声言将顺流直达南汉都城广州。南汉主刘鋹被逼不过,只得起用潘崇彻为都统,领三万士兵,屯贺江。潘美攻打昭州,潘崇彻对朝廷已彻底失望,坐视不救。潘美遂连续攻占昭州、桂州、连州。刘鋹闻报,求教于女巫樊胡子,问玉皇有何指示,樊胡子闭目养神,良久道:

“太子皇帝切勿忧虑。那贺州、昭州、桂州、连州本属湖南,今宋师攻取,已心满意足,不会再南下了。”

刘鋹大喜道:“朕想也是这样。朕与宋没什么交情,也没什么大恩怨。他们再南来,乞玉皇降瘟疫给他们。”

“他们不会再南来的。”樊胡子胸有成竹。

刘鋹本来有些忧虑,这下又放了心,到后宫,与波斯女淫乐去了。

宋军连连进逼。刘鋹命李承渥为都统,率兵十余万,屯于莲花峰下。李承渥是有办法的人,训练了数百只大象。每象上坐十余人,手执刀枪剑戟,看来颇有气势。宋军将士没见过此等庞然大物,心中胆怯。潘美道:“怕什么,大象也是血肉所生。用弓弩齐射,不怕射不死它。”

南汉驱动大象为前锋,来攻宋师。宋师万弩齐发。大象中箭、负痛,反掉头而逃,冲乱了岭南队伍,李承渥喝止不住。军士被大象冲倒,踏死无数。潘美乃攻占韶州。

刘鋹见广州危急,乃命广州周围深挖壕沟,想了半天,已无将可遣,不禁坐在御座上号啕大哭。宫中有一老媪,名梁鸾真,见状乘机奏道:“陛下切勿忧虑。臣妾有一养子,名唤郭崇岳,素读兵书,精通阵法。因国家无战事,现赋闲在家。战事已起,他愿为陛下效劳。”

刘鋹听说国中还有此等人才,不禁破涕为笑:“郭崇岳若能替朕退了宋兵,朕就封他为丞相,为王。他愿带兵,朕就先封他做招讨使。只是,朕能否先见一见他?”

梁鸾真遵旨,让郭崇岳上殿,告诫他道:“我儿,为娘在宫中,一直受那卢琼仙小娼妇的气。你平日既爱读书,想必也读了些兵书。现在皇上有难,找不到人,正是你立功的好时机,你要应答得体一些,讨皇上喜欢了,荣华富贵在等着你。你若发迹了,可不要忘了为娘对你的好处。”

郭崇岳道:“那宋兵来势浩大,大家都是吃皇粮的,都做缩头乌龟,怎么非要我去送命?我不去。荣华富贵当然好,可是命更值钱。”

“傻孩子,太平时节哪能轮得到你露一手。打赢了,是你的功劳;打不赢,也显得你是条好汉,能青史留名呢。”郭崇岳活动心思,前去应召。

刘鋹见郭崇岳长得五大三粗,威风凛凛,觉得真是个将军,立即封他为招讨使,与宋军对垒。

郭崇岳平日读的不是兵书,却是占卜星相、装神弄鬼之术。在军帐中,设香烛,立神牌,口中念念有词,祈求鬼神相助。

潘美率宋军势如破竹，又攻占南汉英、雄二州。南汉将领潘崇彻投降宋军。潘美率军到泷头，刘鋹派使者议和，潘美不许。直屯兵于广州城外十里的双女山下。

刘鋹对龚澄枢、卢琼仙说："看来广州是保不住了，我们还是多带金银财宝，乘船入海吧。"

龚澄枢、卢琼仙遂命手下宦官乐范备船。谁知乐范见楼船华丽，宝物众多，和几个宦官一商量，竟盗船入海而走。刘鋹顿足捶胸，毫无办法。刘鋹忙派左仆射萧漼，拿着降书，到潘美军前请降。潘美道："你主既有降意，可使你先上汴京，面见皇上。皇上若许你们降，你们便降；若不许你们降，那我也无办法。"

刘鋹为表示投降的诚意，决定率百官到宋营请降。郭崇岳道："我朝尚有精兵数万，且城池坚固，粮食充足，何必要降？况北军远来，已经疲惫不堪，只要我们坚守，他们自会退去。要是投降了，谁知道他们要怎样对待我们，我们的性命，谁来担保？昨夜我已问过鬼神，鬼神托梦给我，说宋军月底便退，大汉还有四百年的基业。"

刘鋹听了，不由得有些喜欢，眉、眼、嘴本来就有些上耸，这下更耸得厉害了。当下就下旨："既有鬼神相助，不妨奋力抵抗。奋勇而战者，有重赏。"

"陛下，宋军士气已经有些低落了。臣愿乘夜奇袭，杀败他一阵，也好挫挫他们的锐气。"郭崇岳道。

郭崇岳在河岸边摆开阵势，用箭射宋军。潘美大呼一声："败军之将，还敢顽抗，是你自寻死路！"带头拍马跃入水中。军士紧随渡水。郭崇岳哪见过此等阵势，掉头就逃。军士被宋军杀死不少。郭崇岳奔入营中，心中犹有余悸："怎么鬼神一点儿也不相助？敢是祭祀不够？"忙命军士摆牛羊供果，祈拜鬼神。

潘美站在山坡上，遥望南汉兵营。只见营边有沟，又深又宽。沟里边，是用尖竹扎成的寨栅。诸将道："岭南经营了许多天，看来此寨栅一时难以攻下。"潘美冷笑道："依我看不难。那寨栅全用竹木编成，只要用火一烧，只怕它难以支撑。"

入夜，潘美率士兵，每人手持两个未燃的火把，用长木搭在壕沟上，爬近南汉寨

栅。到得寨栅,众火齐发。正值天上刮着大风,霎时烈焰腾腾。南汉兵梦中被惊起,没命乱窜。郭崇岳慌忙之中,上得马来,刚行了几步,被几个宋军遇着,砍马腿的砍马腿,砍人的砍人,郭崇岳本就没什么本事,这下倒遂了心愿,与鬼神会合去了。

龚澄枢对刘鋹献计道:“北军远来,不过是贪图我们国中的珍宝。如果我们把珍宝一股脑儿给毁了,他们找不到什么东西,就不会在这儿长久待下去。他们一走,我们就可再回来。”刘鋹已六神无主,只好答道:“一切悉凭卿吩咐。”龚澄枢命手下士兵,将都城中国库及好一点儿的房子,统统烧掉。大火整整烧了一夜。

望见城中火光冲天,连天空都被燃红了,潘美道:“须快些攻城。刘鋹君臣要弃城而逃。”宋军呐喊鼓噪,奋力攻打。陆续爬进城去,将南汉宫城团团围住。

刘鋹无计,只得问计于“玉皇大帝”女巫樊胡子,谁知樊胡子却不知去向。卢琼仙道:“陛下此时不降,还想等死吗?”刘鋹道:“朕若降,他们就可不杀朕吗?”卢琼仙道:“或许不杀。但不降,是定要死的。”刘鋹遂率百官,开宫门迎接宋军。潘美见刘鋹,问:“你就是岭南的伪主吗?”刘鋹倒乖巧,说:“臣是。”潘美道:“你能率众出降,虽在城破之后,但亦有功劳。”刘鋹道:“将军既如此说,可容臣回家吧。”潘美道:“此事重大,我不敢自专,须由我皇上裁决。”刘鋹道:“怎么?大宋皇上要来?”潘美冷笑道:“皇上怎能来此?但皇上不来,我自可将你们解送东京汴梁。”刘鋹道:“汴京地处北方,怕要冻死人的,臣不敢去。”潘美道:“胡说。汴京地处中原,人烟稠密,物产富饶,非你这炎热苦焦之地可比。能到汴京去,是你几世修来的福分。”刘鋹及手下百官、家属,皆被押解至东京汴梁。

南汉既已瓦解,宫内宦官衣食无着,到外又不能谋生。宦官们在一起一商量,觉得只有求宋军主将,继续到宋皇宫中侍候皇帝,才是一条生路。宦官们为了给潘美一个好印象,个个穿了最好的衣服,脸儿洗得白白的,百十个人,一齐到军门前请愿。

潘美闻听此事,怒道:“南汉之所以亡国,全是因为宦官太多。他们把持朝政,杀害忠良,欺上瞒下,敲诈良民。他们不找我,我还要找他们算账呢。现在他们自

投罗网，须怪我不得。”

宦官们正大模大样地在军门外等候，忽然见出来一伙士兵，不管三七二十一，拿了绳索，就将他们绑了起来。宦官们嚷道：“为何要捆我们？我们犯了什么罪？”军士道：“你们犯了祸国殃民之罪，捆你们还是轻的。”宦官们顿时用男不男、女不女的腔调哭喊起来。潘美命将他们押赴刑场，统统砍头。南汉百姓站在刑场围观，个个道：“这帮家伙，想不到也有今日！”有一老者叹道：“上梁不正，下梁必歪。皇帝昏庸，谁又能将他斩首？宦官们净身入宫，想起来也怪可怜的。”周围的人没人听他说，只大声喝彩，赞颂着刽子手的刀法。

此次平定南汉，共得到了六十个州，二百四十个县，宋朝版图大为扩展。太祖大喜，为表彰潘美之功绩，升潘美为山南东道节度使。

刘鋹至汴京。太祖派吕余庆来责问刘鋹降而又战及焚烧府库之罪。刘鋹道：“此等事，皆龚澄枢教臣所为。”太祖登明德门，命将刘鋹等人用帛绑了，跪在门下。刑部尚书卢多逊宣读诏书，责怪刘鋹抗拒天兵，焚烧府库，并声言将对刘鋹依法严办。刘鋹伏地叩头道：“陛下，臣年方十六就承继了先父之位。臣因年幼，国中事一点儿也做不得主。龚澄枢等人，都是先父的旧臣，他们都不听我的话，遇到事情，都是他们说了算。后来我虽然年纪渐长，但始终说话不算数。我虽然名义上是国主，但实际上是臣子。龚澄枢名义上是臣子，但实际上是国主。朝廷大军到来，臣不想战，龚澄枢偏要战。焚烧府库，臣誓死不从，龚澄枢擅作主张，就全烧光了。后来臣力排众议出降，龚澄枢还要死守哪。”

“依你之言，你是无罪了？”太祖问道。

“陛下明鉴。”刘鋹伏地，重重叩了一个头。

“龚澄枢，你有何话讲？”太祖又问。

“臣无话可说。臣实有罪，但若无人纵容，绝闹不到此等样子。焚烧府库，是臣出的主意，但国主也是同意了的。不然，借给臣一个胆，臣也不敢乱焚府库。”

太祖道：“祸国奸臣，还有何话可说！”命大理寺将龚澄枢押到千秋门外，枭首示众。赦刘鋹无罪，并赐袭衣、冠带、器币、鞍马，授其为检校太保，右千牛卫大将军，

并封恩赦侯。

刘鋹不死反蒙恩受赏,心中感激。正巧太祖又命潘美,将刘鋹旧有财产发还给刘鋹。刘鋹施展旧技,用珠子结了一条龙,献给太祖。此条龙形神毕肖,活灵活现。太祖召宫内巧匠来看,问:“诸位爱卿,看此龙造得如何?”

宫内巧匠,都是天下顶尖的高手,对工艺历来是爱挑剌。但看了此龙,都默不作声。太祖道:“怎么都不发一言,难道此龙不值一说吗?”巧匠们道:“不知此龙是何处工匠所造? 臣等实在挑不出毛病。请陛下速召此人入宫,我等愿辞职还家。”

“此人现在东京,倒不难找,但若让他做工匠,岂不屈才? 此人就是岭南伪主刘鋹。”太祖道。

“臣实实没有想到,伪主尚能做此等物体。”巧匠们顿感惭愧。

“刘鋹此人,并不笨。只可惜耽于淫乐,将精力花在了闲事上。若将其聪明用来治国,南汉何能这么快就被平定!”太祖十分感叹。

太祖带了数十人,乘小轿去讲武池,命人召刘鋹及众官前来赴宴游玩。众官未至,刘鋹先到,太祖斟了一杯酒,对刘鋹道:“刘爱卿,来,朕赐你一杯酒。”

不料刘鋹听了此言,脸色变得煞白,扑通一声跪在地上。太祖道:“爱卿,你这是为何?”刘鋹叩头道:“陛下,臣继承祖父的基业,抗拒朝廷,致使朝廷发大军征讨,臣罪当死。但陛下既然已经赦免了我,臣就愿意做个大梁百姓,还想多过几年太平日子。此酒万不敢饮。”

“啊,朕明白了,你是怕此酒中有毒。刘爱卿,听说你过去常以毒酒赐臣下,有这回事吗?”

“臣该死。”刘鋹不敢抬头。

“朕绝不会做此等事。”太祖举起那杯酒,一饮而尽,“朕行为磊落,正大光明,与臣下情同手足,怎能在酒中下毒? 臣下犯罪,自有刑律,何劳朕鬼鬼祟祟,暗害于人。”

太祖命人,又倒了一杯酒,赐给刘鋹,刘鋹一饮而尽,连泪花都出来了:“面对陛下,臣惭愧无地。臣至今日才明白,为何陛下能灭臣国。像陛下,才配做万民之主。

像臣等,只不过是国之蠹虫而已。"

"刘鋹,你知道吗? 咱们在番禺见过面,我救了卡卡丽,你还给了朕一把金叶子,好大方哦。"

"能够早早见到陛下,是臣的福分。"刘鋹又磕了一个头。

刚刚得了广州,俘获了刘鋹,太祖本来很高兴,但官员的贪墨,却让太祖非常恼怒。商水县令周镇民,为大户隐瞒田产,竟然得到七十万钱的好处。事败后,还百般狡赖,拒不认罪。说什么自己和当地士绅都是朋友,你来我往的,互相送些钱财不算什么。太祖越想越怒,下旨依法严办。但按后周传下来的律法,此人只能流放。太祖道:"贪墨七十万钱,还能保住脑袋,以后还会有人贪墨。"太祖决定,以后贪墨三十万钱以上的,一律砍头。圣旨下以后,正逢国家南郊大祭。按照惯例,每逢大祭,总要赦免一些犯罪之人。在承报上来需要大赦的名单中,又有此人。太祖当场下旨:大赦天下时,十恶罪、劫杀罪、官吏贪赃罪,今后一律不赦。不但本朝如此,后代子孙,一律照此办理。圣旨下后,官员提起贪墨,噤若寒蝉。官场贪赃案,一时少了许多。

第二十四章

一、依样画葫芦

却说翰林学士陶谷，在陈桥兵变后，曾经预先写出了禅位诏书。太祖登基后，陶谷自以为有功，就想谋宰相之职。殊不知太祖对他私自撰写诏书一事很不以为然，认为他投机钻营，人品不端。陶谷见太祖老是不重用他，就直接对太祖说，自己天天写诏书，为国家确实出力不少。太祖道，你那文章，天天大同小异，不过是依样画葫芦而已。经此打击，陶谷心灰意冷，遂在墙上题诗一首，其中有这样的句子：可怜翰林陶学士，年年依样画葫芦。太祖听到此事，知道是他在发牢骚，也不和他一般见识。

陶谷也确实做过一些很丢脸的事。他曾出使南唐，觉得自己是天朝上国的使者，言语之间未免倨傲自大。南唐也是人才济济，个个都不是吃素的。于是，一个温柔的陷阱就形成了。

陶谷住的驿馆之中，忽然出现了一个婢女，虽然竹钗布裙，却天生丽质。陶谷在驿馆中无事，就和这婢女搭讪。一来二去，眉来眼去，你来我去，结果是可想而知的。偏偏陶谷过分激动，应这婢女之邀，还专门作了一首词。

第二天，南唐专门宴请陶谷。宴席上，酒酣耳热，就请歌伎前来助兴。歌伎一上场，陶谷就知道坏了事，因为那歌伎正是驿馆中的婢女。陶谷隐隐感到事情不

妙，但表面上还要装淡定。心想，自己或许看花了眼，世界上哪有这么奇巧的事，这歌伎不过是和那婢女长得像而已。

陶谷担心的事情终于发生了。那歌伎一张嘴，唱的就是陶谷为她作的风流词。陶谷知道上了当，羞得恨不得钻到桌子下面去。宴席一结束，就赶紧告辞，回了中原。

太祖虽然鄙视陶谷，但也想试一试他的才能，就派他出使吴越。陶谷这次吸取了上次去南唐的教训，对驿馆中的婢女，不管漂亮不漂亮，一律实行了“三不”：不看，不接触，不搭讪。吴越国国王钱俶设宴为他接风，吃的是螃蟹。先是上的大螃蟹，而后是中蟹、小蟹。本来宾主之间，气氛还算融洽。结果，陶谷那张不受大脑控制的嘴，说了一句话，说，贵地的螃蟹，是一蟹不如一蟹。说者无心，听者有意。钱俶以为陶谷是在讽刺他不如自己的祖先。用话还击，好像也无法反击。钱俶眉头一皱，计上心来，就让厨师做了两碗葫芦羹，让陶谷品尝。问陶谷，这葫芦羹好不好。陶谷当然要夸奖。钱俶道，这没什么好夸的，这些厨师，不过是做惯了，按他们师傅所教，依样做葫芦而已。陶谷对“葫芦”二字本来就过敏，再加上“依样”二字，连饭都吃不下了。

前朝所留下的宫殿过于狭小，太祖就思谋着扩建宫殿。以太祖的意思，要把所有的宫门和殿门全部对得整整齐齐。有大臣不同意，说这样不利于风水，会使王气外泄。太祖道：“我的心无曲折，对天下百姓是敞开的，所以，朕要使宫门、殿门也照直，使百姓明白朕的心意。”

不承想扩建工程时遇到了麻烦，宫城西北角外面有户人家，就是不搬迁。官员们数次登门，提高了补偿银两，这户人家就是不愿意。有些官员恼了，说这家人敬酒不吃吃罚酒，要把他家的房子拆了，让这家不识时务的人滚蛋。光义知道太祖对百姓仁慈，就入宫来禀告太祖，问此事如何办理。太祖说了句：“不搬就不搬吧，毕竟，这是人家住了好几代的地方，这是人家的家。”光义道：“院墙内是他家，院墙外却是官地。只需在这家人院墙外挖成深壕，再灌上水，不怕他不搬迁。不然，朝廷脸面往哪儿搁。”太祖道：“我大宋朝廷，以仁治国，岂能做此等促狭之事。不搬，就

叫他住下去。宫城西北角的墙,往里面弯一弯就行了。这样,朝廷还多了一个邻居。另外,要修宫城,就得征调民夫。朕听说,民夫们还要自带干粮?”

“这是依的前朝制度,他们这是为国服役,自然要自带干粮,没人会给他们银粮。要有银粮,就不是徭役了。”光义说。

“老百姓又要出力,又要出粮,此事太不公平。传朕的话,以后为国出力者,每人每天给米两升。”

“每人每天两升?”光义吓了一跳,“请皇上三思,这可不是个小数目呀。”

“粮一定要给,不能坑害百姓。”

“皇上实在要做,就一升吧,朝廷也少些负担。一升,每人每天也够吃了。”光义道。

“每人每天两升。”太祖道,“他们干的都是体力活,米少了,不够吃。以后我大宋征发民夫,以此为定例。老百姓苦了多少年,在我朝,不能再苦下去。”

就这样,大宋皇宫的西北方,就缺了一个角。不知为何,百姓们到此,都觉得很温暖,很安心。民夫们每人每天都能领到两升米,更是感到温暖。

太祖还提出,应该取消宵禁,让老百姓晚上也能出来玩,也能做买卖,这样才是官民同乐。唐代时,沿街都是坊墙,没有门面房。市场都是专门的市场。自从后周,开封城才开始有了门面房。别看沿街做生意是件小事,却成了以后世界各个城市仿效的模式。太祖的诏旨一下,开封城夜间顿时热闹起来了,夜市也慢慢形成了。御街的南部,一到晚上灯火通明,各种各样的美食都有。游人熙熙攘攘,好一段锦绣天街。直到今天,开封的夜市仍然热闹非常,延续着自太祖以来的大宋风韵。有些食品,就直接脱胎于宋代。

做了开封府尹的赵光义,是十分爱才的。他知道,没有人才,什么事情也做不成。开封府尹这个位置,事务繁杂,非得有各种各样的人才,不但要有文人,还要有武人,还要有杂七杂八的鸡鸣狗盗之徒。不然的话,碰到奇奇怪怪的事情,你就处理不了。因为开封府要管的事情真是太多太多了。经过多年的努力,光义手下确

实有了不少的人才。这是光义引以为自豪的。

比如洛阳人安忠，左清道率府安延韬的儿子，形体高大，虽然不识字，但侍奉赵光义多年，忠心耿耿。

还有赵州人王超，身长七尺有余，武艺高强。开封雍丘人戴兴，从小以勇力闻名家乡，长大后，身高七尺有余。不但如此，这哥儿们长得还很帅。

徐州彭城人王汉忠有膂力，身形魁岸，善骑射，因在家乡杀了人，于是逃亡至京师，投奔赵光义。

此外，还有冀州信都人耿全斌、定州人王荣、汾州西河人杨琼、真定人葛霸，都精于武艺。

河南洛阳人石熙载、贾琰、魏震等人，都是赵光义的谋士。

赵光义还招揽了一些医术高明的人，如郑州荥泽人程德玄、宋州人王怀隐。

赵光义与一些名人之后关系也甚好。比如宋初名相范质之子范旻、孔子后裔孔维，连皇上的心腹太监王继恩，也和赵光义过从甚密。

梓州知州名叫冯瓒，一向尽职尽责，虽然没有什么大的才干，但也四平八稳。但冯瓒的家奴忽然告发冯瓒收受贿赂。太祖最痛恨贪官，急召冯瓒来京，命御史台详加勘问。若无事，不要冤枉朝廷命官；若有事，一定严加惩处。宰相赵普不知怎么回事，竟然派人去潼关，在此地搜查了冯瓒的行李。发现冯瓒的行李里有金银等贵重之物，经审问，这些东西是送给工部郎中、开封府判官刘嶅的。刘嶅与赵光义关系当然不一般。冯瓒是想给谁送礼的？此中文章甚多。太祖已经看出，赵普与赵光义已经开始不和。最后，冯瓒被流放到登州海岛。面对赵普赤裸裸的挑衅，赵光义把自己幕府中的宋琪给赶出来了，唯一的原因，就是因为他与赵普是同乡，并且平时来往密切。所以，赵光义怀疑宋琪向赵普泄露了不该泄露的秘密，说了不该说的话。你敬我一尺，我敬你一丈；你不给我面子，我也不会让你舒服。作为皇弟的光义，自然不怕赵普。而赵普，作为开国元勋，自以为站得正，坐得直，也丝毫不惧。本来二人就是一些小矛盾，但因为二人位高权重，身份特殊，这些小矛盾，到了下面，就会被无限放大。而二人不和的传闻，也充斥于京城的茶坊酒肆。有些人，专门传播宰相与皇弟的最新内斗消息。听的人饱了耳福，传的人也觉得自己很有地位。像这样的消息，一般人怎能知道呢？

二、《霓裳羽衣曲》

宋军如此之速，就平定了南汉，令南唐国主李煜大为惊恐。

太祖建隆二年，李璟迁都洪州。洪州城规模狭小，远不及故都建康富庶，群臣都有怨言，常常议论要回建康。李璟迁都，本是为了离边境远一些，到时国都也好防守。不承想群臣全不解上意。李璟连病带气，竟病死在洪州。太子李煜继位，仍以建康为国都。

李煜对宋，可谓小心恭谨，凡宋廷有出兵、打胜仗及值得庆贺的事，都要派使者带宝物来祝贺，经常向太祖献珍宝、玉器、金器。太祖命江北人可沿江捕鱼，亦可过江做买卖。李煜派弟李从谦带珍宝玉器来贡，又派弟李从善来献贡物。

李煜信奉佛教，朝廷曾出大钱，招募百姓为僧人。南唐都城建康，有和尚近万人，都是官府供给衣食用度。李煜每退朝，与皇后一起穿上僧衣，念佛经，并跪拜佛像。跪拜得久了，手上、膝盖上都磨出了茧子。南唐僧人犯了罪，只要诚心在佛前忏悔，便可免罪。太祖听说李煜如此信佛，就选派能言善辩的年轻高僧，来与李煜讲经。李煜听了，茅塞顿开，大为折服，呼这高僧为"一佛出世"。从此益发感到世上一切，如梦似幻，如露似电，再不将治国、守边放在心上。

娥皇闲来无事，每日只是写写画画，弹弹琴。天长日久，对赵匡胤的思念也慢慢地淡了一些，而李煜儒雅斯文，何况又贵为帝王，不计前嫌，封她为皇后。娥皇对他，也不再那么冷冰冰的。二人毕竟又有许多共同爱好，有时，反倒有一种知音之感。李煜尝感叹："唐玄宗曾令教坊奏《霓裳羽衣曲》，据说此曲美妙动听，恍若仙乐。可惜唐末以来，此曲已残缺不全。"

说者无心，听者有意，周后找来《霓裳羽衣曲》残谱，悉心揣摩，反复试奏，竟大

致将此曲恢复了出来。李煜非常高兴，令宫娥于晚上各执乐器，盛装列队，鱼贯而入宫殿中。殿中红烛高擎，李煜与周后坐在殿上，静心观看。宫娥们本来就艳丽动人，在烛光下更显得风姿绰约。李煜顿觉身轻如燕，随着乐曲的旋律，他的思绪也在轻盈地飞扬。乐声飘出宫殿，在花园中的池塘水面上慢慢滑行，钻入水底，又复升至水面。《霓裳羽衣曲》真个听之令人涤尽尘虑，飘飘欲仙。宫娥们奏了一遍又一遍，李煜始终在专注地倾听，他是那么沉醉，他是那么欣喜。周后端庄的表情中，也添了一些愉悦的笑。能讨得君王的欢心，就是再苦再累也是值得的。

听着美妙的乐曲，再喝点陈年的美酒，李煜觉得一切都变得朦胧，都变得如梦般美丽。他牵了周后的手，步出殿外。一轮圆月，在宫中洒下了一地的清辉。一丝若有若无的香气，从远处飘来。月光下，从远处传来了一阵清脆的马蹄声，由远及近，又由近及远，大概是宫墙外巡夜的将士在巡查。远处的宫殿中，也传来了阵阵的音乐。看来歌舞场，不止这一处呢。

转眼之间，红日已上三竿。侍女们正往金铸的兽形香炉里加添着香料。跳舞的宫娥每行一步，都要将铺在地上的红毡踏皱。大概是跳得太久了，一个宫娥的金钗不知什么时候掉在了地上，秀发如瀑布一般，披散了下来，比平日更添了几分风韵。

李煜呆呆地看着这位宫娥，最使他动心的，莫过于女子的这种随意的装束。

“陛下，在想什么哪？”经过一夜的狂欢，周后也有些困倦了。但对李煜的一举一动，她还是留心的。

李煜从沉思中被唤醒，对着周后，不好意思地一笑：“朕酒喝多了，头有些昏，差点睡着了。”

“来，贱妾为陛下醒醒酒。”周后拿来一枝带露的鲜花，送到李煜的鼻子下面，“陛下闻一闻，可清爽些了吗？”

“嗯，好多了，多谢爱卿。”李煜果然精神多了。

“陛下劳碌了一宵，也该歇歇了。”

“爱卿倾全力，使《霓裳羽衣曲》复现于世，功劳不小，朕明日要好好地赏你。

另,朕又想起一事,四娘这两年怎么没有进宫来玩?朕记得她调皮活泼,宫中似无此等鲜活人儿。”

“四娘今年已十五岁,该聘人了,故不便进宫。小妮子疯疯癫癫,惹陛下笑了。”四娘乃周后的妹妹,生得艳丽,且生性爱笑爱动。幼时来过宫中,深得李煜赏识。

“都是亲戚嘛,该来玩就来玩。宫中虽比不上外面宽敞,但总有些翠竹鲜花,鱼鸟池塘,你传朕的旨意,叫她明日进宫。”

三、教郎恣意怜

周后之妹四娘,第二日果如期而至。李煜见四娘酷似周后,但人却更年轻,不禁怦然心动。四娘到底年纪已长,见了李煜,也知行个礼儿。李煜心中高兴,命下人备小轿,一同游玩上苑。宫女们巴不得这一声,个个打扮得花枝招展。有些宫女更是别出心裁,穿了男装,骑了马,更显得俊俏。一时间,车如流水,马如长龙。上苑中百花竞开,在春风中不停地摇曳,看着比平日要耀眼得多。

李煜下了轿,命周后、四娘一同步行。周后提了裙子,唯恐被黄泥沾着。四娘却不管这些,一溜烟就跑花田里去了。周后道:“小心,花儿上有刺的!”

四娘跑来跑去,要捉停在花上的一个花蝴蝶儿。蝴蝶儿停在花儿上,悠闲地开合着翅膀。四娘蹑手蹑脚,屏住气,用手去捉。大家都驻了足看。不承想那蝶儿好像背后有眼睛,等到四娘手到,一扇翅就飞了,气得四娘跌足。

李煜哈哈大笑:“蝶儿怎能让你捉它?到了你手里,它还有命吗?”

“我不过是想逗它玩玩罢了。哼,谁稀罕,走,看花去。”四娘一蹦一跳地,又跑前面树丛里去了。李煜叫宫女:“前面是个池塘,路滑,你们快跟上。”周后道:“都这么大了,还没有学会文静安详,真是一个人一个性子。”

“这样好,这样好。若千人一面,都像呆木头一样,还有什么趣味。”李煜望着四娘的身影,感叹道。

“依陛下说，臣妾就是个呆木头了？”周后可是个心细如发的人，没有话也能听出话来。

“哪里哪里，爱卿多心了。我是说那些宫女，什么也不懂。像爱卿，知书达礼，朕喜欢还来不及呢。”

“哼，陛下心思，臣妾还能不知，只望陛下能以国事为重，善保龙体。如此，不但是陛下之福，也是江南百姓之福。”

“爱卿今日如何说出此等话来？来来，看花，看花，你瞧今年的花朵儿，真是大得出奇，不知花匠是怎么种出的。朕得好好赏他们。”

“臣妾身子有些不适，不能陪陛下了，望陛下能玩得开心。”周后说着，带了几个宫女，头也不回，回宫去了。

李煜看看，摇了摇头，叹了口气，往前追赶四娘去了。

四娘走在池边的石板路上，看见池里的游鱼，活泼可爱，历历可数，遂异想天开，伸了手，要去捉鱼。宫女叫道：“小心！”言犹未了，四娘已滑入了水中，弄得裙子上都是稀泥。

李煜看了，又好笑，又心痛，忙命宫女拿了衣服，引四娘到林子里换上。四娘一会儿就跑了出来，说：“麻烦陛下了！”李煜道：“说什么客气话，都是自家人嘛！”四娘对着李煜，盈盈下拜，李煜忙伸手相扶。四手相握，四目相对。四娘脸上，忽然飞起了两片红云。李煜第一次发现，竟有如此令人心动的女子。

当着众人的面，李煜不好过于失礼，忙抽了手，问四娘：“宫里好玩吗？”

“好玩，比外边好。外边闲杂人太多，不比这里，清幽可爱。在家里，不能乱说，也不能乱动，我父母老训斥我。陛下，我是不是太不知礼？”

“活泼爱动，此乃人的天性，怎能说不知礼呢？礼是为外人而设的，若在自家人面前也要装，岂不累得慌！”

“陛下这话，我爱听得很。怎么过去从未有人跟我说过？”

“他们不敢说，朕却敢说！你既喜欢宫里，不妨就在宫里住些日子。”

“不行不行。”四娘低了头，一脸的忧容，“我父母会不依的，他们会骂死我。”

“就说是朕的旨意。你父母总是大唐的臣子，不会抗旨吧？”李煜笑道。

四娘道：“动不动就拿皇上的架子压人，谁还不怕你！”

“岂敢岂敢。朕怎敢在泰山、泰水面前逞威，不过是想让你在宫里开几天心罢了！”

“那就多谢陛下了！”四娘拜了一拜。

“你可到吟翠楼住下。那里临着水，又长着几竿竹子，清幽无比。若临水奏乐，比别处又有另一番滋味！”

“陛下若喜欢听琴，我就抽空为陛下弹一曲，只是不知陛下可肯赏光？”

“就怕你不肯为朕弹奏。”李煜微笑答道。二人四目相对，四娘抿嘴一笑，转身而去。望着四娘苗条的身影，李煜脑中不禁跃出了两句词：“朱唇浅笑如新月，佳人已隔蓬山远。”但再想，却怎么也凑不够一首。因为能配得上四娘的词汇，是那么那么的少。

入夜，李煜吩咐，他要早早安睡，来人一概不见。其实晚上谁能来？只有皇后能来。李煜此旨，不过是不愿见皇后，下人们都明白。安排已毕，李煜换上便装，只带两个宫女，打着灯笼，往吟翠楼而来。原来吟翠楼四面环水，只有一面有桥，与陆地相连。若从桥上过，须绕湖走半周。李煜干脆命乘船，直赴吟翠楼。小船在荷叶中左绕右旋，霎时便到。

李煜登上岸，见吟翠楼内红烛交擎，人影幢幢，心中窃喜。悄悄推开门，却只见服侍四娘的两位宫女。见了李煜，宫女跪地叩头。李煜道：“四娘呢，四娘哪儿去了？”宫女道：“回陛下。皇后说此处湿冷，把四娘接走了。”李煜顿时像被人兜头泼了一桶冷水，半晌作声不得。

其中一个宫女道：“四娘走时，给了奴婢一个纸条儿，要奴婢送给皇上。”李煜道：“快拿来，快拿来。”

这是一个小小的纸条儿，上面写着几行娟秀的字：

“既与陛下有约，妾不忍相负。今夜三更，仍于吟翠楼南畔相见。”

李煜见了，大喜，在吟翠楼端坐，静听更鼓。好不容易熬到三更，李煜不带从

人，亲自去吟翠楼外迎接。楼外草地上，湿漉漉的。李煜远远见一个人影，静悄悄地走了过来。那人影手里，似掂着什么东西。走近一看，不是四娘是谁？四娘一见李煜，哽咽着叫了声“陛下”，就扑到了李煜怀里。

二人相拥相抱，耳鬓厮磨，亲热良久。四娘道：“奴家以为，陛下不会来呢！”李煜道：“既与佳人有约，怎肯不来！”

“奴家望陛下恕罪，没让陛下听成琴，反让陛下受了半夜的寒气。不过，奴家也没有想到，姐姐会让奴家住进她宫中。”

“皇后心思真是细密得很，没有什么事情能逃得过她的眼睛。”李煜感叹。

“姐姐也忒有些小心眼儿了，什么事儿都管。”四娘噘着嘴道。

“方才你手里拿的是什么？”李煜忽然想起。

“真让人不好意思。是奴家的一双金缕鞋。出宫时，奴家怕惊醒姐姐，故提鞋而走。不料慌慌张张，就一直提来了。”

李煜不禁莞尔而笑：“卿真是个可人儿！”

四娘“嘤咛”一声，一头又扑在李煜怀里。李煜手抚秀发，觉得通体舒泰。四娘道：“奴家吓得心里‘怦怦’直跳，生怕给姐姐发现了。奴家出来一次，可真不容易，下次不知何年何月才能与陛下相见。陛下想对奴家怎样，就怎样吧。”四娘说着，泪水就一颗颗下来了。

李煜十分感动，邀四娘同入吟翠楼。二人饮茶，更衣。宫女退去。李煜遂与四娘同赴巫山之会。

五更之时，四娘蹑手蹑脚回到姐姐宫中，见没有一点儿烛火，心中直喊万幸。正想回到帐中，猛听有人道：“掌烛！”宫内霎时亮如白昼。周后与宫女，皆盛装而待。

“深更半夜的，你去哪儿了？”周后满面怒容。

四娘本就吃了一惊，心里怦怦直跳。见姐姐问，只好硬着头皮答道：“初入宫中，睡不着，只好到外边走一走。”

“黑黢黢的，敢是去观景致？吟翠楼中，风光可好吗？”

“姐姐恕罪，皇上相约，婢子不敢不从。”

“哼，你不去，他又有什么办法？还是你自己贱。”周后说着说着就流下泪来，“自入宫后，我费尽心血侍奉皇上，为的是让他能够分些心思治理国家。那些妖媚祸国的小荡妇，都慑于我的威严，从不敢在皇上面前发骚。没承想，我的妹妹……”

“皇上身为一国之君，有三妻四妾的，也不值得如此大惊小怪。”四娘小声道。

“你，你说什么？给我掌她的嘴！”周后拍桌大怒。

见宫女不敢，周后亲自上前，给了四娘一个耳光。四娘怔了怔，扭头就跑。周后脸色由红转白，由白转青，晕倒在地上。宫女们忙过来搀扶，揉胸的揉胸，掐人中的掐人中，周后半天才缓过劲来。长长地叹了一口气，泪流满腮。娥皇并不是对家敏和李煜的关系吃醋，而是讨厌家敏小小年纪，竟然如此败坏门风。同时，对李煜这个只知道游乐玩耍的皇上，心怀不满。要知道，皇上如此，是亡国之相。亡了国，江南百姓又要颠沛流离。自己身为皇后，不规劝夫君，也是在犯罪。

从此，娥皇得空就劝诫李煜，李煜嘴上答应得很好，但玩乐之恶习已经养成，哪能改变得了。天长日久，两个人就谁也不想理谁。到最后，竟然形同路人，娥皇连看都不想看李煜一眼。

周后从此一病不起。李煜正恋着四娘，不时幽会，哪有心思来看望她？即使来，也是与四娘一起。娥皇听到李煜来，就翻转了身子，面向墙壁。如此一来，越发病重，不久薨逝。李煜为娥皇发过丧后，过了两年，册立四娘为皇后。南唐群臣，都知道四娘早就在宫中居住，因此，在二人大婚时，都写了很多诗词，暗寓讥讽。

四、卧榻之侧

刘鋹被俘至汴京，李煜忙派弟弟李从善来朝拜宋廷。太祖任命从善为泰宁军节度使，并赐他一所最好的宅第，让他在京师汴阳坊居住。李煜见其弟久不还国，怕太祖将他作为人质，就亲笔写了一封信，言辞恳切，言自己与从善自小一块儿长大，亲密无间，愿陛下放回。太祖道："从善在此，吃得好，住得好，要钱有钱，要美女有美女，干吗要回去呢？江南有什么好，又湿又热，爱生疾病。"

为表恭顺之意，李煜又上表，请求去其国号。原称"唐国主"，改称"江南国主"，"唐国印"改为"江南国主印"。又改中书、门下省为左、右内史府，尚书省为司会府。并秘密派人送五万两银子给宋朝宰相赵普，求他在太祖面前为江南说点好话。赵普不敢隐瞒，据实上奏。太祖道："给你银子是好事，你照单全收就是了。你不收，他反要疑心我们要攻他，他一加强戒备，我们再攻就困难了。只是李煜不要自以为得意，做事可瞒得过朕。"等到南唐使者来，太祖也赐给他五万两银子。使者回南，报给李煜，李煜默然，心想，赵匡胤委实厉害。

李煜虽是个聪明人，却耽于声色，自从得了四娘，朝夕不离，都不知一天天是怎么过去的。皇上如此，臣子自然乐得快活。南唐重臣韩熙载，文思敏捷，才华横溢。江南人多送其金银、丝帛，来求他撰写碑铭志记。所以韩熙载家财巨万。有了钱，他就想方设法享乐。熙载酷爱女色，连妓女带小妾，家中一共养了四十多个姑娘，个个姿色过人，又善乐器歌唱。客人来了，熙载也不让她们回避。故韩府日日高朋满座，觥筹交错。李煜闻韩熙载才华横溢，想拜他为丞相。只是熙载声名狼藉，好色之名部下皆知，只好作罢。命熙载为洪州从事。韩熙载听说因为妓妾，妨碍了仕途，幡然悔悟，将妓妾赶走，自己轻装简从赶赴洪州。李煜听说他改好了，又命他留在建康都中。不承想那些妓妾，又寻了回来。熙载也不好拒绝，统统照单全收，于是旧态复萌。熙载对人道："她们非要跟我，我又有什么办法？"李煜听说熙载家热闹非常，不禁动了好奇心，命会绘画的小太监，夜间偷偷潜入熙载家，绘成草图。后画家据此草图，又绘成彩画，这就是有名的《韩熙载夜宴图》。

南唐大臣也不是全耽于淫乐，林仁肇就是一位勤于国事的人。他为江都留守，时时注意宋军动静。他知宋廷早晚要进攻江南，与其坐等，不如以攻为守，就向李煜进言道：

"宋境淮南驻军甚少，臣愿率兵攻之。宋前刚刚灭了蜀国，现在又远道灭了岭南。宋军大部分已疲惫。我若攻淮南，宋军必无军来救。陛下只要给我数万兵马，

我从寿春渡江，就可恢复我国的江北旧地。他就是万一有援军，我以淮河为屏障。如此，我国就有了江、淮两道门户，宋军想攻，也攻不进来。臣出兵之日，陛下可致文于宋廷，说臣擅自反叛。臣若成功，利在国家；臣若不成功，也只不过是全家赴死而已，对国家没什么坏处。”李煜认为，只要不惹宋，宋就不会来伐江南。现在好端端的，去进攻宋地，不是惹火烧身吗？所以拒不采纳林仁肇的建议，并严诫他，不准擅自行动。

林仁肇一计不成，又生一计。他向李煜提出，唐国绝对不能坐以待毙，必须扩大自己的领土。既然不敢惹宋，那就让自己率兵去攻打东边的吴越国。吴越居于临海富庶之地，唐国若得到了，无异于如虎添翼。现在宋国正在别处用兵，我唐国若攻取吴越，大宋定然分不出兵来。何况路途遥远，等到他们派兵来救，自己早就占领了吴越。到时生米煮成了熟饭，大宋也就无可奈何。大唐地盘大了，实力强了，宋也就不敢来惹了。还是那句话，攻打吴越以后，朝廷可以派人报告宋廷，说林仁肇谋反，擅自行动。事成，就挽救了大唐；事情不成，往我林仁肇身上一推，宋廷能对皇上怎么样呢？这是有百利而无一害的事情。望皇上恩准。

林仁肇的这些话，还真把李煜说动心了。他召徐铉、张洎、潘佑等大臣来商量。潘佑非常赞成林仁肇的计策，连称妙计。

李煜转向徐铉，征求他的意见。

“陛下，此计听起来是不错，但就怕有意外。”

“什么意外？”

“万一林仁肇真有反心，攻下吴越后，自立为王怎么办？”徐铉说。

“这个林仁肇，怎么老是要独自用兵？一会儿要攻淮南，一会儿要攻吴越。宋本来无有攻我大唐之借口。这个林仁肇无事生非，岂不是要贻宋以口实？他这不是要帮宋国吗？”张洎想事情，总是入木三分，令人有茅塞顿开之感。

李煜听了二人所言，惊出了一身冷汗。从此对林仁肇多了一层戒备。对他所献的妙计，自然不予批准。

林仁肇时时巡察江面，怕宋军突然来攻。一日清晨，忽见烟波浩渺的江面上，

有一条小船，林仁肇心中生疑，命士兵将那小船喊了过来。小船划过来，船上只有一个人，一支桨，一张渔网。

“你是干什么的？”林仁肇问驾船的人。

“打鱼的。”

“打鱼的？我怎么看你好像是个读书人？读书人打什么鱼？”

“将军，小人是读过几年书。不过小门小户，读了书也是要吃饭的，自己不打鱼，谁还会给我送吗？”

“你既读书有年，怎么不考个功名？”

“说起来汗颜，考了几年，皆榜上无名，从此也就死了心，在江上混口饭吃。”

“你若愿意，可到我军中来，军中正缺识文断字的人，你可愿意吗？”

“小人家中有幼子，又有七十多岁的老母，所以无法从军，还望将军见谅。”

林仁肇见他江南口音，又回答得合情合理，就转身走了。走时嘱咐他，江上风浪甚大，要注意安全。那人拱手相谢。

林仁肇与士兵走后，那人从舱里拿出一个木橛，定在江南岸，又将舱里的一盘长绳，系在木橛上，然后划着小船，离南岸而去。划到北岸，又复返回，叹口气道：“江面宽窄，终于测得了。看来此处最窄。”

原来此人名叫樊若水，极端困苦时，曾在金陵无依无靠，是赵匡胤路遇，给了他些金子。靠着这些金子，樊若水才能安稳读书。听说赵匡胤做了大宋皇帝，他就想报答。他思谋着，宋军早晚要渡江，所以预先测好江面宽窄，好献给宋军，作为晋身之资。

樊若水划船到江北，弃舟登岸，历尽千辛万苦，直达汴京，言有重要军情禀报皇上，非当着皇上的面才说。太祖闻听故人来访，亲自接见。樊若水道：“江南国主昏庸，臣子大都耽于声色，望陛下发兵，拯救江南百姓。”太祖道：“取江南易如反掌，只是有长江天堑阻隔。”樊若水道：“在臣看来，过江如履平地。”太祖道：“乘船可过，朕也知道。只是仓促之间，哪来许多战船？”

“只用数十只战船即可。臣已测得最窄处。陛下若以竹造成浮桥，莫说数万人，就是百万人，也可渡过。”

“江阔水深，从古以来，从未听说有人能在江上造浮桥，能行吗?”太祖有些忧虑。

“保证能成，臣愿以性命担保。”樊若水言之凿凿。

“好，若能成功，朕定重重赏你。朕还有一事相问，江南诸将，可有善战者吗?”

“江南诸将，只有林仁肇善战，其余不足虑。”樊若水答。

“此人朕也素闻他的名字。他长相若何?”

“臣有幸见过数面，因他屡屡在江边巡视。他长得白白的脸儿，大大的眼睛，颏下无须，只上唇有须。”

“朕知道了。”太祖道。

南唐使者屡次来宋，此次又到。宋廷这次格外热情，好酒款待，并送给使者许多金银，使者万分高兴。宋廷官员很神秘地拿出一幅画像，对使者道:“烦尊使认一认此人，若能呼出姓名，感谢不尽。”使者问:“此画像何来?”宋廷官员微笑不答，只说:“自有来处，不是从天上来。”

宋廷官员慢慢打开画像，使者脱口惊呼道:“林仁肇!”又细观画面，见上有两行小字，道是“师济之日，内外相应，先持此为凭”。

宋廷官员忙卷上了画，问:“这林仁肇是何人?”使者道:“是我朝一将领。”宋廷官员道:“可守边吗?”使者答:“是。”

宋廷官员又拿出一千两银子，赠给使者。使者惶恐道:“无功不受禄，来时已蒙赠许多财物，下官再也不敢领受。”宋廷官员道:“尊使且先收下，此银不是白给。我有一件事相求。”使者道:“凡下官能做到者，定尽力而为。”宋廷官员道:“此事易办，只求尊使回南后，不要说出林将军的画像之事。此事你知、我知、天知、地知。”

使者心想，林仁肇里通外国，勾结宋廷，卖主求荣，你就是给我一万两银子，也封不住我的口。心中虽这样想，嘴上却说:“大人放心，下官权当没有这回事。”

听说拥有重兵的林仁肇暗通宋朝，李煜出了一身冷汗，忙命林仁肇入朝，以毒酒毒杀了他。毒死以后，才猛然想起，莫非是宋朝的离间之计? 但此事体大，宁可

错杀，不可漏过。何况林仁肇屡违圣意，乱作主张，杀了他，也不为过。

太祖欲出兵讨伐南唐，却苦于师出无名。南唐对宋，可谓恭谨备至，挑不出什么毛病。太祖问计于赵普，赵普道："可召李煜入朝来拜。他若来，可留住他不放，江南自可不战而平。他若不来，是抗旨，我国就可讨伐他。"太祖道："此计甚善。"就派知制诰李穆赴南唐，宣李煜入朝。

李煜素来听话，听说让去汴京，不敢怠慢，命人整治行李，备办车马。门下侍郎陈乔谏道："臣受先帝重托，辅助陛下，不能眼睁睁地看着陛下往火坑里跳。倘若宋廷拘住陛下不放，举国无主，那时又该怎么办？"李煜道："卿言之有理。汴京朕就不去了。"

"陛下若不去，宋廷将指陛下为抗旨。到时是要兴兵的，还望陛下能整顿兵马，做好准备。"陈乔道。

"朕只说身体病了，不能远行，谅宋天子也不会轻易发兵的。"李煜遂亲笔写了一封信，托李穆带给太祖。李穆沉了脸道："朝与不朝，去不去汴京，国主自己主张。不过，我先提醒国主，我朝百万大军，都是能征善战者。何况又粮草丰足。恐怕江南不容易抵挡得住，愿国主三思，免得以后后悔。"

"朕颇想去汴京，只是头昏足软，坐在宫中，尚不舒适，再远道而行，怕吃不消。还望大人回朝，向皇上进些好言。"

太祖又命梁回为使者，再次宣李煜入朝。李煜不从，并表示，之所以对宋恭谨顺从，不过是为了保存祖宗基业，现在非要入朝，那是要把他往死路上逼。

太祖命曹彬为西南路行营都部署，潘美为都监，曹翰为先锋，带兵十万，讨伐江南。自从王全斌平蜀以后，因为杀了不少降卒，太祖十分悔恨。所以此次南征，特别叮嘱曹彬："攻破了建康及其他城池，不要乱杀人。就是江南负隅顽抗，李煜一家老小，也不要杀害一个。平定江南之事，朕一切托付给爱卿，要爱惜百姓，不要乱掠夺。要让百姓感激朝廷恩德，诚心归顺，硬杀硬打，不是办法。"

"陛下所言，臣字字记在心中。师至江南，定严束士卒，不扰百姓。"曹彬跪地叩头。

“这是朕的一把御剑,朕授给你。不管是谁,只要违犯军纪,不听命令,可先斩后奏!”曹彬接过御剑,双手捧至胸前。潘美等将听到“先斩后奏”的话,心中不禁一惊。

“等到平定了李煜,朕要让卿做宰相。”太祖对曹彬道。

“此次南征,上托陛下之威,下赖将士努力,我不会有什么功劳,何况宰相乃极品,臣做不得,万万做不得。”曹彬推辞道。

下得殿来,潘美向曹彬拱手为贺:“曹宰相,末将这里有礼了。”曹彬摇头道:“潘将军,陛下决不会让我做宰相的。”潘美道:“为什么?”曹彬道:“太原还有个刘继元,未能平定。我还要征战,怎能做宰相?”二人相视而笑。

太祖之所以授予曹彬这么大的权力,是因为他深知曹彬的性格及为人。曹彬字国华,真定灵寿人。生于官宦之家。周岁时,其父让他“抓周”,他先取了一个兵器,又取了一个祭祀用的鼎,停了一会儿,又取了一个印。长大以后,性格仁慈忠厚。在朝中,从未违过上意。在道中,若遇上别人的车,他总是让自己的车停在道旁,让别人先过,不管别人官阶高低。对手下,也从不直呼其名。对上级要报告什么事,总要穿戴整齐,而后才入见。他的俸禄,除了自家用度外,其余的都接济族人。他手下有一个官吏,刚娶了媳妇,就犯了罪。曹彬先立了案,过了一年,才惩罚他。别人很奇怪,问他为何这样做,曹彬道:“他新娶了媳妇,我若当时惩罚了他,他父母一定以为是媳妇命硬克夫,把账算在刚过门的媳妇身上。这样,家里就埋下了不和的种子。倘若因此拆散了一门婚姻,岂不是我的过错吗?但国法不能违,我又不能不惩处他,只不过往后推一推罢了。如此,既不违法,又保全了他的家庭。”听见此事的人都十分叹服,称赞曹彬能够处处为别人着想。

太祖早命人在荆湖造了数千艘黄、黑龙船。曹彬与水军从荆湖顺水而下。樊若水带着人,三天用竹子造成了浮桥,潘美率步兵,顺顺当当过了大江,浮桥虽稍有晃动,但算得上很平稳了。

江南已经多年没有战事了。老将死的死,养老的养老。带兵的都是些未经过战争的中青年人,这些人个个读过些兵书,刚愎自用,谁也不服谁。听说宋军来攻,

纷纷来向李煜献计献策,一个比一个有办法。每日都有十来个人,来向李煜陈述应如此如此,而不应如此如此。李煜听得头昏脑涨,耳朵里都起了茧子。看镇海节度使、同平章事郑彦华仪表非俗,就命他率水军万人拒宋。都虞侯杜真,聪明伶俐,能言善辩,就命他率步军万人赶赴战场。李煜原来有些害怕,但这么一调遣,觉得自己还有些帅才,心想,打仗也不过如此。临出发时,李煜对两位将领道:"你们两个,一个水军,一个陆军,只要配合得好,当所向披靡。"

"陛下放心,臣熟读兵书,久思一战,只是苦于没有对手。宋兵此来,正可作臣的练兵靶子。管教他来此一次,再也不来第二次。"郑彦华道。

"臣熟谙陆战,对各种阵法了如指掌。宋兵此来,简直是飞蛾扑火,自取灭亡。臣只要略施小计,宋军就会全军覆没,片甲不留。"杜真也不甘示弱。

"只要把他们赶跑,让他们不敢小视我们就行了。千万不要赶尽杀绝。常言道,穷寇勿追嘛!"李煜为引用了一句军中格言而暗中得意。

"陛下圣明,臣等托陛下洪福,定能旗开得胜,马到成功。"

"好,到时朕定亲摆庆功宴,为卿等专作新词两首,让教坊演唱。"

"陛下厚恩,臣万死不能报其一。"郑彦华、杜真满面春风,领兵而去。

郑彦华率领水军,乘大船逆流而上,直赴宋兵的浮桥。若坏了浮桥,等于断了宋兵的通道。郑彦华在船上设大鼓,令壮士敲得咚咚直响。水手们齐声喝号,随着鼓声飞快而又整齐地划桨,颇似龙舟大赛。到得浮桥,郑彦华命靠近些,再靠近些,然后往桥上投掷火把。谁知潘美早在浮桥上埋伏好了许多强弓硬弩手。江南船队一到,万弩齐发,射得江南兵哭爹叫娘,纷纷躲入船舱。宋兵乘机登船,乱砍乱杀,侥幸不死的,也做了宋兵俘虏。一时间,宋兵便夺得了唐兵的许多船只。郑彦华见不是事儿,掉转船头就跑,好在是顺水,倒也行驶如飞。

杜真领步兵,在岸边摆开阵势,随着红旗摆动,南唐兵花里胡哨的,又变出了几个阵势。杜真问宋将:"你可知这是什么阵势吗?"宋将道:"不知。"杜真道:"连这普通阵势都不知,还来打什么仗?"宋将大吼道:"老子不知阵势,却知杀人。"瞪圆了眼,挥兵直杀过来。唐阵本是击首而尾应,击尾而首应,击中而首尾皆应,但士兵们怕死，一见明晃晃的刀枪，什么首尾全忘了，只顾没命乱窜。杜真宰了几个兵士，也喝止不住，只好加入了逃跑行列。宋兵如砍瓜切菜一般，杀了无数唐兵，缴获刀枪、盔甲无数，大获全胜。

两路兵大败，李煜的庆功宴也摆不成了。只好下令，金陵全城紧闭城门，不准随意进出。凡壮丁须应征入伍，为国效力。百姓有向朝廷献钱粮者，可按钱粮多少授予官职。但壮丁甚怕打仗，一听此命令，都躲了起来。那些富户，也纷纷隐藏钱粮，都知道宋兵破城在即，捐个官是自找晦气。

曹彬领兵，连破江南兵，攻占了白鹭洲、新林港。又派兵攻打溧水，时驻溧水的南唐守将是统军使李雄。李雄有七个儿子，都在他手下做将领。李雄对七子道："宋军势大，看来我国凶多吉少。溧水破在旦夕。我食君之禄，忠君之事，绝不会弃城而逃。只要有我在，溧水就属江南，溧水若破，我愿以死殉国。你们还年轻，不必随我一起，各自逃生去吧。"七子皆表示，愿随父死战，不愿偷生。李雄道："好，不愧是我李雄的儿子。"

宋军到溧水，李雄率兵奋勇搏杀，终因寡不敌众，父子八人都死在阵上。曹彬闻其忠勇，令人将其厚葬。

眼看国破在即，江南内史舍人潘佑，上书直言救国之策。潘佑自小就孤僻，性情古怪。整日坐在家里读书，不与人交往，脑子里有许多古怪的想法。长大后，善于写文章。潘佑做官后，结交了一个叫李平的人，此人原为嵩山道士，后犯了罪，改名易姓，来到江南。李平言称，自己经常独坐静室，能够与神见面、交谈。潘佑也读了许多神怪之书，一见李平，顿时引为知音。二人遂辟一净室，壁上画了神像，潘佑和李平脱光了衣服，披散了头发，口中念念有词，身子也像打摆子似的，左右乱摇。据二人讲，神仙经常下凡光顾，对他们指教。家人不能近前打扰，若进入室中，潘佑就拿剑乱砍。

宋军迫近江南都城，潘佑觉得自己有责任救国，乃上书李煜，言称自己得神仙密示，要保南唐国家不亡，皇帝须做以下几件事：一、行周朝的礼节；二、将诸大臣都杀掉，因为他们朋比为奸，贻误国家，弄到如此地步；三、使自己做丞相。不做成此三件事，江南非亡国不可。

李煜看了奏章，觉得荒谬绝伦，将潘佑的书掷在地上，喝令左右，将他轰出殿去。潘佑一边被拖，一边大喊："我乃上天派来的神仙，你不听我的话，就是不听上天的话，等着做亡国之君吧！"

李煜令人用乱棍将潘佑痛打了一顿，恨恨地道："若不是看在佛祖面上，朕非要杀了你不可！"

潘佑回到家里，又静坐了半天，对家人说："我已奉神示，我受此屈辱，理应升天，复我原身，不可再苟活为江南臣子。'三军可夺帅，匹夫不可夺志。'江南定亡，让他们后悔去吧。朝中的那些昏官，我再也不愿见他们。"说罢，紧闭房门，自缢而死。

宋朝大军到了金陵秦淮河旁。江南兵水陆十万人，也列阵于金陵城下。双方仅隔一水。此时尚没有备好船只，潘美为宋兵先锋，大呼道："我带精锐骑兵数万，战无不胜，攻无不克，连战连捷。难道这一道小水沟，就阻挡住我了吗？"说着，拍马跃入水中，直向对岸驰去。宋军大队见主将先渡，纷纷跃入水中，一时水花四溅。江南兵见宋兵来势凶猛，先自胆怯，放了几箭，扭头就要跑。宋军追上，刀劈枪扎，江南兵死者无数，余者皆降。宋军都虞侯李汉琼用巨舰载芦苇，逼近江南水寨，而后点火直撞，江南水寨也被攻破。

李煜初听兵败，还有些着急。张洎对李煜道："陛下不必担心。宋军虽然来势凶猛，连破我军，然路途遥远，粮草不继，何况宋兵又不服水土，日久必然生病。只要我们死守金陵城，过几个月，宋军自会不战而退！"李煜心中正希望如此，所以天天在后苑，带着一帮和尚、道士祈求上天保佑。军书告急，都被统兵元帅皇甫继勋扣押。宋兵在金陵城下驻了几个月，李煜竟然不知。一天，李煜忽然想去城上看一看，往城外一望，大吃一惊，只见城外都是宋军的营寨，大大小小的旌旗，到处飘扬。

李煜吃了一惊，至此才知道有人在欺瞒自己，遂召统兵元帅皇甫继勋。皇甫继勋道："宋兵兵势过大，我军根本不是对手。报给陛下，徒然让陛下忧心，所以臣隐匿不报，实是一片忠心。"

“朕为宋廷所俘,就算安心吗?你这误国小人,朕饶不了你!朕问你,每逢兵败,你就说:‘我本来就知道不能胜’,有人要出战,你就把他们囚禁起来,有此事吗?”

“是谁告诉陛下的?”

“别多嘴,朕只问你,有无此事?”

“有。但臣实是为了国家,不忍心见士卒白白送死,国家反正是要亡的……”

皇甫继勋未说完,李煜气得大吼一声:“来人,给我拉出去,斩!”殿下武士轰雷一般答应一声,将皇甫继勋拖了出去。

金陵久被围困,部下也屡有人投降。李煜无法,只得派大臣徐铉前去汴京,向太祖求情。随同徐铉去的,还有国子博士周惟简。徐铉对太祖道:“李煜无罪,陛下师出无名。李煜以小事大,就像儿子对父亲一样,小心恭顺,未尝有半点差错,陛下为何要讨伐他?”太祖笑道:“你听说过父、子有分成两家的吗?”徐铉本以能言善辩著称,对太祖的话,却答不上来。

停了一会儿,徐铉静下心来,又历数了一遍江南对宋廷的恭顺,对宋廷的忠心。太祖听得心烦,手按剑柄,怒气冲冲地道:“你不要再说了!江南能有什么罪?但自古以来,天下一家,这是谁都承认的道理。朕的卧榻之旁,怎能容许别人在那儿鼾睡!”徐铉见太祖大怒,不敢再言。

太祖一眼看见周惟简,冷笑道:“啊,这儿还有一个说客,我倒忽略了,你还有什么歪理要讲,朕这里洗耳恭听!”

周惟简见徐铉都碰了大钉子,自己就更不用说了,闹不好,要掉脑袋。反正自己迟早都要做大宋的臣民,还不如让皇上高兴。想到此处,惟简不但不再陈述江南不可伐的理由,反而说:“陛下,臣本隐居山野,所好者,不过周易。本无做官之意。李煜强派臣来,臣也不得不来。臣听说终南山多灵药,等到战事完后,臣愿隐居于此。臣也不再回江南,免得被责。”

“你倒是个明白人,就先在东京住下吧。平定江南后,朕让你去终南山隐居。”太祖怒容稍解。

江南还有十五万兵在湖口,由朱令赟带领,奉李煜之命,乘船顺流而下,来烧宋军浮桥。曹彬闻知,暗设一计,命水军将领王明在浮桥附近水面,插了许多根长木棍,远远看去,就像船的桅杆一般。朱令赟见浮桥附近有许多桅杆,怕宋军有埋伏,就停船不前。王明与其他将领,乘夜突袭。

朱令赟早就准备好了芦柴、火种,还有猛火油机。所谓猛火油机,是当时的一种先进武器。猛火油机是一个装满了石油的喷桶,往外喷油时,用火点着,杀伤力颇强,是后世火焰喷射器的雏形。

唐军准备好了,只等宋船一到,就举火烧之。谁知北风大起,宋军在北,朱令赟在南,大火齐喷,反而烧了江南的船只,江南兵纷纷跳水,朱令赟慌乱之中也被宋军生擒。

李煜把全部希望都寄托在朱令赟这支军队上,听说朱令赟大败,李煜泪流满面道:“完了,全完了!”群臣见皇上如此,也都垂头而泣。

忽有宋军使者到。李煜道:“快宣他进来,看能否议和。只要能保国家不亡,祖宗基业不毁,朕愿意做任何事情。钱财、布帛、美女,他们要多少,我们贡上多少。”宋军使者上殿,对李煜只拱了拱手,道:“在下奉曹大将军之命,前来传谕江南国主。金陵已在我军掌握之中,要破,易如反掌。曹大将军怕两军交战,伤了百姓,所以劝江南国主开城出降,这是最好的出路。城早晚是要破的,希望江南国主想想自己的出路,也替臣下想想出路。早降,朝廷定会给予优待;若负隅顽抗,那只有死路一条。现在朝廷大军攻金陵,不过是用石头砸鸡蛋。怎么办,愿江南国主早作决断。”

“非是煜要抗拒大军,实是祖宗创业艰难,煜不忍三世的艰辛毁于一旦。愿尊使回去,转告曹大将军,只要能使江南国号不灭,煜愿倾全国之力,来供奉大朝。”

“事情都到了这一地步,还想国家不亡,简直是笑话。在下劝江南诸位,现在是保命要紧。江南、江北,自古以来就是一家,朝廷是不会容忍国中另有一国的。在下就说到这儿,该怎么办,你们自己好好思量吧。”使者说着,一拱手,下殿去了。

“陛下,依臣看,还是降吧,免得城破之日,玉石俱焚。”徐铉劝道。

“不,若要江南国亡,除非朕死!朕决不做亡国之君!有再言降者,斩!”李煜从

椅上跳起,大吼道。

江南群臣面面相觑,皆摇头叹息。

宋军准备好了云梯等器械,正准备攻金陵城,主帅曹彬忽然就生病了,一连两天,不升帐议事。底下潘美等,都来探视。

“不知元帅所患何病,末将愿寻郎中,来为元帅医治。”潘美道。

“我这病是心病,郎中治不了的。”曹彬叹了口气,“但诸位却能为我医治。”

“需要末将做什么,末将定尽力而为。”将领们纷纷表示。

“还记得平西蜀时吗?城破之日,胡乱杀戮,归来皇上深责。此次临行时,皇上一再叮嘱我,不要乱杀人,不要乱抢东西。我是一口答应了下来。但我手下,人员众多,万一有人不听号令,回去皇上岂不要降罪于我?所以我因忧愁而生病。只要诸位答应我,约束手下士兵,不乱杀,不乱抢,我这病就好了。”

“元帅放心,我等谨遵严令,做仁义之师。”

“好!”曹彬脸上绽开了笑容,“我在这里先谢谢诸位!”面对诸将,一揖到地,诸将慌忙还礼。曹彬与诸将设香案,共同跪在一起,对天盟誓:“彬等奉皇上之命,平定江南。金陵城破之日,若妄杀一人,妄抢一物,愿受重处,天地神人共鉴!”

宋军大举攻城,金陵城无处不受到攻击。江南兵本来就没有了斗志,现在见箭如雨下,个个抱头鼠窜,有家的回家,无家的也脱了军服,换上百姓服装。先进城的宋兵大开城门,曹彬率大队人马鱼贯入城,虽谈不上队伍整齐,也谈不上纷乱一团。

听说宋军进了城,皇宫内乱成了一锅粥,宫娥们大哭大叫,收拾包裹的,抢夺衣服的,还有怕受辱而投水自杀的。

江南大臣陈乔、张洎,约定好了,国破之日,以死相殉。陈乔进宫,见李煜道:“国家已亡,臣身任国家要职,不能逃脱罪责,请陛下将臣杀掉,以向全国百姓谢罪。”

“这是天命,杀你有什么用?不要添乱了,回家去吧。”李煜摆摆手。

陈乔回到家中,对家人道:“我实无面目再见家乡父老!”夜晚,闭门自缢而死。张洎在家里大喊大叫,扬言要为国殉难。家人苦劝,张洎道:“国家将亡,我自己想

死，你们能挡得住我吗？除非你们将我捆住，否则，我是定不要活的。”家人听了，就将他双手捆住。张洎坐在那里，家人喂他饭，他也吃；喂他水，他也喝。

曹彬率兵，直至江南皇宫外，曹彬令军士不要攻打宫城。曹彬派使者传谕李煜，让他出见，否则，一律格杀勿论。李煜无法，只得率文武百官，到曹彬营帐请降。李煜口称“罪人”，请曹彬惩处。曹彬道：“国主能率众出迎，况又能保存府库、宫室，功劳已是不小。何况国主历来对朝廷恭顺，每逢朝廷有大事，必派使者，又能进贡方物，必想皇上不会与国主为难。国主尝用朝廷年号，而废自己年号，足见国主对朝廷归心已久。”

“煜惭愧万分，不该率军抗拒天兵，致使朝廷空费钱粮，煜罪该万死，罪该万死。”

“过去的事就不要说了。你想保祖宗基业，也是人之常情。麻烦你快收拾行装，随我去汴京吧。”曹彬和颜悦色道。

李煜回到宫中，见宫娥与小周后都在默默哭泣。李煜心中不忍，转了脸不看。到得后殿，李煜跪在地上，面对列祖列宗的画像，伏地叩头：“不肖子孙李煜，无德无能，致使国破家亡，江南易主。李煜无面目见祖宗于地下！”说罢，伏地大哭。

宫殿依然是那么华丽，花草依然是那么繁茂，池塘依然是那么清澈，然而，主人却要被迫远行了。秀丽的江南，从此只能在梦境中显现了。

李煜久久地不出来，曹彬手下的人有些着急了，对曹彬道：“李煜进去那么久还不出来，不会有什么事吧？”曹彬笑道：“诸公不要担心。李煜素来软弱，遇事从未有个主意。既然已经投降，就绝不会再自杀。若想自杀，也不用出降了。”

曹彬的话尚未说完，宫中忽然飘出了一阵凄凉的乐声，听来如泣如诉，让人心碎。曹彬久经战阵，也不忍再听，感叹道：“早知今日，何必当初！江南本来国力甚强，若励精图治，足以自保。往日专事享乐，不问国政，今日国亡，才想起哀痛滋味，不是太晚了吗？居安思危，居安思危，说起来容易，做起来实在太难！居危而思安，倒是人人都会！”

曹彬的话未说完，李煜已出了宫门，带了宰相汤悦等四十五人，一同赴汴京。

五、违命侯

此次平定江南，曹彬军纪甚好，兵士没有乱杀乱抢者。金陵城破之时，兵不血刃。宋廷共夺得江南十九个州，一百八十个县。群臣都向太祖恭贺，太祖反而心酸起来，说："疆土分裂，受灾难的还是老百姓。战事一起，总是要伤人命的，尤其是老百姓，无端被杀者，更是不少。朕想起来，不由得心中悲哀。朕决定拨米十万石，赈济江南百姓。"群臣道："陛下仁慈之心，上可感天，下可感黎民。臣等生逢明主，真是三生有幸！"

李煜被俘至汴京，太祖驾临明德门，令李煜君臣穿白衣，戴纱帽，在楼下相见。因为李煜素来恭顺，太祖不让再贴告示，以免百姓知道。太祖道："李煜，朕早就想让你来东京，可老是没有机会，今日重见，足慰平生了。"李煜明知太祖是讥讽他，也没有办法，只有伏在地上叩头。

"你若早早来朝，归顺于朕，何至于兵革相见，致使江南百姓遭此大难！"

"臣有罪，臣有罪。臣只想到了自家基业，没有想到百姓，臣罪该万死。"

"好了好了，过去的事情，不要再提了。岭南刘鋹，胡作非为，临降时，又焚府库，朕尚不怪罪他，何况对你？你最后总算是率群臣出降了，金陵城又没被毁坏，这全是你的功劳。朕赐你冠带、鞍马、器币，封你为检校太傅，右千牛卫上将军，违命侯。你手下的官员及你的亲属，朕将量才录用。"

"陛下隆恩，臣生生世世报答不完。"李煜没想到会受到如此优待，心中自然十分感激。

太祖问："哪个是张洎？"张洎慌忙叩头："臣是张洎。"太祖道："李煜本来早就要降，可朕听说是你不让他降。要不是你乱出主意，江南怎会遭此战乱？这封蜡丸书，是你写给朱令赟，让他增援金陵城的吗？"

见太祖声色俱厉，李煜等人都吓得大气不敢出。张洎心中"怦怦"直跳，没奈

何,硬着头皮回答道:“此书确实是臣所写,但此一时,彼一时。当时臣是江南的臣子,自然要为江南所想;为江南所想,不免就要对抗朝廷。陛下没见过狗吗?只要不是主人,它就要冲着叫。臣当时不是陛下的狗,自然就要冲着陛下乱叫。像这种对抗陛下的事,臣做过不少,写书信让朱令赟增援金陵,不过是其中之一。陛下要治罪,臣甘愿受死。”

太祖笑道:“朕看你说的,倒是有些道理。各为其主,过去的事,朕不再追究。看你颇有智谋,是个可用之才,朕就封你为太子中允。”

“谢陛下大恩!”张洎又逃过了一死,心中暗叫“侥幸”。

曹彬平定江南,功劳卓著,太祖设宴款待南征将士。酒酣耳热,太祖对曹彬道:“本来要让卿做丞相,入枢密,但太原刘继元未平,卿请稍稍再等待一些时候。”

太祖刚说完,潘美就对着曹彬微笑。太祖问:“你们笑什么?”潘美道:“臣等出兵时,陛下要以曹彬为相。臣预先祝贺曹彬,曹彬对臣道,太原未平,不会以武将为相。现在陛下果如此说,故臣等相视而笑。”

“是吗?看来你们是深知朕的心思了。”太祖也哈哈大笑,“虽然如此,朕要重赏曹彬,赐给曹彬五十万钱。曹爱卿,你心中可还有什么想法吗?”

“陛下,臣托朝廷威严,陛下洪福,才得平定江南。陛下又赐臣这么多钱,臣真是喜出望外。臣无才无德,实不能任枢密。人生一场,只要有钱用,不使子孙挨饿,就够了,何必要做宰相。”

“卿真是众官之楷模。”太祖感叹道。

没过多长时间,太祖就授曹彬为枢密使,潘美为宣徽北院使,算是对二人的奖赏,也是为了说话算数。让臣下猜透了心思,太祖心中隐隐有些不快,所以就不按原来的想法办了。

六、兄弟嫌隙

太祖闲暇无事,仍常到亲臣旧戚家走一走,看一看。一日到弟弟光义宅中,兄弟二人一同游玩。时光义已被封为晋王,太祖对这位同胞兄弟十分喜欢。光义虽位居宰相之上,但为人小心恭谨,家中十分俭朴,除了后院,有个小小花园,两个凉亭外,连个池塘也没有。太祖道:“可凿一池,引金水河水来。”光义只好答应。过了几天,新池凿成,太祖又亲临观看,嘱咐多种些荷花,多养些鱼。光义一一照办。

李煜被安排在皇宫西北角的一座院落内,虽然比起南唐皇宫来小得多,但小巧玲珑,花木葱郁,小桥流水,鸟语花香。对于亡国之君来说,这已经是非常好了。李煜明白,这是赵匡胤的私情。若论公事,自己只怕要坐在肮脏的牢房之中了。

李煜过着被软禁的生活,每日只是以酒浇愁。这天中午,又喝了一些酒,沉沉睡去。睡梦中,自己又回到了金陵皇宫之中,车如流水,骏马如龙,欢声笑语,春风无限。醒来以后,才知道是南柯一梦。怅惘了半日,遂提笔写道:

多少恨,昨夜梦魂中。还似旧时游上苑,车如流水马如龙,花月正春风。

刚写到一半,只听仆人禀报,说大宋皇上驾到。李煜掷了笔,慌忙伏地迎接。赵匡胤忙用双手搀扶,说:“师兄不必如此,现在不在朝堂之上,你我只叙私情,不必多礼。”

“罪臣不敢。”李煜十分恭谨。

“起来吧,坐下说话。”

“罪臣不敢。”

“起来吧,若再不起来,就是不再认我这个师弟。”

听赵匡胤如此说,李煜方才在椅子上坐下。

“师弟,到汴京来,饮食起居可有什么不便之处?尽管讲来。”

“一切皆好,多谢陛下费心。”

“师兄,你儒雅多才,做这个国主,是害了你。”

“小弟也是无可奈何,这大概是天命,人力违拗不得。”

沉默了半晌,赵匡胤开口了:“娥皇是怎么死的?”

“她,她是因病而死。”

“可朕听说,她是因为你召了四娘进宫,被你两个人气死的。”

李煜赶忙匍匐在地,说:“皇上,娥皇委实是忧郁而死,但不是因为四娘,而是因为思念皇上。罪臣没有照顾好她,罪该万死,请皇上重处。”

“真是如此吗?”赵匡胤的眼泪,再也止不住了。

“是的,罪臣不敢有半句谎言。”

“娥皇,你为何就不能多活几年,来到汴京,陪陪朕呀!”赵匡胤仰天长叹。

李煜也只是流泪,不敢多说半个字。

“算起来,四娘也算是朕的亲戚。让她出来,见见朕吧。”

四娘出来,拜见了赵匡胤。赵匡胤仔细地看了看她说:“嗯,倒是有几分娥皇的影子。姐妹之间,终究是像的。”

“皇上,你认识我姐姐吗?”四娘问。

“认识,很熟悉。”赵匡胤回答得十分怅惘、落寞。这一点儿,连四娘都感受到了。

从此以后,太祖常常在闲暇时,到李煜的侯府中,与李煜、四娘说说闲话。能够见上四娘,也算是减轻一些对娥皇的思念。慢慢地,四娘也知道了赵匡胤和姐姐的故事。四娘是聪明人,非得要认赵匡胤为兄,赵匡胤当然就答应了。其实,对于四娘来说,这不过是一种自保的法子。

有天晚上,太祖在宫中批阅奏章,累了,就带了两个太监,走出了宫门。信步所至,不知不觉,又到了李煜的侯府门外。这夜正逢月末,没有月光,漫天的星斗,倒很璀璨。

还未到李煜的府门口，就听到那里一片吵嚷声，还夹杂着女人的哭声。赵匡胤离得远，看不清楚。走近了几步才看清，原来是几个人正在拉着四娘往一辆车子里塞。四娘不愿，当然要哭哭啼啼。李煜的仆人们想拦又不敢拦，只能干着急。

太祖大怒，问道："什么人，敢在侯府前喧嚷？"

"谁的裤子烂了个洞，把你给露出来了？我们奉上命，自干公事，用得着你这厮来管？"一个人出言不逊。

"哪地方的上命？没有王法吗？"太祖问。

"王法？我们就是王法。"那帮人哄笑起来，"讲王法，你算是找对人了。"

"既然你们就是王法，为何半夜三更强拉人家妇女？"

"强拉？开封府找这个罪妇问事，不行吗？"

"谁是罪妇？"

"李煜抗拒天命，他就是罪人，他的老婆，就是罪妇。"

"李煜已经归顺大宋，现在是大宋朝的侯爷，你们休得无理。"太祖怒极反笑。

"你这厮口口声声为李煜说话，敢是伪唐的奸细？左右，与我拿下。"

几个人一起扑向太祖，只听扑扑通通几声响，那些人统统躺在了地上，哀号不止。

那人道："你这厮等着，待我把晋王千岁叫过来，要你的命。"

太祖微微一笑，带着四娘回到了李煜的府中。李煜吓得正在发抖，见太祖来，方才安静了下来。太祖道："师兄受惊了，是朕照顾不周。从此以后，不会再有此等事情发生。"李煜和四娘，赶紧跪地叩谢。

不一会儿，只见人喊马叫，灯笼火把，一片明亮，只见赵光义领着一群人，大踏步走进院子，大喊道："李煜，你想造反吗？"

"李煜不想造反，朕倒觉得有人想造反。"

火光之下，赵光义见皇兄在这里，赶忙跪地叩头，众人也都呼啦啦跪下一片。

"光义，你且随朕到屋子里来。"

屋子里，李煜和四娘已经回避，只剩下兄弟二人。

“光义,你深更半夜宣周氏何事?”

光义汗下,不能回答。

“以后非奉旨,不准再来打搅。如若再犯,决不轻饶!”

“是是,臣弟知错了。”

“好了,你退下去吧。”

“是。”

“你的手下,你也不要再责罚了。没有月光,他们也不知道是朕。”

“是。”

光义走后,李煜又和四娘一块儿出来了。

“陛下,多谢救命之恩。不然,今日之事,不知是何光景。”四娘伏地大哭。

“陛下,今日之事,开罪了晋王殿下,罪臣性命堪忧。”李煜也跪地抽泣。

“师兄,你不要怕,普天下,抬不过一个理字。凭他是谁,只要没理,就不得人心。”

“陛下,话是这样说。但那毕竟是晋王殿下。求皇兄救命。”四娘仍然在哭。

“有朕在,你们不用怕。朕已有旨意,非奉旨,一切人等,不得前来叨扰。”

“多谢陛下。”

太祖回到宫中,脸上犹有怒意。宋皇后还在宫中弹琴,等着他。凡是太祖未就寝,宋皇后一律不就寝,不管多晚。

“皇上,何人惹您生了气?皇上要爱惜龙体。”

赵匡胤叹了一口气,就把光义今晚的所作所为说了一遍。

“有句话,臣妾屡次想讲,却不敢讲,因事涉朝廷千年大计,所以……”

“你我是夫妻,没有不能讲的话。”

“陛下百年之后,欲让何人接位?”

“晋王。”

“晋王人品,可接得吗?”

“晋王乃朕之亲兄弟,何况,又有太后遗命。晋王十几年来,做开封府尹,勤勤恳恳,无有大过错。”

“当初,太后为何要光义接位,不让皇子接位?”

“怕幼主当政,国体不稳。”

“德昭已二十多岁,德芳也已十多岁。等到皇上百年之后,他们还年幼吗?”

“朕传于光义,光义再传于匡美,匡美再传于德昭,德昭再传于德芳。”

“光义自有子。到时,他是想传位于匡美呢,还是想传位于自己的儿子呢?”

“太后有遗诏,他不敢不遵。”

“那时,他是皇上,谁也奈何他不得。他的儿子,再传他的孙子。皇上辛辛苦苦打来的天下,后世子孙却不能继承。最可怕者,德昭、德芳本应得帝位而不得,势必连臣子也做不成。到时,只怕我们母子三人,都要死于非命。”宋皇后说着,泪流满面,跪倒在太祖面前。

“快快请起,你所说的,朕自有计较。朕自觉精力尚可,此事过些日子再议不迟。以你看来,德昭、德芳,哪一个更能担当大任?”

“臣妾看来,德芳更好一些。”

“让他们做个官,历练历练吧。要是看来是个有本事的,能接大位更好。”

“他们二人,都不是臣妾所生,臣妾无有私心。”

“朕知道,但今日之言语,出于你口,入于朕耳,勿再与外人道。”

“臣妾知道。”

宫门外,一个人影一闪,跑了出去。

好不容易平定了南方,太祖刚想舒一口气,谁知又听大臣说,京中的粮食只能吃到明年的二月。也就是说,京中存储的粮食,只够吃几个月。太祖心头的火气腾地一下子就上来了,这不是要毁坏京都吗?打起仗来怎么办?一被围城,大宋就完了。于是,太祖把权判三司楚昭辅叫到面前,劈头盖脸地骂了一顿:

“你身为权判三司,知道不知道,国家没有九年的粮食储蓄,就会捉襟见肘。现时倒好,京中只剩下几个月的粮食!你这是要毁我大宋!听说,你为了征粮食进

京,还强行征了许多民船,弄得京师运炭的船只都没有了。怎么,你除了要饿死京师之民,还要冻死他们?限你在一个月内,运够京师一年用的粮食。一年之内,运够九年用的粮食。如若再如此懈怠公事,不但你官职不保,还要小心你的项上人头!”

一席话,说得楚昭辅冷汗直冒,急急忙忙出了宫门。

楚昭辅的头本来就有些蒙,出得宫门,被太阳一照,更加头脑不清醒了。在路旁的树荫下怔了半天,才想起到南衙找开封府尹赵光义。

在光义面前,楚昭辅涕泗横流,说自己在这个位子上,是尽心尽力的,就像一头老驴,不停地在奔波。可是,任凭自己怎么努力,粮食就是运不过来。现在,皇上大怒,要惩治自己,自己没有办法,只好到晋王这里来求救。晋王不援之以手,自己只有死路一条。

光义沉吟了一会儿,问他:“你可知道,粮食运不过来,是因为什么吗?”

楚昭辅摇了摇头。

“楚昭辅呀,你可不能天天沉溺于酒乡,把公事放在一边。陈从信,你给楚昭辅说说,京师粮食为何运不过来!”

“晋王,”右知客押衙陈从信侃侃而谈,“在下曾经游历江淮,和运粮的船工聊过,也和江淮的地方官聊过。进京运粮船缓慢,其实是人为之因。”

“哦?”光义眼睛亮了一下,“愿闻其详。”

“这些舟子路途上的花费,都是由官府供给的。但并不是一下子发给,而是每到一处,申领一处。地方官府办事拖沓,每处多耽搁两三天,加起来就不得了。如果一下子把路途花费都发清,可节省十来天。到京城缴纳时,也要加速。现在,从江淮到京师,一趟要八十天,一年只能运三趟。如果节省十来天,一年就能运四趟。京师的储量就会大大增加。”

“说得好。”光义非常赞赏。

“还有一件事,现时京师米价官价是七十钱一斗,太便宜了。各地商贾见无钱可赚,就没有人运粮进京。若是增到一百钱一斗,商贾就会运粮过来。看着比七十

钱贵一点儿,但省了运费,算起来,比官船运的还要便宜一些。”陈从信确实对此有想法。

“楚昭辅,你觉得如何呀?”光义问。

楚昭辅的汗又下来了。

光义进宫,把这些想法都给太祖说了。京师之粮,一下子就丰足了。太祖觉得光义真的很有头脑。

第二十五章

一、征伐北汉

太祖崇尚俭朴，常对臣下说：“奢侈乃亡国之象，要为子孙开千百年基业，务必戒奢靡。人之一生，所享受的美衣、美食、美屋、美女是有定数的，若过分享受了，就会折寿。若俭朴一些，因没有享受完，上天就会延寿。”宋宫中所挂的帘子，都是用芦苇织成，只用青布镶一个边儿。太祖日常所穿的衣服，总是穿了又穿，脏了，不过让宫人去洗一洗，从不肯轻易换新衣。

太祖有六个女儿，有三个女儿早亡，魏国大长公主虽排行第四，实际上却是太祖现存的长女。长公主嫁给了王承衍，居住在景龙门外。虽出嫁了，也常进宫来看看父皇。太祖见其头上插着翠羽，心中不悦，对她说：“插这个东西干什么，好看吗？我看未必。以后不要再打扮得怪模怪样的。你是公主，穿得再俭朴，人家不会认为你贫穷，反而会尊重你。你打扮得花里胡哨的，人家嘴上不说，心里会以为你奢侈无度。你生长于富贵之中，要珍惜自己的福分，不要早早就用完了。”魏国大长公主脸红得什么似的，回家就把饰物都换掉了。

太祖知道，要想让大宋长治久安，就必须将人才网罗到朝廷之中。一是让他们为朝廷出力，二是省得他们和朝廷作对。而网罗人才最好的办法，就是科举。太祖每年只要腾得出空闲，就要举行科举考试，而且力主要多录取寒门子弟。因为寒门子弟无进身之阶，科举是他们为朝廷效力的唯一途径。

太祖为了防止科举主考官舞弊，常常亲自阅卷。有年阅卷，见翰林学士陶谷的儿子陶邴竟然被录取为第六名，太祖心里十分不爽：

“朕听说陶谷很不会教子，这孩子，怎么被录取到了第六名？敢是有人营私舞弊吗？不行，换主考官，换试题，再考一遍。以后官宦子弟，概同此例。”

又考了一次，陶邴依然考得很好。见没有什么舞弊情节，太祖就心安了。但官宦子弟却倒了霉，以后科举，凡是考得不好的，就不说了；考得好的，还要重新考一遍。

对于贪官，一向仁慈的太祖，却从来不手软。右领卫将军石延祚监守自盗，贪污公款，太祖命将其弃市，也就是在大庭广众砍头。太子洗马王元吉，在做英州知州时，一个月，就受贿七十万钱。太祖又将其弃市。李守信与其女婿马适勾结，偷偷盗窃秦岭一带的木材。事发之后，李守信自杀，马适也被弃市。监察御史闾丘舜卿在兴元府任职时贪墨，事发后，也被弃市。对于其他犯罪，太祖有时还会借国家喜庆之日，予以赦免，但对贪污官吏，概不赦免。

太祖闲来无事，还是老习惯，经常到赵普府上去，去之前也不打招呼，老朋友嘛，熟不拘礼。这天太祖到了赵普家，见赵普家的廊檐下，摆了一溜酒坛，上面还贴了封条，看样子，不像是京中之物，就问赵普：“这是什么东西？”赵普道：“哦，这是吴越王送来的几坛海货，我素来不喜欢吃这些东西，放在屋里，也有怪怪的味道，故此就放在了廊檐下。”太祖道：“什么海货？能打开看看吗？”

赵普闻言，忙让家人打开了一坛。原想是鱼虾海蜇之类的，谁知打开以后，家人竟然张大了嘴，愣在了当地，结结巴巴地半天说不出话来。赵普急了，走向前一看，自己也愣了。太祖问：“到底怎么回事？有何古怪？”赵普手颤抖着，从坛子里抓起一把东西。太祖一看，这东西黄澄澄的，在阳光的照耀下，发出耀眼的光芒：一水的瓜子金！

“把其他几个坛子都打开，看来吴越出手很大方啊！”太祖冷笑道。

赵普命令把其他九个坛子都打开了，里面都是瓜子金，一坛海货也没有。

“赵普哇,你这海货,可是贵重得很哪!”太祖的口气,很平缓,不冷不热。

“皇上,我真不知道是……是瓜子金,如若知道,我……我绝不会……我会禀报皇上。”

“这个朕知道。你如果真想隐瞒,朕是不会看到这些东西的。”

“皇上圣明。下官这就将这些东西上缴朝廷。”

“这个不必了,既然是吴越王给你的,你就收下吧。”

“皇上……”赵普头上的汗都出来了。如果有个地缝,赵普真想钻进去。

“钱俶以为,朝廷大事,都是你们这些书生说了算哪!”太祖说完这句话,扭身就走了。从此以后,太祖就很少到赵普府上去了。

太祖在赵普府上的奇遇,迅速在京城官场中传开了。太祖不喜欢赵普的传言,也越来越多。官员们开始弹劾赵普,有说他结党营私,架空朝廷的;有说他霸占民女,无恶不作的。对于这些凿空之论,太祖都置之不理。墙倒众人推的道理,太祖是懂得的。赵普是个什么样的人,太祖自认为还是有把握的。

但有一份奏章却引起了太祖的注意。这份奏章说,赵普偷偷贩运秦陇大木,运到洛阳,盖了一所豪华的私宅。李守信、马适贩运秦陇大木案,怀疑背后之人就是赵普。否则,李守信不会案子一发,那么快就自杀了。太祖看了,脊背上出了一身冷汗。自己很熟悉的赵普,难道也有自己不熟悉的一面?

为了弄清赵普,也为了不冤枉这个老朋友,太祖决定,亲自到洛阳一趟。当然,太祖到洛阳,还有别的大的想法,那就是迁都洛阳。开封地处平川,不是个长久立都之处。

太祖的车驾在路上一路疾驶,向洛阳而来。忽然,车子停住了,原来是一个叫张齐贤的书生,跪在了路当中。

“是有什么冤屈,告御状吗?”

“不是。听这人说,是要向朝廷献治国条陈。”

“哦?”太祖来了兴趣,“呈上来看看。”

随行太监将那人的条陈呈上,太祖一看,竟然有七十多条。太祖逐条看下去,

脸上不禁露出了笑容。

看完了以后,太祖把这书生张齐贤叫到了车前。

“张齐贤,你身在朝廷之外,还能思谋国家大事,为朝廷分忧,这份心,着实难得。”太祖对这张齐贤,还真的有些欣赏。

“这些条陈,都是臣日思夜想,想出来的,请皇上采纳。”

“你是书生,虽有热心,但毕竟不懂军国大事。这些条陈,其中有一两条,还是能采用的。”太祖虽然很欣赏张齐贤,但看他字里行间,十分自负,就想挫磨挫磨他,这对他日后为官有好处。如果连皇上的挫磨都受不了,那,还是多吃几年苦吧。

没想到,张齐贤还真的傲气冲天:“请皇上仔细看看,这七十多条条陈,个个都是好的!”

面对这样一个连皇上也要顶撞的生瓜蛋,太祖也没有什么好说的:“扠出去,赶快赶路!”

几个武士,把张齐贤扔到了路边。

望着远去的太祖车驾,张齐贤欲哭无泪。但他不知道,他的名字已经牢牢地印在了太祖的脑海中。他已经被皇上列入了可用之才。

车驾如风驰电掣一般,到了洛阳。太祖顾不得歇息,命众人驱车,直到洛阳的赵普府。洛阳的赵普府,在一条偏僻的小街之中。小小的一座院门,如普通住户一般。太祖感叹道:“赵普究竟简朴。”进了二门,还是一扇小门。太祖道:“若不亲眼来看,只听人言,岂不冤枉了老朋友!”不承想过了第三道门,院子忽然变大,里面的建筑豪华无比,直逼皇宫。进屋里一看,只见屋内皆是檀木家具,案上玉器古玩,数不胜数。这样的房间,后边还有许多所。

太祖一言不发,走了出去。上了车,也没有说什么。过了几个时辰,太祖才叹了一口气:“此老甚不纯粹!”

从洛阳回来后,太祖忽然动议要迁都洛阳。光义道:“汴京水陆要枢,四通八达,陛下为何要迁都?何况自朱梁以来,汴京已经十分富庶,若迁都别处,恐无此处便利。”

“别人不懂朕的心，怎么连你也不懂朕的心？汴京地处平原，无险可阻。万一敌国入侵，不好阻挡。朕意是先迁都洛阳，再迁都长安。那里易守难攻，可奠千百年的根基。”

“为人君者，在得民心，而不在据险要。若论险，西蜀够险的了。但孟昶还是被陛下擒到了汴京。汴京一马平川，为何江南李煜，不来攻汴，反而坐等我们攻他？民心还是重要的。”

“你不听朕的话，早晚是要吃亏的。几十年后，或一百年后，汴京倘若有险，不好防守啊。不过，迁都毕竟不是一句话就办的事，以后再说吧。要迁都，也需先准备准备。”

“陛下圣明。”光义答道。

没过几天，赵普被免去了右仆射兼门下侍郎，同中书门下平章事、昭文馆大学士，转任河阳三城节度使、检校太尉、同平章事。也就是从宰相，变成了地方官。虽然官职仍然很高，但已经不受朝廷重用。赵普本人倒也镇定，一句不辩，一句怨言也无。

赵普临出京前，来向太祖辞行。望着一脸平静的赵普，太祖许久才开了口：

“则平啊，你是大宋的开国功臣，又做了宰相，为国出力多年，现在，让你出任外任，心中是否有些不平？”

“没有。皇上为臣卸下了重担，臣应该感谢皇上。”

“这话朕信。有些事情，一开始朕也蒙在鼓里，后来细想细思，才知道，被你这老家伙给骗了。”

“臣有罪，不该收受吴越王的瓜子金，不该贩秦陇大木，不该盖豪宅……”

“好了好了。”太祖摆了摆手，“朕有些事不明白，想请教你这位老朋友。”

“皇上还拿臣当朋友待，臣感激涕零。”

“吴越王钱俶是个精细之人。他若要给你送瓜子金，又要将瓜子金放在装海产品的坛子里，他最怕什么？”

“吴越王怎么想的，臣实不知。”

“朕若是吴越王,定要先写一封书信送到东京。不然的话,万一赵宰相不知其中是宝贝,随意处置了怎么办?要知道,海产品虽然是小民稀罕之物,对于大宋宰相来说,就未必稀罕了。”

“这……”赵普脸上的汗都出来了。

“吴越王给你早就写了信,你早就知道坛子里是瓜子金,是吗?”

“臣是接到了吴越王的信,但是否看过,臣忘……忘记了。”

“依你赵则平的精细,吴越王给你的信,你会不看?”

“……”赵普无语。

“既然知道是瓜子金,又知道朕经常去你的宅上,可你,还要把装瓜子金的坛子摆在廊檐下,这又如何说?”

“事务繁忙,臣糊涂了。”

“你不是糊涂,你是故意要朕看到。”

赵普不语。

“你赵则平一向简朴,虽然胸有大志,但简朴已成习惯。在豪宅之中,你会很难受,对吗?”

“皇上知我。”赵普的眼泪都快下来了。

“既然如此,你为何还要费心费力,在洛阳那个你不大去的地方,建一所华丽无比的宅子呢?记得你和朕说过,你最不喜欢洛阳。”

“臣年纪大了,糊涂了。”

“你知道纸包不住火。所以,这所宅子,你也是故意要朕看。又是私受瓜子金,又是建豪宅,贩大木,你赵则平一反常态,执意要做个贪官,是吗?”

“事已至此,臣无话可辩。”

“你这老家伙的用意只有一个,抹黑自己,好让朕讨厌你,贬你的官,好远离京城,全身避祸,是吗?”

赵普的眼泪终于下来了:“皇上都知道了,臣也没有什么好隐瞒的了。”

“你在避什么祸?难道朕不能为你撑腰?”

赵普只是哽咽,不说话。

“朕知道,这些年,你为了朝廷,得罪了一些不该得罪的人,尤其是得罪了光义,所以,你要远离京城,是吗?”

“请皇上成全臣。”

“则平,你是大宋功臣,有朕在,只要你行得正,坐得端,谁也不能奈何你,你怕什么? 留下吧,辅佐朕,全始全终。”

“有皇上在,臣当然什么也不怕。”

“朕明白了。朕总有离世的那一天。光义又是储君,到时候,你的日子确实会不好过。”

赵普跪下了:“皇上今日既然披肝沥胆,臣也斗胆进言。此话全为皇上着想,若为我自己,我不该说。此话说出,只能为我招祸。”

“那你就不要说了。你要说什么,朕也能猜个八八九九。”

“作为臣,作为朋友,这话,臣定要说出。哪怕臣说出以后,皇上处死臣。”

“你说吧,咱们是老朋友,谈谈心也好。朋友之间说话,无所谓对错。”

“当日杜太后让皇上立光义为储君,是因为当时德昭、德芳年龄尚小,怕国无长君,大宋落得个大周的下场。可今日,德昭、德芳都已经长大成人,再过几年,二人年岁更大。太后当年所虑,已不复存在。所以,臣斗胆请皇上立德昭或德芳为太子,以安人心。”

“则平请起来。”皇上亲手将赵普拉起来,坐在椅子上。

“请皇上早做决断。不然,到时候,德昭、德芳欲做一平民,而不可得矣。”

“唉,别人不知道,你应该懂得朕的心。说句老实话,朕在汉周时,从来没有想过做什么帝王,只想为国效力,做个节度使足矣。大宋立国后,朕也听过一些议论,说朕早就怀有不臣之心,什么义结十兄弟,就是为日后登基拉拢人心。当时这十兄弟,都不是什么人物,只是在一起喝喝酒,吹吹牛,好免除寂寞而已。那时,能升一级,多挣二两银子顾家,就不错了,哪敢想那么多。”

“那时,我们只想把日子过好,把孩子养大,能在京城买一处自己的宅院。”赵普

道。

“朕武艺尚可，蒙世宗垂青，不时升迁。但世宗疑心甚重。朕当上殿前都虞侯时，就知道，官已经当到头了。心想，官当到这份儿上，也够了。世宗多次试探朕，问朕想不想升迁外放，朕都摇头。朕只想在世宗跟前，当个都虞侯，没有别的，心安。在京城，离家也近，侍奉母亲也方便。”

“正因为皇上忠孝，世宗才授您殿前都点检之职。”

“当时，谁也想不到，有人搞鬼弄了个木条，世宗会越级重用朕。朕当时，连副都点检都不是。”

“谁能想到，世宗三十九岁就驾崩。”赵普也感叹。

“世宗驾崩，朕被你们逼上这个位子。于是，朕因为当上了皇帝，被人想成了城府极深的人物。于是，以前的一举一动，都成了要夺帝位的精心之举。”

“皇上继位，是人心所归，是皇上忠厚招来的福泽。”

“朕跟你说这番话，就是想说，朕的位子，也是侥幸得来的。天下大位，唯有德者居之。朕之所以选光义为储君，不全是因为年龄，而是因为光义确实有才干。”

“德昭、德芳年纪已大，皇上何不也让他们历练历练？皇上不让他们干事，怎么就知道他们没有才干呢？”

“此事朕也想过，只是怕光义多心，所以，一直不让他们两个出来效力。”

“这样做，对德昭、德芳公平吗？”

“那好吧，朕就让他们出来，做些事情。则平，你就安心到外地，歇上两年，然后，还有军国要务麻烦你。”

“皇储一事，皇上不可掉以轻心。五代乱世，兄弟相残、父子相残故事，比比皆是。就连号称英主的唐太宗，也有玄武门故事。思之令人冷汗直下。”

“放心吧，我大宋不是大唐，更不是五代乱世。那种骨肉相残之事，我朝不会有。唉，不知上天还能给朕多少年。十年，十年足够了。朕已经积攒了足够的金钱，到时，能把燕云十六州赎回，我大宋即可世世代代高枕无忧。”

“皇上小心，小心！”赵普临走时，再三叮咛。

二、吴越

南唐被灭，使南唐的邻国吴越国非常不安。吴越王钱俶惊恐莫名，赶紧给大宋又是上贺表，又是进贡，唯恐大宋乘胜而进，灭掉吴越。

钱俶继承的，是其祖父钱镠的基业。

钱俶之祖父钱镠，杭州临安人。临安乡中有棵大树，钱镠小时候，爱和一帮小伙伴在树下玩耍。钱镠坐在大石头上，指挥小伙伴们排成队伍，玩打仗的游戏，号令颇有法度，小伙伴儿们都很怕他。等到钱镠长大成人，不喜欢老老实实耕田，成日东游西逛，偷鸡摸狗，找人打架。实在没钱了，就贩点私盐，或偷人家一点儿东西。总而言之，算是个有缺点的能人。

县录事钟起有几个儿子，常常与钱镠在一块儿喝酒，赌钱。钟起屡屡告诫儿子们，不要和钱镠在一起，儿子们就是不听，还是偷偷地与钱镠玩在一起。见别人如此看不起自己，聪明的钱镠想了一个办法，私下找了个算命先生，给了他几个钱，教他如此如此说。算命先生心领神会，到钟起家中，对钟起道："我从事算命术有许多年。老是看见天上斗、牛星之间，有王气闪烁。斗、牛所对应的，正是钱塘，我又算了算，这贵人在临安。我故来此间寻找，但见街面上人虽多，却无生具贵相者。"

钟起见算命者找贵人不到，却找到了自己家里，心中窃喜，忙好好款待算命先生，问："先生看我面相如何？可有富贵之相吗？"

算命先生装模作样看了一会儿，说："尊容是有些贵相，但还不是我所说的贵人。"钟起又把自己的儿子找来，让算命先生看。算命先生一一细看，道："小公子们日后皆有高官厚禄之福分，只是没有为王之命。"

正说着，只见钱镠从外边摇摇摆摆地走进来，一边走，还一边剔牙，大概是从哪儿偷了一只鸡，刚刚吃完。平日钟起因为讨厌他，呵骂过他数次，所以他轻易不敢到钟起家来。今日怎么了，这家伙吃了熊心豹子胆？钟起的几个儿子心里想。他们怕父亲责骂,一个个都不敢与钱镠打招呼,好像大家谁都不认识谁。

钟起看见钱镠就烦,以为是他把好好的儿子带坏了,冷笑着正要下逐客令,没承想算命先生快步上前,一把抓住钱镠,咋咋呼呼地说:"哎呀,踏破铁鞋无觅处,得来全不费功夫,这正是在下要找的贵人哪!"又对钟起道:"此人面相贵不可言,以后您与几个儿子要想显贵,都要靠此人帮衬呢!"

钟起听说钱镠是贵人,自然不再禁止儿子和他一起玩,有时钱镠手头紧了,钟起还掏钱周济他,盼望着有朝一日,能沾上钱镠的光。

钱镠善于舞槊,又善射箭。唐乾符二年,黄巢作乱,石镭镇将董昌招募乡民,抗击黄巢,钱镠武艺稍强,被董昌任命为偏将。黄巢攻掠浙东,至临安。钱镠对董昌道:

"我们人少,而贼兵众。若真打实拼,我们必败无疑,非得出奇谋,才能胜利。"钱镠带了二十几个武艺稍强的兵士,埋伏在山谷两旁。黄巢先锋将大摇大摆,往山谷而来,钱镠一箭,将其射死。兵士见大将被杀,乱作一团。钱镠乘机追击,获首级百余颗。

董昌见打了胜仗,十分高兴,对钱镠道:"黄巢大军又至,君可仍伏于山谷之旁。"钱镠道:"此计谋偶尔一用尚可,再用,敌人就不上当了,须另用计谋。"乃领兵到了一个叫"八百里"的地方。对路旁的老太太说:"有人问你,你就说'临安兵屯八百里'。"黄巢派人问路,听得这句话,大惊:"前日数十个人,我们还打不过,现在他们的人,竟然驻扎了八百里,我们怎能得胜,赶快走吧!"临安于是得保全。因抗拒黄巢有功,董昌被升为杭州刺史,钱镠也升为都指挥使。

董昌与越州观察使刘汉宏起了争端,钱镠率兵埋伏山中,大败刘汉宏。刘汉宏穿了一身油腻腻的衣服,拿了把屠刀,仓皇而逃。钱镠追上他,问:"你是干什么的?可见到刘汉宏了吗?"刘汉宏道:"我是个屠夫,不认识什么刘汉宏。"因此,侥幸逃得性命。钱镠善于打仗,名头越来越响。光启三年,唐廷拜钱镠为左卫大将军、杭州刺史,董昌为越州观察使。

董昌原本在钱镠之上,现在钱镠大有超过他的架势,所以心中十分不快。他本来就没有什么智谋。治理越州，处理案件诉讼，让双方掷骰子，谁掷的点儿大，谁就有理，百姓对他十分痛恨。

有一个姓韩的巫婆，对董昌道："咱们乡间有个谣传，说罗平鸟能决定越人的祸福，民间都为罗平鸟画了图像，祭祀它。我看大人你的名字，用篆书写起来，可与罗平鸟的图像一模一样，这可是上天的昭示呀。证明大人是越人的主人。"董昌不信，巫婆就拿出罗平鸟的图，又写了董昌的名字。董昌看了，果真有点像，说："那又怎么样呢？"

"我已与上天通言，上天言大人有做天子的福分。还说让大人赶快做，不然，就没这机会了。"巫婆道。

天王老子帝王爷，自己竟然有做天子的福气。有这样的福气，董昌自然不肯放过，不然的话，自己不就成傻瓜了。

于是董昌自称皇帝，国号罗平。改年号为"顺天"，将军队分为"中军"和"外军"。中军穿黄衣，外军穿白衣，衣服上都印上"归义"二字。董昌的副手黄竭劝董昌不要这样做，董昌命人把他杀了。拿了他的首级，骂他道："你这个贼人，不知好歹的东西！我对你那么好，你却不听我的话！放着好端端的三公不肯做，却要自寻死路，你可别怪我！"骂过，把黄竭的头投到厕所里。

唐廷闻董昌造反，派钱镠征讨。钱镠说："董昌对我有恩，曾是我的主人，我不能不发一言就和他开战。"以兵屯在迎恩门，派使者劝董昌。董昌见钱镠来，很害怕。他和钱镠共过事，知道这小子脑袋瓜子管用，会打仗。和会打仗的人打仗，那是傻瓜。所以，董昌皇帝略施小计，用二百万钱来慰劳钱镠的军队，并写信承认罪过。钱镠见他态度诚恳，答应不再当皇帝，就撤了兵。

不承想钱镠刚走，董昌又变了卦，还继续当皇帝。找个工作不容易，怎能说不干就不干呢？董昌的部将刺羽见董昌没什么本事，不能成大事，就捆了董昌，径往杭州，来献给钱镠。行到西小江，董昌对左右说："我与钱镠是同乡，同时起兵，他当时还是我的偏将。我现在被擒，还有什么面目去见他？"因瞪圆了眼，大吼一声，投水而死。

天复二年,钱镠被封为越王,天祐元年,又被封为吴王。朱温篡唐,封钱镠吴越王兼淮南节度使。有人劝钱镠不受梁的称号,钱镠笑着说:“过去孙权据吴,势力浩大,还曾接受别人的封号,何况我呢?”

朱温问钱镠的使者:“吴越王可有什么爱好?”使者回答说:“好玉带,名马。”

“这才是真正的英雄!”朱温大喜,赐钱镠玉带一匣,御马十匹。

钱镠与淮南因相隔不远,所以经常有摩擦。淮南兵包围苏州,在城周围建立水栅,又在水中布满了挂满铜铃的大网。人只要一从水中过,铜铃就响。铃一响,淮南兵就举网。别说是人,就是一条鱼,也要被他们活捉。吴越兵连城也进不了,更别说救援苏州。

钱镠十分苦恼,百思而不得破解之法。可巧水军里面有一个小卒,叫司马福,既善潜水,又有智谋。他向钱镠献了一条妙计,钱镠听了,眉头顿开,拍案叫好。

司马福执大竹竿潜入水中。先以竹竿触网,淮南兵闻铃响,赶快举网,司马福乘机而过。到得城边,偷听到了淮南兵的口令,又依前法,过网而回。钱镠派军士扮成淮南兵,往苏州逼近。与淮南兵相遇,双方口令相符,淮南兵以为是自己人,不加拦阻。钱镠军出其不意,大砍大杀。淮南兵大溃,苏州之围也就解了。

钱镠屡屡得胜,心中欣然,就带了人回家乡一游。与家乡父老酣饮达旦。座中有人说:“昔汉高祖还乡,作《大风歌》,大王可有《大风歌》吗?”

“我没有《大风歌》,却有《还乡歌》一首,请父老指正。”说着,钱镠击桌为节,唱了起来:

三节还乡兮挂锦衣,父老远来相追随。牛斗无孛人无欺,吴越一王驷马归。

唱毕,众人哄然叫好。钱镠想起昔年之困窘,今日之荣耀,不由得感慨万端,叹道:“谁想到我能做王?连我自己也没想过!”

后唐立,钱镠派使者献贡,并请求允许自己用玉册。唐庄宗命大臣商议此事。

大臣们道:“只有天子才能用玉册,钱镠用玉册,不是要自立吗? 此事绝不能答应他。”

“钱镠拥兵自立,求于朝廷,不过是个礼数罢了。朝廷不允,他仍然要自立,还要和我们翻脸。不如做个顺水人情,准允了他,还能使他年年入贡。”唐庄宗倒很清醒。

钱镠得到唐庄宗许可,乃自称吴越国王,将自己府邸改成宫殿,手下官吏皆称臣。

钱镠英雄一世,不免渐渐年老,八十一岁时,卧病不起。死前,召手下诸大将道:

“我的儿子们皆愚懦,不足袭我位子。我死后,你们看着办吧,想立谁就立谁。你们谁想做王,只要大家答应,也行。”

诸将皆悲伤不已,都说钱镠子元瓘素有战功,可以袭位,钱镠点头答应。

元瓘袭位后,对将士也善于统驭。又好儒学,善作诗,在吴中设“择能院”,录用那些有才学的文士。然而元瓘好盖宫殿,并视宫殿如性命。天福六年,杭州发了火灾,差不多把元瓘的宫室都烧尽了。这下可要了元瓘的命。竟因此而发疯,随后病亡。其子钱佐袭吴越国王位。

钱佐袭位时,才十三岁,诸将都把他看成小孩子,不大尊重他。钱佐一开始还不说什么,后大将日益骄横,钱佐乃严办了几个,又杀了几个,吴越人才知道这个小国王不好惹,皆对他服服帖帖。

福建乱,求救于钱佐。诸大将都不想去打仗。钱佐勃然大怒,道:

“我为元帅,就不能发兵吗? 你们都是我们家养起来的,平日白白吃饭,现在有事了,就不能为我做先锋吗? 有再不听号令者,斩!”乃发兵赴福建,取福州而还。

开运四年,年仅二十岁的钱佐病卒,其弟钱倧袭位。

大将胡进思颇不服钱倧。钱倧在碧波亭阅兵,见军伍整齐,甚喜,命大赏军士。胡进思道:

“陛下赏军士,臣无异言。但如此厚赏,于理不合。一是损耗国库;二是日后若

有功,又该如何赏?若厚于今日,国库负担不起;若薄于今日,军士定有怨言。请陛下收回成命。"说完,不等钱倧表态,就命军士将赏品收回。钱倧大怒,正在写的诏书也不写了,把笔"噗"的一声,扔到水里,满面不高兴道:"我给军士赏,是公事,又不是装到我自己腰包里,你责怪我干什么?"

回到宫里,钱倧越想越气。心想,他们还把我放在眼里吗?一腔怒气无处发泄,就提了笔,画了一个《钟馗击鬼图》。图中钟馗手执宝剑,将鬼打得跪地求饶。钱倧想象着自己就是那钟馗,而胡进思则是那小鬼。画成,钱倧气消了一大半。转念又想,我只在这儿自己得意,胡进思却不知。不如将此画给他,吓他一跳。钱倧毕竟是少年心性,只想着解气,没想到此事的后果。

胡进思接到此图,果然心惊胆战,以为钱倧要杀自己。钱倧虽然年轻,可毕竟是国王,他一句话,自己的脑袋就可搬家。

胡进思久经战阵,知道该怎么办。他连夜急召部下,垂泪对他们说:

"我得罪了国王,国王因为一句话,就要杀我。似这样无道的昏王,我们早晚都要吃亏。诸公若有意,请和我一起,废旧王而立新王。如此,诸公还可加官晋爵。不然,要等到地老天荒,也无晋身之机。"

军士都是胡进思的老部下,再加上钱倧年轻,大家都愿听胡进思号令。胡进思出其不意,乘夜攻入宫中。卫士稍作抵抗,即被杀死,余者皆降。钱倧被废,胡进思迎立钱倧之弟钱俶为王。

宋太祖建隆元年,封钱俶为天下兵马大元帅。钱俶之舅、宁国军节度使吴延福见钱俶懦弱,老是进贡,心中不满,对手下将士道:

"我若为王,必不如此。修甲兵,深壕沟,大朝又能把我们怎么样?干吗像个狗一样,老是向人家摇尾巴!你们若有志气,和我一起,废了这个懦王,管保你们都荣华富贵。"

兵士见吴延福说出造反的话来,心中害怕,赶忙报告给钱俶。大臣见吴延福对国王不恭,都主张将吴延福杀掉。钱俶道:

"吴延福与家母是一母同胞,我怎忍心杀他?杀了他,我有何面目见母亲?"

言毕，痛哭流涕，只将吴延福流放。

大将胡进思立钱俶，废钱倧，老是担心钱倧复国，对自己不利，屡屡劝钱俶将钱倧杀掉。钱俶道："让我杀我的兄长，我不忍心下手。你若非要这样干，我就退位。"胡进思道："大王放心，我不杀钱倧就是了。"

钱俶知道胡进思口是心非，就派心腹将薛温去守卫钱倧，对他说：

"我拜托你去保护废王。若有什么危险情况，你就是拼死，也要保他不死。若能如此，我定重赏你。若废王被人杀死，你也不要再回来见我。"

薛温守护钱倧有一个多月的时候，有二人夜间持刀来杀钱倧。钱倧紧闭门户，大喊"救命"。薛温赶来，将来人分别杀死于庭院中。

此二人乃胡进思所派。胡进思见事不成，怕钱俶向他问罪，发背疮而死。

开宝五年，钱俶派使者入贡宋廷。太祖对使者说："你回去告诉你们国王，要好好训练甲兵。江南对我不恭顺，始终不来朝见我，我要发兵讨伐他。让你们国王来帮助我。不要相信李煜说什么'皮之不存，毛将安附'。我已命人在薰风门外造了一栋特别好的宅子。占地数坊，屋宇宏丽，里面什么东西都有。我已命名为'礼贤宅'。你们主子和李煜二人，谁先来朝拜我，我就将这宅子赐给谁。"

开宝七年五月，赐钱俶袭衣、玉带，玉鞍勒马，金器二百两，银器三千两，锦绮千匹。此年冬天，讨伐江南。李煜果然寄书信给钱俶，让他发兵相助。信中说："今日无我，明日难道还有你？一旦宋廷攻占了江南，你也不免要做大梁一布衣百姓。"钱俶将李煜的信送给太祖，不搭理李煜。

宋师讨伐江南，钱俶发兵助宋，攻占常州、润州，又助攻金陵。太祖传旨给钱俶："元帅助讨江南，有大功。等到平定江南，可来与朕相见，以慰延想之意。你来了，我决不会留你不归。朕拥有四海，面对天下百姓，能说话不算数吗？"

钱俶非常信奉佛教，花了大量的钱财建造佛塔，像杭州有名的六和塔、雷峰塔、宝石塔，都是他在位时建造的。

太祖下旨，命吴越王钱俶前来东京面谈。钱俶接到圣旨，左右为难。来东京吧，怕宋廷把他扣在东京，那样的话，大宋将不战而胜，吴越连个讨价还价的余地都没有;不来东京吧,前面抗旨的李煜就是榜样,最后,还是以俘虏身份,到了东京。

钱俶思来想去,拿不定主意,大臣们也是举棋不定,吵成了一锅粥。最后,钱俶还是一锤定音:去,宁可冒险,也不能给宋军以进攻的口实。于是,钱俶坐着船,带了一帮大臣,还有金银珠宝,沿运河直往东京开封而来。

到了开封的南郊,宋廷派人郊迎、赐宴。按照惯例,主持这些活动的,一般都是晋王、开封府尹赵光义。可这次,不知怎么回事,出现的不是赵光义,而是皇子赵德昭和赵德芳。两个皇子出席,规格也不算低了,钱俶也没什么脾气。德昭、德芳从来没有单独办过什么事情,这次接待吴越王,格外引人注目。大家都说,两位皇子长大了,而且都挺有才干。一些和太祖比较熟悉的老臣,都向太祖祝贺。太祖看来也很高兴,一一向大臣们致谢。

钱俶本来怀着一颗忐忑不安的心来见太祖。及至见了太祖,见太祖一团和气,心情轻松了不少。太祖和颜悦色,夸奖钱俶识大体,懂礼数。两个人拉了不少的家常,也都喝了不少的酒。

宋廷对吴越君臣,招待得无微不至,天天是锦衣玉食。可钱俶他们,在东京却是度日如年。过了四五天,钱俶就请求回去,太祖不允。过了很长时间,还是不放行。

太祖在开封,专门为钱俶建造了礼贤宅。太祖坐车先到“礼贤宅”,看宅中用品可充足。钱俶一来,就命他住在那儿。太祖与钱俶在崇德殿相见。钱俶贡白金四万两、绢五万匹,太祖也有赏赐。当日又在长春殿设宴,钱俶又贡白金二万两、绢三万匹、乳香二万斤。祝贺江南平定,又贡白金五万两、钱十万贯、白银八十万两、茶八万五千斤、犀角象牙二百支、香药三百斤。太祖至礼贤宅回访,钱俶又贡白金十万两、绢五万匹、乳香五万斤。太祖特赐其“剑履上殿,诏书不名”。

钱俶在汴京的日子,太祖数次召钱俶及其子惟濬入宫,于后苑中宴射,令诸王相陪。太祖命钱俶与晋王光义、秦王光美行兄弟之礼,钱俶不敢,趴在地上流泪坚辞。

在后苑打猎的时候,太祖除了晋王光义以外,后宫的嫔妃只带了花蕊一个人,

花蕊夫人平常在宫中颇为寂寞，喜欢骑马射箭、舞剑等。现在这个美人儿穿上戎装，倒也别有一番风韵。

吴越王钱俶本来并不喜欢打猎，射了几箭没有射中，也就算了。太祖善射，射中了一只鹿。花蕊夫人也不甘落后，也射中了一只。光义骑马在前，见一只鹿非常大，就拍马上前，追赶那只鹿。那鹿跑得非常快，光义眼看快要撵上，就拈弓搭箭，一箭射出。那鹿扑通一声，倒在了地上。忽听脑后呼呼风响，心想不好，赶紧伏在了马上，一支箭贴着他的头皮而过。光天化日之下，谁敢对晋王放箭？

光义回头一看，原来是花蕊夫人。

花蕊夫人的弓箭，已经被太祖夺过，掼在了地上。

“费蕙，你到底想干什么？”太祖满脸的怒意。

“干什么？我只想报仇，报仇！”

“晋王和你有何仇恨，你竟然对他施放冷箭？”

“我的皇上，就是被他毒死的，你说有何仇恨？”

“费蕙，没想到你是这么惹是生非的人！”

“他是你的亲弟弟，他是什么样的人，你心里其实最清楚。孟昶是怎么死的，你心里也是明镜似的。赵光义惯会下毒害人。早晚，你也会被他害死，咱们就走着瞧！”

当着吴越王的面，费蕙说出这种话，太祖脸上很是挂不住：“你如此无礼，朕要把你废了。”

“要杀要剐，随你。”花蕊夫人费蕙，嘴角上挂着一丝冷笑。

“费蕙，咱们结识好多年了，朕对你如何，你对朕如何，你不妨心里仔细想想。”太祖显然有些伤心。

“皇上，你救过我的命，但我也服侍你了，咱俩两清了。”

“这么多年的恩情，一下子就两清了？”

“在蜀国，我伤了你的心，可你灭了蜀国，又让你的兄弟杀了孟昶。这，还不够，还不够吗？你知道，孟昶是个多么好的皇帝，我们蜀人是多么怀念他吗？”费蕙一副倔强之态。

“皇上,和这种动不动就要害人的亡国妖异有何话讲!”

太祖正和花蕊夫人拌嘴,只见光义走上前来,拔出佩剑,将花蕊夫人一剑穿胸。不要说花蕊夫人吃了一惊,就连太祖、钱俶都吓了一大跳。

望着胸前的剑,花蕊夫人嘴角上浮现出一丝笑容,然后,身子晃了晃,倒在了地上。

“光义!”太祖恼怒地叫道。

吴越王钱俶也吓得面容变色,半天说不出话来。

钱俶将回吴越,太祖设宴讲武殿送行。赐钱俶袭衣、玉束带、玉鞍勒马、玳瑁鞭、金银锦缎二十余万。对钱俶道:

“南北气候不同,快要到夏季了,卿早点走吧。万一水土不服,生了病,朕就有过错了。”

“臣愿三年一次,来朝拜皇上。”钱俶道。

“路途遥远,就不必了。什么时候有诏,你再来;无诏,就不必再来了。另外,朕还有一物赐你,你可于半途打开观看。未离汴京,不要打开。”太祖说着,命人取出一个黄布包袱,递于钱俶,钱俶叩头谢恩。

钱俶将离汴京,太祖赐簇新的仪仗于他,此仪仗从礼贤宅一直摆到迎春苑。太祖又回赐钱俶金器万两,白金器数万两,白金十万两,锦缎绫罗四十万匹,马匹数百。钱俶浩浩荡荡驶离京师。至中途,打开太祖所赐黄包袱,见包袱内都是大臣奏折。钱俶一读,都是劝太祖扣留钱俶不回的言论。钱俶又是感激,又是害怕,后背上冒出了不少冷汗,又祷于上天,暗称“侥幸”。若太祖留钱俶在汴京,吴越国将不战而亡。

送走钱俶,太祖命人好好安葬了花蕊夫人。太祖表面上不好带出悲戚,毕竟这个女人要杀自己的弟弟,最后又被自己弟弟所杀。但深宫夜半,太祖想起自己与费蕙的交往,还是禁不住潸然泪下。

三、讨伐北汉

荆湘、西蜀、江南、岭南都已平定，太祖乃命征伐北汉。

北汉的第一代皇帝刘崇，乃是后汉高祖刘知远的弟弟。后汉时为太原尹、北京留守。刘知远死，隐帝即位。郭威为枢密使。刘崇对判官郑珙说：

“我与郭威平素就不和，现在皇上年纪又小，郭威大权在握，倘若他一旦篡位，恐怕我全家都要遭殃。所以，我现在必须想一个万全之策。”

郑珙劝他道：“您手中有兵、有将，怕什么？郭威若对你好，你就安安稳稳，做你的太原尹；若不对你好，你就与他刀兵相见。至少也要固守太原。方今之计，要大力招兵买马，多备枪械。”

“此言甚是。手中有兵有粮，就可自保。”刘崇听从郑珙之计，大力招兵买马，扩充队伍。

郭威起兵，隐帝遇害，刘崇听说，立马就要率兵南下，去救都城开封。还未动身，忽然听说太后已立自己的儿子刘赟为帝。刘崇的高兴劲就不用说了，对幕僚说：“这下我可放心了，我儿子做皇帝，我就是太上皇。此事对我只会有好处，不会有坏处。想不到，这件事我们还能因祸得福。”

“依下官看来，事情不会这么简单。”少尹李骧劝刘崇，“郭威大兵在握，他进入都城之时，已经能做皇帝了。他让刘氏做皇帝，不过是做个样子罢了，用不了多久，他定要篡位。谁做这个傀儡皇帝，谁就会命丧他手。现在机不可失，请速率精兵越过太行山，控制孟津，然后再观形势。若皇上坐稳了天下，您再回来。这样，郭威就不敢轻举妄动了。”

“你这腐儒，在这儿胡说什么。我儿子做了皇上，你却教我擅自出兵，你居心何在，是想离间我们父子吗？我连儿子都信不过，还信谁？”

“问题是您的儿子做不得主。我出这个主意，是为您父子好，是万无一失的好

计策。”李骧道。

“你这番胡言乱语,要是让朝廷知道了,还不怀疑我要谋反?到时候我们父子兵戈相见,你就舒服了,对不对?来人,把这个阴险毒辣、人面兽心的东西,给我拉出去砍了。否则,我怎么向朝廷说清楚!”刘崇拍案大怒。

几个士兵上前抓住了李骧。李骧仰天苦笑:“罢了,罢了。我自幼自恃聪明,自以为有辅助帝王之才,谁知却投靠了一个愚蠢之人。为蠢人出谋划策,我不是更蠢吗?不过请拭目以待,郭威篡了汉,你才会想起我的好处。我是比笨蛋还笨蛋的人,死是应该的。但家里有个久病的妻子,我死后,就无人照顾她。请把我们一块儿杀掉吧。”

“今日我这个蠢人,就是要杀你这个聪明人。你让我连你妻子也杀了,想让我心生怜悯,以为我可以饶恕你们。你想错了!我要把你全家统统杀掉!”

李骧与妻子一块儿掉了脑袋。没过多久,郭威果然篡了汉,连刘崇的儿子刘赟也被杀掉了。刘崇这时才想起李骧的好处,惭愧万分,命立祠祭祀李骧。

刘崇见皇帝已死,自己便在太原称起帝来,国号仍为汉。派人向契丹送了许多钱物,愿事契丹主如父。契丹主十分高兴,派使者册封刘崇为“大汉神武皇帝”。

刘崇死,儿子刘钧继位。与宋多次交战,不敌宋军,逐步退缩,固守。契丹皇帝又责怪他擅自行动,要责罚他。几处夹击,刘钧忧郁成疾。宋太祖派密使对刘钧道:“你与周朝是世仇,是周篡了你们的江山。朕灭了周,不是替你报仇了吗?咱们应该没有什么仇恨吧。朕不想与你兵戈相见,你何必要困守一隅,不来归顺朝廷呢?如果你认为你能夺得中原,朕愿与你在太行山下决一胜负。”

刘钧听了太祖的言语,也派使者对太祖道:“太原无论从土地还是从兵将方面来说,都无法与中原相抗衡。然而在下是承继祖宗基业,不是叛臣。之所以要守住这方土地,不过是害怕列祖列宗没人祭祀。”太祖听了刘钧的话,有哀求之意,就笑着对使者说:“你回去告诉刘钧,就说我放他一条生路。”所以刘钧不死,太祖不再讨伐太原。

刘钧无子,死后由义子刘继恩即位。刘继恩乃刘钧妹妹的儿子,原姓薛。其父

薛钊,家世不甚显赫。刘钧之妹仗着自己有显赫家世,不把丈夫放在眼里,拒不与丈夫相见。薛钊见不着妻子,平日郁郁寡欢,慢慢心中就有了恨意。有天喝得酩酊大醉,以酒壮胆,来寻妻子求欢,妻子不允,骂道:“瞧你那獐头鼠目、不成器的样子,我自瞎了眼,怎么嫁给了你?”薛钊道:“你不与我相见,敢是有了野男人?”其妻道:“有又怎样,你能奈我何?”

薛钊大怒,从壁上拔下剑来,直向其妻砍去。薛钊脚步踉跄,边追边砍,其妻绕室而跑。跑得较慢,被薛钊抓住了衣袖。其妻急中生智,脱去外衣而逃。薛钊知道妻子伯、父皆位居高官,自己闯了大祸,酒醒后,拔剑自刎。薛钊死后,刘钧就认继恩为义子。后继恩母亲又嫁何氏,生继元,刘钧也认为义子。继恩、继元算是同母异父兄弟。

刘继恩平庸懦弱,身长腿短。他即位,手下人都不大服气。刘钧死后,刘继恩为表孝心,独居一室,为刘钧守孝,四周不带一亲信。有一个将军叫侯霸荣,力大无穷,又善于射箭,跑起来能赛过马匹。曾在并州、汾南一带当过强盗,后投降刘钧。见大家都不服气刘继恩,侯霸荣道:“这有什么难的?一刀不就把他宰了吗?”遂提刀直入刘继恩的丧室。刘继恩见来者不善,围着屏风乱跑,气喘吁吁地说:“你,你敢杀主吗?”侯霸荣也不答话,追上前去,一刀刺入刘继恩胸中。

刘继恩被杀,其弟刘继元继位。侯霸荣自以为立了大功,等待封赏。没承想刘继元却命令手下,将侯霸荣以弑主罪斩首。

开宝二年春,太祖亲征太原。宋兵围汾州。刘继元尚寄希望于契丹,对守城将士说,契丹大军马上就到。太祖派将在阳曲大败契丹援军,并将缴获的契丹军的首级、盔甲高挑在长竿上,让汾州城守军看,守军顿时泄了气。到了五月,太祖见汾水暴涨,就掘堤水灌汾州城。

北汉宰相郭无为,早年曾经当过道士,知识渊博,以诸葛亮自居。他曾投奔过郭威。郭威见他长得脖子又粗,嘴又尖,有些看不上他。郭无为一气之下,就投了北汉。郭无为在北汉东游西说,他的口才不错,倒也有不少人赏识他。先是封他为谏议大夫,后又封为宰相。宋朝大军围城,郭无为见宋军势大,悄悄约了一些亲信,

想投靠宋军。不承想此事被一位宦官知道,向北汉皇帝刘继元告了密。刘继元本来非常相信郭无为,听见郭无为在干这种事情,气得昏了过去。等到苏醒,刘继元下令,将宰相郭无为当众绞死。

汾州城墙被水淹泡多日,忽然有一段城墙坍塌了。宋军见状,一阵欢呼,这下,攻城容易多了。只是北汉军的弓箭手,死守此缺口。大宋军一时攻不进去。但北汉军也无法修复此缺口,一修复,大宋的弓箭也会如飞蝗一般飞来。这样僵持下去,汾州城难以保全。北汉军正在发愁之际,忽然从远处的水面上,漂来了一个大草垛。北汉军大喜,忙命会水的士兵跳入水中,将这大草垛推到缺口处。大草垛很湿,很大,暂时把缺口堵上了。大宋的弓箭无法射到城里了。北汉士兵赶紧借此机会,把城墙修复好了。

北汉军从城西出逃,宋兵乘机出击,杀死北汉兵万余。入夜,太祖正在营帐中安寝,忽听外面大喊,说刘继元来投降。太祖大喜,起身就要开营门去受降。有臣子阻止道:“受降虽是好事,却和与敌人相遇一样,是十分危险的。刘继元若真降,为什么不在白天,偏要放在夜晚?陛下莫中了刘继元奸计。”太祖称谢道:“不是爱卿提醒,差点误了大事。”命闭门不出。查找刚才喊叫的几个人,果然是北汉的间谍,太祖命斩之。

太常博士李光赞劝太祖道:“陛下上应天意,下合民心。战无不胜,谋无不成。四方小国,窃居帝号者,纷纷来降。过去他们与中原分庭抗礼,今日是陛下的臣子。像太原这样的小地方,何劳陛下亲征,朝廷大军又何必久驻于此。何况此地临近契丹,得之不为多,失之也不算什么坏事。让它挡住契丹,也对中原有好处。现在天气炎热,又值多雨,倘若河水泛滥,道路不通,军粮一时运不过来,恐怕陛下要忧心呢。”

太祖正想班师回朝,只是太原未平,面子上过不去。现在看到李光赞如此说,正中下怀,就与赵普商议,撤兵回汴京。禁军将领见大功即将告成,反而班师,心中不愿。叩头于太祖,愿拼死攻城。太祖道:“太原攻下来,对我们好处不大,留下它,去阻挡契丹吧。你们都是我平素训练出来的爱将,都有以一当百的本领。朕要让

你们在最危急时刻，才发挥功用。我宁愿不占太原，也不能让你们冒着刀箭之险，去蹈死地！”

兵将们对太祖的一片苦心都十分感激。于是，宋军有条不紊撤回汴梁。

此次，太祖命党进、潘美等，再次讨伐北汉。宋军屡屡获胜，得牛、马、羊无数，得百姓四万余人。

四、再到大理

征伐太原，虽然也有一些小胜，总体上却是不顺利，这在太祖的征战生涯中，是前所未有的。太祖心中烦闷，就多饮了几杯酒，坐在那里，闷闷不乐。想招人来说说话，但就是提不起兴致。正在此时，太监王继恩一溜烟跑过来，对太祖道：“皇上，违命侯李煜方才派人传过话来，说想见皇上，并且请皇上到侯府中。这厮，真的太不知好歹，竟敢劳皇上的大驾。”

自从到了开封后，李煜从来没有求见过自己，更没有要求过自己去到他的侯府。李煜如此做，肯定是有大事相求。赵匡胤的酒，一下子就醒了，面对太监的唠叨，他只说了两个字：“备轿。”王继恩就识趣地闭了乌嘴，赶紧忙碌去了。

到了李煜的侯府，果然觉得气氛不比往常。仆人们都屏声静气站立一旁，李煜和四娘赶紧迎出跪接。

“好了好了，非朝堂之上，不必拘礼。师兄，找我有何事？”

“罪臣又给陛下找麻烦了，罪该万死。”李煜将赵匡胤让到屋内坐下，仍然跪在地上，不停地叩头。

“师兄，我早给你说过，国家法度是国家法度，兄弟情义是兄弟情义。只要不是在朝堂之上，不牵扯国家大事，在师弟面前，要随和些，有什么就说什么，不要动不动就罪该万死。这个南唐国主，不是你要做的；南唐灭国，也不全是你的错。大势所趋，换了谁，都会是这般结果。”

“有件事情,臣弟想向皇上禀报,但禀报之前,先请皇上恕我欺君之罪。”

“哦,有这么严重?还欺君之罪?好吧,你尽管说来,什么罪,朕都原谅你。在大宋,朕还是说话算数的。”

“那好。”李煜脸色苍白,浑身冒汗,从衣服里掏出一张纸,递给太祖,“请师兄过目。”

赵匡胤接过一看,只见这张纸上,写了几行苦涩狰狞的大字:“呈南唐国主,你的慈空大师,现在和我在一起,如要保她性命,请拿黄金百斤到大理鄯阐府古塔附近,届时,自有人和你们见面。否则,慈空性命不保。谢经拜上。”

“这个谢经,不是江淮帮的帮主吗?怎么到了大理?”赵匡胤问。

“谢经作恶多端,插手朝廷事务。小弟做了国主后,恨其为非作歹,曾派大军剿灭。帮众多数投诚,唯有谢经及几十个亲信,从密道逃脱,不知去向。没想到,他们到了大理。”

“这个慈空,又是何人?”赵匡胤问。

李煜半天没有回答。

“回朕的话。”赵匡胤已经隐隐感到事情有些古怪。

李煜张口结舌,竟然回答不出。豆大的汗珠,在额头上滚动。而眼里的泪珠,也竟然夺眶而出,过了半天,这个优雅的原南唐国主,竟然哇的一声哭了出来。

赵匡胤见他如此,心中也十分恻然:“师兄,纵有天大的为难事,有朕为你做主,怕什么?”

“回皇上,那……那慈空,就是我姐姐。”小周后道。

“什么?娥皇……娥皇她……还活着?”赵匡胤激动加吃惊,一下子从椅子上站了起来。

“你们,你们瞒得朕好苦,朕,朕要杀了你们。”

“陛下,先让我把话说完再杀不迟。”

“你说。”

“娥皇心中只有陛下,因此,我们两个成日只是以礼相待。后来,天长日久,娥

皇为了排遣寂寞,就开始将精力放在乐曲的钻研上。加上我也喜欢作词,因此,我们也度过了一段还算热闹的日子。”李煜斟词酌句,唯恐刺激到赵匡胤。因为他知道,娥皇是赵匡胤心中的最爱,“但这种相敬如宾的日子,毕竟别扭。外人看着我们两个无忧无虑,实则,我们两个心中,都有说不出的苦。娥皇是一个善良人,屡次劝我找一个称心如意的妃子,但在娥皇面前,哪还有什么佳丽。”

“是呀,曾经沧海难为水。”赵匡胤点点头。

李煜没敢说,娥皇因为痛苦,曾经沉溺于歌舞与酒之中,往往一闹,就是通宵达旦。他自己也曾经多次趁娥皇酒醉,冒犯于娥皇。娥皇醒来,也没有办法。一是二人本就是夫妻;二来,李煜是国主,她也有苦说不出。当然,这些事情,李煜是到死也不会说的。

“后来,我碰到了四娘,才算找到了真爱。”李煜扭头看了四娘一眼,“我们两个,一心一意地爱着对方。到了这个时候,我才知道,什么是夫妻之情。但我和四娘的恋情,却得罪了娥皇。她可以让我和别人恩爱,却不能容忍我和她的小妹妹恩爱。确实,在这件事情上,我和四娘,让娥皇很没有面子,整个金陵城,都把这件事当成姐夫和小姨子的偷情。有些文人,还暗暗写诗讥刺。”

“你们也确实有些胡闹,四娘这么小,你就和她如火如荼,还要写词记其事,什么手提金缕鞋,连朕都听说过。”赵匡胤道。

四娘的脸,红得不能再红。

“当时只顾兴奋,写就写了,没想到伤害了娥皇。娥皇从此就病了,连理都不理我。后来,在智源大师的开导下,娥皇皈依了我佛,铁了心要出家。一个皇后出家,对于朝廷,面子上不好看。我不从她,她就以死相要挟,几次悬梁。智源大师给我出了个主意,对外谎称皇后薨逝,大办丧事。实际上,却悄悄将娥皇转到了城外深山中的尼姑庵中。临行,娥皇对我言,以前的周娥皇已死。她还在世的消息,任何人,包括她的爹娘、妹妹,还有皇上您,都不能告诉。所以,来到开封,我也只能告诉皇上,娥皇已死。事实上,她早就心灰意冷,和死去一样了。”

“纵然如此,你们也不该瞒朕,你该知道,娥皇在朕的心中,甚至比江山都重,你知道吗?不管怎样,你们给朕带来的是天大的喜讯。朕不怪罪你们,快快起来。”

“要不是谢经这封信,连四娘都不知道娥皇还活着。”李煜道。

“除了你,还有谁知道娥皇活着?”

“还有两个亲信太监。”

“这两个太监现在何处?”

“城破之日,不知去向。”李煜回答。

“这就对了。事情肯定是这两个太监说出去的,谢经知道后,以为有机可乘,就干了这件事。师弟呀,既然谢经是向你发的信,那,你就随朕一起到大理国走一趟吧。”

“愚弟遵命。”

“这样,我带一百名精干的禁军,然后,再带着青玉,就行了。”赵匡胤之所以带着青玉,是因为青玉会照顾人,而且武艺高强;再者,作为婢女,别人也不会注意她。

因为是要去见娥皇,所以赵匡胤心急万分,当天将国事吩咐于光义和赵普,带着李煜、青玉和禁军,就出发了。光义和赵普,都不同意赵匡胤出行,说万乘之尊,不可轻动。像这种事情,派一位将军去,就可摆平。赵普甚至劝诫,说娥皇在不在世,还在两可之间,说不定这是一个要陷害皇上的阴谋。赵匡胤冷笑道,现在除了大理,都是大宋天下,就是有几个蟊贼,也翻不起大浪。何况,大理虽然不是大宋土地,可朕进了大理,比在大宋还要感到安心。光义和赵普见状,只好顺从太祖的意思,尽量把行程安排好。太祖一边出发,一边派快马去大理,通知段思弘。

一行人风驰电掣,不一日到了大理边界,刚刚通报完名号,只见关门大开,段思弘领着几个随从,从关内冲了出来。来到赵匡胤的车前,滚鞍下马:“大理段思弘,叩见大宋天子。”

赵匡胤赶紧从车内出来:“贤妹请起,别来无恙!”赶紧用手把她扶起。二人四目相对,深情凝视。

“哥哥,你有些嫌老了。”

“岁月不饶人。怎么，看不上我了？”

“只有哥哥看不上我，我也老了。”

“你不老，和朕在梦中所见一模一样。”

“你还能梦见我？我这下值了，几乎夜夜在梦里与你相会。”

“贤妹受苦了。”

“不苦，等会儿到了大理，我给你看一样宝贝。”

“贤妹的宝贝，定然是好的。”

两人说完话，赵匡胤又让段思弘与李煜、青玉等一一相见。

到了大理段思弘的府中，段思弘让众人吃了饭，都去将息。然后，引赵匡胤到了自己的居处。

“贤妹，你不是有宝贝给朕看吗？”

“哥哥勿急，宝贝马上就来。”

两人正说着话，只听得靴声橐橐，从外边走进一位十七八岁的年轻公子，向着段思弘施了一礼：“孩儿给母亲请安。”

“你，你成亲了？”

“孩子，你叫什么名字？”赵匡胤又问。

“我有两个名字，一个叫段长和，一个叫赵德琳。”

赵德琳？赵匡胤转身看着段思弘：“这是，这是咱们的孩儿？”

“你的两个孩子，不是叫德昭、德芳吗？所以，这个孩子，我为他取名叫赵德琳。但因为我哥哥身体虚弱，无有子嗣，这孩子还要过继给我哥哥，所以还有一个名字叫段长和。”

“贤妹，谢谢你，你为大宋立了一大功。朕，朕不知怎么感谢你才好。”

“以后这孩子，会继承我哥哥的皇位。他的儿孙，也会是大理的皇帝。我只是希望，大宋和大理，都是你的至亲骨肉，以后不要刀兵相见才好。”

“贤妹放心，在不知道这件事之前，我已经立下规矩，大宋与大理永远共存，大宋永远不会攻伐大理。”

段思弘满眼含泪:“孩儿,快来见过你的父亲,大宋皇帝。”

赵德琳跪倒在地:“孩儿拜见父亲。”

硬汉赵匡胤见此情景,也禁不住热泪盈眶,他觉得,自己的人生,真的很完满。

青玉依照与谢经的约定,第二天,就到大理的古塔附近,去见谢经的人。青玉身穿宋装,十分显眼。不一会儿,就有一个长着三缕胡须、贼眉鼠眼的人前来搭讪。

“兄弟,是从大宋来的?”

“是。”

“是违命侯手下?”

“是。”

“金子可带来了吗?”

“当然带来了。”青玉一拍手,就有人抬来了一只大箱子。青玉一努嘴:“你自己看。”

那人打开箱子,只见黄澄澄的,晃人眼睛:“是真的吗?”

“你随便拿一块看,省得说我们只拿一块真的蒙你。”

那人拿了一块,又是仔细看,又是用嘴咬,折腾了半天。

“我们是诚信之人,不会蒙你,也希望你们言而有信。”青玉不卑不亢。

“这块金子我能拿走让帮主看吗?”

“随便。”

“好。”那人脸上乐开了花,“只要金子是真的,明天,还在此处,我领你们上山。只不过,你们最多只能有三个人上山。”

“那不行。至少还要有两个人抬箱子。”

好说歹说,那人在人数上就是不松口,青玉也只好答应他。

第二天,赵匡胤扮成李煜的随从,和青玉一起,与那人接了头,骑马往山上进发。依段思弘的意思,赵匡胤不能冒这种风险。但赵匡胤说,自己不能亲手救出娥皇,会是终身的遗憾。段思弘拗不过他,只得嘱咐青玉好好照顾他。又将大理国的

一种非常珍贵的软藤甲,穿在了赵匡胤的外衣里面。好在赵匡胤武功高强,段思弘也就减少了一份担心。为了稳妥起见,段思弘又做了精心安排。

李煜哪经过这种事情,一路上,脸色煞白,不停地在额头上拭汗。

终于到了谢经的巢穴,原来是一个巨大的溶洞,人站在洞口下,向洞口上方仰望,几乎都看不清楚。赵匡胤见多识广,也不禁暗暗赞叹造物的神奇。

洞内,更是空旷无比,除了偶尔的滴水声,连一点儿嘈杂之声也不闻。谢经还是装模作样地坐在一个高大的椅子上。

“东西都带来了?”

“是。”他的手下回答。

“你就是李煜?”

“在下就是。”

“咱们曾有过一面之缘,只不过当时,没能记住你的面貌。”谢经朝李煜看了一眼,“后来我听人说,大宋的皇帝赵匡胤曾被我困于地牢中,后来,和你的皇后,也就是现在的慈空大师,一块儿逃跑了。你说,孤男寡女两个人,在地牢中度过了好几天,两个人会不会有私情呢?要是这样,你这个南唐国主,帽儿就绿了吧?”谢经说着,很淫邪地笑了。底下人,也哧哧地笑个不停。

赵匡胤怒极,一个箭步窜到谢经身后,用手按住了他的脑后要穴。谢经手下,锵锵啷啷,都拔出了刀剑。青玉赶忙护在李煜的身旁。

“你以为这样就能吓住我吗?”谢经还要在手下面前充当英雄好汉,“小的们,不要管我,给我拿下!”

赵匡胤见形势危急,手上一用劲,谢经顿时痛苦难当,哎哟哎哟地大声呻吟起来。

“叫他们住手,否则,我让你生不如死!”

“小的们,住手,住手!好汉,你到底要怎样?”

“把娥皇放出来,送我们下山。”

“好好,小的们,把那个尼姑放出来。”

娥皇被人从洞后推了出来,匡胤抬眼看去,娥皇虽然有些消瘦,但风采不减当年。

就这样,赵匡胤挟持着谢经,出了洞口。刚一出洞,就见大理兵数千人,已经将此地包围。段思弘大喊:“这里有数千张弓,箭头上面涂了见血封喉之毒,要命的,放下刀剑!”谢经的手下,见势不妙,大部分放下了武器。只有几个头脑糊涂的,竟然朝赵匡胤和李煜放起箭来。青玉离李煜较近,为他抓住了两支箭。赵匡胤为了护娥皇,挡在娥皇前面,虽然也抓住了两支箭,但还是有一支箭,射中了他。要不是软藤甲护身,赵匡胤只怕要命丧荒山。饶是如此,也受伤不轻。段思弘见这帮匪徒冥顽不化,一声令下,千箭齐发,这些匪徒尽数被歼灭。青玉恼恨谢经,一剑将其刺死。谢经的皇帝梦,至此做到了头。

赵匡胤在大理养伤,一养就是三个月。在这三个月里,段思弘和青玉精心服侍。娥皇屡经大变,早已心如死灰,坚持在庵中居住。后来到了开封,匡胤将她安置在天清寺。天清寺位于开封东南角,因建于繁台之上,俗名又叫作繁台寺。大宋建立后,后周的符皇后和小皇帝,曾被安置在此处,此时已经迁居洛阳。赵匡胤为了表示对娥皇的尊重,遵娥皇之愿,在天清寺造了一座九层佛塔,名天清寺塔,老百姓俗称繁塔。此塔因为造工精细,至太宗年间方完全造成。此塔造型仿印度古佛塔,造型奇特,底下是三级大塔,塔上又有六级小塔。远远看去,就像一个胖胖的、笑眯眯的老人,戴了一个小小的帽子。塔面的每块砖上,都有造型细腻的佛像。你若走近细看,那些砖雕上的佛像,仿佛像活的一样。后人由于不知其造型仿的是印度古佛塔,还以为此塔仅剩下三层,上面的六级是后人所加。以至于后来还出来了许多民间故事,像什么秃尾巴老苍把塔上半截卷走了,明代铲王气把塔拆得只剩三层。其实,这正是此塔原初的面貌。造塔时,百姓有捐款的,还有捐菜、捐醋的。历经千年风霜,此塔至今仍屹立在开封东南部。太祖不时来寺中看望娥皇,娥皇只是双手合十,表示谢意而已。

第二十六章

太祖崩逝

光义病了，病得很厉害。

也不是什么大病，只是不想动，每天躺在床上，没有精神。除非喝了酒，否则，光义连话都不想说。

光义患病的消息，已经托人带给太祖。太祖不知在忙什么，一直没有到晋王府来，只是派太医来诊病、开药。

这期间，太祖倒是带着德昭、德芳，到匡美的府上去过几次。

光义的病更重了，酒也喝得更多了。他和太祖一样，都贪爱杯中之物。没有办法，那种飘飘然的感觉，是其他任何东西都不能带来的。

左押衙程德元很通医理，给他诊了脉，对他说，他没有什么大病，不用惊慌。要有病，也只是一点儿心病，肝气瘀滞而已。越喝酒，这病越重，要是有点高兴事，说不定，一下子就好了。

程德元还告诉他，有一种草叫哈拔草，是从身毒国①运来的。这种草本来没有毒，但这种草不能与酒相遇，一与酒相遇，酒就会成毒酒。人喝过后，会慢慢中毒。

---

① 印度河流域古国名。

更可怕的是，用哈拔草泡成的酒，还浓香四溢，非常好喝。光义听说有这等奇事，顿时来了精神。从此以后，光义经常和程德元谈论，研讨医理，病在不知不觉中好了许多。

太祖会同禁军，一起到汴京南郊玉津园猎兔。玉津园草地极多，十几匹马一蹚，便惊起了几只兔子。太祖拈弓搭箭，正想发射，不想坐下战马前腿一软，将太祖从马上摔了下来。地上有一碎砖块，正硌在太祖背上的旧箭伤处。太祖只觉疼痛难忍，躺在地上起不来。近侍们慌忙将太祖扶起。太祖征战多年，从未摔下过马来，今日玩耍，竟出此等事，真是又羞又恼。越看那马越不顺眼，拔出佩刀，一刀刺向马腹。那马"咴"地叫了几声，躺在地上，四肢痉挛，眼看着不能活了。侍卫们从未见太祖如此盛怒，都吓得不敢作声。

太祖歇了一会儿，头脑冷静下来，十分后悔，对侍卫说："我为天下人之主，不理朝政，却在这儿打猎，本来就不该。摔了一下，却怪罪马匹，真是，真是……"

"那马脚力不好，早就该杀了。"侍卫道。

"别说了，别说了，朕已知错，你们就不要再为朕掩饰了。"

自此以后，太祖就觉背上甚痛，慢慢地，背上就红肿不止，昼夜疼痛。敷上药，好上一点儿，过后又复如此。好长时间才渐渐痊愈。

听说弟弟光义有病，太祖终于到光义宅中探视。光义有病，须用艾在身上烧，太祖就拿了艾，在光义身上灼烤。光义觉得疼痛，太祖心中不忍，也用艾在自己身上烤，叹道："果然很痛。不过要治病，就顾不得许多了！"

太祖闲来无事，常常爱在宫中自饮几杯，有时也叫上光义，兄弟二人说些事情。这天，太祖又到了皇宫以东的晋王府，与光义对饮。小太监摆上酒菜，拿上酒壶。看见酒壶，太祖"咦"了一声，挥了挥手，命小太监退下。

屋内炉火熊熊，只剩下兄弟二人。

光义斟下一杯酒，双手奉给太祖。自己也斟了一杯。

太祖既不饮酒，也不吃菜，忽然问光义："光义，为兄待你如何？"

“兄长待我，恩重如山。”光义赶紧站起身来。

“你我兄弟五人，能成人者，唯有朕、光义和匡美三个。匡美年纪小，朕对你多所倚重。而你这么多年勤劳国事，为朕担了不少的忧愁。真是打虎亲兄弟，上阵父子兵啊。”

“这些都是为弟该做的。兄长对我如此倚重，为弟来生来世，也报答不完兄长大恩。”

“哪里，朕应该报答你的大恩。”太祖淡淡地说道。

“此话怎讲？为弟不懂。”

“你应该懂。此事先不讲。朕只想问，蜀主孟昶是怎么死的？”

“得急病死的啊。”

“光义，你信吗？”

“反正他死了，怎么死的，又有什么妨碍？”光义道。

“那，朕再问一句，周世宗是怎么死的？”

“也是酒色过度，病死的啊。”光义的脸色有点白了，开始坐立不安。

“光义，这两个皇帝，都是死于你的手，是吗？”

光义猛地站起身来，带得桌子猛然晃动，酒杯里的酒洒出好些，差点儿翻了。

“兄长！”

“光义，不要以为兄长什么都不知道，要是那样的话，朕这个皇帝，早就要你来当了。”

“兄长！”光义已经无话可说。

“世宗喝了你拿来的东西，病情骤然加重。没有多久，就一命归天了。若不是这样，朕也登不了基。”

“兄长，小弟是舍命为兄长，为赵家呀！”

“这个朕知道。你知道吗？在周世宗病重回京后，曾经密谋，要将朕和张永德、李重进、韩通一起召进宫去，一块儿杀掉。”

“为何？”

“为了他大周江山。”

“幸亏符皇后不奉旨，世宗又驾崩了，不然，朕的命早就不保了。”

“兄长如何知道？”

“张永德的妻子是世宗的表姐，宫中自有人通风报信。”

“这种歹毒之人，死了活该。要知道这些，当时就应该给他些剧毒之药。”光义道。

“光义，你每逢大事，能当机立断，才干远远胜于德昭、德芳，所以朕才选你为储君。”

光义闻言，急忙离席下跪：“臣弟无德无能，不能当此重任。请皇上下诏，立德昭或德芳为储君。臣甘愿辅佐皇侄。”

“起来，起来。”太祖把赵光义搀扶起来，“立你当储君，不仅仅是因为你的才干，还因为你让周世宗早早归了天。若不如此，不但我性命不保，赵氏全家性命也不保。所谓逆水行舟，不进则退。在逆水时，你奋力撑了几篙，方使我等化险为夷，逢凶化吉。所以，朕立你为储君。”

“臣弟不配。这句话，臣弟早就想对兄长说。”

“你不配，谁配？来，饮酒。”

太祖拿来那个酒壶，端在手里看了看：“此壶造型甚为奇特，壶盖上这三个眼，是做什么用的？”

“臣弟不知。”

“你不知，朕却知道。此壶其实是两个壶，中有隔层。若不用拇指堵住盖上的眼儿，出的是左边壶里的酒；若用拇指堵住壶盖上的眼儿，出的是右边壶里的酒。”

“皇上博学，臣弟大开眼界。”

“这是你的壶，你焉能不知？”

“臣弟整日碌碌，这些小事，臣弟实实不知。”

“好壶啊，就是同席喝酒，一人喝的是酒，另一人喝的却是毒酒。这，谁能想得到？”太祖感叹道。

光义的脸色变得煞白。

“如果朕没有猜错，孟昶就是喝了这壶里的酒死的吧？”

“皇上，臣弟是为了大宋江山的安定。”光义又跪下了。

“朕不会冤枉你，起来吧。”太祖拿起酒来，闻了闻，“此酒香味甚烈。光义，你替朕把这酒喝了吧。”

面对太祖的“赐酒”，赵光义不敢不接，但双手颤抖得太厉害，哆哆嗦嗦端到嘴边，手一松，酒杯咣当一声就掉到了地上。屋内，顿时弥漫了一股浓浓而又奇特的香味。

“想不到，真是想不到。朕的亲弟弟，竟然，竟然……”

光义已经瘫到了地上。

“光义，你以后好自为之吧。放心，朕是你的兄长，不会要你的命。”太祖拂袖而起，扬长而去。

太祖病了，连气带旧疾复发，躺在床上起不来。

到了开宝九年十月，太祖益发感到不适，一会儿清楚，一会儿糊涂。宋皇后日夜侍奉，命宫内太监王继恩，去建隆观设黄箓醮。道士们虔诚向上天祈祷，愿太祖早日康复。晚上，太祖命召晋王光义，兄弟二人不知说些什么，外人不敢近前。

宫人只看见，蜡烛的光影之下，太祖手执玉斧，在向光义说着什么。光义似乎有些害怕，老是在退避。随后，太祖来到宫院中，用玉斧在雪地里用力戳了几下，似乎在对光义说：“好做，好做！”

这就是有名的烛影斧声。由于大家对玉斧不大了解，望文生义地以为，玉斧就是一把斧头，所以，也就想象出，赵光义是用一把斧头，害死了宋太祖。甚至还有人将烛影斧声写成烛光斧影。其实，玉斧只不过是古人手里把玩的一个用具。斧把是用黄金制成，斧头是用玉制成的。整个玉斧的形状，像一把微型禅杖。所以，玉斧跟斧头没什么关系。

第二天晚上，狂风大作，大雪纷飞。东京开封家家闭户封门，贫寒小户，全家躲在被子里尚嫌寒冷，富户们披着皮裘，围着炭盆，还是一个劲儿地跺脚。

太祖躺在床上，两眼紧紧盯着房顶，有气无力地问："是谁值夜？"王继恩道："是奴才。"太祖点点头。太祖又问："王继恩，你是哪儿的人？"王继恩道："奴才是陕州人。"太祖道："朕算是洛阳人吧。自幼在洛阳长大，朕忽然想回洛阳看看，看一看往日的街道，看一看过去的老朋友。"

"等陛下病好了，龙体康愈了，想去洛阳，还不是一句话的事儿。"

"但愿如此，不知上天能让朕完成此心愿吗？"

"陛下过虑了。陛下年才五十，正当壮年。上天还让陛下为天下百姓操心哪！"

"外面怎么了，怎么呼呼地乱响？"

"回陛下，外面起风了，还下了大雪。"

"太原未平，辽患未已，真让朕不能安心。若有一朝一夕，能够四海混一，不再征战，不再杀戮，该有多好！"

"快了，快了。有陛下这样英明的国君，不愁天下一统！四方伪帝，不是已经来降了许多吗？"

太祖躺在那儿，似乎在想什么。过了一会儿，太祖对王继恩道："你快去传宋皇后过来。"王继恩答应了一声，退了出来。

王继恩轻轻退出，到了太祖寝房外，在火盆边候着。过了有一更，宋皇后与两个宫女来到，问王继恩："陛下好一些了吗？"王继恩道："陛下刚才说有点累，想睡，奴才就退了出来。"宋皇后道："你们在外边候着，我去看一看！"说着，掀开棉帘进去了。

宋皇后到了太祖面前。太祖过一会儿醒了，对宋皇后说："朕甚感不适，胸闷得厉害。"说着，从枕下拿出一卷圣旨："这是朕的遗诏，你好好保存。"宋皇后含泪答应。

王继恩与两个宫女正坐着，猛听得里边传来了宋皇后的哭声，一边哭，一边还叫着："皇上，皇上！"王继恩知道出事了，与两个宫女三步并成两步，冲进里屋，只见太祖已于睡眠中崩逝了。三人不禁跪地大哭。

皇上突然驾崩，宋皇后肝肠寸断，几次晕厥。王继恩为皇后又是捶背，又是灌

水，忙乎了半天。又拿脸盆，让皇后洗了洗脸。至四更，宋皇后才清醒过来。遍寻四周，太祖的遗诏却不翼而飞了。宋皇后倒也镇定，不再说遗诏之事，召过王继恩道：

“烦公公出宫一趟，去召太祖之次子德芳进宫。此乃机密大事，请公公不要对外人讲。速去速回。若此事办成，将对公公有重赏！”

“请皇后放心，奴才马上就去，一会儿便回。”王继恩道。

王继恩不敢惊动别人，自己一人，冒雪徒步，出得宫来。越想，越觉得此事有点不大对劲儿。皇后此时要召德芳，自然是有让德芳继位之意。然皇上早就想让晋王光义继位，曾说晋王龙行虎步，他日必能做太平天子，这话是乱说的吗？皇上若想传德芳，为何连王也不封？晋王在朝中经营多年，大臣将士早已知道晋王要继位，所以依附晋王者甚多。若德芳继位，岂不是又要起一场内讧？德芳位子坐不稳，自己这个传令人，怕也要跟着倒霉。恍恍惚惚听宫中好友说过，杜太后曾与皇上写了一个誓约，藏在金匮之中。言皇上百年之后，当传位于晋王，晋王再传德昭，德昭再传德芳。此时，我若去传信于晋王，不但拥戴有功，而且也遵从了太后的遗旨。德芳才十多岁，谁会服他，他又能办成什么大事！

想到此处，王继恩主意已定，不去德芳府中，转而向晋王府走来。晋王府大门紧闭，王继恩敲了半天门，才听里面道：“是谁，半夜三更的，有什么事？”王继恩道：“我乃宫内王继恩，找晋王有紧急公事。”

听说宫中来人，晋王府大门才“吱呀”一声打开。王继恩一看，门房内坐的不是别人，却是左押衙程德元。程德元见王继恩冒雪而来，头上、身上都落满了雪花，赶紧为王继恩打雪，一边打一边说：“公公真是辛苦，何事劳公公亲来？”王继恩道：“休说闲话，晋王在哪儿？”程德元道：“深更半夜的，晋王自然已入睡。公公有什么事，在下等会儿可代为转告。”“有天大的急事，赶快领咱去见晋王。”王继恩跺脚发急。

晋王赵光义正在好睡，猛然被叫起，心中十分不高兴，说：“有什么事，不能等到五更上朝时再说？”王继恩道：“禀王爷，皇上……”晋王道：“皇上怎么了？”王继恩道：“皇上驾崩了。”

晋王一屁股坐在椅子上,脸色煞白。王继恩道:“王爷不必悲痛,目今之际,进宫要紧。”晋王道:“是谁让你来召我的?”王继恩道:“皇后让奴才召德芳。奴才思量,这么大的事儿,德芳一个小孩子家懂得什么,所以擅作主张,来召晋王。”

晋王思考了一会儿,两眼瞪着王继恩道:“你说的可都是真话?”

“咱家没有半句谎言。”王继恩伏地叩头。

“德昭、德芳真的不在宫中?”

“只有皇后一人,别无他人。”

“你若欺骗我,小心你的脑袋。”

“就是借给咱家十个胆子,咱家也不敢欺骗王爷。”

“宫中真的没有别人?”赵光义逼视着王继恩。

“没有,真的没有。咱家愿以头作保。咱家对王爷忠心耿耿。咱家也素知王爷为皇上所信赖,故擅自做主,来请王爷。满朝上下,谁不归心于王爷?”

“你起来吧。容我与家人商议商议。”晋王进入屋内,好大一会儿不出来。

王继恩大呼道:“王爷请快一点儿,不然,别人要捷足先登了。”

赵光义闻呼,方才出来。

“王爷不必担心,不会有什么事儿。何况下官还有些武艺,可护送王爷入宫。”程德元道。

“那好吧,走!”光义带着王继恩、程德元,急急向宫内走去,好在晋王府离皇宫不远,一会儿也就到了。

到了外殿,王继恩道:“王爷请稍留步,容咱家进去先向皇后禀报一声!”

“且慢。要不进,咱们都不进;要进,咱们一块儿进。王公公,不是在下不相信你,实在是此时非比平常。为了王爷的安危,在下可不敢大意!”程德元厉声道。

“咱家没别的意思,只是怕皇后吃惊。既然如此,那就一起进去吧!此时此刻,也顾不得什么皇家礼仪了!”王继恩领头先行。程德元上前一步,抓住了王继恩的一只手。

宫女见王继恩领人进来,忙报给皇后。皇后急切问道:“王继恩,德芳来了吗?”

“禀娘娘,晋王驾到。”王继恩说。

皇后愣了愣,见晋王已站在面前,知道坏了大事,恨恨地看了王继恩一眼。王继恩只装作看不见。

晋王光义站在那里,只是不作声。僵持了一会儿,皇后道:“皇上崩逝,即位者即为皇上。皇上屡屡向我说起,晋王可堪承大位。以后我和德昭、德芳母子三人的性命,都在王爷手里了,要杀要留,悉听王爷吩咐!”

“娘娘说哪里话来,咱们是至亲骨肉。以后保证你们过富贵荣华的生活。咱们生死相依,休戚与共,请勿担忧!”光义见皇后开了口,也顺水推舟,表了个态。光义说完,扑在太祖床前,大哭起来,殿内顿时哭声一片。

天交五更,晋王乃命百官入朝,言太祖已崩逝,请百官商议如何发丧。曹彬道:“国不可一日无君,请晋王先即皇帝位。”

“我素无德才,怎堪当此大位?还容再议。”晋王道。

“皇上早已属意王爷,天下皆知。望王爷勿再推辞。”说完,曹彬带头跪地,山呼万岁,众官也随之叩头。赵光义遂即皇帝位,这就是史书上所称的宋太宗。

太祖崩逝的消息传到天清寺,娥皇没有说什么,只是苦笑了一下,从此之后,粒米不进。三日后,端坐而逝,面目如生。

后　　记

系列长篇历史小说《大宋王朝》第一卷《大宋王朝·宋太祖》就要出版了,我心里真的是百感交集,很高兴,同时也有很多的感慨。

我从小就听我的爷爷还有门口的长辈们对我说,我们赵姓这一支是八大王的后代,是赵德芳的后裔。

我们这一支,在宋太宗登基后,被迁往了许昌。根据家谱的记载,太祖友孝,传位于太宗,而太宗将太祖的部分子孙迁往许昌,后来又从许昌封到睢县。我们家就是从睢县迁到了杞县。我们家族的祠堂就在睢县的榆厢。据家谱记载,我应该是宋太祖的第 35 代孙。正因为有了这样的一个情结,所以我的父亲特别喜欢看有关宋代的资料,他的这一爱好也影响了我。我上了北大后,开始看些宋代史料,后来又陆陆续续写了许多有关宋代的文章。大学毕业后,之所以回到宋都开封,这和我对宋文化的热爱有很大的关系。

后来,由于郭灿金老师的推荐,我开始撰写系列长篇历史小说《大宋王朝》。感谢开封市委、开封市委宣传部,感谢开封日报报业集团的诸位领导。《大宋王朝》被列入"十三五"国家重点图书规划项目,《大宋王朝·宋太祖》被评为 2019 年度国家出版基金资助项目。感谢相关领导对我的肯定,感谢著名评论家张颐武,感谢著名作家阎真。在本书的写作过程中,我的文友李开周、刘海永也给了我不少的鼓励和帮助。

感谢我的妻儿和家人,感谢我所有的朋友以及热爱宋文化的读者。

赵国栋

2019 年 10 月 8 日

图书在版编目(CIP)数据

宋太祖/赵国栋著. —郑州:河南文艺出版社,2019.10

(大宋王朝)

ISBN 978-7-5559-0695-7

Ⅰ.①宋… Ⅱ.①赵… Ⅲ.①长篇历史小说-中国-当代 Ⅳ.①I247.5

中国版本图书馆 CIP 数据核字(2018)第 129668 号

出版发行　河南文艺出版社
本社地址　郑州市郑东新区祥盛街 27 号 C 座 5 楼
邮政编码　450018
承印单位　河南瑞之光印刷股份有限公司
经销单位　新华书店
纸张规格　700 毫米×1000 毫米　1/16
印　　张　29
字　　数　434 000
版　　次　2019 年 10 月第 1 版
印　　次　2019 年 10 月第 1 次印刷
定　　价　48.00 元

图书如有印装错误,请寄回印厂调换。
印厂地址　河南省武陟县产业集聚区东区(詹店镇)泰安路
邮政编码　454950　　电话　0391-2527860